W0416155

Dieter Hollender

Hotel Mission Impossible

DIETER HOLLENDER

Hotel Mission Impossible

VILLA del MAR

Original-Logo, gestaltet von Stefanie Wagner, München

Impressum

Hotel Mission Impossible

Deutsche Erstveröffentlichung

Self-Publishing Dieter Hollender
Soi Khokmakham 1, 65/4 Moo 2, 83130 Rawai/Phuket, Thailand
Telefon 066 95 0182605
E-Mail dieterhollender@gmail.com
Webseite: www.dieterhollender.com

ISBN: 9798664514988
Imprint: Independently published

Fotoinformationen:
Titel: www.pixabay.com/Privat
Rücktitel: www.fotolia.de
Seiten 12 und 13 Privatbesitz

Für Kun, danke für alles

Inhalt

Buch

Als meine Münchner Werbeagentur nicht mehr so gut lief wie früher und meine Freundin mir dazu den Laufpass gab, wollte ich nur noch weg und nichts mehr zu tun haben mit diesen Ärgernissen. Es drängte mich danach, meine gewohnte Umgebung radikal zu verändern und komplett neu durchzustarten. Ein echtes Kontrastprogramm fand ich in Thailand, auf der Urlaubsinsel Phuket. Es war ein Strandhotel am legendären Patong-Beach, das mich auf Anhieb begeisterte und das ich ohne lange nachzudenken für ein paar Jahre pachtete.

Allerdings war das Gebäude vom Tsunami beschädigt und musste aufwendig renoviert werden. Die Verschönerungsarbeiten in einem fremden, exotischen Land, mit schlecht ausgebildeten Handwerkern, bescherten mir ein Tohuwabohu an Missverständnissen, Irrtümern, schwachsinnigen Ergebnissen und Aufregungen ohne Ende. Durch die enormen Unterschiede in der Mentalität, im Geschmacksbereich und eine nur latent vorhandene Zuverlässigkeit erlebte ich ein Abenteuer der besonderen Art.

Irgendwann waren die Arbeiten abgeschlossen und unsere Villa del Mar eröffnet. Meine verrückten Erlebnisse gingen unvermindert weiter. Ich hatte skurille und gelegentlich kaum vorstellbare Begegnungen mit den Gästen unseres Hotels.ein ständiges Auf und Ab. Mein Dasein als Hotelmanager wurde bestimmt von Ärger, Konflikten und Geldsorgen, es führte aber auch zu neuen Bekanntschaften und jeder Menge Spaß. Es wurde viel gelacht, wir erlebten aber auch Missklänge und gelegentliche Momente der Demut und des Trauers. Ohne meine thailändische Freundin Kun wäre ich hoffnungslos untergegangen.

Mein Buch schildert nicht nur das Abenteuer meiner Auswanderung, es ist zugleich auch ein Appell, sein Leben in die eigene Hand zu nehmen und es nicht einfach so auslaufen zu lassen. Du willst etwas erleben? Dann wage die Veränderung, deine Existenz wird auf alle Fälle bereichert!

Wer sich für Thailand interessiert, sei es als Weltenbummler oder Urlauber, sei es als älterer Mensch, der seine Umgebung wechseln will, weil ihn Einsamkeit, Missachtung und Kälte in Mitteleuropa nur noch abschrecken, dann ist dieses Buch geradezu eine Bibel! Die vielen beschriebenen Erlebnisse und

Begegnungen sind eine hervorragende Vorbereitung auf das, was Besucher und Auswanderer hierzulande erwartet und was die Expats umgekehrt von Thailand erhoffen können.

Die Geschichte von der Villa de Mar beruht auf tatsächlichen Erlebnissen, dennoch sind alle vorkommenden Personen ausgedacht und frei erfunden.

Ihr könnt mir gerne schreiben, ich antworte garantiert:

www.dieterhollender.com

Entschuldigung für den Fehlerteufel

Mein Roman ist im Self-Publishing ohne Mitwirkung eines Verlages entstanden. Das bedeutet, dass auch kein Lektor das Manuskript in seinen Händen oder unter seinen kritischen Augen hatte. Das Korrekturlesen lag so gut wie alleine bei mir und gelegentlichen Helfern. Obwohl ich mir alle Mühe gegeben habe, wird es immer noch den einen oder anderen störenden Fehler geben. Das ist nicht schön und Fehler sind das Letzte, was ich in meinem ersten Roman sehen will.

Für diese Fehler und die Unannehmlichkeiten, die sich daraus ergeben, bitte ich schon jetzt um Verständnis und auch um Entschuldigung. Beim nächsten Buch wird alles anders!

www.dieterhollender.com

Autor

Ich bin Dieter Hollender und wollte seit meiner Schulzeit nie etwas anderes machen als Schreiben. Lange Zeit habe ich als Werbetexter gearbeitet und zuletzt meine eigene Werbeagentur in München besessen. Das ist ein wirklich toller Beruf, der jeden Tag neue und spannende Aufgaben bereithält und deshalb nie langweilig wird. Okay, man muss sich immer wieder neue Ideen und gelegentlich auch neuen Schwachsinn einfallen lassen. Doch damit hatte ich nie Probleme.

Zum Bücherschreiben bin ich erst spät gekommen. Viele Eltern kennen mich durch meinen Bestseller-Ratgeber „Die besten Eltern der Welt". In diesem Buch gibt es jede Menge praktische und sofort einsetzbare Tipps, die helfen, das Familienleben harmonisch und ohne Streiterei zu gestalten.

Außerdem sind von mir noch vier abenteuerlich-spannende Kinderbücher zum Vorlesen erschienen.

Ich bin selbst Vater: Meine beiden Töchter sind schon längst erwachsen. Später wurde ich dann noch einmal Papa. Zusammen mit meiner Ehefrau Kun und meinem Sohn Danny lebe ich auf der inspirierenden Tropeninsel Phuket im Süden Thailands.

Phuket, im Juli 2020
www.dieterhollender.com

Die Villa del Mar mit dem Schattendach aus Edelstahl

Kun und Dieter im Juni 2007

Unser Bungalow in Karon Beach

Blick vom Hotelbalkon auf den berühmten Strand von Patong

Abendstimmung am Patong Beach

Dschungelwanderung

Intro

Am Abend zuvor hatte er seinen kleinen, digitalen Wecker sekundengenau eingestellt und gut erreichbar neben seinem Bett platziert. Es fiel ihm schwer, zur Ruhe zu kommen, lange Zeit wälzte er sich hin und her. Sein Schlaf brachte keine Entspannung, er war viel zu rastlos, aufgebracht und aufgewühlt. Übervorsichtig vergewisserte er sich dreimal in der Nacht, ob die richtige Weckzeit eingestellt war.

Als der Wecker sich am frühen Morgen mit seinen hellen Pieptönen bemerkbar machte, war es draußen noch dunkel. Er schaltete ihn ab und tastete nach der Lampe neben seinem Bett. In ihrem schwachen Lichtschein richtete er sich auf, schob das erste Blatt in den Mund und kaute bedächtig darauf herum, wie es ihn der Mönch gelehrt hatte. Die betäubende Wirkung setzte sofort ein – er empfand sie wie eine anregende Wärmewelle und als zusätzlichen Motivationsschub. Seine Anspannung, seine Erregung, seine Konzentration und seine Erwartung blieben unverändert hoch.

Als wäre es ein Tag wie jeder andere, ging Tong unter die Dusche, blieb vielleicht etwas länger dort als sonst. Anschließend putzte er sich die Zähne und schrubbte auch diese fester und gründlicher als an einem normalen Tag.

Die flache, der Landschaftsform angepasste und deshalb wie platt gedrückt wirkende Hütte mit dem hellen, gewellten Blechdach lag auf einer Anhöhe am Rande des Dschungels. Sie wurde bewacht von mächtigen Baumriesen, zusammengehalten von den Schatten der Nacht, die hinter und neben der bescheidenen Unterkunft in den Himmel ragten. Als Tong aus der Hütte trat, hockte seine Freundin Nam vor dem Metalleimer, der als Feuerstelle diente. Sie rührte in der Reissuppe, die sie für ihn zum Frühstück zubereitet hatte. Würzige und appetitanregend verlockende Düfte schwebten durch die frische Luft des Morgens.

„He, da bist du ja", begrüßte Nam ihn. „Hast du gut geschlafen? Bist du hungrig? Du willst doch sicher gleich essen?"

„Ja und ja und nochmals ja und vielen Dank für dein frühes Aufstehen." Tong versuchte, seine Aufregung in den Griff zu bekommen, was ihm nicht gelang. Seine Stimme klang belegt. Er beugte sich herab zu Nam, gab ihr einen Kuss auf die Stirne und setzte sich auf einen der vier Plastikstühle, die sie im letzten Monat günstig auf dem Nightmarket eingekauft hatten. Nam füllte die heiße Reissuppe in eine Schale und reichte sie ihm: „Du musst alles aufessen. Denn heute wirst du viel Kraft und Energie benötigen."

„Puuh, da hast du bestimmt recht, Nam", antwortete Tong. „Die Suppe ist köstlich, die habe ich jetzt gebraucht. Du bist eine sehr gute Köchin."

An diesem Morgen war er hungrig, er war sehr hungrig. In den zurückliegenden Wochen gönnte er nur wenig Essen, das dazu ausschließlich aus Gemüse bestand. Tagelang hatte er sogar gefastet, keinen Alkohol getrunken und seine Freundin Nam weder angeschaut noch angerührt.

„Ich muss dann auch los." Er reichte Nam die leere Schale. „Heute ist bestimmt viel los auf den Straßen und ich will nicht zu spät kommen."

Tong schob sich das zweite Blatt in den Mund, biss ein paar Mal darauf herum, stand auf und ging zu seiner Honda Click, die neben Nams Yamaha unter dem provisorischen Schutzdach parkte.

„Ich räume nur noch ein wenig auf, dann komme ich nach", rief Nam ihm zu. „Ich will dich unbedingt sehen, weißt du?"

„Du hast noch jede Menge Zeit, wir treffen uns später!"

Nachdem Start lenkte Tong sein Motorbike bergab. Er fuhr über ausgewaschene Wege, die von kleinen Schluchten durchfurcht waren, talwärts herab in die langsam heraufziehende Morgendämmerung.

Trotz der frühen Stunde versammelten sich viele Menschen rund um den chinesischen Tempel in Phuket Town. Im Bewusstsein einer der Hauptdarsteller zu sein, drängte, schob und presste sich Tong durch die schauende, raunende und wartende Menge. Schnurstracks nahm er den Weg zu den hinteren Räumen, die bewacht und kontrolliert wurden und die nicht jeder betreten durfte. Er gelangte in die Bereiche des Tempels, die der Vorbereitung für die Moh Songs vorbehalten blieben. Hier wurden die Teilnehmer der Prozession angewiesen und präpariert. In diesem Jahr gehörte Tong erstmalig zu den Auserwählten.

Die Gewissheit, dass er ein wichtiger Bestandteil des Umzugs sein würde, erfüllte ihn mit Dankbarkeit und Stolz. Als Moh Song stieg er auf zum Vorbild, zum Büßer, Asketen und Flagellanten, der sich, seinen Körper und seine Seele freiwillig und selbstlos zur Verfügung stellte. Der Schmerzen, Leiden, Qualen und alle anderen Strapazen großmütig auf sich nahm. Die Torturen, Geißelungen und Verletzungen, die Tong erleiden würde, versprachen seiner

Glaubensgemeinschaft Glück, Gesundheit, Zufriedenheit und ein langes Leben. Dafür wurde er in der Gemeinde verehrt, belobigt und nahm ab sofort eine Sonderstellung ein. Ein lohnenswertes, ehrbares und vielfach geachtetes Ziel, das er anstrebte und heute erreichen würde.

Sein Freund Mik saß auf dem Stuhle neben ihm. Mit Unterstützung von zwei Helfern durchstießen sie beide Wangen quer mit einer dicken Fahnenstange aus Metall. Der knapp zwei Meter lange Schaft musste zuverlässig und genau ausbalanciert sein, damit Mik nicht während des Umzugs in eine hilflose Schieflage geriet.

Ein anderer Mann, den Tong nur vom Sehen her kannte, ließ sich zehn dünne Metallspieße durch seine herausgestreckte Zunge bohren. Hinter einer breiten Säule war ein junges, hübsches Mädchen damit beschäftigt, ihr Gesicht zu entstellen, indem sie sich ein Büffelhorn bis zur Hälfte seines Umfangs in die Mitte ihrer Wange pflanzen ließ. Einen grausam-gruseligen Anblick bildete ein schon älterer Mann, der eine schwere Axt tief in seinem Rücken stecken hatte. Das Blut der Wunde tropfte bis auf seine Füße. Ein kleiner, dicker Mann schien keinerlei Schmerzen zu empfinden, obwohl seine Helfer dabei waren, seine Zunge mit einer Säge in der Mitte zu teilen.

Noch sehr viel mehr Teilnehmer an der Prozession wurden mit ihren makabren und blutenden Relikten ausgestattet. Tong nahm sie nicht mehr wahr, auf Aufforderung eines der Mönche begann er mit seinen Konzentrationsübungen. Mehrere Brüder kümmerten sich um ihn, sie winkten ihn herbei und setzten den Auserwählten auf einen Stuhl. Mit geschlossenen Augen kehrte er seinen Blick nach innen und begann die überlieferten Gebete zu sprechen.

Als er bereit war und die Trance sich seiner bemächtigte, kam der Aufsicht führende Mönch, hob sein Augenlid hoch und nickte mit dem Kopf. Andere Helfer hielten ihn sorgsam fest und sein Vertrauter, mit dem er im Vorfeld alles besprochen hatte, stieß einen langen, krummen und verzierten Dolch, den Tong selbst ausgewählt hatte, durch Haut und Fleisch seiner linken Wange. Tong spürte – nichts. Keinen Stich, keinen Schmerz, keinen Druck. Der übergroße Dolch, der in seinem Gesicht steckte, war ihm nicht einmal unangenehm.

Endlich war es soweit, der Zeitpunkt für die Prozession war gekommen. Der kilometerlange Umzug durch die Straßen der Altstadt Phukets begann.

Vom Tempelausgang an standen dichtgedrängt Tausende von Zuschauern an den Straßenrändern. Die meisten trugen Weiß, um sich selbst als Vegetarier auszuweisen und um ihre Solidarität mit den Auserwählten zu demonstrieren. Die Zuschauer feierten die Büßer, jubelten ihnen zu und bewarfen sie mit explodierenden Knallfröschen.

Seinen Platz in der Prozession erhielt Tong in der Mitte des Zuges. Er begann seinen Marsch, als er dazu aufgefordert wurde, gemeinsam mit Mik, der während seiner Runde neben ihm blieb. Bei jedem Schritt musste Tong darauf achten, dass er Mik nicht zu nahe kam, weil er nicht an die Fahnenstange stoßen wollte, die meterweit zu beiden Seiten aus Miks Gesicht herausragte.

Den genauen Verlauf der Strecke, die er zu bewältigen hatte, kannte Tong nicht. Es war ihm auch gleichgültig, wie kurz oder lang die Prozession dauerte, er blieb auf der ihm angewiesenen Position, ließ sich treiben und folgte den anderen. Von seiner Umgebung und von den jubelnden Massen, die seinen Weg säumten, nahm er nicht viel wahr. Ihm fehlte jedes Bedürfnis, außerhalb seines Körpers mehr zu sehen und mehr zu wissen. Über die Dauer von eineinhalb Stunden ging es mäandermäßig durch die engen Gassen der Innenstadt und in vielen Kurven und Kehren zuletzt zurück zum Tempel.

Am Ziel angekommen, jubelte Tong lautlos in sich hinein, weil er es geschafft hatte. Rein äußerlich ließ er sich seinen Triumph nicht anmerken, wie die anderen Büßer stand er in den weiten des Tempels und fand langsam wieder zu sich selbst. Unverrückbar stand fest, dass er zu den erfolgreichen Moh Song gehörte, die den Leidensweg von Anfang bis Ende durchgehalten hatten. Diese unglaubliche Leistung seines Willens und seiner Entschlusskraft konnte ihm niemand mehr nehmen.

Erledigt, ermattet und erschöpft spürte er die hochkommende Müdigkeit. Langsam, sehr langsam machten sich der Dolch, der immer noch aus seiner Wange ragte und die große Wunde, die er verursacht hatte, bemerkbar. Dem beginnenden Schmerz maß Tong keinerlei Bedeutung bei. Er war spürbar vorhanden, doch nicht als störendes Element, sondern mehr wie eine Erinnerung, ein Nachhallen, eine Anerkennung oder unausgesprochenes Lob für seinen selbstlosen Einsatz.

In seinem Inneren breitete sich ein erhebendes Gefühl von Erfüllung und Glück aus, er empfand eine tiefe Befriedigung, eine unvergleichliche Seligkeit und fühlte, dass es noch lange anhalten würde. Als sein Helfer den Dolch behutsam aus seiner Wange zog, wünschte sich Tong, dass diese Stimmung aus Triumph und Genugtuung sein Leben lang andauern würde.

Kanonenkugeln

Ich hatte es geschafft! Mein heiß und lang ersehnter Traum war in Erfüllung gegangen und Wirklichkeit geworden! Endlich! Träume sind also doch nicht nur Schäume. Man muss an sich selbst glauben, seine eigenen Stärken und Schwächen kennen, um sich durchzusetzen. Ich badete in meinem Stolz und es fiel mir nicht schwer, mich selbst zu bewundern. Schließlich war es ein kühner, riskanter, abenteuerlicher Schritt, den ich gewagt hatte. Deutschland lag hinter mir, es existierten keine Rückzugsmöglichkeiten. Thailand lag vor mir, das Hotel am Strand, meine Herausforderung und meine Zukunft. Ein wenig staunte ich darüber, wie schnell es zuletzt über die Bühne ging. Egal!

Meine neue Rolle als Hotelchef kostete ich aus ganzem Herzen aus! Alles um mich herum stimmte. Das Interieur war perfekt und passte zueinander. Die Lobby, die ich durchschritt, war groß und luftig und mit freundlich-hellen Sitzmöbeln ausgestattet. Der gesamte Raum wirkte wie eine unwiderstehliche Einladung zum Hereinkommen und Wohlfühlen und drückte aus, was wir unseren Gästen versprachen.

Unser Konzept ging auf und unser Angebot funktionierte, denn das Hotel war ausgebucht! Es war restlos belegt, bis auf das letzte Zimmer. Ein Gefühl tiefster Zufriedenheit durchströmte mich. Ich ging auf die matt und vornehm schimmernde, zweiflügelige Türe aus edlem Mahagoni zu, öffnete sie und stand auf einem kleinen Absatz am oberen Ende der kurzen, halbrunden Außentreppe.

Auch das Wetter entsprach meinen Erwartungen und spielte perfekt mit: Ich erlebte einen schönen, heißen, sonnendurchfluteten Tag, ein einziges Urlaubsversprechen, wie aus dem Katalog geschnitten und in die Landschaft gestellt. Unter einem stahlblauem Himmel verteilten sich der Strand, das Meer, die Brandung, blau bezogene Sonnenliegen, bunt gemischte Schirme und Massen an fröhlichen und gut gelaunten Menschen.

Doch da, was war das? Etwas Unangenehmes, Störendes machte sich am Rande des Geschehens bemerkbar. Wenige Schritte unterhalb von mir, am Fuß der Treppe, auf der ich stand, rotteten sich immer mehr Menschen zusammen. So, wie sie zu mir hochschauten, waren sie nicht so gutgelaunt wie die Urlauber am Strand. Was wollten die vielen Menschen ausgerechnet hier, vor der Türe zu meinem Hotel? Ich hatte keinen Bedarf an Miesmachern und Spielverderbern. Mein Hotel sollte bekannt sein für Optimismus, Vergnügen und Lebensfreude.

Die Ansammlung vor der Treppe wurde größer, mir kam es so vor, als drohte die wachsende, randalierende Meute die Treppe zu erstürmen. Noch hielten sie sich zurück, wie lange würden sie warten? Ich sah genau hin: Diese Leute waren für das Klima in Thailand viel zu dick angezogen! Die Menge bestand aus frisch angereisten Touristen, die meisten noch warm verpackt in den üblichen Mänteln, Anoraks und Pullovern ihrer Heimatländer.

Weil ich eine Ahnung hatte, was in ihnen vorging, musste ich sie beruhigen, mit ihnen reden, die Lage erklären, um die aufgeladene Situation zu entschärfen. Mit erhobener Stimme machte ich mich laut und verständlich bemerkbar:

„Es tut mir leid liebe Leute, ganz ehrlich, es tut mir unendlich leid, aber wir sind ausgebucht, restlos ausgebucht, wir haben kein einziges Zimmer mehr frei."

„Lügner!"

„Schwindler!"

„Drecksack!"

„Scharlatan!

„Arschloch!"

Meinten die mich? War ich es, der frisch gebackene Hotelmanager, der hier dermaßen beschimpft wurde? Es murrte, grollte und schmähte von unten zu mir hoch. Einzelne Beschimpfungen stießen wie Dolchstöße aus der Anonymität der Menge hervor und drangen an mein Ohr. Ich versuchte erneut, die Leute zu besänftigen:

„Warum bitte haben Sie nicht gebucht! Wer sich rechtzeitig bei uns angemeldet hat, der bekommt auch sein Zimmer und erspart sich solche Probleme wie ihr sie jetzt habt!"

Die Beschwichtigungen nützten nicht viel, man hörte mir nicht zu, wollte mir nicht zuhören. Die ersten Füße wurden auf die Stufen gesetzt. Hilfesuchend schaute ich mich um, doch weit und breit war keine Unterstützung auszumachen. Auch der Strand war auf einmal menschenleer. Es wurden immer mehr, die sich zusammen rotteten, es wäre schon eine kleine, energische Armee erforderlich, um diesen aufgebrachten Haufen zu zerstreuen. Ich jedoch war alleine auf mich gestellt.

Was hatten sie vor, was würden sie mit mir machen, wenn sie wirklich losstürmen und die Treppe hoch gerast kommen? Langsam bekam ich es mit der Angst zu tun.

„Wir haben die Schnauze voll!"

„Die Kinder wollen ans Meer!"

„Verdammt nochmal, wir wollen unsere Ferien!"

„Schluss jetzt mit der Warterei!"

„Los doch, stürmen wir den Schuppen!"

Hinter mir vernahm ich, dass die Türe ins Innere geöffnet wurde. Bevor ich mich umdrehen konnte, erhielt ich einen heftigen Stoß in den Rücken. Um nicht unkontrolliert zu stürzen, sprang ich mit einem weiten Satz vorwärts, die Treppe hinab.

Der Aufprall war so heftig, dass ich davon wach wurde. Ich lag auf dem Fußboden neben dem Bett und es gelang mir sekundenlang nicht einzuordnen, was ich war und wo ich war. Mein angeschlagenes Knie schmerzte, ich hielt mir die Hüfte, auf der ich gelandet war und versuchte, zwischen Traum und Wirklichkeit zu unterscheiden.

Auf der anderen Seite des Doppelbetts lag eine schlafende, zierliche Gestalt, das Gesicht verhüllt von langen, pechschwarzen Haaren. Niedlich und begehrlich anzusehen, ruhte meine Freundin Kun im Bett. Sofort wusste ich wieder, wo ich mich befand. Kun, das Bett und der Boden, das war die Wirklichkeit. Das Hotel, die aufgebrachte Menge und der Sturz von der Treppe war ein Traum, ein Horror-mäßiger Alptraum, der mich immer noch in seinem Bann hielt.

Meine Uhr lag auf dem kleinen Tisch aus geschnitztem Teakholz neben dem Bett und zeigte an: 6 Uhr 15, viel zu früh zum Aufstehen. Um Kun nicht aufzuwecken, wollte ich behutsam ins Bad gehen, da schlug sie ihre schönen, großen Augen auf und staunte mich schlaftrunken an: „Dieter, was ist los?

Kannst du nicht schlafen? Hattest du zu viel Bier oder war es zu wenig? Habe ich dich aus dem Bett geworfen?", dabei geriet sie immer mehr ins Lachen.

„Nein, nein es ist alles in Ordnung. Ich habe geträumt und in meinem Traum war ich Inhaber und Chef eines großen Hotels voller Gäste. Ein Haufen Leute stand vor der Türe, die mich verprügeln wollten und ich hatte große Angst. Dann bin ich eine Treppe runter geflogen und wurde hier auf dem Fußboden wach. Sorry, dass ich dich geweckt habe."

Kun musste noch mehr lachen über diesen Farang und seine komischen Träume, dann fielen ihr die Augen zu und sie war in weniger als einer Minute eingeschlafen.

Von oben, aus der Sicht eines der vielen weißen Reiher, die man auf Phuket so häufig sieht, musste es aussehen, wie ein kleines, stark verästeltes, tiefblaues Labyrinth. Von unten betrachtet, aus der normalen, touristischen Sicht, entpuppte sich das Labyrinth als ein Hotel. Ein Urlaubsresort, das mit seinen vielen Kanälen an Venedig erinnerte. Jedes Zimmer besaß direkten Zugang zum Swimmingpool, wurde den Gästen versprochen. Die zahllosen Grachten, die kreuz und quer durchs Hotelgelände liefen, hielten das Versprechen.

Über ein Sonderangebot zur Nebensaison sind wir im Access Pool Resort in Karon Beach gelandet. Die Zimmer waren geschmackvoll und dezent mit einer Andeutung von Himmelbett eingerichtet. Ständig schwebte ein leichter, exotischer Duft, ein mir nicht vertrauter Mix verschiedener Aromen, durch die Gänge und Räume und erinnerte daran, dass wir uns im mysteriösen Teil der Welt befanden.

„Herr Hollender? Wunderbar, dass es mit unserem Treffen geklappt hat! Ich bin Elvira, herzlich willkommen auf Phuket." Die Maklerin schüttelte erst Kun und dann mir die Hand. Sie war gut trainiert in ihrem Kommunikationsverhalten und legte Wert darauf, ihren Klienten bei der Begrüßung in die Augen zu sehen.

„Ja, ich freue mich auch. Vielen Dank. Ich bin Dieter Hollender und das ist meine Freundin Kun aus Bangkok."

Wir grinsten uns höflich und freundlich und ein wenig unsicher gegenseitig an, wie Leute, die sich noch nicht kennen, es zu tun pflegen. Die Maklerin, die wir in unserem Hotel trafen, stammte aus Deutschland und lebte schon seit einigen Jahren auf Phuket. Sie war von mittlerer Größe, dabei spindeldürr, was sich auch in ihren leicht ausgemergelten Gesichtszügen widerspiegelte.

Elvira war dem so häufig anzutreffenden Verjüngungszwang bei Frauen im mittleren Alter verfallen und hatte nicht nur ihren spärlich gewordenen Haarschopf viel zu blond eingefärbt, sondern auch das komplette Gesicht mit enormem Farbaufwand bis zur Unkenntlichkeit verspachtelt. Ihre sackähnliche Handtasche war komplett in Gold gehalten, mit abgesetzten, roten Randnähten. Gold, so scheint es, ist die Farbe, die Frauen jünger wirken lässt.

Unter ihrer Seidenbluse versuchte Elvira ein medizinisches Experiment zu verstecken, das offensichtlich in die Hose gegangen war. Normalerweise führt eine Brustvergrößerung zu prallen, den Luftraum beherrschenden Torpedos. Bei ihr fanden sich stattdessen zwei schlaffe, herabhängende Schläuche, an deren Ende jeweils eine schwere Kanonenkugel baumelte.

Ein Blick genügte mir und die erblondete Maklerin tat mir nur noch leid. Warum müssen Frauen sich solchen riskanten und unberechenbaren Prozeduren aussetzen?

Zustande gekommen war unser Kontakt über eBay. Um andere Wege zur Kundengewinnung zu testen, hatte Elvira bei eBay in Deutschland inseriert. Es war Zufall, dass mir die Anzeige auffiel und ich mich daraufhin meldete. So entstand unsere Verbindung und ich flog nach Bangkok, sammelte Kun ein und weiter ging es nach Phuket.

Ich spürte, dass unsere Gesprächspartnerin gut drauf war, dass sie sich über unsere Ankunft freute und auf Maklerwolke 7, Abteilung Umsatz schwebte. Nach außen gab sich Elvira jedoch zurückhaltend und professionell verbindlich – wie das bei Maklern weltweit üblich ist.

Es war bereits meine zweite Besichtigungstour auf der Urlaubsinsel, die ich unternahm, um ein geeignetes Business in der Touristik aufzuspüren. Meine erste Reise lag rund sechs Wochen zurück. Damals kannte ich Elvira noch nicht, sondern war mit einem anderen Vermittler unterwegs, der mir ein Hotel mit Restaurant in der Innenstadt von Patong schmackhaft machte. So schmackhaft, dass ich noch während meines Besuchs eine Anzahlung von 500 Euro leistete. Doch das war voreilig gehandelt.

Zurück in Deutschland und fernab jedweder euphorischen Urlaubsstimmung überdachte ich das Objekt gründlich. Aus der Fernbetrachtung passte mir die Lage an der Hauptstraße überhaupt nicht mehr. Einen erheblichen Teil meiner Zeit würde ich in meinen zukünftigen Geschäftsräumen verbringen. In dieser zentralen Location? Wollte ich das wirklich? Mit endlosem Lärm und Chaos an Autos und Passanten vor der Nase, direkt vor meiner Türe? Nein, da war ich unbedacht und viel zu schnell gewesen.

Kurz entschlossen schrieb ich meine 500 Euro Anzahlung unter Risikoinvestitionen ab.

Dann legte ich verbindlich für mich fest: Mein zukünftiges Business sollte, nein, es musste am Strand sein. Phuket ist eine Insel, das Meer bildet ihr natürliches, touristisches Kapital, das von allen Anbietern ausgiebig genutzt wird. Wieso sollte ich mich mit der zweiten oder dritten Reihe zufriedengeben? Ohne Wenn und Aber: Ein Business am Meer musste es sein!

Ich schickte dem Makler per E-Mail eine Absage, erhielt aber keine Antwort. Der Mann war verständlicherweise sauer, weil ihm seine sicher geglaubte Provision durch die Lappen ging. So war es nun mal und so passiert es Tag für Tag auf der Welt. Maklerschicksal.

Ein paar Tage später entdeckte ich Elviras Anzeige bei eBay und startete den nächsten Anlauf. Gestern waren wir auf Phuket eingetroffen. Es würde sich zeigen, ob wir diesmal einen Treffer landeten.

Es war Juni und früher Vormittag. Juni? In Deutschland die Zeit des beginnenden Sommers, auf Phuket sah es hingegen anders aus: Hier galt es Nebensaison, Regenzeit und Monsun zu überstehen. Von Niederschlägen, Hochwasser, Sturm, Wind und Wetter war jedoch während unserer Anwesenheit nichts zu spüren. Im Gegenteil: Eine feurig glühende Sonne stand seit dem Wachwerden am azurblauen Himmel.

Schon zu früher Stunde erreichte das Thermometer tropisch-heiße 30 Grad. Jede Bewegung verursachte Schwitzen und nasse Flecken unter den Armen. Leichte, luftige Kleidung, kurze Hosen und knappe Röcke waren angesagt. Sonnenbrillen gehörten dazu, waren ein unerlässliches Accessoire. Viele Einheimische verließen den Schatten nur unter einem aufgespannten Regenschirm. Hunde und Katzen belegten mit sicherem Instinkt die kühlsten und schattigsten Plätze. Überall auf der Insel wurden die Kühlschränke mit diversen Erfrischungen aufgefüllt.

Als Treffpunkt war die angenehm herunter gekühlte Lobby unseres Hotels vereinbart.

„Ist das Internet nicht eine unglaubliche Erfindung?", führte Elvira den Smalltalk fort.

„Erst seit ein paar Tagen haben wir Kontakt und jetzt sind Sie hier, haben 10.000 Kilometer Entfernung überwunden und ich zeige Ihnen Ihre Zukunft."

„Das Internet mag ich auch sehr und zwar aus Überzeugung", bestätigte ich, ging aber nicht auf ihre voraussichtlich unhaltbare Behauptung ein.

„Ich bin sicher, dass noch längst nicht alle Möglichkeiten ausgeschöpft sind. Haben Sie eigentlich viele Anfragen auf Ihre eBay-Anzeige bekommen?"

„Nein, leider nur eine Handvoll", antwortete Elvira offen. „Wenn ich ehrlich bin, hatte ich auch nicht damit gerechnet. Wer sich hier dauerhaft niederlassen will und eine Immobilie oder ein Business sucht, der kommt meistens selbst auf die Insel und schaut sich um. Das war meine erste eBay-Anzeige und es ist nicht allzu viel dabei herausgekommen."

„Es stimmt, dass ich nicht viel bin", korrigierte ich die Maklerin. „Aber immerhin bin ich gekommen."

„Das ist richtig und ich freue mich sehr, dass ich Ihnen helfen darf", sagte Elvira mit einem Lachen und war um positive Stimmung bemüht, das war überflüssig, weil sie bei allen Beteiligten reichlich vorhanden war.

„Wollen wir noch einen Kaffee trinken oder müssen wir gleich los?", fragte ich die Maklerin.

„Einen Kaffee nehme ich gerne."

„Und du Kun, was möchtest du gerne trinken?"

„Ich würde mich über einen Eiskaffee freuen."

Ohne lange aufs Personal zu warten, ging ich zur Rezeption und bestellte. Wir nahmen Platz in einer Sitzgruppe im Bambusstil mit Blick auf die vor sich hin plätschernden Kanäle der Anlage und vertieften unsere sich anbahnende Bekanntschaft.

Meine Neugierde auf die Objekte, die Elvira uns präsentieren würde, kannte keine Grenzen. Immerhin sollte es dabei um meine Zukunft, um mein komplett neues Leben gehen! Zehn Minuten später stiegen wir in den Mittelklasse Mazda der Maklerin und fuhren leicht bergab hinein in den Ort, bogen vor der Tempelanlage rechts ab und anschließend ging es steil aufwärts. Die angepeilte Immobilie lag rund einhundertfünfzig Meter über dem Meeresspiegel, sie war in den Berg hinein gebaut und bot einen großartigen Blick über Strand und Meer.

Es war ein Hotel mit 40 oder 50 Zimmern und stand seit ein paar Jahren leer. Durch seine exponierte Lage und vor dem mit dichtem Grün bewachsenen Hintergrund entstand aus der Ferne ein attraktiver und exklusiver Eindruck. Aus der Nähe betrachtet wurden Alterserscheinungen sichtbar und alles wirkte nur noch marode und brüchig, morbid und verbraucht.

„Was für eine tolle Lage und diese Wahnsinnsaussicht – das ist mal ein Standort der Extraklasse. Ich frage mich nur, warum hier nichts los ist?“, erkundigte ich mich.

„Das kann ich Ihnen nicht sagen“, war Elviras Antwort. „Als ich zum ersten Mal hier war, sah es schon so aus wie heute.“

„Vielen Dank für dieses Objekt, doch bitte lassen Sie uns weiter fahren“, teilte ich ihr ohne jedes drum herumreden meine Wünsche mit.

„Dieses Haus ist viel zu groß für uns und sein Zustand sprengt meine Möglichkeiten. Es war wahrscheinlich die zu große Entfernung zum Meer, die den Misserfolg ausgelöst hat, oder?“

Das konnte oder wollte Elvira nicht bestätigen. Wir schenkten uns die Besichtigung der Innenräume des heruntergekommen Kastens. Auf dem Weg zum Auto dachte ich mir: Wenn schon vor ein paar Jahren erkannt wurde, dass ein Hotel in dieser Lage nicht läuft, dann werde ich bestimmt nicht der Idiot sein, der diese Entscheidung infrage stellt.

Sukhumvit

Ein halbes Jahr zuvor. Es war der 23. Dezember 2005 und ich war in Bangkok. Ich war alleine in Bangkok. Das ist nichts Sensationelles und auch nichts Besonderes, denn viele Männer reisen ohne Begleitung nach Bangkok. Bewusst und mit voller Absicht besuchen sie als Alleinreisende Thailands Hauptstadt. Bei mir bestand der Unterschied darin, dass ich ursprünglich nicht geplant hatte, solo die Stadt der Engel aufzusuchen

Schon seit längerer Zeit war ein gemeinsamer Weihnachts- und Neujahrsurlaub mit meiner Freundin Beatrix geplant. Vietnam hatten wir uns als bis dato von uns noch nicht bereistes Ziel auserkoren. Bis in den November hinein war ich mir sicher, dass unser Trip auch stattfinden würde. Ich war die eine Hälfte einer Liebesbeziehung und man sollte sich darauf verlassen können, was mit der anderen Hälfte geplant und besprochen war. So jedenfalls dachte ich in meiner naiven, männlichen Einfalt.

Doch ich lag falsch, nicht nur ein wenig falsch, ich lag total daneben. Denn der andere Teil unserer Beziehung hielt sich nicht an die getroffene Absprache. Das wurde mir unmissverständlich klargemacht. Kurz, knallhart, explizit, kategorisch und chancenlos. Diskussionen, Einsprüche, Einwendungen und Widerreden waren zwecklos. Der einsam getroffenen weiblichen Entscheidung hatte ich nichts entgegenzusetzen und musste die unerfreuliche Situation wohl oder übel schlucken.

Diese für meine Begriffe recht radikale Veränderung kam unerwartet und traf mich dementsprechend wehrlos und unvorbereitet. Vielleicht verspürte ich eine kaum wahrnehmbare Ahnung, doch ich wollte die vielen kleinen Signale und Hinweise der letzten Zeit, die eine mögliche Trennung andeuteten, nicht erkennen. Ich ignorierte das alles, weil ich diesen Abschied nicht wollte. Beatrix war zweifellos eine eigene Persönlichkeit und ein Fall für sich, doch ich hatte mich an ihr Verhalten, ihr Denken, ihr Nichtdenken, ihre Art zu reden, ihre Koch- und Liebeskünste sowie ihre zahlreichen Macken, von denen sie sich nicht lösen konnte, gewöhnt und nicht die Absicht, unsere Beziehung aufzugeben.

Da stand ich und fühlte mich wie ein in der Wüste ausgesetzter Jeepfahrer ohne Benzin, aber auch ohne Jeep. Die Freundin war weg, der gemeinsam geplante Urlaub auch und dass in der düsteren, unerfreulichen, aufs Gemüt drückenden Jahreszeit.

Lange musste ich nicht überlegen. Sollte ich das bevorstehende Weihnachtsfest als vereinsamter Strohwitwer stumpfsinnig und Trübsal blasend in Deutschland verbringen? Das fühlte sich für mich an nach vollen Gläsern, die sich viel zu schnell leeren und schweren Köpfen, die nur langsam wieder leicht werden. Nein, diese Alternative kam für mich nicht in frage.

„So schnell lasse ich mich nicht unterkriegen", sagte ich mir erst leise und schon kurz darauf laut: „Dann fliege ich eben alleine nach Asien!" Allerdings sollte das ursprünglich angepeilte Vietnam nicht mein Ziel sein. Ich wollte nicht durch die romantische Ha Long Bucht schippern, andere Paare beim Knutschen sehen und mich dabei über mein Alleinsein grämen.

Im Internet stellte ich mir eine kleine Rundreise zusammen, buchte Flüge und Hotels. Weil ich auf komplett neue Abenteuer verzichten wollte, befand ich mich kurz vor Weihnachten am Ausgangspunkt meiner Reise, in Thailands Hauptstadt Bangkok. Mal wieder in Bangkok, die Stadt, in der ich mich von früheren Besuchen her einigermaßen auskannte.

Die Fahrt im Taxi vom neuen Flughafen zum Hotel war wie immer lang, stockend und schleppend. Hatte ich es eilig? Oh, nein, mir stand Zeit ohne Ende zur Verfügung und wartete darauf, sinnvoll und stressfrei genutzt zu werden. Die verbummelte Anreise und den mühsam sich windenden Verkehrsfluss konnte ich sogar genießen und nahm die vorüberziehende, krasse Metropolis-Architektur als willkommene Erlebnisse in mich auf: Den mehr als dichten Verkehr, die über- unter und nebeneinander laufenden Straßen, die in den Himmel ragenden Gebäude, den unübersehbaren, irrwitzigen Trubel.

Mein per Internet gebuchtes Hotel lag im touristischen Stadtteil Sukhumvit. Am Nachmittag kam ich an und checkte ein. Die Formalitäten an der Rezeption waren schnell erledigt, ich erhielt meinen Zimmerschlüssel, schnappte meine Reisetasche und bewegte mich auf die Lifte zu. Der Rezeptionist rief mir etwas hinterher, das ich nicht verstand und weshalb ich zurück zum Tresen ging:

„Excuse me, but I can't understand you."

Der indisch aussehende Mann an der Anmeldung wiederholte seinen Hinweis. Aufmerksam hörte ich zu, versuchte ihn zu verstehen, doch es war zwecklos, sein gebrabbeltes Englisch ließ mich verneinend den Kopf schütteln: „Sorry, what do you mean?"

Er wurde ungeduldig und lenkte meine Aufmerksamkeit auf ein kleines Schild an der Wand hinter ihm. Die Botschaft lautete: „Lady Fee 800 Baht."

Erklärend und diesmal für mich verständlich fügte er hinzu: „You know, we are here in Sukhumvit." Aha. Wir waren im sündigen Sukhumvitviertel. Endlich kapierte ich, was mir mitgeteilt wurde und nahm die Information dankend zur Kenntnis. Lady Fee 800 Baht. Sollte man wissen.

In dem belanglos-neutral eingerichteten, doch überheißen Zimmer angekommen, schaltete ich die Klimaanlage an und stellte den Thermostat auf 24 Grad. Meine Reisetasche hob ich aufs Bett und räumte die mitgebrachte Kleidung in den Schrank. Nach dem langen Flug war die Dusche willkommen und erfrischend. Dem Klima entsprechend wechselte ich auf eine kurze, über dem Knie abgeschnittene Jeans und zog ein schwarzes T-Shirt mit dem weißen Aufdruck „It's only Rock'n Roll" an. Zuletzt schlüpfte ich in meine Joggingschuhe und verließ wenige Minuten nach der Ankunft das Hotel.

Mein erster Bummel in meinem ersten Urlaub alleine führte mich über die wie zu jeder Tageszeit extrem geschäftige Sukhumvit Road. Unmengen an Passanten waren unterwegs. Das lag auch am Datum, denn Weihnachten ist eine der Hauptreisezeiten. Und Bangkok eines der meistbesuchten Ziele weltweit. Die Stadt war von vorne bis hinten voll. Voller ging's eigentlich nicht. Mein Bummel verkam zu einem einzigen Geschiebe. Die Unmenge an Passanten bewegte sich nicht aus Eigeninitiative, man wurde gegangen, anders war nichts zu machen und so ließ ich mich von der Menge treiben.

Breite Betonstelzen trugen die Skytrain-Schnellbahn, die hoch über die Sukhumvit Road verlief. Alle paar Minuten donnerte ein Zug den Schienenstrang entlang. Alle paar hundert Meter kam eine Station, zu erreichen über Treppen, Rolltreppen und Lifte. Die Skytrain-Anlage beanspruchte und füllte den Luftraum zwischen den Häuserschluchten, die sie durchraste. Nur wenige Lichtstrahlen schafften es, ungehindert bis nach unten zu dringen. Das dauerhafte Gewühl, der endlose Auflauf, das unvermeidliche Chaos, der gesamte Trubel auf dem Bodenniveau spielte sich in einem halbschattigen Dämmerlicht ab.

Auf der Straße standen Autos, Tuk-Tuks und anderen Fahrzeuge in mehreren Reihen. Stoß an Stange. Aus an Puff. Dicht an dicht. Lange Zeit. Geduldig und geduldsam. Unverdrossen und diszipliniert. Ab und zu wurde gehupt. Nach einigen Minuten Wartezeit wurde auch wieder mal gefahren. Hunderte von Mopeds schlängelten sich zwischen den ausharrenden Gefährten durch. Jeder versuchte, ein paar Meter gutzumachen, bevor die nächste Ampel samt Rückstau Einhalt gebot.

Die nicht sonderlich breiten Gehwege waren zugestellt mit kompromisslos einträchtigen Verkaufsständen. In Reih und Glied. Stand neben Stand. Lückenlos. Ununterbrochen. Geschlossen. Solidarisch. Den Passanten blieb nicht viel Raum zum Vorwärtskommen. Ein unablässiger Gegenverkehr erzwang einen Zickzackkurs mit ständigen Ausweichmanövern. Es war schon später Nachmittag, doch unverdrossen hielt die Hitze des Tages an. Urlaubsklima, das ich kannte und mochte und das mich keinesfalls abschreckte.

Nach zwei genüsslich verschlenderten Warming-up-Stunden hatte ich genug von dem Getümmel. Einladend öffnete sich eine ruhigere Seitenstraße, in der die Verkaufsstände ersetzt wurden durch mehrere Gruppen von Ladys, die sich vor ihren Massage-Shops räkelten und auf baldige Betätigung ihrer talentierten Finger hofften. Als ich einmal auf und dann wieder ab marschierte, erweckte ich mit diesem wiederholten Flanieren ein hohes Interesse bei dem in Erwartung harrenden, breit gefächertem Lady-Angebot.

Es kam mir schwierig vor, über den bloßen Augenschein zu erkennen, wer wohl am besten massiert, deshalb entschied ich mich kurz und schmerzlos für eine gut aussehende, dem jugendlichen Alter bereits entwachsene und ein wenig kräftiger gebaute Lady von mittlerer Größe.

„Do you want Full-Body-Oil-Massage?", lächelte sie mir, ihrem potenziellen Klienten zu.

„Yes, das will ich."

„Die kostet hier bei uns 300 Baht", erklärte mir die auffallend freundliche Frau und verbreiterte ihr Lächeln. Ich nickte ihr zu, lächelte zurück, einverstanden, perfekt, alles easy, das Honorar entsprach der üblichen Höhe, war somit okay und ich folgte ihr in den Innenraum.

Die Einrichtung bestand aus kleinen, getrennten Kabinen mit abschließbaren Türen. Eine Aufteilung, die mir mehr zusagte als das System mit den Vorhängen, das bei den meisten dieser Institutionen zu finden war. In der Kabine waren Kunde und Masseurin nicht nur für sich, es wurden auch die Geräusche zurückgehalten. Unmittelbar nach unserem Eintritt forderte mich die Lady zum Ausziehen auf. Damit keine Missverständnisse in Bezug auf meine Erwartungen aufkamen, zog ich mich vollständig aus, was mit Wohlwollen und einem weiteren Lächeln registriert wurde.

Auf meinen Urlaubsreisen in Asien hatte ich mir immer wieder mal zur Entspannung eine erholsame Massage gegönnt. Wenn eine Stunde lang an mir herumgeknetet wurde, selbst an wenig spektakulären Stellen wie Rücken oder Arme, reagierten meine empfindsamen Nerven und weckten meine Sinne: Lustgefühle stiegen auf, ich wurde scharf und hart und hatte das unbändige Verlangen, dass auch die edlen und wichtigen Teile meines Körpers den Genuss von langanhaltenden Berührungen erfuhren.

Die Lady deutete an, dass ich mich auf den Bauch legen sollte und die Durchwalkaktion begann. Gleich die ersten Griffe zeugten von Professionalität und Erfahrung der von mir ausgewählten Masseurin. Mein Körper wurde nicht zu hart und keinesfalls zu weich behandelt. Die Lady knöpfte sich meine komplette Rückseite vor, Arme, Beine und Füße wurden eingeschlossen und in ihrer Muskulatur aufgelockert.

Als sie alles durch hatte, näherte sie sich mit zwingenden, konzentrierten und entschlossenen Bewegungen dem Ziel, das sie sich gesetzt hatte. Sie umrundete es mehrfach, kam dicht heran, zog sich wieder zurück und stachelte meine Empfindungen an in einem Bereich, der mir bisher unentdeckt geblieben war. Die hintere Körperöffnung war das Ziel ihrer Bemühungen und sie verstand es hervorragend, die Ungeduld, Erregung und Erwartung ihres Patienten ins Unermessliche zu steigern.

Als ich schon dachte, es nicht mehr aushalten zu können, schob sie ihren Daumen unter kleinen, wellenartigen Bewegungen langsam hinein ins Loch. Das war einfach zu viel des Guten für mich und ich drehte mich um. Die Lady hatte es zwischenzeitlich geschafft, unbemerkt ihr Oberteil abzulegen und ließ ihre kleinen, aber straffen Brüste vor meinem Gesicht baumeln. Wo üblicherweise mein Schwanz war, befand sich ein knallhartes, aufrecht stehendes Rohr. Ohne lange zu zaudern, legte sie Hand an dieses Naturereignis und fragte:

„Do you want more?"

„Oh yes, I want more. You can give me Happy End?"

Natürlich wollte ich mehr, ich war hier in Bangkok und nicht in Deutschland beim Arzt, worauf die Lady ihren Zeigefinger in die Luft hielt.

„Do you want 1000 Baht more?" fragte ich sie.

Breit lächelnd bestätigte sie die Rückfrage.

„Okay, no problem for me, let's go!"

„Do you want that I smoke you?"

Einen kurzen Augenblick später befand sich das sensibelste meiner Körperteile tief in Mundhöhle und Rachen dieser Magierin der Lust mit ihren unglaublich stimulierenden Talenten. Sie saugte und massierte, platzierte dabei gekonnt und erprobt eine Hand an meiner Schwanzwurzel. Mit ihren geschickten Fingern krabbelte und kraulte sie und bescherte mir überbordende Lustgefühle.

Lange konnte und wollte ich nicht mehr an mich halten und schoss alles, was mein Organ zu bieten hatte, in den empfangsbereiten Mund. Puuh – ich entspannte mich und machte es mir auf der Liege bequem.

„Das war super. Vielen Dank, du bist sensationell, das war ein großartiges Erlebnis."

Bei der Damenwelt in Europa lief es meistens so ab, dass sie nach einer solchen Nummer ins Bad stürzten und sich minutenlang den Mund ausspülten. Die geniale Lady in der Sukhumvit Road kannte Sorgen dieser Art nicht. Meine Ladung wurde geschluckt und das war's auch schon. Sie holte eine Waschschüssel unter der Liege hervor und reinigte meinen Schwanz, der sich wieder in seinem normalen Alltagsformat befand.

„Do you think he is happy?" fragte sie mich und zeigte auf mein bestes Stück.

„Very happy. Very happy and a little bit tired", erklärte ich ihr. Nachdem ich mich angezogen hatte, bezahlte ich für die erhaltene Dienstleistung, gab der Lady einen Kuss und begab mich beschwingt und befreit zurück in das Tohuwabohu der Sukhumvit Road.

Bar

In einem kleinen Imbiss mit Stühlen auf der Straße bestellte ich Chicken with Cashew Nuts und gekochten Reis, dazu ein kaltes Tiger Beer. Klassischer Bangkok Street Food, serviert als übersichtliche Portion. Sauber und okay. Und ausgezeichnet im Geschmack. Also hatte ich zwei unterhaltsame Stationen meines Aufenthaltes absolviert, aber keinerlei Plan, wie es weiter gehen könnte. Die lange Anreise und die sechs Stunden Zeitunterschied machten sich bemerkbar. Ich wurde bescheiden und gelangte zu der Ansicht, dass meine bisherigen Erlebnisse für den ersten Urlaubsabend ausreichten.

Auf den Straßen herrschte immer noch Hochbetrieb, der Abend hatte eben erst begonnen, die Nacht stand noch in Warteposition. Ich wanderte die Sukhumvit herab und bog am Seven-Eleven ab. In dieser Seitenstraße passierte ich einen monumentalen Hotelklotz nach dem anderen. Bevor ich mein eigenes Hotel erreichte, wurde ich von der gegenüberliegenden Straßenseite lautstark angerufen:

„Papa, come to Mama!"

Und erneut, eindringlicher und lauter:

„Papa, we miss you!"

„Papa come to me!"

Das Geschrei kam aus einer kleinen Bar, die durch viele kleine Lichter auffallend kunterbunt illuminiert war. Die Bar war keck und dreist mitten auf dem Gehsteig platziert, sodass Fußgänger um die am Tresen hockenden Saufbolde herumgehen mussten. Sie war nach drei Seiten offen und bestückt mit einer Gruppe bestens gelaunter, herzhaft lachender und intensiv winkender Ladys.

„Papa, where are you going?"

„Come to Mama!"

„Look at me, Papa!"

Sie sprangen, tanzten und hüpften übermütig herum und forderten mich mit ihrem Geschrei und ihrer Körpersprache beharrlich und massiv auf, endlich die paar Schritt zu riskieren und die schmale Straße zu überqueren. Sollte ich? Sollte ich nicht? Oder vielleicht doch? Kurz blieb ich stehen, ging dann aber weiter.

„Oh no! Come back! Papa, Mama is waiting!", riefen sie hinter mir her.

Eine langweilige Fassade erhob sich vor mir, es war mein unbedeutendes, gleichgültiges Hotel. Es war nichts Besonderes und besaß keinerlei Ausstrahlung. Sollte ich dieses Neutrum tatsächlich gebucht haben? Das Ambiente, das mir die Hotel-Website präsentierte, sah in meiner Erinnerung deutlich attraktiver aus als die trostlose Wirklichkeit, die ich vorfand. Diesmal hatte ich im Internet kräftig danebengegriffen. Die vielversprechenden Beschreibungen entsprachen nicht der Realität, die schönen Fotos durften sich bei einem Photoshop-Experten bedanken. Na, ja, mein Aufenthalt in diesem Schuppen war auf vier Nächte begrenzt, ich würde nur zum Schlafen mein Zimmer benutzen, das würde ich so eben noch aushalten.

Rund um den Hoteleingang ging es rege und betriebsam zu. Taxen und Tuk-Tuks fuhren vor. Taxen und Tuk-Tuks fuhren ab. Gäste gingen rein. Gäste kamen raus. Bergeweise wurde Gepäck gestapelt oder auf kleinen Karren transportiert. Der livrierte Portier sah mich kommen und riss diensteifrig die hohe Glastüre auf. Zuerst wollte ich der Aufforderung folgen und die Lobby betreten. Dann zögerte ich, blieb stehen und warf einen schnellen Blick auf meine Uhr: 20 Uhr 30. Es war erst halb neun und ich befand mich in Bangkok, einer Stadt, die keinen Schlaf kennt.

Auf dem Weg zu meinem Zimmer würde ich als Nächstes die Hotelhalle durchqueren. Auf dem Weg zu meinem Zimmer? Das konnte ja wohl nicht wahr sein! Wollte ich Urlaub machen oder mich einer Schlaftherapie unterziehen? Der Mann an der Rezeption blickte mir entgegen und zuckte mit den Schultern, als ich kurz vor ihm abdrehte. Nach wenigen, schnellen und entschlossenen Schritten war ich auf der Straße, ging die paar Meter zurück und wurde begeistert empfangen.

Aus den Lautsprechern quollen die überall gleichen, vertrauten und verstaubten Oldies-Klänge. Ein paar männliche ausländische Gäste nickten mir zu und ich nickte zurück. Einige der Barhocker waren noch frei, ich suchte mir einen aus und war nach kurzer Zeit eingekesselt. Eine Lady auf meiner linken Seite, eine Lady auf der rechten Seite. Ein paar Minuten lang hielten sie sich zurück, dann redeten sie auf mich ein, ich musste aber meistens unwissend den Kopf schütteln, weil ich die mager vorhandenen Englischvokabeln nur selten enträtseln konnte. Deshalb blieb die Unterhaltung dünn und dürftig und wurde von der überlauten Musik ausgeglichen. Als ich mein zweites Bier bestellte, durften sich auch die beiden Ladys ihre Drinks ordern, schließlich war ich ein höflicher, wohlerzogener Mensch.

Langsam entwickelte sich in mir eine angenehme, friedliche und willkommene Urlaubsatmosphäre, die mein malträtiertes Gemüt und dem schikaniertem Selbstbewusstsein aufmunterte. Stimmung und Laune waren perfekt, ich fühlte mich wohl und genoss es, in dieser offenen Bar, halb im Inneren und halb auf der Straße zu sitzen. Aus meiner Position beobachtete ich den Barbetrieb mit seinen Gästen, das Tun und Treiben der Ladys und bekam zugleich mit, wer und was auf der Straße vorüberzog.

Ich bestellte noch eines dieser exzellenten Tiger Beers. Es wurde sofort serviert, außen beschlagen, innen schön kalt und von hervorragend erfrischendem Geschmack. Zwei neue Drinks für die Damen? Zwei neue Drinks für die Damen. Ich streckte und räkelte mich auf meinem Barhocker, bemüht, das stundenlange Sitzen im Flugzeug endgültig abzustreifen. Langsam, etwas unsicher und zögerlich gesellte sich eine weitere Lady in meine Nähe. Sie hatte eine zierliche Figur, war nicht besonders groß, doch ein rundes, harmonisches, auffallend hübsches Gesicht mit einer niedlichen Stupsnase, eingerahmt von langen, pechschwarzen Haaren. Mein Interesse erwachte, meine Laune stieg noch mehr an, die neue Lady löste etwas in mir aus, sie gefiel mir viel besser als die beiden anderen, aus meiner Umzingelung. Sie stand abwartend schräg hinter mir, weil sie sah, dass mich ihre zwei Kolleginnen unter Beschlag genommen hatten und blieb erst mal auf Distanz.

Die ersten beiden Ladys begannen eine Diskussion. Es ging um mich und sie stritten sich darüber, ob ich aus Germany oder aus Allemagne komme. Ein willkommener Anlass, mich von diesen Geographiegiganten zu trennen. Die hübsche Kleine wartete immer noch und ich lachte sie direkt und offen an. Offen und direkt lachte sie zurück und ich forderte sie per Handzeichen auf, näherzukommen. Sie reagierte sofort und zwängte sich an meine Seite, zum offensichtlichen Unbehagen der bereits anwesenden Damen, doch der Gast ist König, er ist der Bestimmer, hat das Geld und dadurch das Sagen und das erst recht in einer Bar in Bangkok.

„Do you speak English?", fragte ich sie.

Meine frisch an der Bar aufgetauchte Bekanntschaft war altersmäßig schwer einzuschätzen. Falten oder sonstige Verfallserscheinungen konnte ich in ihrem sympathischen Gesicht nicht ausmachen. Sie konnte 18 aber auch über 30 Jahre alt sein. In ihren Augenwinkeln steckte etwas Verschmitztes, Humorvolles, Schelmisches. Diese niedliche, kleine Frau strahlte Optimismus, eine eigene Fröhlichkeit und geballte Lebenslust aus. Ich konnte ihr nicht anmerken, dass sie ihren Lebensunterhalt an einer Bar verdiente. Sie wirkte auf mich liebenswert, reizvoll, vielversprechend und sehr anziehend. Ihre gesamte Erscheinung, wie sie sich gab, wie sie sich bewegte, wie sie sprach, wie sie an ihrem Getränk nippte und vor allem, wie sie lachte, zog mich in ihren Bann.

Leise und bescheiden erhielt ich ihre Antwort auf meine Frage: „I speak a little bit English."

A little bit, das reicht doch, dachte ich mir und setzte meine Konversationsbemühungen fort:

„Thats okay, yes, thats nice, and we can speak together!"

Sie strahlte mich mit blitzenden Augen an und ich fragte sie weiter aus:

„Are you from Bangkok?"

„Oh no, I am coming from Isan!"

Isan? Dieses Wort hatte ich noch nie gehört. War das eine Stadt, ein Land, eine Insel, eine Schule oder ein Gefängnis? Um mich nicht zu blamieren, ging ich nicht weiter darauf ein. Es war mir doch nicht wichtig, wo sie herkam. Hauptsache, sie war da und das auch noch an meiner Seite. Es wurde ein sehr langer, sehr unterhaltsamer, sehr schöner erster Urlaubsabend.

Am nächsten Morgen wachte ich in meinem Hotelzimmer auf und war nicht mehr allein. Jemand Unbekanntes lag neben mir, das Gesicht unter einer Flut schwarzer Haare verborgen. Was war passiert? Was hatte sich ereignet? Was hatte ich verpasst? Wo eigentlich mein Kopf sitzen sollte, gab es nur ein dumpf-pochendes Gefühl. Meine Erinnerungen an den vorherigen Abend waren zu diesem Zeitpunkt nicht imstande, mir weiterzuhelfen – sie waren nicht vorhanden und deshalb nicht abrufbar. Diese Lady in meinem Bett – war sie das? Fragte ich mich. War es die zierliche, hübsche, fröhliche, zuletzt dazugekommene?

Ich schaute mir das schlafende Mädchen genau an. Ja, das war sie, die niedliche Lady aus der Bar, die mir so gut gefallen hat. In diesem Moment wurde sie wach, schlug ihre riesigen Augen auf und fing mich sofort wieder emotional ein. Hatte man mir beim Eintreffen im Hotel die 800 Baht Lady Fee abgeknöpft? Wusste ich nicht, das war alles verblasst, ich hatte keine Ahnung und es war mir auch gleichgültig. Wie hieß sie noch? Kannte ich ihren Namen? Nein, den kannte ich nicht. Oder sie hatte ihn mir genannt und ich hatte ihn in Tiger Beer ertränkt.

Der Lady ging es eindeutig besser als mir. Sie lag neben mir, die Decke bis zum Kinn hochgezogen, und schaute mich mit ihren wunderschönen, großen Mandelaugen an.

„Hallo und guten Morgen", begrüßte ich sie.

„Good morning, are you okay?" erkundigte sie sich.

„Nein, sorry, ich bin nicht okay. Ich habe einen Kopf wie ein Bienenhaus."

„Tja, das war dann wohl zu viel Bier und das dann auch noch viel zu schnell getrunken", kommentierte sie fachmännisch meinen Zustand. Als Bargirl musste sie es wissen.

„Was war denn gestern Abend noch los? Ich erinnere mich an nichts mehr."

Alles war möglich, hoffentlich hatte ich mich nicht danebenbenommen.

„Nichts war los. Es ist nichts passiert, woran du dich erinnern musst", informierte sie mich mit einem Schmunzeln.

„Wir sind hier in deinem Zimmer angekommen und dann haben wir geduscht."

„Sind wir zusammen unter die Dusche gegangen?", unterbrach ich sie.

„Oh, nein, das geht nicht", sie schlug sich ihre Hand vor den Mund. „Erst war ich dran und dann du."

„Wir haben nur geduscht, sonst nichts gemacht, gar nichts?"

Ich konnte es kaum glauben, doch wenn sie mir den vorigen Abend so schilderte …

„Nach dem Duschen sind wir sofort ins Bett gegangen. Dann hast du zu mir gesagt, ich hätte eine dicke Nase und bist eingeschlafen", sie schmunzelte und schaute mich fröhlich an.

„Was denn, das habe ich gesagt? Wie unhöflich von mir! Und ich habe bis soeben geschlafen?"

„Tief und fest, die ganze Nacht über. Willst du vielleicht, dass wir jetzt ein wenig Spaß haben?"

„Oh nein, sorry, bitte entschuldige, aber mein Kopf, der ist noch lange nicht so weit."

Die kleine Lady kicherte und stieg mit sorgfältig um ihren Körper drapiertem Handtuch aus dem Bett. Im Zimmer auf und ab laufend sammelte sie ihre überall verteilten Klamotten zusammen. Dann ging sie ins Bad und ich hörte es von drinnen rauschen und spülen. Fertig angezogen kam sie heraus und strahlte mich gut gelaunt an. Weil ich nichts falsch machen wollte, hielt ich ihr Verhalten für eine Aufforderung und zog mein Portemonnaie hervor:

„How much I have to give you?"

„No, no. Du hast schon gestern Abend bezahlt. Vielen Dank!"

„Oh yes? Ich habe schon bezahlt? Sorry, ich kann mich nicht mehr dran erinnern."

Sie war abmarschbereit, wandte sich zur Türe und winkte mir zu: „Okay, I go now. Thank you very much for the nice evening."

Das ging mir dann doch entschieden zu schnell und bevor sie sich vollständig verdrückte und unerreichbar war, rief ich schnell: „One minute, please."

Sie blieb vor der noch nicht geöffneten Türe stehen, drehte sich um und sah mich erwartungsvoll an.

„Heute ist Weihnachten, das ist ein großer Feiertag in Deutschland. Da bin ich nicht so gerne alleine. Wenn du willst und wenn du Lust und Zeit hast, lade ich dich am Abend zum Essen ein."

Sie sah mich an und überlegte einen Augenblick lang.

„Ich lade dich zum Essen ein und bezahle dich auch für die Zeit", legte ich vorsichtshalber nach.

„Ja, doch, ich habe Zeit, vielen Dank, wir können uns gerne treffen", bestätigend nickte sie mir zu und schaute mich mit ihrem schelmischen Blick an.

Langsam taute ich auf, wurde wacher und mutiger. „Hast du vielleicht auch schon am Nachmittag Zeit?", fragte ich sie.

„Ich? Na klar, ich habe den lieben langen Tag Zeit", jetzt grinste mich diese zierliche Attraktion offen an. „Und wenn du willst für dich."

„Das ist ja super. Dann können wir uns schon früher, vielleicht so um drei Uhr treffen. Was hältst du davon, wenn du mir ein paar schöne Ecken von Bangkok zeigst?"

Sie war einverstanden und wir verabredeten, dass wir uns um drei Uhr an ihrer Bar treffen würden. Die Lady drehte sich um und öffnete die Türe.

„Bye bye, see you later in the bar."

„Moment mal, wie heißt du denn eigentlich?"

„My name is Kun."

„Your name is Kun?"

„Yes, Kun!"

Treffer!

Mit dem Auto ging es hinunter an den Strand von Patong. Das Gedränge auf den Straßen wurde dichter, die Auswahl an Parkplätzen geringer, dann sahen wir ihn. Den berühmten, begehrten und zu jeder Jahreszeit stark frequentierten Strand von Patong! Sollten wir wirklich hier fündig werden? Hier, im Zentrum, im Mittelpunkt des touristischen Business? Unser Ziel lag allerdings nicht im überfüllten und aufreibendem Gewühl im Herzen von Patong, sondern am äußeren, südlichen Ende des berüchtigten Urlaubsortes.

Rechtwinklig fuhr Elvira geradewegs auf das Meer zu. Während die Hauptstraße nach rechts Richtung Stadtmitte abknickte, führte eine schmalere Straße in die entgegengesetzte Richtung, dorthin, wo sich der Strand nach etwa 800 Metern einigen steil aufragenden Felsen geschlagen geben musste. An diesem Ende des Strandes ging es im Vergleich zu anderen Bereichen erheblich ruhiger zu, doch natürlich wurde auch hier jeder Quadratmeter touristisch genutzt: Hotels, Shops, Bars, Restaurants, Massagen. In unmittelbarer, verlockender Nähe von Meer und Strand ging es nicht anders.

Gleich vorne, an der Abzweigung, lauerte der wuchtige Komplex einer bekannten Hotelgruppe. Weiter hinten wurden die Gebäude zurückhaltender und bescheidener. Es fanden sich auch noch etliche Häuser, an denen gearbeitet wurde – der verheerende Tsunami zur Weihnachtszeit 2004 war gerade mal eineinhalb Jahre her. Optisch hatten die kleinen Häuser entlang der Straße wenig zu bieten – bis auf eine Ausnahme, die ins Auge sprang: Neben einer arg lädierten Ruine, die aber offensichtlich auch wieder hergerichtet wurde, stach eine lindgrüne, lichtblau durchsetzte, dreistöckige Fassade hervor.

Das Haus fiel schon deshalb auf, weil seine gesamte Vorderseite mit einer Orgie an kleinen Säulen und Kandelabern ausgestattet war und einen sympathisch altmodischen Vintage-Eindruck hervorrief. Es gab Brüstungen und Balkone. Und herabhängende, im Wind flatternde, zerrissene Markisen. Das Gebäude hatte Charme, doch auffallend und ersichtlich war auch: Es stand leer und wurde nicht benutzt.

„Was denn? Doch nicht etwa das hier?“, fragte ich ungläubig Elvira, als sie genau vor dem grünen Blickfang einparkte.

„Elvira, spannen Sie mich nicht auf die Folter: Ist das etwa unser Objekt?“

„Korrekt, Herr Hollender, ich bin befugt, Ihnen diese Hotelimmobilie anzubieten“, erwiderte sie. „Ich muss Sie aber warnen, erwarten Sie bitte nicht zu viel, das Gebäude hat vom Tsunami einiges abbekommen und steht seitdem leer.“

Wir stiegen aus und schauten uns beim Näherkommen das Haus genauer an. Nur die schmale, nicht sehr stark befahrene Straße trennte das Hotel vom Strand, der hier, am südlichen Ende von Patong, zwischen 50 und 100 Meter breit war.

Links von dem Gebäude befand sich die erwähnte Hausruine, an der emsig renoviert wurde. Dazwischen führte ein Zugang, eine schmale Gasse, nicht breiter als ein Auto, zu einem weiteren, kleinen Hotel hinter dem grünblauen Gebäude, einer Herberge, die geöffnet hatte, der aber der freie Blick zum Meer verstellt war. Rechts lag ein schmales, zweistöckiges Privathaus mit kleinem Garten zur Straße. Dann folgte ein Massagesalon, dem sich ein Seven-Eleven anschloss. Das nächste Haus in der Reihe war schon wieder ein Hotel.

Mit Freuden betrachtete ich Umgebung und Ambiente und registrierte, dass der ganz große Rummel nicht bis hier reichte. Es ging gelöster und entspannter zu, was mir sehr zusagte. Die Immobilie, die mich auf Anhieb interessierte, lag ein paar Meter von der Straße zurück. Den Zwischenraum beanspruchte eine Terrasse von zwölf Meter Breite und etwa sechs Meter Tiefe.

Zuversicht und Euphorie blühten in meinem Inneren auf wie ein Mini-Feuerwerk. Ich konnte mich nicht mehr beherrschen, drehte mich zu Kun um und gewährte ihr einen optimistischen Ausblick in unsere goldene, gemeinsame Zukunft:

„Schau doch mal Kun, siehst du was ich sehe?"

Kun hatte natürlich keinen Einblick in die hervorgerufenen Bilder meiner Phantasie.

„Ist das nicht ein super-tolle Terrasse? Genau hier nehmen unsere Gäste in ein paar Monaten ihr Frühstück ein!"

„Dann werden Sie aber für Schatten sorgen müssen", meinte Elvira. „Auch am frühen Morgen setzt sich niemand zum Essen in die pralle Sonne."

Sie hatte recht. Die Terrasse war in ihrer gesamten Breite den heißen, tropischen Sonnenattacken ungeschützt ausgeliefert. Wenn wir unseren Gästen eine Frühstücksterrasse oder ein Außenrestaurant bieten wollten, würde ein Schattendach unerlässlich sein.

Für Kun waren die Besichtigungen, Einschätzungen und Entscheidungen, die es zu treffen galt, etwas viel auf einmal. Sie war dabei, machte alles mit, schaute alles an, kam mir aber nicht wahrhaftig involviert vor. Nur selten äußerte sie ihre Meinung. Kaum einmal vernahm ich eine Beurteilung oder einen Kommentar von ihr. Aber das ist kein Wunder und das konnte ich von ihr weder erwarten noch verlangen. Ich würde mit unserem Hotelprojekt Geld in die Hand nehmen, in Dimensionen, die sie bisher nicht kannte.

Aufmunternd nickte Elvira ihren beiden Interessenten zu: „Das scheint Ihnen zu gefallen, oder? Wie sieht's aus, wollen Sie sich das Gebäude auch von innen anschauen?"

„Oh ja, deshalb sind wir hier, das wollen wir unbedingt", war meine Antwort.

„Nichts leichter als das, ich bin vorbereitet und habe die Schlüssel dabei."

Von der Terrasse stieg sie drei, vier Stufen herab, und schon stand Elvira vor der zweiflügeligen Glastüre, die hineinführte. Aus ihrer über Proportionierten, goldroten Tasche wühlte sie einen Schlüssel nach dem anderen hervor, die sie der Reihe nach ins Schloss steckte und durchprobierte. Doch keiner davon passte. Die Maklerin wurde erst nervös, dann wütend und zuletzt erkennbar sauer. Sie begann laut auf eine imaginäre Person zu schimpfen: „Diese dumme Kuh, die ist doch wahrhaftig zu blöd, mir die richtigen Schlüssel zu geben."

Abwartend blieben wir auf der Terrasse und betrachteten derweil das kunterbunte Treiben auf dem Strandabschnitt vor uns. Teils kreidebleiche, teils braun gebrannte oder auch verbrannte Urlauber fläzten sich in ihren Liegestühlen, tummelten sich in einer harmlosen Brandung, spielten Ball oder Frisbee, bauten mit ihren Kindern Sandburgen, lutschten ein fettes Magnum-Icecream oder schütteten kalte Getränke in sich hinein.

Großartig der Blick hinaus aufs ewig weite Meer, künstlerisch wertvoll bestückt mit einigen der romantisch anzusehenden, landestypischen Longtailboote. Das Knattern der lauten Motoren war bis zu uns hören. In endloser Ferne, auf der Horizontlinie erkannten wir die Umrisse von zwei großen Passagierschiffen. Die Atmosphäre in diesem Teil der Welt war familiär, ungezwungen, heiter und unbeschwert. Ohne Zweifel: Wir befanden uns an einem perfekten Standort, mittendrin im passenden Umfeld für einen Urlaub, wie ihn sich Mitteleuropäer erträumen, wenn sie aus ihrem Großraumbüro in den feucht-grauen Novemberregen blicken.

Mit unglücklicher Miene entfernte Elvira sich von der Türe und wandte sich uns zu: „Tut mir leid, wir können heute leider nicht hinein, weil ich die falschen Schlüssel dabei habe. Was meinen Sie, sollen wir morgen wiederkommen?"

„Oh, Elvira, das wäre schade und das würde mir nicht gefallen", antwortete ich ihr. „Das fände ich sogar ausgesprochen unglücklich. Ich kann's gar nicht erwarten und bin hochgradig scharf darauf, das Haus von innen zu sehen und wenn Sie es irgendwie hinbekommen, am liebsten heute noch!"

„Na gut, das kann ich verstehen. Dafür sind Sie schließlich gekommen. Darf ich Sie um Entschuldigung und um eine Minute Geduld bitten? Ich will sehen, was sich machen lässt."

Sie zog ihr Handy hervor und drückte auf den Tasten herum. Nervös und aufgebracht rannte sie von einer Ecke der Terrasse in die andere, das Telefon fest ans Ohr gepresst. Sie telefonierte. Sie schimpfte. Sie forderte. Sie drohte, beendete ihr Gespräch und kam auf uns zu.

„Okay", sagte sie erleichtert und aufatmend. „Es hat geklappt. Die Schlüssel werden uns gebracht und wir werden das Haus auch von innen sehen. Sie sind allerdings in Phuket Town und es wird etwas an Zeit dauern, bis sie in Patong ankommen."

„Das macht uns nichts aus", ich gab mich vollkommen relaxed. „Es kommt doch nicht auf ein paar Minuten an. Aber ich stelle gerade feste das Immobilien anschauen durstig macht. Kommen Sie Elvira, trinken wir in der Zwischenzeit ein Bier."

Mein Vorschlag fand Zustimmung, wir verließen die Terrasse, gingen ein paar Schritte die Straße entlang und kamen zu einer winzigen Bar mit nur zwei kleinen Tischen.

„Bleiben wir doch gleich hier", schlug ich vor. Wir setzten uns an einen der beiden Tische und bestellten Singha-Bier, das in geeisten Gläsern serviert wurde.

Die immer noch leicht bekümmert wirkende Elvira hob ihr Glas: „Da Ihnen dieses Objekt so gut gefällt, riskiere ich mal, schon jetzt auf Ihr zukünftiges Hotel zu trinken! Ich wünsche Ihnen viel Erfolg, zahlungskräftige Gäste, ein sensationelles Business und alles, alles Gute!"

Das war ein willkommener Trinkspruch, dem wir optimistisch und voller Überzeugung zustimmten. Wir stießen mit Elvira an: „Jawohl, trinken wir auf unser Hotel und trinken wir auf die geniale Frau, die es uns vorgestellt hat!"

Sie machte eine abwehrende Bewegung mit der Hand:

„Ach was, das ist doch mein Job! Ich freue mich immer, wenn es mal wieder passt und ich meine Kunden begeistern konnte!", wehrte sie ab.

„Wie kommt es, dass ein Hotel in dieser tollen Lage nicht schon längst wieder in Betrieb ist?", erkundigte ich mich bei ihr.

„Das hat wahrscheinlich viele Gründe", antwortete sie. „Aber ich vermute sehr stark, dass der Aberglaube der Thais eine der Hauptursachen ist."

„Aberglaube? Wie meinen Sie das? Ist das Haus verhext? Oder spukt es um Mitternacht? Was für Gespenster sollen denn in dem Gebäude ihr Unwesen treiben?", bohrte ich nach.

„Der letzte Pächter vor und während des Tsunamis war ein Engländer, ein noch junger Mann, so etwa Ende 40. Ihn hat tragischerweise die Welle erwischt, denn er hat es nicht geschafft, rechtzeitig aus dem Hotel herauszukommen. Damals haben viele, die am Strand oder auf der Beach-Road unterwegs waren, den anrollenden Tsunami völlig falsch eingeschätzt und sind in die Tiefgeschosse und Keller gerannt."

„Die Leute sind in die Keller gelaufen? Bei Hochwasseralarm? Das ist ja kaum zu glauben", ich war skeptisch, der Bericht von Elvira kam mir nicht besonders glaubwürdig vor.

„Ja, Herr Hollender, Sie wissen doch, wie das ist: Hinterher ist man immer schlauer. Es gab bis zu diesem dramatischen, zweiten Weihnachtstag keinerlei Erfahrung mit Tsunamis und deshalb konnten die Menschen nicht einschätzen, was da Bedrohliches auf sie zukam. Sie waren verwirrt, gerieten in Panik, hatten Angst und sind einfach die Treppen runter ins nächstbeste Haus gestürzt. Dann brach die Welle herein, die hier am Strand von Patong gar nicht mal besonders hoch war. Doch sie kam mit Urgewalt von draußen angebraust und erreichte mit einer unbeschreiblichen Schubkraft das Land. Autos und Motorräder wurden von der Straße gerissen und von dem enormen Druck vor die Türen der Häuser geschoben. Für die Eingeschlossenen in den Untergeschossen gab es kein Entrinnen mehr. So war es auch bei dem Engländer hier im Haus."

Ich war schockiert: „Wollen Sie damit sagen, dass der letzte Pächter in diesem Hotel umgekommen ist?"

„Ja, das war leider so, er ist in der tiefer liegenden Lobby ertrunken. Danach kam der Aberglaube ins Spiel: Die Thais glauben, dass sich an Orten, wo Menschen durch Unfälle gestorben sind, böse Geister aufhalten. Geister, die Unglück bringen und denen man besser fernbleibt. Jeder hier am Strand und alle im Umfeld der Beach-Road wissen, was sich in diesem Gebäude abgespielt hat. Deshalb wird auch so schnell kein Thailänder an diesem Standort sein Business errichten."

„Ach so ist das. Und jetzt kommt ein Farang, der nicht an Geister glaubt und dem schaut man dann aus sicherer Distanz neugierig zu, wie er in sein Unglück hineinrutscht."

„So ähnlich, da liegen Sie richtig. Die Leute werden den neuen Farang-Pächter sehr genau beobachten und schauen, ob er sich richtig verhält oder ob er die Geister verärgert und bestraft wird. Oh, da ist sie schon, das ging aber diesmal schnell."

Elvira blickte in Richtung Straße. Eine größere, attraktive, junge Thai-Lady mit chinesischen Gesichtszügen trat an unseren Tisch. Sie wirkte kultiviert und sehr gepflegt in ihrem hellgrünen Hosenanzug aus Seide. Ihre Hand hielt sie in die Höhe und wedelte mit einem klirrenden Bund voller Schlüssel.

„Vielen Dank, prima, dass es so schnell geklappt hat." Elvira klang nicht besonders freundlich, jedoch erleichtert.

„Darf ich vorstellen: Das ist Werry, sie ist die Enkeltochter der Inhaberfamilie dieser Immobilie."

Es kam kein „Hallo" und auch kein „Guten Tag". Werry bedachte Kun und mich mit einem kurzen Seitenblick, der desinteressiert und mehr kritisch als wohlwollend bei mir ankam. Etwas schnippisch reichte sie Elvira die Schlüssel, drehte sich um und verschwand, ohne ein einziges Wort zu verlieren.

„Nanu, was war das denn?", fragte ich Elvira. „Eine gut aussehende Lady, auch noch recht jung, doch leider ohne gutes Benehmen?"

„Pah, alles nur Fassade, hübsche, uninteressante Fassade", erklärte die Maklerin. „Fallen Sie bloß nicht auf so eine Larve rein, denn das gibt's oft genug. Sie können mir glauben, dieses Mädchen ist strohdumm, ich weiß das, denn ich muss jeden Tag mit ihr zusammen arbeiten."

Von meiner Eigenschaft als Menschenkenner und erprobter Gesichtsausdrucksanalytiker hatte ich eine hohe Meinung. Diese Werry hätte ich ohne Elviras Bemerkungen anders eingeschätzt. Denn richtiggehend dumm sah sie für mich nicht aus. Sie stellte sich allerdings dumm an. Doch was sollte ich mich mit der Enkeltochter der Besitzer abgeben, das war für mich bedeutungslos. Hauptsache war, dass Elvira über die Schlüssel verfügte und unser Objekt der Begierde auch von innen begutachtet werden konnte.

Hua Hin

Heiligabend 2005. Erst gegen Mittag fühlte ich mich bereit, ein kräftiges Frühstück einzunehmen: Gebratene Eier, Speck, ein paar Scheiben Käse und viel Kaffee machten mich einigermaßen einsatzklar für meinen ersten, kompletten Urlaubstag alleine. An den nächsten Abenden wollte ich mit der Trinkerei aufpassen, das nahm ich mir ernsthaft vor, denn ich hatte nicht die Absicht, zu viele Vormittage meiner wertvollen Ferien wegen ständiger Verkaterung zu verpassen. Am ersten Abend, okay, da durfte ich mir eine Ausnahme genehmigen.

Gegen drei Uhr traf ich pünktlich am Ort des Geschehens der letzten Nacht ein. Als ich meine kleine, exotische Schönheit zusammen mit einer anderen Lady sah, zog es mir das Herz zusammen und ich fühlte, wie die Aufregung in mir stieg. Ihr Tisch stand halb draußen, halb drinnen in der Straßenbar. Beide löffelten zum Lunch eine würzig duftende Nudelsuppe aus kleinen Schüsseln.

„Hallo, da bist du ja! Setz dich doch bitte zu uns, ich bin gleich fertig“, rief Kun mir zu, als ich an den Tisch trat.

„Lass dir ruhig Zeit zum Essen", antwortete ich, setzte mich zu den beiden und schnupperte in der Luft nach dem kräftigen Aroma der Suppe.

„Was wollen wir denn anschließend unternehmen? Du hast doch bestimmt eine gute Idee. Was kannst du mir von Bangkok zeigen, was ich noch nicht kenne?“, fragte ich meine Barbekanntschaft.

„Hm, tja, nun, ich weiß auch nicht, was wir machen sollen“, war ihre sehr zurückhaltende und leicht verlegene Antwort.

„Ach, das ist aber schade, ist dir nichts eingefallen? Es gibt doch so viel zu sehen in dieser riesigen Metropole! Kennst du keine Highlights oder Geheimtipps, die du mir gerne zeigen würdest?“

„Nein, davon weiß ich nichts. Ich bin doch erst seit einem halben Jahr hier.“

„Dann kennst du dich in der Stadt noch nicht richtig aus?“, bohrte ich nach.

„Doch, doch, ich komme hier gut zurecht“, ereiferte sie sich. „Sieh mal, ich bin fast nur hier in der Gegend. Da haben wir diese Straße, in der wir und die

Bar sind und außerdem noch die Straße parallel nebenan, denn da ist meine Wohnung."

Kun lachte unbekümmert – ich vermute über mein verdutztes Gesicht – und hielt sich dabei die Hand vor den Mund. Das andere Mädchen lachte fröhlich mit.

„Du warst noch nie am Fluss, am Wat Arun, am Wat Po, auf dem Golden Mount oder in Chinatown?" Als mehrfach erfahrener Bangkok Tourist, der auf allen Reisen begierig darauf aus war, so viel wie möglich anzuschauen, konnte ich es kaum glauben.

Kun hob und senkte ihre Schultern und betrachtete mich mit einem bedauerndem Blick: „Tut mir leid, aber warum und weshalb sollte ich mich da überall herumtreiben?"

„Na ja, aus Interesse und um dir die Sehenswürdigkeiten eurer Hauptstadt anzuschauen!", erwiderte ich und spürte, dass sie jetzt über ihre Unkenntnis verlegen wurde. Deshalb wartete ich nicht ihre Antwort ab, sondern sprach ohne Pause weiter: „Okay. Pass auf. Dann machen wir es eben andersherum. Was hältst du davon, wenn ich – ein Farang aus Deutschland – dir Bangkok zeigt? Ich war schon ein paar Mal hier und ich glaube, ich weiß, wo wir hingehen können und wo es dir gefallen wird."

Beide Mädchen kicherten vor sich hin.

„Wenn du meinst, ich bin dabei, das können wir gerne so machen", gluckste Kun.

„Dann schlage ich vor, dass wir in Chinatown anfangen, einverstanden?"

Da sich das Bar-Gir aus Bangkok unter Chinatown absolut nichts vorstellen konnte, hatte sie nichts dagegen einzuwenden. Ich lag sicher nicht falsch mit meiner Vermutung, dass sie allen meinen Vorschlägen zugestimmt hätte. Wir nutzten den praktisch einzusetzenden Standort der Bar und winkten, noch am Tisch sitzend, nach einem Taxi. Gleich der erste Wagen hielt, wir stiegen ein und der Fahrer sah Kun fragend an.

„Chinatown", gab ich an ihrer statt das Fahrtziel an. Das Taxi fuhr los, unser Ausflug begann, und mein Urlaub nahm seinen Lauf. Ich war immer noch alleine in Bangkok, aber alles andere als einsam. Neben mir saß ein überaus reizvolles, attraktives Thai-Girl, das eine hohe Anziehungskraft auf mich ausübte. Unerwartet befand mich in einer Situation, die nicht eingeplant war.

Doch es hat sich so ergeben und ich musste mir gestehen, dass ich nicht das Geringste gegen diese Entwicklung einzuwenden hatte.

An einer Straßenecke, die aus einer Aneinanderreihung von Goldläden bestand, mit jeweils einem Wachtposten davor, hielt das Taxi an und wir stiegen aus. Es war eine der Hauptstraßen, die sich durch das Viertel zog. Die Hausfassaden waren überfüllt mit grellbunter Werbung in chinesischen Schriftzeichen. Chinatown war einfach unglaublich. Unglaublich vielfältig. Unglaublich exotisch. Unglaublich sehenswert. Unglaublich voll.

Eine fremde, faszinierende, überwältigende Welt für sich. Sobald wir die breite Straße verließen, wurden die Durchgänge so eng und schmal, dass Autos in den meisten der Gassen keinen Platz fanden. Für Menschen traf das nicht zu, sie waren in unübersehbaren Mengen vorhanden. Vom allgemeinen Gedränge und Gewimmel ließen wir uns durch die schmalen, vollgestopften Passagen treiben. Alles und nichts wurde hier zum Verkauf angeboten! Wir kamen an großen und kleinen Geschäften aller Art vorüber, schnupperten die Düfte dutzender Garküchen, sahen bewachte Geldwechsler und -verleiher und Shops, die sich auf Vogelnester spezialisiert hatten.

Wer wollte, konnte sich für kleines Geld komplett einkleiden und eine neue, umfangreiche Garderobe erstehen. Es gab außerordentlich viel zu sehen, zu entdecken und zu bestaunen. Ich stellte fest, dass Kun unentwegt darauf achtete, sich im Schattenbereich aufzuhalten. Sie kaufte T-Shirts, Schuhe und eine elegante Kette. Ich bezahlte die paar Baht – Chinatown ist ein gutmütig-günstiger Flecken Erde. Ohne Plan, Orientierung und Ziel bummelten wir weiter und erreichten irgendwann das Ende des Viertels, das nahtlos überging in einen wunderbaren, farbenprächtigen, duftenden, überbordenden Blumenmarkt mit unzählbaren Marktständen, die sich bis hinunter zur Memorial Bridge am Fluss zogen.

Es wurde ein langer Fußmarsch, den Kun mit ziemlicher Sicherheit noch weniger gewohnt war als ich, der erprobte und trainierte Alpenwanderer. Müde vom Gehen, Schauen und Shoppen, fuhren wir mit dem Taxi zurück ins Hotel, luden die Einkäufe ab und streckten uns auf dem breiten und festen Kingsize-Bett im kühlen Luftstrom der Klimaanlage aus. Da lagen wir abgekämpft und ermattet, in den ersten Minuten wort- und tatenlos, bis wir uns beinahe gleichzeitig erinnerten, dass es etwas nachzuholen galt: Die ersten, behutsamen Annäherungen folgten, die wegen Alkoholmissbrauchs meinerseits am Vorabend ausgefallen waren.

Gibt es etwas Schöneres für einen Mann, als einen reizvollen, fremden, ungewohnten Frauenkörper zu entdecken, zu erforschen, zu erobern und zu besitzen? Begeistert von der tropisch exotischen Ausstrahlung meiner niedlichen Gespielin konnte ich nicht aufhören, sie zu bestaunen und zu bewundern, denn sie war mir zwar fremd, aber denn auch auf eine besondere Art vertraut. Ich bemühte mich um sensibles und feinfühliges Verhalten – auch aus Egoismus und Eigennutz – denn ich wollte jeden Augenblick des Zusammenseins genießen. Ich zwang mich dazu, die Hektik und Ungeduld, die mich meistens antrieb, abzulegen, um in Ruhe und Gelassenheit neue, erregende und erstaunliche Eindrücke und Empfindungen auf mich wirken zu lassen.

Mir war wichtig und ich legte großen Wert darauf, das zarte, zerbrechliche Geschöpf, das neben mir lag, nicht wie eine Nutte vom Strich zu behandeln, sondern ihr meine wahrhaftig vorhandene Wertschätzung zukommen zu lassen. Nach einigen Minuten bedächtigen Vortastens und Vorspielens legten wir die erste Scheu ab und kamen aktiv und handfest zur Sache. Eine Welle des Verlangens und der Anziehung weckte in mir Empfindungen, die ich in dieser Form nicht kannte und die ich bis zur Neige auskosten wollte. In hemmungsloser Lust verbrachten wir unsere Ruhepause, die nicht annähernd so ruhig ausfiel, wie das benutzte Wort es andeutete.

Draußen war es schon eine Zeit lang dunkel, als ich mich von der Lagerstätte erhob und diese trefflich genutzte Pause beendete. Wir duschten nacheinander und zogen uns für den Abend an. Per Taxi ging es zum eleganten und sehr teuren River City-Antiquitätenkaufhaus neben dem Riesengebäude des Sheraton und von dort mit der hauseigenen Fähre einmal quer über den Fluss zum gut besuchten Fischrestaurant Yok Yor mit seiner einmaligen Frontlage direkt am Flussufer. Ich erkundigte mich nach einem Tisch unmittelbar am Wasser und der wurde uns von drei Kellnern unter vielen Gesten der Höflichkeit zugewiesen.

Es wurde ein Heiliger Abend, wie er heiliger nicht sein konnte. Meine Begleiterin kannte ich gerade mal 24 Stunden und bei dem, was sich alles ereignet hatte, konnte keiner von uns sagen, ob wir eine lange oder eine kurze Zeitspanne miteinander verbracht hatten. Wir saßen uns gegenüber, pflegten höchst unweihnachtliche Gedanken, erfreuten uns an der Gegenwart des anderen und mussten nicht viel reden. Es ergab sich alles von alleine.

Anything you want

Nach einem kleinen Streit bei dem es um die Übernahme der Zeche ging, bezahlte ich das Bier und wir schlenderten das kurze Stück zurück zum Hotel. Einer der Schlüssel am Bund passte, die Glastüre wurde aufgeschlossen und wir betraten das Haus. Lange Zeit war nicht gelüftet worden, die Luft roch abgestanden und muffig und das Wissen um den verunglückten Engländer sorgte für Betretenheit. Sonderlich weit kamen wir nicht mit der Besichtigung und viel war nicht zu erkennen, denn der Raum war hoffnungslos vollgestopft mit Möbeln aller Art – die frühere und voraussichtlich auch zukünftige Hotellobby präsentierte sich als ein einziges Möbellager.

Grund genug, um Elviras Ärger neue Nahrung zu geben, sie verzog ihr Gesicht und kochte leise vor sich hin:

„Da wollen diese Leute das Objekt unbedingt vermieten, nutzen es aber gleichzeitig als Abstellraum, das ist unglaublich und ich bin es, der diese Dummheiten ausbaden muss."

Sie wandte sich zu ihren Klienten: „Tut mir echt leid für Sie, ich habe den Besitzern mehrmals mitgeteilt, dass ich heute einen Interessenten treffe und dass wir uns alles anschauen wollen. Das ist aber leider nicht auf fruchtbaren Boden gefallen, wie Sie sehen. Doch was soll ich machen?"

„Elvira, lassen Sie nur, es doch nicht so schlimm. Für einen ersten Eindruck wird es schon reichen oder Kun?"

Kun betrachtete mit Verwunderung das vor ihr liegende Möbelchaos. Auch hier fiel es ihr offensichtlich schwer, zu einer Meinung zu kommen, deshalb nickte sie nur und sagte sonst nichts. Elvira wedelte mit ihren Armen in der Luft herum und schloss mit dieser Geste das gesamte Tiefgeschoss ein: „Das kommt natürlich alles raus, dafür werde ich sorgen."

„Bitte nicht zu voreilig", warf ich ein. „Ein paar Möbel werden wir brauchen und wenn sie schon mal vorhanden sind, dann können wir sie sicher nutzen. Ich will doch nicht das erste Steh-Hotel auf Phuket eröffnen."

„Steh-Hotel? Was bitte soll das denn sein?" Elvira kicherte: „Das habe ich noch nie gehört und es wäre mal etwas Neues. Aber ich bin sicher, dass wir mit den Möbeln alles so abstimmen werden, wie Sie es benötigen."

Zwischen Barhockern, Sesseln, Stühlen und Tischen schoben, kämpften und zwängten wir uns durch bis zu einer Türe im hinteren Bereich der Lobby.

„Mal sehen, ob wir in die Küche hineinkommen." Elvira öffnete die Türe und ging voraus in einen vollständig gefliesten, als Küche vorgesehenen Raum. Der Lichteinfall war spärlich, es gab nur ein paar kleine Fenster im oberen Teil der Wand, dafür aber eine monumentale Abluftanlage. Ein großer Kühlschrank und einige leere Schränke waren vorhanden – alles andere, was zum Vorbereiten, Kochen, Zubereiten und Anrichten benötigt wird, fehlte jedoch.

„Wenn wir unseren Gästen ein Restaurant bieten wollen, werden wir eine Unmenge an Utensilien anschaffen müssen", wandte ich mich an Kun. „Kochplatten, Töpfe, Teller, Löffel, – wir brauchen alles und das werden wir kaufen müssen."

„Kochplatten?", Kun war erstaunt. „Was sind denn Kochplatten?"

„Na, diese elektrischen, runden Dinger, ohne die man nicht mal ein Ei kochen kann."

„Deine Kochplatten kannst du in Thailand vergessen", erklärte sie mir. „Hier kochen alle mit Gas, weil das viel schneller und unkomplizierter ist."

„Ach so, mit Gas? Na dann brauchen wir eben Gaskocher, soll mir auch recht sein!"

Die Treppe, die zu den oberen Etagen führte, war frei von Möbeln und problemlos begehbar. Sie war dunkel, schmal und wirkte geheimnisvoll und verlockend. Die Seitenwände des Aufgangs und sämtliche Stufen waren vollständig aus altem, abgelagerten, edlen Teakholz geschreinert und an einigen Stellen mit kunstvoll geschnitzten Ornamenten versehen. Oberhalb des Souterrains bauten sich drei weitere Stockwerke auf. Insgesamt umfasste das Gebäude 15 vermietbare Zimmer, inklusive einer weitläufigen Suite im ersten Stock mit großzügigen Räumen und einem auffallenden Marmorbad. Jedes

Zimmer in diesem Hotel verfügte über ein eigenes Bad, eine Klimaanlage, ein TV-Gerät und eine Mini-Bar.

Die Zimmer nach vorne hinaus besaßen schmale Balkone und beeindruckten mit ihren hinreißenden Ausblicken aufs Meer. Innen waren sie zum Teil mit geschnitzten Holzwänden und großen Spiegelflächen ausgestattet. Generell war die Ausstattung der Zimmer attraktiver und hochwertiger als ich nach der Außenansicht erwartet hatte.

Der Reihe nach klapperten wir Zimmer für Zimmer ab und schauten uns alles so gründlich an, wie es bei einer Erstbegehung durchführbar ist. Von der obersten Etage bot sich eine atemberaubende und spektakuläre Aussicht. Die gesamte Sichel des berühmten Patong Beach bis zu seinem nördlichen Ende erstreckte sich vor uns. Rechts und links, die Gebäude neben uns, waren um einiges niedriger, es entstand ein Gefühl der Leichtigkeit, Schwerelosigkeit und totaler Freiheit. In luftiger Höhe, gelöst von der Erde, im Zustand des Schwebens meinte ich den azurblauen Himmel über mir berühren zu können.

Diese beiden Räume im obersten Stockwerk waren zweifellos die Highlights des Hotels. Die Zimmer im rückwärtigen Teil hinkten hinterher, sie waren erkennbar spärlicher eingerichtet und natürlich fehlte der rasante Blick zum Ozean.

Zurück auf der Terrasse brauchte ich nicht lange überlegen, um meine Entscheidung zu fällen und erklärte Elvira klipp und klar:

„Elvira, das ist es. Das wird mein Hotel. Wir haben es gefunden. Ich wollte unbedingt ein Haus am Meer und eine bessere Lage als diese hier werden wir nicht finden. Dieses ungewöhnliche und für mich einzigartige Gebäude wird unser Hotel. Elvira, wir brauchen uns sonst nichts mehr anzusehen. Das ist es und kein anderes."

Felsenfest und unverrückbar stand meine Überzeugung. Ich fühlte mich zuversichtlich, optimistisch und entschlossen. Gleich mehrere Gefühlswellen drangen auf mich ein, die im Prinzip alle dasselbe ausdrückten: Das wird meine Zukunft. Mein Standbein. Meine neue Existenz. Meine Veränderung. Mein Abenteuer. Das Wörtchen Risiko ließ sich hingegen weit und breit nicht blicken. Und der Begriff Vorsicht wurde überlagert von einer alles vereinnahmenden Euphorie.

Für ihren Berufsstand, zu dem normalerweise auch Übertreiben und Überreden gehört, gab sich Elvira merkwürdig verhalten:

„Sind Sie absolut sicher, Herr Hollender? Sind Sie tatsächlich zu 100 Prozent überzeugt? Ich kann mir denken, dass Sie sich freuen und wie Sie sich fühlen, doch Sie sollten aufpassen, dass Ihre Überschwänglichkeit Sie nicht zu vorschnellen Entscheidungen verleitet. Wollen Sie nicht noch mal darüber schlafen und alles in Ruhe mit ihrer Freundin oder mit Ihren Freunden in Deutschland besprechen? Bedenken Sie, wie viel Arbeit Ihnen allein die Renovierung machen wird und wie viel Zeit und Geld es kostet, bis alles wieder auf Vordermann ist."

„Sie haben recht, Elvira und es imponiert mir, dass Sie mich auf diese Dinge aufmerksam machen. Das ist alles richtig, was Sie sagen und es ist mir bewusst. Ich sehe aber die Riesenchance, die sich durch die tolle Lage bietet und die möchte ich mir um keinen Preis entgehen lassen!"

Elvira bekräftigte meine Meinung: „Die Lage ist absolut super, das steht fest, da lässt sich nichts gegen sagen."

Sie fragte mich auch: „Ich will Ihnen nicht zu nahe treten, Herr Hollender, aber hatten Sie schon mal ein Hotel gepachtet oder bringen Sie Erfahrung aus der Hotellerie mit?"

Die hatte ich natürlich nicht und konnte deshalb nur den Kopf schütteln. Werbekampagnen für große Hotelketten, die habe ich mir ausgedacht, doch das lässt sich nicht vergleichen.

„Ich bin sehr fit, wenn es darum geht Kunden zu gewinnen", erklärte ich ihr. „In den letzten Jahren habe ich nichts anderes gemacht. Die Methoden, mit denen ich neue Auftraggeber überzeuge, meine gesamte Erfahrung aus der Akquise, das wird auch in der Touristik funktionieren, das kann nicht anders sein."

„Okay, okay. Wenn es Ihnen recht ist, werde ich versuchen, kurzfristig einen Termin mit den Inhabern zu vereinbaren", versicherte sie. „Ich rufe Sie an, wenn es so weit ist."

„Von mir aus können wir uns schon morgen treffen", war meine Antwort. „Nicht vergessen: Wir sind nur deswegen hier und schon bald wieder weg!"

„Ich werde sehen, was sich machen lässt. Sobald ich Klarheit habe, rufe ich an."

Ich ging zu Kun, fasste sie am Arm und drehte sie mit Blickrichtung zum Meer. Meilenweit hinten, am Rand der sichtbaren Welt, neigte sich der Feuerball der Sonne unwiderruflich der Horizontlinie zu.

„Kun, komm bitte mit mir, ich möchte kurz runter zum Strand gehen und etwas von der Ausstrahlung und der Umgebung drumherum schnuppern. Fünf Minuten, ist das okay für Sie, Elvira?"

„Na klar, lassen Sie sich nur Zeit, ich habe heute nichts mehr vor."

Bevor ich diesen magischen Ort verließ, wollte ich mir unser Objekt der Begierde aus einer zusätzlichen Perspektive ansehen. Wir überquerten die schmale Asphaltstraße, gingen vier oder fünf Treppenstufen hinab und betraten den Strand. Das Wasser war zurückgegangen, der Strand 10 oder 20 Meter breiter als vorher. Wir gingen bis zur Wasserlinie, blieben stehen und drehten uns um. Da war das Gebäude, das voraussichtlich den Mittelpunkt, die Hoffnung und Wunschtraum unserer näheren Zukunft bilden sollte. Es wurde wie auf einer Bühne am Ende der Aufführung fokussiert von den sanftweichen Strahlen einer müde gewordenen Sonne.

Die Hausfassade wirkte auf mich wie das verwunschene Dornröschenschloss aus dem Märchen. Es kam mir vor, als würde das mysteriöse Bauwerk nach einer langen Zeit des Schlummerns und Vergessens auf den Prinzen warten, der aus fernen Landen zu seiner Erlösung angereist kommt. Die Wirklichkeit unterschied sich vom Märchen minimal darin, dass ich meine Prinzessin gleich mitgebracht und in kluger Voraussicht auch schon ein paar Mal geküsst hatte.

Was sollte da noch schiefgehen? Inmitten der letzten, verbliebenen, kreischenden und wasserspritzenden Urlauber schauten, huldigten, staunten und träumten wir beim Blick auf unser Schloss der Wünsche. Wir fühlten uns aufgekratzt, enthusiastisch, fasziniert und hingerissen. Eine Art Sprachlosigkeit war über uns gekommen und es fiel mir nicht schwer, mir selbst und auch meiner Freundin gegenüber immer wieder die Richtigkeit meiner Wahl zu bestätigen.

Wie durch ein Kaleidoskop, ein in viele separate Facetten aufgelöstes, unwirklich glühendes, bunt schimmerndes Trugbild oder wie ein bereits älterer, abgenutzter Edelstein, nach langen Jahren entdeckt in einer vergessenen, mit purpurnem Samt beschlagenen Mahagoni Schatulle, funkelten die Säulen und Kandelaber in den letzten Strahlen einer verheißungsvollen Sonne zu uns hinüber.

Einlösbares Versprechen oder doch nur eine sich verflüchtende Fata Morgana? Erfüllung oder Ernüchterung? Es war schwer, ja unmöglich, vorherzusagen, was mich als Hotelpächter erwartete. Von alleine, ohne mein aktives Dazutun wird nicht viel passieren und wenn noch etwas Glück dazukäme, würde ich es auch nicht ablehnen. Positives, optimistisches Denken war von mir gefordert, aber auch Zielstrebigkeit und Realitätsbewusstsein. Ich kannte meine Stärken, ebenso wie meine Schwächen und wusste, dass durch Einsatz und Engagement, Eigeninitiative, intensives Marketing und einer Reihe weiterer Aktionen das Wohl und Wehe unserer Zukunft allein in meinen Händen lag. Ich setzte großes Vertrauen in mich selbst und war fest davon überzeugt, mit diesem zauberhaften Gebäude zum Erfolg zu kommen.

Am folgenden Tag fand das Treffen mit den Eigentümern aus uns unbekannten Gründen nicht statt. Elvira hatte alle Fakten, Pläne und Unterlagen sowie einen vorläufigen Vertrag zur Begutachtung aufgetrieben und mitgebracht. Mit den darin enthaltenen Eckwerten konnte ich leben, die so wichtige Höhe der Miete empfand ich niedriger als erwartet – sie kam mir angemessen und nicht übertrieben vor. Nach einer minimalen Anzahlung versprach ich der Maklerin, mich schon bald mit einem fixen Termin für die Übernahme zu melden.

„Wir sind bald wieder weit weg von hier und nicht auf der Stelle erreichbar", wandte ich mich an Elvira. „Dann sind mir die Hände gebunden und ich kann nicht schnell reagieren. Wie sieht es denn aus, wenn sich zwischenzeitlich ein anderer Interessant einfindet?"

„Lieber Herr Hollender, Sie können sich darauf verlassen, dass diese Immobilie vom heutigen Tag an ausschließlich für Sie reserviert ist. Nur wenn Sie selbst es sind, der seine Entscheidung widerruft, wird sich daran etwas ändern."

Am Abend dieses ertrag- und erfolgreichen Tages lagen wir emotional aufgewühlt und den Kopf voller Zukunftsgedanken im Access Pool Resort in unserem Bett. Unser Abendessen bestand aus einem kleinen Imbiss, begleitet von reichlich eiskalten Weißwein. Auf meinem iPod suchte ich nach einer den Gegebenheiten angepassten Musik und wurde schon bald fündig: Ein wunderbarer Song aus den 80ern, der mir danach nicht mehr aus dem Kopf ging: Roy Orbisons „You Got It".

Es war besonders der Refrain, der es mir angetan hatte, weil er so großartig zu meiner aktuellen Situation passte und ziemlich genau ausdrückte, wie ich mich fühlte.

Nachdem ich die Stöpsel aus meinem Ohr zog, reichte ich sie weiter an Kun, die mit geschlossenen Augen lauschte, weil sie ebenfalls hören wollte, was mir so gut gefiel:

„Anything you want, you got it
Anything you need, you got it
Anything at all, you got it, Baby…"

Neuland

Alles war anders, als ich es gewohnt war. Es lag nicht am Flugzeug, es lag nicht an der Zeit, es lag auch nicht am Wetter, es lag alleine an mir selbst. Konkreter ausgedrückt: Die Ursachen der Andersartigkeit waren verborgen in meinem Inneren, ausgelöst durch ein immerwährendes Grübeln, Abschätzen und Denken.

Wer eine Reise unternimmt, der fliegt üblicherweise hin und wieder zurück. Üblicherweise. Doch das Altbekannte, Gewohnte galt diesmal nicht für mich. Denn ich flog nur hin, den Beweis lieferte das One-Way-Ticket in meiner Tasche. Ich verfolgte nicht die Absicht in vorhersehbarer Zeit zurückzukommen. Das war nicht geplant, nicht berücksichtigt und nicht gwollt.

Um mich herum tummelten sich Urlauber, Kind und Kegel oder auch nur Kegel, doch allesamt mit gültigem Hin- und Rückflugticket, das sie zwei oder drei Wochen später auch nutzen würden. Heiteres Geplauder. Lockere Unterhaltung. Lachen. Spaß. Gute Laune. Neugierde. Vorfreude. Eine Umgebung, eine Szenerie, in die ich nicht so richtig hineinpasste. Weil ich diesmal kein Urlauber war und mich auch nicht als Urlauber fühlte.

Ich vertrat ein anderes Kaliber, denn ich war Eroberer. Entdecker. Forscher. Pionier. Visionär. Abenteurer. Reisen solche Leute mit Rückfluggarantie? Mit sicheren, bereits bezahlten und bestätigten Tickets in ihren Taschen? Niemals. Abwegig. Absurd. Unvorstellbar. Erik der Rote, Christoph Kolumbus, Vasco da Gama. Haben diese Männer es sich etwa in ihren Kajüten bequem gemacht und wenn ihnen Zweifel an ihrem Vorhaben kamen, zur Beruhigung ihren Rückfahrschein hervorgekramt? Na also.

Dieses vollkommen andere Gefühl, das Bewusstsein und die Überzeugung, sich auf einer deutlich abweichenden Ebene zu befinden als die Gesamtheit meiner Mitreisenden, hielt auch noch an, als wir Bangkok erreichten und ich aus dem Thai-Airways-Flieger stieg.

Die Gewissheit, dass ich diesmal nicht nur für einen Urlaub oder wie schon einige Male zuvor in diesem Jahr für einen kurzen Aufenthalt ins Land kam, sondern länger, noch länger, wahrscheinlich Jahre und vielleicht sogar für immer bleiben würde, weckte in mir ein Füllhorn bisher unerschlossener Empfindungen und Emotionen.

Das private Debakel war nicht alleine ausschlaggebend für meinen weitreichenden Entschluss. Neben meinem Leben als Privatperson war ich auch Unternehmer, eine Zeit lang sogar ein erfolgreicher Unternehmer. Ich besaß keine Fabrik und auch kein großes Warenhaus, vor rund 15 Jahren gründete ich die Werbeagentur Four Seasons. Es gelang mir, mehrere bekannte Marken, Reiseveranstalter und Handelsunternehmen als Kunden zu gewinnen. Meine Agentur wurde bekannt und empfohlen und erlangte schnell ihren guten Ruf. Für unsere ausgefallenen Ideen kassierte Four Seasons ein paar beachtliche Auszeichnungen der Werbebranche, wodurch die Bekanntheit weiter anstieg.

In den letzten Jahren veränderte sich das Benehmen und Verhalten der Kunden. Sie verlangten von ihren Agenturen, stärker und aufwendiger in unbezahlte Vorleistung zu investieren, was praktisch gleichbedeutend war, Ideen und Kampagnen gratis oder auf Verdacht zu entwickeln. Die Auftraggeber schauten sich an, was die Agenturen sich ausgedacht hatte und der Daumen des Marketingchefs auf Kundenseite ging daraufhin rauf oder – immer häufiger – runter.

Diese Zustände konnte und wollte ich nicht akzeptieren. Meine größten Talente, meine speziellen Fähigkeiten, meine Vorschläge und Ideen sollte ich zum Nulltarif abgeben? Diese immer häufiger verlangte Gratis Arbeit lehnte ich ab und musste als Folge davon einige meiner Kunden abschreiben. Unter diesen Umständen verlor ich jeden Spaß an meiner bisher so geliebten Tätigkeit und entschloss mich, meine Werbeagentur aufzugeben.

Die Entscheidung mein gesamtes Leben zu verändern war getroffen, ein Schritt, der mit großer Wahrscheinlichkeit alles über den Haufen werfen würde, was mein bisheriges Dasein ausmachte. Meine üblichen, jahrelang eingeführten Tagesabläufe, Routinen, Rituale und Gewohnheiten konnte ich vergessen und durch meinen Entschluss so gut wie aufgegeben. In meiner zukünftigen, unvertrauten Umgebung würde ich mir jede Kleinigkeit neu erarbeiten müssen. Durch die enorme Entfernung und den ausgefallenen, exotischen Standort würde diese Umstellung deutlich dramatischer ausfallen als bei einem Umzug innerhalb von Deutschland.

Es gab keinen Zweifel daran, dass mein bevorstehender Lebensabschnitt neu, aufregend, anregend, faszinierend und auch finanziell erfolgreich verlaufen würde – so stellten sich jedenfalls meine Hoffnungen dar. Die Vorfreude auf tropische Impressionen, exotische Abenteuer, aufschlussreiche Erlebnisse, ungewohnte Situationen und interessante Begegnungen beherrschten mein Denken und Fühlen. Ich war neugierig, aufgeregt und total gespannt auf das, was in der nächsten Zeit an Überraschungen auf mich zukommen würde.

Das Erste, was nach der Landung auf mich zukam, war Kun, meine niedliche, begehrenswerte und wie ich mit Freude herausgefunden hatte, auch kluge, kleine Thai-Freundin. Mit dem Taxi kam sie zum Flughafen hinausgefahren und fischte ihren angehenden Lebenspartner sicher aus den Menschenmassen in den überdimensionierten Hallen heraus.

Wie in den Treffen zuvor bereitete mir auch diesmal der Anblick meiner für mich immer noch mit einem Hauch von Mystik versehenen Freundin großes Vergnügen und auch ein wenig Vorfreude. Sie sah phantastisch aus, was mich mit Stolz erfüllte, denn sie verstand es jedes Mal, sich geschmackvoll und ungewöhnlich zu kleiden. Wie sie das hinbekam war mir schleierhaft, ich wusste um ihre begrenzten finanziellen Möglichkeiten. Wahrscheinlich kannte sie die richtigen Shops und verbrachte bei der Auswahl ihrer Klamotten viel Zeit. Heute erschien sie in schwarz und rot gestreifter Bluse zum schwarzen Minirock, eine Kombination, die ihr sehr gut stand. Vom ersten Moment an war ich hingerissen, begeistert und beglückt.

Begrüßungen, Geschrei oder sonstige Gefühlsausbrüche liegen den Thais nicht. In der Öffentlichkeit Emotionen zu zeigen, ist sogar verpönt. Es gab deshalb nur eine kleine, feste und auch noch kussfreie Umarmung. Das konnte mich nicht beunruhigen. In Form eines ausgeweiteten Begrüßungsrituals würden wir später im Hotel meine Ankunftsfeierlichkeiten nachholen.

„Here I am! Kun look at me! I am here! I am in Thailand! I come to you! Live and real!"

„Yes I see! I see you! I am also happy that you come back!"

„Was heißt denn zurückgekommen Kun? Ich bin doch nicht zurückgekommen, ich bin gekommen, um zu bleiben – für immer bei dir zu bleiben!"

„Yes, I know. I know and I am happy like you."

„Ich habe gehört, dass viele Männer in ihren Ferien eine Lady kennenlernen, dass sie sich verlieben und dann die wildesten Versprechungen machen. Versprechungen, die selten eingehalten werden. Wie du siehst, bin ich hier und halte mein Versprechen. Wenn du es nicht glaubst, kannst du probeweise mich oder dich selbst kneifen!"

Eine sehr gut gelaunte Kun nickte, lachte mich an, kniff aber nicht zu, sondern hakte sich auf dem Weg zum Gepäckband bei mir unter. Nachdem ich meine 30 Kilo eingesammelt und auf dem kleinen Transportwagen verstaut hatte, steuerten wir die Schalter der Autovermietung an.

Es wäre sehr viel bequemer gewesen, sofort einen Anschlussflug nach Phuket zu buchen. Kun wäre dann hier in Bangkok einfach nur dazu gestiegen. Doch ich wollte ihr die Möglichkeit geben, ihre persönlichen Dinge mitzunehmen und für diesen Transport bietet das Auto deutlich mehr Raum als erlaubte 20 Kilogramm Handgepäck bei einem Inlandflug.

Für die knapp 1000 Kilometer nach Phuket übergab mir der Autoverleiher einen nagelneu zugelassenen Honda City. Ich erhielt die Schlüssel und einen Zettel, auf dem der Parkplatz skizziert war. Um dorthin zu kommen, mussten wir das auf 20 Grad heruntergekühlte Flughafengebäude verlassen. Die ersten Schritte im Freien waren so, wie ich es kannte, wie ich es brauchte und wie ich es wollte: Wie ein nasses Handtuch schlug mir die feucht-schwüle, heiße Luft ins Gesicht! Es war wie das Eintauchen in ein weiteres, neues Element, einem Mittelding zwischen Wasser und Luft.

„Wow, ich bin in meiner neuen Heimat angekommen!", dachte ich, strahlte Kun an und zog in tiefen Zügen dieses unverkennbare Lebenselixier in die empfangsbereiten Lungenflügel. Meine Stimmung war absolut positiv, meine Laune optimal und meine Erwartungen grenzenlos.

Das aufgeheizte Klima brachte die Poren ins Schwitzen, selbst wenn sich der Körper nur wenig bewegte. Nach kurzer Zeit klebten mir Hemd und Hose auf der Haut.

„Besser als fünf Grad und Nieselregen", dachte ich und sprach diesen Satz zugleich laut aus. Kun verstand ihn natürlich nicht und schaute mich fragend am:

„Es ist ein sehr heißer Tag heute", stellte sie dann fest.

„Deshalb bin ich hier, deshalb bin ich nach Thailand gekommen", antwortete ich wahrheitsgemäß. Bevor es zu berechtigten Protestäußerungen kommen konnte, fügte ich noch schnell hinzu: „Natürlich auch, weil ich bei dir sein will, my little darling."

Der monumentale Stau auf der Fahrt in die Stadt fühlte sich kein bisschen anders an als das tagtägliche Geduldsspiel auf dem Mittleren Ring in München. Alle großen Städte der Welt haben unter diesen enormen Zeitverschwendungen zu leiden.

„Was meinst du? Wann sollen wir deine Sachen ins Auto laden?", erkundigte ich mich bei Kun. „Wenn wir das heute noch erledigen, können wir morgen früh sofort losfahren."

Sie sah mich verdattert und verständnislos an: „Wovon sprichst du? Was willst du denn für Sachen ins Auto laden?"

„Na, alles das, was dir gehört und was du dir hier gekauft hast. Dein Eigentum, das, was du von Bangkok nach Phuket mitnehmen willst!"

Kun schaute mich an, sie grinste, schüttelte den Kopf und begann laut zu lachen. Sie drehte sich zur rückwärtigen Sitzbank, griff nach ihrer Reisetasche im Format eines Diplomatenkoffers und hob sie hoch. Es war die Tasche, die sie unauffällig die ganze Zeit über mit sich herumtrug:

„Meine Sachen sind doch längst eingeladen. Alles ist hier in der Tasche! Mehr habe ich nicht zum Transportieren!"

„Was denn, das ist alles was dir gehört? Mehr besitzt du nicht? Für dieses eine, kleine Gepäckstück habe ich ein Auto gemietet und wir legen die lange Strecke auf der Straße zurück?"

Genauso verhielt es sich. Kun schmunzelte vor sich hin. Sie hatte die größeren Dinge, die sie besaß, wie Fernseher oder Kühlschrank, verscherbelt oder verschenkt und nur die Klamotten eingepackt, an denen sie hing. Alles andere war für sie unnötiger, überflüssiger Ballast für ihren Start auf Phuket.

„Ich habe mich schon gewundert, dass wir nicht fliegen", erklärte Kun. „Doch was denkst du denn, was ich alles besitzen könnte?"

Bei unserer holprigen Kommunikation waren kleine und große Missverständnisse nicht zu vermeiden. Doch war das ein Problem? Das war es sicher nicht. Außer unserer Beziehung stand nichts auf dem Spiel.

Meine Veränderungen versorgten mich mit jeder Menge an Zeit. Gewonnene Zeit. Eigene Zeit. Frei zu gestaltende Zeit. Lebenszeit. Ohne Termine. Ohne Anrufe. Ohne Verabredungen. Ohne Hektik. Ein unschätzbarer Vorteil, den ich mir laufend bewusst machte. Die bevorstehende, lange Autofahrt empfand ich als wunderbare Gelegenheit, den Schalter umzulegen, vom bisher gewohnten, täglichen Fullpower- in den erholsamen Standbymodus zu wechseln. Bestimmt war es auch nicht schlecht, zum Auftakt eines neuen Lebens in fremder Umgebung noch mehr von Land und Leuten kennenzulernen.

Für meinen Ankunftstag in Thailand, der zugleich unsere letzte Übernachtung in der Hauptstadt sein würde, hatte ich eine teure Nobelherberge gebucht. Das monströse und ziemlich neue 5-Sterne-Hotel befand sich in einem stinkvornehmen Wolkenkratzer in der Sukhumvit Road. Wir betraten eine turnhallengroße Lobby mit vereinzelt hin getupften Sitzgruppen. Diensteifrige Gesichter lächelten uns hinter dem 50 Meter breiten Empfangstresen entgegen. Eine Live-Kombo unterhielt die Gäste mit Yesterday von den Beatles. Alles war auf Eindruck schinden und Geld ausgeben konzentriert und auf Hochglanz poliert. Das Personal, das uns empfing, war extrem freundlich, sehr zuvorkommend und durch ausgezeichnete Englischkenntnisse mühelos verständlich. Unser Zimmer war geräumig und geschmackvoll eingerichtet. Das breite Bett hatte genau den richtigen Härtegrad, denn butterweiche Nachtlager waren mir zuwider. Auch die Thailänder schlafen gerne hart, oftmals sehr hart, wenn sie in der Nacht in ihren schlichten Behausungen nur eine dünne Matte vom Fußboden trennt.

Endlich alleine im Zimmer standen wir uns eine kurze Zeit gegenüber, dann gingen wir zuerst nacheinander unter die Dusche und ohne weiteren Verzug miteinander ins Bett. Wir hatten die Pflicht, die halb fertige Begrüßung am Flughafen zu vollenden. Nach einigen Wochen trostlosen Alleinseins sind es diese zwischenmenschlichen Momente, ersehnten Begrüßungen wie diese, die den Spaß und die Qualität des Lebens schlagartig erhöhen.

„Ich bin da!"

„Yes, du bist da!"

„Ich bin bei dir!"

„Yes du bist bei mir!"

„I am deep inside of you and it is so nice, so nice!"

Die exotische Anmutung von Kun übte einen beinahe schon magnetischen Reiz und eine extreme Anziehungskraft auf mich aus. Ihr zarter Körperbau, die überlangen, pechschwarzen Haare, ihr harmonisches, bildhübsches Gesicht, die mandelförmigen, großen, leuchtenden Augen, ihre kleinen, feinfühligen, geschickten Hände und nicht zu vergessen ihre wunderschöne, geschmeidige, Milch-kaffeebraune Haut. Dazu ihre sinnlich-lustvollen Bewegungen – anders, ungewohnt und kolossal erregend. Ihr Verhalten, neugierig und interessiert, dabei aber dennoch zurückhaltend, die fremde Sprache, gänzlich unverständliche Worte und kleine, weibliche Ausrufe, alles zusammen verlockend, aufregend, begehrenswert, stimulierend und erotisch – für mich ein einziges unvergleichlich sinnliches Erlebnis. Es war erst Nachmittag, wir hatten Zeit, wir nahmen uns Zeit und erfreuten uns an jeder gemeinsam verbrachten Minute.

Für unseren ersten, einheitlich zu verbringenden Abend, der den Auftakt unseres Zusammenlebens und den Abschied von Bangkok bedeutete, schlug Kun einen Ort mit extravagantem Ambiente vor: Das Restaurant Cabbages & Condoms, in einer Seitenstraße der Sukhumvit, ein Restaurant, das ich bis dahin noch nicht kannte.

Wir stiegen aus dem Taxi, betraten die Lokalität und tauchten ein in eine Welt der totalen Verhütung. Kondome, nichts als Kondome bestimmten und beherrschten die Räumlichkeiten. Tausende von ihnen dienten als eigenwillige Dekorationsobjekte. Komplette Wandflächen waren ausschließlich mit Gummi-Verhütern geschmückt. Es gab lebensgroße Figuren, die kunstvoll von Kopf bis Fuß aus Kondomen zusammen gesetzt waren. Dazwischen informierten zahllose Textbotschaften in Thai oder Englisch zu den Themen Verhütung und Familienplanung. Auch ohne Reservierung fanden wir in dem Riesenrestaurant einen freien Tisch und bestellten ein opulentes Thai-Menü, das Kun aussuchte.

„Ein origineller und ausgefallener Schuppen ist das hier", lobte ich Kun. „Und auch das Essen ist ausgezeichnet."

„Hier in Bangkok eröffnen fast jede Woche neue Restaurants", teilte Kun mir mit. „Die kann man unmöglich alle kennen."

„Dieser Laden ist allerdings etwas Besonderes. Mir gefällt immer, wenn eine Idee dahintersteckt."

„Ich bin auch gerne hier. Doch nicht vergessen: Wir müssen auch noch in die Bar, um uns zu verabschieden“, erinnerte sie mich. Bevor wir endgültig in den Süden aufbrachen, wollte Kun sich letztmalig an ihrem alten Arbeitsplatz sehen lassen. Es lag ihr viel daran, ihren früheren Kolleginnen und Mitstreiterinnen um die Gunst der männlichen Gäste ein freundliches Lebewohl sagen. Durch meine Besuche kannte ich sowohl die Ladys als auch einige der Stammgäste und wollte ebenfalls ein Tschüs loswerden.

„Klar, da gehen wir hin, es ist noch früh am Abend. Aber lass uns bitte nicht zu lange bleiben, wir wollen morgen früh starten, am liebsten ohne dicken Kopf.“

„Hm, ich glaube, das musst du mir nicht sagen“, erwiderte Kun lachend.

Als wir das Restaurant verließen, hatte sich die Nacht über die Metropole gesenkt und diese Wahnsinnsstadt zur Nacht gerüstet. Was bedeutete, dass auf der Sukhumvit im Dunkeln noch mehr los war als tagsüber, falls das überhaupt möglich sein konnte. In diesem Teil der Stadt waren die meisten Restaurants, die bekanntesten Bars und die berüchtigtsten Bordelle angesiedelt.

Die Bar an der Straße war gut besucht, die Stimmung prächtig, das Bier floss in Strömen. Ich begrüßte die Stammgäste, die ich kannte: Australier, Amerikaner oder Europäer, die tagsüber ihrem Beruf nachgingen und am Abend ihren Durst löschten, was in einem heißen Land wie Thailand zum festen Bestandteil der Gesundheitspflege gehörte.

Mir stand noch die Entrichtung der branchenübliche Ablöse bevor. Ohne die Bar hätte ich Kun nicht kennengelernt. Ihre Chefin forderte deshalb einen vertretbaren Vermittlungsbetrag, was mir bekannt war. Ich meckerte nicht lange herum, sondern passte mich den Sitten und Gebräuchen des Landes an und zahlte ohne zu murren die verlangte Summe.

Wenige Minuten nach unserer Ankunft kam es zu einem heftigen Streit zwischen Kun und einer anderen Lady, die zur Barbesetzung gehörte. Was war denn da los? Ich hatte keine Ahnung von der Ursache oder Berechtigung dieser Auseinandersetzung, mir fiel aber auf, dass beide Frauen immer wieder zu mir hinüberblickten. Um mich konnte es wohl kaum gehen, oder? Oder doch? Nach einiger Zeit ließ der Streit nach und die Damen beruhigten sich.

Wir blieben noch eine knappe Stunde, nahmen jeder noch einen und dann noch einen Drink. Ein letztes Mal ließ ich die Glocke erklingen – das stets gerne gehörte Signal, weil es die nächste Lokalrunde einläutete. Dann ging das Drücken, Herzen und Umarmen los: Kun wurde aus dem Barbetrieb endgültig verabschiedet. Gäste und Staff wünschten uns Glück, gutes Gelingen und viele zahlungskräftige Urlauber fürs Hotel. Wir luden alle Anwesenden zu einem Besuch auf Phuket ein und ohne Ausnahme kündigten die vorhandenen Gäste und Ladys ihr baldiges Eintreffen an. Dann war es vorüber und bedurfte nur einige wenige Schritte auf die Straße hinaus – schon lag die Bar und ein Bestandteil der Vergangenheit in Kuns Lebenslauf hinter uns.

Zurück im Hotel obsiegte meine Neugier und ich wollte wissen:

„Was war das denn für ein Streit, den du da mit Pjor hattest?"

„Ach die immer. Das muss ich mir seit Monaten jeden Tag anhören. Die ist sauer, dass du mit mir nach Phuket fährst und nicht mit ihr."

„Wieso sollte ich denn mit Pjor nach Phuket fahren? Sie hat mich doch noch nie interessiert!"

„Na ja, das ist so", Kun holte zu einer längeren Erklärung aus. „Als du Weihnachten zum ersten Mal in unserer Bar warst, da war Pjor die Lady, mit der du als erste gesprochen hast. Sie war auch die Erste, der du einen Drink ausgegeben hast."

„War das tatsächlich so? Daran kann ich mich nicht erinnern."

„Doch, doch, das war so. Seitdem erzählt mir Pjor bei jeder Gelegenheit, dass eigentlich sie deine wahre Freundin sei und dass ich mich zurückziehen soll, weil ich keinerlei Ansprüche hätte."

„Aber Kun, was erzählst du denn da. Das ist absurd und völlig aus der Luft gegriffen! Diese Lady ist überhaupt nicht mein Typ! Und besonders gefallen tut sie mir auch nicht. Sie erinnert mich nämlich an eine autoritäre Tante aus meiner Familie."

„Siehst du, so denkst du! Das ist die Denkweise der Farangs", entrüstete sich Kun. „Die Mädchen an den Bars sehen das auf ihre Art und die ist eben anders."

Was Kun mir erklärte, ließ mich vollkommen kalt und unberührt. Das Wunschdenken einer Barlady war mir piepegal und vollkommen schnurz. Natürlich ist mir klar, dass so gut wie alle diese bettelarmen Frauen in den Bars auf der Jagd nach einer festen Verbindung sind. Oder wenigstens nach einem regelmäßigem Unterstützer. Dafür glummern, baggern, reizen und locken sie Nacht für Nacht ihre männlichen Gäste an. Manche haben in dieser Lotterie halt mehr Glück als andere. Wenn's dann bei einer Kollegin geklappt hat und man selbst geht leer aus, dann kommt schnell Neid und Missgunst hoch.

Anreise

Existiert irgendwo auf diesem Planeten eine vergleichbare Stadt? Bangkok ist ein einziger, einmaliger Moloch. Ein urbanes, gewalttätiges Ungeheuer von unvorstellbaren Ausmaßen. Eine niemals ruhende, launenhaft nervöse, griesgrämig-mürrische Monster-Metropole. Thailands Hauptstadt ist eine der meistbesuchten Städte der Welt, errichtet mit einer bedingungslosen Anzahl an Gebäuden, überragt von ein paar hundert Wolkenkratzern, zerschnitten von Schnellstraßen, Hoch- und Untergrundbahnen. Taucht man hinab in die dunkel- oder silbergrauen Schluchten der Hochhäuser, offenbart sich in der Tiefe, auf den Ablagerungen des Bodensatzes ein unübersichtliches Chaos an hoffnungslos überfüllten Straßen, Wegen, Pfaden und Kanälen.

Das auf Ordnung getrimmte, europäische Auge verliert sich in einem Gewirr und Gewühl kreuz und quer durcheinander vermengter Pisten und Fahrspuren, als hätten ungehorsame Riesenkinder eine abstruse Carrera-Bahn aufgebaut. Auf den Chausseen und Boulevards findet ein hartnäckig unentwegtes, unaufhaltsames, unerbittliches, blechernes Gedränge statt. Ein Tohuwabohu an Fahrzeugen aller Art und jedweder Größe. In alle Himmelsrichtungen zielende, brüllende, knatternde, stotternde, hupende, end- und zeitlose Bandwürmer. Keine Frage: Je nach Stadtteil und Tageszeit ist man in Bangkok schneller zu Fuß unterwegs als mit einem Ferrari. Stehender, wartender, lethargischer und doch voll Ungeduld erfüllter Verkehr ist normal. Autofahren ist eine Seltenheit, Autostehen dagegen Normalität.

Nur widerwillig werden die ewig störenden, roten Ampeln wahrgenommen. Erst wenn der Verkehr von rechts und links kommend, sein durch das aufleuchtende, grüne Licht legalisiertes Fahrrecht einfordert, wird angehalten.

Das ist dann häufig mitten auf der Kreuzung. Durch diesen Fahrstil wird alles blockiert und niemand kommt weiter. Es wird wieder grün, doch nichts bewegt sich. Weil sich nichts bewegen kann. Später geht's dann mal für ein paar Meter vorwärts. Was soll's? Es ist so, wie es ist. Irgendwann wird jeder sein Ziel erreichen.

Nach einem fürstlichen Frühstück, dargeboten von einem kilometerlangen Buffet, fuhren wir am nächsten Morgen los. Wir hatten Zeit, wir ließen uns Zeit und wir brauchten auch Zeit für die knapp 1000 Kilometer, die zwischen Bangkok und Phuket liegen. Doch zuerst galt es, die Stadt hinter uns zu lassen. Das dauerte, führte zu Wartezeiten, zog sich in die Länge und erforderte Geduld. Ich saß am Steuer, denn Kun war nicht im Besitz eines Führerscheins. Konzentration und Umstellung auf ungewohnte Fahrweisen waren angesagt. Vor allem beim Abbiegen musste ich mich daran gewöhnen, dass in Thailand die falsche Seite der Fahrbahn genutzt wird. Da das alle so machten, blieb mir nichts weiter übrig, als mich zwischen den vielen anderen Geisterfahrern einzureihen.

Träge und apathisch schleppten wir uns in unserem Leihwagen über die ersten Kilometer. Gegenwehr war zwecklos. Widerstand vergeblich. Proteste nicht erwünscht. Hingabe und Demut dagegen empfehlenswert. Sobald die Reifen die Straße berühren, wurde das Fahrzeug Bestandteil der allmächtigen, unerschöpflichen und diktatorisch dahinschleichenden Blechlawine. Das Verlassen der Stadt läuft aber immer noch besser als das Eintreffen.

Nachdem eine Vorstadt nach der anderen bewältigt wurde, löste sich der Verkehrsstrom auf und wurde zunehmend locker und lichter. Und dadurch auch schneller. Langsam wurde eine Geschwindigkeit möglich, die den Begriff „Fahren" verdiente. Jawohl, wir fuhren, wir bewegten uns, wir kamen voran und hatten das Gefühl, wieder frei atmen zu können. Das Stadtungeheuer lag hinter uns, wir hatten es überwunden. Ein sonniger Tag lächelte uns aufmunternd zu und eine offene, sorglos und leichtfertig sich herum lümmelnde Tropenlandschaft empfing und begleitete uns von nun an.

Autobahnen oder Fernstraßen, die ausschließlich motorisierten Verkehrsteilnehmern vorbehalten sind, gibt es in Thailand nicht. Unser Honda fuhr auf einer breiten, überwiegend vierspurigen Landstraße, die in rascher Folge Dörfer oder Ortschaften in allen erdenklichen Größen durchschnitt. Obwohl die Geschwindigkeiten innerhalb der Ansiedlungen deutlich erkennbar reduziert waren, hielt sich die überwiegende Zahl einheimischer Fahrer nicht daran. Limitierungen auf den Temposchildern wurden ebenso ignoriert wie Zebrastreifen oder sonstige Warnhinweise. Die Fahrer waren auf der Langstrecke unterwegs, hatten noch Hunderte an Kilometern vor sich und hielten ihr Reisetempo von 90 oder 100 Kilometern pro Stunde auch innerhalb der Örtlichkeiten auf gleichbleibend stabilem Niveau. Vor allem, wenn es durch kleine Weiler ging, die nur aus einer Handvoll Häuser bestanden, sah man keine Veranlassung, den Bleifuß vom Gaspedal zu nehmen.

Diese Helldriver bremsten erst dann ab, wenn sie dazu gezwungen wurden, ein ernsthaftes Hindernis auftauchte, ein Fahrzeug auf der Straße wendete, die Müllabfuhr die Fahrspur versperrte, ein Baum umgefallen war und quer über der Fahrbahn lag oder ein Schulbus ohne zu blinken aus einer Seitenstraße kam.

Der volkstümlich-populäre und flotte Fahrstil hatte sich hauptsächlich bei professionellen Fahrern durchgesetzt, bei Wagenlenkern, die mit Bussen, Taxen oder Minivans die Straßen verunsicherten. Später hatte ich mehrfach das Vergnügen, auf einer Visa-Tour als verängstigt-hilfloser Passagier hinter einem solchen Wahnsinnspiloten zu hocken. Es war auf der 400-Kilometer-Tour von Phuket nach Ranong, die fast ausschließlich über kleine, schmale Landstraßen führte. Ohne jedes Feingefühl wurde das Gaspedal malträtiert. Auch in engen Kurven blieb das Tempo konstant hoch. Sobald ein anderes Fahrzeug auftauchte, wurde überholt, auch wenn die Straße nicht einsehbar war. Für mich und die mitreisenden Insassen war es ein einziger, nervenaufreibender Höllenritt mit höchstem Risikogehalt.

Während der Fahrt kam ein Gewitter auf und heftiger Regen setzte ein. Im Nu stand das Wasser zentimeterhoch auf den Straßen. Ich hegte die Hoffnung, dass der Fahrer das entstandene, erhöhte Risiko registrierte und entsprechend langsamer fahren würde. Doch der dachte nicht im Traum daran, sondern hielt auch im strömenden Gewitterregen und zweifellos vorhandener Aquaplaning-Gefahr sein Lieblingstempo bei. Ich war heilfroh, mein Ziel unversehrt zu erreichen.

Zwischen Bangkok und Phuket finden sich nur wenige große Ortschaften. Nach etwa 250 Kilometern durchquerten wir das uns bekannte Hua Hin, den Badeort, der eine königliche Residenz beherbergte. Links von uns blinkte und glänzte das tief schimmernde Blau des Südchinesischen Meeres. Ein wenig fühlte ich mich wie ein Weltumsegler, ein Eroberer, ein moderner Magellan: Auf unserer heutigen Etappe ging der Blick nach links hinaus auf den schier endlosen Pazifik, das größte Meer der Welt. Schon morgen würden uns die Wellen und Fluten eines weiteren Weltmeeres, des Indischen Ozeans, begeistern. Diese beiden Riesenpfützen umklammern den gesamten thailändischen Süden und haben Wetter und Klima sicher im Griff: Ist auf der Ostseite Sommer, schönes Wetter und High Season angesagt, duckt sich Phuket und die Westküste unter den Unbilden der Regenzeit. Umgekehrt verhält es sich genauso.

Weiter ging es durch eine von Ackerbau und Landwirtschaft geprägte Umgebung, Plantagen, Kautschukwälder, Reisfelder und dazwischen aufragende Baumgiganten, die vom ursprünglichen Dschungelbewuchs übrig geblieben waren. Die gesamte Strecke wollten wir keinesfalls in einem Stück zurückzulegen, deshalb schauten wir uns auf halbem Weg nach Möglichkeiten zur Übernachtung um.

Außerhalb der von Touristen frequentierten Gebiete ist das Hotelangebot in Thailand unbedeutend und auf bescheidenem Niveau. Doch man wird immer und überall ein Bett finden, eine saubere Unterkunft mit frisch gewaschener Bettwäsche und einer einfachen Duschvorrichtung. Die Nacht verbrachten wir für sparsame 15 Euro in einem kleinen, aber akzeptablen Bungalow-Hotel. Vor dem Schlafen besuchten wir ein winziges Restaurant, das aus Kochherd und zwei Tischen bestand und einem Koch, der uns hocherfreut begrüßte, denn es gab keine anderen Gäste. Wir bestellten Suppe und Gemüse als Vorspeise und zwei verschiedene Currys zum Hauptgang. Alles war gekonnt und gut gewürzt zubereitet.

Natürlich waren unsere Gedanken nach vorne, in die bevorstehende Zukunft gerichtet. Als ich mir von Kun meinen Teller mit grünem Curry füllen ließ, fragte ich sie:

„Was meinst du, wie viel Leute wir an Personal brauchen?"

Auf meine Bitte hin hatte sie nachgedacht und ihre Überlegungen und Recherchen auf einem Zettel notiert: „Rezeption, Service, Koch, Zimmermädchen. Das macht dann vier Angestellte als Minimum. Ich bin auch noch da und werde mit anfassen."

„Du meinst nur vier Leute genügen? Kommen wir damit aus? Das kann ich mir nicht vorstellen."

Ich war mir nicht sicher und es stellte sich heraus, dass ich damit richtig lag. Patong ist ein Ort mit intensivem Nachtleben und unsere Gäste würden zu jeder erdenklichen Tages- und Nachtzeit im Hotel auftauchen und nach ihren Zimmerschlüsseln fragen. Somit würden normale Acht-Stunden-Schichten nicht ausreichen. Jede Position war doppelt zu besetzen, denn anders würde es nicht funktionieren.

„Ich bin zuversichtlich, dass wir nicht nur durch die Übernachtungen, sondern auch mit unserem Restaurant Umsatz machen", erklärte ich Kun. „Schau mal, wir bieten doch alles das, was die Leute in ihrem Urlaub haben wollen: Super-Terrasse, Spitzenlage, direkt am Strand und eine tolle Aussicht. Ich wette, die hungrigen Massen werden von alleine bei uns reinschneien."

Zu solchen Kalkulationen konnte oder wollte meine Freundin keinen Beitrag leisten. Stattdessen fuhr sie fort: „Hast du dir überlegt, was für Essen wir kochen?"

„Zum größten Teil thailändische Küche, das ist klar. Auf Experimente, damit meine ich Gerichte, die nicht so bekannt sind, sollten wir verzichten. Aber ein paar unvermeidliche, internationale Dauerbrenner wie Steak, Schnitzel und Spaghetti gehören unbedingt auf die Menükarte."

„Das hängt auch von dem Koch oder der Köchin ab, die wir noch finden müssen."

„Elvira hat mir geschrieben, dass wir in Patong kurz vor dem Beginn der Saison Personal satt auftreiben können. Die kommen alle aus den Provinzen angereist und schauen sich nach Arbeit um."

„Na, hoffentlich stimmt das auch."

Kun hatte nicht viel übrig für Elvira und stand den Ausführungen und Vorschlägen der Maklerin kritisch gegenüber.

Ausgeschlafen und gestärkt nach einer delikaten Schale Reissuppe und einem starken Kaffee nahmen wir am nächsten Morgen den zweiten Abschnitt in Angriff. Das Wetter meinte es gut mit uns, wir hatten das Glück, das man in der Regenzeit benötigte. Außer zwei bis drei kurzen und vertretbaren Schauern bewies der Monsun Verständnis und genehmigte uns eine angenehme und ungefährdete Reise.

Bei Surat Thani bog ich ab und folgte der Straße, die sich Richtung Westen hielt. Unser angestrebtes Ziel rückte immer näher!

„Ich bin mir nicht sicher, doch ich meine, wir werden verfolgt. Da fährt hartnäckig und verbissen seit mindestens 15 Minuten ein grüner Van hinter uns her", informierte ich Kun, die sich auf ihrem Sitz nach dem Verfolger umdrehte:

„Solche Kleinbusse fahren hier doch in Massen rum", war ihr Kommentar.

„Die machen bestimmt nur einen Ausflug."

„Aber warum hält dieser Bus immer den gleichen Abstand und fährt exakt so schnell wie wir?"

„Er kann vielleicht nicht schneller. Doch schau mal Dieter, da vorne, da tut sich was auf der Straße", Kun streckte ihren Zeigefinger in unsere Fahrtrichtung.

„Das sieht aus wie eine Straßensperre, eine Polizeikontrolle. Das hatten wir doch schon kurz hinter Bangkok", war meine Vermutung. „Kein Problem, das ist wahrscheinlich alles normal und nichts Schlimmes."

„Oder sie suchen nach Verbrechern", kicherte Kun.

„Nach bösen, hässlichen, alten Farang-Säcken, die kleine Mädchen aus dem Isan nach Phuket verschleppen", gab ich zurück und Kun kicherte weiter. Wir erreichten den Kontrollpunkt, eine Kelle ging hoch und wir wurden angehalten. Ein Polizist im Kampfanzug trat auf der Fahrerseite ans Fenster, das ich inzwischen geöffnet hatte.

„Bitte machen Sie keine Probleme und steigen Sie aus", sagte der Mann in nicht besonders höflichem Ton und wies mit einer Handbewegung auf sechs bis acht schwer bewaffnete Polizisten, die unseren Honda im Halbkreis umstanden. Der Van, der uns verfolgt hatte, war auch angekommen, hielt unmittelbar hinter uns an und spuckte noch mehr Polizisten in Kampfanzügen aus.

Ich stieg aus, meine Schulter wurde hart gegriffen, ich musste mich umdrehen, auf die Knie gehen und wurde abgeklopft. Dieselbe Prozedur machten sie mit Kun auf der anderen Seite des Autos. Es wurde natürlich nichts gefunden und wir durften wieder aufstehen.

„Bitte öffnen Sie den Kofferraum", forderte mich der erste Polizist auf. Ich wollte keinen Ärger, ging nach hinten und schloss die Heckklappe auf. Der Polizist blickte hinein, sah unser Gepäck und grinste mich zufrieden an:

„So, so, Sie wollten also abreisen?", fragte er mich. „Sie wollten sich schnell und heimlich verdrücken, stimmt's?"

„Abreisen? Nein, wir wollen nicht abreisen. Wir sind doch eben erst angekommen. Was ist denn passiert? Was wollen Sie von uns?“ Ich wurde langsam sauer und fuhr den Mann in dem Tonfall an, den er uns auch zumutete. Der Polizist grinste nicht mehr, er starrte mich stattdessen herausfordernd an.

„Na gut mein Freund, machen wir's kurz. Wo ist das Geld?“, wollte er wissen. „Wo habt ihr es versteckt? Ist es in einem der Gepäckstücke?“ Ohne meine Antwort abzuwarten, wies er zwei Polizisten an, den Kofferraum und unsere Koffer und Taschen zu durchsuchen.

„Was soll das? Was machen Sie da?“, langsam aber sicher hatte ich die Schnauze voll von der unerwarteten Behandlung.

„Hören Sie auf sich zu verstellen! Damit kommen Sie nicht durch! Sie wissen doch genau, dass wir seit drei Tagen hinter Ihnen her sind. Seit drei Tagen! Seit dem Tag, an dem Sie die Siam Commercial Bank in Surat Thani überfallen haben.“

Das war zu viel für mich, ich musste lachen und konnte mich nicht mehr zurückhalten: „Was für ein Unsinn. So ein Quatsch! Vor drei Tagen war ich noch in Deutschland“, brachte ich triumphierend vor, doch der Beamte antwortete höhnisch: „So, so, in Deutschland waren Sie! Das ist gut, wirklich. Denn wissen Sie wo ich war? Ich war in Amerika und habe mit dem Präsidenten Coca-Cola getrunken. Schluss jetzt, meine Geduld ist am Ende. Sie werden uns sofort sagen, wo Sie das Geld gelassen haben!“

Die beiden Polizisten hatten die Inhalte unserer Gepäckstücke im Kofferraum verstreut und natürlich kein Geld gefunden. Sie standen neben dem Auto, schauten zu ihrem immer lauter werdenden Chef und zuckten mit ihren Schultern.

Inzwischen begann ich meine Taschen abzusuchen nach meinem Flugticket, der Bordkarte oder einem anderen schriftlichen Beweis meiner erst gestern erfolgten Flugreise. Da fiel mir siedend heiß die absolut perfekte Lösung ein: „Moment mal, in meinem Pass, da ist doch meine Einreise von Ihrer eigenen Passstelle eingetragen und abgestempelt, da werden Sie sehen, wie falsch Sie liegen.“

Kurz darauf hielt ich meinen Pass in den Händen und reichte ihm den Polizisten, der ihn mit skeptischer Miene entgegennahm. Er schlug ihn auf und studierte ihn sorgfältig, machte erst ein verdutztes, dann ein verblüfftes und zuletzt ein resigniertes Gesicht. Er schaute mich kritisch an, um sich anschließend zu entschuldigen: „Tut mir leid, wirklich. Ja, ich sehe, Sie können es nicht gewesen sein, bitte entschuldigen Sie die Umstände."

Er wies die beiden Wühlmäuse an, unsere Sachen in Ordnung zu bringen, doch das wusste ich zu verhindern: „Ist schon gut, lassen Sie es bitte sein, das machen wir lieber selber."

Kun war zu uns getreten und stellte dem jetzt sehr enttäuscht aus der Wäsche blickendem Mann einige Fragen in ihrer Landessprache. Währenddessen wurde die Sperre beiseite geschoben und man zeigte uns an, dass wir weiter fahren durften. Hinter uns hatte sich eine Schlange von zehn, zwölf ergeben wartenden Autos gebildet. Erleichtert startete ich den Wagen, Kun stieg ein und wir sahen zu, dass wir davon kamen.

„Was hat der Polizist dir denn noch erzählt?"

„Er hat mir gesagt, dass Aussagen von mehreren Zeugen vorliegen. Alle waren sich einig, dass es ein Ausländer war, der die Bank ausgeraubt hat. Es gab einen angeschossenen und verletzten Wachmann und die Täter sind in einem silbergrauem Honda City abgehauen."

„Da haben wir noch mal Glück gehabt, dass sie uns nicht gleich eingelocht haben", regte ich mich auf. „Denn weißt du Kun, das wäre deshalb schöner Mist gewesen, weil sie uns bestimmt nicht in dieselbe Zelle gesteckt hätten."

„Du meinst, das hätten wir nicht überlebt, stimmt's?"

„Nein, durch die Trennung gleich am zweiten Tag wären wir beide draufgegangen."

Unsere kurze Existenz als verdächtige Bankräuber und die überstandene Polizeikontrolle lieferte uns reichlich Gesprächsstoff. Von unseren eigenen Erlebnissen war es nicht mehr weit bis zu Verbrechern, Verbrechen und der allgegenwärtigen und allmächtigen Polizei im Lande.

Wir setzten unsere Reise dort, doch nicht so schnell wie vorher, die Polizeiaktion hatte in mir eine innere Bremsfunktion ausgelöst. Gemächlich und ohne Hektik zuckelten wir dahin und ich nahm wissbegierig mehr von der Landschaft auf, die wir passierten. Anbau und Landwirtschaft ließen nach und die Umgebung wurde gebirgiger, ursprünglicher und interessanter. Die Äcker und das Farmland verschwanden fast völlig, dafür beeindruckte uns rechts und links der Straße undurchdringlicher, sattgrüner Dschungel mit seiner unglaublichen Präsenz. Ohne anzuhalten, bestaunten wir aus dem Auto heraus den naturbelassenen und prachtvollen Khao Sok Nationalpark.

„Hier müssen wir unbedingt mal für ein paar Ferientage hin“, erklärte ich Kun. „Dann können wir tolle Wanderungen machen und die Geheimnisse des Dschungels ergründen. Es soll hier Hotels geben, die in die riesigen Bäume hinein gebaut wurden.“

Den Badeort Khao Lak kannte ich von einem Urlaubsaufenthalt, der einige Jahre zurücklag. Der kleine beschauliche Ort hatte mir damals wesentlich besser gefallen, denn die Verwüstungen des überwältigenden, alles vernichtenden Tsunamis aus dem Jahre 2004 waren noch nicht ausgemerzt und traten an vielen Stellen unübersehbar zutage.

Das alte Khao Lak erhielt seinen besonderen Charme durch einladende, knappe und schmucke Miniwäldchen, die unmittelbar hinter dem Strand mit Schatten und Kühle lockten. Von ihnen war kein einziger Baum erhalten geblieben! Die bis zu zehn Meter hohe Welle hatte alles niedergewalzt und rigoros platt gemacht. Mit einer enormen Schubkraft von unvorstellbarer Wucht prallte sie an den Strand, sodass manche vor Anker liegende Schiffe Hunderte Meter weit ins Landesinnere geschleudert wurden.

An der Straße sahen wir Dutzende von Baustellen. An allen Ecken und Enden wurde am neuen Khao Lak gearbeitet. Es wird größer werden, es wird anders und nicht unbedingt schöner daherkommen und höchstwahrscheinlich kaum mehr den Reiz und die Anziehungskraft von früher ausstrahlen.

Hinter Khao Lak fuhr ich wieder schneller. 45 Minuten später zischten wir über die schneeweiße Sarasin-Brücke, die seit den 60er-Jahren die Insel Phuket dauerhaft mit dem Festland verbindet. Geschafft. Angekommen. Ziel erreicht. Die berühmte und begehrte Urlaubsinsel gehörte ab jetzt uns, den touristischen Konquistadoren und unschlagbaren Hotel-Pionieren!

Während einer kurzen Rast nahm ich per Handy Kontakt mit Elvira auf und teilte ihr unsere voraussichtliche Ankunftszeit mit. Die Maklerin erwartete uns im Starbucks auf der Beach-Road in Patong.

Je weiter wir über die Hauptstraße gen Süden fuhren, desto stärker nahm der Verkehr zu.

Wir waren wahrhaftig angekommen. Wirklich und real.

Das Abenteuer Hotel konnte beginnen.

Das neue Leben auch.

Und das tat es auch. Waren wir nicht schon mittendrin?

Ankunft

Schon jetzt, im September, also noch zwei oder drei Monate vom Beginn der bevorstehenden Saison entfernt, war Phukets meistbesuchter Badeort Patong hervorragend frequentiert. Auf den Straßen, an den Stränden, in den Geschäften und Restaurants – überall tummelten sich Touristen aus aller Herren Länder. Die Vielzahl an Besuchern nahm ich mit Freude zur Kenntnis, denn sie bestätigten meine Überlegungen. Hatte ich mich doch für Patong als Standort entschieden, um übers komplette Jahr – also auch in der sogenannten Nebensaison – Gäste zu bewirten, zu beherbergen und an ihnen zu verdienen.

Hundert Meter vor dem Kaffeeladen fanden wir einen freien Parkplatz, stiegen aus und streckten die vom langen Sitzen steif gewordenen Knochen. Als Elvira die zukünftigen Hotel-Bosse hereinkommen sah, sprang sie auf, lief uns entgegen und begrüßte uns stürmisch und überschwänglich. Das Starbucks war mehr als halb voll und es duftete intensiv nach anregendem Kaffee. Sie führte Kun und mich zu einem der winzigen Tische. Elvira war nicht alleine, zwei Einheimische, ein Mann und eine unübersehbar korpulente Frau saßen mit ihr am Tisch und blickten uns entgegen.

„Das ist Dieter Hollender, mein Klient und euer zukünftiger Kunde. Hier haben wir Kun, seine Freundin."

Wir setzten uns auf die Stühle, die Elvira vom Nebentisch hinüberschob. Ich bestellte mir einen Espresso und Kun wählte ein Eiskaffee.

Elvira konnte es kaum erwarten: „So, dann erzählt doch mal: Wie ist euer Befinden? Wie war die lange Reise? Habt ihr alles gut und gesund überstanden?"

„Vielen Dank, wir sind mit dem Auto gereist, haben uns zwei Tage Zeit genommen und sind prima durchgekommen. Es gab nur zwischendurch einen kleinen Disput mit der Polizei. Sonst hatten wir keinerlei Probleme."

„Polizei? Was wollte denn die Polizei von euch? Bist du zu schnell gefahren, weil du unbedingt zu deinem Hotel wolltest?" lachte Elvira mich an.

„Wir sind nicht zu schnell gefahren", klinkte sich Kun ein. „Die Polizei hat uns angehalten, weil sie uns für Bankräuber hielt."

„Bankräuber?", erschrak sich Elvira. „Das ist ja eine tolle Geschichte. Wie viel habt ihr denn erbeutet?"

„Leider oder vielleicht zum Glück keinen einzigen Baht. Sie haben uns gefilzt, doch wir konnten unsere Unschuld klipp und klar beweisen", ergänzte ich. „Die Polizisten wollten unbedingt irgendwen verhaften und ich habe uns schon im Knast sitzen sehen."

„Aber sie haben euch laufen lassen, na Gott sei Dank, denn die Polizei hier ist alles andere als berechenbar und es ist oft unverständlich, wie sie sich benehmen."

„Ich konnte ihnen durch meinen Einreiseeintrag im Pass beweisen, dass ich nichts mit dem Überfall zu tun hatte."

„Nun denn", meinte Elvira. „Der nächste Banküberfall wird sicher eine fette Beute einbringen, dann ihr wisst jetzt, wie es geht."

„Wir verlassen uns lieber auf unsere Hoteleinnahmen", erklärte ich ihr.

„Das müsst ihr selbst entscheiden", scherzte die gut gelaunte Maklerin. „Wie war das Wetter bei eurer Fahrt? Gab es viele Überschwemmungen? Hat euch der Monsun in seine Klauen bekommen?"

„Es hat ab und zu mal geregnet, doch das waren nur kleine Schauer, die uns nicht aufgehalten haben."

Unbeabsichtigt und automatisch waren wir vom „Sie" unseres letzten, förmlichen Treffens ins Insel-übliche „Du" gerutscht, wogegen ich nichts einzuwenden hatte.

Elvira wandte sich den anderen am Tisch zu und stellte uns mit übertriebenem Enthusiasmus der dicken Frau vor. Ihren Namen vergaß ich sofort, weil sie mir danach nie wieder über den Weg lief.

„Sie ist die beste Wäschelieferantin weit und breit. Viele Hotels kaufen bei ihr ein, denn diese Frau bietet euch Bett- und Tischwäsche in bester Hotelqualität zu sehr günstigen Preisen."

Dass Elvira uns in den ersten Minuten unserer Ankunft gleich Einkaufsadressen aufs Auge drücken wollte, gefiel mir nicht besonders. Die Motive dafür waren offensichtlich: Money, Money, Money. Geldgier und Geschäftssinn. Unter Garantie erhielt Elvira durch ihre Vermittlung eine gesalzene Provision und ging auf Nummer sicher, dass wir auch bei der richtigen Adresse einkaufen würden.

Die korpulente Frau hatte ein breites, gutmütiges Gesicht. Mit betulichen Bewegungen angelte sie einen mittelgroßen Leder-Imitat-Koffer unter dem Tisch hervor. Sie entnahm ihm mehrere Mappen, die mich durch ihre pure

Größe und ihren aufwendigen Eindruck einschüchterten und legte sie auf den Tisch. Das gefiel mir noch viel weniger – ich hatte keinen Bedarf, mich derartig überrumpeln lassen:

„Elvira, entschuldige bitte. Das ist nett und aufmerksam von dir und ich freue mich, dass du uns unterstützt. Aber für mich ist es noch eindeutig zu früh, um jetzt schon an Bettwäsche zu denken."

„Ich weiß, ich weiß, das ist mir auch klar, Dieter. Doch du hast mir geschrieben, dass du so schnell wie es nur geht, das Hotel auf Vordermann bringen willst, um es zu eröffnen und dabei will ich dir helfen, wo immer ich kann."

„Das ist sehr freundlich, doch bitte verstehe mich auch, dass ich gerne der Reihe nach vorgehen will."

„Geben Sie mir doch bitte Ihre Visitenkarte", bat ich als höflicher Mensch die Frau und erklärte ihr, dass ich sie später kontaktieren werde. Die Dicke warf einen enttäuschten Blick auf Elvira, reichte mir ihre Karte und zog ohne zu murren mit ihrem Koffer ab.

Es blieb der andere Gast am Tisch, ein mittelgroßer Mann mit dunklem Teint, platter Nase und scharf ausgeprägten, aber nicht unsympathischen Gesichtszügen. Seine großen, schwieligen und rauen Hände zeugten von viel geleisteter, harter Arbeit. Unter seiner Lederjacke trug er einen blauen Overall und schwere Sicherheitsschuhe an den Füßen. Insgesamt wirkte er entschlossen und einsatzbereit, ein wahrhafter Mann der Tat.

„Dieter, das ist Gamon, mein Super-Handwerker, den du für deine Renovierungen brauchst und den ich dir wärmstens empfehlen kann."

Ich schüttelte Gamon die schwielige Pranke. Sein fester Händedruck gefiel mir ebenso wie der offene Blick.

„Gamon hat für mich oder besser für meine Kunden in den letzten drei Jahren ein halbes Dutzend Renovierungen von Hotels, Pensionen und Restaurants ausgeführt", Elvira war in ihrem Element: „Du kannst dich voll und ganz auf ihn verlassen, denn er ist nicht nur ein erfahrener und gut ausgebildeter Fachmann auf seinem Gebiet, sondern auch pünktlich und zuverlässig und glaube mir: Das ist nicht selbstverständlich. Was dir bestimmt auch gefallen wird ist seine Vielseitigkeit. Für Gamon arbeitet ein großes Team, das sich aus vielen verschiedenen Handwerkern zusammen setzt. Der Vorteil für dich ist, dass er alles, was du verbessern, verschönern oder neu machen willst, erledigen kann. Du brauchst dich nicht nach weiteren Handwerkern umzuschauen, er liefert dir alles aus einer Hand."

Die Renovierung unseres Hotels war eines meiner wichtigsten Vorhaben überhaupt, ich hörte deshalb konzentriert und sehr interessiert zu.

„Viel kann ich spontan nicht dazu sagen, doch es klingt vielversprechend", war meine Reaktion. „Du hast mit ihm gearbeitet und deshalb ist er deine Empfehlung – da fällt es mir leicht vorzustellen, dass er auch für uns aktiv werden kann."

Elvira nickte mir aufmunternd zu, ich war noch nicht fertig: „Eine wichtige Frage muss ich in diesem Zusammenhang gleich loswerden: Haben Gamon und seine Handwerker in den nächsten Wochen auch genügend freie Zeit für uns und unser Projekt?"

„Daran hatte ich ebenfalls gedacht und er hat mir ausreichenden Freiraum für deine Renovierungsarbeiten zugesichert", bestätigte Elvira. „Das musste er mir im Voraus versprechen, sonst hätte ich ihn nicht zu unserem heutigen Treffen eingeladen."

„Wenn du einverstanden bist, Dieter, dann fahren wir ein bisschen herum und ich zeige dir Beispiele von Arbeiten, die mein Team und ich im letzten Jahr ausgeführt haben", wurde ich von Gamon in holprigem Englisch direkt angesprochen.

„Oh ja, das ist eine gute Idee. Ich würde mir sehr gerne deine Arbeiten anschauen."

„Meine Spezialität ist die Verarbeitung von Edelstahl. Schau dir diese Fotos an, wenn es um Edelstahl geht, sind wir unschlagbar."

Gamon zog aus einem Umschlag, der vor ihm auf dem Tisch lag, ein paar großformatige Abzüge hervor und fächerte sie vor mich auf. Zu sehen gab es in der Sonne glänzende und reflektierende Gartentore, Zäune, Geländer, Brüstungen. Alles, was er mir zeigte, sah nach solider, professioneller Verarbeitung aus. Anschließend präsentierte er uns auch noch Bilder von unförmigen und auf mich klobig wirkenden Möbelstücken, gleichfalls erstellt aus Edelstahlelementen. Diese Musterstücke gefielen mir überhaupt nicht, ich hielt sie für misslungen, sprach aber meine Gedanken nicht aus.

„Das sieht alles perfekt und gekonnt aus, deine Leute sind wirklich Profis in der Verarbeitung von Edelstahl. Kompliment", lobte ich den Handwerker.

„Aber Edelstahl? Auch für uns? Brauchen wir denn bei unserem Hotel überhaupt Edelstahl?"

„Elvira hat mir gesagt, dass du für die Terrasse ein Sonnendach bestellen willst, dass in Form und Gestaltung zur Hotelarchitektur passen soll. Ich finde, dass du mit einem Dach aus Edelstahl die beste Wahl triffst, weil es erstens super und hochwertig aussieht und zweitens lebenslang nicht rostet."

Edelstahl, rostfrei, silbern, glänzend, hochwertig. Das klang alles wunderbar in meinen Ohren und ich konnte diesen prächtigen Sonnenschutz vor meinem inneren Auge über den Köpfen unserer Gäste im hellen Licht blitzen sehen. Ich dachte aber sofort weiter und landete bei meinem Kernproblem, denn ich hatte keine Ahnung, was kostenmäßig auf mich zukommen würde, sollte ich mich für Edelstahl als Material entscheiden.

Die Kosten für die Renovierung schienen mir ein hoffnungslos fremdes, sumpfartig gefährliches Terrain zu sein, solange mir keine konkreten Zahlen vorlagen. Zwangsläufig verfiel ich ins Grübeln und wurde von Vermutungen, Spekulationen, Einschränkungen, Behinderungen, Befürchtungen und Ängsten heimgesucht.

Etat

Würden meine Mittel ausreichen – das war die Frage Nummer eins. Kann ich Elvira und ihrem Handwerker in allen Belangen vertrauen – Frage Nummer zwei. Oder bilden sie zusammen eine Komplizenschaft, um an mein Geld zu kommen, mich auszunehmen und von vorne bis hinten hereinzulegen? Keinesfalls durfte ich mein gesamtes Budget in ein Sonnendach aus Edelstahl und Gamons Hosentasche verplempern. Ich spürte, wie mich meine Unsicherheit beherrschte, die ich nach außen nicht zeigen wollte.

Gamon schien zu bemerken, was mich so stark beschäftigte:

„Darf ich dir erklären, wie ich für die meisten meiner Kunden arbeite und was du davon hast?", begann er.

„Na klar, das will ich wissen und höre dir zu!"

„Mein Unternehmen besteht aus einem großen Team. Damit ich sie alle bezahlen kann, muss ich sehen, dass so viele wie möglich von morgens bis abends im Einsatz sind. Du hast in nächster Zeit eine Menge sehr unterschiedliche Arbeiten an deinem Hotel auszuführen. Ich glaube, dass ich dich in jedem Arbeitsbereich unterstützen kann und dadurch ergänzen wir uns optimal.

Ich will dir nichts vormachen und informiere dich, dass wir zeitgleich noch andere Aufträge zu erfüllen haben. Das bedeutet, dass ab und zu mal einer oder zwei meiner Leute woanders gebraucht werden. Das wird dir wahrscheinlich nicht groß auffallen und macht sich keinesfalls beim Arbeitsablauf bemerkbar. Der wichtige Vorteil für dich und deine Kostenkalkulation: Je mehr ich für dich erledigen kann, desto günstiger wird mein Gesamtpreis sein."

Ohne ein konkretes, vollständiges und mit Zahlen, Fakten und Terminen hinterlegtes Angebot tappte ich blind und ahnungslos in der tropisch-erhitzten Unwissenheit herum. Gamon war der Erste und bislang auch der einzige Handwerker, den ich in meiner neuen Umgebung kennengelernt hatte. War es klug, gleich dem Ersten besten den Zuschlag zu geben? Oder wäre es sinnvoller, das ich mir mehr Zeit lasse, um mögliche Alternativen aufzutreiben? Um zu vergleichen, kritisch zu prüfen und akribisch zu bewerten? Doch wie und wo könnte ich die Handwerker für geeignete Gegenvorschläge auftreiben? Würde ich Elvira nicht vor den Kopf stoßen, wenn ich ihre Empfehlung infrage stellte? Ja und? Ist mir mein Geld nicht wichtiger als Elviras Kopf?

„Ich finde, dass wir gut vorankommen und auf dem richtigen Weg sind", wählte ich den diplomatischen Kurs und nickte sowohl Gamon als auch Elvira zu.

„Was mir Gamon beschrieben und auf den Fotos gezeigt hat, gefällt mir und es freut mich sehr, dass ich ihn und seine Leistungen kennenlerne. Das war der erste Schritt aus meiner Sicht, darauf können wir bauen und nach vorne blicken. Doch bevor ich irgendetwas entscheide, Elvira, müssen wir die Verträge klarmachen. Ihr versteht mich doch: Ohne unterschriebene Verträge kann ich nichts unternehmen und auch keine Aufträge vergeben."

„Das ist keine große Sache und wir können sie gleich Morgen erledigen", unterbrach mich Elvira. „Wenn du einverstanden bist, rufe ich die Vermieter an, denn ich habe den Termin bei ihnen angekündigt und reserviert."

„Ja, vielen Dank, je schneller wir dieses Thema unter Dach und Fach haben, desto besser.

Wenn wir mit dem Papierkram fertig sind, können wir uns im Hotel treffen und alles, was ich mir so vorstelle, durchsprechen", wandte ich mich an Gamon. „Wenn du Zeit hast, drehen wir danach die von dir vorgeschlagene Besichtigungsrunde."

Aus der Latztasche seines Overalls angelte Gamon eine schmuddelige Visitenkarte mit abgeknickten Ecken, die er mir reichte:

„Mein Name, Adresse und meine Telefonnummer. Ruf mich an, wenn ihr so weit seid und wir treffen uns in deinem zukünftigen Hotel."

Gamon stand auf, gab jedem am Tisch die Hand, winkte uns allen noch einmal aufmunternd zu und verließ das Café.

„Na, wie fühlt ihr euch so unmittelbar nach eurer Ankunft? Es ist sicher alles ungewohnt und fremd für euch. Ich kann mir vorstellen, dass ihr beide ziemlich aufgeregt seid, oder steht ihr darüber und diese große Veränderung lässt euch kalt?" Elvira schaute abwechselnd Kun und mich an.

„Aufgeregt, angespannt, neugierig. Ja, du hast recht, das kann man so bezeichnen", antwortete ich ihr. „Ich habe einen großen Sprung gewagt und bin in einer anderen, mir unbekannten Welt angekommen. Bestimmt brauche ich einige Zeit, um mich einzugewöhnen."

„Und du Kun, du kommst aus Bangkok?" wandte sich Elvira an Kun, um sie ins Gespräch einzubeziehen.

„Nein, ich bin nicht aus Bangkok. Da war ich nur im letzten halben Jahr. Ich komme aus dem Isan, aus Ubon."

„Das habe ich mir schon gedacht", erwiderte Elvira. „Fast alle Ladys kommen aus dem Isan. Aber ihr habt euch in Bangkok kennengelernt?"

„Ja", antwortete ich für Kun. „Wir kennen uns schon länger, genau seit letztes Jahr Weihnachten, da war ich zwei Wochen alleine in Thailand unterwegs."

Ich bemerkte, dass Elvira sich eine Antwort verkniff, hielt mich aber erst mal zurück. Ein paar Minuten später suchte Kun die Toilette auf. Weil ich ahnte, was in Elvira vorging, kam ich ihr zuvor:

„Bevor du mich fragst Elvira: Du liegst mit deiner Vermutung richtig. Ich habe Kun in einer Bar in Bangkok kennengelernt, anschließend haben wir fast zwei Wochen zusammen am Meer verbracht."

Elvira verzog ihren Mund, seufzte vernehmlich und schüttelte ihren Kopf: „Diese und ähnliche Geschichten habe ich schon so oft mitbekommen, seitdem ich hier lebe, das glaubst du gar nicht. Doch es muss ja nicht immer schiefgehen."

„Ich habe von vielen Seiten gehört, dass man allgemein davon ausgeht, dass die Beziehung zwischen einem Farang und einem Bar-Girl in den meisten Fällen in die Hose geht. Ist es das, was du meinst?" war meine Gegenfrage.

„Na ja, es gibt natürlich Ausnahmen, sie sind auch gar nicht einmal so selten. Ich kenne Paare, die leben seit Jahrzehnten zusammen und kommen hervorragend miteinander aus. Leider überwiegen die schlechten Nachrichten. Bei diesen Beziehungen kommt es meistens auf die Frau an, ob sie selbstständig denkt und handelt, oder ob sie Druck von ihrer Familie bekommt und gar nicht anders kann, als ihren Partner wie einen Geldautomaten zu benutzen", Elvira wirkte skeptisch und bemühte sich nicht, ihre Bedenken vor mir zu verbergen.

„Von diesem üblichen Gerede, dass alle Thai-Ladys gleich gestrickt sind und außer Geld nichts im Kopf haben, halte ich nichts." Ich hatte eine andere Meinung und vertrat sie mit Nachdruck.

„Schau mal, ich halte mich durchaus für fähig, unsere Verbindung realistisch und emotionsfrei einzuschätzen: Kun und ich sind schließlich schon ein paar Tage zusammen, wir passen bestens zueinander und verstehen uns außergewöhnlich gut. Durch ihre Beziehung zu mir hat meine Freundin nur Vorteile: Sie muss sich nicht mehr prostituieren, sie wird besser und angenehmer wohnen als früher, wir werden ein Auto haben und sie braucht sich um Essen und Klamotten keine Gedanken zu machen. Da wäre sie doch schön blöd, wenn sie das alles wegen ein paar schnell gewonnener Kröten aufs Spiel setzt."

Elvira lenkte ein: „Dieter, es ist wirklich alleine deine Entscheidung, da gibt es nichts dran zu rütteln. Du musst dich auf deine Gefühle verlassen, da bist nur du für verantwortlich. Ich hoffe für dich, dass alles so bleibt wie es zwischen euch ist und wünsche euch auf alle Fälle viel Glück."

Kun kam zurück an den Tisch und das Thema wurde nicht weiter verfolgt. Elvira lehnte sich nach hinten, steckte sich eine Zigarette an und stellte mir eine bemerkenswerte Frage:

„Was mich noch interessiert: Hast du denn schon einen Namen für dein Hotel?"

„Einen Namen? Ja, den gibt es. Das war kein großes Problem, den habe ich schnell gefunden", war meine Antwort. „Ich glaube, das ein einfacher und leicht zu behaltender Name die beste Wahl ist."

„Und wie soll euer Hotel heißen?", fragte sie sichtlich neugierig.

„The Green House", war meine knappe und klare Antwort.

„The Green House?", Elvira schreckte auf und starrte mich ungläubig und erstaunt an. „Aber Dieter, ich dachte, du bist ein kreativer Werbemann und lässt dir einen richtig knackigen Namen einfallen! The Green House, das ist doch stinke langweilig!"

„Das sagst du! Mir gefällt der Name aber, Elvira. Er beschreibt doch das Aussehen des Gebäudes, was man sieht und behält, wenn man davor steht. Touristen, die frisch ankommen, können unser Hotel allein durch den Namen schon aus der Ferne identifizieren."

Elvira war noch lange nicht fertig in ihrer Argumentation und ereiferte sich weiter: „Aber ich erkenne in deinem Namen keinerlei Qualität", belehrte sie mich. „The Green House – das ist weder hochwertig noch emotional, einfach nur ein alltäglicher 08/15-Name! Denk noch mal darüber nach! Ich finde, da ist mein Vorschlag hundertmal besser!"

„Moment mal, höre ich richtig und du hast dir auch Gedanken zum Hotelnamen gemacht?"

„Na klar habe ich das und ich finde, es ist ein wirklich gutes Ergebnis herausgekommen."

„Da bin ich aber mal gespannt", das war nicht so daher geredet, ich war wirklich gespannt, allerdings erwartete ich nicht allzu viel. Elvira war unsere Maklerin – ich war der kreative Texter und geniale Ideenfinder.

Sie ließ sich mit ihrer Antwort Zeit und schaute mich im Vorgefühl ihres Triumphs mit großen Augen an. Dann verkündete Elvira in feierlichem Tonfall: „Mein Vorschlag für den Namen deines Hotels lautet: Villa del Mar."

„Villa del Mar?" Wie war das? Villa del Mar? Ich überlegte und ließ mir den Namen auf der Zunge zergehen. Lange musste ich nicht nachdenken. Der Name war gut und er gefiel mir. Die von mir als nicht sonderlich begabt eingeschätzte Maklerin hatte recht. Ihr Vorschlag war um einiges besser, weil er

Bezug auf den Standort nahm und dazu hochwertiger und auch origineller war als mein eigener schlichter Einfall „Grünes Haus."

„Elvira, es stimmt. Du hast recht und das zu 100 Prozent. Dein Name ist klasse. Dickes Kompliment. Und glaube mir: Ich weiß gute Ideen einzuschätzen. Das ist eine gute Idee von dir. Sogar eine sehr gute Idee. Einfach nur toll. Ein echter Volltreffer. Doch darf ich deinen Namen denn auch benutzen?"

„Aber ich bitte dich, du bist doch mein Kunde und ich bin für dich da, wenn du mich brauchst!"

„Dann noch mal: Vielen herzlichen Dank!"

Villa del Mar – von nun an hatte unser bis dahin anonymes Hotel einen Namen. Einen schönen Namen, der mir und Kun gefiel und der auch bei unseren Gästen gut ankommen sollte.

Vertrag

Das vereinbarte Treffen mit den Inhabern des Hotels stand bevor. Ein Meeting, bei dem es um die Vertrags-Besiegelung ging, um den endgültigen Abschluss, der mich offiziell zum Pächter der Herberge etablieren würde. Elvira hatte die Zusammenkunft für den übernächsten Tag arrangiert. Treffpunkt war die Immobilie selbst, was auch in meinem Sinn war.

Jetzt war es tatsächlich so weit – in zwei Tagen würde ich unterschreiben und mich damit endgültig festlegen. So richtig konkret und real konnte ich meine aktuelle Lage immer noch nicht fassen und schwebte irgendwo zwischen Phantasie und Vision, Hektik und Anspannung, Lampenfieber und Aufregung.

Unverrückbar stand fest, dass Deutschland hinter mir lag. Meine dortigen Verbindungen und Verpflichtungen waren beendet oder zumindest unterbrochen. Ich war in Thailand, auf Phuket angekommen und mein Aufenthalt war zeitlich nicht limitiert. Für lange, lange Zeit, vielleicht sogar für immer würde ich in diesem Land bleiben. Mein erster, von sicherlich vielen folgenden Abenden in meinem neuen Leben lag vor mir.

Für den Auftakt wohnten wir bescheiden und kostengünstig in der Pension Gloria in einer Nebenstraße. Von hier waren es nur wenige Schritte bis zu einer der drei Hauptverkehrsadern, die Patong vollständig durchzogen. Am späten Nachmittag bummelten wir durch den stets geschäftigen, rastlosen und nimmermüden Urlaubsort bis zur Beach-Road. Die Eindrücke waren kunterbunt, facettenreich und vielfältig, es gab unglaublich viel zu sehen. Wir nahmen uns Zeit, ließen uns treiben, vorbei an den jetzt taghell erleuchteten Restaurants und den zahllosen Shops und Verkaufsständen. Alle paar Meter wurden wir angesprochen und uns wurden Maßanzüge, Massagen, Ausflüge, Langusten, Käfer oder Souvenirs angeboten.

Das war es. Patong, unser Patong, unser neues, von uns selbst gewähltes Zuhause, unser Heimatort für voraussichtlich einige Jahre. Die Bedeutung des Augenblicks schwang wie zum Greifen und Festhalten zwischen uns. Viel redeten wir nicht beim Flanieren, wir hielten unsere Hände fest miteinander verknüpft und machten uns ab und zu auf die eine oder andere Entdeckung aufmerksam.

Zur Einstimmung auf unsere gelungene Ankunft wählten wir ein besonders hübsch gelegenes Restaurant, angesiedelt auf einer vorspringenden Klippe mit dramatischem Blick auf das nächtliche Meer. Kun übernahm die Bestellung unseres ersten Phuket-Diners: Papaya-Salat, Tom Yam Gung, Pak-Pak Luam und einen kompletten Fisch im Thai-Style, aus Rücksicht auf meinen noch nicht abgehärteten Gaumen mit weniger Chili gewürzt.

Das Essen war ein Genuss, wir zogen es in die Länge, fanden langsam unsere Sprache wieder und begannen wie schon gewohnt, über die Ereignisse zu spekulieren, die in den nächsten Tagen und den folgenden Wochen auf uns zukommen würden.

„Hoffentlich geht bei dem Treffen alles glatt über die Bühne“, überlegte ich laut. „Ich wünsche uns, dass die Leute nicht auf üble Ideen kommen, dass man uns zum Beispiel Kosten aufhalst, von denen bisher keine Rede war.“

„Aber die Verträge wurden doch zwischen euch besprochen“, warf eine erstaunte Kun ein. „Hat sich Elvira nicht um alles gekümmert?“

„Das stimmt, das hat sie und das gehört auch zu ihrem Job. Doch solange wir die Abmachungen nicht unter Dach und Fach haben, kann viel passieren. Diese Spielchen kenne ich zur Genüge.“

„Was willst du denn machen, wenn sie sich nicht an das halten, was vereinbart wurde, und im Vertrag auf einmal etwas total anderes steht?"

„Tja, das weiß ich auch nicht, Kun. Das ist genau der springende Punkt, der mich beschäftigt. Zum jetzigen Zeitpunkt können wir nichts tun, wir müssen abwarten, was man uns vorlegt, was uns erwartet und was man uns anbietet. Erst dann liegt es an uns, ja oder nein zu sagen."

Unsere erste Nacht auf Phuket war von dichten, emotionalen Empfindungen geprägt. Nach unserem harmonischen Essen in unmittelbarer Nachbarschaft des stahlschwarz schimmernden Meeresspiegels kehrten wir gemächlich zurück in die Pension Gloria. Im Bett suchte ich die Nähe und so viel Hautkontakt, wie ich von Kun erwischen konnte.

Wie ich es inzwischen kannte, schlief meine kleine Freundin in kürzester Zeit ein. Ich lag noch längere Zeit wach und die absurdesten Vermutungen, Hoffnungen und Befürchtungen geisterten durch meinen Kopf, bis ich den allzu engen Kontakt nicht mehr aushielt und mich behutsam aus ihren Armen löste. An Einschlafen war immer noch nicht zu denken, erst als ich ein paar Seiten gelesen hatte, fand ich Ruhe und schlief mit deutlicher Verspätung zu Kun ein.

Der übernächste Morgen präsentierte sich vorbildlich und richtungsweisend, einer Holiday-Destination entsprechend: Mit atemberaubender Helligkeit fiel er über uns her und überschüttete uns mit gleißendem Sonnenlicht, als wir aus dem Gloria kamen. Ohne Sonnenbrille war kein Schritt außerhalb der Schatten möglich. Schon zu dieser frühen Stunde rückten uns die schweißtreibend hohen Temperaturen zu Leibe.

Pünktlich um 11 Uhr trafen wir in der Villa del Mar ein. Die Vertragspartner, begleitet von unserer Maklerin und Mittlerin Elvira, waren bereits anwesend und schauten uns entgegen, ohne besondere Regungen zu zeigen. Eine Begrüßung mit Händeschütteln, wie ich sie aus Deutschland kannte, fand nicht statt. Elvira hatte ihre Chefin mitgebracht, eine hübsche, zierliche, sehr lebendig und offen wirkende Thai-Frau, Inhaberin des Real-Estate-Unternehmens, für das Elvira tätig war.

Wir wurden der Besitzerin der Immobilie vorgestellt, eine ältere, stolze, auf den ersten Blick auch würdevolle Frau von über 60, eine gebürtige Italienerin, der es sichtlich schwerfiel, ein freundliches Gesicht aufzusetzen. Später erfuhr ich, dass die Eigentümer eine Italo-Thai-Familie waren, eine große und finanzkräftige Sippe, denen zahllose Liegenschaften auf Phuket gehörten. Die Dame stand in dem Ruf, prinzipiell nicht besonders umgänglich aufzutreten. Sie gehörte dem Menschenschlag an, der weder Freundlichkeit noch Entgegenkommen benötigte, um im boomenden Phuket Erfolg zu haben. Dank der vorhandenen Besitztümer konnte die Lady sich aufführen, wie immer sie wollte; sie würde auf alle Fälle satt und bequem ihre Kohle scheffeln.

Man hatte der Patriarchin einen bequemen Sessel in der Lobby freigeräumt, einen kleinen Tisch vor sie hingestellt und weiteres Sitzmobiliar zusammengerückt. Das weibliche Oberhaupt dieser gut betuchten Familie wurde begleitet von der Schlüsselbotin der Besichtigung vor einigen Wochen, der uns bereits bekannten, attraktiven Werry, die wiederum einen schlaksigen, dünnen Thai in ihrer Altersklasse im Schlepp hatte. Werry würdigte ihren ausländischen Vertragspartner keines Blickes, sie orientierte sich offensichtlich am Verhalten ihrer Großmutter. Ihr Begleiter drückte sich an der Peripherie des Geschehens herum und machte einen hoffnungslos gelangweilten und desinteressierten Eindruck.

Eine weitere Person im Raum, ein männlicher Thai im dunklen Anzug und mit grellbunter Krawatte, wurde uns als Mr. Hoki, Vertrauensperson und Anwalt der Familie, vorgestellt. Er war mittelgroß und versuchte, auf Teufel komm raus den professionellen Geschäftsmann, ausgefuchsten Juristen oder erfahrenen Manager zu mimen.

Mr. Hoki besaß ein schräges, ein wenig verschlagenes Gesicht, ausgestattet mit einem dauerhaften Grinsen, mit dem er wohl seine Kompetenz oder Überlegenheit ausdrücken wollte. Auf mich strahlte er die Qualifikation eines Glückskekses aus. Sein absurder Auftritt wirkte so, als würde er eine Behinderung wie ein Holzbein oder eine andere Prothese mit sich herumschleppen. Ich blickte an ihm herunter, konnte aber kein Ersatzteil dieser Art an ihm entdecken. Wahrscheinlich hatte dieser Provinzadvokat nicht mehr als einen gewöhnlichen, alltäglichen Kopfschuss.

Wir wurden aufgefordert, Platz zu nehmen und hockten dicht ge-drängt um den kleinen Couchtisch herum. Elvira übernahm die Vorstellung, doch für die energisch auftretende Patriarchin, umhüllt von bodenlangen Gewändern in Schwarz und Anthrazit redete sie schon nach wenigen Worten zu lange und zu viel. Die alte Dame hatte inzwischen eine Art erhabene Sitzposition eingenommen und wirkte auf mich, als würde sie einen halben Meter höher als alle anderen im Raum über dem Boden schweben. Sie begann herum zu zappeln, riss das Gespräch an sich und unterbrach Elvira unhöflich und brüsk:

„Lassen Sie uns zur Sache kommen, ich habe wenig Zeit. Wir wissen doch alle, um was es geht, oder?"

„Na gut, wie Sie meinen." Elvira zog sich ein wenig eingeschnappt zurück. Ihre Chefin tätschelte ihren Arm und der schräge Anwalt hatte seinen Auftritt. Er legte einige Dokumente auf den Tisch, griff nach dem obersten, blätterte es auf und reichte es mir:

„Das ist der Pachtvertrag, bitte sehr. Laufzeit drei Jahre mit der Option für drei weitere Jahre. Hier müssen Sie unterschreiben."

Es war der Vertrag, den ich kannte. Er war in Englisch gehalten und ich blätterte ihn durch, um zu sehen, ob er die für mich wichtigen, besprochenen Fakten enthielt und ob die wenigen, von mir gewünschten Änderungen berücksichtigt waren. Es gab nichts zu beanstanden, alles war in meinem Sinn formuliert, somit in Ordnung und reif zur Unterschrift.

Was mir nicht gefiel, mich erheblich verwunderte sogar regelrecht ankotzte, war das Betragen und Verhalten der anwesenden Leute, damit meine ich meine Vertrags- und Geschäftspartner. Aus Deutschland kannte ich von ähnlichen Situationen, dass bei erfolgreichen Abschlüssen eine ungezwungene, oftmals heitere Stimmung aufkam: Beide Parteien waren zufrieden mit den getroffenen Vereinbarungen, man gab sich offen, verhielt sich verbindlich und entgegenkommend. Alles konnte nachgefragt und angesprochen werden und man wünschte sich gegenseitig Glück und Erfolg.

Nach diesen Erfahrungen rechnete ich damit, dass auch hier meine Vertragspartner sich nach meinen Plänen und Vorstellungen erkundigen, dass sie Interesse zeigen, wie ich ihre Immobile renovieren und gestalten will und welche Kundengruppen ich erreichen möchte. Doch aus diese Ecke kam nichts, absolut nichts.

So wie die Gegenpartei auf Phuket auftrat, wurde Disharmonie, Spannung und offene Ablehnung aufgebaut. Von gegenseitiger Wertschätzung oder auch nur einem angedeutetem Interesse war nichts zu spüren. Ein partnerschaftlich-offenes und freundschaftliches Klima konnte auf diese Weise unmöglich entstehen. Es lag auf der Hand, dass es meine Vertragspartner einen feuchten Kehricht interessierte, was konkret ich mit der Immobilie vorhatte und plante. Ebenso wenig wollten sie in Erfahrung bringen, ob wir mit unserem Business Erfolg haben würden, ob es stagnierte oder gar scheiterte. Diese Leute wollten einzig und allein den Abschluss – einen Abschluss ohne jeden Aufwand für sie – und sie erhielten ihn durch meine Unterschrift. Sie bekamen ihre Miete, eine weiterführende Beschäftigung mit dem Idioten, der die Miete zahlt war nicht erforderlich und das reichte ihnen allemal.

Was sollte oder konnte ich groß tun? Aussteigen und Hinwerfen war nicht möglich. Meine Entscheidung war schon vor Wochen getroffen, ich hatte alles auf dieses eine Pferd gesetzt und mögliche Alternativen verworfen. Ohne Rückflugticket kam ich über 10.000 Kilometer angereist und hatte keine Wahl: Der begonnene Weg musste fortgesetzt werden. Schlecht gelaunte Vermieter, verdrießliche, unsympathische und herrschsüchtige alte Weiber und groteske Anwälte durften mich genauso wenig aus der Spur werfen wie die Stimmungen, Emotionen und Antipathien, die sie in mir hervorriefen.

Der schräge Anwalt informierte mich über einige Besonderheiten: Dass ich die Renovierung in Eigenregie und auf eigene Kosten zu übernehmen hätte. Dass der großzügige Vermieter in der Zeit der Renovierung keine Mietzahlung berechnen würde und demnach die Miete erst ab Januar fällig sei, also in dreieinhalb Monaten. Dass ich als Mieter für laufende Reparaturen zuständig sei, und dass der Vermieter wegen lächerlicher Kleinigkeiten keinesfalls belästigt werden durfte. Alles war mir bestens bekannt, doch ich musste es erneut aufnehmen, denn der Anwalt gehörte zu den Menschen, die sich selbst gerne reden hören.

Empfänger der jährlich zu entrichtenden Miete sei er, Mr. Hoki, Rechtsanwalt und juristischer Berater der Inhaber. Die Zahlung soll durch einen von der Bank gesicherten und legitimierten Barscheck erfolgen. Mit seinem dicken Zeigefinger fummelte er über den entsprechenden Passus im Vertrag hin und her.

Dann war es so weit: Die Unterschriften der Inhaberin und die der Maklerin als Zeuge fanden sich bereits unter dem Dokument. Meinen Namen schrieb ich daneben. Jede Partei erhielt ihre Kopie. Fertig, Feierabend, Finale, das war's, die Formalitäten waren überstanden, das wahre Leben mit den Realitäten, Kuriositäten und Absurditäten des Hotel-Business konnte beginnen.

Briefing

Nur für wenige, flüchtig durchblätterte Seiten brachte ich die zum Lesen erforderliche Geduld und Ruhe auf. Dann klappte ich mein Buch zu. Ich war viel zu nervös, scharrte mit den Hufen, konnte kaum sitzen bleiben. Gespannt wie ein Flitzebogen, wünschte ich, dass es endlich losgeht. Ich wollte sehen, erleben und wissen, dass sich etwas bewegt und dass es vorangeht mit den Arbeiten an unserem Hotel.

Doch zuerst galt es, eine längerfristige Bleibe für die nächste Zeit zu finden. In den ersten Tagen übernachteten wir noch in der Pension Gloria in Patong, die interimsmäßig von Elvira geführt wurde. Das war von Anfang an als vorübergehende Lösung gedacht, ziemlich bald wollten wir ein Haus, Appartement oder eine Wohnung zur längerfristigen Miete beziehen.

Um ein Business zu betreiben, war Patong der perfekte Standort, denn der Ort genoss die größte Bekanntheit, kannte keine Ruhezeit und hatte die meisten Besucher. In diesem Ameisenhaufen auch noch wohnen – nein, das wollte ich uns nicht zumuten. Patong war laut, eng, voll, schlaflos und erdrückend. Dazu um einiges teurer als die umliegenden Ortschaften. Nur wenige Autominuten entfernt liegt Karon Beach, bedächtiger, behäbiger und nicht ansatzweise so rastlos und turbulent wie Patong.

Hinter der Tempelanlage von Karon, in einer ruhigen Seitenstraße suchten und fanden wir einen kleinen, anspruchslosen Bungalow. Geschäfte, Bars, Restaurants und der bekannte Tempelmarkt waren in wenigen Minuten per pedes erreichbar. Der Bungalow bestand aus einem größeren Wohnzimmer, zwei Schlafräumen, Küche, Bad und einer Miniterrasse vor dem Haus. Die Unterkunft war komplett möbliert, allerdings sehr schlicht, sehr einfach. Viel zu schlicht? Viel zu einfach? Diese Art zu leben lag eindeutig unter dem Niveau, das ich aus Deutschland gewohnt war. Doch ich war nicht mehr in Deutschland und es fiel mir nicht schwer, mich auf eine einfachere Lebensart umzustellen. Wir würden uns sowieso nur zum Umziehen, Duschen und Schlafen in Karon aufhalten. In der Küche wurde allein der Kühlschrank benötigt. Das zweite Schlafzimmer diente als Rumpel- und Abstellkammer. Die Miete war mit 250 Euro im Monat meiner vorhandenen Unsicherheit in Bezug auf die finanzielle Entwicklung angepasst.

Die Tinte unter dem Vertrag war noch nicht trocken, da trafen wir uns mit Gamon an der Baustelle, besser ausgedrückt an der wahrscheinlich zukünftigen Baustelle, auf der zukünftigen Terrasse unseres voraussichtlich zukünftigen Hotels. Mir war klar: Das wird ein eminent wichtiger Termin, der über Wohl und Wehe sämtlicher Planungen, Wünsche und Zukunftsvisionen entscheidet. Was kann dieser Handwerker alles für uns ausrichten? Würde ich ihm meine Ideen und Vorstellungen so erklären können, dass der Mann mich so versteht, wie es von mir gemeint war? Wie wird er seine Arbeit ausführen? Wie soll ich mich verhalten, wenn ich mit seinen Ausführungen nicht zufrieden bin? Wie viel Zeit wird Gamon mit seiner Handwerkertruppe benötigen, bis das Haus einsatzbereit ist? Und – die wichtigste und entscheidende aller Fragen – was wird das alles kosten? Ich war nicht mittellos über den Indischen Ozean gereist, ich verfügte über Geld, für thailändische Verhältnisse sogar über einen hübschen Batzen an Geld. In Deutschland reicht eine ähnliche Summe für den Bau einer hübschen Garage mit automatischen Türen. Oder einer langen, hohen Mauer mit zackigen Glasscherben obendrauf. Oder ein eigener, rot sandiger Tennisplatz, vorausgesetzt, ausreichend Bodenfläche ist vorhanden.

Hier aber war alles anders. Ich befand mich in Thailand und hatte ein vom Tsunami angeschlagenes Bauwerk herzurichten. Würde mein Geld reichen? Wie stände ich da, wenn meine Mittel sich als zu dürftig erweisen? Wie sieht es aus, wenn ich wegen fehlender Kohle keine vollständige Renovierung hinbekommen würde? Ein nur zur Hälfte fertig gestelltes Hotel lässt sich schlecht eröffnen und bewerben.

Notfalls könnte ich mir zur Gästegewinnung originelle und neue Hotel-Ideen einfallen lassen:

1. Tsunami-Feeling-Resort: Wir reparieren auf Sparflamme und bieten Zimmer mit Original-Tsunami-Spuren an. Jede Übernachtung wird mit in Meerwasser eingeweichten Dokumenten zertifiziert. Das Personal geht in Schwimm- und Rettungswesten seinen Pflichten nach.

2. Ruinen-Hotel: Wir bieten Übernachtungen im degenerierten Trümmer-Stil an und versprechen unordentliches Wohnen zwischen Mauerresten und Gerümpel. Der Staff ist mit einem Gürtel voller Abbruch-Werkzeugen ausgestattet.

3. Ideen-Hotel: Jedes Zimmer wird ausgestattet mit gebrauchten, abgenutzten und angemalten Möbeln. Mit diesem Interieur laden wir ein zum ultimativen Kreativ-Aufenthalt. Gäste dürfen nach Lust und Laune ihre Unterkunft verschönern, Pinsel und Farben stellen wir ihnen zur Verfügung.

4. Thailand-Country-Resort: Eine landestypische Normalität würde sicher auch viele Gäste begeistern: Betten raus, stattdessen Bastmatten auf den Fußboden! Genießen Sie Ihren Phuket-Urlaub so, wie die Menschen in Thailand auf dem Lande leben! Gegessen wird ebenfalls auf dem Boden sitzend und am Morgen gibts Reissuppe statt American Breakfast.

Noch war es nicht so weit und meine Alternativpläne konnten fürs Erste in der Schublade bleiben. Heute würde ich Gamon meine Forderungen, mein Ansinnen und meine Ansprüche erklären und versuchen, ihm zu vermitteln, was ich alles von ihm erwarte und mir im Anschluss daran anhören, wie er die vorgetragenen Renovierungspläne ausführen wird. Er wird mir daraufhin seine Kosten nennen und dann werden wir weiter sehen. Oder auch nicht. Oder auch nicht?

Der Handwerker erschien mit 15 Minuten Verspätung. Er kam in Begleitung eines seiner Arbeiter, der einen krummen Gang hatte und in dreckigen und verkleisterten Bauklamotten steckte. Ich schlug vor, auf der Terrasse mit der Besprechung meiner Vorhaben zu beginnen, und wir behandelten als erste Maßnahme die Größe, Ausführung und Ausdehnung des Sonnensegels, eines meiner vorrangigen Objekte. Fleißig schrieb Gamon Anmerkungen, Maße, Mengen, Materialien und was er sonst noch brauchte in ein handliches, farb-verschmiertes Notizbuch. Sein ungewaschener Mitarbeiter hantierte mit einem langen, flexiblen Maßband, als würde er eine polizeiliche Absperrung vornehmen. Er kletterte auf die Begrenzungsmauer zum Grundstück auf der rechten Seite und nahm Maß auf dem Balkon im ersten Stock. Gut, dass wir noch ohne Gäste waren, denn die hätte er wahrscheinlich auch vermessen.

An der Vorderseite des Gebäudes, in der linken Ecke und von außen erreichbar war ein kleiner, stark ramponierter Raum, der als Toilette für die Terrasse fungierte, aber dringend überholt werden musste. Die Keramiken, die wir dort vorfanden, würden selbst einem Neandertaler dazu bringen, auf die Straße zu scheißen. Vornehmer ausgedrückt: Kein verweichlichter, europäischer Zivilisations-Arsch würde sich in diesem Loch zur Befriedigung seiner Bedürfnisse niederlassen.

„Hier muss alles sehr viel anders und damit meine ich sehr viel schöner werden", erklärte ich Gamon. „Ich stelle mir einen hellen, freundlichen Raum vor."

„Das machen wir dir. Kein Problem. Wir verwenden heitere Farben und elegante, runde Formen", schlug Gamon vor und ich erklärte mich einverstanden.

Wir setzten unsere Besichtigungs-/Beauftragungsrunde im Inneren des Hauses fort. Die Wände sollten eine muntere, frische Farbe bekommen, ich schwärmte von einem durchgängigen, sonnenhellen, fröhlichen Gelbton in allen Räumen. Gamon nickte bestätigend und notierte meine Wünsche. Die Möbel in den Zimmern, die Tische, Stühle und Nachtkonsolen waren zum Teil stark strapaziert und zeigten erhebliche Gebrauchsspuren. Ist es möglich, die Oberflächen abzuschleifen und neu zu lackieren? Aber sicher doch! Die Angaben wurden notiert. Die King-Size-Matratzen, die wir in jedem Zimmer vorfanden, lagerten auf plüschigen Konsolen, umhüllt von faltenreichen, vorhangähnlichen Tüchern, die wie aus einem hundert Jahre alten Bordell wirkten und einen schmuddeligen Eindruck machten. Weg damit, in Zukunft sollten klare, schnörkellose Unterbauten die Matratzen tragen. Massives, edles Teakholz würde die Augen unserer Gäste erfreuen. Auch diese Aufgabe notierte er gewissenhaft.

Die sanitären Einrichtungen mussten sorgsam überprüft und in einigen Zimmern ersetzt werden, weil sie entweder fleckig oder rissig waren und wenig vertrauenerweckend aussahen. Die Markisen auf den Balkonen bedurften eines kompletten Neubezugs. Widerstandsfähiges Segeltuch in lichtem Blau und Grün sollte hier zum Einsatz kommen. Die Klimaanlagen mussten auf ordentliche, kühlende Wirkung geprüft werden. Die gesamte Elektrizität verlangte eine Funktionskontrolle und teilweisen Ersatz, wenn nötig. Dies alles und noch einiges mehr vermittelte ich meinem Handwerker innerhalb von mehr als zwei Briefing-Stunden.

Als ich die Fülle meiner Renovierungsaufgaben in ihrer Vollständigkeit vorgebracht hatte, komplimentierte der Handwerker Kun und mich – die zukünftigen Hotelchefs – zu seinem übergroßen Pick-up. Die Kabine war so geräumig, dass wir zu dritt vorne nebeneinander sitzen konnten. Gamon fuhr den fünf Kilometer langen Strand von Karon herunter, bis ins benach-barte Kata Beach. Unter starkem Dröhnen des röhrend protestierenden Motors erklomm der Pick-up die Spitze eines steilen Hügels, der mehr als hundert Meter oberhalb des Ozeans lag. An seiner höchsten Stelle thronte eine hypermoderne, exklusive 5-Sterne-Luxusunterkunft. Die Gestaltung im gesamten Haus war sachlich und kühl, die Formen glatt, unkompliziert, schnörkellos und klar, die vorherrschenden Farben sonnengelb und nachtschwarz.

Den auffallenden Kontrast dazu bildeten jede Menge Brüstungen und Geländer aus glänzendem Edelstahl, alles im letzten Jahr angefertigt und installiert von Gamon und seinen Handwerkern. Es war beeindruckend. Und ich war beeindruckt. Ohne jeden Zweifel: Der Mann verstand sein Handwerk! Wenn er in der Lage war, an einem derartig kostspieligen Etablissement mitzuwirken, dann würde sein Einsatz und sein Können für unsere sehr viel anspruchslosere Herberge mit Sicherheit auch reichen.

Stolz präsentierte uns Gamon Einblicke in die Suiten dieses Spitzenhotels: Außerordentlich großzügig, intelligent aufgeteilt, dazu sparsam, aber mit höchst aufwendigen Möbeln ausgestattet. Vom Balkon hatte man einem phantastischen Blick auf den feudalen, schwarzen Marmor-Pool und auf Strand und Meer. Natürlich waren auch die Balkongeländer, die in der Sonne blinkten und so heiß waren, dass man sie nicht anfassen konnte, aus elegantem Edelstahl, hergestellt und montiert vom Spezialisten Gamon.

Ein wenig neidisch verließen wir diese Stätte des Wohlstands, Pomps und Überflusses. Im Auto kündigte Gamon den nächsten Besichtigungspunkt seiner Rundreise an:

„Was ich euch jetzt zeigen will, liegt in Kamala", begann er, wurde aber von mir unterbrochen:

„Ich glaube, das reicht uns, was du uns hier gezeigt hast. Ich habe mich von deinen Fähigkeiten überzeugt und brauche sonst nichts mehr zu sehen", erklärte ich ihm.

„Wie du willst, das ist deine Entscheidung, aber ich möchte euch bitten, einen Blick in meine Werkstatt zu werfen, ist das okay?"

„Das geht in Ordnung, da kommen wir mit und schauen sie an, oder Kun?"

Über wenig befahrene, schmale Seitenstraßen beförderte Gamon uns um die Inselhauptstadt Phuket Town herum. Vor Stolz um ein paar Zentimeter gewachsen, stellte er uns seine Besitztümer vor: Ein umfangreiches, nach allen

Seiten offenes Grundstück mit einem stattlichen Wohnhaus, einer angrenzenden, sehr geräumigen Werkstatt und seiner großen Familie.

Sein Betrieb hatte erst kürzlich neue Aufträge erhalten, die mit dem Material Edelstahl ausgeführt wurden. Die Bodenfläche in der Werkhalle war übersät mit Hunderten an einzelnen Elementen. Ein halbes Dutzend Arbeiter war damit beschäftigt, die Komponenten zu einem monströsen Garagentor zusammenzuschweißen. Die vielen, professionell wirkenden Handwerker und ihre Tätigkeiten überzeugten mich endgültig von Gamons Qualitäten.

Eine Innenbesichtigung seines Wohnhauses stand als Nächstes an. Das Untergeschoss wurde fast vollständig von einem großen Wohnraum eingenommen. Ein riesiger Flatscreen an einer der Längswände bildete den Blickfang, ansonsten war der Raum voll gerümpelt mit verschiedenen, experimentierfreudig zusammen gestellten Sitzgruppen. Nichts passte zueinander. Hier fand jeder gegen jeden, der Kampf der Sitzmöbel statt. So etwas hatte ich noch nie gesehen. Gamon bemerkte mein Erstaunen.

„Wir sind eine große Familie, alle wohnen hier, meine Brüder, meine Schwestern, ihre Kinder, sie alle leben unter einem Dach“, erklärte er mir.

Ich nickte und war fasziniert, wie viele unterschiedliche Sofas und Sessel in nur einen Raum passen. Wie gut, dass Gamon mein Baumeister und nicht mein Innenarchitekt war, dachte ich bei mir. Das hätte zweifellos zu Irritationen geführt.

Für die Ausmaße des Hauses kam mir die Küchenausstattung mit ihren nur zwei Kochstellen viel zu klein vor. Ich suchte nach einem einer Großfamilie würdigen Esstisch, den ich nicht finden konnte.

„Gegessen wird hier, auf dem Boden.“ Kun wies mit ihrer Hand auf ein paar Bastmatten, die in einer Ecke der Küche den Boden bedeckten.

„Auf dem Boden? Puh, das wäre mir zu ungemütlich!“

Meine Freundin übersetzte meinen Kommentar und alle lachten über den Farang, seine Ahnungslosigkeit und seine exotischen Essgewohnheiten.

Der erste Stock übertraf in seiner Einrichtung das Erdgeschoss: Er bestand aus drei Bädern und einem halben Dutzend Schlafräumen in unterschiedlichen Größen. Vom Mobiliar war nicht viel zu sehen, denn überall lagen, hingen, knitterten oder knüllten Kleidungsstücke herum. Es gab keine Schränke, alles war frei und unverschlossen zugänglich. In jedem Raum standen an den

Wänden ein paar Garderobenstangen, proppenvoll behangen mit Klamotten. Die Sachen, die dort keinen Platz fanden, waren irgendwo im Raum verteilt.

„Das ist ja eine grauenhafte Unordnung, was für ein Chaos. So könnte ich nicht wohnen. Warum gibts in dieser Familie denn keine Kleiderschränke?“, fragte ich Kun.

„Das kann ich dir auch nicht sagen“, war ihre Antwort. „Aber du findest überall im Lande Wohnungen und Häuser ohne Kleiderschränke.“

„Hier möchte ich jedenfalls nicht jeden morgen meine Unterhose suchen“, erklärte ich Kun, verließ dieses sogenannte Wohnhaus und war froh, dass ich nicht zu den Leuten gehörte, die mit Vorbehalten gegen Kleiderschränke leben mussten.

Zwischen Wohnhaus und Werkstatt lockerte eine Gruppe elegant geschwungener Palmen das Ambiente auf. Zwischen ihren Stämmen befand sich ein Sonnendach aus Bambus und darunter Gartenmöbel aus verwittertem Teakholz, die schon mehrere Saisons in Wind und Wetter hinter sich hatten. Wir setzten uns um einen ovalen Tisch.

Gamon winkte einem kleinen Jungen heran und erteilte ihm einen Auftrag. Der Junge lief ins Haus und kam kurz darauf mit mehreren Flaschen kaltem Leo Bier zurück. Wir tranken auf unsere Zusammenarbeit und plauderten ohne großen Tiefgang über Phuket, die starke Zunahme an Touristen und das Wetter, das ab jetzt immer beständiger werden sollte. Später fragte mich Gamon: „Soll ich euch zurück nach Patong fahren oder wo wollt ihr hin?“

„Das Bier trinke ich noch aus“, antwortete ich ihm. „Dann könntest du uns in Karon absetzen, das wäre prima.“

Als wir in Karon aus seinem Auto stiegen, erkundigte ich mich: „Was meinst du, wie lange wirst du brauchen, bis du mir deine Kosten nennen kannst?“

Nur einen Augenblick musste Gamon überlegen, dann antwortete er: „In drei Tagen sollte ich so weit sein. Ist das okay?“

„Ja, das ist optimal für mich. Treffen wir uns wieder am Hotel?“

„Gut, ich komme in drei Tagen zu dir ins Hotel. Zur selben Zeit wie heute?“

„Zur selben Zeit wie heute.“

Der Kostenvoranschlag, den Gamon mir drei Tage später vorlegte, stellte eine Überraschung dar. Eine positive und nicht unbedingt von mir erwartete kleine Sensation. Denn Gamons erfreuliche Kalkulation unterbot meine Erwartungen. Sie fiel deutlich günstiger aus, als ich es mir hätte träumen lassen! Nicht einmal die Hälfte des Geldes, das mir zur Verfügung stand, wollte Gamon für die Ausführung seiner Renovierungsarbeiten haben. Eine spürbare Erleichterung überkam mich. Ich war froh! Und glücklich! Und unbe-schwert! Und zuversichtlich! Und alles zusammen!

Das unverhofft positive Angebot ließ mich zuerst einmal tief durchatmen. Es verschaffte mir neue Energie und einen frischen Motivationsschub: Wir würden das Hotel so umgestalten, wie ich es mir in meinen Zukunftsvisionen ausgemalt hatte. Alle Tätigkeiten, die dafür erforderlich waren, die gesamten Umbauten und Verschönerungen hielten sich in einem bezahlbaren Rahmen! Meine ursprüngliche Sicherheit kehrte zurück und ich fühlte, nein ich wusste und war mir sicher: Alles wird gut! Alles wird klappen! Meine Pläne würden sich erfüllen! Das Hotel wird laufen, es wird gebucht werden, wir werden jede Menge Gäste haben und massenweise Umsatz machen.

Gamon erhielt von mir ein uneingeschränktes Okay und den konkreten Auftrag, jede einzelne Position, die wir besprochen hatten und die Bestandteil seiner Kalkulation war, auszuführen. Die Terminvorgabe lautete: Schnellstmöglich.

Ab November war wieder Saison auf Phuket und da wollte ich mit unserer frisch heraus geputztem Villa del Mar vom ersten Tag an kräftig mitmischen.

Ungeduld

Du willst in Thailand nicht nur Urlaub machen, du willst dich im Land aufhalten, längerfristig hier leben und auch deinen Unterhalt im Land verdienen? Dir schwebt eine Bar, ein Restaurant, ein Hotel, eine Bäckerei oder ein anderer Betrieb vor, den du besitzen und betreiben möchtest? Das kannst du haben, deine Ideen lassen sich umsetzen, dein Unternehmen muss nicht als Traum enden, denn es ist alles machbar und durchführbar. Allerdings ist eine wesentliche Voraussetzung zu erfüllen: Ohne Gründung einer eigenen Firma läuft gar nichts.

Eine komplexe Aufgabe, die den Einsatz eines Anwalts erforderte. Diese Regelung traf auch für unseren Hotelbetrieb zu. Elvira wusste auch diesmal Rat und empfahl uns eine ihr bekannte, zuverlässige Kanzlei, die wir am folgenden Tag aufsuchten.

Durch einen mit Schreibtischen von vorne bis hinten restlos vollgestopften Raum mittlerer Größe zwängten Kun und ich uns an fünf Mitarbeitern vorbei ins dahinter liegende Chefbüro. Der Anwalt residierte in einem winzigen Zimmerchen, eingeklemmt saß er zwischen Schreibtisch und Wand und sortierte Papiere. Er blickte auf, als wir eintraten, begrüßte uns und wies auf die zwei Stühle, die vor seinem Schreibtisch standen und seinem Zimmer noch mehr Raum nahmen. Wir quetschten uns auf unsere Sitzplätze, die Abstände waren so eng bemessen, dass ich mir die Knie am Schreibtisch platt drückte. Von Elvira bestens instruiert, kam der Anwalt ohne Umschweife zur Sache:

„Ich freue mich jedes Mal, wenn ich unseren ausländischen Freunden helfen kann, in unserem schönen Königreich Fuß zu fassen“, begann er und griff nach einigen Dokumenten.

„Wir werden nicht viel Zeit benötigen, denn es ist alles für Sie vorbereitet. Eine Information fehlt mir allerdings: Der Name. Wie soll die Firma, die Sie heute gründen wollen, denn heißen?“, sein Blick wanderte von mir zu Kun und zurück.

„Stimmt ja, einen Firmennamen brauchen wir auch noch. Hm, keine Ahnung, da habe ich noch nicht drüber nachgedacht.“

Das war keine sonderlich kluge Aussage von mir, doch mehr fiel mir nicht ein. Villa del Mar, den Namen des Hotels, hatten wir von Elvira übernommen. Doch wie soll die Firma heißen, unsere GmbH, das Unternehmensgebilde, das das Hotel betreiben wird? Weil ich nicht vorbereitet war, kam ich mir ziemlich bescheuert vor.

„Es wäre schön, wenn Sie eine Idee hätten“, der Anwalt beugte sich vor. „Eine Idee für einen guten Namen, meine ich. Bitte wählen Sie nicht Palmbeach oder Golden Sea, so heißen nämlich fast alle Firmen hier.“

Krampfhaft dachte ich nach, blickte dabei zu Kun, die sich wohl auch ihre Gedanken machte. Es wäre doch schön und originell, wenn meine Freundin in dem Firmennamen vorkommen würde. Unvermutet hatte ich eine kreative Eingebung: „Kun, sag mal, wie groß bist du noch mal?“

Sie schaute mich an, mit dieser blöden Frage konnte sie nichts anfangen und ich versuchte es ein zweites Mal: „Kun, how many centimeters is your body-size?“

Jetzt verstand sie, was ich wissen wollte: „Ich? Ich bin 151 Zentimeter groß“, sagte sie.

„Na also. Da haben wir doch unseren Namen“, ich nickte dem Anwalt zufrieden zu, der mich mit gehobenen Augenbrauen anschaute.

„Was halten Sie von 151 Company?“, schlug ich vor.

„151 Company? Das ist gut, der Name gefällt mir“, antwortete der Rechtsberater. „Das ist ein Name der zwischen den anderen auffällt. Endlich mal etwas anderes. Ja, den nehmen wir.“

Er machte sich einige handschriftliche Notizen und ich lehnte mich entspannt zurück, um bei seinem nächsten Satz sofort wieder nach vorne zu schnellen.

„Nach den in Thailand gültigen Gesetzen benötigen Sie sechs Gesellschafter für Ihre GmbH“, informierte mich der Anwalt beiläufig.

„Wie bitte? Das ist mir neu, davon wusste ich nichts“, regte ich mich über das unerwartet erschienene Hindernis auf. „Wie soll ich denn jetzt sechs Gesellschafter aus dem Hut ziehen?“

„Keine Panik, Herr Hollender, das regeln wir für Sie. Wenn Sie einverstanden sind, verwende ich ein paar Namen aus meiner Familie für Ihre Firmengründung.“

„Da komme ich nicht mit“, ich war verwirrt. „Das sind doch dann Mitinhaber, oder? Stellen diese sechs Gesellschafter Ansprüche, muss ich sie beteiligen oder bezahlen, oder wie sieht das aus? Das wusste ich alles nicht.“

„Machen Sie sich keine Gedanken, das ist eine reine Formsache, Sie werden die Leute niemals sehen und auch nicht persönlich kennenlernen. Der Gesetzgeber will sechs Namen und die bekommt er, das ist schon alles.“

Ach so geht das. Sechs Namen werden benötigt und dann werden eben sechs Namen in das Dokument eingetragen. Woher die kommen, ob aus Thailand oder vom Mars, ob sie echt oder falsch, tot oder lebendig sind, spielt keine Rolle. Ein Witz, eine Farce. Ich werde mich schön raushalten aus diesen alteingeführten Sitten und Gebräuchen. Ein bisschen wundern darf ich mich allerdings schon …

Unsere Firma, unsere GmbH, die den Namen 151 Company erhielt und die mich befugte, ein Hotel zu betreiben, wurde gegründet. Somit war alles Erforderliche durchdacht, besprochen, vereinbart und abgestimmt. Der Handwerker Gamon und seine Mannschaft hatten ihre Aufträge erhalten und sollten in vollem Umfang wissen, was von ihnen erwartet wurde.

Materialien, Dekors, Farben, Stile, Stoffe, Formen, Größen und Mengen waren festgelegt. Terminvorstellungen ausgetauscht, diskutiert und bestätigt. Vorauszahlungen geleistet. Erwartungen geschürt. Vorfreude ausgekostet. Optimismus geschürt. Die Zukunft mit ein paar Sternen ausgestattet. Es konnte losgehen. Es musste losgehen. Es sollte losgehen. Die von mir anvisierten Verbesserungs- und Verschönerungsarbeiten konnten beginnen. Der Kalender zeigte an, dass seit unserer Ankunft auf der Urlaubsinsel zwei Wochen vergangen waren. Damit lagen wir gut in der Zeit, fand ich. Dachte ich. Meinte ich. Und irrte ich mich, was ich zu diesem Zeitpunkt noch nicht erahnen konnte.

Es war ein Montagmorgen, ein Tag der im Kalender als der entscheidende Montagmorgen markiert war. Früh und ohne Frühstück begaben wir uns von Karon herüber nach Patong, wir wollten den so bedeutsamen Auftakt keinesfalls verpassen. Der ersehnte, verabredete, spannende Spatenstich-Termin, der fest verabredete, mehrfach zugesagte und glaubhaft besiegelte Startschuss für den Beginn der gesamten Renovierung war auf neun Uhr festgesetzt. Bereits zehn Minuten vor neun standen Kun und ich auf der Terrasse um das Eintreffen unserer Handwerker und den Beginn der Arbeiten nicht zu verpassen.

Der Termin kam, der Termin ging und der Termin verstrich. Es war kein Gamon, kein Pick-up und kein einziger Handwerker in Sicht.

Na gut, dachte ich mir, ich will mal nicht gleich zu Anfang extrem europäisch und kleinlich denken, wir haben Zeit, es kommt doch wirklich nicht auf jede Minute an. Neun Uhr dreißig: Wir warteten. Zehn Uhr: Immer noch war nichts zu sehen. Elf Uhr: Mit meinem Anruf bei Gamon kam ich nicht durch. Zwölf Uhr dreißig: Nach mehreren Fehlversuchen erwischte ich endlich Gamon am Telefon, der mir lang und breit erklärte, warum seine Truppe nicht heute, wie vereinbart, sondern erst morgen, am folgenden Dienstag mit ihrer

Arbeit beginnen würde. Er beruhigte mich und versicherte mir, dass wir dennoch keine Zeit verlieren würden. Dass wir den Endtermin garantiert halten würden. Dass er mit voller Kraft und allen seinen Leuten für unsere Renovierung zur Stelle sein würde.

Seine Erklärungen hörte ich mir an und versuchte, nicht so zu reagieren, wie ich am liebsten reagieren wollte. Ich spürte, dass es in mir brodelte, dass ich wütend und sauer wurde und mich ärgerte und aufregte. Was hatte ich falsch gemacht? Wieso hielt sich der Handwerker nicht an den ausgemachten Termin? Warum lief das schief noch bevor es richtig begonnen hatte? Und was konnte ich dagegen tun? Die letzte Frage ließ sich schnell beantworten: Nichts. Absolut nichts.

Am Nachmittag schaute Maklerin Elvira rein, um sich zu überzeugen, dass sich alles nach Plan abspielte: „Wo ist denn Gamon mit seinen Leuten?“, fragte sie mich erstaunt, als sie die bis auf ihre wartenden Klienten nach wie vor leere Terrasse betrat.

„Der ist nicht gekommen und ich musste wie der letzte Trottel hinter ihm her telefonieren“, klärte ich sie auf und ließ meiner Verärgerung über Gamons Unzuverlässigkeit freien Lauf.

„Lass mich raten: Hast du ihn vielleicht im Voraus bezahlt? Und wie viel hast du ihm gegeben?“

„Es stimmt, er hat einen dicken Batzen seines Honorars eingestrichen“, musste ich zugeben. „Doch das wollte er unbedingt und hat es mit dringlich erforderlichen Ausgaben argumentiert. Er erklärte mir, das sei so üblich in Thailand – was bitte sollte ich dagegen tun?“

„Oh lala“, Elvira blickte mich besorgt und verständnisvoll an. „Der Batzen ist dann wahrscheinlich zu üppig ausgefallen“, meinte sie. „Jetzt hat er erst mal das Geld. Na, ja, wenn sie morgen loslegen, ist doch immer noch alles in Ordnung, oder?“

Das fand ich auch, stimmte ihr zu und wir tranken ein kaltes Bier zusammen.

„Es hört sich wahrscheinlich bescheuert an, Dieter, und du kannst es nicht mehr hören, aber bitte denk daran, dass wir uns nicht in Deutschland befinden.“

„Ich weiß es doch Elvira. Wir sind in der Fremde, in Thailand, in den Tropen, in der Exotik. Wir sind genau da, wo ich hinwollte, ich bin selbst schuld und werde damit klarkommen."

Stimmt, ich konnte und wollte nicht mehr hören, dass ich mich über exotisches Verhalten, ungewohnte Reaktionen und die gänzlich anderen Mentalitäten nicht wundern dürfe. Jeder, der mir begegnete, reichte mir diesen Spruch rüber. Ich würde abwarten, die Ruhe bewahren, nicht gleich aus der Haut fahren, bis mir diese Merkwürdigkeiten nicht mehr fremd vorkamen.

Mir war klar, dass sich mit meiner Auswanderung auch meine Mentalitätsumgebung änderte. Doch das war Bestandteil des Plans, es war erwünscht und beabsichtigt. Ich wollte unbedingt erleben, wie es sich anfühlt, nicht zur Gänze umfassend von den deutschen Grundtugenden umgeben bin. Wenn ich nicht mehr nach diesen Maßstäben kontrolliert, beobachtet und eingeschätzt werde. Die Eigenschaften Disziplin, Fleiß, Pünktlichkeit, Sparsamkeit und alles, was sonst dazu gehört, trugen dazu bei, dieses Land zu hoher wirtschaftlicher Blüte zu pushen und seinen Einwohnern Reichtum, Wohlstand und Sicherheit zu bescheren.

Es sollte aber auch ein Blick auf die andere Seite der Medaille erlaubt sein. Gemeint ist das Übergenaue, Überkorrekte und die nach oben buckelnde spießbürgerliche Denkweise, die bei vielen Bürgern anzutreffen ist. Rentner, die regelmäßig die Straßen abklappern, um jeden Falschparker anzuzeigen, widern mich an. Von Bürokraten, die sich auf das Peinlichste an die vorgegebenen Regeln halten und Großzügigkeit und Menschlichkeit nicht beachten, will ich mich nicht verwalten lassen. Auf Nachbarn, die mich nicht grüßen, weil ich meinen Rasen nicht dreimal in der Woche mähe, kann ich verzichten. Obwohl ich nicht dabei war, schäme ich mich in Grund und Boden dafür, dass ein ganzes Volk, mein Volk, blind und ohne jede Selbstachtung einem dummdreisten Demagogen, seinem Geschrei und seinen Wahnsinns-Ideen gefolgt ist und dafür zu recht von der gesamten Welt verachtet und verdammt wird.

Ein Dasein außerhalb des deutschen Regelwerks fällt wahrscheinlich nicht so ordentlich, nicht so pünktlich, nicht so zuverlässig und auch nicht so sauber aus, wie ich es bisher kannte. Doch spielen diese urtypischen, deutschen Eigenschaften tatsächlich eine so wichtige Rolle in der Gestaltung des Lebens? Das wage ich doch sehr zu bezweifeln. Nun denn, ich war aktiv dabei, diese Alternative für mich auszuprobieren.

Ein paar Monate später hatte ich mich an meine neuen Lebensumstände gewöhnt. Doch, doch, zum Teil war mir wirklich in Fleisch und Blut gegangen, wie die Menschen in meiner neuen Umgebung denken und ticken. Ein Problem dabei bestand in meiner deutschen Erziehung, denn die konnte ich so mir nichts dir nichts beiseiteschieben. Es gelang mir nicht sie komplett zu ignorieren. Meine Kindheit, Schulzeit und Ausbildung haben deutliche Spuren hinterlassen. Vieles von dem, was man mir eingebläut hatte, machte sich auch Jahrzehnte später massiv bemerkbar.

Auftakt

Liegt es am dauerhaft sonnigem Wetter, an der Hitze oder an den besseren Witzen? Aufs Geldverdienen kann man es beim besten Willen nicht schieben. Mir fiel sehr bald auf, dass die Menschen in Thailand lauter und häufiger lachen, dass sie weniger ernsthaft sind, sich seltener grämen und sorgen als die Mitteleuropäer. Die einfachen Leute besitzen gerade mal das, was sie am Leibe tragen, eine Matte zum Schlafen und dann natürlich ihr Handy, sonst aber nichts. Sie schuften einen Monat lang, um sich mit einem Gehalt in Höhe eines Taschengeldes zufriedenzugeben, doch ihr Leben erschien mir leichter, unbekümmerter und unbeschwerter. Schicksalsschläge, Krankheiten, Niederlagen und Verluste werden locker weggesteckt, die persönliche Existenz wird schon irgendwie seine Fortsetzung finden, darüber bestanden keine Zweifel.

Den Versicherungsgesellschaften in Thailand geht es infolgedessen nicht annähernd so gut wie ihren reichen und protzigen Brüdern und Schwestern in Deutschland. Erstens hat man hierzulande am Monatsende keinen Baht übrig, um fette Policen zu zahlen und zweitens fehlt die Motivation und der Glaube, dass durch den Abschluss einer Versicherung nicht mehr viel passieren würde. So leicht lassen die Thais sich nicht melken!

Auch am folgenden Dienstag warteten wir den gesamten Tag über vergebens auf die von mir beauftragten und bereit großzügig bezahlten Handwerker. Mehrfach über den Tag verteilt versuchte ich Gamon zu erreichen, was größtenteils nicht klappte. Hatte ich Erfolg und schaffte es, mit ihm zu sprechen, wurde ich stets mit weitläufigen und schwer verständlichen Erklärungen in schlechtem Englisch abgespeist.

Es kam der Mittwoch – nach unserer Planung der dritte Tag der Renovierung, an dem wir uns eigentlich an den ersten, sichtbaren Ergebnissen erfreuen sollten. Stattdessen hatten wir uns an das Herumstehen auf der Hotelterrasse, die nervtötende, bereits seit drei Tagen anhaltende Warterei gewöhnt.

Die viele freie, ungenutzte Zeit erlaubte mir, mich gründlich im gesamten Gebäude umzusehen, jedes einzelne Zimmer abzuklappern und zu inspizieren, von den verschiedenen Balkonen und aus unterschiedlichen Höhen den Blick auf Strand und Meer zu genießen. Meine Phantasie gaukelte mir dabei sehr lebhaft vor, wie sich das alles anfühlen würde, wenn das Hotel erst mal auf Vordermann gebracht war und gut gelaunte Gäste lachend und in Urlaubsstimmung die Zimmer und die Terrasse beleben.

Leider waren wir davon so weit entfernt wie Bayer Leverkusen von der Deutschen Fußballmeisterschaft. Ich träumte von Jubel und Trubel in einem strahlend frischen Hotel, dabei hatten die Renovierungsarbeiten noch nicht mal begonnen. Kein einziger Handwerker legte sich für mich ins Zeug, nicht ein Werkzeug war im Einsatz, kein Fenster wurde vermessen, keine Türe eingepasst, kein Pinsel geschwungen, keine Leitung installiert, kein Bohrer jaulte sein Leid, keine Säge krächzte ihren Kummer und kein Tropfen Schweiß tropfte auf den Boden. Voller Unrast und Ungeduld hatte ich nur einen Gedanken, der mich peinigte und verfolgte: Wenn es doch endlich losgehen würde!

Es kam der Donnerstag. Vier Tage nach dem vereinbarten Starttermin erreichte meine Stimmung ihren bisherigen Tiefpunkt. Eine gewisse Hilflosigkeit, eine anhaltende Ohnmacht, aber auch eine verhaltene Wut beherrschte mein Denken und Fühlen. Ich befand mich zweifelsfrei auf der Urlaubsinsel Phuket, aber nicht wie geplant und erwünscht als Bauherr, Chef und Auftraggeber, sondern als kleines, unbedeutendes, ausländisches Würmchen in einer aussichtslosen Zwickmühle oder verödeten Sackgasse. Ich saß in der Klemme und wusste nicht warum.

Meinen vielschichtigen Emotionen war ich waffen- und wehrlos ausgeliefert – es gab nichts, was ich den Mätzchen und Verschleppungen meines Vertragspartners entgegensetzen konnte. Der Nieselregen, der in der Nacht zuvor eingesetzt hatte, passte perfekt zu meinem Befinden. Das war schon der vierte Tag, der uns verloren ging. Wir konnten uns nicht mal draußen auf der Terrasse aufhalten. Also hockten wir unten, in der unaufgeräumten, unattraktiven, leicht muffigen, voraussichtlichen Lobby des Hotels.

Meine Geduld war am Ende, meine Nervosität und Anspannung waren kaum mehr zu zügeln, es war kein Land in Sicht und ich nahm mir vor, diesem ungehobelten Lieferanten auf die Pelle zu rücken, um herauszubekommen, was sein Nichterscheinen zu bedeuten hatte. Doch Gamon war mal wieder telefonisch nicht erreichbar.

Kurz vor zwölf hörte der Regen auf und es sah so aus, als würde die Sonne sich doch noch durchsetzen. Ein schwarzer Pick-up fuhr vor, die Ladefläche picke packe voll mit Menschen in Arbeitskleidung. Kurz darauf folgte ein weiteres, älteres Modell, ebenso überfüllt mit menschlicher Fracht. Mit dynamischem Schwung bewegte sich Gamon aus der Fahrerkabine, kam ohne jede Verlegenheit schnurstracks auf mich zu und begrüßte mich und Kun überschwänglich und freudestrahlend mit Handschlag. Es fiel mir schwer, meine vorhandene Gemütslage zu unterdrücken, doch dann erinnerte ich mich wieder an die vermaledeiten, unterschiedlichen Mentalitäten und hielt mich zurück: „Wie sieht's aus Gamon, geht es jetzt endlich mal los?"

Mit einer weiten, ausholenden Bewegung seines rechten Arms schloss Gamon sein ihn begleitendes Aufgebot ein und verkündete pathetisch:

„Schau sie dir an! Das sind die Handwerker, mein Team für dich und dein Hotel. Sie sind ab sofort nur für dich und deine Renovierungsarbeiten da!"

„Kannst du mir sagen, ob das nur heute so ist, oder ob deine Truppe jetzt immer kommt?" Durch die Erfahrungen der letzten Tage war ich verletzt und gewarnt. Misstrauen, Argwohn und Skepsis begleiteten mich bei Schritt und Tritt.

„Diese Handwerker sind meine besten und zuverlässigsten Leute, ich kenne die meisten von ihnen schon jahrelang und weiß, was sie leisten können. Sie kommen von jetzt an jeden Tag. Sie kommen so lange, bis das Hotel fix und fertig renoviert ist, so wie wir es besprochen haben!", behauptete er, ohne rot zu werden, doch ich glaubte ihm kein Wort, das war nun mal meine Mentalität.

Ohne große Umstände und erst recht ohne lange zu fragen überfluteten die Handwerker das Hotel. Sie besetzten die Terrasse, die Lobby und die beiden unteren Balkone und fingen an, ihre mitgeführten, brotlosen Brotzeiten auszupacken.

„Wir haben uns unser Essen mitgebracht", informierte mich Gamon. „So sparen wir Zeit und meine Leute müssen doch eine solide Basis haben, bevor sie mit deiner Arbeit anfangen. Wollt ihr mit uns essen?", fragte er Kun und mich. „Wir haben genug dabei!"

Nein, das wollten wir nicht. Kun vielleicht schon, aber ich würde mich auf keinen Fall unter diese Leute und ihr mitgebrachtes Essen mischen. Die komplette Mannschaft war intensiv mit ihrer Nahrungsaufnahme beschäftigt und alle wirkten dabei fröhlich und gut gestimmt.

„Ich bin mal gespannt, ob das alles so wird, wie wir es uns vorstellen", musste ich laut nachdenken. „Er hat jedenfalls einen schönen Pool an Leuten zusammengestellt, hoffentlich beherrschen die auch alle ihr Handwerk."

„Pool? Dieter, was ist denn ein Pool?", hakte Kun nach.

„Ach, Pool – so nennt man es, wenn eine große Auswahl an Fachkräften zur Verfügung steht", erklärte ich ihr und hatte auch gleich ein Beispiel parat.

„Lass mal überlegen, hm, eine Modezeitschrift, die braucht ständig viele gute und neue Fotos. Deshalb stellt sie sich einen Pool an Fotografen zusammen, mit denen man schon zusammen gearbeitet hat, die man kennt und bei Bedarf auswählt. Das ist zum Beispiel ein Pool. Und Gamon, nun der hat einen Pool aus Handwerkern, dessen Fähigkeiten er kennt und die er jetzt bei uns einsetzt."

„Danke, Dieter, ich weiß nun auch, was ein Pool ist."

„Wenn ich sehe, wie sie alle ihr Essen genießen, bekomme ich auch Hunger. Komm Kun, wir gehen ebenfalls und stärken uns."

Die Auswahl an Restaurants in Patong war überwältigend. Man traf selbst die ausgefallensten Geschmacksrichtungen an, auch wenn sie oft nur für ein paar Monate geöffnet hatten. Jeden Tag probierten wir eine neue Lokalität aus, entdeckten auch Restaurants, die uns von Qualität und Ambiente zusagten und die wir dann mehrfach aufsuchten.

Die Arbeiten rund ums Hotel waren im vollen Gang, als wir eine Stunde später vom Essen zurückkamen. Das Renovieren hatte tatsächlich begonnen – ich konnte es kaum glauben. Zwar starteten die Verschönerungen mit erheblicher Verspätung, doch diesen Umstand konnte ich schnell vergessen und vergeben. Was für mich zählte, waren Fakten und die Jetztzeit. Das Hämmern und Kreischen, das wir schon von Weitem vernahmen, klang mir wie die Ouvertüre zur Operette „Villa del Mar – das Land des Lächelns" in die Ohren.

In den Gästezimmern verwandelten sich die ersten blass weißen Wände in optimistisch-fröhliche gelbe Stimmungskanonen. Einige der stärker ramponierten Möbel wie Stühle und Nachttische wurden für eine neue Lackierung vorbereitet. Auf den Balkonen begann man, die zerfetzten Markisen zu entfernen. Ein kleiner, auf mich sehr fleißig wirkender Mann von Anfang dreißig, dessen Hüfte von einem breiten Werkzeuggürtel umrundet wurde, fing an, die elektrischen Leitungen, die Steckdosen und Lampen zu kontrollieren. Überall im Gebäude wurde emsig hin und hergelaufen, gewuselt und gebastelt, hantiert und gefummelt, was ich mit Zufriedenheit, Zuversicht und einem langsam wieder aufkommenden Optimismus registrierte.

Es wurde fünf Uhr und mit einem Schlag verstaute sich der Spuk vollständig und spurlos auf den Ladeflächen der beiden Pick-ups und weg waren sie. Es war wie in der Geschichte von den Heinzelmännchen aus Köln, wobei ich mich hütete, auch nur eine Erbse zu streuen. Ich ließ mir noch schnell von Gamon bestätigen, dass seine Handwerker am nächsten Tag wieder kommen und die begonnen Arbeiten fortsetzen würden. Das versprach er mir hoch und heilig.

Ein Versprechen, das er für den nächsten Tag auch einhielt.

Es war also wahrhaftig so weit, dass unser Hotel renoviert wurde.

Wie ernsthaft, würde sich sicher bald herausstellen.

Schattenspiele

Tatsächlich hielt Gamon sich an das abgegebene Versprechen. Doch schon am nächsten Tag, dem erst zweiten der Renovierung, erhielt mein in zögerlicher Entstehung befindliches Vertrauen einen herben Dämpfer. An diesem Morgen begaben wir uns nicht direkt ins Hotel, wir suchten unsere Wäscherei und dann noch den Friseur für mich auf, bevor wir zum Hotel fuhren.

Ich betrat die Terrasse und wischte mir mit der Hand über die Augen. Was war das denn für eine Arbeit? Hatte ich das bestellt? Oder etwas übersehen?

Handelte es sich um eine Reparatur? Was sollte es überhaupt werden? Die Tätigkeiten, die sich auf unserem zukünftigen Außenrestaurant abspielten, ergaben für mich keinen Sinn. Zwei von Gamons Arbeitern waren dabei, die Bodenplatten der Terrasse abzuheben, zwei andere hatten in einer Ecke begannen mit großen Schaufeln ein Loch zu graben.

„Was zum Teufel ist hier los? Was macht ihr da?“, tobte ich los mit dem beabsichtigten Effekt, dass jedermann in der Truppe in ihrer Arbeit innehielt und den zornigen Ausländer neugierig beobachtete.

„Ich will verdammt noch mal wissen, was dieses dämliche Loch hier soll“, randalierte ich weiter und wurde auch nicht sanfter, als Gamon auf der Terrasse erschien.

Er kam geradewegs auf mich zu und legte mir einen Arm um die Schulter:

„Ja, da staunst du Dieter, nicht wahr? Ich habe euch gestern zugehört, wie du und Kun unentwegt von einem Pool gesprochen habt. Da dachte ich mir, fangen wir am besten gleich damit an, damit dein Pool schnell fertig wird.“

Er vollzog eine heroische Geste mit seinem ausgestreckten Arm, der die Beschädigungen auf der Terrasse einschloss. Nur mit größter Mühe konnte ich mich beherrschen:

„So, aha, das ist es also. Du baust einen Pool für uns, du meinst doch bestimmt einen Swimmingpool, wie ich vermute.“

Gamon nickte mir selbstbewusst und selbstgefällig zu.

„Ja, einen Swimmingpool, darüber habt ihr euch doch gestern lang und breit unterhalten oder etwa nicht?“

„Ich habe eine Frage an dich, Gamon, eine einzige Frage.“

Der Handwerker sah mich erstaunt an und nickte mir zu.

„War dieser Swimmingpool, den du hier bauen willst, Bestandteil unserer Verabredung, Gamon? Stand er auf deiner to-do Liste? Damit meine ich, haben wir in der letzten Woche auch nur ein einziges Mal über den Bau eines Swimmingpools gesprochen?“

„Nein, das haben wir nicht. Also Dieter, das würde ich doch wissen.“ Er tätschelte meinen Arm und grinste mir verständnisvoll zu.

„Aber da siehst du selbst, wie schnell ich mich auf zusätzliche Aufgaben einstellen kann. Es ist ein großer Vorteil für dich, dass meine Leute so flexibel sind.“

„Verfluchte Scheiße!", ich konnte und ich wollte mich nicht zurückhalten und tobte schon wieder los.

„Ich brauche keinen flexiblen Handwerker, ich brauche einen Partner, der sich daran hält, was wir besprochen haben und nicht anfängt, sich irgendeinen Schwachsinn auszudenken!"

„Schwachsinn? Wieso Schwachsinn? Wollt ihr denn keinen Swimmingpool, sehe ich das richtig?"

„Ja, das siehst du haargenau richtig." Ich senkte meine Stimmlage und wurde sarkastisch:

„Sag mal Gamon, wenn ich Kun heute fragen würde, wann wir mal wieder den Tempel besuchen, muss ich dann damit rechnen, dass du mir morgen einen Tempel auf die Terrasse baust?"

„Verdammt Dieter, du weißt doch, dass ich es nur gut gemeint habe."

„Zu gut, Gamon, du hast es zu gut gemeint. Viel zu gut, finde ich. Können wir uns bitte, bitte darauf einigen, dass du dich an unsere Vereinbarung hältst, meinst du, das ist machbar?"

Bedröppelt und mit einem zerknirschten Gesicht stand Gamon neben mir. Dass er innerlich genauso kochte wie ich, konnte ich ihm ansehen. Außerdem missfiel ihm sehr, dass seine Leute diese Zurechtweisung und seine Demütigung durch mich miterlebten.

„Dann habe ich noch folgende Bitte an dich, Gamon und ich würde mich riesig freuen, wenn du sie wörtlich nimmst: Tust du mir den Gefallen und stellst die Terrasse wieder so her wie sie vorher war?"

Wortlos wandte er sich ab und trat zu den Männern, die an dem Loch arbeiteten und sprach mit ihnen.

Argwöhnisch und skeptisch schaute ich mir in den nächsten Tagen Gamons Mannschaft an: Mein erster Eindruck war, dass sie mir nicht wie korrekt ausgebildete Handwerker vorkamen, von dieser Branche hatte ich eine andere Vorstellung. Ob dieser Unterschied auch mit der anderen Mentalität zu erklären war? Mehrere der Typen aus der Gruppe konnte ich nicht einordnen. Sie taten nicht viel oder begnügten sich mit Handreichungen und machten auf mich eher den Eindruck von Müßiggängern oder Mitläufern. Die Mannschaft wurde ergänzt durch einige Frauen unterschiedlichen Alters und ein paar herumtollende Kinder.

Die Atmosphäre während ihrer Arbeitszeit war nicht mit der Stimmung von Baustellen, wie ich sie aus Deutschland kannte, zu vergleichen. Es wurde mehr gelacht, viel pausiert, kreuz und quer herumgerannt und noch mehr gequatscht. Dazu die fünf oder sechs Kinder, die sich zwischen die arbeitenden Erwachsenen quetschten oder die Betten in den Zimmern als Trampolin vereinnahmten. So etwas wie Arbeitsklima, Konzentration auf die jeweilige Tätigkeit, unermüdlicher Arbeitseifer oder die Umgebung vor lauter Arbeit ausblenden, konnte ich nicht ausmachen. Was ich sah, erinnerte mich mehr an ein Familienfest als an ernsthaftes, professionelles Schaffen.

Mein Misstrauen nahm zu, es wurde verstärkt und zusätzlich bestätigt, als ich mitansehen musste, dass Gamons Super-Handwerker frisch lackierte Möbel zum Trocknen in das pralle Sonnenlicht platzierten als wären es nasse Unterhosen. Sollte ich hier eingreifen und aufklären? Nein, lieber nicht. Ich blieb in der Rolle des Beobachters, sah, registrierte, hoffte und staunte.

Meine negativen Vermutungen und Beobachtungen aus den ersten Tagen bestätigten sich: Nur drei oder vier Mitglieder aus Gamons zwanzigköpfiger Legion verdienten das Prädikat erprobte und erfahrene Handwerker. Der Rest war anwesend oder dabei, es waren Handlanger oder Hilfskräfte, treffender konnte ich es nicht beschreiben.

Um seinen Klienten ein umfangreiches, schlagkräftiges, vor allem aber zahlenmäßig beeindruckendes Team zur Verfügung zu stellen, füllte Gamon seine Truppe mit Familienmitgliedern, Schwägern, Verwandten, Freunden und Bekannten auf. Alle, bis auf die Kinder, arbeiteten mit oder besser ausgedrückt sie führten irgendwelche niedrigen Tätigkeiten aus.

Doch egal, unter welchen Voraussetzungen sie ihren Dienst antraten: Die Mannschaft war immer gut drauf, sie lachten und scherzten, redeten viel untereinander und waren für jede Unterbrechung empfänglich.

In der zweiten Woche der Renovierung war an einem Morgen der gesamte Terrassenboden mit glänzenden und hell blinkenden Elementen belegt. Ich kam mir vor wie in einem archäologischen Museum, indem die Forscher dabei waren, das Knochengerüst eines ausgegrabenen Dinosauriers zusammenzusetzen: Es handelte sich um die Rahmen und Profile des von mir als besonderes wichtig eingestuften Schattendachs. Noch befanden sich die Edelstahlteile im Transportformat und wurden jetzt am Einsatzort zusammengebaut. Voller Vorbehalte und Bedenken beobachtete ich die Tätigkeiten und passte auf, ob alles seine Richtigkeit und Ordnung hatte. Das Dach war der teuerste Einzelposten in meiner Planung. Es sollte auf einer Gesamtlänge von mehr als zehn Metern den begehrten Schatten spenden. Um sich auf der Terrasse zu bewegen, mussten alle Beteiligten behutsam Rippe für Rippe des zerlegten Untieres übersteigen.

Es wurde gemessen, gesägt, gehämmert, geklopft und mit kleinen Flammen geschweißt. Zuletzt wurden die Einzelelemente verbunden und der Rahmen war in seiner vollen Größe zu bewundern. Ein imprägnierter, weißer Segelstoff von imposantem Ausmaßen wurde eingespannt, womit das Dach fertiggestellt war. Es lag jedoch in unveränderter Position auf dem Boden. Um seine Schatten spendende Wirkung zu entfalten, musste dieser enorme elegante Sonnenschirm nach oben, hoch über die Köpfe unserer zukünftigen Gäste gehievt werden. Das sah für mich nach einem harten und schwierigem Stück Arbeit aus. Ein einzelnes Teil des Edelstahlrohrs ist erstaunlich leicht und bringt kein hohes Gewicht auf die Waage. Ein paar hundert davon summieren sich schnell zu einer sehr viel schwereren Gewichtsklasse.

„Wie wollt ihr das Dach nach oben bringen?", forschte ich argwöhnisch bei Gamon nach.

„Ihr werdet für die Montage einen Kran benötigen, oder was hast du vor?"

„Ein Kran? Für das Sonnendach? Nein, das ist viel zu teuer. Den brauchen wir nicht, es sind nicht mehr als drei Meter zu überwinden und das schaffen wir auch ohne Kran. Das haben wir schon oft gemacht", war Gamons selbstsicher vorgetragene Antwort.

Mein latent vorhandenes Misstrauen wurde durch seine Aussage nicht beschwichtigt, sie förderte vielmehr meine Unsicherheit, vergrößerte meine Bedenken und Zweifel. Soll ich mich wieder aufregen und herummotzen? Ich sprach mir selbst Mut zu: Gamon war der Oberhandwerker und würde schon wissen, was zu tun war.

Zur Verstärkung der Hub- und Hievkraft seiner Mannschaft trieb Gamon zusätzliche Leitern und einige bislang unbeteiligte Kumpels auf. Die Leitern wurden an den Ecken und in der Mitte der längsten Stelle platziert. Einsatzbereit standen die eingeteilten Hilfskräfte daneben. Auf dem Balkon im ersten Stock hielten sich zwei Mann Zugriffs-bereit.

Das Dach war beeindruckend in seinen Ausmaßen, die Acht-Mann-Truppe kam mir immer noch als zu schwach und unterbesetzt vor, um das Hochwuchten verlustfrei zu bewältigen. Vielleicht brauchte er noch Verstärkung, ich stand auf, ging zum Dach und wollte ebenfalls mit anpacken. Doch Kun hielt mich zurück: „Dieter, was soll das! Bleib bitte hier bei mir, du bist kein Arbeiter, du bist der Chef und der Auftraggeber!"

„Ja und? Genau deshalb bin ich daran interessiert, dass alles klappt mit dem Sonnensegel und will mithelfen und aufpassen, damit nichts schiefgeht!"

Kun hatte noch mehr Argumente: „Die wollen dich nicht dabei haben, das kannst du mir glauben. Sie haben keinen Platz für dich und außerdem verstehst du ihre Kommandos nicht. Also bleibe bitte, bitte hier. Was willst du machen, wenn dir das Dach auf den Kopf fällt?"

Meine Freundin überzeugte mich, ich gab mich geschlagen und begnügte mich mit der Rolle des Zuschauers. Auf der Straße gab es einen kleinen Auflauf – Passanten blieben stehen und verfolgten die Vorbereitungen für die kräftezehrende, schweißtreibende und aufregende Montageaktion.

Die Helfer machten sich auf der Terrasse bereit und nahmen eine entschlossene Körperhaltung ein. Gamon gab acht, dass er die Aufmerksamkeit aller seiner Assistenten erhielt und erteilte das Kommando zum Auftakt. Acht Mann hoben gleichzeitig und gleichmäßig das glänzende Riesenteil etwa einen halben Meter hoch. Es folgte das nächste Kommando und jeder der wagemutigen Träger betrat behutsam die erste Stufe seiner Leiter. Wieder ein Kommando und es folgte der nächste Schritt nach oben. Langsam, getragen allein von der Muskelkraft und dem Willen starker, erfahrener Handwerker, schwebte unser Sonnenschutz nach oben.

Aber dann dummerweise doch nicht ganz nach oben. Es passierte, als eine Höhe von etwa zwei Metern erreicht war: Einer der Helfer – ein kräftiger, aber fatalerweise etwas zu kurz geratener Bursche – hatte seine Leiter mit zu viel Abstand zum Dach platziert. Da die Leiter konisch war, wurde beim Hinaufsteigen die Distanz zwischen Träger und Dach immer größer und das Emporheben kostete ihm immer mehr Kraft. Noch ein Schritt aufwärts und der gute Mann hatte seine Körner aufgebraucht. Er stieß einen enttäuschten Ruf in Richtung Gamon aus und konnte nicht mehr – er musste loslassen. Das Dach senkte sich an dieser Stelle sofort bis zum Boden, die anderen Helfer versuchten den Ausfall auszugleichen, das gelang ihnen nicht und einer nach dem anderen ließ unser schönes, fertiges und einsatzbereites Schattendach los. Wumms! Mit einem höllischen Krachen landete es in seiner Ausgangsposition auf dem Terrassenboden.

Der Helfer, der den Absturz ausgelöst hatte, war von der Leiter gestürzt. Kun lief zu ihm und ich folgte ihr. Zum Glück hatte er nur seine Knochen geprellt, es floss kein Blut, er war nicht schwer verletzt und rappelte sich auch schon wieder auf.

Verstört und verlegen und mit einem nicht besonders klugem Gesichtsausdruck umkreiste Gamon das Dach einige Male und inspizierte es ausgiebig. Seine Männer standen zusammen, rauchten und lachten schon wieder. Der Oberhandwerker kam zu mir herüber und kommentierte:

„Tut mir leid, aber wir müssen das Dach an einigen Stellen nacharbeiten. Es ist nicht viel zerbrochen und es ist auch nicht so schlimm. Im Großen und Ganzen ist dein Sonnensegel unversehrt geblieben."

Die Erleichterung war ihm anzusehen, es wäre ein sehr schlechtes Geschäft für Gamon geworden, wenn der Schaden größere Ausmaße angenommen hätte.

„Na, kommt jetzt doch ein Kranwagen zum Einsatz?" Diese Spitze musste ich einfach loslassen.

Gamon schüttelte den Kopf: „Nein, das ist nicht nötig, ich habe dir gesagt, wir kennen diese Art von Arbeit. Mach dir keine Sorgen, beim nächsten Mal sind wir zu zehnt und du wirst Zeuge einer reibungslosen und perfekten Montage", versicherte er aus voller Überzeugung. Und wenn nicht, dachte ich mir, bleibt mir auch nicht viel übrig, als das zu tun, was ich immer tat: Abwarten.

An den zwei darauffolgenden Tagen wurde das Dach ausgebessert, passgenau justiert und wo es notwendig war neu verschweißt. Dem zweiten Montageversuch stand nichts mehr im Wege. Diesmal waren die beiden Helfer auf den Balkonen von Anfang an dabei, beim ersten Versuch waren sie mehr als Reserve gedacht. An kräftigen Seilen, die mit dem Gestänge verbunden waren, übernahmen sie die Aufgabe, das Dach nach oben zu ziehen. Zwei zusätzliche Leitern standen für die beiden neu dazu gekommenen Helfer bereit.

Die Montage verlief diesmal glatt und erfolgreich, das Hochstemmen bereitete keine Probleme. Unser Sonnendach nahm seine endgültige Position ein, es wurde fixiert und gehalten, während andere Arbeiter die abschließende Befestigung vornahmen. Geschafft! Perfekt! Optimal! Zwei Drittel der Terrasse präsentierte sich einladend schattig. Die Edelstahlprofile funkelten und glänzten in der Sonne, das weiße Segeltuch sorgte für Schatten – die nagelneue Schutzfunktion erfüllte ab sofort ihre Bestimmung. Unter dem Eindruck der erfolgreich abgeschlossenen Arbeit spendierte ich allen Helfern eine willkommene Runde Leo Bier.

Verfolgt

Seit einigen Tagen begleitete mich ein nicht näher zu bestimmendes Gefühl, eine verschwommene Witterung, eine diffuse Ahnung oder nicht erklärbare Illusion. Mir kam es so vor, dass sich etwas Lästiges, Störendes, Unangenehmes in meiner Umgebung befand, sich an mich heftete und sich mit mir gemeinsam bewegte. Als würde sich eine Schattenfigur für mich, meine Wege, meine Ziele und mein Tun interessieren.

War es eine unbekannte Person, die mich auf dem Radar hatte und gezielt verfolgte? Ich hatte die obskure Vermutung, dass ich auf Schritt und Tritt beobachtet wurde. Heute war dieser vage Verdacht erneut in mir aufgetaucht und beherrschte und verunreinigte meine Gedankengänge. In Krimis hatte ich häufig gelesen, dass manche Menschen mitbekommen und sehr genau spüren, wenn ihnen jemand auf den Fersen ist. Mir selbst waren diese ominösen Wahrnehmungen nicht geläufig. Wer um Himmels willen hielt meine Tätigkeiten und mich selbst für so bemerkenswert, dass es sich lohnen würde, mich über einen längeren Zeitraum zu bespitzeln? Außerdem hatte ich keine Lust, groß und breit zu spekulieren, wer mich wohl und aus welchem Grund auch immer beschatten sollte.

Ein Blick auf die Rücksitzbank überzeugte mich, dass ich alleine unterwegs war mit dem Honda City, einem Mietwagen, den ich langfristig für eine günstige, monatliche Pauschale geleast hatte. Draußen tobte der übliche, chaotische Verkehr, das alltägliche Gewühl und Gewusel auf den Straßen, der schwachsinnige Kampf um jeden Zentimeter Vorsprung an den Ampeln. Im Inneren des angenehm gekühlten Fahrzeugs spielte ich Schuberts fünfte Symphonie, ein wahrhaftiges Kontrastprogramm, das ich mir alle paar Tage gönnte und genoss, wenn ich alleine im Auto saß. Mit meinen Ohren lauschte ich den ordentlich zusammen gefügten Schubertschen Klängen, während meine Augen das unordentliche Durcheinander des thailändischen Alltags aufnahm. Ein größerer Gegensatz war kaum vorstellbar.

Am Makro Markt standen Dutzende an freien Parkplätzen zur Auswahl. Ich parkte ein, stieg aber nicht sofort aus, sondern blieb bei laufendem Motor im klimatisierten Auto sitzen und lauschte weiter der Musik. Misstrauen. Argwohn. Mutmaßung. Unruhe. Anspannung. Aufmerksamkeit. Das war ich an diesem Tag, alles auf einmal. Ein Auto nach dem anderen fuhr auf den Parkplatz, die meisten der Einkäufer thronten in überdimensionierten Pickups und monströsen SUVs. Ein silbergrauer Honda Jazz kam gefahren und parkte 50 Meter entfernt von mir. War das Absicht? Zufall? Kalkül? Taktik? Jedenfalls stieg niemand aus. Doch das hieß und bedeutet nichts, ich saß schließlich auch noch in meinem Auto.

Nach einigen Minuten wurde es mir zu bunt, die Wartezeit erschien mir überflüssig und zu lang, ich kam mir überspannt und überdreht vor. Mit meinem Spickzettel in der Hand verließ ich das Fahrzeug, schnappte mir einen Einkaufswagen und hakte meine Shopping-Aufgaben in wenigen Minuten ab.

Eier, Butter, Toast, Käse, Schinken, Kaffee, Milch, Mangos, Papayas, Bananen und Ananas füllten den Einkaufswagen, als ich aus dem Supermarkt kam und meinen Parkplatz ansteuerte. Der silbergraue Jazz stand immer noch unverändert da. Aus der Distanz konnte ich nicht sehen, ob jemand im Auto saß oder ob es leer war. Meine Einkäufe waren schnell im Kofferraum des City verstaut und ich fuhr los. Der Jazz rührte sich weiterhin nicht vom Fleck. Da hatte ich mir wohl etwas eingeredet. Meine kriminellen Befürchtungen wurden übertönt von Schuberts großartigen Symphonien.

Wasserfall

In meinem neuen Leben bildete das Hotel und seine Instandsetzung den Mittelpunkt meines Interesses. Meinem zukünftigen Business widmete ich höchste Aufmerksamkeit und den größten Teil meines Tages. Doch nicht nur das

Hotel war neu und aufregend für mich. Da war auch noch Kun, meine schöne thailändische Freundin, die mit ihren Emotionen, ihrer Zuneigung und ihrer bloßen Existenz mein Dasein und mein Seelenleben beträchtlich bereicherte. Ihr Wert und ihre Anwesenheit waren noch viel wichtiger für mich.

Ohne Kun wäre die Wiederherstellung und spätere Leitung des Hotels zu einer wahrscheinlich nicht lösbaren Aufgabe ausgeartet. Kun übernahm die unverzichtbar wichtige Rolle der Übersetzerin, denn längst nicht alle Einheimischen, mit denen ich zu tun hatte, brachten ein verständliches Englisch über die Lippen. Meine Freundin fungierte zudem häufig als Vermittlerin, wenn ich mal wieder eine Situation falsch deutete oder die unterschiedlichen Mentalitäten mich an den Rande des Wahnsinns trieben und ich ihnen verwirrt und hilflos gegenüberstand.

Unseren Tagesablauf verbrachten wir weitgehend gemeinsam und galten bald als unzertrennlich. In den Nächten war unsere Nähe noch ausgeprägter, weil wir beide körperliche Berührungen mochten und suchten, Sinnlichkeit und Zärtlichkeit verlangten und erhielten. Nach den zwischenmenschlichen Tiefschlägen, die mir in Deutschland verpasst wurden, war ich glücklich, in meiner neuen Umgebung eine solche Partnerin gefunden zu haben.

Sah Kun das auch so wie ich? Immer noch lief mir alle paar Tage einer der allgegenwärtigen Besserwisser über den Weg, der nichts anderes im Sinn hatte, als mich mit dem üblichen Geschwafel über die Bar-Ladys und ihren Motivationen zu langweilen. Seit Jahren schon lebten diese Männer in Thailand und wenn sie eines gelernt hätten, versicherten sie mir, dann die unverrückbare Tatsache, dass alle Thai-Ladys gleich sind und sie alle ein und dasselbe Ziel verfolgen. Ich verzichtete inzwischen darauf, gegen diese geballte Erfahrung und gut gemeinte Ratschläge zu argumentieren. Ich ließ sie reden und hörte zu. Sollen sie meinetwegen im morastigen Sumpf ihrer vorgefertigten 08/15-Meinungen stecken bleiben!

Diese Intoleranzen wurden durch mein Zusammenleben mit Kun zu keiner Zeit bestätigt. Gegenseitiges Vertrauen und Glaubwürdigkeit waren schon nach wenigen Wochen vorhanden, es gab zwischen uns nichts, was der eine dem anderen verheimlichte. In meiner Selbstbeurteilung hielt ich mich größtenteils für einen ehrlichen und im Prinzip auch soliden Charakter, Eigenschaften, die ich auch bei meiner Freundin erkannte. Als Paar ergänzten wir uns optimal und genossen eine friedliche, harmonische Beziehung.

Wenn ich Nähe suchte und Liebe wollte, wurde ich von Kun niemals abgewiesen. Mit meinen früheren Beziehungen in Deutschland hatte ich häufig genug andere Erfahrungen gemacht und musste gelegentlich enttäuscht, verbittert und frustriert den Schwanz einziehen. Doch nicht nur ich war es, der sich in eindeutiger Absicht seinem Partner näherte. Kun kam ebenso auf mich zu, wenn ihr danach war und deutete etwas zurückhaltender an, dass ihr weiblicher Körper bereit ist, männliche Aufmerksamkeiten zu empfangen.

Gamon forderte eine weitere Vorauszahlung. Weil er weit mehr als die Hälfte der vereinbarten Summe bereits eingesackt hatte, vertröstete ich ihn für ein paar Tage. Was der Handwerker auch akzeptierte und mir eine kurzfristige Ruhepause vor seinen Geldforderungen verschaffte.

Von Anfang an wollte ich alles richtig machen und damit meinte ich alles richtig schön gestalten. Halbheiten, Kompromisse oder dumme Zugeständnisse hatten bei meiner Renovierung nichts zu suchen. Aus dieser Denkweise heraus plante ich zusätzliche Ausstattungen und Dekorationen für die Hotelterrasse. Nach meiner Ansicht vermittelte die Terrasse und der Stil ihrer Einrichtung einen Ersten und wer weiß, vielleicht entscheidenden Eindruck über das Hotel. Deshalb setzte ich hier mehr Gehirnschmalz ein, um mit den richtigen Ideen Aufmerksamkeit, Zustimmung und gewinnende Impulse einzufangen. Auf der linken Seite von vorne betrachtet, sollte alle paar Tage ein Buffet zur Selbstbedienung angeboten werden. Um nicht jedes Mal Tische zu schleppen und alles umzustellen, wünschte ich mir eine dauerhafte und vor allem attraktive Lösung.

Bambus ist eines der härtesten Hölzer weltweit. In Thailand finden sich geschickte Handwerker, die auf die Bearbeitung von Bambusrohr spezialisiert sind. Unter tatkräftiger Mithilfe von Kun entwarfen wir für das zukünftige Buffet einen längeren Tisch aus Bambus, gekrönt von einem schmalen Dach aus Palmblättern, das von Bambusrohr getragen wurde. Das sah auf Papier gezeichnet schon mal sehr gut aus. Der beauftragte Handwerker verstand unseren Entwurf ohne großartige Erklärungen und brauchte nur drei Tage für den Zusammenbau. Er transportierte das Buffet auf seinem Pick-up. Der Tisch wurde aufgebaut, verschönte die linke Terrassenseite und erzielte die gewünschte Wirkung: Der Gesamteindruck wurde exotischer, einladender und repräsentativer.

Bemerkenswerter Blickfang und dekorativer Höhepunkt meiner Terrassenausstattung sollte ein charmanter Wasserfall an der gegenüberliegenden, rechten Seite werden. Über eine künstlich modellierte, gebirgig anzuschauende Steilwand, die aus vielen kleinen, unregelmäßig großen und wie zufällig zusammengewürfelten Steinen bestand, sollte kühles Wasser im Dauerbetrieb herab träufeln. In meiner Vorstellung erwartete ich inmitten der tropischen Hitze einen erfrischenden, stimulierenden Anblick, begleitet vom angenehmen, natürlichen und besänftigenden Geräusch fließenden Wassers.

Drei geübte Handwerker aus Gamons Truppe hatten in den letzten Tagen die Steine für diese Mauer zusammen gesetzt und ich konnte eine gelungen gestaltete Miniatur-Gebirgswand bestaunen. Dieser hübsch anzuschauende Hintergrund für unseren Bonsai-Wasserfall würde seine Aufgabe als spektakuläre Augenweide zu meiner Zufriedenheit erfüllen.

Im oberen Wandteil platzierten und verputzten die Arbeiter ein waagerecht liegendes, nicht sichtbares Plastikrohr, versehen mit vielen Löchern. Die Wasserzufuhr war angeschlossen und eine Pumpe stand hinter der Wand, bereit zum Einsatz. Gamon lud uns ein, dem Probelauf beizuwohnen.

Erwartungsvoll standen wir vor unserer zukünftigen Terrassenattraktion. Gamon nickte seinem Elektriker zu, die Pumpe einzuschalten. Der Schalter wurde betätigt, die Pumpe funktionierte sofort, zu meinem Leidwesen jedoch sehr viel anders als von den Architekten der Kaskade gedacht. Das Erste, was ich von der Demonstration mitbekam, war ein kräftiger Wasserstrahl, der mir mitten ins Gesicht spritzte. Kun wurde durch mehrere dicke Strahlen von oben bis unten durchnässt. Schnell sprangen alle ein paar Schritte zurück und gingen auf Abstand zu dem Demonstrationsobjekt. Es bot sich ein umwerfend komisches Bild, dass zum schadenfrohen Lachen reizen könnte, wenn es denn so geplant war: Der Wasserfall ähnelte mehr einer Beregnungsanlage für die Rasenfläche eines Stadions als einer kunstvoll zurückhaltenden Dekoration. Aus allen Seiten der Wand schoss das Wasser mehrere Meter weit in unterschiedlich starken Strahlen hinaus. Auch nach hinten wurde kräftig gespritzt. Da, wo es eigentlich behutsam und sanft herab rieseln sollte, tat sich hingegen nichts. Die kunstvoll angelegte Wand blieb trocken.

„Abschalten, sofort abschalten!“ Gamon, der souveräne Handwerker, gab sich überlegen wie immer. „Das kriegen wir hin, kein Problem“, beruhigte er seine Auftraggeber. Die künstliche Wand musste geöffnet werden, um die

Düsenlöcher im Innenrohr zu verstopfen oder zu verkleinern. Kurz darauf wurde der nächste Versuch gestartet, der zu einem leicht veränderten Resultat führte als zuvor: Die jetzt kleineren Düsen lieferten erwartungsgemäß feinere Strahlen. Der Druck war unverändert hoch und führte dazu, dass die Wasserspritzer noch weiter reichten als beim ersten Versuch.

„Abschalten, abschalten!"

Gamon, dem Experten, dem Profihandwerker, dem alles gelang, was immer er anpackte, der Mann, der keine Niederlagen kannte, war nicht aus der Ruhe zu bringen. Der Verdacht, dass sowohl Gamon als auch seine Mitarbeiter noch nie zuvor einen solchen Job erfüllt hatten, bemächtigte mein Denken und damit lag ich wohl auch richtig. Die verkrampfte und verstockte Thai-Mentalität, die den Einheimischen nicht gestattet zuzugeben, etwas nicht zu können oder nicht zu wissen, hatte eine Ablehnung dieser diffizilen Aufgabe verhindert.

Demnach bastelten und werkten die genialen Handwerker wirkungs- und aussichtslos an dem von ihnen errichteten Konstrukt herum. Zwischendurch ließen sie immer wieder mal die Pumpe für einen Probedurchgang laufen, doch Entscheidendes änderte sich nicht. Nach drei Tagen vertrat Gamon die Ansicht, dass sein Werk vollendet wäre und die von mir bestellte Wasserfalldekoration bereit zum Einsatz sei.

Wieder standen wir alle vor der kunstvoll arrangierten Wand, erneut wurde die Pumpe betätigt und wahrhaftig, der Druck des austretenden Wassers war deutlich geringer als bei den früheren Versuchen, es spritzte nur noch einen Meter weit hinaus auf die Terrasse. Also genau dorthin, wo später Tische und Stühle stehen werden und hungrige und durstige Gäste ihren Platz fanden.

Immer noch selbstbewusst, von sich überzeugt und mit großen Augen schaute Gamon mich an, die schnell kleiner und kleiner wurden, als ich ihm unmissverständlich erklärte, was ich von seinem Wasserfall hielt.

„Erinnerst du dich, Gamon? Wir haben von einem sanften Rieseln gesprochen, von einem seichten und angenehm anzuschauendem Gefälle. Sosehr ich mich anstrenge, kann ich einen Wasserfall dieser Art nicht erkennen. Was ich hier sehe, ist ein künstlicher Regen für unsere Tische und Stühle."

Der Handwerker wollte mir antworten, doch ich war noch nicht fertig.

„Schau mal Gamon, wir haben so ein schönes, perfektes und elegantes Sonnensegel, da setzen sich unsere Gäste bestimmt oft und gerne auf die Terrasse. Was meinst du, wie lange bleiben sie sitzen, wenn wir deinen Wasserfall einschalten und sie von der Seite her bespritzt werden?"

Wie ich schon ausdrückte, haben die Menschen in Thailand Probleme mit der klaren und direkten Ansprache von Fehlern und Vorwürfen. Gamon bildete keine Ausnahme. Er war gekränkt, beleidigt und fühlte sich persönlich angegriffen. Weil ihm nichts zu seiner Rechtfertigung einfiel, was nicht sofort durch die Existenz des Wasserfalls entkräftet wurde, drehte er sich wortlos um, verließ die Terrasse, setzte sich in seinen Pick-up und brauste davon.

Seit diesem, für mich sehr enttäuschendem Tag besaß die Villa del Mar einen wasserfalllosen Wasserfall als belanglos-unauffälliges Dekorationselement. Die Entstehungs-Geschichte der künstlichen Wand wurde von uns auf Nachfrage oft und gerne erzählt. Doch davon blieb der Wasserfall immer noch wasserlos und trocken. Bis zum Ende aller Zeiten.

Ob Gamon seine Zusagen zur Fortsetzung der Arbeiten einhalten würde oder nicht, war für mich ein immerwährender Unsicherheitsfaktor. Am Ende jedes Tages, abends, bevor er mit seiner Truppe die Baustelle verließ, stellte ich meinem Handwerker zur Rede und erkundigte mich, wann es weiter gehen würde mit der Renovierung.

„Na morgen natürlich. Morgen sind wir in voller Stärke wieder da", versprach mir Gamon.

„Kann ich auch wirklich und ehrlich schon am Vormittag mit euch rechnen?", fragte ich, ungläubig, wie ich nun mal geworden war.

„Na klar, wir kommen am Morgen und arbeiten den ganzen Tag für dich. Mein Team und ich, wir haben dasselbe Ziel wie du: Wir wollen auch fertig werden, so schnell es geht."

Am nächsten Tag kam er dann aber doch nicht und ich wartete vergebens auf die Fortführung der Arbeiten. Weder Gamon noch seine Mannschaft tauchten auf, auch per Telefon war der Handwerker nicht zu erreichen. Vier Tage lang passierte nichts. Vier Tage lang stand ich Morgen für Morgen hoffend und wartend auf der Terrasse und kam mir vor wie ein Vollidiot. Dann war auf einmal wieder die komplette Truppe im Einsatz und Gamon verhielt sich so, als sei nichts Erwähnenswertes vorgefallen.

„Das ist Scheiße, Gamon, echte Scheiße. Ich habe mich auf dich und deine Zusagen und Versprechen verlassen. Jeder Tag, den wir durch dich verlieren, bedeutet, dass wir erst einen Tag später eröffnen können. Ich bin nicht reich, meine Geldreserven sind knapp bemessen und ich bin auf die Hoteleinnahmen angewiesen. Ich brauche das Geld. Diese vielen Ausfälle kann ich mir nicht leisten."

„Okay Boss, sorry, du musst aber verstehen, dass wir noch auf anderen Baustellen arbeiten. Ich verspreche dir, dass du nicht mehr auf uns warten musst."

Unwillig und missmutig vernahm ich diese Zusicherung, wusste sie aber auch entsprechend einzuschätzen. Denn auch diese Versprechen wurden nicht eingehalten, es gab viel zu viele Ausfalltage, an denen die Arbeit ruhte, sodass sich die Renovierung auf eine Länge von fast drei Monaten hinzog.

Blockade

An einem Tag Ende November mühten sich drei Handwerker mit der Bespannung der Markise auf dem Balkon in einem der Zimmer im oberen Stockwerk ab. Sie arbeiteten draußen, warum im Inneren des Raums die Klimaanlage laufen musste, leuchtete mir nicht ein. Die Auflösung erreichte mich etwas später: Sie führten einen Testlauf durch mit dem Resultat, dass die Aircondition samt Kompressor in 402 kaputt und hinüber sei, beides war steinalt, stammte noch aus der Zeit der Burmakriege und nicht mehr reparabel. Hilfsbereit bot Gamon mir an, ein neues Gerät zu kaufen, ins Hotel zu transportieren und anzubringen. Dieses Angebot nahm ich an und gab ihm das Geld zur Anschaffung der neuen Anlage.

Am Nachmittag, als ich von einer Stadtfahrt zurückkam, waren die Handwerker damit beschäftigt das kaputte Gerät gegen die neue Aircondition auszutauschen. Durch einschlägige Erfahrungen misstrauisch geworden, stiefelte ich nach oben in das entsprechende Zimmer. Bei dem Anblick, der sich mir bot, traf mich beinahe der Schlag: Das Zimmer unter dem Dach war ein relativ kleiner, dafür aber sehr heller Raum. Er erhielt reichlich Lichteinfall durch die komplett verglaste Balkonseite, hatte außerdem noch ein kleines Fenster in der Seitenwand. Dieses kleine Fenster war zu meiner Verwunderung nicht mehr zu sehen. Denn die Handwerker waren dabei, ein Klimasystem von außerordentlicher Größe zu montieren.

Das alte Gerät hatte handliche Abmessungen und passte genau auf das freie Wandstück neben dem Fenster. Der neue Luftkühler war mehr als doppelt so lang. Weil der Raum neben dem Fenster für dieses Monstrum nicht reichte, wurde die neue Aircon quer über das daneben liegende Fenster genagelt.

Dieses Riesensystem, dazu entwickelt und berufen Säle und Turnhallen abzukühlen, reichte bis über die Mitte des Fensters hinaus und bildete einen unangenehm störenden Blickfang im Zimmer.

„Was ist das denn? Wer hat diese Monsterkiste gekauft?“, schnauzte ich einen der Arbeiter an.

„Die haben wir von Gamon bekommen“, war die Antwort. „Wieso, ist etwas nicht in Ordnung?“

„Nicht in Ordnung? Habt ihr keine Augen im Kopf? Nimm sofort den Apparat wieder runter!“, ich konnte diese erneute Dummheit einfach nicht glauben. Eine Stunde später traf Gamon ein: „Tut mir leid, aber das ist diesmal schlecht gelaufen“, erklärte er mir gelassen. „Unser Lieferant hatte in dieser Woche keine kleineren Systeme auf Lager. Doch du wolltest das neue Gerät unbedingt heute noch anbringen.“

„So ein Quatsch, wann soll ich das denn gesagt haben?“, korrigierte ich ihn.

„Bitte tausch die Anlage umgehend aus und kauf statt dessen eine Maschine, die nicht größer ist als die alte. Sollte das erst in der nächsten Woche klappen, ist es auch nicht schlimm. Aber was da heute an der Wand hing, das war unmöglich!“

„Kein Problem, können wir gerne machen, du bist der Boss.“

Achselzuckend und vollkommen ungerührt nahm Gamon Kritik und Anweisung entgegen. Ein paar Tage später wurde eine korrekt passende Klimaanlage geliefert und angebracht.

Um den vielen Querelen, langen Wartezeiten, schlecht ausgeführten Arbeiten und missverstandenen Anweisungen zu entgehen, schaute ich mich nach entspannenden Ausgleichsmöglichkeiten um. Die fanden wir bei einem

Nachmittag am Strand, einem Ausflug zu interessanten Locations auf der Insel oder auf einen der vielen Märkte, die sowohl tagsüber als auch in der Nacht regelmäßig stattfanden.

Vor allem die Nachtmärkte strahlten eine ungewohnte, exotische Faszination aus. Zu kaufen gab es das, was den Anbietern gerade gut in den Kram passte, also praktisch alles aus sämtlichen Lebensfeldern. Auf mich wirkte es auflockernd und vollkommen stressfrei, ohne bestimmte Kaufabsicht über den Markt zu schlendern, einfach nur zu schauen, was im Angebot war und dann vielleicht doch ein T-Shirt oder ein Paar Sandalen anzuprobieren. Die Preise waren nicht fix, sondern mussten ausgehandelt werden, woran ich mich als geradeaus und reglementiert denkender Teutone erst mal gewöhnen musste.

Wie immer im Leben der Thailänder nahm der Essenbereich einen großen Teil der Märkte ein. Für geringes Entgelt erstanden wir Fisch oder Scampi vom Grill, geröstete Entenbrust, Hähnchen vom Grill, Spareribs in Honigsoße, Nudelsuppen, Sushi oder Früchte in beeindruckender Vielfalt. Die Köche auf den Märkten waren routiniert und geübt. Die meisten hatten sich spezialisiert und boten Abend für Abend auf wechselnden Märkten das eine Gericht an, dessen Rezeptur und Zubereitung sie perfekt beherrschten.

Soßen und Marinaden wurden Zuhause zubereitet und fertig angerührt mitgebracht. An Ort und Stelle pinselten sie das Gargut ein, brachten die Holzkohle zum Glühen und legten mit Grillen los. Sofort zog ein unwiderstehlicher, appetitanregender Duft über den Markt. Weil gleichzeitig zwanzig und mehr verschiedene Speisen vor sich hin dampften, standen die Geruchsorgane der Besucher vor einer enormen Herausforderung.

Im Badezimmer eines Zimmers im zweiten Stock musste die Toilette ersetzt werden. Außerdem war in der Vergangenheit ein schwerer Gegenstand auf den Boden gefallen und hatte ein paar Fliesen in der Mitte des Raums zertrümmert. Die zerbrochenen Kacheln, zu einem staubigen Häuflein aufgeschichtet, wirkten auf mich wie ein Miniatur-Pompeji-Mahnmal. Doch sie waren nicht ungefährlich. Wer ahnungslos ohne Socken und Schuhe durch das Zimmer lief, konnte sich seine Fußsohlen zerschneiden. Zu Gamons Aufgaben gehörte es, diesen Schaden zu beseitigen. Das tat er auch.

„Was ist das denn? Ist das etwa ernst gemeint?“, fragte ich mich, als ich auf einem meiner täglichen Kontrollvisiten in das besagte Bad kam. Die zerstörten weißen Fliesen waren ersetzt worden. Das war gut und richtig. Als Ersatz hatten die Handwerker sich für Schindeln aus dunklem Teakholz entschieden. Die Ausbesserung war kunstvoll und technisch sauber ausgeführt, aber dennoch totaler Bullshit. Mitten im Bad, umgeben von ausschließlich weißen Fliesen, befand sich eine auffallende, störende Insel aus beinahe schwarzem Holz. Es sah aus wie Black-Power-Protestkunst. Und war doch einfach nur unglaublich dämlich.

„Wo zum Teufel ist Gamon?", rief ich wieder mal ärgerlich und aufgebracht ins Haus hinein. Gamon war nicht da. Doch dieses Kunstwerk musste natürlich geändert werden.

Alarmiert durch seine Arbeiter bequemte sich der oberste aller Handwerker dann doch und gesellte sich zu mir.

„Was hast du denn dagegen einzuwenden?", meinte er und meinte es ernst, er meinte es wirklich ernst, worüber ich mich nicht mehr wunderte. „Ich finde, das sieht doch nett aus, oder?"

„Das stimmt. Es sieht richtig nett aus. Wie ein netter, kleiner Fehler und wir können machen, was wir wollen: Es ist auch ein Fehler", entgegnete ich mit Bestimmtheit.

„Wir haben europäische Gäste und die erwarten einen europäischen Standard. Bitte bring das in Ordnung, okay?"

Gamon sagte das, was er in diesen oder ähnliche Situationen immer gerne von sich gab:

„Ist ja gut, machen wir schon. Du bist der Boss."

Drei Tage später inspizierte ich erneut das von mir kritisierte Badezimmer. Erst zu meinem Erstaunen, dann zu meinem Mutwillen war es mir nicht möglich, in den Raum hineinzukommen. Die Türe ließ sich etwa 15 Zentimeter weit öffnen – doch so dünne Gäste werden sich selten einfinden. Ich zwängte meinen Kopf in den Spalt, um zu sehen, was da für ein Hindernis im Weg lag, konnte aber nicht so weit um die Ecke schauen.

Auf der Suche nach Kun ging ich nach unten. In einem Zimmer im ersten Stock lümmelte sie sich auf dem Bett, hatte den Fernseher laufen und schaute sich eine Verkaufsshow an, die sich großer Beliebtheit erfreuen und deren Betreiber in Thailand wie verrückt verdienen müssen.

„Kannst du mir bitte mal helfen, Kun? Ich brauche kurz deinen kleinen Taschenspiegel."

„Na klar kann ich dir helfen. Wofür brauchst du denn den Spiegel?“

Ich grinste sie an: „Ich möchte schauen, ob ein Facelifting mich nicht noch schöner machen könnte.“

Verständnislos schüttelte sie den Kopf.

„Kun, das war ein Witz! Ich will um eine Ecke schauen, das geht nur mit Spiegel, also gib schon her.“

Vor der Türe, die sich nicht öffnen ließ, hielt ich meinen Arm mit dem Spiegel in das Zimmer hinein. Auf dem ersten Blick verstand ich nicht, was mir der Spiegel reflektierte. Dann wurde mir bewusst, was hier wieder mal für ein Murks angerichtet war: Die Handwerker hatten die Toilette ausgetauscht, für die neue Schüssel aber einen anderen Standplatz gewählt. Mit einem unverfroren weiten Abstand von der Wand stand die neue Toilette mitten im Zimmer und blockierte dadurch die Türe. Ein unhaltbarer Zustand, das musste sogar der herbeizitierte Gamon uneingeschränkt zugeben.

„Mann, Gamon, sag mir mal, wer von deinen Leuten kommt denn bitte auf die saublöde Idee eine Toilette mitten im Zimmer aufzustellen?“, fragte ich ihn. „Es ist wahrscheinlich ein Typ, der es gewohnt ist, auf offenem Feld in die freie Natur zu scheißen, oder?“

Das wusste Gamon auch nicht und er zuckte mit seinen Schultern. Es gab aber eine Frage, die mich noch brennender interessierte: „Kannst du mir vielleicht erklären, wie der geniale Installateur, der diesen Mist zu verantworten hat, aus dem Bad herausgekommen ist?“

Gamon wurde munter: „Keine Ahnung, aber ich werde mich schnell schlaumachen.“

Mentalitäten! Immer dieser Mentalitätsärger! Du ahnst nichts Böses, schaust dich nur ein wenig in deinem Hotel um und schon erwischt sie dich zum x-ten Mal, die so vielfach angesprochene, arg strapazierte und gerne bemühte, andere Mentalität! Ich ging hinunter und hinaus auf die Terrasse. Fünf Minuten später tauchte Gamon neben mir auf und gab Auskunft:

„Mein Arbeiter hat auch gemerkt, dass er sich den Ausgang verbaut hatte. Er ist deshalb durch das Fenster auf den Balkon geklettert.“

„Er ist durch das Fenster geklettert, um aus dem Bad zu kommen?“, ich war mal wieder fassungslos. „Und dann hat er gedacht, dass unsere Hotelgäste auch auf diesem Weg ihr Bad betreten sollen? Ich schlage vor, wir stellen ein Umleitungsschild auf den Balkon, damit sich keiner verläuft, was meinst du? Was ist denn, wenn eine alte Lady mal dringend zur Toilette muss, Gamon?"

Er hatte keine Antwort und schaute mich leicht verlegen oder doch versteckt amüsiert an. „Was mich am meisten wundert, Gamon, ist, dass dein genialer Handwerker diesen Mist fabriziert hat, aber offensichtlich nicht daran denkt, hier etwas zu verändern. Der würde es so lassen, wie es ist, stimmt's?"

Jetzt war er eindeutig belustigt und grinste in sich hinein.

„Weißt du was ich jetzt unbedingt brauche, Gamon? Ein Bier. Ein schönes kaltes Bier."

„Gute Idee, das brauche ich auch, Dieter."

Dass fleißig renoviert wurde, machte sich auch an der Zunahme der Hiobsbotschaften bemerkbar. Schon am folgenden Tag, kurz vor der Mittagspause, erreichte mich die nächste Schreckensmeldung: Aus sämtlichen Zimmern im dritten Stock lief das Wasser nicht mehr ab. Ob Toilette, Dusche oder Waschbecken: In allen vier Bädern blieb das Wasser in den Becken stehen, anstatt in die Finsternis der Abflüsse auf Nimmerwiedersehen zu verschwinden.

„Was ist hier los Gamon?", wollte ich wissen. „Was ist passiert, was habt ihr wieder angestellt? Bis gestern lief alles sauber ab und es gab keinerlei Probleme. Was habt ihr mit den Leitungen gemacht?"

„Wir haben in der letzten Woche alle Abflussrohre gereinigt", erklärte mir mein Oberhandwerker. „Überzeuge dich selbst: Sie sind sauber und frei. Das Wasser muss ohne Störungen abfließen, es kann nicht anders sein."

Merkwürdigerweise floss das Wasser aber nicht ab, egal wie lange Auftraggeber und Handwerker besorgt und deprimiert in die Toiletten und Waschbecken starrten. Die Rohrleitungen blieben verstopft, sie waren total verbarrikadiert, keinem noch so kleinen Tropfen gelang das Durchkommen. Ein radikal unhaltbarer Zustand für einen Hotelbetrieb. Drei Tage probierten, experimentierten und stocherten Gamons Handwerker von den Bädern im dritten Stock an abwärts an den Leitungen und Abflüssen herum. Alle Bohrversuche, Kreiseleinsätze, Ausstemmungen, chemische Keulen und sonstige Bemühungen waren frucht- und ergebnislos. Gamon beriet sich mit seinen Männern, sie standen im Kreis zusammen und diskutierten eifrig. Dann suchte er mich auf:

„Dieter, ich befürchte, wir haben keine andere Chance, als im Treppenhaus zwischen der dritten und zweiten Etage eine Wand aufzubrechen, um an die Abflussrohre heranzukommen und die Ursache für die Verstopfung zu finden. Wir wissen, dass das ein Riesenaufwand ist, der Zeit und Geld kostet, doch wir haben keine andere Wahl."

Zerknirscht, wenig überzeugt und nicht mal halb entschlossen stimmte ich ihm zu, denn auch mir fehlte jede rettende Idee. Die Wand wurde aufgemeißelt, was mehrere Stunden intensives Hämmern beanspruchte, bis die Leitungen inspiziert werden konnten. Nach und nach wurden sie freigelegt und zum Vorschein kam eine längere Stelle des Rohrs, die ins Auge sprang, weil sie dicker und wulstiger war. Die Arbeiter schnitten und sägten das Plastikrohr auf und das Malheur, die Panne, das Desaster, der Auslöser der Verstopfung konnte ausgemacht werden.

Ich wurde dazu gerufen, um mir selbst ein Bild von dem aufgespürten Hindernis zu verschaffen. Die Handwerker standen vor der offenen Wand und gleich drei Mann deuteten auf das freigelegte Rohr. Über einen halben Meter Länge erblickte ich eine graue, festsitzende Masse.

„Ihr meint, das ist die Ursache der Verstopfung? Was um alles in der Welt ist das denn für ein Zeug und wie ist es in die Rohrleitung gekommen?"

Ich drückte mit meinem Finger auf das identifizierte Hindernis: Es war hart und unbeweglich wie Stein.

Die Männer sahen sich an, sie drucksten herum, doch keiner sprach es aus. Waren sie verlegen? Schuldbewusst? Oder spielten sie mir einen Streich? Die Pause dauerte zu lange, letztendlich trat Gamon vor und befühlte ebenfalls das Corpus Delicti.

„Du weißt, was das ist, Dieter?", fragte er mich.

„Ich kann dir nur sagen, dass es keine Scheiße ist", antwortete ich unwirsch und alle lachten.

„Nein, du hast recht, es ist keine Scheiße, es ist Zement", erwiderte Gamon ernsthaft.

„Ach so, Zement ist das? Dann hast du Mitarbeiter, die Zement scheißen?"

„Ja, so ähnlich. Da hat einer einen halben Eimer Zement in die Toilette gekippt und der ist nach ein paar Metern hängen geblieben und sofort verhärtet."

„Hast du nicht gesagt, bei dir im Team sind nur Profis?"

„Ja, dazu stehe ich immer noch. Wenn ich rausbekomme, wer diese Verstopfung zu verantworten hat, werfe ich ihn raus, da kannst du sicher sein."

Ein mehr als einen halben Meter langer Pfropfen aus steinhartem Zement saß felsenfest, unverrück- und unbesiegbar wie sintemalen Spartaner König Leonidas bei den Thermopylen in unserer Abwasserleitung. Den Verursacher suchte Gamon nicht in der griechischen Mythologie, sondern in der thailändischen Wirklichkeit und wurde fündig:

Einer seiner exzellenten und fachkundigen Handwerker wollte besonders pfiffig sein. Er war zu faul, zu müde oder zu behäbig, um den schweren, halb vollen Eimer drei Etagen nach unten zu schleppen. Wozu gibt es denn die Abflussrohre, hatte er sich gefragt und das überflüssige Material einfach in die nächste Toilette gekippt.

Mir ist nicht bekannt, ob nach dem schuldigen Arbeiter jemals gefahndet, ob er gefunden und zur Rede gestellt wurde. Ich weiß ebensowenig, ob Gamon ihn gefeuert hat, was ich nach meinen bisherigen Erlebnissen nicht so recht glaube. Es war mir letztendlich auch egal. Nach tagelangen Reparaturarbeiten und dem Auswechseln der Rohrleitungen, lief das Wasser aus dem dritten Stock wieder ab und nur darauf kam es an.

Mentalitäten

Normalerweise bemühten wir uns, früh und pünktlich auf der Baustelle zu sein, weil es sich schließlich um unsere eigene Renovierung handelte. Wir wollten jeden einzelnen Arbeitsgang mitbekommen, das bisherige Zusammenwirken hatte uns kritisch und misstrauisch gemacht, deshalb passten wir auf, übten uns in Wachsamkeit, denn keine Unregelmäßigkeit sollte uns entgehen. Es ging uns auch darum, Zeichen zu setzen und uns in puncto Pünktlichkeit vorbildlich zu verhalten. Frühzeitig machten wir uns auf den Weg, um alles zu beobachten, um zu motivieren, zu kontrollieren und zu korrigieren.

Das frühe Aufstehen wurde nicht immer belohnt: Oft genug hingen wir alleine, verloren, gelangweilt und nutzlos auf der Terrasse und im Gebäude herum. Die vereinsamten Werkzeuge, Baustoffe und Materialien, die begonnenen Arbeiten, halb fertig gestrichene Wandflächen und auseinander genommenen Möbelstücke vermittelten an diesen Tagen einen traurigen, freudlos-betrübten Eindruck. Die ärgerlichen, unnötigen Wartephasen kotzten mich an, wütend und sauer rannte ich die Terrasse auf und ab und verfluchte meinen Baumeister mit seinen zuverlässigen Unzuverlässigkeiten.

Nach einigen Wochen nahmen wir es nicht mehr so ernst mit dem pünktlichen Erscheinen. Wenn uns danach war, blieben wir einfach länger im Bett. Ausführlich, gründlich und bis ins letzte Detail kannten wir uns noch nicht. Um diesen Zustand nachhaltig zu ändern, war das tropische Klima hervorragend geeignet. Im kühleren Mitteleuropa sind je nach Jahreszeit wärmende und vor der Kälte schützende Decken während der Bettruhe unersetzlich. In einer klimatisch heißen Umgebung sind sie hingegen überflüssig, schweißtreibend und störend. Die Vorteile liegen auf der Hand: Alles was es zu sehen und zu betatschen gab, lag offen und war frei zugänglich, es existierten keinerlei Hindernisse, um eine begonnene Bekanntschaft ausführlich zu vertiefen.

Zu Entdeckungsreisen dieser Art nahmen wir uns viel Zeit. Warum herumhetzen, auf die Uhr schauen und sich in Eile duschen und anziehen, nur um fest zustellen, dass unsere Handwerker uns wieder mal versetzt haben? Wie viel anregender und angenehmer war es doch mit behutsamen, zärtlichem Kuscheln den Tag zu beginnen, Gespür und Instinkte einzuschalten, um zu erfühlen, was die Partnerin erwartet und was ihr heute gefallen könnte.

In diesen Momenten war die Welt um uns herum vergessen und ausgeblendet, das ewige Theater mit den Arbeitern ebenso wie die diffuse und schwer ausrechenbare Zukunft. Die Zeit am frühen Morgen gehörte uns, uns alleine und nur wir bestimmten, was wir daraus machten. Es waren viel zu seltene, kurzfristige Minuten, die es wert waren, bis zuletzt sattsam und genüsslich ausgekostet zu werden.

Für ein ausführliches Frühstück besuchten wir oft eine europäische Bäckerei, betrieben von einem Schweizer Bäckermeister. Wir tranken Cappuccino oder Eiskaffee und verzehrten Croissants mit Butter oder Marmelade und mit Schinken und Käse belegte Baguettes.

Im Gegensatz zu vielen anderen Thai-Ladys, die darauf bestanden, ausschließlich ihre gewohnte Reis-, Chili- oder Papayakost zu sich nehmen, war

Kun offen und neugierig und probierte ohne Vorbehalte die vielen Varianten aus, die ihr das ausländische Essen bot.

Über den endlos langen Zeitraum von beinahe drei Monaten werkelte und bastelte, improvisierte und phantasierte, schwitzte und fluchte, lachte und frotzelte, randalierte und amüsierte sich die Handwerkertruppe von Gamon bei der Renovierung des Hotel. Wann immer die Mannschaft eintraf – und das war zum größten Teil um Stunden oder Tage verspätet – waren sie aufgeräumt und gut gelaunt. Kein Wunder, denn Gamon bezahlte jeden einzelnen von ihnen für seinen täglichen Einsatz. Das Interesse der Arbeiter galt der Anwesenheit, dem dabei sein, dem Gruppenerlebnis, um einiges weniger der Arbeit und erst recht nicht dem Ergebnis.

Solange Gamon seine Mitarbeiter aufforderte, am morgen zusammen mit den anderen auf die Ladefläche seines Pick-ups zu steigen, war für sie die Welt in Ordnung. Mehr war nicht zu erwarten und deshalb gaben sie sich unbesorgt und zufrieden. Am Ende des Tages oder der Woche floss das wohlverdiente Geld und das Leben konnte ein paar Schritte weiter gehen.

In meiner viel zu optimistischen Planung war unsere Eröffnung für den ersten November vorgesehen. Anfang Dezember waren die Renovierungen immer noch nicht abgeschlossen. Seit ein paar Tagen ließen sich weder Gamon noch seine Handwerker sehen. Fast täglich marschierte ich durch alle Räume der Villa del Mar und notierte mir die vielen Kleinigkeiten, die übersehen wurden, noch fehlerhaft waren und in Ordnung gebracht werden mussten.

Gamon tauchte dann doch wieder auf, er kam ohne Begleitung und steuerte direkt und unverblümt auf mich los: „Hallo Dieter, schön, dass ich dich treffe."

„Hallo Gamon, wieso bist du alleine? Wo sind deine Leute, kommen sie später?"

„Nein, sie kommen heute nicht. Ich bin hier, um meinen offenen Vorschuss abzuholen."

„Deinen offenen Vorschuss?" Der Mann schaffte es fast schon regelmäßig, mich in Erstaunen zu versetzen.

„Meiner Meinung nach hast du jeden einzelnen Baht bekommen, den wir vereinbart haben."

„Das ist richtig, ich habe alles bekommen. Die Summe, auf die wir uns zu Anfang geeinigt hatten, hast du mir bezahlt. Doch Dieter, du musst zugeben: Meine Leute haben viel mehr gemacht als wir besprochen hatten."

„Das gehörte dazu und war fester Bestandteil unserer Vereinbarung. Uns war doch beiden klar, dass wir nicht jedes kleine Detail deiner Arbeit im voraus schriftlich festhalten können."

„Ja, aber dass es so viel darüber hinaus werden würde, damit war nicht zu rechnen. Jetzt sind wir fertig, dein Hotel ist einsatzbereit und ich hätte gerne für unsere Mehrarbeit einen Nachschlag."

Gamon klang ernsthaft und schien vom Inhalt seiner Rede überzeugt zu sein. Seine Einschätzung deckte sich jedoch in keiner Weise mit meinen eigenen Beobachtungen. Ich stufte seine Leistungen und Ergebnisse konträr ein:

„Das meinst du doch nicht ernst, Gamon! Bist du tatsächlich der Meinung, ihr seid fertig und eure Arbeit ist abgeschlossen?"

„Ja, das sehe ich so und habe in der letzten Woche alles, was meine Leute beendet haben, kontrolliert."

„Ach, du hast es sogar kontrolliert?", meine Stimme klang spöttisch und vorwurfsvoll zugleich.

„Dann möchte ich dich bitten, mit mir zu kommen, okay?"

Er zögerte kurz und erwog wohl auch, meine Aufforderung abzulehnen, kam aber dann doch mit. Auf diese Situation hatte ich mich vorbereitet und zog meine Notizen aus der Tasche. Nacheinander klapperten wir die vielen Unzulänglichkeiten und fehlerhaft ausgeführten Arbeiten ab, die mir bei meinen Kontrollgängen aufgefallen waren. Erste Station war die Außentoilette, die er hell und luftig gestalten wollte. Das Ergebnis war jedoch erheblich dunkler ausgefallen: Der kleine Raum erwies sich als ein erdrückendes, pechschwarzes Loch. Gamon hatte das Kabuff, das nicht das kleinste Fenster aufwies, bis auf die weißen Keramiken von Toilette und Waschbecken komplett in Schwarz gehalten. Verspürte ein Gast auf der sonnen überfluteten Terrasse ein Bedürfnis und öffnete, um diesem abzuhelfen, die Türe zur Toilette, befand er sich in völliger Finsternis. Eine kleine Funzel spendete einen müden Lichtschein, ansonsten sah man schwarz. Alles andere als ein Ort zum Verweilen, und selbst beim Scheißen wird sich wahrscheinlich jeder beeilen, um schnell wieder an Luft und Licht zu gelangen.

Es ging weiter auf unserer Runde ins Innere des Gebäudes. Ich führte Gamon von Raum zu Raum, von Fehler zu Fehler und machte ihn auf schlechte Ausführungen, falsche Materialien, Unsauberkeiten und Ungeschicklichkeiten aufmerksam. Am Ende der Besichtigungsrunde standen wir auf der Terrasse und der Riesenspiegel des Ozeans blinkte gleichgültig, überheblich und desinteressiert zu uns herüber.

„Na, hast du mitgezählt, Gamon? Hast du nicht? Ich kann es dir sagen: Das sind 23 Fehler, die ich dir gezeigt habe, 23 Arbeiten, die noch zu erledigen sind“, erklärte ich ihm.

Gamon schaute mich prüfend an, wobei er leicht nach oben blicken musste. In dem Mann arbeitete es, er überlegte und setzte auch zu einer Antwort an, sagte aber kein Wort. Sein Gesicht verfinsterte sich, er stapfte mit dem Fuß auf und stemmte beide Hände in die Seiten. Seine Miene wurde abweisend, er murmelte etwas in seiner Landessprache, drehte sich um und verschwand. Ich habe sowohl ihn wie auch die Leute aus seiner Truppe nie wieder gesehen.

Am Nachmittag desselben Tages sprach ich mit dem Elektriker Ram, den wir für spezielle Aufgaben gelegentlich einsetzten. Ram verstand nicht nur sein Handwerk, er war eine ehrliche Haut, arbeitete zuverlässig und solide und seine Rechnungen waren niedrig und fair. Viele Handwerker und Monteure aus allen möglichen Fachbereichen waren ihm bekannt. Die zahllosen kleinen Macken und Fehler aus Gamons Hinterlassenschaft wurden in wenigen Tagen optimiert oder behoben. Die neuen Handwerker kamen zu zweit oder werkelten alleine und erledigten ihre Arbeiten, bis sie vollendet waren. Ohne Kinder, Frauen und Großmütter. Das gab es also auch in Thailand.

Beim Abendessen sagte ich zu Kun: „Es ist erstaunlich, doch ich lerne hier in deinem Land immer noch dazu. Durch Gamon habe ich zum Beispiel gelernt, das nicht immer ein Handwerker drin ist, auch wenn es außen dick und fett drauf steht.“

„Das ist Thailand, Dieter, und nicht Deutschland“, kam ihre Antwort. „So sind wir nun mal. Du wirst uns nie richtig kennenlernen und deshalb auch noch in Jahren dazu lernen.“

„Wow Kun, du bist ja eine waschechte Philosophin! Ich freue mich aber, dass es wenigstens bei dir anders aussieht, als bei Gamon.“

„Wie ist das denn nun wieder gemeint?“

„Ganz einfach, bei dir steht außen Lady drauf und es steckt auch wirklich eine Lady drin!"

Es drängte mich, ihr meine Aufwartung zu machen und meine Zuneigung zu beweisen, deshalb stand ich auf, lief um den Tisch herum und gab ihr ungeachtet der uns umgebenden Öffentlichkeit einen Kuss auf ihre niedliche Stupsnase.

Kun's Geschichte

Tausendfach spiegeln sich die heißen Strahlen einer bedingungslos dominierenden Sonne in den schillernden Reflexionsflächen, die untrennbar zum Landschaftsbild gehören. Es sind Reisfelder, bewässerte und überschwemmte Reisfelder in den unterschiedlichsten Formaten und Formen, anzutreffen an allen Ecken und Enden der Provinz. Diese unendlich vielen, unzählbaren Getreidespender bedürfen einer ständigen, dauer- und gewissenhaften Überwachung und Pflege, denn ohne das Durchfluten mit dem unersetzlichen Element Wasser kann das Hauptnahrungsmittel des Landes nicht gedeihen und es wird keine Ernte geben.

In abenteuerliche Lumpen gehüllte junge und alte Farmer, Frauen und Kinder, geschützt durch flache, breite, spitze Hüte. Graue, gähnende, träge und phlegmatische Wasserbüffel. Ananasplantagen, Kokoswälder, Mango- und Papayahaine, Glasscheiben in Treibhäusern, die grelle Lichterblitze projizieren, militärisch akkurat angepflanzte Divisionen von Latexbäumen, mit Strick und Pflock angeleinte Rinder und Schweine, Hühner, Enten und immer wieder schläfrig-unbrauchbare, unaufmerksame Hunde. Klapprig zusammengeklopfte Holzhäuser auf Ungeziefer abweisenden, hohen Pfählen. Zahllose wie zufällig hingestreute Dörfer. Schmale, zumeist leere und holprige Straßen, gelegentlich befahren von alten, klapprigen Pick-ups: Eine Auswahl an charakteristischen Schnappschüssen aus dem Isan, Thailands größter Provinz, ein hauptsächlich landwirtschaftlich genutztes Gebiet, das ein Drittel der Gesamtbevölkerung stellt.

Der Isan liegt im Osten Thailands und grenzt an Laos, im Süden an Kambodscha. Zum größten Teil, über Hunderte von Kilometern, bildet der gewaltig berüchtigte Mekong den trennenden Grenzfluss, bis er sich in seinem Unterlauf mit dem Tonle Sap River vereinigt und in Vietnam, bekannt als Mekong-Delta, seine enormen und über Viereinhalbtausend Kilometer weit gereisten Fluten in den Pazifischen Ozean entlässt.

Nur vereinzelt finden sich größere Ortschaften im Isan, die meisten Einwohner weist Ubon Ratchathani auf, eine strenge und ernst wirkende, freudlose Stadt, Zentrum der Dürftigkeit und unerfüllter Wünsche, 900 östliche Kilometer von Bangkok entfernt.

Der Isan ist das Armenhaus Thailands. Trotz des gesetzlich festgelegten Mindestlohns arbeiten die Menschen hier bis auf den heutigen Tag für 200 oder 250 Baht am Tag, das sind fünf bis sechs Euro. Ausländische Besucher, die eine neue Telefonkarte benötigen, werden zu ihrem Erstaunen vernehmen, dass oftmals nur Karten für 50 Baht erhältlich sind – das ist etwas mehr als ein Euro und sagt alles über die Zahlungskraft in diesem Teil der Welt aus.

Meine Freundin Kun stammt aus dem Isan. Ihr Heimatdorf liegt im Dunstkreis von Ubon Ratchathani. In Kun's Kinderzeit gab es in ihrem Dorf weder Elektrizität noch fließendes Wasser. Gekocht wurde über einen Eimer mit Holzkohle, alle elektrisch angetriebenen Gerätschaften wie Fernseher, Kühlschrank oder Waschmaschine hatten es in diesen Teil der Welt noch nicht geschafft. Ohne Licht und ohne elektronische Unterhaltung ging und geht man häufig auch heute noch ins Bett, sobald es dunkel geworden ist. Trinkwasser musste in Fünf- oder Zehn-Liter-Gefäßen aus einer Quelle in 1000 Meter Entfernung geholt werden – eine elende Schlepperei und in allen Familien eine Daueraufgabe für die Kinder. Kun's Schulweg betrug sechs Kilometer und wurde zu Fuß absolviert.

Sie hat zwei ältere Schwestern und zwei jüngere Brüder. Die Familie lebte von einer bescheidenen Landwirtschaft auf teils gepachtetem, teils eigenem Land.

Als Kun 14 Jahre alt wurde, führten ihre Eltern ein ernstes Gespräch mit ihr. Sie erwarteten, dass ihre Tochter einen Beitrag zum Familieneinkommen leistete. Sie suchten eine geeignete und ihrem Alter entsprechende Beschäftigung und fanden eine offene Stelle als Haushaltshilfe bei einer vermögenden

Thai-Familie an der Küste. Als monatliches Einkommen wurde 2000 Baht, also etwa 50 Euro vereinbart.

Es stellte sich schnell heraus, dass Kun nicht zur Unterstützung des Haushalts, sondern ausschließlich zur Pflege der 85-jährigen, senilen und dementen Großmutter benötigt wurde. Die alte Frau litt unter Inkontinenz und niemand in der Familie fühlte sich dazu berufen, die Sauerei mehrmals am Tag zu beseitigen. Dafür wurde Kun eingestellt.

Eine ihrer Nebenaufgaben bestand darin, so lange wach zu bleiben, bis der halbwüchsige Sohn des Hauses von Disco- oder Kneipenbesuchen heim kam. Das passierte mehrmals pro Woche. Der angetrunkene Sprössling traf gegen drei oder vier Uhr in der Früh ein. Kun hatte ihm die Türe zu öffnen und darauf zu achten, dass alle Ein- und Ausgänge gut verschlossen waren, bevor sie selbst schlafen gehen durfte.

Am Ende des Monats freute sich die kleine Kun auf ihr erstes, selbst verdientes Geld. Doch sie bekam nichts. Man verweigerte ihr die Bezahlung mit der Bemerkung, dass man nicht in allen Bereichen mit ihr zufrieden sei und dass sie sich zu verbessern habe. Das 14-jährige, vollkommen unerfahrene Mädchen gab sich daraufhin alle erdenkliche Mühe, doch das nutzte ihr letztendlich auch nichts: Am Ende des zweiten Monats beschuldigte man sie, die Großmutter bestohlen zu haben. Sie wurde hinausgeworfen und erhielt für zwei Monate Erniedrigung, unerträgliche Drecksarbeit und viele schlaflose Nächte keinen einzigen Baht. Wenn es um den eigenen Vorteil geht, verhalten sich die nach außen meistens so freundlich-verbindlichen Thais oft gnaden- und rücksichtslos.

Es wurde ein zweiter Versuch gestartet, Kun ins Arbeitsleben zu integrieren. Diesmal fanden ihre Eltern einen Anstellung in einer Fabrik in Bangkok. Der Betrieb konfektionierte Kosmetikprodukte. Kleine Faltschachteln mussten zusammengesetzt und mit selbstklebenden Etiketten beschriftet und verziert werden. Ein paar Hundertschaften an Frauen erledigten diese Arbeit. Bei einem Monatslohn von 3000 Baht pro Arbeitskraft war die manuelle Fertigung für den Hersteller immer noch günstiger als die Investition in entsprechende Maschinen. Vielleicht sieht das heute anders aus. Im Jahr 1980 schlug die Handarbeit in Thailand noch jeden Automateneinsatz.

Die Frauen waren in großen Schlafsälen untergebracht. Es gab kein fließendes Wasser und auch keine Duschen, zum Waschen und Reinigen wurden ein paar Riesenfässer bereitgestellt und regelmäßig mit frischem Wasser gefüllt. Dreimal am Tag erhielten die Frauen auf Kosten des Hauses eine Schüssel mit gekochtem Reis. Es bestand die Möglichkeit, das Essen mit Hühner- oder SchweinefleischSoße aufzuwerten – diese Schlemmerei kostete jedoch fünf Baht extra.

Kun arbeitete zwei Jahre in dieser Fabrik – größtenteils in einer Sieben-Tage-Woche – wer sich den Sonntag nicht freinahm, sondern wie an jedem anderen Tag zur Arbeit erschien, wurde für seinen Einsatz mit doppeltem Gehalt belohnt.

In dieser Zeit unternahm Kun so gut wie nichts, sie ging nicht aus und lernte während ihres Aufenthalts nicht die kleinste Ecke von Bangkok kennen. Alles Geld, das sie verdiente, schickte sie in den Isan, zu ihren Eltern. Sie war jeden Monat stolz darauf, dass sie mehr überweisen konnte, als man zu Hause von ihr erwartete.

Nach zwei Jahren wechselte sie den Arbeitsplatz, die neue Beschäftigung war ähnlich: Sie konfektionierte Modeschmuck, reihte Steine und Perlen auf Schnüre, auch diesmal gemeinsam mit vielen anderen Frauen. Wie schon gewohnt, waren auch hier alle zusammen in einem großen Schlafsaal untergebracht.

Als sie zwanzig war, erhielt Kun Post von ihren Eltern. Sie forderten ihre Tochter auf, zurück in den Isan zu kommen. Ihre älteren Schwestern hatten geheiratet und waren ausgezogen, Kun wurde als kostenlose Arbeitskraft in der familieneigenen Landwirtschaft benötigt. Als brave Tochter gehorchte sie. Kun kündigte den Job in der Fabrik, wartete den letzten Monatslohn ab und nahm den Nachtbus nach Ubon Ratchathani.

Es sah so aus, als würde sie den Rest ihres Lebens in ihrer Heimat zwischen Reisfeldern, Hühnern und Wasserbüffeln in Gesellschaft ihrer Eltern verbringen. Das Leben im Isan hatte sich in den letzten Jahren positiv entwickelt, es war zivilisierter und bequemer geworden: Die meisten Häuser verfügten sowohl über fließendes Wasser als auch über Elektrizität. Doch die wenigsten Familien verfügten über genügend Einkommen, um sich ein Bügeleisen, einen Kühlschrank oder gar eine Klimaanlage zu erlauben. Man war froh, wenn es für einen oder zwei Ventilatoren reichte.

Ein paar landwirtschaftliche Jahre später traf Kun ein Mädchen, das sie von früher kannte, eine ehemalige Schulkameradin, die seit ein paar Jahren in

Bangkok lebte und arbeitete. Diese junge Frau schickte monatlich Summen nach Hause, die Kun unvorstellbar erschienen. Ihre Eltern hatten sich davon ein stattliches, größeres Haus gebaut, das klimatisiert und mit vielen hilfreichen, elektrischen Geräten ausgestattet war.

Kun horchte auf und wurde neugierig. Sie wollte wissen, was das für eine Beschäftigung war, bei der man so gut verdienen konnte. Ihre Freundin arbeitete natürlich in einer Bar. In einer Bar in der Soi Cowboy, in der Nähe der bekannten Asok-Sukhumvit-Kreuzung. Kun konnte kaum glauben, was sie über die Verdienstmöglichkeiten hörte: Die Tätigkeit ihrer Freundin bestand darin, die Besucher der Bar zum Trinken und zum Ausgeben von Drinks zu ermuntern. Je mehr die Gäste konsumierten, desto höher fiel ihre Provision aus.

Deutlich mehr verdiente sie, wenn sie mit männlichen Touristen ins Hotel ging. Für einen Besuch bekam sie 1500 oder auch 2000 Baht, oftmals kassierte sie diese Gage ein paar Tage hintereinander. Einige ihrer Kunden suchten auch tagsüber ihre Gesellschaft. Die Freundin schwärmte vom guten Essen in teuren Restaurants und von Ausflügen in die Umgebung, zu denen sie mitgenommen wurde – und stets dafür bezahlt wurde. Begeistert berichtete sie Kun von ihren Shoppingtouren, sie durfte sich aussuchen, was ihr gefiel und hatte nach und nach ihren Kleiderschrank mit aktueller Mode gefüllt. Wenn der Tourist dann abreiste, steckte er seiner Gespielin meistens noch eine fette Abschiedsprämie zu.

Ihre Freundin kicherte, als sie Kun erzählte, dass zwei ihrer Kunden sie auch nach dem Urlaub unterstützen würden und ihr über Jahre hinweg Geld nach Thailand sandten: Der eine 5000 Baht, der andere sogar 10.000 Baht pro Monat.

„Ich muss natürlich darauf achten, dass die beiden niemals zur selben Zeit in Bangkok sind", erläuterte sie ihre Situation. Für Small Talk an der Bar, Nichtstun, dabei sein und ein wenig Handgymnastik und Matratzenakrobatik erzielte die Freundin jeden Monat mehr als das Gehalt eines Bankdirektors in Thailand – und das sind 30.000 Baht.

Es kam, wie es kommen musste: Kun verglich die Beschäftigung der Freundin mit den Erfahrungen, die sie selbst auf dem Arbeitsmarkt gewonnen hatte. Nach dieser erfreulichen oder auch unerfreulichen Analyse – je nach Blickpunkt – war ihr Entschluss ziemlich schnell gefasst: Statt im Isan zehn Stunden am Tag in brütender Hitze auf den Familienfeldern zu ackern, ohne dass sie dafür auch nur einen Baht bekam, wollte sie auch auf diese bequeme, einfache und angenehm geschilderte Weise zu Geld kommen. Ein schlechtes Gewissen gegenüber der Familie kam gar nicht erst auf: Mit den Einkünften aus Bangkok könnte sie regelmäßig deutlich höhere Summen nach Hause schicken. Außerdem wäre sie zum ersten Mal in ihrem Leben in der Lage, sich selbst etwas zu gönnen: Zum Beispiel ein schickes Handy, ein paar modische Schuhe und aktuelle Klamotten.

Ein paar Tage später packte Kun das Wenige, das sie besaß zusammen und stieg in den Nachtbus, der täglich zwischen Ubon und Bangkok verkehrte. Für die 900 Kilometer wurden 450 Baht berechnet. Sie hatte ihre Ankunft bei weiteren Ladys, die sie in Bangkok kannte, angemeldet. Mithilfe ihrer Freundinnen war es kein Problem, ein winziges, dafür sehr günstiges Zimmerchen aufzutreiben und anzumieten. Ihre Bekannten halfen ihr dabei, einen passenden Arbeitsplatz in der Nähe ihrer Wohnung zu finden. Gemeinsam präsentierten sie der neu Zugereisten die in verschiedenen Größen und Lagen anzutreffenden Bars. Kun entschied sich für eine sympathische, ansprechend wirkende Bar mit einer weiblichen Besitzerin, die sie von ihrer Wohnung aus bequem zu Fuß erreichen konnte.

Ihr neues Betätigungsfeld befand sich in einer Seitenstraße der bekanntberüchtigten Sukhumvit Road. Es war eine kleine, nach drei Seiten offene Bar, die weit in die Straße hineinragte. Die Bar wurde gut besucht, denn sie lag in der richtigen, umsatzfördernden Umgebung: In unmittelbarer Nähe fanden sich eine Reihe an großen und bis zu 30 Stockwerken in die Höhe ragenden, internationalen Hotels. Alle Gäste, die zu Fuß unterwegs waren, um zum Essen, zum Shoppen oder zur Skytrain Station zu gehen, kamen unweigerlich an der geschickt platzierten Bar vorbei. Und nicht wenige hielten an und genehmigten sich einen Drink.

Genau wie ich selbst am Abend des 23. Dezember 2005.

Staff

Plakate aufhängen? Anzeigen aufgeben? Das offizielle Arbeitsamt bemühen? Sich an fremden Arbeitsplätzen umschauen, die geeignet erscheinenden Leute anquatschen und abwerben? Mit dem Lautsprecherwagen den Beach-Boulevard rauf und runter fahren? Oder was sonst noch? Wie findet man das richtige, qualifizierte und zu uns passende Hotelpersonal? Ich hatte keine Ahnung, nicht den leisesten Schimmer, an welcher Stelle wir ansetzen sollten.

Mir fiel ein, was ich selbst bei meinen Einstellungsgesprächen in Deutschland am eigenen Leib erlebt hatte. Wobei ich die Perspektiven beider Seiten kannte: In meinen früheren Jahren als Bewerber, auf der Suche nach einem neuen Job. Später dann, in meinem eigenen Unternehmen als Recruiter und Einsteller, der die Kandidaten kritisch und wählerisch begutachtete.

Einmal war ich zu einem Vorstellungstermin in Düsseldorf verabredet. Es ging um die Position eines Kreativdirektors in einer mittelgroßen Werbeagentur – das Gespräch kam durch einen Headhunter zustande. Pünktlich wie meistens war ich zur Stelle. Ich war eigentlich immer pünktlich, musste diesmal aber noch warten. Nach ein paar Minuten war es so weit und ich durfte das elegant-lässig eingerichtete Büro des Geschäftsführers betreten. Der Mann, ein aufgekratzter Typ um die 60 im Designeranzug, darunter ein T-Shirt mit V-Ausschnitt, mit grauer, halblanger Mähne und fliehendem Blick, saß weder an seinem Schreibtisch noch am runden Besprechungstisch. Er spielte an einem alten Flipper, rüttelte, schüttelte, drückte, schob und klopfte entfesselt und fanatisch an dem Automaten herum.

„Kommen Sie rein, nehmen Sie Platz“, rief er mir zu, ohne sein hektisches Treiben zu unterbrechen. „Ich muss nur noch das Spiel zu Ende bringen.“ Der Typ wollte mich beeindrucken und mir offensichtlich sowohl seine Lockerheit als auch seine Jugendlichkeit demonstrieren – was für ein Schwachkopf! Noch vor dem Gespräch stand fest, dass ich auf einen solchen Chef gerne verzichten konnte.

„Wir fragen alle Leute, die wir kennen, einfach alle. Wir fragen überall und informieren auch die Taxi- und Tuk-Tuk-Fahrer. Je mehr Menschen wissen, was für Mitarbeiter wir suchen und welche Positionen wir zu besetzen haben, desto besser“, meinte Kun. „Du wirst sehen, das wird schon klappen.“

„Meinst du wirklich? Warum sollen die Leute denn ausgerechnet zu uns kommen, uns kennt doch keine Sau hier."

„Gerade deshalb werden sie kommen", erläuterte sie mir. „Für fast alle ist es sehr wichtig, dass sie so wie sie sind von ihren Chefs akzeptiert werden. Meine Landsleute streiten sich nicht gerne und sie wollen auch keinen Ärger an ihrem Arbeitsplatz. Deshalb glauben viele, dass es leichter und bequemer ist, unter einem Farang-Boss zu arbeiten als unter einem Thai-Chef."

„Meinst du wirklich, dass das so gesehen wird?" Das hörte sich für mich schräg und merkwürdig an. Verlassen sich die Angestellten nicht lieber auf Vertrautes und Bekanntes, als sich auf fremdes Gelände zu begeben? Ich erinnerte mich an meine Werbeagentur in München. Ich gab mir enorme Mühe, einen fairen und kooperativen Führungsstil einzuhalten. Doch längst nicht alle Mitarbeiter stimmten mir zu oder waren von meiner Vorgehensweise restlos begeistert. Vereinzelt ging es nicht anders und ich musste mich rigoros durchsetzen, damit die Agentur die gewünschten Ergebnisse vorweisen konnte. Das kam meistens nicht so gut an. Ich konnte mir nicht vorstellen, dass sich Leute, die in Asien auf Jobsuche sind, so stark von Bewerbern in Europa unterscheiden, trotz der Mentalitätsdifferenzen.

„Doch, doch. In Thailand wird oft und schnell gewechselt. Du findest sehr häufig Angestellte, die aus einem belanglosen Grund oder wegen einer Kleinigkeit nicht zufrieden sind mit ihrem derzeitigen Job und ohne großß nachzudenken kündigen. Die freuen sich, dass wir ihnen die Chance zum Wechseln bieten, du wirst schon sehen, warte nur ab."

Jit, die kleine, aber sehr umtriebige Chefin von Elvira, erwies sich als zuvorkommend und hilfsbereit und leistete uns bei der Personalsuche die größte Unterstützung. Schon einen Tag nach unserer Anfrage schickte sie uns die Köchin Daeng zur Vorstellung, eine große, junge Frau, die sich durch kräftige Hände, ein fröhliches Gesicht und eine auffallend schwarze Brille auszeichnete. Wir setzten uns zusammen und erklärten Daeng, was wir von ihr erwarteten – Daeng sprach ein leidliches Englisch – und wir wurden schnell einig.

Am Nachmittag desselben Tages hatten wir auch unseren Rezeptionisten gefunden. Er hieß Dam, war Mitte 20, trug seine Haare etwas länger, sprach noch besser Englisch als Daeng und hinterließ einen hoch motivierten Eindruck. Aktuell arbeitete Dam in der Rezeption eines großen internationalen Hotels in Kata Beach, wurde dort unter ferner liefen geführt und fühlte sich und seinen Arbeitseinsatz nicht entsprechend gewürdigt. Bei uns konnte er Chefportier und Boss der Rezeption werden, das behagte ihm sehr. Dam wollte noch den November abwarten, seinen Monatslohn kassieren und dann ab Dezember in der Villa del Mar einsteigen.

Schon drei Tage später trat die Köchin Daeng ihren Dienst an. Kun beschäftigte sich ausführlich mit ihr und bat Daeng, sich in der Küche umzuschauen, um zu ermitteln, was alles vorhanden war, welche Gerätschaften fehlten und was neu angeschafft werden musste. Daeng stellte eine Liste auf. Diese Liste wurde lang und ausführlich. Sie wurde sehr lang und sehr ausführlich. Doch kochen ohne Töpfe und braten ohne Pfannen war auch in Thailand, wo doch alles so viel anders war als in Europa, nicht möglich.

„Daeng, es wäre doch das Beste, wenn du mitkommst, wenn wir die Küchenausstattung einkaufen“, schlug ich ihr vor.

„Ich bin dabei. Da habe ich sowieso mit gerechnet“, war ihre Antwort.

„Na prima, dann kommst du mit uns“, sagte Kun zu ihr und sie fragte mich „Wann willst du denn losfahren?“

„Von mir aus können wir sofort starten, außer dem Einrichten einer Hotelküche habe ich heute nichts vor!“

Die Unterschiede zwischen der deutschen und der thailändischen Art, Essen zuzubereiten, waren bei dieser Einkaufstour klar ersichtlich. Utensilien und Accessoires, die mir noch nie begegnet waren, wurden als unentbehrlich bezeichnet und gekauft. Gerätschaften, die ich für dringend notwendig hielt, wurden mitleidig belächelt und als unnütz abgelehnt. Instrumente, deren Sinn und Zweck ich aus Unkenntnis anzweifelte, wurden freudig erregt aufgestöbert und liebevoll in den Einkaufswagen gelegt. Nach einem längeren, kostenintensivem Nachmittag und dem Besuch vier verschiedener Fachgeschäfte war der Kofferraum, sowie die halbe Rückbank voll bepackt mit Zubehör und Hilfsmittel für die Hotelküche.

Um unsere Gäste auf der Terrasse perfekt bewirten zu können, waren Tische und Stühle unerlässlich. Die Auswahl war enorm, es galt grundsätzliche Fragen zu klären:

„Was meinst du Kun, ist besser: Sind kleine oder lieber große Tische für uns am besten geeignet?“

„Ich würde sagen, dass wir beides brauchen, weil wir Paare ebenso als Gäste haben, wie Familien oder auch Gruppen.“

Gedacht, gesagt, getan. Schon bald zierten die Terrasse drei größere Tische für vier bis sechs Personen und vier kleine Zweiertische.

Die Küche war eingeräumt.

Die Köchin lehnte mit hochgekrempelten Ärmeln in der Türe.

Tische und Stühle standen bereit

Die Gäste wurden erwartet und konnten kommen.

Zu meinem freudigen Erstaunen dauerte es alles in Allem nur knappe drei Tage, dann war unser Team komplett: Kitty für den Service, Ung als Frühstücksköchin, Dam und Kim für die Rezeption, Wenn und Wann als Roommaids, die in dem unvermietbaren Zimmer, das nach hinten rausging und keine Fenster besaß, gratis wohnen konnten.

Thailänder wechseln schnell ihre Jobs und die Gründe dafür sind häufig minimal, hatte mir Kun erklärt. Schon eine Woche später wurde diese Aussage bestätigt, denn wir mussten uns erneut nach einer Köchin oder einem Koch umsehen. Daeng, die auf uns stark motiviert wirkte und einen guten Eindruck hinterließ, Daeng, die mit uns auf Einkaufstournee war, machte die Fliege. Ihr norwegischer Freund hatte ihr ein Visum besorgt und sie reiste gemeinsam mit ihm nach Europa.

Zwei Tage darauf stellte sich Kon vor, ein großer, kräftig gebauter, talentierter, professioneller Koch mit einem breiten, offenen Gesicht. Kon war ein super Koch mit unglaublich reichhaltiger Erfahrung. Er verfügte über ein Riesenrepertoire an Gerichten, die er alle aus dem Kopf heraus in kürzester Zeit zubereiten konnte.

Zwei Wochen darauf war Dam, der ehrgeizige Rezeptionist auch schon nicht mehr bei uns. Ich hatte ihm mehrfach erklärt, was beim Einchecken neuer Gäste zu berücksichtigen ist und welche Formulare unbedingt ausgefüllt werden mussten. Er hielt sich nicht annähernd an diese Vorgaben, vergaß die Hälfte und stellte sich schlichtweg saudumm an. Als ich ihn zum wiederholten Male auf seine Versäumnisse ansprach, erklärte er mir, dass es bei uns auch nicht besser sei als im Holiday Inn und bat um seine Entlassung – die wir ihm umgehend gewährten.

Für ihn sprang Nid ein, eine korpulente, stets gut gelaunte junge Frau, die sich als sehr zuverlässig erwies und uns bis zuletzt die Treue hielt.

Beistand von oben

Auf dünnsohligen Badelatschen oder gleich komplett barfuß kamen sie am späten Vormittag an geschlurft. Sie waren neun glatte und kahl rasierte Köpfe stark. Neun orangen farbige Gewänder flatterten in der leichten Brise, die vom Meer herüberzog. Neun Buddha gefällige, gläubige und fromme Männer, die sich dem Dienst der höheren Mächte verpflichtet hatten. Alt und Jung, dick und dünn, klein und groß, erschienen sie in bunt gemischter Konstellation.

Im Vorfeld waren sich alle Einheimischen in meiner unmittelbaren Umgebung einig: Ohne den Beistand, ohne die Fürbitte und ohne die Gebete und Gesänge der Mönche wird es nicht klappen mit meinen Hotelplänen. Sollte ich das Hotel eröffnen und auf die Mönche verzichten, könnte ich mein neues Business gleich wieder vergessen. Will ich Erfolg haben? Gäste gewinnen? Zimmer belegen? Empfohlen werden? Gutes Karma bekommen? Geschäfte machen? Geld verdienen? Na bitte. Da gab es nichts groß zu diskutieren. Weil ich mich weder mit den Mönchen noch mit ihrer Religion auskannte, wurde ich mehr überredet als überzeugt. Doch, ja, wenn es nun mal Usus ist, wenn es erwartet wird und nach der landesüblichen Sitte zur Eröffnung von Geschäften und Betrieben aller Art unerlässlich ist, okay, dann will auch ich nicht auf die himmlische Unterstützung verzichten.

Es war keine Frage des Budgets oder der Bezahlung, denn Andacht und Zeremonie der Mönche waren nach europäischen Maßstäben alles andere als teuer. Jeder Mönch bekam rund zweieinhalb Euro, dazu ein persönliches Geschenk und sie alle wurden nach ihrem fürsprachlichen Einsatz ausgiebig durch die Hotelküche bewirtet.

Zwei Pick-ups brachten die Ordensbrüder von ihren nahegelegenen Tempelklausen zu den weltlichen Gefilden am Strand. Je nach Alter sprangen oder kletterten sie von den offenen Ladeflächen herab und betraten im disziplinierten Gänsemarsch die Hotelterrasse. Oh, Entschuldigung, ihr meint, der Begriff Gänsemarsch passt nicht zur ehrwürdigen und über allem Irdischen erhabenen Bruderschaft? Diese Bezeichnung ist vielleicht sogar respektlos? Na gut, also noch mal dasselbe:

Hintereinander, in aller Ruhe und Gelassenheit, andächtig, konzentriert und gemessenen Schrittes betraten die neun Mönche die Hotelterrasse. Es war ihnen anzusehen, dass sie sich ihrer Bedeutung, ihrer Aufgabe und Sendung bewusst waren. Ohne zu zögern, fanden sie zwischen den Tischen und Stühlen ihren Weg und gingen bedächtig die paar Stufen hinab, in die nach Farben riechende, frisch renovierte Lobby.

Sie kannten sich aus, sie wussten, was von ihnen erwartet wurde. Es war ihnen anzusehen, dass es nicht die erste Eröffnungsliturgie für sie war. Sie bewegten sich routiniert, harmonisch, professionell und selbstsicher. Im hinteren Teil des Raums war ausreichend Platz geschaffen worden, damit die Brüder sich in zwei Reihen auf dem Fußboden niederlassen konnten. Dabei sein, zu hören und zu schauen gehörte dazu und war erwünscht. Das Hotelteam stand mit etwas Abstand vor den frommen Männern, ein paar Freunde und Bekannte waren ebenfalls anwesend, als die Mönche mit ihren Gebeten und Gesängen begannen.

Die Zeremonie wurde von einem älteren Bruder geleitet, der auch den Ablauf bestimmte. Durch Handbewegungen wurde ich nach vorne gewunken und mit Wasser bespritzt. Sollte ich angefeuchtet dort stehen bleiben oder nicht? Ich wusste es nicht, niemand gab mir Anweisungen, also blieb ich, wo ich war. Es wurde weiter gebetet. Nach etwa zehn Minuten waren die Mönche mit dem religiösen Teil durch und es ging nahtlos zurück ins Irdisch-Profane: Der Koch, Nid und Kun bewirteten die frommen Gäste mit gebratenen Hühnern, gegrilltem Fisch, gemischtem Gemüse und Bergen an gekochtem Reis. Dazu tranken unsere Fürbitter eisgekühltes Wasser aus Plastikbechern.

Während des Essens wollten die Brüder nicht gestört werden und blieben in der Lobby unter ihresgleichen. Schnell und konzentriert verzehrten sie, was ihnen angeboten wurde. Als der Älteste sein Essen beendet hatte, verlor er keine Sekunde und erhob sich aus seiner sitzenden Position. Die anderen folgten seinem Beispiel. Unser Team überreichte die persönlichen Geschenke: Jeder Mönch bekam einen breiten Plastikeimer, gefüllt mit Seife, Zahncreme, Zahnbürste, Putz- und Reinigungsmittel, Waschlappen, Handtuch, usw. Also quasi eine Basisausstattung Monk's life oder den Überlebenseimer Tempelfreuden.

Sie bedankten sich mit einem leichten Nicken des Kopfes, begaben sich ohne Hektik zurück über die Terrasse zu den wartenden Pick-ups, kletterten auf die Ladeflächen und fuhren heimwärts in ihre selbst erwählten, kargen Tempelunterkünfte.

Ob ihre Gebete in den himmlischen Gefilden vernommen, gehört und erhört wurden und der gewünschte Geschäftserfolg daraufhin zuverlässig in der Villa del Mar eintraf? Getrost, ehrlich und ohne jeden ironischen Nebenton konnte ich diese Frage mit einem klaren Nein! beantworten.

Vielleicht ist Buddhismus auch nicht mehr das, was es einmal war – da fehlt mir der Vergleich.

Oder hatten wir nicht genügend Essen aufgetischt? Nein, daran konnte es nicht gelegen haben.

Ich bin Atheist und glaube deshalb nicht, dass Religion im Business eine Rolle spielte.

Es sei denn, man ist Papst, denn dann muss man wohl so denken.

Dreist

Am nächsten Tag sollte das alles überstrahlende Ereignis stattfinden: Die heiß ersehnte, vielfach verschobene und beklagenswert überfällige Eröffnung der Villa del Mar. Alle am Hotel Beteiligten und Interessierten befanden sich in Hochstimmung, freudig erregt, aufgekratzt, voller Ungeduld, schwankend und dennoch leicht unsicher, was die Erwartungen betraf. Die Zeit der Vorbereitung, die kleinen und großen Dramen der Renovierung mit ihren sinnlos vertanen Wartezeiten, die Phase des Schmückens, Putzens und auch des Denkens ging endlich zu Ende und wir alle freuten uns auf den in Kürze beginnenden Hotelbetrieb.

Vorher erhielten wir einen schockierenden Besuch der vollkommen unerwünschten Art. Über den Boulevard näherten sich zwei Fahrzeuge mit unübersehbar hin und her zuckendem Blaulichtern auf den Dächern. Die Polizeiwagen stoppten direkt vor dem Hotel, parkten auf der Straße und vier Polizisten in Uniform erstürmten mit gebieterischem Auftreten unsere bereits für das Top-Ereignis einladend frisch zurecht gemachte Terrasse.

Der erste der Ankömmlinge, ein mittelgroßer Mann mit energisch-derbem Gesicht und extra breiten Nasenflügeln schwenkte gebieterisch ein Blatt Papier durch die Luft und schaute sich mit ruckartigen Bewegungen seines Kopfes um. Kim und ich gingen gleichzeitig auf ihn zu, doch der Beamte beachtete mich nicht, ignorierte auch Kun und wandte sich zu Kim. Er stellte sich vor ihm in Positur und begann in barschem Ton auf ihn einzureden. Mit ausgestrecktem Arm zeigte er auf unser Hochglanz-Gebäude, wedelte dabei mit seiner Hand und hielt ihm gleichzeitig das Dokument unter die Nase.

Die drei anderen Polizisten überquerten zwischenzeitlich die Terrasse, betraten das Haus und ich konnte sie nicht mehr sehen.

„Was ist denn los?", fragte ich Kun, doch die war ebenso ratlos wie ich. „Was will die Polizei von uns?"

Der Polizist, der ohne jede Freundlichkeit auf Kim einredete, drückte ihm das Papier in die Hand und setzte sich auf einen unserer Stühle. Ich winkte Kim hinüber zu mir, und mit eingesunkenen Schultern kam er angeschlichen.

„Kim, was will die Polizei von uns? Gibt es Probleme?"

„Oh ja, Chef, es gibt Probleme, es gibt große Probleme."

„Dann sag mir doch bitte, warum zum Teufel die hier sind", drängte es mich zu wissen.

Kim war der Situation nicht gewachsen, er fühlte sich durch die Anwesenheit der Obrigkeit bedrängt und eingeengt, und es gelang ihm nur noch stotternd zu sprechen.

„Der Polizist hat mir einen Gerichtsbeschluss vorgelegt und was da drin steht, das ist große Scheiße", stammelte er.

„Wieso, was ist das denn für ein idiotischer Gerichtsbeschluss? Wo kommt der denn her?", ich wollte nicht glauben, dass jetzt, einen Tag vor unserer Eröffnung noch etwas Dramatisches passieren könnte, um unseren Auftakt zu verhindern.

„Der Polizist hat es mir erklärt und die zwei wichtigen Punkte vorgelesen: Erstens: Das Hotel darf nicht eröffnet werden ..."

„Was für ein Quatsch, was soll denn dieser Unfug? Welcher Schwachkopf steckt dahinter?", regte ich mich sofort auf.

„Das ist aber noch gar nichts, Chef", sagte Kim. „Denn der zweite Punkt ist eine Abrissverfügung. Hier steht, dass die Villa del Mar unverzüglich abgerissen werden soll. Sie räumen uns dafür eine Frist von sieben Tagen ein."

„Mensch Kim, das kann doch nicht wahr sein, wer ist denn der Verursacher oder der Absender von diesem Mist?"

„Hier unten ist ein Stempel vom Amtsgericht der Provinz Phuket und dann hier, siehst du Chef, noch ein paar Unterschriften. Ich finde, das sieht alles scheiß-offiziell aus."

Ich schnappte nach Luft, für einen kurzen Moment wurde mir schwarz vor meinen Augen, ich ließ mich auf einen Stuhl fallen und sah, dass Kun aufgeregt angerannt kam.

Die drei Polizisten verließen die Lobby und unser kompletter Staff folgte ihnen auf dem Fuß. Der Beamte, der mit Kim geredet hatte, stand auf. Geschlossen gingen sie zurück zu ihren immer noch blinkenden Fahrzeugen und waren eine Minute später verschwunden.

Kun redetet mit unseren Leuten und erklärte mir danach, dass die Polizisten unserem Personal mitgeteilt hatten, dass uns von höchster Stelle verboten wurde, das Hotel zu eröffnen, dass das Haus demnächst abgerissen wird und dass sich alle, die hier arbeiten, möglichst bald einen neuen Job suchen sollten.

Das war doch nicht echt, oder? Wahrscheinlich würde ich gleich aufwachen und darüber lachen. Ich war wie geplättet, wusste nicht, wie mir geschah. Nach mehr als drei Monaten Ärger mit diesem abartigem Renovierungs-Horror und nachdem ich mein gesamtes Geld im Hotel und in den löchrigen Hosentaschen von Gamon versenkt hatte, waren wir endlich mit allem durch. Die Villa del Mar war einsatzbereit und dann, nach Monaten der Warterei und dem überstandenem Theater kam aus dem Nichts Heckenschützen artig das endgültige Aus?

War das wirklich so einfach in Thailand? Wer war der große Max, der eine solche Aktion nicht nur veranlassen, sondern sogar bei Gericht durchsetzen konnte? Ich griff zu meinem Handy und rief, weil mir niemand sonst einfiel, Elvira an.

„Hallo Dieter, Herzlichen Glückwunsch. Morgen ist endlich der große Tag. Freut ihr euch schon?"

„Hallo Elvira. Den großen Tag wird es wohl nicht geben, denn uns wurde soeben mitgeteilt, dass das Hotel abgerissen wird", erklärte ich ihr.

„Wie bitte? Wer will denn das Hotel abreißen? Doch nicht etwa die Besitzer? Nein, Dieter, das kann nicht sein, überleg doch mal, das kann ich mir nicht vorstellen, die wollen doch pünktlich zu Jahresbeginn die Miete von dir. Wenn du keine Immobilie mehr hast mit der du Arbeiten kannst, wirst du auch keine Miete zahlen. Woher weißt du das denn überhaupt?"

„Hier waren vier Polizisten und die haben uns ein Dokument überreicht, einen gültigen, rechtskräftigen und unterschriebenen Gerichtsbeschluss, wenn ich das richtig sehe."

„Pass auf, Dieter, da versucht jemand dich komplett zu verarschen, das ist es und sonst nichts. Ich rufe sofort die Inhaber an und melde mich wieder bei dir, okay?"

Eine Stunde später kam immer noch keine Rückmeldung von Elvira, dafür erschien Mr. Hoki auf unserer Terrasse. Mein spezieller Freund, der begnadete und in höchstem Maße eingebildete Advokat und Rechtsverdreher. Wie die Polizisten, so meinte auch er, mich mit Nichtbeachtung belohnen zu müssen und sprach ein paar Minuten lang ausschließlich mit Kim und Kun.

Zuletzt schnappte er sich das Dokument, das der Polizist zurückgelassen hatte, warf mir noch einen geringschätzig-herablassenden Blick zu und verließ unsere Terrasse. Offenkundig war sein Besuch noch nicht beendet, denn er ließ seinen Aktenkoffer zurück.

„Ja? Und? Was macht dieser Oberdepp von Anwalt jetzt? Ruft er die Abrissfirma an und es geht gleich los?" erkundigte ich mich bei Kun.

„Nein, Dieter, es ist alles total anders und wir brauchen uns keine Sorgen zu machen, hat er gesagt."

„Ach ja, das hat er gesagt? Dann schrillen bei mir aber erst recht die Alarmglocken", antwortete ich ihr.

„Er hat herausgefunden, dass hinter dieser Aktion das kleine Hotel steckt, dieser mickrige Schuppen, der direkt hinter uns liegt. Die haben dort einen sehr schattigen Platz, denn unsere drei Stockwerke versperren ihren Gästen die Aussicht auf das Meer. Der Inhaber ist zum Gericht gegangen und hat eine Verfügung erwirkt, weil angeblich kein Farang einem Thai die Sicht auf das Meer behindern darf."

„Was ist das denn für ein Schwachsinn, na egal, ärgern nützt uns nichts, Kun, denn der Typ hat seine offizielle Verfügung bekommen und wir haben das Nachsehen!"

„Mr. Hoki meint, dass die Verfügung nicht rechtskräftig ist. Die Typen von dem kleinen Hotel haben angenommen, dass du die Immobilie gekauft hast.

Das stimmt aber nicht, denn du bist nur der Pächter und die Inhaber sind Thailänder. Die Begründung trifft deshalb nicht zu und Mr. Hoki meint, die ganze Sache ist ungültig."

Es war ersichtlich, dass Mr. Hoki sehr daran gelegen war, Souveränität und Selbstbewusstsein auszustrahlen, als er wieder zurück zur Terrasse kam. Er setzte sich auf seinen Platz, wechselte ein paar Worte mit Kim und Kun und schaute lässig in meine Richtung.

Kun kam zu mir gelaufen, um mich zu informieren: „Mr. Hoki fragt, ob er einen Jonny Walker Black Label haben kann", teilte sie mir mit.

„Na klar, gib ihm gleich einen doppelten. Doch was ist denn eigentlich los?"

„Das erzähle ich dir später."

Mr. Hoki erstickte beinahe an seiner Wichtigkeit und Selbstgefälligkeit. Ach muss das schön sein, wenn man seinen Platz im Leben gefunden hat, dachte ich mir. Als sein Whisky kam, hob er das Glas und prostete mir mit einem verhalten-triumphierenden Lächeln zu. Ich hielt mein Bier in die Höhe, was soll's, Hauptsache er hat diesen Irrsinn von uns abgewandt. Kurz darauf packte der Anwalt seine Unterlagen zusammen, nickte mir unverbindlich zu und dampfte ab.

„Na los Kun, erzähle mir bitte, was das alles zu bedeuten hat."

„Auslöser war tatsächlich das kleine Hotel, das hinter uns liegt. Denen stinkt es fürchterlich, dass ihre Adresse der Beach-Boulevard ist, ihre Gäste aber nicht das Meer, sondern nur unseren breiten Arsch sehen, wenn sie aus dem Fenster schauen."

„He, hör mal, Kun, wie drückst du dich denn aus?"

„Wieso, genauso ist es doch! Dann kam der Inhaber des Ladens auf die geniale Idee, dass kein Farang einem Thai die Sicht auf das Meer versperren darf. Damit ist er zum Gericht marschiert, hat Schmiergeld in der richtigen Höhe auf den Tisch gelegt und allen Ernstes einen Richter gefunden, der ihm diese verrückte Verfügung ausstellt. Dabei hat er den Fehler gemacht, sich nicht über die Besitzverhältnisse zu informieren. Mr. Hoki hat ihm kurz und schmerzlos klargemacht, wer der wirkliche Inhaber unseres Hotels ist und was der Mann riskiert, wenn er seine Aktion weiter verfolgen will."

„Was riskiert er denn schon groß?"

„Dieter, er würde sich mit einer der einflussreichsten Familien auf der Insel anlegen, die ihn in kurzer Zeit zur Schnecke machen können."

„Und was bedeutet dieser Aufstand nun für uns?"

„Nichts, absolut nichts. Das kleine Hotel muss auch in Zukunft ohne Meerblick auskommen und bei uns läuft alles wie geplant. Diese Abrissaktion ist voll in die Hose gegangen."

Startschuss

Aufmärsche. Paraden. Cheerleader. Trommelwirbel. Paukenschläge. Fanfarenklänge. Reden. Ansprachen. Gratulationen. Präsente. Funk. Film. Fernsehen. Die überregionale Presse. Die regionale Presse. Blitzlichtgewitter. Absperrungen. Autokonvois. Schwere Limousinen. Gedränge auf der Straße. Rote Teppiche. Nichts von alledem war zu sehen, als die Villa del Mar am nächsten Tag ihre Pforten öffnete. Selbst ich, als Manager, Boss und Pächter immerhin einer der verantwortlichen Initiatoren und Hauptakteure, nahm an diesem historischen Akt nicht teil.

Wieso war ich nicht beim ersten Höhepunkt nach Abschluss unserer langwierigen Bemühungen dabei? Hatte ich nicht drei Monate lang einzig auf diesen Moment hin gearbeitet? Allen Unbilden, Unpünktlichkeiten, Unerfreulichkeiten und Ungehorsamkeiten getrotzt?

Doch nein, es ging nicht anders, ich musste mich dem amtlichen Regelwerk fügen. Die eigenartigen und mir in ihrer Konsequenz ausländerfeindlich wirkenden Bestimmungen der Visa-Immigration-Behörde sahen vor, dass ich meinen Antrag für einen längeren Aufenthalt im Lande außerhalb Thailands zu stellen hatte. Oder? Oder ich durfte nicht einen Tag länger bleiben und wurde des Landes verwiesen. Also machte ich mich wort- und klaglos auf die Socken.

1000 Kilometer weit brachte mich eineinhalb Stunden später mein Tiger Airways-Flug in den Süden. Zielsicher und exakt landete er auf der Äquator Linie. Nach dem Verlassen des Flugzeugs befand ich mich auf einem blitzsauberen Stück Erde, einem einzigartigen Sagrotan-Himmel, einem gediegenfrischen Meister-Propper-Land oder sehenswertem Picobello-Paradies. Kurz: Ich war in Singapur. Moment mal, dachte ich mir, ich bin doch immer noch in Asien, oder? Der Blick auf den Globus bestätigte: Zweifelsohne ist Singapur untrennbar verbundener, fester Bestandteil des quirlig-lebendigen Erdteils Asien. Der reiche Stadtstaat lässt sich jedoch in keiner Weise mit seinen Nachbarn Thailand, Malaysia, Kambodscha, Vietnam, Myanmar oder Indonesien vergleichen.

In Singapur sucht man vergeblich das, was Asien so unverkennbar asiatisch macht. Verstörte Besucher schauten sich verwirrt um und fragten sich, wo sie gelandet sind, denn sie vermissten alles das, was sie bei einem Asienbesuchen erwarten: Keine Straßenhändler, keine Garküchen, keine Bettler, keine parkenden Autos, kein Dreck auf den Gehwegen, kein Müll im Rinnstein, nicht mal eine Zigarettenkippe auf dem Asphalt. Unwirklich. Unvorstellbar. Unheimlich. Ja, es ist unheimlich sauber in Singapur.

Eine Wartenacht musste ich im kleinsten Land Südostasiens verbringen und inspizierte während eines längeren Spaziergangs diese bemerkenswerte multikulturelle Metropole. Dass Sauberkeit und Ordnung nicht nur eine von der Politik verordnete Parole, sondern sehens- und erlebenswerte Wirklichkeit ist, überzeugte mich bei meiner Wanderung. Ich bummelte über die Gehsteige breiter, blitzblanker Boulevards und besuchte riesige, äußerst reinliche Einkaufsparadiese. Auch das Zusammenleben der Menschen aus den unterschiedlichsten ethnischen Gruppen verläuft in Singapur störungsfrei, gleichberechtigt und ohne Hass oder Ressentiments. Bei meinem Kurzbesuch kam mir das kleine Singapur wie ein auf allen Ebenen gelungener, vorbildlich-allmächtiger Superstaat vor. Doch natürlich ist es nicht möglich, aus den wenigen Eindrücken und der Kürze meines Aufenthalts ein abschließendes Urteil zu treffen.

Nach kurzer Fahrt in einer keimfreien, sterilen U-Bahn in der man ohne vorher zu wischen, eine Herztransplantation durchführen konnte, nahm ich am nächsten Morgen in der thailändischen Botschaft mein Visum in Empfang, bestieg den Tiger-Airways-Flieger und war am Nachmittag schon wieder in Patong.

Was die möglichen Chancen und gewinnbringenden Aussichten auf Anfragen, Buchungen, Gäste und Anzahl an Übernachtungen betrafen, hatte meine Skepsis in den letzten Wochen stark zugenommen. Die ursprüngliche, alles mit sich reißende Euphorie der Pionier- und Eroberungszeit war in den Hintergrund gerückt. Ihren Logenplatz nahm eine sich hartnäckig behauptende Unsicherheit ein.

Das lag auch daran, dass ich jede Ecke, alle Details und selbst die verstecktesten Winkel des von mir gepachteten Gebäudes kannte. Es gab so viele minimale, unscheinbare Stellen, Nischen und Bereiche, die mir nicht besonders schön, nicht komplett fertig, auf keinem Fall perfekt und auch nicht immer sauber vorkamen. Mag sein, dass ich durch diese intimen, beinahe mikroskopischen Einblicke das Gefühl und die Wahrnehmung für das Gesamte verlor. Meine Zweifel und Bedenken wuchsen und gediehen ins Unermessliche und ich näherte mich einer pessimistischen Einschätzung, die ich nie zuvor für möglich gehalten hätte.

Gegen Ende der Renovierungszeit konnte ich mir nicht vorstellen, dass Urlauber auftauchen, vor unserem Hotel voller Bewunderung stehen bleiben, auf das Gebäude deuten, sich gegenseitig anschauen, zunickend bestätigen, kurz diskutieren und beraten, um dann einhellig zu entscheiden: „Ja, das gefällt uns. Tolle Lage, private Atmosphäre, interessante Architektur. In diesem wunderschönen Hotel wollen wir unseren Urlaub verbringen. Worauf warten wir noch, los, gehen wir rein und fragen nach, ob sie freie Zimmer für uns haben!“

Umso größer war mein Erstaunen, dass nur ein paar Stunden nach der unspektakulären Eröffnung die Hälfte aller Zimmer belegt war. Die Gäste fanden wahrhaftig von alleine in unser Hotel und mieteten gleich am ersten Tag einen großen Teil der Räume. Es kam mir vor wie ein biblisches Wunder und ich konnte es nicht begreifen.

Nikolaus, der 6. Dezember. Statt einer wollenen Socke hatte ich ein frisch gestrichenes Hotel in die heiße, tropische Luft gehängt. Lange musste ich nicht warten. Prompt und zuverlässig wie in jedem Jahr erschien der heilige Santa Claus auch diesmal und füllte meine Hotelsocke – nicht mit Marzipan und Nüssen, dafür mit den ersten echten, zahlenden Gästen.

So ist das mit dem Nikolaus, man muss ihm vertrauen, sich auf ihn verlassen und das Wichtigste: An ihn und seine Existenz glauben. Wenn das alles zutrifft, wird er seinen Schlitten mit Geschenken und Präsenten beladen, die Rentiere vorspannen und mit einem Schnalzlaut auf Trab bringen. Über den

Indischen Ozean hinweg nimmt er Kurs auf Phuket, damit diejenigen, die an ihn glauben, nicht enttäuscht werden!

Je näher die Festtage heranrückten, desto intensiver und häufiger kamen die Anfragen. Leute, die beim Flanieren von der Straße das frisch herausgeputzte Hotel sahen. Online-Surfer, die es im Internet aufstöberten. Anfragen, vermittelt von Reisebüros irgendwo in Thailand. Touristen, die sich bei ihrem Taxifahrer nach einer guten Adresse erkundigten. Ab dem 20. Dezember, nur 14 Tage nach der Eröffnung, war die Villa del Mar rappelvoll.

Es klappte – wir hatten Gäste, waren ausgebucht – mehr war nicht erreichbar.

Es funktionierte – die Idee mit dem Hotel startete mit überraschendem Erfolg.

Wir lagen uns in den Armen – offensichtlich hatten wir alles richtig gemacht.

Als frisch dekorierte, inzwischen auch nachweislich erfolgreiche Hotelbesitzer befanden wir uns kurz vor Weihnachten auf der Fahrt zu einer wichtigen Verabredung, die ich mir noch im fernen Deutschland in den erfreulichsten Farben ausgemalt hatte. Wir besuchten den Betreiber einer breit aufgestellten und stark frequentierten Touristikwebsite für Thailand und seine Nachbarländer. Ein Portal, das mir bestens bekannt war, weil ich hier als Kunde und Nutzer häufig meine Reisen und Hotelaufenthalte in Asien auswählte und buchte. In dieser anregenden Online-Umgebung sollte auch die Villa del Mar hervorragend aufgehoben sein. Ich war mir sicher, dass unsere Eingliederung in das Portal die Bekanntschaft unserer Herberge nach oben schnellt, ihre Beliebtheit weiter zunimmt, und viele Gäste zu unserem Strandhotel finden würden, ebenso wie ich früher die zu mir passenden Unterkünfte aufgespürt hatte.

Außerhalb der Hauptstadt, in der grün angehauchten Peripherie, an der Schnellstraße, die zum Flughafen führte, fanden wir uns an einem modernen, vierstöckigen Gebäude ein, parkten das Auto und meldeten uns beim Empfang. Mit dem Aufzug wurden wir in den vierten Stock geschickt.

Es ging durch einen Gang, von dem nach rechts und links Büroräume abzweigten, die vor Betriebsamkeit, Hingabe und Arbeitseifer der Mitarbeiter beinahe überquollen. Jede Etage kochte und brodelte vor umfassenden, lebhaften und konzentrierten Aktivitäten – es wurde gefragt, bestellt, vermittelt, gebucht und bestätigt. Ich konnte beinahe körperlich empfinden, dass wir an der richtigen Adresse angelangt waren. Schon bald würde auch die Villa del Mar eines der viel gesuchten und gut gebuchten Ziele in diesem touristischem Schlaraffenland sein.

Gleich drei junge, überaus freundliche und entgegenkommende Manager erwarteten uns in einem sachlich neutral gehaltenen Besprechungszimmer: Zwei Frauen in schlichten Kostümen und ein langhaariger Typ in Jeans und bedrucktem T-Shirt.

„Unser Hotel, dass wir komplett renoviert und erst vor wenigen Tagen eröffnet haben, liegt direkt am Strand von Patong, verfügt also über eine touristische Spitzenlage."

Zum Beweis holte ich die mitgebrachten Materialien hervor und fächerte auf dem Tisch alles auf, was ich vorweisen konnte, um die Villa del Mar ins bestmögliche Licht zu rücken: Fotos von außen und innen, Lagepläne, Gästekommentare, die Menükarte.

„In der High Season, wie wir sie jetzt haben, werden die Gäste beim Vorüber bummeln auf uns aufmerksam und die Reservierungen erfolgen so gut wie von alleine", argumentierte ich weiter. „Das ist doch ein klarer Beweis für die Attraktivität unseres Angebots, oder?"

Seltsamerweise schauten unsere drei Gesprächspartner auf einmal nicht mehr so freundlich drein wie noch wenige Minuten zuvor. Dafür blickten sie sich etwas ratlos an, bis eine der beiden Frauen das Wort ergriff:

„Entschuldigung, ich muss Ihnen eine Zwischenfrage stellen. Bevor Sie uns noch mehr über Ihr Haus erzählen, würden wir gerne wissen, über wie viele Zimmer Ihr Hotel verfügt."

„Das kann ich Ihnen genau sagen: Wir bieten insgesamt 15 Zimmer zum Übernachten an, die Hälfte davon mit Meerblick und selbstverständlich alle mit Frühstück."

Die junge Frau schaute erst Kun, dann mich mit einer mitfühlenden Miene an:

„Es tut mir leid, aber die Direktion unseres Portals hat intern beschlossen, dass wir nur noch Hotels in unser Programm aufnehmen, die eine Größe von mindestens 50 Zimmer vorweisen können."

„50 Zimmer? Nein, damit können wir nicht dienen."

Was sollte das denn bedeuten – erhielten wir etwa vom begehrten, touristischem Schlaraffenland eine Absage? Ich war enttäuscht und verwirrt, doch dann kam mir ein überzeugender, treffender Einwand in den Sinn:

„Das mag sein, mir ist aber bekannt, dass Sie in Ihrem Angebot nicht nur Riesenhotels führen, sondern auch jede Menge kleinere Häuser vertreten."

„Das stimmt, Sie können sogar viele kleinere Unterkünfte bei uns buchen. Aber Sie müssen wissen, dass es sich dabei um Verträge handelt, die vor langen Jahren geschlossen wurden und die wir auch weiterhin betreuen. Leider mussten wir zu oft erleben, dass kleine Hotels trotz unserer Nachfrage ihre zugesagten Reservierungen nicht einhielten. Dann wurden Gäste, die wir vermittelt haben, abgewiesen, standen auf der Straße und dieses Risiko wollen wir in Zukunft vermeiden."

Ich traute meinen Ohren nicht. Wurden wir hier tatsächlich derartig schnöde abgewiesen? Ohne Hoffnung auf Mitwirkung nach Hause geschickt? Hier bei diesem marktbeherrschenden Internet-Portal, von dem ich mir so viel an Buchungsunterstützung versprochen hatte?

„Und Sie können keine Ausnahme machen? Ich finde, dass unser Hotel mit seinem persönlichen und individuellen Charme hervorragend zu Ihrem übrigen Angebot passt", startete ich einen weiteren Versuch.

„Das wird es bestimmt und wir glauben Ihnen gerne, dass Sie es ausgezeichnet und zur Zufriedenheit Ihrer Gäste führen. Unsere Ablehnung liegt auch nicht an Ihrem Hotel und seiner Aufmachung, sondern einzig an der fehlenden Größe. Wir können Sie leider nicht berücksichtigen, denn wir sind nicht befähigt, diese Richtlinie zu umgehen. Sorry, tut uns leid für Sie und vielen Dank für Ihren Besuch."

Die drei standen auf, wünschten uns noch viel Glück und Erfolg und schoben ab. Kun half mir, die verstreuten Unterlagen einzusammeln. Ich war sauer und verbittert und kam mir hohl und leer vor, frustriert und ernüchtert. Von dieser Trumpfkarte hatte ich mir so viele wichtige Punkte versprochen und konnte keinen einzigen Stich machen.

Heiligabend ohne Socken

Kun stand auf der Terrasse und überblickte Strand und Straße, als ich zu ihr trat. Ich stellte mich hinter sie und nahm sie in den Arm: „Hallo Darling, du weißt doch, was wir heute für einen Tag haben?“

Sie drehte sich halb zu mir um und schaute erstaunt nach oben:

„Tut mir leid, das weiß ich nicht. Was ist das denn für ein besonderer Tag?“

„Heute ist Heiligabend Kun. Heiligabend – das ist unser Jubiläumstag!“

„Was ist denn Heiligabend?“, erkundigte sie sich mit fragender Miene.

„Na Kun, jetzt tu doch nicht so, denn das weißt du doch: Heiligabend ist der Tag vor Weihnachten! Es ist unser zweites Weihnachten! Genau heute vor einem Jahr haben wir uns in Bangkok in deiner Bar kennengelernt.“

Jetzt verstand sie mich und wusste, wovon ich sprach.

„Heiligabend vor einem Jahr waren wir zum Diner im Yok Yor, dem Seafood Restaurant am Menam-River. Du erinnerst dich doch sicher, das war der Tag, an dem du mir Bangkok gezeigt hast!“

„He, fängst du schon wieder damit an!“, Kun demonstrierte gespielte Empörung und drohte mir mit erhobenem Zeigefinger.

„Na klar, das wirst du noch oft zu hören bekommen. Doch bitte, ich finde diesen Jahrestag müssen wir unbedingt feiern, wir genehmigen uns ein weihnachtliches Jubiläumsessen, was hältst du davon?“

Wie eine überreife, prall mit saftigem Fleisch gefüllte Durianfrucht von ihrem Ast ins Gras plumpst, so fiel die einzigartige, tropische Sonne am Heiligabend 2006 vom Himmel herab in die ozeanischen Tiefen der Andaman Sea. Was bei der Stinkefrucht die breiten und plumpen Stacheln sind, schießt aus dem Himmelsgestirn als tausendfache, massive Lichtblitze in sämtliche Richtungen heraus. Es ist ein letztes, gewaltiges Aufbäumen, als wollte die Sonne ihren hellhäutigen und oftmals stark angebrannten Anbetern kurz vor ihrem endgültigen Abgang noch mal zeigen, was sie alles auf der Pfanne hat.

Auf der fernen Horizontlinie explodierte eine wahre Farborgie, die jede weihnachtliche Kaufhausdekoration mühelos in den Schatten stellte. Eine Attacke in Rot-Gelb-Orange, teils grell und schreiend, teils pastellig und sanft, die nach kurzer Bedenkzeit behutsam in ein sattes Purpur hinüberglitt.

In dieser wahrlich erleuchteten Minute verließen wir das Hotel, überquerten die Terrasse und betraten die Straße. Wir tauchten ein in die unangekündigte Aufführung dieses Farbenszenarios und kamen uns wie Komparsen in einem einzigartigen Naturschauspiel vor. Fasziniert blieben die Passanten und Bummelanten auf Boulevard und Strand stehen und bewunderten respektvoll die beeindruckende Abschiedsvorstellung unseres Licht- und Lebensspenders.

Das italienische Restaurant „Da Mario" war vom Hotel aus per Fußmarsch bequem zu erreichen. Die Beach-Road kurz hinab, zweimal rechts abbiegen und schon kam unser Ziel in Sicht. Vor dem großen, höhlenartigen Lokal stand als Blickfang, zur Dekoration und als Lockvogel für alle Italienfans ein urzeitlicher Fiat 500 mit abgeschnittenem Dach. Zu dieser frühen Abendstunde suchten nur wenige Gäste das beliebte Restaurant auf.

Inmitten vieler leerer Plätze saßen wir an einem Zweiertisch und warteten auf unsere Antipasti-Bestellung: Cozze Marinara und Rinder-Carpaccio. In der Zwischenzeit knabberten wir frisch gebackenes, noch warmes Pizzabrot aus dem Korb und tranken dazu eiskalten Weißwein aus dem Kübel.

Unser Diner schätzte ich für mich sehr viel bedeutender ein als ein Jubiläums- und Weihnachtsessen. Ich betrachtete es als ein Festessen, ein Gala-Diner, als eine Auszeichnung, Anerkennung und Belohnung, die wir uns redlich verdient hatten: Zweieinhalb Wochen nach der Eröffnung war unser Hotel voll, randvoll sogar, wir waren ausgebucht, jedes Zimmer war besetzt. Und das Beste: Viele unserer Gäste waren keine Kurzzeitbesucher, die nach zwei-drei Tagen auszogen, sondern sie reservierten gleich für mehrere Wochen.

Wir strahlten uns an und fühlten uns bestätigt und zufrieden. So konnte das junge Business weiterlaufen. Warum sollte sich an der aktuellen Situation etwas ändern? Erfüllt von Optimismus, Hoffnung und Zuversicht erhob ich mein Weinglas und prostete Kun zu: „Chok di kap!"

Und erhielt ein munteres „Chok di ka!" als Antwort.

„Was sagst du denn dazu, Kun: Unser Business läuft!", ich konnte es mir zur Bestätigung und Beruhigung nicht oft genug aufsagen. „Wir haben Gäste, genügend Gäste! Das Hotel ist wahrhaftig voll! Wenn ich ehrlich bin, dann hätte ich nach diesem grauenhaften Renovierungschaos und dem vielen Ärger nicht gedacht, dass es so gut laufen wird."

Was nicht den Tatsachen entsprach, denn früher, aus sicherer Entfernung, als ich noch im guten, alten Europa verweilte, in der Welt meiner Phantasien und Hirngespinste, stellte ich mir nichts anderes vor, als ein ständig gut besuchtes Hotel.

„Wie bist du zufrieden mit unserem Staff? Machen alle ihre Sache gut?", das Hotel mit allem Drum und Dran war und blieb unser Hauptgesprächsthema.

„Ich finde, wir haben die richtige Mannschaft zusammen gestellt." Kun machte ebenfalls einen zufriedenen Eindruck. „Ein besonders guter Griff ist uns mit dem Koch gelungen."

Der Koch Kon war ein Meister seines Fachs und fand allgemein viel Lob. Er konnte klassische Thai-Gerichte ebenso perfekt zubereiten wie eine stattliche Anzahl Menüs der westlichen Küche. Ein weiterer Vorteil war seine unglaubliche Geschwindigkeit. Mir war es unbegreiflich, wie ein einzelner Mann verschiedene Essen für zehn Leute innerhalb von 15 Minuten zubereiten konnte. Wir hatten bereits Gäste, die gezielt wegen Kon's Fähigkeiten zu uns kamen und sich nach ihm erkundigten. Gab es eine bessere Auszeichnung für seine Kochkünste? Andererseits stieß ich immer noch auf störende Kleinigkeiten, die mir bei unseren Mitarbeitern nicht gefielen und für die ich Kun sensibilisieren wollte:

„Ich darf dir doch sagen, was mir immer noch nicht so gut gefällt Kun?"

„Na klar darfst du meckern, nur zu!"

„Es ist das Benehmen und die Umgangsformen. Damit meine ich zum Beispiel, dass einige unserer Leute nicht für nötig halten, zu grüßen, wenn sie ihre Arbeitszeit im Hotel beginnen. Sie kommen hereinmarschiert, schauen nicht nach rechts oder nicht nach links, ignorieren ihre anwesenden Kollegen und auch ihren Chef und legen mit ihrer Arbeit los. Was ist denn bitte dabei mal kurz Hallo zu sagen?"

„Dieses ständige Grinsen und Grüßen ist aber bei uns nicht überall üblich."

„Ach komm Kun, das stimmt doch nicht. Alle deine etwas besser gestellten Landsleute wissen, wie sie sich zu benehmen haben. Und den anderen, den bringen wir's bei. Jedenfalls dann, wenn sie mit uns zu tun haben."

„Okay, wenn es dir so wichtig ist, dann werde ich darauf achten und ihnen sagen, welches Benehmen du erwartest."

Die Rolle der Ansprechpartnerin fürs Personal hatte sich für Kun nach kurzer Zeit von alleine ergeben. Sie wurde nicht nur als meine Partnerin, sondern auch als Chefin akzeptiert und von den Leuten respektvoll „Kunai" genannt, eine Bezeichnung oder ein Titel, der dem europäischen „Madame" entspricht.

„Wie sieht es aus mit den beiden Roommaids? Sind sie tatsächlich mit diesem ungemütlichen Loch zufrieden?"

Das fensterlose, große Zimmer nach hinten raus im ersten Stock besaß nur ein schmales Oberlicht, immerhin war der Raum mit einer funktionierenden Lüftungsklappe ausgestattet. In diesem Zustand war er nach meiner Meinung nicht an Touristen vermietbar. Wir überließen ihn daher den zwei Zimmermädchen als Unterkunft, gratis. Die beiden nahmen unser Angebot dankbar an, denn Raum – selbst die kleinste Dreckbude – war hoffnungslos überteuert in Patong.

„Natürlich sind sie zufrieden. Wenn und Wann wohnen bei uns umsonst, sie wohnen im Hotel, an ihrem Arbeitsplatz. Sie haben keine langen Wege und sparen außerdem teure Monatsmieten. Den beiden geht es bei uns bestimmt besser und sie leben komfortabler, als wenn sich jeder für zwei- bis dreitausend Baht eine Matte auf dem Boden eines Schlafsaals mietet."

Die Außenbepflanzung des italienischen Restaurants bestand aus einem dicken, hartnäckigem Dornengestrüpp. Durch eines der wenigen Löcher konnte ich von meinem Platz auf die gegenüberliegende Straßenseite blicken. Es war inzwischen dunkel, doch die Straße war hell erleuchtet. Ein kleines Auto fuhr vor und parkte ein. Es war ein Honda Jazz. Wieder mal ein silbergrauer Honda Jazz. Niemand stieg aus, als der Wagen seinen Parkplatz eingenommen hatte.

Unsere Hauptgänge wurden serviert und waren so gut, wie wir es von diesem Restaurant kannten. Eine Nachbestellung des erfrischend herben Weißweins beruhigte mein angespanntes Nervenkostüm, ich konnte es aber nicht lassen und warf ab und zu einen Blick auf die Straße. Irgendwann war der Jazz wieder verschwunden. War es dasselbe Auto? Der Jazz vom Makro-Parkplatz? Silbergraue Honda Jazz fuhren massenhaft in Thailand herum.

Hatte ich Halluzinationen?

Konnte ich durch die tägliche Hitzeeinwirkung nicht mehr klar denken?

War etwas dran an meinen Beobachtungen?

Aber was, wer und warum konnte sich für mich derartig eingehend und ausgiebig interessieren?

Der Januar war erst ein paar Tage alt, da stand er auf der Matte: Mr. Hoki, der schräge Vogel, der enge Vertraute der Vermieter, der Möchtegern-Manager, die von sich so grenzenlos überzeugte Karikatur eines Anwalts. Doch Moment mal, ganz so hart will ich doch nicht über ihn herziehen. Schließlich war er es, der das Hotel vorm Abriss bewahrt hatte!

Mr. Hoki war haargenau so gekleidet, wie ich ihn von unseren bisherigen zwei Begegnungen kannte. Ob er nur den einen Anzug, nur die eine, grellbunte Krawatte besaß? Dabei war der Mann mir so was von schnuppe.

Er suchte das Hotel in eindeutiger Absicht auf, denn er kam, um zu kassieren. Mit hochnäsiger Miene und gespieltem Selbstbewusstsein betrat er die Lobby, ließ sich in einen Sessel fallen und bestellte bei Nid Kaffee. Ich war im Gespräch mit Gästen, die sich verabschiedeten und kurz darauf, beladen mit ihrem Gepäck, unterstützt von Kim, hinausgingen.

„Sie wissen, warum ich hier bin?", fragte Mr. Hoki und versuchte, ein wenig von der Geringschätzung und Verachtung in sein Verhalten zu integrieren, wie er es bei seiner Auftraggeberin, der herrisch-unhöflichen Patriarchin gesehen hatte.

„Aber natürlich weiß ich das. Ihre Kanzlei hat uns Ihren Besuch in der letzten Woche telefonisch angekündigt."

„Ja, stimmt, Sie wurden informiert und kennen den Grund meiner Anwesenheit: Ihre Jahresmiete ist fällig. Haben Sie den Scheck?"

„Den habe ich gestern bei der Bank besorgt."

„Kann ich ihn bitte mal sehen?"

„Bitte sehr, hier ist er." Mr. Hoki kontrollierte minutenlang sorgfältig den Scheck, den ich ihm überreichte, er hielt ihn sogar gegen das Licht. Ich überlegte, ob ich ihn nicht auffordern sollte auch noch hinein zu beißen, denn dieser Typ stank mir total.

„Ist alles in Ordnung oder gibt es etwas auszusetzen?", wollte ich wissen.

„Alles in Ordnung, der Scheck ist so, wie er sein sollte."

Mr. Hoki kramte aus seiner Aktentasche eine vorbereitete Quittung hervor, die er mir zusteckte. Jetzt war ich an der Reihe, das Stück Papier zu begutachten. Weil ich nichts finden konnte, was zu bemängeln wäre, verabschiedete ich unseren arroganten Besucher: „Dann bis zum nächsten Jahr."

Mr. Hoki deutete den vergeblichen Ansatz eines Lächelns an und wiederholte mit gequälter Miene meine Worte: „Bis zum nächsten Jahr."

Soi Bangla

In einem Antiquariat im Universitätsviertel von München fiel mir ein 15 Jahre alter Reiseführer über Thailand in die Hände. Im Kapitel, das sich mit der Insel Phuket beschäftigte, war zu lesen: „Phuket ist eine Insel, die bei Asien-Urlaubern immer beliebter wird. Das Dorf Patong verfügt bereits über rund 20 Hotels und Pensionen."

Die Information war noch nicht besonders alt, doch bereits tiefste Vergangenheit. Patong war schon längst kein Dorf mehr, es hatte sich zu einem Flächen-fressendem Ungetüm, einer Landschafts-mordenden, alles verschlingenden Bestie entwickelt. Ein schwelender, brodelnder und extrem aufquellender Touristenort, der sämtliche Rekorde brach, unaufhörlich wuchs und wuchs und aus allen Nähten und Fugen platzte – das war das Patong von heute. Es wird schwer sein, irgendwo auf der Welt eine Ansiedlung zu finden, die dieser touristischen Eruption gleichkommt.

Das frühere Fischerdorf liegt in einer großen Bucht, selbstverständlich direkt am Meer. Nach wie vor strahlt der etwa drei Kilometer lange Beach eine enorme Anziehungskraft aus. Wahrscheinlich hat sich am Strand selbst nicht allzu viel verändert. Auch der Tsunami vor knapp zwei Jahren konnte ihm nicht viel anhaben. Sein Zustand ist sicher nicht viel anders als früher, in den Tagen vor der touristischen Invasion, als die Fischer ihre Boote ans Ufer zogen und ihre Netze zum Trocknen und Flicken auf dem feinen Sand ausbreiteten.

Die Wasserqualität, die man im Meer vor Patong antrifft, war in den alten Zeiten bestimmt um einiges besser als heute. Es wäre stark übertrieben, das aktuell anzutreffende Wasser als klare Flüssigkeit zu bezeichnen, sie ist im Gegenteil nicht mal durchsichtig und weist das ganze Jahr über eine grünbraune Verfärbung auf. Jeder Urlauber sollte für sich selbst entscheiden, ob er seine kostbaren Ferientage ausgerechnet an einem Strand wie diesem verbringt und seinen empfindsamen Körper unbedingt hier zum Baden,

Schwimmen und Entspannen in den Ozean tauchen will. Doch ohne wenn und aber ist dieser Strand der am besten besuchte der gesamten Insel.

Einen noch größeren Magneten als die Meeresküste stellt die legendäre Soi Bangla dar. Weltweit ist sie den Nachtschwärmern, Vergnügungssüchtigen und Sexhungrigen bekannt und berüchtigt unter ihrem englischen Namen Bangla-Road. Sie zweigt in der Mitte von Patong rechtwinklig von der Beach-Road ab, mit einer Länge von nicht mehr als 400 bis 500 Metern. Auf dieser Distanz hat sie jedoch Beträchtliches mehr an Attraktionen zu bieten als der Strand in seiner gesamten Länge.

Die Bangla-Road beinhaltet die Rotlichtszene schlechthin, sie ist die ultimative Sündenmeile, ein einziger Puff von enormen Ausmaßen, das am besten sortierte Bordell der Welt, ein unvergleichlicher Vergnügungsdistrikt, das tropisch-exotische Bums Paradies – such dir eine lasterhafte Bezeichnung aus, die dir gefällt – sie treffen alle zu. Auf dieser sittenlos-skandalösen Straße der Sehnsüchte und Ausschweifungen kommt wahrscheinlich jeder auf seine Kosten.

Von der Bangla-Road queren nach beiden Seiten kleinere Nebenstraßen ab. Jede noch so kleine Ecke, jedweder zur Verfügung stehende Flecken, jeder erreichbare Quadratmeter ist besetzt mit Bars, Bars und Bars, Varietés, Shows, Discos, Restaurants, Massagen, Souvenirshops, Verkaufsständen, usw.

Mit einem deutschen Hotelgast war ich unterwegs auf der Bangla. Dem Mann, der diesen Rummel zum ersten Mal erlebte, fielen glatt die Augen aus dem Kopf. Er konnte nicht glauben, was er sah und was ihm alles geboten wurde: „Dagegen ist die Reeperbahn in Hamburg ein kleiner, verspielter Sandkasten", war sein treffender Vergleich.

Tagsüber geht es ruhig und normal zu auf der Bangla. Friedlich und gänzlich unbelästigt kann man zum Shoppen rauf und runter schlendern oder mit dem Auto oder Moped die Straße entlang fahren. Es gibt ein großes Kaufhaus, Shops mit den vielfältigsten Angeboten von Kitsch bis originell, durchsetzt mit Pizzerien, Seven-Elevens, Beautyshops, Apotheken, Schmuckläden, Souvenirshops, großen Steakhäusern, winzigen Suppenküchen, Fischrestaurants, mehreren McDonald's, den unvermeidlichen Starbucks und einen unübersehbaren Haufen an sonstigen Restaurants und Fressbuden.

Ein paar dieser Bars haben bereits am Vormittag geöffnet – ihre Inhaber beweisen Geschäftssinn und man kann nie wissen zu welcher Tageszeit die

Urlauber ihren Durst stillen werden! Die grelle Urlaubssonne, die vom stahlblauen Himmel knallt, lässt diese allzu gierigen Kneipen am hellen Tag wie die letzten Drecklöcher ausschauen. Sobald die Sonne sich vom Strand zurückzieht und ihr Tageswerk, das aus intensivem Verbrennen heller Haut besteht, beendet hat, also sozusagen ihren Off-Schalter betätigt, wird die Straße für Fahrzeuge aller Art gesperrt. Die Besucher müssen sich per pedes das sündige Treiben erobern. Nach und nach erwacht das Nachtleben, die Straßen und Bars füllen sich in erstaunlicher Schnelligkeit.

Nicht viel später schieben sich die Amüsier- und Ausschweifungssüchtigen, infiltriert von Neugierigen und zufälligen Besuchern, dicht an dicht die Straße entlang. In der Hochsaison sollen angeblich 5000 Ladys in Patong arbeiten, die meisten von ihnen hier, auf der Bangla und ihrer unmittelbaren Umgebung. Es gibt dann auch Ladys ohne Ende zu bewundern, dem männlichen Auge wird keine Ruhe gegönnt, es wird hin- und hergerissen, alle paar Sekunden finden sich emotionale, verlockende, neue Reizpunkte, um die Aufmerksamkeit zu erzwingen.

Äußerst knapp und oft durchscheinend bekleidet, in viel zu engen, winzigen Shorts und auf viel zu hohen, dramatisch eleganten High Heels stelzen die Damen übers Pflaster und lächeln die männlichen Passanten dreist und auffordernd an. Noch viel mehr Ladys lauern in den Hunderten hell erleuchteter Bars und Massagen und versuchen, die durstige, erregte, erlebnishungrige und lüsterne Kundschaft in ihre Etablissements zu locken.

In großer Anzahl sind die Aufreißer und Türsteher vertreten, die sich den Flanierenden in den Weg stellen und ihr Restaurant, ihre Bar oder ihre Sex- oder Musikshow oder weiß der Teufel welche Vergnügungen sonst noch – präsentieren. Besonders auffallend ist eine Gruppe prachtvoll herausgeputzter Transvestiten. Umgangssprachlich bekannt als Ladyboys, handelt es sich um Männer, die in den Körpern von Frauen stecken und sich auch die Gesichtszüge und das Gebaren des anderen Geschlechts angeeignet hatten.

Voller Stolz und aus purer Eitelkeit zeigen sie ihre unübersehbaren, auffallenden, rasanten und kurvenreichen Rundungen. Ihr Aussehen kann nur als attraktiv, sexy und begehrenswert beschrieben werden. In ihren phantasiereichen, glitzernden und funkelnden Kostümen geben sie sich die größte Mühe, Besucher für ihre Bühnenshow einzufangen.

Zwischen den Besuchern und Anbietern wuselt es nur so von Klein- und Kleinstbusiness: Selbstständige Nutten, verschlagene Stricher, zahnlose Losverkäufer, Anbieter aller Arten von Snacks, gerösteten Heuschrecken, Appetithappen, Gaumenfreuden und Imbissen, Zigarettengirls, Bettler und garantiert jede Menge sonstige Gauner, denen man ihr Vorhaben und Gewerbe nicht gleich auf den ersten Blick ansieht.

Die gesamte Gemengelage wird übertönt, überdröhnt, übertüncht und überlagert von einer chaotisch elementaren Soundlawine, einer maximalen Beschallung in den höchsten Dezibel Bereichen, die sich zudem alle paar Schritte ändert. Denn jede Bar präsentiert ihre eigene Musik, eine hohe Anforderung an Leute mit empfindlichem Gehörgang.

Größtenteils sind westliche Hits zu hören, Kracher, die schon vor Jahren in die Jahre gekommen sind, die ach so beliebten und immer wieder gern gehörten Oldies. Gespielt werden tausendfach abgenudelte Songs wie „Hotel California", „Satisfaction" oder „Billie Jane". Diese unvermeidlichen Attacken auf die Hörorgane sind obligatorischer Bestandteil jedweden Barbetriebs. Der grell-laute Sound gehört zu den Bars in Thailand wie der Schaum aufs Bier. Oder die Ladys auf dem Hocker. Oder soll die laute Beschallung doch einen heimlichen Zweck erfüllen, zum Beispiel dafür Sorge tragen, dass die Gespräche an Tisch und Tresen nicht allzu viel Tiefgang enthalten?

Betritt man in Thailand eine Bar und es ist keine Musik zu hören, dann hat man sofort das Gefühl, am falschen Ort zu sein, sich verlaufen zu haben oder unter einem Hörsturz zu leiden. Einen solchen Eindruck werden die Besucher der Bangla-Road niemals erleben.

Dass Abend für Abend durch Straßen, Bars und Shows ziehende Publikum besteht durchaus nicht nur aus triebhaften, wollüstigen und notgeilen Sextouristen, es finden sich nicht nur Männer, die darauf aus sind, ihren Taschenknirps zu enthärten. Man sieht diverse Paare in den unterschiedlichsten Zusammenstellungen, auch große und kleine Familien, die sich mit staunenden Augen den Trubel anschauen, sich gegenseitig auf besonders schrille Physiognomien aufmerksam machen, sich filmen und fotografieren und hemmungslos mit Kind und Kegel und ohne jede Scheu diverse Bars betreten, um ihre durch die tropische Luft trocken gelegten Kehlen anzufeuchten. Auf der Bangla ist jeder willkommen, jeder wird freundlich begrüßt, jeder darf sowohl zur Stimmung als auch zum Umsatz beitragen, niemand wird schief angeschaut, niemand ignoriert oder gar abgewiesen.

Die gesamte Atmosphäre ist heiter, freundlich und Urlaubs-mäßig angenehm, nach dem Betreten einer Bar beinahe familiär. Die harte und aggressive Anmache, dieses brutal-fordernde Geschäftliche, bei der das Geld wichtiger als der Orgasmus ist, wie man es aus der Szene in Europa kennt, wirst du in Patong nicht finden. Aber auch nicht vermissen. Als Passant und Besucher wird niemand bedrängt, genötigt, betatscht oder sonst wie belästigt, man kann ungezwungen und unbehelligt einen an- und aufregenden Bangla-Bummel genießen.

Halt, Vorsicht, bitte noch nicht das Buch zuklappen. An dieser Stelle darf ein wichtiger Zusatz nicht fehlen, ein wesentlicher Hinweis, der nicht vermieden werden kann, deshalb bitte aufmerksam lesen, auch wenn es sich ein wenig nach erhobenem Zeigefinger anhört:

In diesem Kapitel wird die Bangla-Road und ihr Besuch als ungefährlich und harmlos dargestellt. Das trifft auch größtenteils nach wie vor zu. Die Beschreibung soll aber keinen falschen Eindruck erwecken: Selbstverständlich ist sowohl die Bangla-Road in Patong als auch die gesamte Insel Phuket nicht frei von Kriminalität. Im Gegenteil, die Kriminalitätsrate ist sogar sehr hoch und Überfälle ereignen sich Tag für Tag. Der Grund für die Diebstähle, Räubereien und andere Vergehen lässt sich am ehesten mit dem geringen Basiseinkommen im Lande erklären: Ein übliches Monatsgehalt für nicht oder gering Ausgebildete liegt in Thailand bei 10.000 bis 12.000 Baht. Das sind 250 bis 300 Euro. Die Chance, durch einen unauffälligen Rempler oder Schubser in Verbindung mit einem einzigen, gelungenen Griff in die Taschen eines Touristen ein Monatseinkommen oder noch mehr zu ergattern, ist dementsprechend riesengroß und wird häufig genug genutzt.

Das dichte Gedränge, die sich dahin schiebenden Massen auf der nächtlichen Bangla-Road bilden für Taschendiebe paradiesische Zustände. Du solltest deshalb bei einem Besuch dein Geld, dein Portemonnaie oder deine Brieftasche möglichst eng am Körper tragen, zuverlässig zugeknöpft oder durch Reißverschluss geschlossen und von der aggressiven, geldgierigen Außenwelt abgeschirmt. Steck dein Portemonnaie auf keinen Fall in die Gesäßtasche deiner Hose, denn das ist das international bevorzugte Operationsgebiet aller Taschendiebe.

Bitte falle auch nicht auf Straßenverkäufer herein, die dir Schmuck, Edelsteine, Gold oder Elfenbein zu sensationellen Schleuderpreisen andrehen wollen. Nichts, was man die unter die Nase hält, ist echt! Vereinbare vor jeder Taxifahrt – das gilt auch oder sogar besonders für Mopedtaxis – den endgültigen Festpreis. Bitte auch dann, wenn der Wagen über einen Taximeter verfügt: Erst den Preis absprechen, dann einsteigen und losfahren. Niemals andersherum.

Wenn du sexuelle Dienstleistungen oder Massagen in Anspruch nimmst, solltest du auch dabei nie vergessen – egal wie groß deine Erregung und Vorfreude ist – bevor es zur Sache geht, den Preis klipp und klar zu fixieren.

Digital

Endlich waren wir wieder vereint! Wie konnte ich es nur so lange ohne ihn aushalten? Wie hatte ich es geschafft, ohne seine Hilfe, seinen Einsatz und seine Unterstützung überhaupt zu existieren? Monatelang hatte er mich allein gelassen – obwohl streng genommen ich selbst es war, der sich von ihm trennen musste. So oder so – über eine schier endlos lange Zeitspanne fühlte ich mich wie ein halber Mensch, verdammt zu Untätigkeit, Passivität und Nichtstun. Sein kluger Rat und seine unvergleichliche Unterstützung wurden von mir schmerzlich vermisst. Ebenso seine nicht enden wollenden Verbindungen zu jedwedem Wissen, zu allen Erfahrungen, Erfindungen, Eroberungen und Entdeckungen, über die unsere Welt verfügt.

Wie sehr hatte er mir gefehlt, mein unentbehrlicher Begleiter, mein tatkräftiger Partner und fulminanter Mitstreiter. Mein bewährter, erprobter und zuverlässiger Freund, unentbehrlich und unersetzlich wie man so schnell keinen Zweiten findet. Mein treuer und ergebener Gefährte, gewissenhaft und pflichtbewusst, penibel und akkurat wie ein teutonischer Steuereintreiber. Kein anderer Vertrauter stand mir so nahe wie er, dem ich bedenken- und sorglos meine Ideen und Geistesblitze anvertraute, die er sich daraufhin zu eigen machte, meine Einfälle aufgriff, analysierte, bewertete, einordnete, festhielt, fortführte, perfektionierte und vollendete.

Geduldig und ohne zu protestieren hatte er lange, tatenlose Monate im dunklen und kochend heißen Container ausgeharrt. Er lechzte ebenso nach frischer Luft wie nach neuen, kreativen Einsätzen, davon war ich überzeugt: Mein Apple G5, der von mir hochgeschätzte Macintosh Computer, mein zweites ich, mein Assistent, Mentor und Kollege. Nur durch ihn, meinen existenziellen Schlüssel erhielt ich Eintritt in den ebenso unausweichlichen wie unentbehrlichen, digitalen Kosmos.

Der G5 wurde in der Lobby aufgestellt, also dort, wo ich voraussichtlich den größten Teil meiner Zeit verbringen würde. Als die Verbindung zum Internet stand, entwickelte sich in mir das Gefühl, per intravenöser Infusion endlich wieder am wirklichen Leben teilzunehmen. Die frisch erfolgte Verknüpfung war wie ein nährstoffreicher, lang entbehrter und hochwillkommener Motivationsschub, der durch meine Adern jagte und meinen Zielen entgegen trieb.

Es gab genug zu tun, mein Kopf bestand aus einem längeren Stau unausgeführter Vorhaben, Plänen und Ideen. Um schnelle Erfolge zu erzielen, musste ich Prioritäten setzen. Prio eins: Das Hotel sollte bekannt, beliebt, begehrt und gelobt werden. Ich meldete mich zur Teilnahme in einigen Online-Foren an, die sich mit Thailand und Reisen in Südostasien beschäftigten und stellte die Villa del Mar in ihrem besten Licht vor. Dann suchte ich die Adressen führender Reisebüros in Thailand heraus und entwarf eine mehrstufige E-Mail-Aussendung, um die Aufmerksamkeit dieser Vermittler zu gewinnen. Auch einen kleinen Flyer im Format einer Postkarte ließ ich drucken, um ihn an Taxi- und Tuk-Tuk-Fahrer zu verteilen und ihnen Provision zu versprechen, wenn sie unserem Hotel Gäste bringen. Keine Ruhepause gönnte ich mir und meinem auferstandenem Freund, ich war ständig an seiner Seite und trieb ihn zu Höchstleistungen an.

In den ersten Wochen nach der Eröffnung bemühte ich mich zusätzlich intensiv um unsere Gäste. Es ging mir dabei um ihr Wohlwollen und ihre Zufriedenheit, allerdings pflegte ich den listigen Hintergedanken, ihre positiven Meinungen und Empfindungen auch für das Hotel gewinnbringend zu nutzen.

„Weißt, was mich am meisten ärgert, Dieter?“, fragte mich Detlef Holtkamp, der mit seiner Frau Rita ein paar Urlaubstage im Hotel verbrachte.

„Nanu, was ärgert dich denn in deinem Urlaub?“

„Ich ärgere mich darüber, dass Rita und ich uns nur zu zehn Tagen Ferien entschieden haben. Morgen müssen wir zurück und du weißt selbst, was für ein Klima uns im Januar in Deutschland erwartet. Es wäre überhaupt kein Problem gewesen, drei Wochen bei euch zu verbringen, doch jetzt ist es zu spät, die Flüge sind gebucht und heute ist unser letzter Tag."

„Oho, dann darf ich deinen Worten entnehmen, dass es euch bei uns gefallen hat?", hakte ich wissbegierig nach.

„Gefallen sagst du? Dieter, das reicht nicht! Wir haben uns selten in einem Urlaub so wohlgefühlt wie diesmal. Wir hatten ein tolles Zimmer mit Blick aufs Meer und dann muss ich dir noch ein Kompliment machen, eure Leute, also ich meine damit dein Personal, die sind wirklich erste Sahne. Immer freundlich, immer hilfsbereit, das haben wir sehr genossen."

„Vielen Dank, das höre ich natürlich sehr gerne. Wenn du unser Hotel so lobst, darf ich dich dann um einen kleinen Gefallen bitten?"

„Na klar, was kann ich denn für dich tun?"

„Bitte schreibe uns im Internet eine positive Beurteilung, damit die Leser aus erster Hand erfahren, was sie bei uns erwartet."

„Das mache ich gerne für euch, meinen Laptop habe ich dabei."

Eine stattliche Anzahl unserer Gäste war mit Unterkunft und Service zufrieden und viele folgten meiner Bitte, was mich angenehm überraschte. Auf der führenden Website für Hotel-Beurteilungen waren Anfang 2007 um die 200 Hotels für den Standort Patong gelistet. Durch die vielen Belobigungen und Höchstnoten, die die Villa del Mar erhielt, wurden wir ein paar Wochen lang unter den Top Ten der besten Hotels von Patong aufgeführt.

Wow, das war genau so, wie ich mir erfolgreiches Marketing vorstellte! So konnte und sollte es weiter gehen, dann würde uns das Hotel sicher nicht enttäuschen.

Das Telefon klingelte in der Lobby. Der Anruf kam aus Bangkok? Aus Bangkok! Ja, und es ging um eine Buchung. Eine umfangreiche Buchung!

„Boss, eine Gruppe von zehn Personen hat sich soeben angemeldet. Zehn Leute, die fünf Zimmer für fünf Nächte benötigen!"

„Das ist großartig, Nid, aber haben wir dafür auch ausreichend Platz?"

„Ja, den haben wir, und zwar seit heute morgen! Wir werden ihnen drei Mal Seaview und zwei Mal Zimmer nach hinten anbieten."

„Kannst du mir bitte sagen, woher die Buchung kommt?"

„Der Anruf kam von der Travel Agency Sunshine Tours in Bangkok!"

„Das ist gut, lass mich mal überlegen, ich meine, dass ich die erst in der letzten Woche angeschrieben habe! Super, dass sie auf unsere Aussendung gleich mit einer Buchung reagieren!"

Nach und nach machten sich meine Marketingbemühungen bemerkbar. Das Hotel erhielt Buchungen – wenn auch noch selten – über die Reisebüros, die ich mit meinen Aussendungen beackert hatte. Jetzt waren fünf Zimmer für fünf Nächte aus einem solchen Kontakt entstanden. Das war willkommenes Business für den Hotelumsatz. Die Travel Agency in Bangkok schickte die Buchung und zugleich einen Scheck, der die Kosten des gesamten Aufenthalts abdeckte. Das war erfreulich für uns, sehr erfreulich, somit waren wir zu 100 Prozent auf der sicheren Seite.

Fünf Tage später meldete sich Sunshine Tours per Telefon erneut:

„Villa del Mar? Hier Sunshine Tours, Bangkok. Wir hatten Ihnen in der letzten Woche eine 10-köpfige Gruppe vermittelt."

„Genau, das haben Sie und dafür bedanken wir uns auch sehr!"

„Wir möchten Ihnen eine für uns wichtige Frage stellen: Sind diese Gäste noch im Hotel?"

„Nein, sie wohnen nicht mehr bei uns und sind heute sehr früh abgereist."

„Wissen Sie, ob Sie beim Einchecken dieser Gruppe die Reisepässe kopiert haben?"

„Natürlich, die Pässe wurden kopiert, das machen wir mit jedem Gast!"

„Haben Sie sich die Pässe denn auch angeschaut?", bohrte die Sprecherin der Agentur nach.

„Angeschaut, Sie meinen so gründlich, wie es die Polizei macht?"

„Ja, haben Sie zum Beispiel auf die Gültigkeitsdaten geachtet?"

„Nein, tut mir leid, die Pässe wurden kopiert und abgeheftet, sonst aber nichts unternommen, so wie immer."

„Sind Sie bitte so freundlich und schauen Sie sich die Kopien noch mal an."

Nid blätterte in dem Ordner, der die vom Hotel angefertigten Kopien aufnahm. Ein Experte in puncto Reisepapiere war ich sicher nicht. Doch mir fiel auf, dass zwei der Dokumente ungültig waren, weil das Ablaufdatum überschritten war und die drei anderen erkannte sogar ich als sehr plumpe Fälschungen.

Die Frau aus dem Reisebüro in Bangkok berichtete zähneknirschend, dass die Gruppe zur Bezahlung ebenfalls gefälschte Kreditkarten benutzte. Damit deckten sie die Flüge von Bangkok nach Phuket und ihre Übernachtungen in der Villa del Mar ab. Die Fälschungen war in der Agentur nicht sofort aufgefallen, Sunshine Tours blieb deshalb auf den von ihnen ausgelegten Kosten sitzen. Ich hatte Mitleid und Verständnis mit dem so gnadenlos gelinkten Reisebüro, war gleichzeitig ziemlich erleichtert, dass nicht unser Hotel Opfer dieser betrügerischen Bande geworden war.

„Würden Sie bitte für uns die Polizei verständigen?", forderte mich die Frau aus Bangkok auf.

„Das kann ich gerne machen, aber was soll die Polizei unternehmen?", erwiderte ich. „Ich kann sie über alles informieren, doch die Truppe ist verschwunden und niemand weiß, wohin ihre Reise gehen sollte."

„Sie kennen auch nicht ihr nächstes Reiseziel?"

„Leider nicht, diese Typen waren nicht sehr gesprächig, ich habe kaum zehn Worte mit ihnen gewechselt."

Denunziert

Bei den ersten Einkaufstouren, die ich in meinem neuen Umfeld begleitete, war ich gespannt, aufgeregt, wissbegierig und neugierig, vor allem neugierig. Wie ein junger Hund, ohne Erfahrung aus dem praktischen Leben, kam ich mir vor. Ein Frischling, der nichts kannte, aber alles erkunden wollte und deshalb Neues und Fremdartiges ausführlich beschnuppern musste. Erste Eindrücke beim Einkaufen fürs Restaurant: Die strengen Vorgaben aus dem Lande Germania zum Umgang mit Lebensmitteln kamen hierzulande nicht zum Einsatz.

Fleisch wurde in den Supermärkten oft und gerne, angehäuft in großen Schütten und zur Selbstbedienung angeboten. Auch ungewohnt und dazu bedenklich, so wie ich es gelernt hatte, musste man die Berge an Hackfleisch einordnen. Ungekühlt und für den Self-Service gedacht, warteten sie auf Kundschaft – und das bei den vorherrschenden Temperaturen.

Die Auswahl an Fischen, Krebsen und Schalentieren war beeindruckend. Meeresfrüchte – in Deutschland längst zu kostspieligen Luxusprodukten aufgestiegen – gehörten in Thailand zum Alltag und zur Grundversorgung. Die preislichen Unterschiede zu München waren enorm. Ich erinnerte mich sehr genau an die dortigen Fischgeschäfte, mit ihrer Handvoll verkümmerter Fischleichen, denen tagelange Reisen in den Gräten steckten und zu Wahnsinnspreisen in halb leeren Theken auf Käufer warteten.

Geradezu paradiesisch war die Auswahl an Früchten. Rhabarber und Pflaumen suchte man vergebens, sonst war alles vertreten, was die westliche und vor allem die östliche Welt an Köstlichkeiten zu bieten hatte. Wer Ananas nur aus der Dose kennt, der wird glauben, eine neue Frucht entdeckt zu haben, wenn er sie das erste Mal frisch genießt! Unglaublich die Vielzahl an bekannten und unbekannten tropischen Besonderheiten!

Unser bevorzugter Einkaufsort wurde der Market Bazaan, ein Turnhallen großes, unvortsellbar vielfältiges Paradies für Meeresfrüchte, fast ausschließlich bevölkert mit essbaren Meeresbewohnern, gleich hinter der neuen Shopping Mall in Patong.

Leider hielt der Reiz des Neuen nicht lange vor. Nach wenigen Wochen wurden die zu Anfang so interessanten Einkaufsrunden zur Routine, alles wiederholte sich, die Fische, Muscheln und ich kannten sich zur Genüge; sie verloren ihre Faszination, weil ich sie täglich und zu oft gesehen hatte, um sie noch andächtig zu bestaunen. Es gab in den Geschäften nichts Ungewöhnliches mehr, was mich noch groß überraschen konnte. Im Prinzip ging es jeden Tag um ein und dieselben Artikel, gedacht und gemacht, um die Gäste des Hotels bei ihrem Frühstück zufriedenzustellen: Eier, Schinken, Toastbrot, Orangensaft, Kaffee. Gähn! Alltägliche Erledigungen, die inzwischen schnell und zeitsparend abgespult wurden. Kofferraum auf, Einkäufe rein, und schon war ich wieder auf der Rückfahrt, erfreute mich an der niedrigen Temperatur im Auto und machte mir Gedanken zu unserem Hotel.

Es war Februar auf der Urlaubsinsel. High Season, wunderbares Sonnen-, Strand- und Badewetter. Viel Verkehr, Stau- und Wartezeiten, wenig Parkplätze. Sehr viele Besucher. Seit zehn Wochen empfing die Villa Gäste. Die gesamte Zeit über waren wir gut bis sehr gut besucht, oft tagelang ausgebucht. Wenn es mit dem Hotel so weiter gehen sollte, dann würden meine Pläne aufgehen und meine störenden, negativen Gedanken wären sinn- und zwecklos gewesen.

Mein Inneres, mein Instinkt und Gespür als Unternehmer mahnte mich trotz des erfolgreichen Auftakts zur Vorsicht. Irgendwie ahnte und fühlte ich, dass diese ergiebigen, gesegneten und effizienten Zeiten nicht ewig anhalten würden. Was wird die Nebensaison bringen? Werden wir auch dann noch so gut belegt sein wie im Moment? Finden Gäste in der Regenzeit überhaupt den Weg zur Villa del Mar? Oder sieht alles, wenn der Monsun uns im Griff hat, negativ, düster, melancholisch und leer aus? Mir standen Erfahrungen bevor, die nicht im Voraus einzuschätzen waren, die ich erleben und durchstehen musste, um zu einer abschließenden Meinung zu kommen.

„Das Immigration-Office in Phuket hat angerufen und wollte dich in einer dringenden Angelegenheit sprechen", mit dieser Nachricht überraschte mich Kun, ein Anruf, der mir nicht besonders behagte. Mit Behörden wollte ich so wenig wie möglich zu tun haben. Die offiziellen Stellen in Thailand nahmen alles sehr genau, wie ich von vielen Seiten her wusste.

„Haben sie dir gesagt, was sie von mir wollen oder um was es geht?"

„Nein, das haben sie nicht. Doch es geht wohl um dein Visum, das konnte ich heraushören."

„Mein Visum? Das kann eigentlich nicht sein. Ich besitze ein gültiges Jahresvisum und muss erst in zwei Monaten wieder aktiv werden."

„Mehr kann ich dir nicht sagen. Doch es kam mir wichtig vor und deshalb solltest du möglichst schnell zur Immigration nach Phuket kommen und dich dort im ersten Stock melden."

Visa. Ämter. Behörden. Obrigkeiten. Verwaltungen. Verordnungen. Dokumente. Unstimmigkeiten? Ärger? Probleme? Scherereien?

Um mich nicht länger in Vermutungen zu ergehen, wollte ich wissen, was da in der Luft lag und ob weitere Unannehmlichkeiten oder Störungen mich erwarteten. Noch am selben Tag machte ich mich auf den Weg. Die staatliche Dienststelle kannte ich von meinen bisherigen Besuchen. Wie fast immer war auch diesmal viel Betrieb. Sowohl draußen, auf den Parkplätzen, Treppen und Bänken, wie auch drinnen standen und saßen Menschen aller Hautfarben, hielten Pässe, Papiere, Mappen, Dokumente und Fotokopien in den Händen und warteten. Und warteten. Und warteten. Wie man es überall auf der Welt von einer Behörde nicht anders kennt.

Um die Genehmigung für einen längeren Aufenthalt in Thailand zu bekommen, ist ein beträchtlicher Aufwand erforderlich. Die verschiedensten Dokumente müssen zusammengetragen und persönlich im Immigration-Office eingereicht werden. Strenge Beamte kontrollieren die ausgehändigten Unterlagen auf Richtigkeit und Gültigkeit. Erst wenn alles komplett und korrekt vorliegt, erhält der Antragsteller das Visum, ohne das er sich nicht länger im Land aufhalten darf. Verstöße gegen diese Regelungen werden in den meisten Fällen rigoros mit Landesverweis geahndet.

Der Umgang mit Behörden, Beamten und Bürokratie war mir mein Leben lang zuwider. Äußerst ungern und nur, wenn es unumgänglich war, suchte ich eine Amtsstube auf. Diese freudlos-depressiven Einrichtungen mit ihren unmotivierten und trostlos-traurigen Besetzungen üben auf mich eine bedrückende und belastende Wirkung aus. Die Stimmung, die Atmosphäre, die Erwartungen, die Spannungen und das unerlässliche Ausharren und Warten empfand ich als störendes und überflüssiges Ärgernis. Ich war immer froh, wenn ich meinen Kram erledigt hatte und diese eintönig-tristen Stätten wieder verlassen konnte.

Wie unterschiedlich Menschen doch sind! Im Immigration-Office von Phuket waren stets ein paar hilfsbereite Europäer anzutreffen, die freiwillig und unentgeltlich unsichere Besucher bei ihren Anliegen unterstützten, sei es durch Auskunft und Informationen oder auch beim Ausfüllen der Anträge. Das ist sicher ein vorbildliches und lobenswertes Verhalten, doch der pure Gedanke, dass ich mich ohne Zwang und ohne Not stunden- oder gar tagelang der trübseligen Atmosphäre und dem düsteren Einfluss einer Behörde aussetzen könnte, jagten mir kalte Schauer über den Rücken.

Leute, schaut euch um! Warum seid ihr hier? Ihr lebt in Thailand, einem der großen Wunsch-, Traum- und Urlaubsziele dieser Welt. Ihr bewegt euch in paradiesischen Gefilden, unter einem strahlend blauen Himmel zwischen Palmen, heiteren Stränden und erfrischenden Wellen. In dieser heiß begehrten Umgebung verbringt ihr freiwillig einen Teil eurer kostbaren Lebenszeit in diesem Behördensumpf? Für mich wäre das absolut unmöglich, undenkbar und vollkommen unvorstellbar. Doch wie gesagt: Menschen sind unterschiedlich!

Eine Außentreppe führte zu den Dienststellen im ersten Stock. Das Großraumbüro war gut besucht, aber nicht überfüllt. Ich suchte den Info-Schalter auf und erklärte einer kleinen, schüchternen Frau, dass ich per Telefonat hergebeten wurde. Sie fragte nach meinem Pass und verschwand, kam aber kurz darauf zurück und wies auf die vorhandenen Stuhlreihen für die vielen Wartenden. Eben erst hatte ich mich gesetzt und einmal quer um mich herumgeschaut, da wurde ich auf die Schulter getippt: „Mr. Hollender? Bitte kommen Sie mit mir."

Ein ungewöhnlich großer Thai mit einem grobschlächtigen Gesicht stand über mir und sah von oben auf mich herab. Der Mann wirkte wie ein Folterknecht. Vielleicht erwartete mich so etwas wie die Inquisition, was wusste ich schon über die anzuwendenden Sitten und Gebräuche bei Visumverstößen? Ich stand auf und folgte dem Beamten im Überformat. Zwischen den Arbeitstischen mit vielen fleißigen Staatsdienern dahinter und noch mehr eingeschüchterten Antragstellern davor schlängelte er sich durch und öffnete am Ende des Großraumbüros eine Türe.

Wir betraten ein Zimmer, das bis auf das Porträt des Königs an der Wand schmucklos war. Ein Raum ohne Fenster, der mich spontan an Vernehmungszellen aus Kriminalfilmen erinnerte. Der Beamte setzte sich an den Tisch, der bis auf einen großen Briefumschlag leer war, und forderte mich auf, ebenfalls Platz zu nehmen.

War das eine Vernehmung? Ein Verhör? Eine Befragung? Eine wachsende Nervosität fühlte ich in mir aufsteigen, weil ich nicht den leisesten Schimmer hatte, worum es hier ging. Was wäre, wenn ich ausgewiesen werde, wenn man von mir verlangt, das Land schnellstmöglich zu verlassen? Oder wenn man mich zu einer unbezahlbar hohen Strafzahlung verdonnern würde?

Es klopfte, die Türe ging auf und ein weiterer Beamter, ein kleines dickes Gegenstück, mit kleinen, dicken Pausbacken in adretten und gut ausgefülltem Uniformhemd mit passender Hose gesellte sich zu uns.

Unsere Unterredung fand auf Englisch statt. Die vernehmenden Beamten sprachen kein besonders gutes, doch einigermaßen verständliches Englisch. Der kleine Dicke wedelte mit meinem Pass in der Luft herum und begann: „Mr. Hollender, wie lange leben Sie schon in Thailand?"

„Seit September, also ungefähr seit sechs Monaten."

„Sechs Monate, stimmt, das ist richtig. Haben Sie sich in der Zwischenzeit mit unserer Art zu leben und auch mit unseren Gesetzen vertraut gemacht?"

Da ich immer noch nicht wusste, was man von mir wollte, antwortete ich zögernd und auch vorsichtig: „Na ja, ich glaube schon. Ich führe ein Hotel in Ihrem Land und das kann ich nur ausüben, wenn ich weiß, was erlaubt ist und was nicht."

Die beiden Männer starrten mich an – war das die falsche Antwort? Sicherheitshalber fügte ich noch schnell hinzu: „Selbstverständlich muss ich wissen, was ich speziell als Ausländer zu beachten habe, oder?"

Fast gleichmäßig nickten sie mit ihren Köpfen. Der Kleinere redete weiter: „Richtig. Unsere Gesetzgebung ist so gehalten, dass sie in erster Linie unsere eigene Bevölkerung schützt. Ich glaube, das ist in Ihrem Land nicht viel anders."

Diesmal war ich es, der mit dem Kopf nickte. Ich hatte gelesen, dass sich die Gesetzgeber in Thailand beim Formulieren ihrer staatlichen Vorschriften tatsächlich sehr eng an der existierenden, deutschen Ordnungslawine orientiert hätten.

„Mr. Hollender, dann wissen Sie sicher auch, dass Ausländer in Thailand nur dann eine Arbeitsgenehmigung erhalten, wenn sie eine sehr spezielle Tätigkeit ausüben, eine Arbeit, die kein einheimischer Thai erfüllen kann."

Das war mir bekannt, doch es betraf mich nicht. Ich war zwar Inhaber des Hotels, besaß aber keine Arbeitsgenehmigung. Mein Anwalt erklärte mir, das sei nicht notwendig. Nach der gültigen thailändischen Gesetzgebung würde ich einem Einheimischen nur dann einen Arbeitsplatz wegnehmen, sollte ich anfangen zu kochen, zu servieren, die Toiletten zu putzen oder die Betten zu machen.

„Mr. Hollender, dann frage ich Sie offen und direkt, warum Sie in Ihrem Hotel Essen servieren, ohne dass Sie die Genehmigung dafür haben? Sollte diese Arbeit nicht besser ein Thai ausüben, wie es das Gesetz vorschreibt?"

Natürlich war mir diese Vorschrift bekannt, doch ich war der festen Überzeugung, dass ich mich bis jetzt streng daran gehalten hatte. Fieberhaft begann ich in meiner Verwirrung nach möglichen, unbeabsichtigten Verstößen zu fahnden, kam aber zu keinem Resultat. Das war es auch, was ich meinen Fragestellern mitteilte:

„Bitte entschuldigen Sie, aber das stimmt nicht. Ich kenne das Gesetz und bin sicher, es immer eingehalten zu haben. Warum sollte ich denn Essen servieren? Das habe ich noch nie gemacht und werde es auch in Zukunft nicht tun. Wir haben doch das entsprechende Personal dafür!"

„Die Wirklichkeit sieht leider anders aus und das können wir Ihnen beweisen."

Der große Mann holte zwei Fotos aus dem Umschlag, der auf dem Tisch lag hervor und hielt sie hoch. Der Kleinere erklärte dazu:

„Mr. Hollender, Sie sind dabei fotografiert worden, wie Sie Ihren Gästen auf der Terrasse Ihres Hotels Essen servieren."

Fotos? Beweise? Hatte man mir aufgelauert, um mich in flagranti zu erwischen? Ich war perplex. Und verdattert. Hatte ich wirklich mal auf die Schnelle einen Teller nach draußen getragen? Doch wann sollte das passiert sein? Ich zermarterte mein Hirn, konnte mich nicht erinnern. Meine Unsicherheit nahm zu: Was würde jetzt auf mich zu kommen?

„Sie müssen verstehen, dass wir Ihr Vergehen nicht so einfach hinnehmen können", erläuterte der Kleinere. „Es handelt sich um einen klaren Verstoß gegen unsere Gesetze."

„Und was bedeutet das für mich?", los Leute, Hose runter, jetzt wollte ich wissen, welche Konsequenzen durch diese beispiellose „Straftat" auf mich zukommen.

„Das kann ich Ihnen sagen und dazu habe ich mich mit meinem Kollegen abgestimmt: Sie begleichen eine einmalige Strafe von 100.000 Baht. Wenn Sie nicht zahlen wollen oder wenn Sie nicht zahlen können, werden wir Ihr Visum für ungültig erklären und Sie müssen das Land verlassen."

Jetzt war es raus. 4.000 Euro waren eine unerwartete und unerfreuliche Belastung, die mir überhaupt nicht in den Kram passte. Und meiner Meinung nach auch hoffnungslos übertrieben ausfiel. Das Überfahren einer roten Ampel – um einen Vergleich zu zitieren – war eine Straftat, die in Thailand mit 500 Baht zu Buche schlug. Meinem Hotelgast einen Teller zu reichen, sollte 100.000 Baht kosten – diese Verhältnislosigkeit konnte ich nicht nachvollziehen, dachte mir aber, dass es wahrscheinlich zwecklos wäre, mit der roten Ampel zu argumentieren.

„Wie viel Zeit habe ich denn, um das Geld aufzutreiben?", fragte ich meine Inquisitoren.

„Es muss nicht sofort sein", antwortete der gnädig gestimmte Große. „Wir räumen Ihnen einen Spielraum von 14 Tagen ein. Wenn Sie zustimmen, können wir uns darauf einigen."

Widerwillig und verdrossen, stimmte ich dieser Verabredung zu, dank der hohen Einnahmen im Hotel war es mir möglich, die Summe aufzubringen. Plötzlich hatte ich einen Geistesblitz – woher der kam, wusste ich nicht – er erschien mir jedoch von großer Wichtigkeit und wieso sollte ich nicht auf Nummer sicher gehen?

„Darf ich denn die beiden Bilder mal sehen?", fragte ich die Beamten. Sie hatten nichts dagegen einzuwenden und schoben mir die Abzüge über den Tisch zu. Ich drehte die Bilder um und betrachtete die Motive. Auf der Stelle überkam mich eine spürbare Erleichterung. Nicht überreagieren, sondern erst mal tief Luft holen, sagte ich mir und lehnte mich anschließend entspannt zurück. Lange konnte ich mich nicht bremsen, es ging nicht anders, ich musste die beiden Ordnungshüter angrinsen:

„Meine Herren, der Mann auf dem Foto, das bin ich nicht. Bitte schauen Sie selbst: Ich habe weder schwarze Haare noch einen schwarzen Schnauzbart. Außerdem bin ich gut einen Kopf größer. Hier auf diesen beiden Bildern ist einer unserer Hotelgäste aus Belgien zu sehen, der inzwischen abgereist ist. Sein Name ist Pieter Martens und nicht Dieter Hollender."

Zuerst empört, dann mürrisch und erschrocken schnappte sich der Kleinere die Bilder, betrachtete sie einige Augenblicke sehr genau, fixierte mich und schaute sich ein zweites Mal die Fotografien an. Er seufzte laut auf und schüttelte seinen Kopf: „Nein, Sie haben recht. Das sind Sie nicht. Das ist ein vollkommen anderer Typ."

Ich stand auf, wollte nur noch raus aus diesem engen, hässlichen Raum und weg von diesen beiden Typen mit ihren bescheuerten Anschuldigungen:

„Wer hat Ihnen denn diese Bilder gegeben?", fragte ich dann aber doch noch, die Antwort konnte ich mir denken.

„Tut uns leid, das dürfen wir Ihnen nicht sagen", erklärten sie mir.

„Okay, alles klar, hab ich mir schon gedacht. Ist es okay, wenn ich jetzt gehe?"

„Aber sicher, Sie können tun und lassen, was Sie wollen, es liegt nichts gegen Sie vor."

Meine Gesprächspartner behielten Platz und nickten mir resigniert zu. Ich nahm an, dass diese beiden genialen Ermittler keinen einzigen Blick auf die Motive geworfen hatten. Ohne jeden Beweis hatten die Beamten dem Denunzianten geglaubt und sich dadurch blamiert und lächerlich gemacht. Jedoch: Es gab keinerlei Erklärung, kein Wort der Entschuldigung, keine Geste des Bedauerns in meine Richtung.

Auf dem Weg zu meinem Auto war ich erleichtert, diesen unerfreulichen Ort hinter mir zu lassen und froh, dass die Anschuldigungen aufgelöst und das Ganze nicht anders ausgegangen war.

Neujahr

Die Hotelterrasse konnte sich sehen lassen: Drei oder vier Stufen oberhalb des Straßenniveaus erwarteten den Gast ordentlich, sauber und sorgfältig gedeckte Tische, bespannt mit einladend hellen, cremefarbenen Tischdecken. Bequeme Stühle aus stabilen, dunklem Holz, belegt mit jeweils einem komfortabel-weichen Kissen. Eine mittelgroße, dennoch attraktive und mit appetitanregenden Fotos illustrierte Menükarte. Freundliches, zuvorkommendes, englisch sprechendes Personal. Ein ausgezeichneter, unglaublich schneller Koch.

Und das Beste von alledem: Die prachtvolle, aussichtsreiche Lage unmittelbar am Beach, mit voller Integration in den Strand- und Badebetrieb. Ein beachtlicher Teil der Terrasse wurde formschön und zweckmäßig vor der intensiven Sonneneinstrahlung geschützt durch ein elegant gestaltetes Schattendach aus blitzenden Edelstahlprofilen.

Sollte man da nicht meinen, die hungrigen, durstigen, genuss- und Entspannungssüchtigen Urlauber aus allen Teilen der Welt lassen Tage im Voraus in der Villa del Mar reservieren, stehen am Abend bereitwillig Schlange, nehmen auch längere Wartezeiten in Kauf, um einen freien Tisch zu ergattern?

War nicht anzunehmen, dass die Vielzahl unserer hochzufriedenen Gäste das Ambiente der Location und die Qualität der Küche ausdrücklich weiter empfehlen, dass sie ihre gewonnen Erfahrungen loben und rühmen, preisen und empfehlen an Urlauber, denen sie begegnen, an ihre Bekannten und sämtliche zukünftigen Phuket-Touristen, die sie erreichen können?

Kennt man ein solches, normales und weltweit übliches Empfehlungsverhalten nicht von sich selbst? Fühlen wir uns häufig nicht geradezu verpflichtet, unsere positiven Eindrücke und Erkenntnisse auch anderen zukommen zu lassen? Wow, das hat mir hier gut gefallen, diesen Tipp muss ich unbedingt weiter geben! Oder sind wir, also du und ich tatsächlich nur alleine der aktive Vermittler, sind die anderen zu schlapp, zu faul oder zu lethargisch, um ihre Mitmenschen an diesen neuen, tollen Entdeckungen teilhaben zu lassen?

Derart hartnäckig und kontinuierlich gestalteten sich während meiner gesamten Hotelzeit Gedankenspiele und Überlegungen, die mich bedrängten und infizierten. Genau betrachtet handelte es sich um augenfällig verfehlte Wunschträume, Trugschlüsse und Illusionen, fernab jeder Wirklichkeit. Klar verliefen sich ab und zu mal ein paar Urlauber zum Essen auf unsere Terrasse. Die düstere Betonung lag auf „ein paar."

Abend für Abend hatten Kun, das Hotelpersonal und ich das fragwürdige Vergnügen, den Gästen aus den hinter uns liegenden Unterkünften zuzuschauen, wie sie an unserer verlockend einsatzbereiten Terrasse vorbei defilierten. Sie wählten und bevorzugten den langen, unbequemen Fußmarsch ins Zentrum von Patong. Unsere doch so ansprechende Terrasse mit ihren kultiviert und verheißungsvoll gedeckten Tischen und überaus angenehmen Sitzgelegenheiten wurde nicht beachtet. Die wunderbare Aussicht auf Strand und Meer verpönt. Der über seinen kalten Töpfen schlummernde Meisterkoch und seine exquisiten Spezialitäten verschmäht. Wir konnten diese ablehnende Haltung nicht begreifen, die generelle Missachtung nicht nachvollziehen.

Insgesamt leistete das Restaurant einen sehr viel niedrigeren Beitrag zum Umsatz, als ich es mir in meiner – zugegeben nur oberflächlich ausgeführten – Ertrags- und Einkommenskalkulation vorgestellt hatte.

Der Kalender zeigte den 18. Februar an. Ich hatte keinen Schimmer, dass heute das chinesische Neujahrsfest gefeiert wurde. Na und? Doch, doch, die Feierlichkeiten zum Beginn des Jahres des Schweines wurden gebührend begangen. Sie fanden sogar in der Villa del Mar statt!

Die bisher vernachlässigte Terrasse konnte endlich eine zahlenmäßig anständige Besucherfrequenz melden. Zuerst kam ein Paar mit einem Kind, dann ein zusätzliches Paar ohne Kind. Kurz darauf erschien ein etwas älteres

Paar. Zur Ergänzung tauchten einige Singles beider Geschlechter auf. Weitere Paare vervollständigten die Gruppe. Sie erschienen nicht auf einmal, sondern tröpfelten nach und nach dazu, ganz so, als hätten diese chinesischen Urlauber sich explizit auf unserer Terrasse verabredet. Bei Nachfragen stellte sich heraus: Das hatten sie sogar! Es wurden zwei Tische zusammen geschoben, dann ein dritter, schließlich bildeten sämtliche Tische der Terrasse eine einzige lange, chinesische Tafel zur Begehung des Feiertages.

Die hervorragend gelaunten Gäste bestellten flaschenweise Whisky und Bier und noch ein paar andere Getränke dazu. Sie prosteten sich zu, orderten mehr, noch mehr, sie lachten und kreischten, die Stimmung stieg und stieg. In Erwartung größerer Aufgaben lehnte Koch Kon in der Türe. Ihm war klar, dass er demnächst im großen Stil seine Messer und Löffel zu schwingen und seine Töpfe und Pfannen zu erhitzen hatte.

Mit Stift und Block stand Nid bereit und nahm die Bestellungen auf. Sie redete, gestikulierte, die Chinesen lachten, tranken und bestellten. Dann hörte das Lachen plötzlich auf. Es wurde ungemütlich still auf der Terrasse. Ich konnte mir nicht erklären, was dafür der Auslöser war.

Meine Servicefrau Nid löste sich vom Chinesentisch und trat zu mir.

„Boss, die wollen unbedingt Fisch essen und haben bei mir gleich sechs Snapper bestellt. Ich musste ihnen leider sagen, dass wir nur zwei im Haus haben. Jetzt weiß ich nicht, was sie davon halten und was passieren wird.“

Es war ersichtlich, dass die Stimmung am Tisch im Keller war. Unsere Gäste aus dem Reich der Mitte besprachen sich untereinander. Sie brabbelten und brabbelten, wir schauten zu und verstanden kein Wort.

„Pass auf, Moment mal“, ich glaubte die Lösung zu kennen.

„Unsere Gäste essen doch nicht nur den Fisch, oder? Sie wollen garantiert ein vollständiges Essen mit allem Pipapo. Lass’ sie doch mit ein paar leckeren Vorspeisen anfangen, was meinst du? Sag Ihnen, sie würden bei uns die Spezialitäten Thailands bekommen, also Tom Yang Gung, Lap Paed, usw."

„Okay, Boss, gute Idee, das schlage ich ihnen vor“, antwortete Nid.

„Informiere sie, dass wir ihnen nicht die beiden alten Fische aus dem Kühlschrank andrehen wollen, sondern ihre Snapper frisch vom Markt holen. Wir wollen ihnen die beste Qualität bieten, die es hier auf Phuket gibt. Ich düse in der Zwischenzeit zum Market Bazaan und besorge die Fische.“

Sie ging zu den Gästen, zurück an den langen Tisch. Die Gespräche verstummten und alle hörten zu, was Nid ihnen berichtete. Kurz darauf setzte das Gelächter wieder ein und unsere Gäste stimmten Nid Kopf nickend zu. Sie hielt ihre Hand in meine Richtung, ihr Daumen wies optimistisch nach oben. Ich verlor keine Sekunde und raste sofort los, denn ich musste mich mitten hinein nach Patong wühlen, doch es war am noch frühen Nachmittag, also alles halb so wild. Als ich zurückkam, war das gesamte Personal in der Küche im Einsatz und unterstützte unseren einsamen Küchenhelden Kon. Sie schnippelten Gemüse, hackten Zwiebeln und Knoblauch, zerteilten Fleisch, rührten in den Töpfen oder hügelten frisch gekochten Reis auf die Teller und Schüsseln

Ich kam von meinem Sprint-Einkauf zurück, trat an den Tisch und präsentierte meinen Gästen ein halbes Dutzend großer, silbrig schimmernder Snapper, bevor ich sie in die Küche gab. Die Gruppe nahm meine Darbietung mit hallo auf. Die Fische wurden zubereitet, gegrillt und serviert, noch mehr Getränke wurden bestellt und unter Verkündigung fernöstlicher Trinksprüche erbarmungslos vernichtet. Es wurde lauter ausgelassener und auch etwas wüster auf der Terrasse. Als die Sonne ihre Beleuchtungspflichten zur Feier des ersten Tages im neuen Jahres erledigt hatte, zog sie sich zurück und die komplette Truppe war sternhagelvoll. Sie bezahlten, spendierten der Bedienung ein fürstliches Trinkgeld und krabbelten, wankten und schwankten in die von uns herbei gerufenen Tuk-Tuks. Das Jahr des Schweines wurde mit dem Tag der dicken Köpfe feierlich und würdevoll begonnen.

Die Terrasse war eine einzige Müllhalde, unserer Gäste warfen die Essensreste und alles andere, was sie nicht mehr brauchten, unter den Tisch.

Dieser Tag brachte den mit Abstand besten Restaurantumsatz.

Was natürlich erfreulich und auch motivierend wirkte.

Doch es war nur ein einziger Tag und nur ein einziges Mal.

Letztendlich hat es nicht so viel ausgemacht …

Nachhilfe

Welche Kräfte und Mächte bestimmen die klimatischen Verhältnisse, herrschen über Wetter und Unwetter, veranlassen Regen, Schnee, Hagel, Nebel oder Sonnenschein? Wer oder was ist die zuständige Autorität und verantwortlich für die Geschicke und Schicksale der Menschen, ihre Taten und Untaten in Thailand und insbesondere der Bewohner und Besucher der Ferieninsel Phuket? Sind es überirdische Kompetenzen, spirituelle Zuständigkeiten und transzendente Befugnisse, die Liebe und Leiden der hier zusammen getroffenen Menschenscharen lenken und verantworten? Ist es Buddha, der Erwachte, der über die meisten Anhänger und einen treuen Stamm ergebener Ordensbrüder im Lande verfügt? Oder Mohammed, der mit zahlreichen Moscheen nicht unerheblich vertreten ist? Oder ist es doch der den Farangs besser vertraute Jesus, der allerdings nur eine Handvoll kleinerer Kirchengemeinden vorweisen kann?

Recht theoretisch, aber warum nicht vorstellbar wäre auch, dass sich die drei unerreichbar Erhabenen zu einem göttlichen Triumvirat zusammen finden und bei Nektar und Ambrosia von oben herab auf den winzigen und unbedeutenden Fliegenschiss Phuket schauen, das Tun und Treiben auf der Insel beobachten und bestaunen, kommentieren und diskutieren und sich dabei auf das Köstlichste amüsieren.

Und um natürlich zu reagieren und einzugreifen, sollte es denn erforderlich sein. Götter sind auch nur Menschen und warum sollte es im Himmel nicht möglich sein, dass die drei das weltweit beliebte Schnick-Schnack-Schnuck spielen, um zu ermitteln, wer von ihnen bei den jeweiligen Geschehnissen das Sagen hat. Niemand von uns Menschen weiß es und wir werden es (zum Glück) auch niemals erfahren. Der Papst in Rom, der in seiner marmornen Basilika, unter seinem protzigen Baldachin auf seinem güldenen Thron hockt, selbst er weiß keinen Deut mehr als wir normale Sterbliche, auch wenn er keck, dreist und anmaßend das Gegenteil behauptet.

Wenn die drei dort oben über die Brüstung ihrer Wolkenresidenz hinab ins menschliche Jammertal spähen, dabei gelegentlich die Köpfe schütteln, sich an die Stirne tippen oder auch mal derb auf die Schenkel klopfen, erkennen sie, dass die Westküste Phukets mit einer Reihe prachtvoller Strände gesegnet ist. Die göttlichen Augen erblicken zum Beispiel Patong Beach mit der Villa del Mar an ihrem südlichen Ende. Sie haben freie Sicht und folgen dem auf und ab der Küstenstraße, die zum nächsten Strand führt. Sie erreichen Karon Beach mit seinem großzügig bemessenen Strand von beachtlichen fünf Kilometern Länge.

In der Mitte des Ortes Karon, unmittelbar hinter der weitläufigen Anlage des buddhistischen Tempels, versteckte sich der von uns gemietete, unscheinbare Bungalow, der nicht zum Wohnen und Leben, sondern nur zu schlafen und Klamottenwechsel benötigt wurde. Das Haus gehörte zu einer kleinen Gruppe im gleichen Stil erbauter Bungalows, die alle an Ausländer verschiedenster Nationen vermietet waren. Eine Zufallsgemeinschaft traf hier zusammen, man nickte sich gegenseitig zu, trank auch mal am Abend auf der Terrasse vor dem Haus ein Bier miteinander, hatte aber sonst so gut wie keine persönlichen Kontakte.

Mit unseren direkten Nachbarn sah das anders aus. Bestimmt auch deshalb, weil sie beide deutschsprachig waren. Links wohnte ein langjähriger Thai-Veteran – Ulli aus der Schweiz – schon weit in den Siebzigern. Ulli stand auf knackige, junge Thai-Boys und verbrachte – wenn er gerade mal keinen willigen Besuch hatte – viel Zeit an seinem Laptop.

Unser Nachbar zur rechten war Rainer aus Berlin, der auf knackige, junge Thai-Girls stand, häufig und ausgiebig den Strand besuchte und sich an seinen Nachmittagen in TV-Fortsetzungsserien verlor. Rainer war Ende 60 und hatte privat und beruflich ein abwechslungsreiches Dasein geführt, wie ich seinen verschiedenen Andeutungen entnehmen konnte. Sein Dasein war nicht immer rosig und rein verlaufen, zweifellos musste er im Lauf seines Lebens einiges einstecken. Das hatte er längst abgehakt, weit hinter sich gelassen und einen radikalen Schlussstrich unter seine Vergangenheit gezogen. Seinen jetzigen Status als Rentners genoss er auf seine eigene Art. Rainer lebte schon ein paar Jahre dauerhaft und aus Überzeugung in Thailand.

Seinem Hobby – man kann es auch Sucht, Leidenschaft oder Trieb nennen – ging er gründlich und konsequent nach: Regelmäßig an jedem zweiten Abend machte Rainer sich auf und klapperte die Bars in Karon ab. Es ging ihm dabei nicht ums trinken, er achtete sogar darauf, nicht allzu viel an Alkohol in sich hineinzuschütten. Denn relativ früh am Abend, meistens zwischen

10 und 11, kam er bereits zurück, öffnete die Türe zu seinem Bungalow und wenn er sie von innen schloss, war er nicht mehr alleine.

Nach jedem Barbummel hatte Rainer eine andere Lady abgeschleppt. Er liebte Frauen, begehrte Frauenkörper mit ihren Wölbungen und Vertiefungen, ihren durch nichts zu ersetzenden, sinnlichen Reizen, genoss die zärtlichen Streicheleinheiten, die er austeilte und zurück erhielt, die intensiven Gefühle, die sich durch Haut-auf-Haut Kontakte seiner bemächtigten. Gelegentlich, wenn es sich so ergab, erlaubte er sich Vergnügungen, bei denen auch mal fester zugepackt wurde. Nun denn.

Jedes seiner Schäferstündchen zelebrierte er im Stil eines Kenners, Gourmets und Genussmenschen und kostete die weibliche Gesellschaft bis zur letzten Minute aus. Im Gegensatz zur alten Heimat konnte Rainer sich in Thailand seine Wünsche erfüllen, wann immer ihm danach war. Die Auswahl war groß, der Vorgang der Akquise unkompliziert, schnell und vor allem bezahlbar.

Für ein paar Tage war ich Strohwitwer, meine Freundin Kun besuchte ihre Familie im entlegenen Isan. Nach einem Tag im Hotel saß ich kurz nach Einbruch der Dunkelheit vor unserem Bungalow auf der Terrasse. In der einen Hand ein kaltes Bier in der anderen ein warmes Buch.

Rainer trat aus seinem Bungalow: „He, Dieter, bist du so weit? Können wir losgehen?"

Wir waren für einen gemeinsamen Karon-Bummel verabredet. Rainer hatte mitbekommen, dass ich in einem bestimmten Bereich ein unverkennbar unerfahrener und unwissender Thailand-Novize war. Da ich auf meinen früheren Reisen stets mit Familie oder Freundin Asien bereist hatte, fehlten mir die reichhaltigen und einschlägigen Erfahrungen, die nur zu gewinnen sind, wenn man als Mann alleine fremde Länder unsicher macht.

Rainer schlug die Hände über dem Kopf zusammen, als er von diesem betrüblichen Manko hörte und empfahl mir eine Einführung ins Nachtleben unter seiner fachkundigen Leitung. Ein Tutorial, das ich als neugieriger und stets lernbereiter Mensch mit Vergnügen angenommen hatte.

„Ich muss mir schnell noch meine Hose anziehen, dann bin ich startklar!"

Gemächlich schlenderten wir, aus der Gegend des Tempels kommend, die Hauptstraße in Karon herunter. Die Saison war soeben vorbei, was an allen Ecken und Enden in Form einer bemerkenswerten Ruhe sichtbar wurde. Auf den Straßen, in den Kneipen, Bars, Massagen und Restaurants war sehr viel weniger los, als in den umsatzstarken und überfüllten Monaten zuvor.

Im Zentrum von Karon lotste Rainer mich durch eine sehr schmale, sehr dunkle Gasse, die ich aus eigenem Antrieb nie betreten hätte. Wir gingen ein paar Schritte zwischen hohen Hausfassaden, bis der Durchgang in einem engen Innenhof mündete. Viel Platz gab es hier nicht, denn dieses kuriose Atrium war vollständig ausgefüllt mit rund einem Dutzend verschiedener Bars, die sich auf engstem Raum um eine zwecklos anmutende Abgrenzung bemühten.

Alle Bars waren mit hoffenden, suchenden und fordernden Ladys besetzt. Ein ohrenbetäubender, animalisch-chaotischer Lärm beherrschte den Luftraum, denn die einzelnen Bars beharrten nicht nur auf ihr eigenes Territorium, sondern auch auf eine eigene, dröhnende Musik, die sie in höchster Lautstärke abspielten. Diese Kakofonie summierte sich zu einem unbeschreiblichen Melodienspektakel, einer Dissonanz, die für untrainierte Ohren nicht lange ertragbar war, für trainierte Ohren, z. B. eines Musikers, unweigerlich zu einem Krankenhausaufenthalt führen müssen.

Kaum hatten wir dieses bizarre Szenario der Dissonanzen, Missklänge und Disharmonien betreten, ertönten von allen Seiten Rufe, Aufforderungen, Angebote, Pfiffe, Schreie, Offerten und Einladungen. Da fast alle anwesenden Ladys gelangweilt und unbeschäftigt und somit unzufrieden mit ihren aktuellem Status waren, gaben sie sich jedwede erdenkliche Mühe, die Aufmerksamkeit von gleich zwei aufgetauchten, potenziellen Kunden zu gewinnen, um diese an ihren Tresen zu locken.

„Diesen hirnrissigen Schwachsinn wollte ich dir nur mal zeigen", brüllte mir Rainer ins Ohr. „Wollen wir bleiben und ein schnelles Bier trinken?"

Um Himmels willen, das wollte ich nicht, mir genügte der flüchtige Einblick voll und ganz und wir verdrückten uns, ließen diesen absonderlich extremen Ort hinter uns, bevor es zu nachhaltigem Hörschaden kommen konnte.

Eine mit vielen bunten Lichtern überzogene, nach außen einladend offene Bar, war das nächste Ziel, das Rainer ansteuerte. Die Beschallung hielt sich im erträglichen Bereich, wir traten ein und beanspruchten einen Stehtisch, gleich vorne im Eingangsbereich. Den ersten von uns bestellten Bieren folgten auf dem Fuß zwei unbestellte Ladys und gesellten sich zu uns an den Tisch.

Die Damen waren etwa Ende zwanzig und hatten nichts Besonderes oder Auffälliges an sich – es waren für mich völlig normale Thai-Frauen, die nichts Verruchtes an sich hatten, wie man sie tagtäglich auf den Straßen sieht. Ich war enttäuscht, weil ich auf knapp sitzende, enge Klamotten und auch ein paar Ausblicke aufs Fleischliche eingestellt war. Wir kamen ins Gespräch, es war zwanglos, stressfrei, langweilig, unbedeutend und nett. Nein, nicht mal nett. Mit ihrem zweiten Bier durften sich die Ladys auch einen Drink ordern.

„Was wollt ihr denn trinken?", fragte ich die Damen.

Rainer unterbrach mich und hob seine Hand in meine Richtung:

„Lass mal, Dieter, die machen das schon. Sie werden sich ihren Lady-Drink bestellen, der kostet uns 150 Baht pro Lady. Von jedem Drink bekommen sie 20 Baht Provision gut geschrieben."

„20 Baht?" Ich wunderte sich. „Das ist ein halber Euro, das ist doch gar nichts."

„Du darfst die Preise nicht mit Deutschland vergleichen", erklärte mir mein Ausbilder und Begleiter. „Das sieht hier alles ein wenig anders aus. Ich kann dir dafür ein gutes Beispiel nennen: In good old Germany hat man sich soeben auf einen Mindestverdienst geeinigt: Niemand soll für weniger als 7,50 Euro pro Stunde arbeiten."

„Davon habe ich gehört. Wenn das auch für niedrige Arbeiten gilt, dann das ist nicht wenig", warf ich ein.

„Ja, das finde ich auch", bestätigte Rainer. „In Thailand haben sie erst vor einigen Monaten auch einen Mindestverdienst eingeführt: Er beträgt 300 Baht."

„300 Baht? Das sind doch auch so ungefähr 7,50 Euro. Das klingt so, als wären hier dieselben Verhältnisse wie bei uns – das stimmt aber nicht, oder?"

Rainer schüttelte heftig den Kopf und musste lachen:

„Nee wirklich nicht, denn die 300 Baht sind der Mindestverdienst für einen Tag und nicht wie in Deutschland für eine Stunde!"

„Oh, da hast du recht. 7,50 Euro für den Arbeitstag – das ist wahrlich eine andere Hausnummer!"

„Das sind die Fakten, die du nicht vergessen darfst. Auch die Preise lassen sich nicht vergleichen. Wenn du zum Beispiel hier in Thailand 100 Baht Trinkgeld gibst, dann entsprechen das etwa 2,50 Euro. Das ist für deutsche Verhältnisse kein übertrieben hoher Aufschlag. Für den normalen Thai bedeuten diese 100 Baht jedoch ein Drittel seiner Tageseinnahmen, das ist für ihn eine geradezu fürstlich hohe Anerkennung, halte das bitte immer im Kopf."

„Sehr gut, da habe ich tatsächlich dazu gelernt!" Ich bedankte mich für Rainers Ausführungen und nahm noch einen Schluck von meinem Bier. Wir schauten uns um: Nanu, wo waren die Ladys geblieben? Sie hatten sich unauffällig verdrückt und wir standen alleine an unserem Tisch. Die Gläser der Damen waren noch halb voll, von ihnen selbst keine Spur mehr zu sehen.

„Komm, wir gehen woanders hin", schlug Rainer vor. „Der Laden gefällt mir nicht besonders und das Benehmen der Ladys passt mir überhaupt nicht."

Ich war einverstanden, wir tranken unser Bier aus und Rainer winkte den Barkeeper herbei: „Zahlen bitte. Wir hatten vier Bier."

„Vier Bier und dann noch die zwei Lady-Drinks. Das macht 620 Baht."

Der Barkeeper füllte eine Art Rechnungszettel aus und reichte ihn Rainer über den Tresen hinüber.

Rainer nahm den Zettel nicht an, beugte sich vor und erklärte dem Barkeeper freundlich, aber sehr bestimmt:

„Stimmt, wir hatten zwei Lady-Drinks, doch wo sind sie denn geblieben, deine Ladys? Was sollen wir denn mit Lady-Drinks ohne Ladys? Sollen wir sie uns vielleicht in die Hose kippen?"

Er schnappte sich eines der halb vollen Gläser und schüttete den Inhalt auf den Boden. Dann zählte er exakt 320 Baht auf den Tresen: „Verarschen können wir uns auch alleine!"

Er blickte sich zu mir um: „Los, lass uns endlich abhauen."

Beim Hinausgehen konnten wir hören, wie der Barkeeper wütend nach den beiden Ladys rief. Rainer grinste mich von der Seite her an und gut gelaunt bummelten Meister und Lehrling weiter. Der Abend hatte eben erst begonnen und in Karon gab es Bars in Hülle und Fülle. Leere Bars mit wartenden Ladys in Hülle und Fülle.

„Mit diesen beiden Miezen war sowieso nicht viel los!", schob Rainer noch einen Kommentar nach.

„Die waren auch bis zum Hals zugeknöpft und nicht mal dekolletiert!"

„Das stimmt, Granaten waren das wirklich nicht. Wo gehen wir denn jetzt hin?"

Rainer lachte „Was hältst du von diesem Laden?“, er zeigte hinüber auf die andere Straßenseite, wo eine offene, sparsam beleuchtete Bar mit schummrig, orangenem Licht lockte. Auf den Barhockern lümmelten sich eine Handvoll Ladys. Auch hier wurden wir von verführerisch-verwegenen Blicken empfangen, als wir die Straße überquerten.

„Kennst du die Bar? Hast du an diesem Schuppen gute Erinnerungen?“, Ich war neugierig auf Rainers Erlebnisse und Erfahrungen

„Ich bin zwar viel unterwegs“, antwortete er. „Doch ich bin jedes Mal woanders. Es gibt so viele Läden hier in Karon und ich kann unmöglich alle besuchen.“

„Okay, dann lernen wir den Schuppen eben heute kennen.“

Die Stimmung in der Moonshine-Bar war etwas fordernder und etwas mehr anmachender als vorhin, aber keinesfalls aufdringlich und immer noch freundlich und angenehm.

Noch vor dem bestellten Bier schoss eine größer gebaute Lady in einem roten, engen Kleid mit tiefem Ausschnitt auf uns zu und begrüßte Rainer enthusiastisch. Sie hatte ein länglich ovales Gesicht und machte auf mich einen leicht verbrauchten Eindruck. Mein Freund ging nicht auf die vehemente Begrüßung ein und wehrte die aufdringliche Person ab.

Sie gab so schnell nicht auf, rückte noch dichter an Rainer heran und flüstere ihm ein paar schnelle Sätze ins Ohr. Rainer schüttelte den Kopf und schob sie von sich.

„Wer ist das Rainer, ihr scheint euch ja sehr gut zu kennen?“, grinste ich ihn an.“

„Das ist alles nur Masche, Dieter. Ich habe diese Lady noch nie gesehen, obwohl sie das behauptet. Doch pass auf, die Dame braucht dringend Geld, deshalb hat sie ein Sonderangebot für uns. Für 300 Baht bläst sie dir einen, hier und sofort auf der Toilette der Bar. Bist du interessiert?“

„Wie bitte? Sex auf dem Klo?“

„Ja, schnell und schmerzlos und sie beherrscht bestimmt ihr Mundwerk. Also, wie sieht's aus?“

Die Lady hing immer noch wie eine Klette an Rainers Arm, glotzte mich jetzt hoffnungsvoll an.

„Nein Danke, ich habe keinen Bedarf und auch keine Lust auf eine Toiletten-Nummer.“

„Sorry Darling", wies Rainer sie ab. „Wir wollen nicht und lass uns bitte alleine, okay?"

Er löste sich von ihr, gab ihr einen Klaps aufs Hinterteil und schob sie in den Raum hinein. Neue Gäste betraten die Bar, sie wandte sich von uns ab und steuerte die frisch eingetroffene Gruppe an.

„Schau mal da drüben, die beiden haben garantiert chinesisches Blut in den Adern", erklärte Rainer und wies mit seinem Kinn auf zwei kleinere, zierlich gebaute Ladys, die zaghaft und zögerlich unseren Tisch ansteuerten. Beide hatten hübsche, fast kreisrunde Gesichter und eine sehr helle Haut. Die kleinere machte sich sofort an Rainer ran und legte ihre Hand auf den oberen Teil seines Oberschenkels.

„Passt alles prima Dieter, genau die richtige Größe, das gefällt mir", Rainer legte eine Hand unter die Brust der Lady und hob sie leicht an. Es gab keine Proteste, nur zustimmendes, leises Gequieke und Gegluckse.

Das andere Mädchen spürte, dass ich nicht derselbe spontane Typ wie Rainer war und hielt erst mal Distanz. Ein Gespräch kam so gut wie nicht zustande, das Englisch der beiden China Girls war völlig unverständlich, so genau wir auch hinhörten und sooft wir auch nachfragten. Für die Bestellung von zwei Lady-Drinks reichte es jedoch allemal aus.

Das Mädchen neben Rainer kuschelte sich in seinen Arm und Rainer gab ihr erste Küsse auf Scheitel und Wangen. Sie flüsterten ein paar Minuten lang, dann stand für Rainer fest: „Alles klar. Die kommt heute mit mir, denn ich will sie mir aus der Nähe ansehen", sagte er und machte sich unter dem Rock seiner Auserwählten zu schaffen.

„Verstehst du Dieter? Und zwar ganz aus der Nähe!"

„Hm, ich glaube ich kann dir folgen", gab ich zurück und lachte meinem Nachbarn ermunternd zu.

„Doch was ist mit dir?", erkundigte der sich. „Du bist in Thailand. Du bist ein Mann und du hast doch auch Druck auf der Flöte, das sehe ich dir an. Außerdem hast du eine sturmfreie Bude. Worauf wartest du noch? Los Mann, greif zu!"

Rainer registrierte, dass ich immer noch zögerte. Er winkte die größere, für mich gedachte Lady zu sich hinüber und hielt sie für eine genaue Betrachtung an der Schulter, mit Armeslänge Abstand vor sich. Dann hob er plötzlich ihren Rock in die Höhe, zerrte ihren Slip mit einer schnellen Bewegung runter und präsentierte mir einen kleinen, schneeweißen, kugelrunden Popo.

Beide Ladys kreischten laut los und die übrigen Gäste in der Bar schauten amüsiert zu uns hinüber.

„Da, schau hin, hier kannst du sehen, was du bekommst, wenn du sie mitnimmst. Was sagst du jetzt – oder hast du noch groß zu meckern?"

Seine Aktion hatte mich überrascht, ich war erst einmal sprachlos und brachte kein Wort heraus. Das Mädchen zog ihren Slip hoch und strich sich den Rock glatt. Sie spähte zu mir hinüber, verließ Rainer, kicherte und kam wieder näher.

Wir bestellten und tranken noch ein, zwei Runden, dann wurde Rainer unruhig und wollte mit seiner Eroberung nach Hause:

„Was ist jetzt Dieter, nimmst du die andere Lady mit, oder nicht?"

Warum eigentlich nicht, dachte ich mir und nickte erst meinem Freund, dann der auserwählten Lady zu und legte meinen Arm um ihre weichen, runden Schultern. Wir bezahlten und gingen über die fast leere Straße zurück – jeder mit einer kleinen Chinesin im Arm.

Unser Spaziergang wurde nach einigen Minuten abrupt beendet, denn urplötzlich löste sich die von mir erkorene Liebesdame aus meiner Umarmung, sprang ein paar Schritte zurück und sprach schnell und ohne Pause auf ihre Freundin ein. Die hob und senkte ihre Schultern und blickte zu Rainer hoch.

„Was ist denn jetzt schon wieder los?", wollte er wissen. Sein Mädchen flüsterte ihm ein paar Sätze ins Ohr.

„Wie bitte?" Rainer wirkte höchst erstaunt. „Was ist das denn für ein Stuss? Das denkt sie und das sagt sie? Und da ist nichts mehr zu machen?"

Beide Ladys schüttelten den Kopf.

„Du Dieter, es noch nicht so spät. Was meinst du, sollen wir noch woanders hin?", fragte Rainer.

Ich konnte mit seiner Frage nichts anfangen:

„Wieso woanders hin, ich denke, wir sind auf dem Weg zu unseren Bungalows", entgegnete ich.

„Klar, ich habe Druck und will endlich zur Sache kommen", antwortete er. „Doch was ist mit dir? Es sieht nämlich so aus, dass die Kleine nicht mit dir kommen will."

„Wieso will sie denn so plötzlich nicht mehr mitkommen?"

„Du wirst es nicht glauben, doch sie hat ihrer Freundin erzählt, sie hätte Angst vor dir!"

„Was? Angst? Vor mir? Was habe ich denn gemacht? Oder sehe ich so schrecklich aus?"

Ich schüttelte den Kopf und ging auf meine Chinesin zu. Die wich erschrocken zurück, drehte sich plötzlich um und trippelte mit kleinen Schritten die Straße hinab.

Das war's dann mit dem Seitensprung für mich. Mein Ausflug in die Welt des bezahlten Beischlafs blieb für diesmal Theorie. Ein Interesse an weiteren Versuchen bestand bei mir nicht mehr. Nur zu dritt gingen wir zurück. Der Abend war vorbei, im Gegensatz zu Rainer kam ich ohne erlegte Beute aus den so ergiebigen Jagdgründen nach Hause.

Wir passierten den Parkplatz vor unserer Bungalow-Siedlung, auf dem ich meinen Honda City abgestellt hatte. Direkt daneben parkte ein silbergrauer Honda Jazz. Ich trat zu dem Fahrzeug und schaute hinein – leer und abgeschlossen. War das schon wieder dieselbe Kiste? Konnte es sein, dass ich dieses Auto in letzter Zeit öfter gesehen hatte? Oder litt ich vielleicht doch unter Paranoia und Verfolgungswahn?

Wenn im Märzen der Bauer in Deutschland sein Rösslein einspannt, muss er sich gut einpacken, darf Handschuhe und Schal keinesfalls vergessen. Es ist immer noch kalt am Morgen, denn der Winter hat das Land noch nicht verlassen, er besteht wie in jedem Kalenderjahr auf die sieben langen, kalten Monate, die ihm zustehen. Auf diese Einhaltung wird Jahr für Jahr von höherer Stelle geachtet.

Der Wettergott in Thailand macht es sich sehr viel einfacher. Unerheblich, welcher Monat im Reigen des Jahres gerade das Sagen hat – wenn du dein Haus in der Frühe verlässt, erwarten dich mindestens 26 bis 27 Grad Celsius. Kälter ist es nie – diese Werte beziehen sich auf die Insel Phuket – und wärmer wird es in den nächsten Stunden von alleine. Du brauchst keine Jacke, keinen Pullover und erst recht nicht Handschuhe und Schal.

Du streifst dir einfach ein frisches T-Shirt über, steigst in kurze Cotton-Shorts, schlüpfst in offene Sandalen und bist bereit für einen weiteren Tag in tropischen Gefilden.

Ab und zu begegnete ich Leuten, die mir erklärten, dass sie es nicht anders gewohnt sind und dass die Wechsel der Jahreszeiten und die mehrfachen, dramatischen Veränderungen der Temperaturen wesentlicher Bestandteil ihres Lebens seien. In einem durchgängig gleichmäßigen Klima konnten sie sich ihre Existenz nicht vorstellen. Das traf auf mich nicht zu. Diese wunderbare, immerwährende Wärme, diese stete Brise warmer Luft auf der Haut und die vollständige Missachtung an Schutz- und Wärmeklamotten stellten für mich durchaus eine erhebliche Steigerung meiner Lebensqualität dar.

So oder ähnlich waren meine Gedanken, als ich am nächsten Morgen kurz vor neun Uhr aus meinem Bungalow ins Freie trat, um ins Hotel zu fahren. Aus Rainers Behausung drang kein Laut, dort wurde nach einer umtriebigen Nacht sicher noch geschlafen. Ich ging zu meinem Auto, schaute mich auf dem Parkplatz um. Wo war der silbergraue Honda Jazz? Er war nicht mehr da.

Ohne groß darüber nachzudenken, stieg ich in mein Auto, startete und fuhr los, kam aber nur ein paar Meter weit. In die zwei hinteren Reifen meines Fahrzeugs waren dicke Nägel gerammt. Ein Weiterfahren war nicht möglich, zuerst einmal musste der Schaden, den dieser Anschlag verursacht hatte, behoben werden. Sofort musste ich dann doch an den silbergrauen Jazz denken. Waren das alles nur Zufälle? Sind so viele Zufälligkeiten überhaupt möglich? Oder trieb meine nimmermüde Phantasie, meine hohe Einbildungskraft mit mir ihre Spielchen?

Ladyboys

Phantastisch geformte Kurven, aufreizend verpackt in einem knallroten, hautengen Cocktailkleid.

Opulentes, üppiges, Mieder-sprengendes Dekolleté mit atemberaubenden Einsichten.

Extrem knapp sitzende, super kurze Jeans, aus denen sanfte Rundungen heraus winkten und wackelten.

Klassische Schönheit mit breitem, verlockendem Kussmund und idealem Profil.

Zartes, feenhaftes Geschöpf mit filigran-mädchenhafter Figur.

Ja, ja, so wunderbar unterschiedlich können Frauen sein! Doch um das gleich richtig zu stellen, hier werden keine Frauen, sondern Männer beschrieben. Allerdings Männer, die sich wie Frauen geben, wie Frauen benehmen und sich wie Frauen kleiden. Die Rede ist von Ladyboys, die in Thailand zum Alltag gehören, wie die Kartoffel in Deutschland zum Abendessen. Man kann ihnen nicht entrinnen, weil sie überall zu finden sind. In TV-Sendungen, hinter einer Hotelrezeption, als Barlady oder Bedienung in einem Restaurant, als Verkäufer im Blumenladen oder Besitzer einer Boutique.

Bei attraktiven Ladyboys wie oben ausgeführt, muss man zwei- oder dreimal hinschauen, bevor man erkennt, wen oder was man vor sich hat. Aber nicht bei allen Exemplaren sind die Umbaumaßnahmen so perfekt gelungen. Man trifft durchaus auch die herberen, weniger weiblichen Ausgaben, die schon beim flüchtigen Hinschauen demaskiert und als verkappt herumlaufender Mann ausgemacht werden.

In Thailand werden sie meistens Kathoys genannt, das Wort bedeutete ursprünglich Twitter.

Woher kommt diese Lust, dieser triebhafte Zwang sich ins andere Geschlecht zu verwandeln? Ich habe keine Ahnung, es ist mir nicht möglich, diese Frage erschöpfend zu beantworten. Mir ist aber bekannt und ich konnte öfter hören, dass junge Männer bereits im zarten Alter von 13 Jahren mit der Hormonbehandlung begannen, um die geschlechtliche Umwandlung einzuleiten. Mit 13 Jahren? Das übersteigt mein Fassungsvermögen, da komme ich nicht mit. In diesem Alter fing ich gerade mal an, die Frauen und ihre Körper zu entdecken. Damit war ich vollauf beschäftigt. Nichts in der Welt hätte mich auch nur auf den Gedanken bringen können, selbst zu einer Frau zu werden.

Wie Ladyboys ihren Lebensunterhalt verdienen? Schwer zu sagen, es existieren sicher eine Reihe an Möglichkeiten. Garantiert gehören sexuelle Dienstleistungen dazu, doch es sind nicht unbedingt die homosexuellen Männer, die auf Ladyboys abfahren. Ja, wer gehört denn dann zur Zielgruppe? Wen machen sie an? Wen erregen sie? Wen zocken sie ab? Vielleicht gibt's ja Typen, die sich nicht zwischen Mann und Frau entscheiden können. Beim Ladyboy bekommen sie beides. Oder der normale Perverse, der mal etwas anderes erleben will. Ich wusste es nicht. Konkret: Ich wollte es auch gar nicht so genau wissen.

In den letzten Monaten hatte ich einige Ladyboys näher kennengelernt, auch immer wieder mal eindeutige Offerten erhalten, war aber nie darauf eingegangen. Ich bin unwiderlegbar auf Frauen fixiert, je weiblicher, desto besser. Ein kleiner, verkümmerter Schniedelwutz zwischen den Beinen würde mich nicht im Geringsten erregen, sondern höchstens verärgern. Konkret hatte ich es aber nie ausprobiert.

Beim Plaudern, Flachsen und Austauschen, nach längerer Pause mal wieder in der Heimatsprache, verging die Zeit schnell und die Mitternacht nahte. Ich war auf dem Rückweg von einer Verabredung mit deutschen Urlaubern in der Bangla und hatte keine Eile. In gemächlichem Tempo schlenderte ich die Beach-Road hinab, um an mein Auto zu kommen, das beim Hotel vor sich hin parkte. Die tagsüber lückenlos geschlossene Reihe dienstwilliger und fahrbereiter Tuk-Tuks am Straßenrand war einer selten anzutreffenden Leere gewichen. Ohne den alltäglichen Horror-Trubel entpuppt sich der Beach-Boulevard zu einer angenehmen Straße. Fast alle Restaurants und Shops hatten um diese Zeit geschlossen und waren durch hässliche Eisengitter abgeschottet.

Volles Rohr hingegen drehten die Bars auf – in den Nachtstunden hatten sie ihre beste Zeit. Lärm und Licht machten sich schon von Weitem bemerkbar. Beim Näherkommen wurde es lauter und noch lauter, durchsetzt mit Gelächter, Gebrüll, Musik und Gläserklirren. Jedes Mal, wenn ich einen der Lichtkegel durchschritt, der aus dem Inneren einer Bar auf die Straße fiel, umfing mich Stimmung und Lärm und ebbte beim Weitergehen schlagartig wieder ab.

An einer der nächsten Straßenecken lungerten und alberten drei Gestalten herum. Sie trugen Röcke und Kleider, es waren aber keine Frauen, sondern Ladyboys. Sie unterbrachen ihr Gespräch und schauten mir entgegen, was mir nicht besonders gefiel. Einige unter ihnen sollen zu Gewalttaten neigen, hatte ich gehört. Auf der nächtlichen Straße war ich alleine unterwegs, andere Passanten waren weit und breit nicht auszumachen. Was konnte ich tun? Ich verspürte nicht die geringste Lust auf eine Auseinandersetzung mit diesem transsexuellen Trio. Sollte ich umkehren? Oder die Straßenseite wechseln? Gas geben und weglaufen? Nicht zum ersten Mal war ich zu später Stunde in

Patong unterwegs und nie zuvor bin ich belästigt worden und niemals ist mir etwas zugestoßen.

Die drei formatierten sich, als ich näher kam, bauten sich auf, nahmen die Breite des Gehwegs ein und verstellten mir den Weg.

„Hallo Süßer, so spät noch unterwegs? Oder hast du uns gesucht? Oh ja, du hast uns gesucht? Du hast uns gefunden Baby! Hier sind wir!"

Alle drei lachten laut und erfreuten sich offensichtlich an meiner Unsicherheit.

„Ich war in der Bangla und bin jetzt auf dem Weg nach Hause", erklärte ich ihnen und bemühte mich, in normal-freundlicher Tonlage zu sprechen.

„Ooohh, du willst wirklich schon nach Hause? Es ist doch noch sooo früh am Tag!"

„Früh am Tag? Wir haben nach Mitternacht", entgegnete ich.

„Na, das ist doch früh genug, um noch ein bisschen Spaß zu haben", war die Antwort.

„Sag mal, was hast du denn für ein schönes Teil in deiner Hose, können wir das mal sehen?"

„Wir wollen dich doch nur ein wenig anknabbern."

„Du schmeckst bestimmt wie Icecream!"

Sie kamen näher, rückten mir auf die Pelle, und ich konnte mich nicht an ihnen vorbeidrücken, ohne sie zu berühren. Einer der Transgender schlich sich von hinten an mich ran. Was hatte er vor? Eine große, stabile Hand schoss nach vorne, zwischen meine Beine durch und umklammerte mit festem Griff meine Weichteile. Normalerweise habe ich gegen diese Art der Berührung nichts auszusetzen, doch es war die einsame, nächtliche Situation, die mich daran hinderte diesen Griff zu genießen.

Ich reagierte erschrocken, weil ich erschrocken war, machte einen Satz nach vorne, riss mich los und konnte mich mit einem Sprung befreien. Weil ich schon mal dabei war, blieb ich nicht lange stehen, sondern lief mindestens 50 Meter weiter. Als ich mich umschaute, lachten die drei an der Ecke sich die Seele aus dem Leib.

Mit einem Buch in der Hand saß ich am frühen Abend auf der Hotelterrasse. Für heute war nichts Besonderes geplant. Auf der Straße zogen die allabendlich-hungrigen Urlauber unter gewohnter Missachtung unseres Restaurants in die Innenstadt. Unvermutet sprach mich ein erlebnisgieriger Gast an:

„Hi, Dieter! Was können wir heute mal machen, wo sollen wir hin, hast du nicht eine gute Idee für uns?“

Hotelgast Henry, ein etwa 40-jähriger, stark tätowierter Engländer mit glatt geschliffenem Skinhead stand neben dem tattoofreien, wenige Jahre jüngeren, kleinen, dunkelhäutigen, schüchternen Mohammed aus Tunesien.

„Dazu müsste ich wissen, wonach euch denn zumute ist?“, fragte ich zurück.

„Wir sind zu allem bereit – stimmt doch, oder Mohammed?“ ließ sich Henry bestätigen.

„Zu allem möglichen, Hauptsache es ist was los und es gibt genug Bier zu trinken!“

Mohammed grinste leicht verlegen, nickte Henry zu, der eindeutig die Führerschaft übernommen hatte und sah mich mit seinen großen, schwarzen Augen an. Die beiden wollten etwas erleben. Abenteuer für Männer. Eine heiße Nacht in Patong. Sie wollten ihre Limits ausloten. Es konnte oder sollte ruhig verrucht, sündig, frivol, pervers oder unmoralisch zugehen.

„Bier gibt's doch überall. Lass mich mal überlegen: Habt ihr schon die Crocodile Bar mit ihren Kathoys besucht?“, wollte ich wissen. „Da gibts die geilsten Ladyboys von ganz Thailand zu bewundern.“

„Ich bin daran vorbeigegangen“, Henry war viel unterwegs und äußerte sich abwertend. „Aber da war nichts los, es war noch sehr früh am Abend.“

„Jetzt wäre eine gute Zeit, ich glaube, das wird euch gefallen! Na dann los, wenn ihr wollt, komme ich mit!“, forderte ich die beiden Abenteurer auf.

„Super, Dieter, los, wir machen heute richtig einen drauf!“

Henry haute dem zierlich gebauten Mohammed auf die Schulter, dass es krachte. Dann beugte er sich zu ihm hinab: „Du hast es doch schon oft mit einem Ladyboy getrieben, Scheich Mohammed, stimmt's?“, und lachte sich kaputt. Mohammed schüttelte den Kopf und Henry lachte noch mehr.

Für die zwei Kilometer zur Bangla Road teilten wir uns ein Tuk-Tuk. Wenn man von der Beach-Road in die Bangla hinein ging, kam als erste Straße links die Soi Crocodile. Gleich vorne, in strategisch hervorragender Position, geräumig, einladend und offen nach beiden Seiten: Die Crocodile Bar, Treffpunkt der Creme de la Creme aller Kathoys auf Phuket. Hier tauchten Nacht für Nacht die Stars der plastischen Chirurgie, die gelungensten und schärfsten Verwandlungen auf. Grandios gestylte und aufregend geformte Körper, die den Betrachter nach Luft schnappen lassen. Manche dieser Männer waren auch beim genauen Hinschauen immer noch eine Frau. Und was für eine Frau! Verlockend. Umwerfend. Betörend. Hinreißend. Davon schwirrten Dutzende in und um dieser ungewöhnlichen Location herum.

Draußen, auf der Straße, unmittelbar vor der Bar, befand sich eine kreisrunde, etwa auf Brusthöhe angebrachte Plattform von zwei bis drei Metern im Durchmesser. Diese Miniaturbühne war stets gut besucht mit tanzenden, sich wiegenden, Hüft- und Arsch-wackelnden und ihre unerlässlichen Handtaschen schwenkenden Ladyboys.

Es war eine krasse, exzessive und sehr unterhaltsam Szenerie, deshalb kam ich gerne mit meinen Gästen in die Soi Crocodile. An diesem Abend war nicht viel los, nur drei Ladyboys tanzten draußen und lauerten auf Kundschaft. Die neuen Gäste wurden sofort von prallen Brüsten, straffen Hinterteilen, hochhackigen Schuhen und unanständigem Grinsen eingekreist und von intensivem Parfümduft umhüllt. Der prachtvollste Kathoy in der Runde machte sich unverzüglich an Henry ran: „Willst du ein Foto? Du und ich? Nur 100 Baht! Wie siehts aus, willst du?"

„Aber nur, wenn du mir deine Titten zeigst", röhrte Henry lauthals. Ohne Umschweife legte der Ladyboy seine exzellenten Brüste frei. Henry durfte anfassen und Mohammed fotografierte. Dann sollte Mohammed anfassen, doch er traute sich nicht. Noch nicht, was sich im Lauf des Abends von Bier zu Bier änderte. Es wurden noch ein paar Fotos von Henry mit anderen Kathoys geschossen. Wie immer, hielt ich mich auch heute zurück und wehrte alles und alle ab, die mir zu nahe kamen.

Der aufgekratzte und hochgradig gut gelaunte Henry jagte ein Getränk nach dem anderen in die Runde und die Stimmung war phänomenal. Es wurden dreckige Witze und versaute Anekdoten erzählt. Eine Handvoll der anwesenden Ladyboys waren schwer in Form, sie rückten ihren Gästen immer dichter auf die Pelle, holten der Reihe nach ihre Titten aus den Blusen und T-Shirts und erwarteten Würdigung und Bewunderung.

Die beiden Hotelgäste folgten bereitwillig den Aufforderungen, es wurde gegrapscht, gekniffen, auch mal geleckt, gelacht, gegrölt und fotografiert. Irgendwann fingen die Kathoys an, ihre Röcke hochzuziehen – sie wollten zeigen, was sich zwischen ihren Beinen tat. Die präsentierten, verschiedenen Beschaffenheiten reichten von mittelgroß, klein, kümmerlich und unscheinbar bis komplett futsch.

Den aufreizenden Darbietungen der Ladyboys wollte Henry nicht nachstehen, er stieg auf einen Barhocker, richtete sich auf, öffnete seinen Hosenlatz und knallte seinen Schwanz, der das Format einer Salatgurke hatte, auf den Tresen. Da war natürlich der Teufel los und es setzte ein entfesseltes, begeistertes und zustimmendes Geschrei und Gekreische ein. Alle sammelten sich um Henry und bestaunten sein Organ. Die Mama-Chefin der Bar, eine alte, abgebrühte und mit allen Wassern gewaschene Thai-Lady, sah sich genötigt einzugreifen. Doch zuerst schaute sie sich aus der Nähe an, was da auf ihrem Tresen lag und fasste auch mal hin. Dann forderte sie Henry auf, sein Prachtexemplar bitte wegzupacken, weil sie sonst Ärger bekommen könnte.

„Yes, it's great and nice and hard and I like it so much. But please take it away!"

„Aber nur, wenn sofort die nächste Runde kommt!", krähte Henry lauthals, verpackte sein edelstes Teil und schwenkte seine Flasche.

Kittys Geschichte

Kittys Heimat war das zentrale Thailand nördlich von Bangkok. Schon früh hatte sie ihr Elternhaus verlassen und einige Jahre lang ihr Geld an den Bars in Bangkok's Pat Pong verdient. Sie kam zu uns nach Phuket, weil sie ihr Leben ändern, von Nacht- auf Tagschicht umstellen wollte. Sie hatte den Wunsch, seriös und solide zu werden und umzusatteln. Weil sie freundlich, höflich und eine ausgesprochen hübsche Erscheinung abgab, stellten wir sie als Servicekraft für die Terrasse ein. Leider hielt sie nur zwei Monate durch und verschwand danach sang- und klanglos. Ohne sich groß zu verabschieden, kam sie eines Tages nicht mehr zur Arbeit. Das schien für Thailand keine Seltenheit zu sein. In ihrer letzten Woche in der Villa del Mar erzählte sie mir ihre traurige Geschichte.

Zwei Jahre zuvor lernte Kitty in ihrer Bar in Pat Pong einen jungen deutschen Urlauber kennen, der mit zwei gleichaltrigen Freunden seine Ferien im

Land der Freien verbrachte. Er war Anfang 30 und zum ersten Mal in Thailand. Es war sein vorletzter Urlaubsabend und Kitty gefiel ihm außerordentlich gut, was auf Gegenseitigkeit beruhte.

Das frisch zueinander gefundene Paar verbrachte die Nacht zusammen, sie mochten und verstanden sich ohne viel zu reden auf Anhieb – es war Liebe auf den ersten Blick. Kitty wich auch am nächsten Tag nicht von der Seite ihres neuen Freundes. Sie begleitete ihn zum Flughafen und erst als sein Aufruf kam und er zu seinem Flieger musste, verabschiedeten sie sich leidenschaftlich und versprachen, nein, sie schworen einander Liebe, Treue und Verbundenheit.

Per Smartphone und tägliche E-Mails hielten sie ihren Kontakt trotz der gewaltigen Entfernung aufrecht und das kleine, empfindliche Pflänzchen ihrer Beziehung lebte weiter. Regelmäßig bekam Kitty Geld überwiesen und konnte die Bar verlassen. Vier Monate später war ihr deutscher Freund erneut in Thailand – allerdings hatte er nur eine Woche Zeit.

Andere Männer interessierten Kitty nicht mehr. Sie versprach ihm, den Job an der Bar endgültig aufzugeben, allerdings war sie auf die Fortzahlung seiner monatlichen Unterstützung angewiesen, die auch erfolgte. Im Jahr darauf kam ihr deutscher Freund alleine zu einem dreiwöchigem Urlaub nach Bangkok. Für Kitty ein Lebensabschnitt wie im Traum, vor allem, weil er konkrete Pläne mitbrachte, denn er wollte auf Dauer mit Kitty zusammen sein. Sie sollte nach Deutschland kommen, hochoffiziell, als seine Ehefrau.

Die beiden besuchten gemeinsam die deutsche Botschaft und Kitty klapperte die entsprechenden Behörden in Thailand ab, um den umständlich umfangreichen Papierkram zu regeln. Auch dieser Urlaub ging vorbei, doch das nächste Treffen war beschlossene Sache: Zur Heirat sollte Kitty nach Deutschland fliegen.

Drei Monate später erhielt sie per Post ihr Heiratsvisum und ein One-Way-Flugticket Phuket-Frankfurt. Ihr kleines Apartment war schnell aufgelöst und sie verteilte alles, was sie nicht mitnehmen konnte, unter ihren Freundinnen. Die Koffer wurden gepackt: Nur noch ein Tag, dann sollte sie zu ihrer großen Reise starten, die ihr Leben verändern würde und ihr die Zukunft in der Fremde sichert. Am Nachmittag erhielt sie ein Telegramm, abgesandt von der Familie ihres Freundes.

Das gnadenlose Schwert der Enttäuschung und Ernüchterung traf sie mit voller Wucht und zerstörte ihren Lebenstraum: Ihr Bräutigam erlitt bei einem Motorradunfall so schwere Verletzungen, dass er innerhalb einer Stunde verstarb. Im Telegramm stand auch noch, dass Kitty die Reise nach Deutschland bitte nicht antreten sollte. So blieb sie in Thailand.

Scherzkeks

„He, Dieter, die haben mir 1000 Baht abgeknöpft", rief mir Hotelgast Martin aus Hamburg zu, der mit seiner Freundin Ella in Urlaub war. Er stellte sein Moped ab, überquerte die Straße, kam näher und redete im gehen weiter:

„Hast du mir nicht gesagt, das Mopedfahren ohne Helm kostet 500 Baht?"

„Ja, 500 Baht, das ist der neue, erhöhte Kurs. Letztes Jahr waren es noch 300 Baht. Aber wieso musstest du denn satte 1000 Baht berappen?"

„Wir waren am Strand und hatten nichts dabei, nur unsere Badetücher."

„Moment mal", schaltete sich Ella ein. „Ich hatte doch meinen Bikini an", und sie gluckste los.

„Bikini? Na klar. Du deinen Bikini und ich meine Badehose. Wir hatten nur unsere Badesachen und unsere Schuhe angezogen."

„Und wo hattet ihr eure Helme gelassen?"

„Wir fuhren den ganzen Tag schon ohne Helme, die lagen dummerweise vergessen im Hotelzimmer!"

„Dann seid ihr in eine Polizeikontrolle gekommen und sie haben euch erwischt?", diese Geschichten hörte ich jeden Tag, sie gehörten zum Urlaub auf Phuket wie die Ladys in die Bars.

„Genau, die Polizei sperrte die Straße und stoppte alle Motorradfahrer, die keinen Helm aufhatten."

„Tja, dann habt ihr wohl Pech gehabt. Da gibt es auch nichts zu entschuldigen. Ihr wurdet erwischt, alle Ausreden sind zwecklos und ihr musstet die Kohle rausrücken."

„Ja, sie haben uns gesagt, entweder wir zahlen jeder sofort 500 Baht, oder sie beschlagnahmen die Mopeds und wir können sie uns später auf der Wache, abholen."

Ich nickte meinen Gästen zu: „Das wäre ein vollkommen unnötiger Aufwand, also habt ihr nicht lange überlegt, sondern brav bezahlt, nehme ich an."

„Es war klar, dass wir bezahlen, das habe ich dem Polizisten sofort gesagt. Ich hatte ein paar Geldscheine zusammen gefaltet und in meine Sneakers gesteckt. Deshalb zog ich den Schuh aus und holte das Geld hervor."

„Hast du nicht gesagt, dass sie 1000 Baht von dir forderten?", fragte ich ihn.

„Ja, 1000 Baht, aber auch nur von mir, nicht von Ella. Jetzt hör zu, das war nämlich so. Der erste Polizist, der uns angehalten hatte, nahm die zwei 500 Baht Scheine und schrieb eine Quittung. Mir fiel auf, dass ein anderer Polizist die ganze Zeit zu uns hinüberschaute. Ich glaube, der war so eine Art Offizier oder Vorgesetzter. Jedenfalls kam er dann angegangen und sagte auf Thai ein paar Sätze zu unserem Polizisten und verzog sich wieder."

„Was ist ihm denn bei euch aufgefallen?", fragte ich.

„Der erste Polizist wurde auf einmal sehr ernst und behauptete, ich hätte seinen König beleidigt. Ich kenne euren König doch gar nicht, habe ich ihm erklärt. Da hat er den Geldschein genommen und mir das Bild des Königs darauf gezeigt. Du hast auf unseren König getreten, sagte er. Das kostet noch mal 500 Baht."

„Wie bitte? Das habe ich noch nie gehört!", wunderte ich mich. „Tja, sie sind sehr einfallsreich, wenn sie auf Geld aus sind. Als Tourist kann man so gut wie nichts dagegen unternehmen."

„Sehe ich auch so und deshalb haben wir die 1000 Baht bezahlt, was sonst? Ohne Mopeds wäre sonst ein halber Urlaubstag draufgegangen."

Das Ehepaar Stindelmann kam aus der Schweiz. Sie waren zum ersten Mal in Thailand. Es gefiel ihnen sehr gut. Alles, was sie unternahmen, was sie sahen, was sie erlebten, was sie aßen und tranken, fand ihre uneingeschränkte Zustimmung und Anerkennung. Sie waren von Anfang an auf Urlaub eingestimmt, die dazu passende, gute Laune war reichlich vorhanden. Henri arbeitete als selbstständiger Klempner und Installateur in der Schweiz, Anneli engagierte sich in einer sozialen Institution. Die beiden genossen ausgiebig jede Minute ihres Aufenthalts.

Henri entpuppte sich als Possenreißer und Scherzkeks, mit jeder Menge Blödsinn im Kopf, was ihm noch teuer zu stehen kommen sollte. Er war überzeugter Nichtraucher, machte sich aber einen Spaß daraus, seinen rauchenden Mitbürgern die Aschenbecher zu verstecken, wenn sie gerade mal nicht hinschauten.

Dieses Spiel trieb er gleich an seinem ersten Abend auf der Hotelterrasse. Der beklaute Raucher, ein US-Amerikaner, wurde wütend. Ich musste schlichtend eingreifen und bat Henri, diesen Firlefanz sein zu lassen. Das sagte er mir hoch und heilig zu, hielt sich aber nicht daran. Muss ich jetzt auch noch die Aschenbecher meiner Gäste beaufsichtigen? fragte ich mich.

In ihrer zweiten Urlaubswoche kam am frühen Morgen die Polizei ins Hotel. Sie suchten einen bestimmten Mann, einen älteren, ausländischen Touristen, den sie nur vage beschreiben konnten. Seinen Namen kannten sie nicht. Sie waren sich aber sicher, dass der Gesuchte in der Villa del Mar wohnte. Die zwei Polizisten in Uniform waren höflich und freundlich und standen nicht unter Zeitdruck. Sie setzten sich auf die Hotelterrasse und warteten. Kun spendierte ihnen einen Kaffee, den sie gerne entgegennahmen.

Sofort entstand bei mir das dumpfe Gefühl, dass es Henri war, um den es hier ging. Henri und irgendeinen Blödsinn, den er so gerne verzapfte. Und so war es auch. Als er kurz nach neun gemeinsam mit Anneli aus der Lobby kam und auf die Terrasse trat, erhoben sich die Polizisten und forderten ihn auf mitzukommen. Seine Frau protestierte unüberhörbar und natürlich auch unverständlich in lautem Schweizerdeutsch. Der Besuch der beiden Polizisten und Annelis anhaltendes Protestgeschrei schreckten unsere Frühstückgäste, das gesamte Personal und ein paar neugierige Passanten auf. Ich wandte mich an Nid und bat sie, doch bitte die Polizisten zu fragen, was Henri angestellt hat und was man ihm vorwirft. Als sie ihre Antwort bekam, erschrak Nid ersichtlich.

Sie drehte sich mit besorgtem Gesicht zu mir um und schlug die Hand vor den Mund: „Ohje Boss, ich glaube, das wird schlimm für ihn. Da kann sogar etwas sehr Schlimmes auf ihn zukommen."

„Wieso, was hat er denn diesmal für einen Mist gebaut, dieser Dummkopf?"

„Was er genau gemacht hat, weiß ich nicht. Doch er ist verhaftet worden wegen Majestätsbeleidigung."

Später erfuhr ich den konkreten Sachverhalt: Der stark angetrunkene Henri war gegen Mitternacht auf dem Rückweg von der Bar, als ihm ein übergroßes Plakat mit dem Porträt des Königs auffiel. Er entstellte das Plakat, indem er dem Monarchen mit einem Filzstift einen dicken, schwarzen Schnauzbart unter die Nase malte. Dabei wurde er von mehreren Taxifahrern beobachtet, die ihm folgten, bis sie seine Hoteladresse kannten. Noch in der Nacht informierten sie die Polizei.

Drei Tage später endete der Urlaub der Stindelmanns.

„Was soll ich nur machen? Was können wir denn tun? Kannst du denn gar nichts für deine Gäste unternehmen?"

Anneli stand in der Rezeption, sie rang weinend ihre Hände in die Höhe und bot ein Bild des Unglücks.

„Anneli, tut mir wirklich leid, aber mir sind die Hände gebunden, ich kann in einem solchen Fall überhaupt nichts für euch tun."

„Aber wir können Henri doch nicht im Gefängnis lassen! Morgen geht unser Rückflug nach Zürich, soll er etwa alleine zurückbleiben?"

Ich beriet mich mit einer sehr zurückhaltenden Nid, die sich erst nach längerem Zögern bereit erklärte, die Polizeistation aufzusuchen, um den Stand der Dinge zu ergründen und herauszubekommen, wie die Justiz mit Henri verfahren würde.

Ziemlich aufgelöst kam sie eine Stunde später zurück: „Die haben mir klipp und klar gesagt, dass es nicht die geringste Möglichkeit gibt, Henri aus dem Gefängnis zu entlassen. Er bleibt in Gewahrsam, bis ihm der Prozess gemacht wird."

„Wie bitte? Was war das?" Anneli war außer sich. „Der Prozess wird ihm gemacht? Er kommt vor ein Gericht? Wieso das denn? Er hat doch nur ein wenig rumgeschmiert und war außerdem sturzbesoffen! Das war Kinderkram und nicht mehr! Dafür kann man meinen Mann doch nicht verurteilen!"

„Anneli", erinnerte ich sie. „Wir sind hier nicht in der Schweiz oder in Europa. Hier gelten andere Gesetze, mit denen auch die Urlauber leben müssen!"

„Unser König wird von allen Menschen geliebt und geachtet", erklärte ihr Nid. „Er ist nicht nur unser Herrscher, sondern auch unser großes Vorbild.

Ein Thai käme nie auf die Idee, schlecht über den König zu reden, oder an seinem Bild herumzumalen, denn Majestätsbeleidigung wird nach unseren Gesetzen streng bestraft. Bei der Polizei haben sie mir gesagt, dass Henri mit ziemlicher Sicherheit zu einer langen Gefängnisstrafe verdonnert wird."

Die aufgebrachte Anneli war nicht zu beruhigen. Es hört sich hart an, aber ich war froh, dass ihr letzter Urlaubstag angebrochen war. Schließlich war es Henri, der sich für diesen dämlichen Streich verantworten musste und nicht ich. Annelis Gejammer konnte ich verstehen und nachvollziehen, doch ich wollte es nicht länger ertragen.

Ohne ihren Mann Henri flog Anneli am nächsten Tag zurück in die Schweiz. Ein paar Wochen später war zu erfahren, dass Henri in einem Prozess zu 20 Jahren Haft verurteilt wurde. 20 Jahre – das kam mir dann doch entschieden zu drastisch und deutlich überzogen vor. Kurz darauf wurde die Haftstrafe auf zehn Jahre verkürzt. Als Henri vier Monate davon abgesessen hatte, wurde er begnadigt. Er wurde entlassen, ausgewiesen, es wurde ihm jedoch strikt verboten, Thailand jemals wieder zu betreten.

Attacke

Schon immer war ich ein Mensch, der es nicht lange auf ein und demselben Fleck aushielt. Ich musste mich bewegen, meinen Körper und meine Muskeln spüren, mit still sitzen und faulenzen konnte ich nichts anfangen. In München war ich geklettert, gelaufen, gewandert und zuletzt an fast jedem Wochenende mit dem Mountainbike im Voralpenland unterwegs. In Thailand wollte ich trotz des anstrengenden Klimas auf keinem Fall der Untätigkeit und Bequemlichkeit frönen.

Nach ein paar Tagen der Eingewöhnung begann ich am Strand zu joggen. Das Hotel befand sich an dem einem Ende des Strandes, also lief ich an der Wasserlinie entlang bis zum entgegengesetzten Ende, das waren rund 2500 Meter. Denselben Weg zurück und kam ich auf ein Pensum von ungefähr fünf Kilometern – das musste reichen und war besser als nichts zu tun.

In den ersten Wochen lief ich barfuß – ein großer Fehler, denn schon nach wenigen dieser Runden meinte ich zu fühlen, dass eine einzige, dicke Sehne von der Ferse bis hinauf zum Nacken meinen gesamten Körper verspannen würde. Ich kam mir vor wie ein Flitzebogen, der seine Sehne unter extreme Spannung setzt und kurz vor einer alles zerfetzenden Explosion steht.

Schuld war natürlich das außerordentliche Sehnen- und Bänder belastende Laufen im weichen Sand, das ich auf der Stelle beendete. Stattdessen gab ich mein aus Europa importiertes Mountainbike zum Kontrollieren und Überholen in eine Werkstatt. Meine mitgebrachten High-Tech-Bike-Klamotten ergänzte ich durch einen neuen, schnittigen Helm, der schneller aussah als ich jemals fahren konnte plus einen neuen Kilometerzähler, der mir gnadenlos aufzeigte, wie stark ich in den letzten Monaten nachgelassen hatte.

Morgens, zwischen sechs und halb sieben, wenn die Frische der Nacht noch in der Luft schwebte und die Sonne vorwitzig an den Spitzen der Hügel knabberte, startete ich mit gut gefüllter Wasserflasche zu meiner schweißtreibenden Runde.

Zu früher Morgenstunde in Thailand unterwegs zu sein, beinhaltet nicht nur Training und Sport, sondern auch mannigfaltige, sinnliche Erlebnisse. Um diese Zeit öffnen allerorts an den Rändern der Straßen die Garküchen, Barbecues und Imbissstände. Eine Vielzahl unterschiedlicher Gerüche drängten sich der Nase im Vorüberfahren auf: Intensiver Knoblauchduft, würziges, gegrilltes Schweinefleisch, delikates, gebratenes Huhn, markantes Bukett von Fisch und Muscheln, energisches Zwiebelaroma und die zahllosen Gewürze, die in den Küchen Südostasiens zum Einsatz kommen: Chili, Curry, Koriander, Tamarinde, Galgant, Ingwer, Basilikum, Kurkuma, Sesam, Lemongras, Zimt.

Über eine kleine, wenig befahrene Nebenstraße führte mich meine Lieblingsrunde hinauf zum weithin berühmten Aussichtspunkt für Sonnenuntergänge: Laem Promthep. Oben, auf dem großen Parkplatz, wendete ich mein Bike und fuhr wieder abwärts, diesmal über die breite Hauptstraße. Unten angekommen ging es dann zurück auf die Nebenstraße und wieder schweißtreibend, heftig atmend und stark schnaufend hinauf. Diese Runde legte ich üblicherweise dreimal zurück, das war nicht vergleichbar mit dem Alpenvorland, aber größere Erhebungen waren entweder nicht vorhanden oder lagen außerhalb meiner Reichweite.

Ohne mich anzustrengen, erreichte ich auf den Abfahrten mühelos 60 und 70 Kilometer pro Stunde. Hinter einer Kurve fuhr ein am Straßenrand parkendes Auto los, ohne zu blinken, ohne den Verkehr zu beachten – mich unbedeutendes Hindernis auf meinem Fahrrad schon gar nicht. Zu schnell, um zu bremsen, musste ich auf die Gegenspur ausweichen, die zu dieser frühen Stunde ohne Verkehr war. Im Vorbeifahren zeigte ich dem rücksichtslosen Fahrer den Vogel. Der gab daraufhin Gas, fuhr neben mir her und versuchte mich von der Straße zu drängen. Ich bremste ab, befand mich hinter dem Auto, zog zurück auf die richtige Seite und überholte ihn ein zweites Mal. Erneut erhöhte der Fahrer seine Geschwindigkeit und wollte mich in den linksseitigen Graben drängen. Dazu kam es nicht, denn vor mir öffnete sich eine Seitenstraße, ich bremste und bog ab. Das andere Fahrzeug blieb auf der Hauptstraße und verschwand. Es war ein silbergrauer Honda Jazz mit verdunkelten Scheiben.

Mit proppenvollem Kofferraum kam ich von meiner Einkaufstour zurück und parkte vor dem Hotel. Sofort kamen alle, die gerade nichts zu tun hatten, herausgerannt und in Windeseile war der Wagen geleert. Nachdem ich einen rechtsgültigen Parkplatz gefunden hatte, stieg ich die Stufen herab in die Rezeption.

„Hallo Boss, da war Besuch für dich da“, begrüßte mich Kim.

„War es ein Thai oder war es ein Farang und hat er dir seinen Namen genannt?“

„Nein, es war kein Farang, sondern ein Thai-Mann im eleganten Anzug und mit Krawatte. Und er hat sich nicht vorgestellt.“

„Ein Thai-Mann im Anzug? Kanntest du den? War der schon mal hier?“

„Nein, diesen Typen hatte noch niemand zuvor gesehen.“

„Mr. Hoki war es auch nicht?“

„Du meinst der Anwalt? Nein, den kennen wir doch.“

Wer war der elegante Mann, der mich besuchen wollte? Ich wusste es nicht, hatte keine Idee und keine offene Verabredung – wie an den meisten anderen Tagen war mein Terminkalender auch heute leer.

„Hat er denn gesagt, was er von mir wollte?“

„Er hat etwas Komisches gesagt Boss, was ich nicht verstanden habe.“

„Etwas Komisches hat er gesagt? Was war das denn?“

„Ja ziemlich komisch", Kim schaute mich unsicher an. „Er hat zu mir gesagt, dein Boss hat noch eine Rechnung offen. Aber ich weiß nicht, was das bedeutet."

In mir stieg langsam eine bestimmte Ahnung hoch, doch ich ließ mir nichts anmerken und antwortete: „Na, wenn es wirklich wichtig war, dann kommt er bestimmt noch mal wieder."

Oder doch?

Die meiste Zeit des Tages verbrachte ich im Hotel. Wenn ich mich nicht mit dem Computer beschäftigte, saß ich mit Kun und zwei, drei meiner Angestellten auf der Terrasse und wir beobachteten die vorüber flanierenden Touristen. Spöttische und abfällige Bemerkungen über die Passanten, wie sie aussahen, wie sie sich verhielten und was sie gerade machten, brachten Kun auf die Palme und waren mir streng verboten, also hielt ich den Mund.

Die Urlauber mit einer bereits fest gebuchten Unterkunft spazierten auffallend locker und lässig herum. Sie unterschieden sich in Auftreten und Benehmen von den anderen, die sich konzentriert umschauten und noch auf der Suche nach einer Bleibe für die nächsten Nächte waren. Das war die Gruppe, der unser höchstes Interesse galt, das waren die Leute, die uns stets aufs Neue aufmerken und hoffen ließ.

„Da hinten kommen zwei Paare, ich glaube, die sind auf der Pirsch!"

„Na klar suchen die, das sieht man doch. Der Mann hat einen Prospekt oder einen Stadtplan in der Hand. Die sind garantiert noch ohne Hotel!"

„Ich finde, sie sehen aus, als wollten sie längere Zeit bleiben!"

„Stimmt, finde ich auch, die buchen für mindestens zwei Wochen und ich wette, die wollen direkt am Strand wohnen."

„Na, das wollen doch die meisten. Aber wo gehen sie denn jetzt hin?"

„Sie kommen geradewegs auf uns zu."

„Quatsch, das denkst du! Schau mal genau hin, sie biegen ab!"

„Oh nein, das können sie nicht machen. Doch nicht diese Bruchbude, Leute, das ist nichts für euch, ihr habt doch Ferien!"

„Achtung, nicht hingucken, sie blicken zu uns herüber, alle vier gleichzeitig, seht ihr?“

„Sie kommen, sie kommen immer näher, ich glaube, die wollen tatsächlich zu uns.“

„Benehmt euch doch nicht so auffällig, ihr müsst so tun als wäre nichts!“

„Schau nicht immer auf die Straße Kim, die denken sonst noch, wir warten auf sie!“

„Verdammt noch mal sie wollen doch nicht zu uns! Wieso gehen sie denn weiter?“

„So ein Mist, warum kommen sie nicht wenigstens mal rein und fragen nach den Preisen?“

„Da ein Taxi! Es kommt bestimmt vom Flughafen. der wird immer langsamer! Das Taxi kommt näher, es will zu uns!“

„Nee, das Taxi nicht, das fährt vorbei, aber der blasse Dicke, da, der mit dem großen Ladyboy…“

Ging ein solch arbeitsreicher Tag zur Neige und es wurde dunkel, waren Kun und ich froh, unseren Arbeitsplatz hinter uns zu lassen, um eine alternative, stressfreie Umgebung aufzusuchen. Ähnlich verhielt es sich mit dem Essen. Okay, wir hatten ein eigenes Restaurant und einen Koch, der von uns entlohnt wurde. Alles, was wir im Hotel bestellten und zu uns nahmen, musste nicht bezahlt werden. Es war uns trotzdem unmöglich, nach einem langen Tag mit noch längeren Wartezeiten auch noch den Abend auf der Terrasse zu verbringen.

Also gingen wir aus, zuerst in ein Restaurant, später dann häufig in eine Bar mit Pooltable. Nach und nach lernten wir andere Leute kennen, die mit uns redeten und uns zum Spielen aufforderten. Kun war sehr geschickt mit dem Queue und erwies sich als ausgezeichnete Spielerin. Ich legte meine Konzentration und meinen Ehrgeiz hinein, um sie zu schlagen, was mir zu meinem Ärger nur selten gelang.

Weil unser Hotel keine Kreditkarten akzeptierte, sondern ausschließlich Bargeld annahm, schleppte Kun am Abend in ihrer Handtasche die gesamten Tageseinnahmen – und in der Saison waren das oftmals größere Summen – mit sich herum.

Wir waren wieder mal zum Pool spielen verabredet, ich hatte sie den ganzen Tag über getriezt, provoziert und angestachelt. Nun saß ich schon eine halbe Stunde alleine an der Bar, wartete auf Kun, nuckelte an meinem Bier und wimmelte die Barfrau ab, die mit mir Billard spielen wollte.

„Oh Darling, nur ein Spiel, spielst du bitte nur ein Spiel mit mir?"

„Thank you, sorry, aber ich warte auf meine Lady, die kommt jeden Augenblick und dann wollen wir sofort anfangen."

Doch sie kam nicht, sie ließ sich nicht blicken, verdammt, was hatte das zu bedeuten? Ans Telefon ging sie auch nicht, meine Anrufe klingelten ins Leere. Die Zeit trödelte vor sich hin und bald war meine Freundin mehr als eine Stunde überfällig. Während des Wartens geriet ich ins Grübeln, denn ich wusste, dass wir am heutigen Tag mehrere Langzeitgäste begrüßen durften. Die Übernachtungen wurden im Voraus bezahlt, sodass viel Bargeld zusammen kam, heute bestimmt über 200.000 Baht.

Viele Menschen in Thailand verdienen nicht mehr als 10.000 bis 12.000 Baht im Monat – nach dieser Rechnung würde Kun am heutigen Abend eineinhalb Jahresgehälter mit sich herumtragen. Ohne es zu wollen, begann ich darüber nachzudenken, wie sich ein mittelloser Mensch in Deutschland verhalten würde, wenn sich ihm die Gelegenheit böte, ohne jeden Aufwand an eineinhalb Jahresgehälter zu kommen. Ich schüttelte meine finsteren Gedanken ab, weigerte mich, meinen aufkommenden Verdacht weiterzuverfolgen und unterdrückte jede negative Überlegung.

Doch Kun blieb verschollen und ließ sich nach wie vor nicht blicken. Ich saß einsam und alleine an der Bar, ich wartete und hoffte und versuchte erneut vergeblich, sie telefonisch zu erreichen. Ich konnte nichts dafür, es fiel mir schwer, mich dagegen zu wehren, doch meine unschönen Befürchtungen glimmten und schwelten unter der Oberfläche und breiteten sich aus.

200.000 Baht, das ist für den kleinen Mann und genauso für die kleine Frau in Thailand eine Riesensumme. Für den Einheimischen, der im Armenhaus Isan groß geworden ist, stellt sie ein unerreichbares Vermögen dar. Die meisten der Bewohner des Isan werden ihr Leben lang keine 200.000 Baht als eine Summe zu Gesicht bekommen. Die Nachrichten meldeten tagtäglich, dass für sehr viel kleinere Beträge Leute überfallen und ausgeraubt wurden. Ich hatte gehört, dass man für nicht mehr als 10.000 Baht einen Auftragskiller finden könnte. Still und nur für mich, doch immer drängender, fluchte ich in mein verfinstertes Innenleben hinein:

„Kun! Darling! Bitte komm! Verdammt, du weißt doch, dass ich es hasse, zu warten! Los jetzt Kun, lass dich endlich hier blicken!"

„Ach Kun, tu mir das nicht an, wieso verspätest du dich? Außerdem kann ich dich nur dann beim Pool schlagen, wenn du mitspielst!"

„Kun, verflucht noch mal, was soll dieser Scheißdreck! Komm endlich her!"

Das alles waren unnütze Beschwörungsformeln, magisch unwirksame Zaubersprüche, substanzloser Hokuspokus. Sie wurde vermisst, blieb verschwunden und war partout nicht auffindbar. Sollten sich die pauschalen Einschätzungen und überall anzutreffenden Vorurteile über die Gesamtheit der Thai-Ladys doch als real erweisen? Sollten die ewigen Nörgler, Stänker und Besserwisser recht behalten? Sollte auch für Kun Geldgier und Habsucht wichtiger sein als unsere vertraute und innige Beziehung, die jetzt schon ein paar Monate lang anhielt?

Wie sehr würde ich mich ärgern, sollte ich wahr und wahrhaftig zu einem dieser Deppen mutieren, der auf dieses falsche Spiel hereingefallen ist. Ich konnte und wollte es immer noch nicht glauben. Fakt und unumstößliche Tatsache war dennoch: Kun war nicht da, wo sie von mir vor mehr als einer Stunde erwartet wurde, sie hielt unsere Verabredung nicht ein und ihr derzeitiger Aufenthalt war mir nicht bekannt. Die Einnahmen von mehr als 200.000 Baht reizten und lockten in ihrer Tasche, sie schleppte sie mit sich rum, ungehindert konnte sie sich, wenn sie wollte, per freien Zugriff bedienen.

„Ich muss mal kurz rüber nach Patong", erklärte ich der Barfrau, die vor lauter Langeweile alle zehn Minuten den Tresen abwischte. „Ich komme aber auf jeden Fall zurück. Falls Kun in der Zwischenzeit auftaucht, kannst du ihr bitte ausrichten, dass sie unbedingt hier bleiben und auf mich warten soll?"

„Klar Dieter, das mache ich doch gerne. Ich werde sie hier festnageln für dich."

Ich setzte mich ins Auto und raste über die leicht hügelige Landstraße zurück zum Hotel, wo unsere Einsatz-willige Nachtschicht tatenlos und unbeschäftigt auf der Terrasse lungerte und mit ihren Handys spielte.

„Hi, Boss, hast du was vergessen?"

„So ähnlich. Könnt ihr mir sagen, wann Kun hier im Hotel losgefahren ist?"

„Kunai? Die war doch schon lange vor dir weg, bestimmt seit zwei oder drei Stunden!"

„Und wohin wollte sie, was hatte sie noch vor, hat sie mit euch darüber gesprochen?"

„Na, sie wollte dich in einer Poolbar treffen und dich besiegen, hat sie gesagt und sich dabei kaputt gelacht. Ist sie denn nicht gekommen?"

„Nein, ich warte inzwischen mehr als eine Stunde vergeblich auf sie, aber sie ließ sich nicht blicken, wo kann sie denn wohl stecken, was meint ihr?"

„Sorry, darüber wissen wir nichts. Ist denn etwas passiert oder warum suchst du sie?"

Aufgelöst verließ ich das Hotel und raste mit klopfendem Herzen zurück zur Poolbar. Es gab keinen Parkplatz in der Nähe, ich musste in die Parallelstraße ausweichen, stellte das Auto ab und steuerte wütend die Bar an.

Auf einmal war alles wieder gut, nichts hatte sich geändert, es gab keinerlei Grund zur Aufregung, keine Stress auslösende Situation, keinen Beweis für Untreue und es war unnötig in Sorgen zu verfallen. Da saß sie, da thronte meine Kun auf einem Barhocker, trank ein Bier und plauderte lachend und fröhlich mit der Barfrau. Sie blickte mir lächelnd entgegen, als ich die Straße überquerte und auf sie zuging.

„Mensch Kun", fuhr ich sie in immer noch erregtem Zustand an. „Wo zum Teufel hast du gesteckt? Ich habe über eine Stunde lang auf dich gewartet! Wieso habe ich nichts von dir gehört? Und wieso konnte ich dich nicht erreichen?"

„He, komm, was ist denn mit dir los? Reg' dich mal schnell wieder ab", erklärte sie mir in ruhigem Tonfall.

„Du willst wissen, wo ich war? Ich war zu Hause in Karon. Wir haben heute so viel Geld eingenommen, das wollte ich nicht den ganzen Abend mit mir herumtragen."

Ach so war das? Mir fiel ein Stein vom Herzen. Was war ich doch für ein Dummkopf! Natürlich wollte sie diese große Summe nicht in ihrer Handtasche aufbewahren, wenn wir um die Häuser ziehen. Wieso war ich nicht selber darauf gekommen? Und wieso hielt ich mich bisher für einen intelligenten Menschen? Ja, wieso eigentlich?

„Okay, du warst also in unserem Haus. Bist du zu Fuß gegangen oder warum hast du so elend lange dafür gebraucht?"

„So ein Unfug, also wirklich. Ich war in zehn Minuten mit dem Moped in unserem Bungalow. Dann wollte ich mich kurz ausruhen, habe mich hingelegt und bin eingeschlafen, ist das so schlimm?"

Ich beugte mich über meine kleine Freundin und gab ihr einen langen Kuss auf die Stirne. Es gefiel ihr mal wieder nicht, dass wir in der Öffentlichkeit zärtlich zueinander waren, deshalb drehte und wendete sie ihren Kopf, um mich vom Küssen abzubringen. Auf einmal war ihr kleines, niedliches Gesicht direkt vor mir und meine Lippen wanderte von ihrer Stirne zum Mund, was ihr noch weniger passte. Doch für einen kleinen Moment musste sie dann auch mal das Publikum drumherum vergessen.

„He, was soll das? Lass das bitte", Kun schüttelte mich ab, so kannte ich sie, doch ich wollte ihr einfach demonstrieren, wie erleichtert und zufrieden ich nach meiner unerfreulichen Wartezeit mit ihren negativen Gedanken war. Sie kann schließlich nicht aus ihrer Haut und auch nicht raus aus ihren Gewohnheiten.

Denn so sind sie nun mal, die Menschen vom Volksstamm der Siamesen. Sie schlafen tief und fest, wann und wo sie wollen. Ohne groß nachzudenken und erst recht, ohne nachzufragen. Unbekümmert, sorglos, gleichgültig und gedankenlos. Nicht so verbissen, kritisch, nachdenklich, besorgt und pessimistisch wie wir, von der Volksgruppe der mitteleuropäischen Farangs.

Versprechen

Jahrzehntelang hatte ich mich auf hohem Niveau als Werbetexter, Ideenfinder und Kampagnenmacher engagiert. Mit Haut und Haaren und voller Überzeugung verschrieb ich mich der uneigennützigen Gilde der Dienstleister. Einsatz und Engagement für den Auftraggeber, seine Aufgaben und seine Probleme standen für mich immer an erster Stelle.

Doch Dienstleister gibt es viele und jeder versucht mögliche, potenzielle Kunden auf sich und seine Leistungen aufmerksam zu machen. Wie soll ein zaghaft-zweifelnder, unentschlossen-unsicherer Kunde erkennen, wer von der Vielzahl an Anbietern die von ihm geforderten Aufgaben perfekt erfüllen kann? Wie soll er unterscheiden, dass er soeben einen echten Könner und Kenner getroffen hat, einen Experten, der ihn in seinem Business klug unterstützt und weiterhilft? In einer anderen Begegnung jedoch nicht erkennt, dass er einem, ebenfalls in stilechtem Boss-Zwirn gewandeten, klug daher schwafelndem Scharlatan seine kostbare Zeit gewidmet hat?

So sieht er nun mal aus, der Kampf um Kunden und Etats. Jeder aus dieser Gilde versucht mit eidesstattlich wirkenden Auftritten, zweifelhaften Erfahrungen und suggestiven Argumenten zwiespältige Kunden für sich zu gewinnen. Ich verhielt mich mit meiner Werbeagentur nicht viel anders als die anderen. Es ist ungemein schwer, auf Manager einzuwirken, die man nicht kennt, auf die man sich nicht einstellen kann und mit denen man oft nur mit Glück auf der viel zitierten gleichen Wellenlänge herum plätschert.

Voller Neid und auch mit ein wenig Bewunderung schaute ich nach Vietnam. Dort ist es der heimischen Dienstleistungsbranche gelungen, ein Signal zu kreieren, ein unschlagbares Argument in puncto Qualität vorzuweisen, dem kein Kunde etwas entgegenzusetzen hat: Das Angebot, das ich anspreche, ist die professionelle und erfahrene vietnamesische Prostituierte, das Freudenmädchen, die Nutte, die sich alle ihre Zähne ziehen ließ, um auf diese Weise ihren Kunden zu vermitteln, dass sie ihr Versprechen garantiert auch einlösen wird! Dramatischer geht es nicht! Plakativer kann man es nicht ausdrücken! Für mich als Kommunikations- und Marketingmann handelt es sich hierbei um eines der besten Verkaufsversprechen überhaupt.

Gerüchteweise sollte es in Patong eine neue Bar mit einem neuen, emotional-interessantem Service für einsame oder verklemmte männliche Seelen geben. Aus Pattaya war bekannt, dass dort ein Betrieb mit dem vielversprechenden Namen „Pumpstation" erfolgreich Kunden zufriedenstellte. Da wollte oder konnte Phuket nicht länger hinterherhinken. Das neue Etablissement firmierte unter der eindeutigen Bezeichnung „Blow Job Bar."

Wie kann man einen lauwarmen, tropischen Abend unterhaltsamer verbringen als neue, anregende Erlebnisstätten auszukundschaften? Neue Anreize für die Gefühlswelt zu entdecken? Mit Hubert und Lutz, zwei neugierigen, stark interessierten und nach echten Abenteuern lechzenden Hotelgästen machte ich mich auf dem Weg, den bislang unerforschten Service auszukundschaften. Von einem Bekannten, der das Etablissement bereits besucht hatte, erhielt ich eine detaillierte Wegbeschreibung. Von der Soi Bangla bogen wir ab in die Soi Tiger. Nach 100 Metern, am Ende der Straße, wies uns eine schwach glimmende Glühbirne den sündigen Pfad. Ein unverkennbares Schild, ein verführerischer Pfeil, eine aufreizende Werbung, oder ein sonstiger Hinweis waren nicht auszumachen.

Es ging eine schmale Treppe hinauf und dann eine noch schmalere Treppe hoch bis in den zweiten Stock. Die Stiegen mündeten in einem nicht sehr großen Tresenraum mit sechs oder acht leeren, unbesetzten, kundenfreien Barhockern. Über den Raum und hinter der Bar verteilt stellte sich eine Handvoll Ladys in Positur und lächelte den Ankömmlingen kollektiv verheißungsvoll zu.

Auf dem Weg zur Blow Job Bar hatte ich mir ein paar abgehalfterte, durchgenudelte, ausgemusterte und eventuell auch zahnlose Vogelscheuchen vorgestellt, die uns ihr geübtes Mundwerk anbieten würden.

Das war nicht der Fall. Von den Ladys in der Bar war keine einzige über 25 Jahre alt. Uns begrüßten sehr junge, neue und frisch importierte Isan-Girls, wie sie tagtäglich zur Verstärkung auf Phuket eintrafen. Sie hatten ihre heimatlichen Gefilde verlassen, um der Langeweile des ländlichen Allerleis zu entrinnen. Um nicht länger bettelarm zu sein. Um auch mal mehr als fünf Euro am Tag zu verdienen. Um sich ein Handy kaufen zu können. Um mehr als zwei T-Shirts im Schrank zu haben. Dafür waren sie zu allen Schandtaten bereit. Also hier, in der Bangla, genau richtig.

Doch Moment mal, fiel mir in dieser Sekunde ein, vielleicht lockten uns in diesem Vorraum nur die Töchter oder Cousinen, die Aufreißerinnen in Zuhälterfunktion, die für ihre im dumpfen Opiumrausch dahindämmernden Mütter, Omas und Tanten im schummrigen Hinterzimmer die schmachtenden Freier anmachten und die gemeinsame Kasse hielten?

Nicht zu vergessen: Wir befanden uns in der Bangla! Dem Ort an dem alles möglich war, oder?

Meine beiden Hotelgäste betrachteten das Lady-Aufgebot und dann sahen sie fast gleichzeitig mich an. Ich konnte mir denken, was sie bewegte.

„Hm. Hm." Hubert, der ältere der beiden, räusperte sich. „Ist das hier nicht …?", fragte er mit einem zaghaften Grinsen in den Raum hinein.

„Doch, doch, Darling, du hast uns gefunden und bist hier richtig. Das ist die neu eröffnete Blow Job Bar", antwortete die vermutlich älteste der Ladys.

Sie war stark geschminkt und hatte sich einen riesigen, dunkelroten und dadurch absolut unverfehlbaren Mund mitten ins Gesicht gemalt.

„Wie sieht's aus? Wollt ihr unsere Einladung annehmen oder seid ihr hier, um euch zu besaufen?"

„Aber gewiss doch nehmen wir es an! Deshalb sind wir hier! Wir würden nur gerne wissen, wer von euch den Service macht?"

„Wer den Service macht?", wiederholte der Riesenmund. „Habt ihr das gehört, Ladys?" sprach sie ihre Kolleginnen an. „Wer den Service macht! Du bist aber lustig! Alle diese Ladys hier sind der Service!", sie deutete in die Runde. „Was hast du denn gedacht? Dass wir dich an eine Melkmaschine anschließen? Ne, ne, das erledigen wir selbst. Du kannst dir aussuchen, wen du willst."

Meine Begleiter bestellten zwei Bier und zwei der Ladys kamen auf sie zu und schauten die beiden Männer schmachtend an. Lutz und Hubert prosteten sich zu und tranken ihr Bier.

„Na komm, worauf warten wir noch, legen wir los", meinte Lutz und stellte sein Bier auf den Tresen. „Mir platzt sonst noch die Hose."

„Wir haben schließlich Ferien. Und wir sind auf Phuket", rechtfertigte sich Hubert und stellte ebenfalls sein Bier ab.

„Dann wünsche ich euch viel Spaß", rief ich meinen Gästen zu. „Lasst ihn euch aber nicht abbeißen!"

Beide lachten laut auf. „Und du, Dieter? Was ist mit dir? Machst du nicht mit?"

„Geht ihr mal alleine ins Vergnügen", war meine Entgegnung „Ich warte draußen, in einer der nächsten Bars, gleich hier in der Straße. Wir treffen uns dort, wenn ihr wollt."

„Was ist denn mit dir los, wieso bist du nicht dabei, willst du kneifen, oder kriegst du keinen hoch?" wunderte sich Hubert.

„Das kann ich euch erklären", war meine Antwort.

„Ich habe ein Hotel und ich bin übers Jahr hinweg jeden Tag hier in Patong. Wenn meine Gäste es wünschen, dann bin ich gerne mit ihnen als Guide unterwegs. Doch ihr müsst bitte verstehen, dass ich nicht jede Vergnügung mitmachen kann."

Von Anfang hatte ich mir vorgenommen mich auszuklinken, wenn meine Gäste sich auf sexuelle Abenteuer einlassen. Ich wollte verhindern, dass ich ins Gerede kam, dass dumme Gerüchte die Runde machten, dass über mich und mein Privatleben hergezogen wird und dadurch negative Schlagzeilen über das Hotel in Umlauf kommen.

Lutz mischte sich ein: „Ist schon gut, das muss doch jeder selbst wissen“, beschwichtigte er Hubert. Zu mir gewandt: „Wir sehen uns dann später.“

Hubert machte eine bedauernde Geste und wandte sich an die Ladys:

„Okay. Yes, of course, we want your service. Me and my friend. How much is it for one of us?“

„700 Baht.“

„700 Baht? Okay, that’s nice.“

Unternehmungslustig sprangen Lutz und Hubert von ihren Barhockern. Die zwei Ladys gingen voraus, öffneten die Türe zum Nebenraum und alle vier verschwanden dort.

Lärm

Wieder mal gönnten wir uns eine Abwechslung zum Hotel, zum Warten und zum Nettsein um jeden Preis und dem Hinterherhecheln bei jeden einzelnem Gast. Wir befanden uns auf Shopping-Tour in Phuket Town. Im alten Teil der Inselhauptstadt mit ihren typischen, kleinen, noch von den portugiesischen Kolonialherren erbauten Häusern, die teils frisch gestrichen, teils im Urzustand verwelkten und verrotten.

Kurze, enge, verwinkelte, barbarisch zugeparkte Straßen. Schleichender, einspuriger Verkehr. Aufheulende Motorräder. Passantengeschiebe. Eingepferchte Shops, Hinterhöfe, Massagen, Reisebüros, Garküchen. Der Kreisverkehr mit seinem Springbrunnen. Die bunten, inoffiziellen Busse zu den verschiedenen Zielen der Insel. Der alte, offene Markt, bestimmt von Gemüsen, Papaya, Mango und Bananen. Kein Fleisch, keine Fische. Der neue Markt im neuen Gebäude, mit wenigen Besuchern und noch weniger Verkaufsständen, weil ihn niemand an dieser Stelle haben wollte.

Der golddekorierte und fahnengeschmückte chinesische Tempel. Die Shops mit den gebrauchten Büchern in 500 Sprachen. Die großen Hotels, die hier viel preiswerter sind als die großen Hotels in Nähe der Strände. Die teuer und schmuddelig zugleich wirkenden Nightclubs. Der Expo-Textilmarkt. Die Affenstraße. Der Range Hill mit seinem minimalen Park und der hübschen Aussicht.

Weil wir uns dreist wie nur Chefs sein können, einen halben Tag in Phuket Town genehmigten, kamen wir erst am frühen Nachmittag ins Hotel. Und wurden unverzüglich mit negativen Nachrichten bombardiert:

„Boss, zwei gute Zimmer, zwei Zimmer mit Seaview sind vorzeitig ausgezogen. Das Paar im ersten Stock wollte eigentlich noch zehn Tage bleiben. Und der Single-Mann aus der obersten Etage hatte sogar noch zweieinhalb Wochen vor sich."

„Aber warum sind sie denn weg, was hat ihnen nicht gepasst, was war der Grund?"

„Es ist ihnen zu laut bei uns, das haben alle beide gesagt."

„Zu laut? Woher kommt denn auf einmal der Lärm her, oder meinten sie das Geschrei vom Strand und das Rauschen der Brandung?"

„Nein, nein, sie meinen die Baustelle im nächsten Haus."

Wie auf Kommando setzte ein höllisches Getöse in einer Lautstärke ein, wie man sie von der Bearbeitung mit Presslufthämmern in Steinbrüchen kennt. Ich ging auf die Terrasse und blickte hinüber zur Bauruine nebenan, an der seit ein paar Tagen aktiv renoviert wurde. Das alte Gemäuer war komplett entkernt worden, nur ein paar Wände blieben stehen. Die vier Fenster, die auf die Terrasse der Villa del Mar blickten, wurden gleich zu Baubeginn mit roten Ziegelsteinen vermauert, was ich mit Freude registrierte. Dadurch waren neugierige Blicke auf unsere Tische und Gäste nicht mehr möglich.

Leider hatte ich mich zu früh gefreut. Denn jetzt waren die Arbeiter dabei, die erst kürzlich vermauerten Steine wieder herauszubrechen. Dafür benutzten sie mickrige, kleine Handbohrmaschinen, dem Anschein nach bestückt mit schrottreifen, ausgedienten und ausgeleierten Bohrern. Die Löcher, die durch diese lächerlichen Werkzeuge entstanden, waren winzig, blieben winzig und vergrößerten sich nur langsam. Der Lärm, der sich dabei entwickelte stand in keinem Verhältnis zum Arbeitsergebnis.

Diese altertümlichen Mini-Bohrer kamen in den folgenden Tagen für jeweils acht Stunden zum Einsatz. Ein monotones, eindringliches, schläfrigschrilles, unausweichlich nervtötendes Bohrgeräusch bestimmte tagelang die

Stimmung auf der Terrasse. Die offensichtlich Lärm-resistenten Arbeiter grinsten zu uns herüber und wunderten sich wahrscheinlich über die wütenden Blicke, die sie zurück bekamen.

„Was haben wir doch für ein verdammtes Pech", resigniert beklagte ich mich bei Kun. „Es kann gut sein, dass bei diesem Getöse noch mehr Gäste ausziehen."

„Und zum Essen ins Restaurant kommt auch niemand", ergänzte Kun.

„Vielleicht haben wir Glück und eine Reisegruppe mit hörgeschädigten Touristen sucht eine Unterkunft", witzelte ich.

Doch das war dann wohl zu viel verlangt. Der Lärm hielt an, solange, bis auch das letzte Fenster vom Mauerwerk befreit war. Und es gab nichts, rein gar nichts, was wir dagegen tun konnten.

Schwarz

Diese groteske Erscheinung fehlte noch in der Raritätensammlung skurriler Gäste unseres Hotels! War er nun krank, gestört, blockiert, aggressiv, traumatisiert oder fehlten ihm schlichtweg ein paar Schrauben, auf denen das Wort normal stand und die festgezogen werden mussten? Er hieß Tobias, war Mitte 40 und damit gleichaltrig, wie seine unscheinbare, blasse Begleiterin. Er trug ein bleiches, unauffälliges Alltagsgesicht mit sich herum. Alles andere an ihm war schwarz. Es würde mich sehr wundern, wenn in seinem Inneren, also in seiner Seele oder seinem Gehirn helle Stellen aufzutreiben wären.

Schwarze Jeans, schwarzes Hemd mit glänzenden Metallknöpfen, die militärisch aussahen und wohl auch so aussehen sollten. Schwarze, waden-hohe Fliegerstiefel, die er nur halb geschnürt trug und aus denen ebenfalls dicke, schwarze Wollsocken herausragten. Fliegerstiefel und Wollsocken im tropischen Thailand! Das regt doch gleich die Geruchsphantasie an!

Schwarz waren auch seine Haare, viel zu schwarz, um als Naturprodukt durchzugehen. Originell durchgeknallt war die Frisur: Die linke Hälfte seines Kopfputzes hing herab bis auf die Schulter, auf der rechten Seite seines Mittelscheitels trug er seine Haare hingegen drastisch kurz geschnitten. Insgesamt ein Typ, der sich die größte Mühe gab, vom Scheitel bis zur Sohle der Außenwelt den hoffnungslos gestörten Zustand seiner Persönlichkeit zu demonstrieren.

Das Paar kam aus Deutschland und hatte für 14 Tage ein Seaview-Zimmer gebucht und zwar über die Hotel-Website. Eine Buchung, die bei mir Begeisterung auslöste, bewies sie doch, dass unser Online-Auftritt gefunden und gesehen wurde.

Perfekt kostümiert in seiner Aufmachung als schwarzer Mann stolzierte Tobias die heiße und helle, sonnendurchflutete Beach-Road auf und ab. Dass er dabei fast ausschließlich von nackter Haut, bunten und luftigen T-Shirts und knapper Bademode umzingelt war, interessierte ihn nicht. Er schien geradezu versessen darauf, sein Erscheinungsbild um jeden Preis peinlichst einzuhalten. Selbst am Strand, in entspannter Situation im Liegestuhl, konnte er sich nicht von seiner Montur trennen und behielt sogar seine Stiefel an.

Gleich am zweiten Tag kam er zu mir in die Rezeption, setzte eine drohende Miene auf und wetterte mich an: „Du verlangst allen Ernstes von uns, dass wir kein Papier in die Toilette werfen?"

„Ja, wir bitten unsere Gäste sich daran zu halten, wo ist das Problem?"

„Das Problem? Was soll der Quatsch?", fragte er angriffslustig. Ruhig und freundlich erklärte ich ihm:

„Das ist so: Du kannst die Abflussleitungen in Thailand nicht mit Installationen in Deutschland vergleichen. Weil die Rohre klein und eng sind, haben wir immer wieder Ärger mit Verstopfungen und das ist alles andere als lustig. Wir wollen einfach nur ein wenig vorbeugen und bitten unsere Gäste, uns dabei zu unterstützen. Kannst du das verstehen?"

„Verstehen? Blödsinn. Ich bin hier Gast, ich muss nichts verstehen, denn ich habe bezahlt, alles andere kannste vergessen."

Er drehte sich um und zog ab. Seine Frau machte auf mich einen normalen Eindruck und es sah auch nicht so aus, als würde Tobias sie dominieren, trotz seines martialischen Aussehens. Sie war nicht extrem gekleidet und verhielt sich so, wie man Urlauber auf Phuket kennt: Sie verbrachte ihre Zeit am Strand, achtete darauf, dass sie nicht zu viel Sonne abbekam, lag entspannt unter ihrem Sonnenschirm, las und hörte Musik. Ob sie wohl gelegentlich mit ihrem Gatten über sein lachhaftes Outfit diskutierte? Immerhin zeigte sie sich mit ihm und seiner absurden Ausstattung freiwillig in der Öffentlichkeit, was peinlich genug war.

Gegen Ende seiner ersten Woche suchte die finstere Erscheinung erneut das Gespräch mit mir und kam mir diesmal noch eine Spur aggressiver vor: „Hör mal, du bist doch hier der Boss, oder?"

„Stimmt, ich bin der Pächter des Hotels."

„Dann weißt du auch, dass wir zwei Wochen im Voraus bezahlt haben?"

„Richtig, euer Aufenthalt ist komplett bezahlt, vielen Dank."

Er rückte dicht an mich heran, sein bleiches Gesicht hatte ich direkt vor meinen Augen:

„Ich will das Geld für die zweite Woche zurück haben, ist das klar?"

Bemüht, Haltung und Fassung zu bewahren antwortete ich: „Moment mal, ich kann euch nicht umsonst bei uns wohnen lassen, das ist unmöglich."

„Das wollen wir auch nicht. Wir haben eine bessere Unterkunft gefunden. Viel besser als dieser Stall hier. Wir ziehen morgen aus, aber vorher will ich mein Geld zurück, verstanden?"

Er kam mir unangenehm nahe, ich fühlte mich bedroht und in die Enge getrieben. Was für ein schwachsinniges Verhalten! Ich wich zurück von der käsigen Visage, brauchte aber nur wenige Sekunden, um die Situation einzuschätzen: Tobias hatte gebucht und bezahlt, das Recht war klipp und klar auf unserer Seite. Es bestand keinerlei Veranlassung, den Mann auszuzahlen, auch dann nicht, wenn er das Hotel verlässt. Doch wir hatten Hochsaison und bekamen täglich Anfragen. Wir würden sein Zimmer schnell an neue Gäste vermieten.

„Dann lass mich mal nachschauen, wie viel du zurückbekommst", entgegnete ich und blätterte im Ordner mit den Anmeldungen. Tobias bekam sein Geld und zog am nächsten Tag mit seiner Liebsten aus. Ich war froh, diese kaputte Erscheinung nicht länger über unsere Hotelterrasse stiefeln zu sehen.

Bedrohung

Der geheimnisvolle Anzugträger hielt sein Versprechen und kam zu einem zweiten Besuch. Schon am nächsten Tag fuhr er vor und fand für seinen silbergrauen Jazz eine freie Parklücke direkt vor dem Haus. Er setzte sich auf die Terrasse, bestellte einen Kaffee und sagte dem Staff, dass er Dieter Hollender sprechen möchte. Nid informierte mich und ich beendete meine Arbeit am Computer. Leicht verunsichert ging ich an seinen Tisch, setzte mich dem Mann gegenüber und musterte ihn.

Kim hatte recht, der Typ war ungewöhnlich elegant gekleidet. In einem Urlaubsort wird üblicherweise legere und unkomplizierte Kleidung getragen. Formelle Anzüge oder Kostüme sieht man selten, deshalb fallen sie mehr auf als anderswo. Der dunkelblaue Anzug und die silbern gestreifte Krawatte passten stilistisch nicht unbedingt zum Gesicht des Besuchers. Er hatte eine dunkle Haut, einige vernarbte Akne-Souvenirs und grobe, ins Primitive reichende Gesichtszüge. Der Mann sah aus wie ein falsch angezogener, verkleideter Schläger.

„Herr Hollender, Sie wissen, warum ich hier bin?“, fragte er mich und sprach betont leise, sodass ich mich vorbeugen musste, weil ich ihn nur schwer verstehen konnte.

Ich schüttelte meinen Kopf: „Nein, ich habe keine Ahnung, was Sie von mir wollen. Was kann ich für Sie tun und worum geht es denn?“

„Um den Vertrag, Herr Hollender. Den Vertrag, den Sie zwar eingegangen sind, aber nicht eingehalten haben.“

„Ich habe einen Vertrag nicht eingehalten? Hier in Thailand? Davon weiß ich nichts. Welcher Vertrag sollte das denn sein?“

„Den Übernahmevertrag für ein Hotel mit Restaurant in der Rath-u-tip-Road hier in Patong. Zur Bestätigung und Bekräftigung leisteten sie eine Anzahlung in bar, die Quittung darüber kann ich Ihnen vorlegen. Das war im Juni des vergangenen Jahres und es existieren darüber hinaus verschiedene Zeugen für diesen Abschluss.“

Meine Vermutung bewahrheitete sich: Es ging um das Hotel in der Innenstadt, aus der Anfangsphase meiner Besichtigungen. Es gab ein kurzfristiges Interesse meinerseits und auch eine minimale Anzahlung.

„Sorry, aber das sehen Sie falsch. Ein Vertrag kommt erst dann zustande, wenn beide Parteien das Dokument unterschreiben. Das trifft für mich jedoch nicht zu. Was soll ich unterschreiben haben? Ich kann es Ihnen sagen: Nichts. Ich habe nichts unterschrieben. Erst recht keinen Vertrag für eine Hotelübernahme. Die Anzahlung, die Sie erwähnen, die verpflichtet mich zu gar nichts."

Der Mann verzog seinen Mund zu einem freudlosen Lachen:

„Das ist Ihre Meinung, Herr Hollender. Damit stehen Sie allein auf weiter Flur. Meine Klienten sehen das etwas anders", erklärte er mit einer Stimme, die mir trotz der geringen Lautstärke so bedrohlich vorkam, als würde er mir ein Messer an die Kehle halten.

„Sehen Sie, meine Auftraggeber stehen zu ihrem Teil der Abmachung, das heißt, sie sind zur Übergabe bereit und sie würden sich freuen, wenn Sie sich ebenfalls an die Vereinbarung halten."

„Aber das ist völliger Quatsch! Ich habe diesen Leuten schon vor einem dreiviertel Jahr eine E-Mail geschickt und mit klaren Worten abgesagt, weil ihr Angebot nicht meinen Vorstellungen entsprach."

Der Mann im Anzug erhob sich und legte einen Geldschein auf den Tisch. Er richtete sich kerzengerade auf, streckte den Arm aus und wies mit dem Finger auf mich.

„Es sieht nicht gut aus für Sie, denn dummerweise bestehen meine Klienten darauf, dass auch Sie den Vertrag erfüllen. Ich soll Ihnen ausrichten, dass man Ihnen entgegenkommt und Sie noch vier Wochen Zeit haben."

Ich reagierte ungehalten und hatte mich längst nicht so unter Kontrolle, wie mein Gegenüber.

„Vier Wochen Zeit sagen Sie? Das ist lächerlich. Wofür habe ich denn vier Wochen Zeit?"

„Um die komplette, vereinbarte Übernahmesumme aufzutreiben und meine Auftraggeber zu bezahlen."

„Hören Sie auf, das ist völliger Blödsinn. Sie sehen doch, dass ich mich für ein anderes Hotel entschieden habe."

Ich breitete beide Arme aus und umfing Hotel und Terrasse mit meiner Bewegung.

„Hier stecken auch meine Geldmittel drin. Restlos, denn mehr besitze ich nicht. Aber selbst wenn ich noch etwas übrig hätte: Ich bin an einem Standort mitten in der Stadt nicht interessiert."

Der Gorilla zuckte mit seinen breiten Schultern: „Pech für Sie, kann man nur sagen, das hätten Sie sich früher überlegen sollen. Also, bis dann."

„Bis dann? Bis dann? Was soll das heißen? Wollen Sie mich mit Ihrem Gerede etwa einschüchtern? Bedrohen Sie mich? Das lasse ich nicht zu, das können Sie mir glauben. Und hören Sie bitte auf hinter mir herzufahren und mich zu verfolgen, das ist alberner Kinderkram, wenn Sie damit nicht Schluss machen, schalte ich die Polizei ein."

Der Mann grinste mich frech an und machte eine kunstvolle Pause, bevor er antwortete:

„Polizei? Sie wollen zur Polizei gehen? Und sich beschweren, über mich? Mein Lieber, das wäre ein großer Fehler, da kann ich Ihnen nur von abraten."

Er nickte mir zu, drehte sich um, überquerte die Straße, stieg in seinen Jazz und fuhr davon.

„Dieter, wer war das denn und was wollte dieser Typ von dir?" Kun kam heraus auf die Terrasse und verlangte Aufklärung.

„Dieser Kerl will mich unter Druck setzen und mir Angst machen. Ich soll unbedingt dieses Hotel in der Stadt übernehmen. Und verdammt noch mal, ich glaube, das gelingt ihm auch."

In meinem Inneren spürte ich ein merkwürdiges, leicht zwickendes Gefühl empor kommen.

„So ein Mist aber auch! So eine Unverschämtheit! Wir können nichts tun, wir können nicht mal zur Polizei gehen!", erklärte ich Kun.

„Wieso denn nicht, wenn er dich bedroht? Da kannst du dich doch wehren, das ist kriminell!"

„Kun, die Bullen lachen sich kaputt, wenn ich bei ihnen antanze. Wir haben nichts gegen ihn in der Hand, weil er bisher nur geredet hat. Nein, der muss erst irgendetwas Unerlaubtes veranstalten, er muss mich angreifen oder etwas, das uns gehört zerstören. Sonst ist es völlig sinnlos, die Polizei einzuschalten."

Ich war nicht so gut drauf, denn mir fiel eine ganze Menge ein, was dieser Typ alles unternehmen könnte.

„Was kann er uns denn schon groß tun?“ Kun hatte offensichtlich nicht dieselben Vorstellungskräfte wie ich.

„Alles, Kun, alles! Er kann sich überall bemerkbar machen und wo immer er Lust und Gelegenheit findet, schweren Schaden anrichten: In unserem Bungalow, unserem Auto, hier im Hotel, mit unserem Personal, unseren Gästen. Glaube mir, wenn der es ernst meint, fällt ihm genug ein, um uns kleinzukriegen.“

Schlangenalarm

Die Hauptsaison auf Phuket hatte sich klammheimlich verdrückt. Nach zwölf regenlosen Wochen kam es wieder mal von oben herab. Erst tropfenweise, dann stundenweise und zuletzt eimerweise. Die Touristen reisten ab, nicht alle, aber die man sah, traten sich nicht mehr gegenseitig auf die Füße.

Die Nebensaison auf Phuket war angebrochen. Für die Menschen, die hier dauerhaft lebten, waren es die schönsten Monate des Jahres. Wenig Verkehr, leere Strände, nicht so viel Gedränge auf den Märkten und in den Shops und nur spärlich besuchte Restaurants und Bars. Für die anderen Menschen, die auch hier lebten und auf das Einkommen angewiesen waren, das sie durch ihr Business verdienten, waren es allerdings die am wenigsten erfreulichen Monate des Jahres.

Unsere die Villa del Mar bildete keine Ausnahme, das Hotel war schwach besucht, nur eine Handvoll Gäste belebte das alte Gemäuer. Per Internet stattete ich einigen Touristikforen Erinnerungsbesuche ab, es konnte nicht schaden, unser Hotel ins Gespräch zu bringen.

Während ich noch am Computer vertieft war, ertönten von oben, aus dem Treppenhaus herunter, spitze, hohe, schrille, auf jeden Fall durch und durch ängstliche, weibliche Schreie. So schnell es ging, sprang ich auf und raste die Treppe hoch. Auf dem letzten Treppenabsatz stand unser Gast Monika, eine kleine, mittelblonde Frau aus Kiel. Sie war Mitte vierzig, mit einem durchschnittlichen Aussehen und etwas zu viel an Gewicht.

Monika war immer noch Single und trug dieses bestimmte Gesicht mit sich herum, das unausgesprochen ausdrückte: „Ich weiß, dass ich keine Schönheit bin, doch was soll ich denn machen?" Jeder Single Mann, der einen Blick auf Monika riskierte, wurde wahrscheinlich von dieser Wucht an Selbstmitleid überwältigt und ergriff die Flucht so schnell er konnte.

Vor ihr auf der Treppe schlängelte sich eine sehr bunte, aber auch sehr kleine, ausgesprochen niedliche Schlange, nicht länger als ein Schullineal.

„Das ist doch nur eine Baumschlange", erklärte Nid, die mir hinterhergejagt kam.

„Wie ist die denn in das Gebäude reingekommen? Seit wann können Schlangen Treppenstufen steigen?" Ich wusste mal wieder nichts und war besorgt. „Wir sind hier immerhin im dritten Stock!"

„Diese kleinen Schlangen können unglaublich gut klettern. In der Natur kannst du sie oben in den Spitzen der Bäume finden. Sie ist wahrscheinlich außen an der Fassade hoch und dann durch ein offenes Fenster ins Haus geschlichen."

„Ist sie giftig und gefährlich? Kann sie mich beißen?", wollte die immer noch vor Angst erstarrte Monika wissen. „Immer nur mir passieren solche Sachen!"

Unvermindert hielt sie respektvollen Abstand zum kleinen, sich langsam hin und her windenden Reptil.

„Hm, das weiß ich nicht so genau", Nid war unsicher und offensichtlich keine Schlangenexpertin. „Ich glaube, sie hat Giftzähne, aber ihr Gift ist nicht tödlich."

„Aha, nicht tödlich. Ich weiß nicht, ob mich das beruhigt", erklärte uns Monika.

Nid sprach auf Monika ein, um ihr die Angst zu nehmen, erreichte mit ihren Ausführungen jedoch das Gegenteil und unser Gast zog sich ein paar Treppenstufen mehr zurück.

„Pass bitte auf und sei lieber vorsichtig, Nid", riet ich meiner Servicefrau. Sie lief die Treppen herab und kam eine Minute danach mit Handfeger und Kehrschaufel zurück. Die sich krümmende Schlange wurde in einem Wisch auf die Schaufel gefegt. Nid öffnete das Fenster im Treppenhaus und warf die Schlange im hohen Bogen hinaus.

„He, das kannst du doch nicht machen?", warf ich ihr vor. „Da unten ist der Zugang zu dem Hotel hinter uns. Stell dir vor, die Schlange bekommt jemand auf den Kopf!"

Bedauernd, aber mit einem Grinsen hob Nid ihre breiten Schultern und lachte mich an: „Na und? Ich sage nur: Adventure Holidays! Die Leute wollen doch was erleben, deshalb sind sie hier!"

Der Schmerzensschrei ein paar Wochen später war tiefer, lauter und männlich, deutlich eindringlicher und hörte sich ernster an. Sehr viel ernster. Der Schrei kam diesmal aus einem der Seaview-Zimmer im Erdgeschoss. Mit wenigen Sätzen schoss ich die kurze Treppe hoch und riss die Türe auf. Eine kleine Thai-Frau stand vor Angst bebend und händeringend im Türbogen zum Badezimmer. Wortlos, doch heftig mit ihren Armen gestikulierend, zeigte sie in das offene Bad hinein.

Mich erwartete ein unbeschreiblicher Anblick: Vor der aufgeklappten Toilette stand Ted, ein Hotelgast aus Amerika. Ich kannte Ted als selbstbewussten Mann mit einem souveränen und sicherem Auftreten, das zu seinem entschlossenem Gesicht mit dem kantigen Unterkiefer passte. Davon war aktuell nichts mehr zu sehen. Seine Hosen hingen ihm um die Knöchel und an seinem Penis hangelte und pendelte eine dunkelbraune, geschätzt etwa zwei Meter lange Schlange. Sie hatte sich in den amerikanischen Weichteilen festgebissen und ließ nicht ab von ihrer Beute. Mit beiden Händen hielt Ted den Kopf der Schlange umklammert. Blut spritzte aus der Bisswunde in die Toilette, an die Wände und in die nähere Umgebung.

„Please, help me, help me! Please!" Ted war starr vor Angst und Entsetzen und blickte mich und die dazu gekommene Nid voller Hoffnung an.

„Ted, bitte versuche ruhig zu bleiben, wir helfen dir sofort", rief ich ihm zu und gab mir Mühe, meine eigene Angst und Aufgeregtheit zu beherrschen. „Versuche bitte nicht in Panik zu verfallen, okay?"

„No Panic? No Panic? But what I have to do?", brüllte der arme, malträtierte Ted.

„Du kennst dich doch aus?", fragte ich die mitgekommene Nid. „Was meinst du, ist die Schlange giftig?"

„Ich kenne mich nicht aus", schrie Nid mit hoher Stimme, denn sie war ebenso aufgedreht wie ich. „Aber diese Schlange kennt jeder. Es ist eine Python, ja, ich bin sicher, es ist eine Python. Die sind nicht giftig, glaube ich."

Nid hielt sich zurück, blieb auf Abstand und wurde nicht aktiv. Erst wollte ich sie auffordern und zur Mithilfe anschreien, dann verstand ich, warum Nid nicht initiativ wurde: Es ging immerhin um die Genitalien unseres Gastes und da wollte oder konnte Nid nicht hinlangen. Es blieb mir nichts anderes übrig: Da musste ich selber ran. Ich packte den Kopf der Schlange und drückte massiv die Kieferknochen zusammen, doch das Tier ließ seine Beute nicht los.

„Verdammt, was können wir denn tun?", fragte ich Nid. „Mit den bloßen Händen kommen wir nicht weiter. Hast du keine Idee?"

„Zerschneiden!", rief sie. „Zerhacken! In Stücke zerlegen! Du wirst sehen, dann lässt sie los!"

Ted hatte uns aus weit aufgerissenen, zutiefst erschrockenen Augen zugeschaut, mitgehört und nickte Nid heftig zu: „Come on, let's go" Kill it! Kill it! Kill it quickly! Kill it!"

Nid rannte runter in die Küche und kam mit einem markanten, scharfem Hackmesser mit breiter Klinge zurück, wie man es vom Metzger kennt. Der gesamte, anwesende Rest des Personals folgte ihr auf dem Fuß und füllte den Raum. Sofort warf ich alle wieder raus, vor allem aus Rücksicht auf den entblößten Ted.

Ich hockte mich vor dem Amerikaner auf die Knie und zog die untere Hälfte der sich am ganzen Körper unentwegt rotierenden und wirbelnden Schlange aus der Toilettenschüssel heraus. Den mittleren Teil des Schlangenkörpers fixierte ich zwischen meinen beiden Händen auf dem Fliesenboden. Das Reptil war stark und bewegte sich kräftig und unaufhörlich. Ich musste meine ganze Kraft aufwenden, um das Tier für längere Zeit festzuhalten.

„Vorsicht Nid!", rief ich ihr zu. „Pass bloß auf, dass du mir nicht den Arm abhackst!"

Meine Angst war durchaus berechtigt, denn Nid war dabei mit ihrem Arm, der das Hackebeil hielt, weit auszuholen. Sie konzentrierte sich, nahm genau Maß und hackte mit einem einzigen, kräftigen Schlag den Schlangenkorpus an der Stelle zwischen meinen Händen komplett durch.

Das zweigeteilte Tier ließ sofort seine Beute los. Es war aber immer noch beweglich und lebendig und schaute sich angriffslustig nach dem neuen Gegner um. Ted machte einen Satz fort von der Toilettenschüssel nach vorne. Allen in dem kleinen Raum war klar: Jeder der Anwesenden konnte dieser neue Gegner sein. Wir flitzten raus aus dem Bad und verrammelten die Türe.

Drinnen tobte die schwer verletzte Python ihren Todeskampf aus, der noch eine Weile lang anhielt.

Ohne das Ende der Schlange abzuwarten, fuhr ich den verwirrten, blutenden und zutiefst eingeschüchterten Ted ins Krankenhaus nach Patong. Er wurde bevorzugt und sofort behandelt, die ständig und täglich im Krankenhaus herum lungernde Gruppe der zehn bis zwanzig Mopedunfälle musste sich gedulden. Seine Verletzung wurde gesäubert, desinfiziert und mehrfach genäht. Meine Wartezeit verbrachte ich zwischen den zugepflasterten Moped-Helden. Zwei Stunden später konnte ich Ted zurück ins Hotel nehmen.

„Heute verzichten Sie bitte auf Alkoholkonsum!", rief die Ärztin, die ihn behandelt hatte, noch hinter ihm her. Ted hatte einiges an Medikamenten eingenommen, die vorsorgliche, ärztliche Warnung ging ihm jedoch komplett am Arsch vorbei.

An diesem Abend saßen die wenigen Hotelgäste und unser Staff sehr lange auf der Terrasse. Ted konnte, musste und durfte sein verrücktes Schlangenerlebnis immer wieder erzählen. Je mehr Bier getrunken wurde, desto größer und länger wurde die Schlange. Und je größer die Schlange, desto gefährlicher wurde auch das Abenteuer, das er durchlitten hatte.

„Ich möchte zu gerne wissen, wie das Vieh in die Rohre gekommen ist", grölte Ted. „Normalerweise passt ja nicht mal Toilettenpapier durch", und erntete ein brüllendes Gelächter.

„Ich finde, du hast noch Glück gehabt", rief David aus Australien dazwischen. „Stell dir vor es wäre ein Piranha, der dir einen blasen wollte!"

Der gute Ted übte auf die Tierwelt in Thailand eine spezielle Anziehungskraft aus. Drei Tage nach dem Schlangenalarm drangen aus seinem Zimmer erneut schrille und grelle Angstschreie.

„Oh nein, nicht schon wieder", ich glaubte nicht richtig zu hören. Kim schüttelte nur seinen Kopf, dann stürmte er gemeinsam mit mir die Treppe hoch. Schief und mit verzerrtem Gesicht saß Ted – diesmal nicht auf der Toilette – sondern auf dem Bett und hielt sich das linke Ohr.

„Was ist los, warum schreit er so?", fragte ich seine kleine Thai-Lady.

„Es ist sein Ohr!", antwortete sie aufgeregt. „Schau bitte mal in sein Ohr rein, okay?"

„Was ist denn in Ted's Ohr?", war ihm jetzt etwa eine Schlange in die Gehörgänge gekrochen?

„Ein Insekt, eine Riesenmücke, ein solches Vieh", sie spreizte Daumen und Zeigefinger. „Es kam durchs Fenster geflogen, schoss auf Ted los und flog ihm direkt ins Ohr hinein!"

Ich trat zu Ted, dem allseits heiß begehrtem Ziel der gesamten, tropischen Tierwelt, der mit zusammengepressten Lippen auf der Bettkante hockte und seine Hand starr und fest auf sein Ohr gedrückt hielt.

„Lass bitte los, Ted! Ich kann sonst nichts machen!", mit Mühe zerrte ich seine Hand vom Ohr und schaute hinein. Der schwarze, hintere Teil eines monumentalen Insekts, bewehrt mit einem Furcht einflößendem Stachel, wackelte mir freundlich-drohend entgegen.

„Los Kim, sei so nett und lauf für Ted nach unten und hole mir eine Pinzette aus der First Aid Box."

Weil mir gerade Pinzette auf Englisch nicht einfiel, veranstaltete ich eindeutige Bewegungen mit Zeige- und Mittelfinger. Kim verstand was ich wollte, jedenfalls kam er mit einer Pinzette in der richtigen Größe zurück. Vorsichtig, um sie nicht zu durchtrennen und somit Ted's Ohr in ein langfristiges Insektengrab zu verwandeln, fasste ich mit der Pinzette den sichtbaren Teil des Tiers. Mit etwas Widerstand ließ es sich langsam aus dem Ohr ziehen und ich konnte es in voller Pracht bewundern. Meiner Ansicht nach war es eine Art Hornisse oder ähnlich. Zwischen zwei Handtüchern wurde der Eindringling durch mehrere kräftige Faustschläge vernichtet.

Ted schüttelte sich, stand auf und horchte in sich hinein – es schien alles in Ordnung zu sein. Na, da hatten die beiden bei ihrer Rückkehr gleich zwei exotische Jagdabenteuer zu berichten!

Das Auto war aufgeschlossen und ich wollte einsteigen, als ich den kleinen Jungen bemerkte, der vor der Kühlerhaube stand, mir etwas auf Thai zurief und dabei wie wild mit seinen Armen gestikulierte.

„So ein Mist, schon wieder Sabotage und platte Reifen?", dachte ich. Zugleich war ich dankbar, dass ich vor dem Losfahren auf die Reifenpanne aufmerksam gemacht wurde. Dann erkannte ich, dass der aufgeregte Junge nicht nach unten, nicht auf die Reifen des Autos wies, sondern dass er mir vorne, am Kühlergrill etwas zeigen wollte.

Seufzend stieg ich aus und ging dicht heran, schreckte aber sofort wieder zurück: Zwischen den waagrecht verlaufenden Aluminiumleisten des Kühlers schauten etwa 10 bis 15 Zentimeter eines züngelnden und sich windenden Schlangenkopfes heraus. Die Schlange war grün und schien nicht besonders groß zu sein. Ende und Schwanz waren nicht zu sehen, da sie im Motorraum steckten.

„Kop khun krap!", bedankte ich mich bei dem Jungen und steckte ihm einen Hundert-Baht-Schein zu, womit er nicht gerechnet hatte und ein freudiges Gesicht aufsetzte.

„Doch was machen wir jetzt?", fragte ich mehr mich selbst als den Jungen. Immer noch war ich im Umgang mit Schlangen ahnungslos. Doch mir kam eine wirksame Idee zur Abhilfe.

„Kannst du mir helfen?", ich bedeutete dem Jungen unters Auto zu schauen und gut aufzupassen, was da kreucht und fleucht. Vorsichtig, ohne mich groß und breit hinein zu setzen, startete ich durch das offene Fenster den Motor und ließ den Wagen im Leerlauf brummen. Wie erwartet, hatte sich die Schlange aus dem Kühlergrill verzogen. Doch dem Jungen war sie nicht mehr aufgefallen und er konnte mir demnach nicht garantieren, dass sie das Weite gesucht hatte.

Und nun? Befand sich die Schlange noch immer im Motorraum? Hatte sie es sich dort bequem gemacht? Oder hatte sie Lücken und Löcher gefunden, um in den sehr viel komfortableren Innenraum zu schlängeln und wartete jetzt in Angriffsstellung auf den Fahrer?

Um mehr zu erfahren und mich abzusichern, lief ich zurück ins Hotel, doch niemand konnte mir sagen, ob es sich um eine harmlose oder eine gefährlich-giftige Schlange handelte. Was also war zu tun? Ich ging zurück zum Auto, ließ den laufenden Motor ein paar Mal aufheulen, doch auch dieser unnötige Energieverbrauch führte nicht zum gewünschten Ergebnis: Die Schlange blieb unsichtbar.

Es dauerte mir dann doch zu lange und ich musste auch los, um zu meiner Verabredung zu kommen. Den Boden des Innenraums und die Stellen unter den Sitzen im Auto schaute ich mir gründlich an, fasste dann den Stier bei den Hörnern, setzte mich hinein und fuhr mit zusammen gebissenen Zähnen los.

Ein merkwürdiges, schwer zu beschreibendes Gefühl: War ich nun alleine im Auto oder hatte ich einen blinden, dafür aber eventuell bissigen Passagier an Bord, der sich irgendwann blicken lassen würde, um zwei dolchartig scharfe Giftzähne in meine Wade zu versenken? Oder handelte es sich um einen schüchtern veranlagten Mitfahrer, der nicht weniger Angst hatte als ich selbst? Erfahren würde ich es nie, denn von der Schlange war absolut nichts mehr zu sehen.

Hollywood

War das echt? Realität? Gegenwart? Jetztzeit? Erlebte ich das wirklich? Nahtlos gingen mein normales, gewohntes, tägliches Leben und meine dunklen Phantasien und depressiven Einbildungen ineinander über. Es war mir nicht mehr möglich, zwischen den beiden Ebenen zu unterscheiden. Durch das viele Grübeln und Nachdenken, das gegeneinander abwägen, das Für und Wider, Ja und Nein, Schwarz und Weiß, das mir unentwegt durch den Kopf ging und von dem ich nicht lassen konnte, wurde alles vermengt und verwirbelt.

Einen Teil des Tages war ich Hotelpächter, Aussteiger, Auswanderer, Abenteurer, unerschrockener Eroberer, der sich getraut hatte, einen Neuanfang zu suchen. Der stets gut gelaunte Hoteldirektor, der sich im heiteren Sonnenschein der Urlaubsinsel Phuket mit seinem Team um die Zufriedenheit der Gäste bemühte.

Einige Augenblicke später befand ich mich in einer illusorisch fiktiven und unnatürlich heißen tropischen Umgebung, wurde von finsteren Gestalten verfolgt und bedroht, ob zu Unrecht oder nicht war dabei erst mal egal. Alles hatte sich gegen mich verschworen, nichts gelang mir mehr. Ausschließlich negatives, depressives und pessimistisches Denken war mir möglich.

Es war eine unumstößliche Tatsache, dass ich rücksichtslos und energisch eingeschüchtert und bedroht wurde. Der breitschultrige Anzug auf der Terrasse war nicht meiner Gedankenwelt entsprungen, der Ganove war keine Ausgeburt meiner Phantasie und auch nicht aus einem Buch entlehnt, sondern kriminelle Wirklichkeit. Wir alle hatten ihn kommen und gehen sehen.

Wie bei den meisten skrupellosen und rechtswidrigen Aktionen ging es auch diesmal um Geld. Natürlich ging es um Geld. Geld, das mir ein paar Arschlöcher gerne abknöpfen würden, über das ich aber schon seit Monaten nicht mehr verfügte. Doch selbst wenn ich die fragliche Summe auf einem vergessenen Konto aufgetrieben oder im Lotto gewonnen hätte – niemals würde ich dieser absurden Forderung nachkommen.

Seit dem Besuch des Mafiatypen fühlte ich mich wie der Darsteller in einem alten, grell und heftig flimmerndem Schwarz-Weiß-Kriminalfilm. Nicht in der Haupt-, wohl aber in einer gewichtigen Nebenrolle. Ich spielte den Bedrohten, den Verfolgten, den Verlierer und Gedemütigten. Für diese Rolle musste ich mich nicht groß verstellen, nach dem beunruhigenden Auftritt empfand ich echte Angst und litt unter Verfolgungswahn.

In unserem Bad in Karon schaute ich beim Rasieren in den Spiegel, zeigte auf mich selbst und bestätigte meinem Spiegelbild, dass die Gefährdung tatsächlich existierte. Sie war vorhanden, sie begleitete mich, sie schwebte über mir und um mich herum. Meine Umgebung war kein Filmset in einem Aufnahmestudio und ich war keine Filmfigur, in dessen Rolle ich geschlüpft war. Es war wie es war, und es war nicht möglich, mit schlichtem Ausschalten diesen Alptraum zu verlassen und wieder auf null zu stellen.

Meine Phantasie machte sich selbstständig und sie malte mir in drastischen Bildern aus, was auf uns zukommen könnte, wenn die mir zugestandenen vier Wochen verstrichen waren. Jede Menge an körperlichen Gewalttaten fielen mir ein:

Schlägertypen lauern mir auf, um mich mit Schlagringen und Knüppeln blutig zu prügeln. Totschlagen würden sie mich voraussichtlich nicht, doch es würde wahrscheinlich auch ohne Sterben eine äußerst schmerzhafte Angelegenheit sein.

Ich stellte mir hungrige und scharf gemachte Kampfhunde mit aufgerissenem Mäulern und spitzen Zähnen vor, die auf mich gehetzt werden, um mir das Fleisch vom Leibe zu reißen, während der Anzugmann grinsend zuschaut und sich dabei die Nägel säubert.

Mit einer Schrottkiste, die eben noch geradeaus fahren kann, könnten sie mir an einer geeigneten Stelle auflauern und einen schweren Unfall verursachen.

Vor meinem geistigen Auge sah ich gewaltbereite Randalierer, die auf der Hotelterrasse unsere Gäste anpöbeln, beschimpfen und zu Streitigkeiten provozieren.

Unser Bungalow in Karon stand tagsüber leer. Ganoven könnten das spitzkriegen, eindringen, alles verwüsten und zu guter Letzt auch noch auf den Couchtisch scheißen.

In der Villa del Mar könnte eine Schlägertruppe auftauchen und alles kurz und klein schlagen. In einem verwüstetem Hotel würde kein einziger Gast auch nur einen Tag länger bleiben und unsere wirtschaftliche Basis wäre zerstört.

Diese gefahrvoll-gewalttätig-eingebildete Liste ließ sich bis in die Puppen fortsetzen. Was geplant war und was mir davon bevorstand, würde ich erfahren, sobald die vier Wochen verstrichen waren.

Da der Typ schon ein paar Wochen hinter mir her war, blieb mir keine Wahl: Seine Bedrohungen durfte ich nicht auf die leichte Schulter nehmen, ich musste im Gegenteil davon ausgehen, dass seine Auftraggeber sich tatsächlich im Recht fühlten und um jeden Preis versuchen würden, dieses Recht durchzusetzen. Wenn ich drangsaliert werde und einen auf die Fresse bekomme, nützt es mir wenig, wenn hinterher auf meinem Grabstein die Worte in Marmor gemeißelt sind: Er wurde zu Unrecht totgeschlagen. Als beängstigend und besonders beunruhigend empfand ich, dass mir die Drohungen professionell, in aller Öffentlichkeit, aller Seelenruhe und vollkommen unaufgeregt zugetragen wurde.

Mehrmals am Tag meinte ich, die heranziehende Gefahr körperlich zu spüren. Ich fühlte mich schlecht, deplatziert und es ging mir tagelang nicht gut. Auch deshalb nicht, weil ich viel häufiger als vorher silbergraue Honda Jazz erspähte. Auf jeder Straße, an jeder Ecke fielen sie mir auf. Sie fuhren vor mir her, sie überholten mich oder parkten im selben Parkhaus. Meistens jedoch saß mir ein Auto im Nacken und verfolgte mich hartnäckig.

Ich redete mir zu, dass diese Lackierung eine hohe Beliebtheit genoss und dass nicht in jedem Auto ein Gangster hockt, der mich einschüchtern will. Doch ich konnte mir noch so viel erzählen – es gelang mir nicht, das Thema auszuklinken und einfach beiseite zu schieben.

In der dritten Woche verschwand plötzlich Kun. Um die Mittagszeit suchte ich nach ihr, weil wir gemeinsam zum Lunch verabredet waren, doch sie war wie vom Erdboden verschluckt.

„Es war schon vor zwei Stunden“, erklärte mir Kim. „Sie wollte nur mal schnell eine neue Telefonkarte kaufen“, hatte sie ihm gesagt. Ich schickte Kim in den Seven-Eleven, er sollte sich erkundigen, ob Kun ihre Telefonkarte eingekauft hatte.

Kim kam zurück: „Ja, Chef, sie war am Vormittag in dem Laden und hat eine Karte für 500 Baht gekauft. Mehr konnte mir das Mädchen an der Kasse aber nicht sagen."

Der Druck, die Bedrohung und Einschüchterung, die mich seit ein paar Tagen belastete, weitete sich aus. Hatte sich etwa dieser Anzugtyp an Kun vergriffen? Hatte er sie geschnappt, gefesselt und entführt? Dabei war das mir gestellte Ultimatum noch nicht abgelaufen. Die Entführung könnte als Signal gemeint sein, überlegte ich mir. Ein Signal mit dem Inhalt: Wenn du dich nicht an die Vereinbarung hältst, dann brauchen wir das auch nicht.

Ich bat meinen Staff, dass sie bei Kun's Freundinnen anrufen und nachfragen sollten, ob meine kleine Lady irgendwo aufgetaucht wäre, doch niemand konnte uns Auskunft über ihren Verbleib geben. Ich klapperte die Beach-Road nach beiden Seiten ab und schaute erfolglos in das eine oder andere Geschäft. Kun tauchte auch den gesamten Nachmittag über nicht auf, sodass ich gegen sechs Uhr alleine, doch voller Ängste und Sorgen nach Karon fuhr.

Auf der Fußmatte vor der Eingangstüre zu unserem Bungalow lag ein großer, hellbrauner, gefütterter Umschlag. Mir wurde schlecht und ich ahnte nichts Gutes, ich hob ihn auf, setzte mich auf einen Stuhl und öffnete ihn. Er enthielt ein Handy, eine abgeschnittene Strähne langes, pechschwarzes Haar und eine kleine Goldkette mit einem goldenen Schlüssel und Herz als Anhänger. Alles Dinge, die meiner Freundin gehörten. Nun wusste ich, was passiert war und das Herz schlug mir bis zum Hals.

Um eine Textnachricht zu finden, riss ich den Umschlag auf und suchte in jeder Ecke nach dieser Botschaft, doch die Hülle blieb leer. Hatte der Finstermann, dieser angeheuerte Ganove wahrhaftig seine Drohung Ernst gemacht? Eine andere Erklärung konnte es nicht geben. Diese Leute mussten den Verstand verloren haben, sagte ich mir alle fünf Minuten. Ihnen muss doch klipp und klar sein, dass bei mir kein Geld zu holen ist, egal mit welchen Mitteln und Methoden sie mich bedrängen und behelligen.

Alles Denken nützte nichts, denn die Realität sah nunmal so aus, dass sie Kun in ihre Gewalt gebracht hatten und versuchten, mich auf diese Weise zu kontrollieren. Die Angst um meine Freundin und was der Mafiosi und seine Kumpane alles mir ihr anstellen könnten, wuchs von Minute zu Minute.

Mein Handy klingelte, es war eine unbekannte Nummer.

„Suchen Sie nicht länger in der Gegend herum, wir haben Ihre Freundin", das war unverkennbar der auch am Telefon sehr leise sprechende Anzuggangster. „Es liegt alleine bei Ihnen, in welchem Zustand sie zurück zu Ihnen kommt."

„Hören Sie, das ist doch Wahnsinn, was Sie da machen", brüllte ich ihn an. „Weil Sie meine Freundin verschleppen, habe ich doch nicht auf einmal das Geld auf dem Konto, das Sie von mir erpressen wollen! Das hat sich doch nicht über Nacht geändert!"

„Beschaffen Sie sich das Geld, das sollte ihnen nicht schwerfallen! Sie haben zehn Tage. Keinen einzigen Tag mehr. Zehn Tage, denken Sie daran ..."

„Wenn ihr was passiert, du gottverdammter Drecksack", tobte ich in mein Handy, doch der Verbrecher hatte längst aufgelegt.

In letzter Zeit verbrachte ich meine Nächte weniger mit Schlafen, denn mit Grübeleien, doch die folgende Nacht übertraf alles. Die unübersehbare Tatsache, dass ich einsam in unserem Bett lag, die Seite neben mir leer blieb, dass ich meine Arme ausstrecken konnte, sooft ich wollte, doch keine Kun, sondern nur warme Luft erwischte, machte mich fix und fertig.

Meine Gedanken waren bei Kun, unentwegt bei meiner zierlichen, kleinen, attraktiven Freundin. Ich spielte in meinem Kopf alles durch, was ich bisher über Entführungsopfer und deren Behandlung gesehen und gelesen hatte. Ich hatte viel gelesen, sehr viel sogar. Zwischendurch versuchte ich mich selbst zu programmieren, meinen Phantasien eine andere Richtung zu geben, indem ich mir suggerierte, dass sich auch durch Hunderte an Bildern, die sich in mir aufbauten, nichts, absolut nichts zu ändern vermochte.

Ab und zu dachte ich kurz, aber immer nur sehr kurz daran, ob es nicht möglich wäre, die Forderung zu erfüllen, doch das war so absurd, dass ich mich schnell wieder löste und zu Fesseln, Foltern, glühenden Zigaretten, Vergewaltigungen und dem Abhacken von Gliedmaßen zurückkehrte.

Es war zweifellos eine meiner grauenhaftesten Nächte, vor allem, weil sich mein Zustand nicht wesentlich besserte, als es endlich hell wurde. Selbst die kalte Dusche brachte mir keine Erfrischung, da sie in Thailand niemals richtig kalt ist.

Sorgenvolle und mitfühlende Blicke begrüßten mich, als ich am nächsten Morgen die Hotelterrasse betrat. Keiner unserer Leute fragte mich nach Kun, sie sahen mir an, wie es um sie stand und hielten sich unaufdringlich zurück.

Kurz vor Mittag genehmigte ich mir ein erstes Bier und schüttete es in wenigen Sekunden in mich hinein. Den Rest des Tages verbrachte ich damit ziel- und planlos mit dem Auto durch die Gegend zu fahren. Wo sollte ich mit meiner Suche beginnen? Ich hatte nicht den geringsten Anhaltspunkt. Sie konnte überall und nirgends versteckt gehalten werden. Vielleicht hielt man sie auf einem Schiff versteckt, war hinaus aufs Meer gedampft und sie war gar nicht mehr auf Phuket. Alles wäre möglich.

Mir graute davor, diese beschissen-aussichtslose Situation zu Ende zu denken. Denn alles, was mir dazu einfiel, war nicht schön, überhaupt nicht. Am Abend klapperte ich ein paar Bars in Karon ab und verbrachte ein zweite, unruhige, schlaflose und sorgenvolle Nacht in einem zerwühlten Bett. Dutzende von Malen stellte ich mir vor, was ich mit dem breitschultrigen Anzugmann alles anstellen würde, sollte er mir in einer dunklen Gasse in die Hände fallen. Dann riss ich mich zusammen und sagte mir, dass es für meine Gesundheit sicher besser wäre, wenn ich dunkle Gassen meide und diesem Schlägertyp aus dem Weg gehe. Ich war hin- und hergerissen, an Schlaf war nicht zu denken.

Am nächsten Morgen im Hotel wollten alle genau wissen, wie es sich mit Kun verhielt, doch ich konnte nicht viel sagen, weil es nicht viel zu sagen gab. Unaufgefordert kam Kim mit einem Bier zur mir, stellte es vor mich hin und setzte sich mir gegenüber an den Tisch.

„Ich habe etwas beobachtet, was dir vielleicht helfen kann", begann er.

„Du Kim, bitte verstehe, aber mir ist heute nicht nach Geschichten zumute, auch wenn sie noch so lustig sind."

„Nein, nein, es ist keine Geschichte, ich wollte dir nur erzählen, dass ich diesen Anzugmann, der hier war in letzter Zeit zweimal gesehen habe."

Jetzt wurde ich hellhörig: „Du sprichst von dem ekelhaften Kerl, der mich auf der Terrasse aufgesucht hat?"

„Ja, diesen Schlägertypen meine ich. Mein Onkel Jong hat doch ein großes Grundstück mit Kautschukbäumen, oben am Berg. Da war er, da habe ich ihn gesehen, bei uns in der Nähe hat er sich herumgetrieben. Das heißt, ich habe zuerst seinen silbernen Honda Jazz gesehen, dann genau hingeschaut und als er das Fenster runterließ, konnte ich ihn klar erkennen."

„Mensch Kim, hat er dich auch gesehen und weißt du noch, wo das war?"

„Nein, er hat mich nicht gesehen, denn es war schon dämmerig und ich saß beide Male mit meiner Freundin unter den Bäumen am Waldrand, das ist unser Lieblingsplatz, mit toller Aussicht und so."

Ich wurde total aufgeregt, denn es konnte durchaus sein, dass der Typ Kun dort im Wald versteckt hielt.

„Du Kim, würdest du mit mir dorthin fahren und mir die Stelle zeigen?"

„Na klar mach ich das. Wann willst du denn losfahren?"

„Sofort! Auf der Stelle! Und lass uns dein Moped nehmen, geht das?

Sherlock

Kun verließ den Seven Eleven und betrat den Beach Boulevard. Ein alter Mann humpelte vorüber, stolperte, fiel und lag hilflos der Länge nach auf dem Gehweg. Mit zwei Schritten erreichte Kun den Gestürzten und streckte ihre Hände aus, um ihm hochzuhelfen. Da wurde sie selber von hinten hart an ihre Schulter gepackt. Der alte Mann sprang ohne Unterstützung und überraschend schnell wieder auf seine Beine. Er machte einen Schritt rückwärts und riss die Türe zu einem schwarzen Pick up auf, der sich genähert hatte, ohne dass Kun es bemerkte. Sie wurde von hinten in den Wagen hineingestossen, der alte Mann folgte, knallte die Türe zu und das Fahrzeug raste los. Die Aktion dauerte nur wenige Sekunden und hatte keinen einzigen Zuschauer.

Der Anzuggangster, den Kun von seinem Besuch auf der Hotelterrasse kannte, saß auf ihrer anderen Seite und grinste sie breit an:

„Schön brav sein, hörst du? Dann wird dir auch nichts passieren!" er sprach so leise, dass Kun ihn kaum verstehen konnte.

„Was soll das, lassen Sie mich raus, ich habe keine Lust mit Ihnen zu fahren. Also bitte, halten Sie an,", beschwerte sie sich.

„Am besten ist es für dich, wenn du deinen Mund hältst", fuhr der Ganove fort. „Wir wollen dein Gejammer nicht hören, weil es vollkommen zwecklos ist und dir nicht hilft."

„Aber was wollen Sie von mir, es gibt doch wirklich genug Barladys auf Phuket, wieso schleppen Sie ausgerechnet mich ab", Kun wusste nicht wie ihr geschah.

„Na komm, so dumm kannst du doch nicht sein. Es geht nicht um dich,so schön du auch bist, sondern um deinen Freund, das steht ja wohl fest. Wenn er hört, dass wir dich haben, wird er hoffentlich zur Vernunft kommen", flüsterte der Anzug.

„Ach so ist das, jetzt kapiere ich diesen Blödsinn hier", ereiferte sich Kun. „Ich habe aber das Gefühl, dass Sie hier der Dumme sind. Nur weil Sie mich entführen, hat mein Freund doch nicht auf einmal mehr Geld auf seinem Konto, das muss doch sogar Ihnen einleuchten, oder?"

„Werd bloss nicht frech, sonst ziehen war ganz andere Seiten auf", schnauzte der Typ sie an. „Wir werden bald erleben, ob und wie er reagiert."

Erst jetzt versuchte Kun sich zu orientieren, um herauszubekommen, wohin die Fahrt gehen sollte. Der Pick up bog ab in eine kleine Seitenstraße, die sofort steil anstieg. Sie fuhren ein paar hundert Meter bergauf und hielten vor einem kleinen Haus aus Stein, mitten zwischen Tausenden von Kautschukbäumen.

Der alte Mann an ihrer anderen Seite öffnet die Wagentüre, stieg aus und fordert Kun auf, ihm zu folgen. Kurz überlegte sie, ob die Gelegenheit günstig genug sei, um einen Fluchtversuch zu starten. Drei Männer standen um sie herum, zwei von ihnen machten einen sportlich-trainierten Eindruck und sie vergass das Abhauen schnell wieder.

Inzwischen hatte der Ganove die Türe zum Haus aufgeschlossen und Kund wurde hineingedrängt. Im Inneren war es zu dunkel, um viel zu erkennen, weil die Fenster fehlten. Ein Werktisch mit Arbeitsgeräten, zwei Schränke, ein Bett, ein Tisch mit zwei Stühlen, war alles, was Kun erspähte.

„Ich komme später vorbei und bring dir Essen", rief der Anzugtyp ihr zu, bevor er die Türe zuzog und von außen verschloss.

Nur wenig Licht gelangte durch den Spalt unter der Türe. Kun tastete sich zu dem Tisch und setzte sich auf einen Stuhl. Als sie sich an das Dämmerlicht gewohnt hatte begann sie ihr Gefängnis zu inspizieren. Sie stellte rasch fest, dass ein Ausbruch nicht machbar war, alles war solide gebaut.

Erst nach und nach wurde sie sich ihrer Situation bewusst. Sie realisierte schnell, dass ich ihr nicht helfen konnte, weil es nicht möglich war, die Geldforderung zu erfüllen. Sie musste sich die Frage stellen, was diese Gangster mit ihr anstellen würden, wenn sie zur selben Erkenntnis kommen.

Da gab es sicherlich viele Möglichkeiten und sie wollte den Gedanken nicht bis zum bitteren Ende folgen. Würden diese Leute tatsächlich ernst machen, wenn sie nicht bekommen, was sie wollen? Was könnte ihr sonst noch alles passieren? Sie grübelte über diese verfahrene Situation nach, wurde immer verzweifelter und konnte sich das Weinen nicht verkneifen.

Ein schrecklicher Durst überfiel sie, doch es gab nichts trinkbares in ihrer Nähe. Sie ging hinüber zu dem Bett, die Matratze kam ihr relativ neu vor. Kun legte sich hin, grübelte und grübelte und schlief irgendwann ein.

Ich lieh mir einen Helm, setzte mich hinter Kim aufs Moped und wir fuhren los. Ein paar Kilometer blieben wir auf der stark befahrenen Hauptstraße, bis Kim einen kleinen, steil aufwärts führenden Asphaltweg nahm. Nach etwa zwei Kilometern flachte das Gelände ab. Kim verließ den befestigten Weg und ich wurde auf der folgenden holprigen Waldpiste ordentlich durchgeschüttelt.

„Ist er bis hier mit seinem Auto gefahren?“, rief ich Kim zu.

„Ja, das ist er. Moment, Chef, wir sind gleich da.“

Er nahm eine weitere Abzweigung und bevor es endgültig in den Schatten Tausender von Kautschukbäumen ging, stoppte er sein Motorrad. Kim schaltete den Motor aus und parkte die Maschine. Wir befanden uns mitten im Grünen, in einer kultivierten Natur. Keine Menschenseele war zu sehen und bis auf das Gezwitscher einzelner Vögel war es beeindruckend still.

Am Waldrand, ein wenig eingerückt zwischen den Bäumen war ein Picknickplatz angelegt, der aus einem Teakholz Tisch mit grob gezimmerten Bänken bestand. Auf übereinander geschichteten Ziegelsteinen lag ein Grillrost.

„Wow, das ist echt der Hammer. Ich glaube dir gerne, dass das dein Lieblingsplatz ist.“

„Das ist noch gar nichts Chef. Bitte dreh dich um.“

Ich folgte seiner Aufforderung, hob die Augen und wurde mit einem spektakulären Ausblick belohnt: Beidseitig von hohen Bäumen umrahmt, erstreckte sich im Hintergrund die glitzernde, weitläufig-verlockende monströse Spiegelfläche des Indischen Ozeans.

Ich nickte ihm beifällig und anerkennend zu: „Das ist mal ein Platz zum Relaxen, schön, ruhig und ungestört und dann dieser Wahnsinns-Blick aufs Meer!"

„Chef, hier sind wir weit entfernt vom Lärm der Straßen und das Beste ist: Du kannst hier machen, was du willst." Er sah mich mit verschwörerischer Miene an. „Meine Freundin und ich – wir sind immer alleine an diesem Ort. Niemand kommt vorbei und kein Mensch stört uns."

„Ja, ist schon gut Kim, ich weiß, was du mir sagen willst!"

Er war sehr zufrieden, dass er mir dieses lauschige Plätzchen zeigen durfte und noch mehr darüber, dass ich ihn dafür lobte.

Kim wandte sich wieder den Hügeln zu, streckte seinen Arm aus und zeigte auf eine gegenüberliegende Abzweigung vom Hauptweg etwa einhundert Meter Luftlinie entfernt: „Dort ist er lang gefahren, Chef. Ich habe ihn einmal beim reinfahren und zwei Tage später beim rausfahren gesehen."

„Weißt du, wo der Weg hinführt?"

„Na ja, du siehst ja, dieses breite Tal ist gefüllt mit Kautschukbäumen. Deshalb ist anzunehmen, dass der Weg zu einer Kautschukstation führt, genau wie der, auf dem wir sind."

„Was ist denn eine Kautschukstation?"

„Das ist meistens eine Hütte oder ein Haus, indem der gewonnene Latex gesammelt, verarbeitet und gelagert wird. So eine Station hat mein Onkel auch."

Er wies mit der ausgestreckten Hand bergaufwärts.

Ich schaute Kim fragend an: „Was meinst du, sollen wir einfach mal diesem Weg folgen oder ist das zu gefährlich?"

„Aber gewiss doch, deshalb sind wir hier. Ich glaube aber, es ist besser, wenn wir zu Fuß gehen und das Moped hier lassen."

„Wieso, warum das denn?"

„Na, falls der Typ kommen sollte, können wir uns besser verstecken. Das wird schwierig sein, wenn wir auf dem Moped sitzen."

Kim stellte sein Bike hinter einem Gebüsch ab, sodass es von keiner Seite aus zu sehen war. Wir gingen ein Stück zurück bergab, folgten dem Hauptweg, der aufwärts führte, und bogen zwischen den Gummibäumen ab. Nach drei oder vier Kurven endete der Weg vor einem kleineren Haus, einem gemauerten Gebäude, das einen festen und massiven Eindruck machte.

Kim wandte sich mir zu und flüsterte: „Es ist kein Fahrzeug zu sehen, dann wird wohl niemand bei der Arbeit sein."

Trotzdem schlichen wir vorsichtig näher und versuchten keine Geräusche zu machen, bis wir das Haus erreichten. Links daneben war eine Arbeitsfläche, auf der eine eiserne Presse stand. Dahinter waren Wäscheleinen gespannt, an denen weißliche Kautschuklappen zum Trocknen hingen. Die Türe zum Haus war verschlossen Fenster waren nicht eingebaut. Wir umrundeten das Gebäude, doch andere Möglichkeiten hineinzugelangen gab es nicht.

„Und jetzt, Chef?", flüsterte Kim. „Was wollen wir denn tun, wenn wir nicht rein können."

„Scheiße, das weiß ich auch nicht", war meine Antwort. Wir konnten doch nicht auf bloßen Verdacht einbrechen, da müssten wir schon etwas mehr in der Hand haben.

„Lass uns mal an die Türe klopfen, vielleicht ist Kun hier eingesperrt und hört uns."

Ich stand vor dem Eingang und wollte los hämmern, als Kim meinen Arm berührte:

„Chef, hörst du? Ich glaube, da kommt ein Auto!"

„Ein Auto? Meinst du, es fährt hierhin, zu uns?"

„Warte mal kurz, doch, es ist schon zu uns abgebogen, komm, wir verstecken uns!"

Er raste los und ich hinter ihm her über die Arbeitsfläche in die Kautschuk-Plantage hinein, das Gelände stieg hier leicht an. Nach 50 bis 60 Metern stoppten wir unseren Lauf, hockten uns auf den Boden und blickten zurück. Was ich sah, trieb meinen Herzschlag in die Höhe: Der silberne Honda Jazz parkte vor dem Haus und mein spezieller Freund stieg aus. Er war picobello wie immer gekleidet und war sich seiner Sache sicher, denn er schaute sich nicht in der Umgebung um und ließ die Autotüre weit offen.

Ohne Umschweife ging er zum Gebäude und schloss die Haustüre auf. Sobald er es betreten hatte, konnten wir hören, dass er anfing zu reden, wir waren aber zu weit weg, um seine Worte zu verstehen. Er erschien erneut in der Türe, war aber nicht mehr alleine, sondern schob Kun, meine Freundin Kun, vor sich her. Ich konnte mich vor Nervosität und Aufregung kaum unter

Kontrolle halten. Kun legte ihre Hand schützend über die Augen, als sie ins helle Licht trat. Der Ganove machte eindeutige Handbewegungen in Richtung seines Autos, doch Kun schreckte zurück und machte einen angsterfüllten Sprung rückwärts, als er versuchte, ihren Arm zu greifen.

„He, was hast du vor, wo willst du hin?“, fragte mich Kim, als er sah, dass ich aufstand.

„Da, sieh doch! Er will, dass sie ins Auto steigt. Das können wir nicht zulassen! Wir holen Kun da raus, das ist doch wohl klar.“

„Nein, bleib hier, der Typ ist ein Gangster, er ist bestimmt bewaffnet und vielleicht auch ein Killer, Chef.“ Er zog mich wieder runter. „Das ist viel zu gefährlich, wir warten, bis er weg ist, dann fahren wir hinter ihm her.“

Kim hatte recht, wir waren diesem Schlägertyp in einem Nahkampf bestimmt nicht gewachsen. Doch wie zum Teufel sollten wir an ihm dranbleiben?

„Wie willst du ihm denn folgen, Kim? Bis wir zurück sind bei deinem Moped ist, er doch über alle Berge!“

„Na dann müssen wir eben ran, Scheiße“, meinte Kim.

Kun und der Mann im Anzug stritten sich in Thai, sie sprachen laut, doch ich verstand kein Wort.

„Der Typ will, dass sie ins Auto steigt, doch Kun weigert sich“, übersetzte Kim. Zu unserer großen Verwunderung machte der Ganove eine abwertende Handbewegung in Richtung Kun, drehte sich um und verschloss die Türe zum Haus. Er tippte sich mit dem Finger an die Stirne, stieg ins Auto und fuhr davon – ohne Kun, die vor dem Haus stehen blieb und dem Jazz nachschaute.

„Was hat das denn zu bedeuten?“, ich schaute Kim an und sprang auf. Das Auto war nicht mehr zu sehen, ich rannte den Hang hinunter und rief im Laufen laut Kun’s Namen. Erst reagierte sie erschrocken, dann sehr erstaunt, schließlich lief sie mir entgegen und fiel mir in die Arme.

„Kun, wir sind bei dir, der Typ ist weg. Hat er dir was angetan?“

„Dieter! Kim! Wo kommt ihr denn so plötzlich her?“

„Ich werde dir alles erzählen, doch bitte sage mir, wie der Typ dich behandelt hat!“

„Er hat mir nichts getan, wenn du das meinst. Ich durfte nur nicht davon laufen. Das war bei dieser sehr massiven Hütte auch nicht möglich.“

„Aber wieso sperrt er dich erst ein und lässt dich kurz darauf wieder frei, das leuchtet mir nicht ein."

„Darüber wunder ich mich auch", erwiderte Kun. „Gestern Abend hatte er mir noch erzählt, ich soll mich auf einen längeren Aufenthalt einstellen. Doch soeben ist er auf einmal gekommen und teilte mir mit dass ich gehen könne. Er wollte mich mit dem Auto bis nach Patong mitnehmen, ich habe mich aber geweigert, weil ich dachte, dass er nur so daher redet und mich zu einem anderen Versteck bringen will."

„Ich verstehe das alles nicht, Kun. Was war das für eine bescheuerte Aktion, ob er uns nur Angst und Schrecken einjagen wollte?"

„Kann schon sein und das ist ihm auch gelungen. Ich weiß nur, dass er mir vorhing gesagt hat, ich würde nicht mehr gebraucht, das war alles."

„Mann Chef, was ist los, ist das nicht total egal?", warf Kim ein.

„Wir wollten Kun befreien und schau mal, da steht sie, gesund und munter, kommt es nicht darauf an?"

„Klar, das wir Kun haben ist das Wichtigste und ich bedanke mich für deine Unterstützung. Ich will natürlich wissen, ob damit das blöde Theater damit beendet ist, oder ob es weiter geht."

Eine sehr erleichterte Kun ergänzte:

„Dieter, Kim hat recht! Hauptsache, ich bin nicht mehr gefangen. Was mir in den zwei Tagen alles durch den Kopf ging! Das ist vorbei und mir ist nichts passiert. Vielleicht werden wir eines Tages rausbekommen, was dahinter steckt."

Kim war ein guter Mopedfahrer und meisterte mühelos auch mit zwei Passagieren den holprigen Weg bergab. Ich bat ihn, uns nach Karon zu fahren, wo Kun erst ausgiebige Zeit unter der Dusche verbrachte, sich dann aufs Sofa legte und mehrere Stunden verschlief. Könnte ich doch auch meinen Stress und meine Anspannungen durch simples Einschlafen bezwingen!

Mit der Rückkehr Kun's veränderte sich meine generelle Stimmung, ohne dass ich einen nachvollziehbaren Grund dafür erkannte. Ich wurde ruhiger, grübelte weniger und glaubte zu spüren, dass die Bedrohung nachließ. Innerhalb von zwei, drei Tagen wandelte sich auch meine Wahrnehmung: Es waren weniger silbergraue Hondas unterwegs. Ich fühlte mich nicht mehr verfolgt, stand nicht mehr unter Beobachtung und wurde auch nicht mehr attackiert. Woher kam dieser Umschwung, der sich mit Vernunft nicht erklären ließ?

Eine grenzenlose Erleichterung überkam mich, es ging mir besser und das alles beherrschende Angstgefühl verschwand. Ich war sicher, dass meine Stimmungen und Eindrücke mich nicht täuschten und dass ich die Situation richtig einschätzte. Wieso und warum sollte ich bald erfahren.

Elvira kam ins Hotel, um nach ihren Klienten zu schauen. Sie setzte sich an einen gedeckten Tisch auf die Terrasse und bestellte bei Nid ein Paneng Moo Curry, eine von Kons Thai-Spezialitäten

„Hallo, Dieter, ich bin mal wieder hier, um eurem Koch zu huldigen. Wie läuft es denn bei euch, was macht das Business?" sie begrüßte mich mit der auf Phuket unter Geschäftsleuten üblichen Frage.

„Hallo Elvira. Tja, was soll ich sagen? Es wird ruhiger. Eigentlich ist es viel zu ruhig. Wir bekommen weniger Buchungen rein. Aber schau dich doch um: Auch am Strand ist nicht mehr so viel los."

„Bei mir im Gloria ist auch nur noch tote Hose", versicherte Elvira. „Wir können nichts dagegen machen, es ist so weit, die allseits gefürchtete Nebensaison ist angebrochen. Da heiß es Ohren steif und durch und auch du wirst langsam umdenken müssen, übrigens auch bei deiner Preisgestaltung."

„Da haben wir uns schon vor Wochen darauf eingestellt", antwortete ich mit einem Achselzucken. „Die Leute, die jetzt bei uns wohnen, profitieren alle von einem stattlichen Rabatt."

„Dabei haben wir das schönste Wetter, das man sich nur vorstellen kann", sinnierte Elvira. „Ist das nicht vollkommen verrückt?"

„Das finde ich auch. Was mir außerdem gefällt: Die Temperaturen sind viel angenehmer als in der Hitze der Hochsaison."

„Leider werden wir das Reiseverhalten und die Gewohnheiten unserer Gäste nicht so schnell ändern können", resignierte Elvira. „Etwas anderes wollte ich dich fragen: Hattest du dich nicht mal kurzfristig für dieses Hotel an der Hauptstraße in der Innenstadt interessiert?"

„Meinst du den Laden mit Restaurant, den die beiden Polen betreiben?", hakte ich nach. Ich wurde hellhörig und sofort erschien der blaue Anzug vor meinen Augen.

„Ja, genau diesen viergeschossigen Altbau mitten im Zentrum, den meine ich."

„Ja und, was ist damit passiert? Ist er vielleicht abgebrannt? Ich schwöre dir, dass ich es nicht war und kann, wenn du willst drei Alibis vorweisen."

Elvira musste über meinen Witz lachen. „Du bist mir vielleicht ein Typ! Nein, das Hotel ist nicht abgebrannt. Ich kenne die beiden Polen recht gut, ich weiß, dass sie schon lange ihr Business verscherbeln wollen und endlich neue Pächter für die Übernahme gefunden haben."

„Ach ja? Nein, davon habe ich noch nichts gehört. Für mich kam dieser Standort nicht in die engere Wahl, er entsprach nicht meinen Vorstellungen. Ich hatte schon vor Wochen abgesagt, weil ich an den Strand wollte und nicht in die City."

„Jedenfalls haben sie neue Pächter gefunden und konnten ihr Business komplett und in einem Rutsch übergeben."

„Dann sind die Polen endgültig raus?"

„Ja, jetzt wird das Hotel von zwei Amis betrieben. Oder besser: Einem Ami-Paar, denn diese beiden Boys sind stockschwul."

„Hast du eine Ahnung, wie es mit der Bezahlung gelaufen ist. Weißt da etwas drüber? Haben die Polen ihr Geld bekommen?"

„Ich habe gehört, dass die Amerikaner den Polen alles bezahlt haben, alles, was vereinbart war. Sie müssen mit einem dicken Batzen Kohle angerückt sein, denn sie haben sich das Hotel, das Restaurant und besonders die Küche gründlich angeschaut und sich spontan und kurzfristig entschieden. Das weiß ich ziemlich genau von Gamon, von deinem speziellen Freund Gamon, denn der baut das Restaurant recht aufwendig um. Steaks und Ribs soll das neue Lokal heißen."

Das waren für meine gepeinigten Gefühle hocherfreuliche Nachrichten. Mir fiel das Matterhorn von der Seele, in meinem Inneren jubilierte ich lautstark und konnte nur noch sagen: „Na, dann wünsche ich den beiden Amis viel Glück und massenweise hungrige Gäste."

„Wir werden sie mal besuchen, wenn geöffnet ist", schlug Elvira vor. „Das ist vielleicht eine neue Alternative, was meinst du?"

„Gut, das können wir gerne machen. Muss ja nicht gleich morgen sein, oder?"

Arabien

Phuket in Asien ist vergleichbar mit Mallorca in Europa. Es gehört zu den beliebtesten Urlaubszielen unseres größten Erdteils und zieht nicht nur Urlauber aus Asien, sondern aus der ganzen Welt an. Das Publikum ist ein buntes Gemisch, bestehend aus sämtlichen Hautfarben und allen erdenklichen Völkern (sofern sie über Kreditkarten verfügen), die der blaue Planet aufzubieten hat.

Neue Gäste waren in der Villa del Mar eingetroffen – ein Ehepaar aus Kuwait mit zwei Kindern im Alter von sechs und acht Jahren. Der Familie fiel das Haus beim Bummel über die Beach-Road auf. Die originelle Fassade und die Strandlage des Hotels gefielen ihnen auf Anhieb und sie erkundigten sich erfolgreich nach freien Räumen. Die vier begnügte sich mit einem kleinen Zimmer nach vorne heraus, mit Balkon und Blick zum Meer.

Der Mann und die beiden Kinder gaben sich locker und offen und waren mit Bluejeans und T-Shirt bekleidet, die auffallend kurvenreiche Frau trug eine eng sitzende Hose und ein alles bedeckendes Kopftuch.

Hassan – der Name des kuwaitischen Gastes – erzählte mir, dass es besonders im August in seinem Heimatland unerträglich heiß sei. Er beschrieb mir die Landschaft Kuweits, die von Steinen, Felsen und Sand bestimmt wird und dass nur wenig Vegetation das Auge erfrischt. Die erträglichen, milden 32 Grad in Thailand waren für die Familie die reinste Sommerfrische gegenüber den 50 Grad, die bei ihnen zu Hause auf Stimmung und Gemüt drückten.

Am zweiten Tag ihrer Anwesenheit winkte mich Hassan nach dem Frühstück an seinen Tisch. Er wollte eine Auskunft von mir. Da ich annahm, es ging um touristische Informationen, um Ausflüge, Einkaufstipps oder ähnliches, zog ich einen unbenutzten Stuhl vom Nachbartisch rüber und setzte mich dazu. Hassans Frau strahlte mich aufdringlich und unverhohlen an. Sie verbarg zwar ihre Haare unter einem bunten Kopftuch, doch ihrer porentief eng anliegenden Bluse war es nicht möglich, ihre enormen Wölbungen auch nur ansatzweise zu verstecken.

Die Unterhaltung fand auf Englisch statt. Hassan schaute mich freundlich und aufmunternd an und bracht dann sein Anliegen vor:

„Dieter, du kennst dich doch bestimmt mit Brustoperationen aus?"

„Wie bitte? Brustoperationen?“, hakte ich bei diesem überraschendem Thema leicht verwirrt nach.

„Sprichst du von Brustvergrößerungen oder was meinst du?“

„Ja, Vergrößerungen, Operationen, Silicon, diese Sachen“, bestätigte Hassan und tippte mit seinem Zeigefinger auf einen der Riesenmöpse seiner Frau.

„Tut mir leid“, musste ich ihm antworten, „da kann ich dir nicht helfen, denn davon weiß ich nichts. Schau mal, ich bin mit meiner Brust zufrieden und hatte deshalb noch nichts damit zu tun.“

Pflichtbewusst lachte Hassan über meinen lahmen Scherz. Er tippte immer noch voller Besitzerstolz auf dem Oberkörper seiner Gattin herum.

„No fake, alles echt, alles original“, erklärte er mir. Seine Stimme wurde bedrückter und trauriger: „Siehst du Dieter, tagsüber ist alles schön stramm und fest und sieht auch wirklich Klasse aus, oder?“

Das konnte ich ihm kopfnickend bestätigen. Ungebremst fuhr Hassan fort:

„Doch jeden Abend, wenn meine Frau sich auszieht, erleben wir dasselbe Drama, denn dann fallen ihre Brüste so tief nach unten.“

Er beschrieb die Fallhöhe und machte mit seinen Händen ein paar Bewegungen so etwa auf dem Niveau seiner Knie. Währenddessen strahlte die Frau, um deren Körper es ging, mich unverändert und ohne Unterlass an.

Kurz, aber wirklich nur sehr kurz blitzte in mir der schelmische Gedanke auf, sich die beiden Problemfälle doch mal live anzuschauen, um zu einer fachmännisch-abschließenden Meinung zu kommen. Diesen Gedanken ließ ich aber schnell wieder fallen und hielt lieber meine Klappe, denn Hassan könnte unter Umständen mein Anliegen falsch – also aus meiner Sicht genau richtig – interpretieren.

Leider konnte ich dem Ehepaar bei diesem niederschmetternden Thema nicht helfen, ich baumelte genauso in der Luft wie die beschriebenen Körperteile und wollte nur noch dieses mich unangenehm berührende Gespräch beenden.

„Was soll ich sagen: Ihr geht am besten in eine kosmetische Klinik. Hier in Patong gibts in der Hauptstraße gleich mehrere davon. Die werden alle eure Fragen beantworten und euch ausführlich beraten.“

„Vielen Dank, das ist ein guter Tipp, Dieter.“

Hassans Wissensdurst war mit dem Abhaken dieser Problematik noch nicht gestillt. Als ich aufstand und den Tisch verlassen wollte, ließ er mich nicht gehen. Denn er hatte eine weitere Frage:

„Dieter, wie lange bist du schon hier?"

„Ein knappes Jahr lebe ich auf Phuket."

„Na, dann kennst du dich doch aus in Thailand, oder?"

„Na ja, auskennen ist sicher übertrieben. Es kommt darauf an, was du wissen willst."

„Meine Frau und ich denken über eine Brustvergrößerung nach. Weißt du, was so eine Operation pro einzelner Brust in Thailand kostet?"

Hörte ich richtig? Was hatte dieser Hassan soeben von sich gegeben? Er interessiert sich für eine Brustvergrößerung? Etwa für seine Frau? Ich konnte es nicht begreifen. Wozu sollte das denn gut sein?

„Also mal ehrlich Hassan, das meinst du doch nicht ernst, oder?"

Ich gab mir Mühe, mich nicht so zu verhalten, als hätte ich soeben einen schmutzigen, frauenfeindlichen Witz gehört, war mir aber nicht sicher, ob es mir gelungen war.

„Doch, doch, das meine ich ernst. Meine Frau und ich, wir stehen auf große Brüste, denn dann haben wir noch mehr Spaß zusammen. Diesen Eingriff wollten wir schon lange machen lassen. In Kuweit oder einem unserer Nachbarländer sind kosmetische Operationen sehr teuer. Deshalb wollten wir mal nachfragen, was wir in Thailand zahlen müssen."

Kritik von meiner Seite meinen Gästen gegenüber war nicht angebracht. Gleichgültig, welches Thema zur Sprache kam, ich hielt mich zurück. Außerdem ging es um die Oberweite von Hassans und nicht von meiner Frau. Natürlich spricht man in einem Ort wie Phuket über kleine und große Brüste und auch über Brustvergrößerungen. Was ich davon am Rande mitbekommen hatte, konnte ich ihm weitergeben:

„Einer unserer Gäste zahlte seiner Thai Freundin die Operation. Der Mann war ein großer Angeber, der damit prahlte, dass eine Brust 40.000 Baht kostet, das sind dann 80.000 für beide, mehr kann ich euch nicht dazu sagen."

„Oh, das ist nicht zu viel, finde ich. Findest du das zu teuer, Dieter?"

Ich zuckte mit den Schultern: „Keine Ahnung, da habe ich mich noch nicht mit beschäftigt."

„Das ist doch ein guter Preis, das können wir uns erlauben und das machen wir. Vielen Dank, Dieter."

Hassan sah seine Frau an, sie nickten sich gegenseitig zu, nickten mir auch noch mal zu und ich war entlassen. Es war das erste Mal, dass ich mich in der Nähe einer offensichtlich orthodoxen Moslem-Frau aufhielt – und dann über dieses Thema referieren sollte! Was für ein Gespräch! Manchmal muss man zum bloßen Überleben schon am frühen Morgen ein oder zwei Bier trinken, oder?

Song Kran

Es lockte der Strand. Der Sand. Die Wärme. Die leichte Brise. Unerbittlich und mit der Sturheit eines elektrischen Magneten krallte sich die Sonne an allem fest, was unter ihrem Feuer speienden Lichtkegel geriet. Eine leise, schläfrigsanfte Dünung plätscherte vor sich hin. Dutzende an freien, unbenutzten Liegen luden zum Entspannen und Entschlummern ein. Bunte Sonnenschirme warfen selbstlos und unbeteiligt ihren alternativlosen, unentbehrlichen Schatten.

Die Mittagszeit mit ihren Begierden und Genüssen war der Monotonie des frühen nachmittags gewichen. Eine alles umfassende Trägheit, eine Fiesta-Stimmung wie in einer menschenleeren Ruinenstadt am Rand der Wüste lag in der Luft. Gedanken und Bewegungen wurden langsam, schlaff und ohne Energie ausgeführt. Entscheidungen nach hinten verschoben. Die träge Lustlosigkeit des Augenblicks lag im Streit mit einer latenten, Schlaf fordernden Müdigkeit.

So oder ähnlich stellte sich meine alltägliche Gefühlslage in der Mitte des Tages dar. Die Motivation noch mehr Zeit mit Marketing, Computer, Aussendungen und den gewohnten Absagen zu verbringen war verflogen, verpufft. Ich benötigte und sehnte mich nach einem entspannendem Kontrast zu meinem täglichen Kämpfen als Gladiator in der touristischen Marketing- und Buchungsarena.

Ich griff zum Handtuch und dem Roman, den ich gerade las; es war eine Kinsey-Biografie, geschrieben von T. C. Boyle, einem meiner bevorzugten Autoren. Raus aus dem Dämmerschein der Lobby und hinein in die Helligkeiten des tropischen Tages. Rasch überquerte ich die Straße und suchte mir unter den vielen freien Liegen einen aus, die mir besonders frei vorkam, mit breitem, schattenspendenden Schirm, legte mich hin, streckte mich aus und machte es mir bequem.

Geruhsam näherte sich die Inhaberin des Verleihs, eine große, schwere Frau mit einem müden, doch heiterem Gesicht, um den Tagessatz zu kassieren.

„Wie viel kostet die Liege? Was bekommen Sie?", fragte ich die Frau.

Die korpulente Frau stutzte, denn sie erkannte mich: „Sind Sie nicht der Boss vom Hotel, das wieder geöffnet hat?"

Sie zeigte zur Verdeutlichung mit der rechten Hand hinüber zur Villa.

„Das stimmt, der bin ich. Mein Name ist Dieter."

„Hello Dieter, ich bin Gael, mir gehört der Stuhlverleih. Alle Liegen, die blau bezogen sind, gehören dazu", sie unterstrich ihre Worte mit einer ausholenden Geste.

„Wie laufen die Geschäfte Gael? Haben Sie genügend Gäste?"

„Na ja, vor ein paar Wochen war ich noch zufriedener! Wir haben hier in Patong zwar immer Gäste, doch man merkt natürlich, dass die High Season vorbei ist. Wenn die Hotels nur noch halb voll sind, dann vermieten auch wir weniger Liegen. Doch bitte stecken Sie Ihr Geld wieder ein – Sie brauchen bei mir nicht zu bezahlen!" eröffnete sie mir und wies meinen Geldschein zurück.

„Ich brauche nicht zu bezahlen? Vielen Dank, doch wie komme ich zu der Ehre?"

„Wissen Sie, wir sind froh, dass Ihr Hotel wieder geöffnet hat. Auf Ihren Staff kann ich mich verlassen, die schicken mir jeden Tag Gäste rüber und dann finden wir noch sehr freundlich von Ihnen, dass wir Ihre Toilette benutzen dürfen. Es ist ja klar, dass Sie kommen können, sooft und solange Sie wollen."

„Das ist aber sehr nett von Ihnen, Gael. Dafür möchte ich mich herzlich bedanken."

„Dann wünsche ich Ihnen noch viel Spaß am Strand!"

„Nochmal Dankeschön!"

Ein kleiner Vorteil, ein Liegestuhl/Sonnenschirm-Bonus für den Hotelboss, der ausnahmsweise mal kein Geld kostete, immerhin.

Kaum hatte ich den ersten Schritt gemacht und einen Fuß auf die Straße gesetzt, da war ich schon von Kopf bis Fuß patschnass und hatte keinen trockenen Fetzen mehr am Leib. Der Übergriff kam nicht unerwartet, denn es war Mitte April, ein Tag, den ich von früher her kannte, ein besonderer Tag, ein besonders nasser Tag, der Song Kran genannt wird. Song Kran, das ist das ehemalige, thailändische Neujahrsfest, das immer noch intensiv und mit viel Einsatz und Leidenschaft überall im Land gefeiert wird. Nostalgie, Erinnerung, Verklärung, Idealisierung – die Sehnsucht nach verflossenen Zeiten findet sich überall auf der Welt.

Ein durchaus vergleichbares Verhalten kennen wir auch aus Deutschland: Bis weit über die Mitte des vergangenen Jahrhunderts feierte man mit Abfeuern von Böllern und Raketen am 2. September den Sedantag, der an die gewonnene Schlacht über die Franzosen aus dem Jahre 1870 erinnerte.

Eine weitere Merkwürdigkeit: Es soll in Deutschland immer noch Menschen, angeblich sogar eine erhebliche Anzahl, geben, die voller Leidenschaft größere Geldsummen in D-Mark horten, obwohl diese Währung schon vor vielen Jahren ihre Gültigkeit verlor. Song Kran beweist, dass das Bedürfnis nach Tradition auch in Thailand gelebt wird.

An diesem Feiertag wurde nicht gearbeitet, viele Geschäfte, Büros und offizielle Stellen blieben geschlossen. Dafür war auf den Straßen des Landes der Teufel los. Satans triefend nasse Variante. Ohne Dreizack und Bockfuß, dafür mit Fässern, Tonnen, Eimern und allen möglichen, erdenklichen, anderen Behältern, randvoll gefüllt mit Wasser.

Vor jedem Haus, jedem Shop, jeder Garage und an jeder Ecke standen fröhlich-lachende, munter ausgelassene und aufgedrehte Menschen aller Altersklassen. Sie hatten kollektiv nur eines im Sinn und gierten ungeduldig auf die sofortige Umsetzung: Die auf der Straße vorüber kommenden Passanten, Motorradfahrer, Radfahrer, Autofahrer, jeden einzelnen von ihnen, ohne Ausnahme und ohne Abwehrversuche zuzulassen, mit ergiebigen Ladungen an kaltem Wasser zu bespritzen.

Die vorübergehenden Passanten oder Mopedfahrer wussten natürlich, was sie erwartete und hatten sich mit entsprechender Kleidung auf die bevorstehenden, feuchtfröhlichen Ereignisse eingestellt: Handy, Ausweise und Portemonnaie blieben Zuhause, mehr als T-Shirt und Hose trug niemand am Körper. Ein Wechsel konnte schnell und unkompliziert über die Bühne gehen.

Auf den Fahrbahnen schlichen Stoßstange an Stoßstange Pick-ups im Schritttempo, auf den Ladeflächen drängelte sich eine grölende, bereits seit Stunden durchweichte, spritzwütige Meute mit großen Mengen an flüssiger Munition. Fußgänger und Beifahrer auf den Scooters standen dem nicht nach und bewaffneten sich zur Gegenwehr mit großformatigen Wasserpistolen. Geschlossen währte das einheitlich ausgeübte Bespritzen, Begießen und Beschütten konsequent vom frühen Morgen bis in die abendliche Dämmerung hinein. Es wurde ausnahmslos und einhellig mit nicht enden wollender Energie betrieben.

Lautes Geheule, Gebrüll und Getöse löste mein leibhaftiges Erscheinen auf dem Beach-Boulevard aus. Als Hotelboss gehörte ich zu den bevorzugten und gern gesuchten Zielen. Ohne Pause erhielt ich eine kalte Dusche nach der anderen. Triefend nass betrat ich die Straße und wurde bei jedem Schritt erneut begossen und noch nasser gemacht. Obwohl nasser als nass, das geht doch eigentlich nicht, oder was sagt der Duden dazu?

Erst der Anbruch der Dunkelheit machte dem Wahnwitz auf der Straße, dem Zielen, Schwenken, Schütten, Spritzen und Treffen ein Ende. Eingeweicht und durchnässt, müde und abgeschlafft, doch voller Zufriedenheit über eine erfolgreich-gelungene, ausgelassen-übermütige Wasserverschwendung begaben sich die Helden des Tages nach Hause und plumpsten auf ihre Matten.

Nebensaison

Leere Betten, leere Zimmer, leere Tische, leere Stühle, leere Teller, leere Gläser – das konnte und musste unweigerlich und unvermeidbar nur zu einem einzigen, vorherseh- und kalkulierbarem Resultat führen: Aussichtslos leere Kassen. Bis Song Kran war die Villa noch einigermaßen gut besucht. Danach, ab Mitte April, begann der Schrecken und das Elend der unverfälschten und wahrhaftigen Nebensaison und mit ihr eine Phase der Stagnation, Apathie und Depression. Eine Zeit der unerfüllten Hoffnungen und erfüllten Hoffnungslosigkeiten stand uns bevor.

Es war der Beginn des Monsuns, der gerüchteweise ach so verheerenden Regenzeit, ein Wort, das viele Touristen nur unter der Hand im Flüsterton benutzten, dass sie unverzüglich in Panik versetzte und davon abhielt, an Thailand und Phuket auch nur zu denken, geschweige denn diese beliebten Urlaubsziele zu besuchen. Dabei war es in dieser Nebensaison warm, Quatsch, das stimmt nicht, es war heiß, die Sonne schien den Kalender und seine Vorgaben komplett vergessen zu haben, denn sie brannte stark, unbeirrt und unerschütterlich, wie sie auch an allen anderen Tages des Jahres stark und unbeirrt ihren Aufgaben nachkam. Die Hotelpreise erfüllten hingegen die Wünsche ihrer Besitzer in keiner Weise: Sie lagen fest, beharrlich, unnachgiebig und skandalös im tiefsten Keller.

Ab und zu erfrischte ein kurzer Regenguss die Luft, die Haut und die Gedanken. Ja, doch, zugegeben, es machten sich auch Tage bemerkbar, die sich auf die Seite des Kalenders schlugen. Tage, an denen es von morgens bis abends nieselte und tröpfelte. Das war alles locker auszuhalten und würde eventuellen, mutig angereisten Hotelgästen weder ihre Urlaubsstimmung noch den Badespaß vermiesen. Trotzdem wies die Villa nur drei besetzte Zimmer auf und selbst diese Vermietungen kamen durch stark reduzierte – konkret: Stark heruntergehandelte Übernachtungspreise zustande.

Der Hintergrund für das rapide Ausbleiben von Urlaubern über mehr als die Hälfte des Jahres: In sämtlichen Reiseführern, Ratgebern und Websites, die über Thailand berichteten, war zu lesen, dass die touristische Saison von November bis April reicht. Von Mai bis Oktober, so lauteten die Informationen, bestimmt die Regenzeit das Klima und demnach auch die Urlaubsstimmung. Von Reisen innerhalb dieser Zeit in diese Gefilde der Welt ist unbedingt abzuraten.

Ich erinnerte mich noch recht konkret an einen meiner Lehrer, einen aufgeblasenen Studienrat alter Schule, der an meinem Gymnasium unterrichtete. Im Lehrfach Geographie wurden die Themen Wetter und Klima zwar aufgegriffen aber – wie ich heute weiß – mehr als dilettantisch behandelt. Die Regenzeit in tropischen Ländern wurde ebenfalls berücksichtigt und den unwissenden und ahnungslosen Schülern grob verfälscht dargestellt. Der wackere

Pädagoge schritt vor seiner Tafel auf und ab und ereiferte sich im Brustton der Überzeugung:

„Kinder, den Regen in diesen Gebieten könnt ihr euch nicht vorstellen! Wochenlang schüttet und gießt es aus allen Rohren. Eine unvorstellbare Wasserflut fällt ohne Pause, Tag und Nacht ununterbrochen und mit größtmöglicher Intensität vom Himmel. Wochenlang! Das ist die tropische Regenzeit, die den Menschen das Leben zur Hölle macht. Was können wir froh sein, dass wir in einer gemäßigten Zone der Erde zur Welt gekommen sind und nicht unter diesen Turbulenzen zu leiden haben."

Solche Besserwisser und Dummschwätzer lässt man wahrscheinlich auch heute noch auf wehrlose und unschuldige Kinder los, die ihrem Lehrer den Blödsinn auch noch abnehmen und dazu verdammt sind, Thailand nur dann zu besuchen, wenn es rappelvoll und scheißteuer ist.

Wie reagieren die reisewilligen Touristen? Wie verhalten Sie sich? Welche Schlüsse ziehen sie, wenn sie diese Informationen erhalten? Sie nehmen die dreisten Behauptungen übers Wetter in den Guides für bare Münze. Und vermeiden es, in der Nebensaison nach Thailand zu reisen.

Stattdessen hocken sie zum Beispiel auf der Insel Norderney, auf der sie es nur halb so warm haben und ein unangenehm kühler Wind ihnen um den gelben Friesennerz pfeift. Für Urlaub in Kälte und Wind zahlen sie den vierfachen Übernachtungspreis und wundern sich, dass es auch auf Norderney im Sommer regnet. Mit einem inneren Schmunzeln dachte ich mir: Wenn Deutschland einen Sommer erleben dürfte, der so ausfällt wie die alljährlich gewohnte, übliche Regenzeit in Thailand, würde man schnell wieder den Begriff „Jahrhundertsommer" aus der Schublade zerren.

Trotz allerbesten Wetters blieb das Hotel weitgehend leer. Meine in der Ferne angestellte und durchaus berechtigte Überlegung: „Wir entscheiden uns für eine Herberge mit Strandlage, dann kommen auch in den schwachen Monaten Gäste, die uns ganzjährig mit Business versorgen", musste ich revidieren, weil sie nicht mal skizzenhaft aufging.

In dieser Jahreszeit reisten generell nur wenig Erholungssuchende nach Thailand. Die paar Touristen, die sich im Juni auf die Insel Phuket trauten, kannten sich größtenteils hervorragend aus und nutzten die aktuelle Situation hemmungslos zu ihrem Vorteil. Forsch und selbstbewusst stapften sie wie die Spürhunde in die Lobby und schnüffelten emsig herum. Noch besser passt der Begriff der Goldschürfer, denn es ging ihnen nur darum die Situation zu nutzen und erhebliche, finanzielle Vorteile herauszuholen.

Diese Besucher wirkten unbeteiligt und desinteressiert, als ob der Zufall, ein Versehen oder ein anderes Ärgernis sie in unsere Rezeption gespült hatte. Eher beiläufig und nebenbei erkundigten sie sich nach dem Übernachtungspreis für ein Zimmer mit Balkon, mit dem Zusatz, dass sie ausschließlich Räume mit Meerblick akzeptieren würden.

„1500 Baht pro Nacht", erhielten sie als Antwort von unserer Rezeption.

„Wie bitte, 1500 Baht? Habe ich mich verhört? Was sagst du dazu, Chuck? Also ich sage dir, das ist unverschämt teuer! Sind die Betten bei Ihnen etwa vergoldet? Haben Sie Perserteppiche ausgelegt? Sind die Getränke aus der Minibar gratis? Diesen überflüssigen Unfug brauchen wir nicht! Im Hotel direkt nebenan hat man uns ein schönes, großes Zimmer mit herrlichem, großen Balkon für 1000 Baht angeboten, was sagen Sie denn dazu?"

Nid bewahrte ihre Contenance und damit unsere Chance auf den Verbleib der Gäste:

„Teilen Sie uns freundlicherweise bitte mit, wie lange Sie bleiben wollen?"

„Wir dachten so an sieben Nächte, nicht wahr Helen?"

Helen nickte und bestätigte: „Sieben Nächte sollen es schon sein. Wir wollen nicht so oft umziehen."

Nid sah mich an und unsere Gedanken stimmten überein.

„Sieben Nächte?", fragte ich sicherheitshalber noch mal nach.

„Sieben Nächte werden wir bleiben, bestimmt, das ist so geplant. Vielleicht noch zwei oder drei mehr. Mal sehen wie es uns bei euch gefällt."

„Na gut. Wir bieten Ihnen das Zimmer für 900 Baht an, ist das okay für Sie?"

„Da kommt aber nichts mehr drauf und es ist inklusive Frühstück, oder?"

„Das ist ein Nettopreis, ohne jeden Aufschlag. Und bei uns ist das Frühstück immer dabei."

„Was meinst du Helen? Das hört sich doch gut an, oder?"

„Ja Chuck, Liebster, ich glaube, das können wir riskieren!"

In der Hauptsaison vermieteten wir das Zimmer, das jetzt für 900 Baht verscherbelt wurde, problemlos für 3000 Baht. Doch selbst diese gravierenden und für den Betreiber schmerzlichen Preisnachlässe waren keine Garantie, dass die Gäste sich tatsächlich für die Villa de Mar entschieden. Die Nebensaison war viel zu leer. Die Konkurrenz einfach viel zu groß. Und die einzeln und verloren auftauchenden Urlauber viel zu dünn gesät.

Auf der Jagd nach Gästen unterboten sich die Hotels hemmungslos. Klar glänzte und erstrahlte die Villa del Mar mit ihrer schönen, altmodischen Fassade und der wunderbaren, einmalig tollen Strandlage, aber das hatten 20 andere Hotels in unserer Straße genauso zu bieten.

Hero

Gäste, die mit ihren Haustieren anreisten, wurden normalerweise in der Villa del Mar abgewiesen. Bei Silvia aus Graz machte ich diesmal eine Ausnahme. Silvia logierte auf einer Empfehlung aus ihrem Freundeskreis bei uns und hatte ihr Zimmer mit Blick aufs Meer per Internet gebucht, dabei allerdings ihren Begleiter, einen stattlich-eleganten Dalmatiner Rüden nicht angegeben.

Als Nid den großen Hund sah, der gemeinsam mit der etwa 55-jährigen Silvia aus dem Taxi stieg, wollte sie spontan die Buchung annullieren. Der neue Gast redete und redete auf Nid ein. Silvia argumentierte, dass ihr das Tierverbot unbekannt war, dass sie jedes Jahr mit ihrem Hund ihren Urlaub verbringen würde, wie ruhig, sauber und folgsam der Hund sei, dass sie unbedingt in der Villa del Mar und nirgendwo anders wohnen wolle und bereit wäre, vor ihrer Abreise einen Aufschlag für Extra-Reinigung zu zahlen.

Es stand eine Entscheidung an, die Nid nicht alleine treffen konnte. Sie schilderte mir die Problematik und die drängenden Bitten der potenziellen Kundin aus Österreich. Kurz und entschlossen berieten wir gemeinsam, die Ausnahme ausnahmsweise zuzulassen.

Silvia war erleichtert und fiel mir stürmisch um den Hals, als sie die frohe Kunde vernahm.

„Danke, danke vielmals, Dieter! Wir haben uns so sehr auf dein Hotel gefreut! Ihr habt uns unseren Urlaub gerettet, gell Hero?"

Es sah für mich einen kurzen Moment so aus, als wollte der Hund sich auch bedanken, doch das konnte ich durch schnelles Verlassen der Lobby verhindern.

Silvia war eine große, stattliche Erscheinung. Sie hatte sich gut gehalten, war nicht zu dick und nicht zu dünn. Mit ihren hohen Wangenknochen, den schmalen Augenbrauen, ihrem hellen, blitzenden Blick, alles eingerahmt von schwarzen, mittellangen Haaren war ersichtlich, dass sie in früheren Jahren eine sehr schöne Frau gewesen sein musste. Auch heute noch sah sie für ihr Alter blendend und vorzeigbar aus. Sie hatte aber etwas in ihrem Blick, was ich nicht richtig deuten konnte. Es war nicht zu erkennen, ob sie eine unbefriedigte alte Jungfer mit Dauerfrust oder eine hoffnungslos versaute, hemmungslose Nymphomanin in immerwährender Geilheit war.

In ihrer zweiten Aufenthaltswoche kam ich von einer Einkaufstournee, hochbeladen mit Fressalien, Toilettenpapier und Reinigungsmitteln zurück ins Hotel.

„Chef, Silvia von 102 hat mich gefragt, ob du mal kurz in ihr Zimmer kommen könntest. Es sei wichtig und sie möchte dir etwas zeigen", informierte mich Nid.

„Was will sie mir denn zeigen?", in mir begann es zu klingeln und ein leiser Verdacht stellte sich ein. Ich hoffte und wünschte mir sehr, dass mein weiblicher Gast nicht auf mich als Mann zielte.

„Sie wollte mir nicht gesagt, was sie auf dem Herzen hat. Ich habe ihr angeboten hoch zu kommen, doch sie wollte nur mit dir sprechen."

„Okay, ich geh dann mal kurz rauf und schaue nach, was sie mir wichtiges zeigen will", antwortete ich.

„Komm herein es ist offen, Dieter!", rief Silvia, als ich an ihre Zimmertüre klopfte. Sie saß auf der Bettkante, bekleidet mit einem dunkelblauen Bademantel, der ihr gut stand. Der Hund mit den vielen schwarzen Punkten in seinem kurzen Fell lag auf dem Bett wie ein Pascha. Die Zunge hing ihm seitlich aus dem Maul und er hob majestätisch seinen Kopf, als ich hereinkam. Gerne sah ich den Hund nicht auf dem Bett und der Bettwäsche, konnte aber nichts vorbringen, da ich seine Anwesenheit persönlich genehmigt hatte.

„Hallo Silvia, du wolltest mir etwas Wichtiges zeigen?", begann ich.

„Danke, dass du so schnell gekommen bist", Silvia wirkte leicht atemlos und ein wenig aufgedreht. „Wir werden auch sofort anfangen. Setz dich doch bitte", sie wies auf einen freien Sessel, ging zur Türe und verriegelte sie, was mein Misstrauen vergrößerte. Mit einem dumpfen Gefühl nahm ich im angebotenen Sessel Platz, weil mir nach wie vor unklar war, was mich erwartete.

Silvia stand auf, beugte sich über ihr Bett und streichelte ihren Hund mit kräftigen und gleichmäßigen Bewegungen.

„Das ist ein sehr anhänglicher und treuer Kerl“, erklärte sie mir. „Und er liebt sein Frauchen heiß und innig.“

„Das glaube ich dir gerne“, war meine Antwort. „Es ist ein wahres Prachtexemplar von Hund, schau mal, wie er da liegt!“

Der Hund lag aber nicht mehr, sondern drehte sich auf den Rücken und ließ sich hingebungsvoll den Bauch kraulen. Zwischen seinen Hinterbeinen schob sich ein rosaroter, länglicher Hundepimmel hervor.

„Bei Frauchen ist das nicht anders“, fuhr Silvia fort. „Frauchen liebt ihren Hero auch. Mehr als jedes eingebildete Mannsbild auf der Welt. Das werde ich dir jetzt mal beweisen und ich wette, es wird dir gefallen.“

Sie beugte sich tiefer über den Hund und verpasste ihm einen behutsamen, satten Schmatzer auf seine empfindliche, feuchte Hundenase. Dann wandte sie sich seinem Unterleib zu und fasste mit beiden Händen nach seinem wild zuckenden Schwanz. Die Lady aus Österreich beugte ihren Kopf zwischen seine Hinterbeine und nahm den Hundepimmel tief in ihren Mund.

Alle im Zimmer anwesenden Personen waren sprachlos, wenn auch aus unterschiedlichen Gründen. Warum kommen eigentlich so viele exzessive und skurrile Typen aus der kleinen Republik in den Alpen? Vor einigen Jahren hatte ich auf einer Vernissage den Aktionskünstler Hermann Nitsch kennengelernt, der mit toten Tieren, nackten Frauen und Eimer voller Blut und Eingeweiden sein Unwesen trieb und seine Schweinereien als Kunst teuer verkaufte.

Der Hund in der Villa del Mar war jedoch nicht tot, sondern quicklebendig! Doch ähnlich wie bei Hermann Nitsch durfte ich eine nackte Frau bewundern, denn Silvia war aufgestanden, hatte den Bademantel abgelegt und lachte mich gut gelaunt und nach dem Stand ihrer Brustwarzen offensichtlich hochgradig erregt an:

„Du kannst dir gerne einen runterholen, wenn dir danach ist“, forderte sie mich auf. „Komm, stell dich nicht so an, zeig mir deinen Schwanz, das würde mich nur noch mehr anmachen!“

Mir war nicht danach an mir herumzufummeln, doch einfach rausgehen – dagegen wehrte sich sowohl meine Neugierde als auch mein zweifellos vorhandener Voyeurismus. Ungeniert und hemmungslos ging Silvia ein paar

Schritte im Zimmer auf und ab, schaute mich dabei frech und frivol an. Sie nahm ihre gut proportionierten Brüste in ihre Hände und hob sie an:

„Die beiden können sich doch noch sehen lassen für mein Alter, oder was meinst du?“

„Du bist eine wunderschöne Frau Silvia, Kompliment, das meine ich ehrlich.“

Die lasterhafte Lady ging vor dem Bett runter auf ihre Knie. Ihre Brüste ruhten auf der Liegefläche und ihren weißen Popo streckte sie in die Luft. Der Hund wusste sofort, was von ihm erwartet wurde. Hechelnd und aufgeregt stand er hinter Silvia und versuchte mehrfach mit seinem krummen Organ in sie einzudringen.

„Aber, so kannst du ja nichts sehen“, entschuldigte sie sich bei mir. Sie erhob sich, setzte sich aufs Bett und ließ sich nach hinten fallen. Dabei spreizte sie weit ihre Beine – die verdorbene Lady war komplett rasiert und gewährte mir vollen Einblick in paradiesische Gärten.

Weil auch ich nur ein Mensch bin, ein männlicher Mensch noch obendrein, wurde ich von dem verlockendem Anblick langsam steif. Das war der Hund schon lange, der über Silvia stand und ungeduldig nach Einlass gierte, bisher jedoch noch nicht fündig wurde. Aber er hatte ein treu sorgendes Frauchen an seiner Seite! Silvia griff nach dem Hundeschwanz und lenkte ihn in den richtigen Winkel, sodass er in sie eindringen konnte. Sofort rammelte Hero auf die Frau ein, die ohne jede Scham ihre Geilheit genoss. Ein leises Jaulen war zu hören, die Lusttöne kamen eindeutig von Silvia, nicht vom Dalmatiner.

War der Hund vielleicht bisexuell? Um nicht zu riskieren, dass Hund oder Frauchen sich auch noch an mich ranmachten, hielt ich den Zeitpunkt für den Rückzug für gekommen. Ohne das Liebespaar zu stören, schlich ich zur Türe, öffnete die Verriegelung und ging hinaus. Puuuh! Das war mal eine heftige Nummer! Ob andere Hotelmanager ähnliche Erlebnisse vorweisen können wie ich?

Silvia hatte mir gezeigt, was sie mir unbedingt zeigen wollte. Ich hätte auch einfach rausgehen können, oder? Noch drei restliche Tage verbrachte sie in der Villa del Mar. Wenn wir uns zufällig begegneten, war ihr nicht die geringste Verlegenheit anzumerken. Warum auch? Ich war tolerant, diskret und nicht geschwätzig. Und empfand ehrliche Freude für jeden Menschen, der seine sexuelle Erfüllung gefunden hatte und sie ausleben konnte.

Ballast

Gäste aus Thailand befanden in den Hotels auf Phuket in der Minderzahl. Wenn sie doch mal Bedarf hatten, suchten sich die meisten ihre Unterkünfte nach dem Preis und nicht nach der Lage aus. Je nach Entfernung zum Strand sanken die Übernachtungspreise. Die Unterschiede waren beträchtlich. Ein Zimmer in einem drei Sterne-Hotel in Phuket Town, kostete nur halb so viel wie dieselbe Kategorie in Patong Beach.

Ein älteres Ehepaar aus dem nördlichem, ländlichen Thailand stand im Juni in unserer Rezeption. Sie wirkten unbeholfen und unsicher wie zwei Landeier, die durch einen dummen Zufall in die große Stadt mit den breiten Straßen und den hohen Häusern gepurzelt kamen. Das Paar waren wegen einer Hochzeitsfete in ihrer Verwandtschaft nach Phuket gereist. Drei Tage und Nächte lang hatten sie gebechert, geschlemmt, gefeiert und getanzt und bei der Verwandtschaft gewohnt.

Bevor es zurück in die heimischen Reisfelder und Schweineställe ging, wollten sie drei Tage mit Strand und Meer verbringen. Sie wollten auch mal erleben und nachvollziehen, was die vielen ausländischen Touristen bewegt, die Insel zu besuchen. Es war das erste Mal, dass sie den gewaltigen Ozean in der Wirklichkeit sahen, diesen Anblick wollten sie auskosten. Sie suchten nach einer Unterkunft, die direkt am Strand lag und trotzdem möglichst preiswert war. Das Dumpingangebot von 600 Baht pro Zimmer und Nacht der Villa del Mar wurde dankbar angenommen.

Am Tag ihrer Abreise kam ich etwas später als üblich ins Hotel und hörte schon von draußen laute Stimmen in der Lobby. Waren das unsere Thai-Gäste, die sich in der Rezeption stritten? Das war ungewöhnlich, fand aber offensichtlich statt. Das ältere Ehepaar wollte den vereinbarten, geradezu lächerlich günstigen Preis von 600 Baht für ihre drei verbrachten Nächte, also insgesamt läppische 1800 Baht nicht bezahlen. Sie standen in der Lobby und wirkten entschlossen und rigoros. Um nicht aufbrausend, unhöflich und wütend zu werden, musste ich mich schwer zusammen nehmen und überließ Nid die Gesprächsführung.

Meine Mitarbeiterin sah mich dankbar an, als ich hereinkam: „Boss, diese Leute haben zum ersten Mal in ihrem Leben in einem Hotel übernachtet und deshalb keine Ahnung."

„Wovon keine Ahnung? Was gibt es denn schon groß zu wissen? Ich verstehe nicht, was wir damit zu tun haben. Wir sind ihnen doch mit dem Preis über unsere Schmerzgrenze hinaus entgegengekommen!"

„Du wirst es wahrscheinlich nicht glauben, aber die beiden erzählen mir seit einer halben Stunde, dass sie das Bett und die Bettwäsche in ihrem Zimmer nicht benutzt haben. Deshalb sind sie der Meinung, dass sie auch nur die Hälfte des Übernachtungspreises zu zahlen brauchen."

„Wie bitte? Sie haben sich nicht ins Bett gelegt? Das ist doch verdammt noch mal nicht unser Problem! Wo zum Donnerwetter haben sie denn drei Nächte lang gepennt? Eine Badewanne gibt's nicht in diesem Zimmer!", ärgerte ich mich.

„Nein, nein, sie haben sich auf den Fußboden gelegt. Das Ehepaar hat noch nie in seinem Leben in einem Bett übernachtet, sie schliefen bei uns wie zu Hause auf Bastmatten und die haben sie selbst mitgebracht."

Was sollte ich dazu sagen? Mir fiel nichts mehr ein, das Thema stresste und ermüdete mich gleichermaßen. Ich war mir auch nicht sicher, wie ich mich verhalten sollte. Klar taten mir diese Leute leid, aber ein Hotel ist eine zu bezahlende Dienstleistung und keine soziale Einrichtung.

Ohne meinen zahlungsunwilligen Gästen einen Blick zu gönnen, wandte ich mich an Nid: „Pass auf, ich werde mich verkrümeln, sonst benehme ich mich garantiert daneben und das will ich nicht. Du versuchst bitte, so viel wie möglich herauszuholen. Wir geben auf keinem Fall das Zimmer für 300 Baht ab, auf gar keinem Fall. Und wenn sie partout nicht den vereinbarten Preis zahlen wollen, wenn sie sich auf nichts einlassen, dann rufen wir die Polizei, okay?"

Über die von ihrem Chef bestimmte Rollenaufteilung war Nid nicht besonders glücklich, doch sie verstand mich. Nachdem ich meinen iPod aus dem Auto geholt hatte, ging ich zum Strand, haute mich in einen Liegestuhl und steckte mir die Stöpsel in die Ohren. Wie die Diskussion um den Zimmerpreis endete oder besser welchen Verlust wir diesmal zu verzeichnen hatten, trug man mir nicht zu. Ich wollte es auch nicht wissen.

Das Hotel erwirtschaftete auch in der Nebensaison Einnahmen, diese Einkünfte waren nicht zu vergleichen mit den erzielten Ergebnissen aus der Hauptsaison. Das in dieser schwachen Zeit eingenommene Geld wurde dringend benötigt und ging sofort wieder raus. Die üblichen Standardausgaben wie Personal, Strom, Wasser, Kabel-TV, usw. mussten entrichtet werden, um den Betrieb aufrecht zu halten, ob mit oder ohne Gäste. Doch die Einnahmen reichten nicht vorne und sie reichten nicht hinten. Es ging nicht anders, schon nach einigen wenigen dieser mickrigen Hotelmonate musste ich ans Eingemachte und somit unsere Rücklagen angreifen. Geld einsetzen, das eigentlich für die nächste Jahresmiete gedacht war.

Die war zwar erst im Januar fällig, bedrohte uns dennoch trotz der erheblichen, zeitlichen Distanz. Denn zwischen hier und jetzt und dem Ende des Jahres erahnte und befürchtete ich Tage, Wochen, mutmaßlich sogar Monate ohne oder mit nur sehr wenigen Gästen. Über diese Situation durfte ich nicht bis ins letzte Detail nachdenken. Wollte ich den voraussichtlichen Ablauf vollständig durchspielen, kam mir auf der Stelle die Galle hoch.

Vorzuwerfen hatte ich mir nichts. Oder doch? Alles, was man tun konnte, hatte ich versucht. Alles, was mir einfiel, einfach alles, wurde von mir eingesetzt und ausprobiert. Leider führten meine Ideen, meine Maßnahmen und Bemühungen nicht zum Erfolg. Ich musste mit der Tatsache leben, dass einerseits zu wenig Besucher auf der Insel weilten und sich andererseits zu viele Herbergen um die paar Urlauber rissen.

Was war zu bewerkstelligen, um dieser Sackgasse zu entrinnen? Was war richtig? Was war falsch? Sollte ich alles laufen lassen nach dem Motto Augen zu und durch? Oder sollte ich große Änderungen vornehmen, wozu ich auch bereit war, doch wie konnten die aussehen?

Für mich existierte zweifellos auch die Möglichkeit des Abbruchs und Abgangs. Ich konnte alles hinwerfen, das Geld, das noch da war einsacken, mitnehmen und so schnell es ging das Land verlassen. Doch wohin sollte ich mich wenden? Zurück nach Deutschland, was natürlich möglich wäre, wo ich aber praktisch komplett neu, ohne alles, was bedeutet bei null beginnen müsste? Auch in allen anderen Ländern würde ich mit nichts auf dem Konto vor einem Neustart stehen.

Ohne einen Plan B angedacht zu haben, setzte ich volles Rohr und ausschließlich auf den Hotelerfolg, auf dauerhafte, ganzjährige Einnahmen, ohne mögliche Fluchtwege, Alternativen oder Notausgänge im Hinterkopf parat zu halten.

Unsere Villa del Mar war kein lustiges Hobby, kein ergötzliches Steckenpferd, kein flotter Zeitvertreib und auch keine erholsame Abwechslung zum Alltag. Sie war als sprudelnde Einkommensquelle gedacht, eine Quelle, die genug abwerfen sollte, um gut und komfortabel leben zu können. Davon jedoch waren wir Lichtjahre entfernt!

Weiter wie bisher auf das Hotel setzen, konnte demnach auch keine Option sein. Der Zeitpunkt der nächsten Mietzahlung rückte unweigerlich heran und was dann? Dann stände ich ebenso unweigerlich mit leeren Händen da, unfähig auch nur einen Teil der vertraglich vereinbarten Summe auf den Tisch zu legen. Welche Konsequenzen könnten bei diesem Vertragsbruch auf mich zukommen? Strafe zahlen fiel schon deshalb aus, weil keinerlei Mittel vorhanden waren.

Was würden meine wenig verständnisvollen Vertragspartner gegen mich unternehmen? Würde man mich verklagen? Vor Gericht zerren, beschuldigen, verurteilen und einsperren? Könnte ich zu fünf Jahren Knast wegen Vertragsbruch verdonnert werden? Oder wirft man mich einfach nur raus, verweist mich des Landes und verbietet mir das Wiederkommen?

Es war eine große, dumpfe, nicht fassbare Gefahr, die ich am Horizont aufziehen sah und ich hatte keinen Schimmer, mir fehlte jede Eingebung, was ich dagegen ausrichten könnte. War meine viel zu schnelle Umsiedlung nach Thailand, die Übernahme des Hotels und der Abriss sämtlicher Brücken in Deutschland ein riesiger Fehler, der mir den Rest meines Lebens versauen würde? Diese Frage konnte ich mir nicht beantworten, doch ich befürchtete mehr und mehr das Schlimmste.

Bedrückt, frustriert und enttäuscht, doch unentwegt denkend, brütend und grübelnd beleuchtete und analysierte ich meine Situation von den verschiedensten Seiten, um vielleicht doch noch einen Ausweg zu finden.

Wenn ich in dieser Zeit allein auf mich gestellt wäre, ich bin mir nicht sicher, ob ich nicht doch die Flucht ergriffen hätte. Doch ich war nicht der einsame Wolf in der Steppe, mich begleitete eine zarte, schwarzhaarige Nymphe, eine exotisch anmutende, reizvolle Elfe, eine fernöstliche, voll aufgeblühte Lotusblüte.

Kun war und blieb konsequent an meiner Seite und passte auf, dass ich auf andere Gedanken kam und mich mein Grübeln und Hadern nicht restlos nach unten zog. Sie heiterte mich auf, denn sie war ausgestattet mit der Mentalität ihres Volkes, indem Schwermut, negative Befürchtungen, Pessimismus und Niedergeschlagenheit eine untergeordnete Rolle spielten.

„Es ist wie es ist, du wirst dich damit abfinden. Du wirst es erleben, schneller als du denkst, brechen bessere Zeiten an“, war ihr Credo. Danach lebte sie und deshalb schlief sie sicher auch sehr viel entspannter als ich mit meinem übersorglichem Teutonen Gemüt.

Es stellte sich heraus, dass meine Geliebte sich ohne mühsames Überlegen auf der richtigen Spur befand. Mitten hinein in die Finsternis meiner Gedanken blitzte überraschend und aus heiterem Himmel ein Lichtstrahl auf. Es war ein Einschlag, der plötzlich nicht nur die Welt meiner düsteren Hirngespinste erhellte, sondern unsere gesamte Situation unerwartet positiv veränderte.

Schon mehrmals in meiner Existenz war mir das Glück hold, sodass sich in schwierigen Lebenslagen unversehens und unverhofft eine Lösung fand oder dass mir urplötzlich hilfreiche Unterstützung zuteil wurde. Diesmal ging die Sonne in Form von zwei meiner früheren Agenturkunden auf. Fast gleichzeitig setzten sie sich per E-Mail mit mir in Verbindung und beschwerten sich, als Folge meines Abgangs nach Thailand ohne geeigneten Partner für ihre Kreativ- und Marketingaufgaben zu sein.

Doch jetzt kam das Beste: Beide benötigten aktuell dringend Unterstützung. Die sollte ich ihnen leisten, wie in den Jahren zuvor und sie fragten mich, ob ich dazu bereit wäre.

Wow! Das war's doch! Ich sprang so kräftig von meinem Bürostuhl auf, dass der mit lautem Scheppern umfiel und ich verwunderte Blicke erntete. Egal! Ein paar Mal atmete ich kräftig durch und fühlte mich so, als wäre ich auf den allerletzten Drücker einer unterirdischen Gruft oder einem bereits versiegeltem Sarg entkommen, so etwa im Stil einer gruselig-unheimlichen Geschichte von Edgar Allan Poe.

Ja, sicher, unbedingt, zweifellos konnte ich die angefragten Jobs von Thailand aus erledigen! Um gute Ideen zu entwickeln und lesefreundliche Texte zu schreiben, musste ich meine Auftraggeber nicht persönlich treffen, ich musste ihnen nicht gegenüber sitzen und ihnen auch nicht in die Augen schauen. Ihre Ansprüche und Vorstellungen waren mir bekannt. Für die neuen Aufgaben genügte ein unproblematisches Briefing per E-Mail. An jedem Platz auf der Welt konnte ich mit meiner Arbeit loslegen und selbstverständlich auch auf der Urlaubsinsel Phuket!

An diesem Tag war ich alleine ins Hotel gefahren. Kun blieb in Karon, um unseren Bungalow aufzuräumen und ein wenig zu putzen. Grenzenlos erleichtert, vom Ballast der letzten Wochen befreit und mit zwei Flaschen Wein unterm Arm kehrte ich am frühen Abend zurück. Gutgelaunt wie schon seit langem nicht mehr erklärte ich meiner Freundin die veränderte Situation.

„Kun, stell dir vor, wir haben zwar keine Gäste im Hotel, ich nehme an, dass wir auch für den Rest des Jahres nicht mehr allzu viele Zimmer vermieten, das macht aber nichts, das kann uns schnurzpiepe sein, denn wir kommen trotzdem zu Geld!"

„Du machst Witze! Wie soll das denn ohne Gäste und ohne Zimmervermietung funktionieren?"

Kun hatte nicht die geringste Vorstellung, was ich ihr mit meinen kryptischen Worten andeutete, denn meine frühere, kreative Tätigkeit war eine ihr vollkommen unbekannte Welt.

„Ich werde in meinem alten Beruf arbeiten, Kun! Ist das nicht toll? Ist das nicht sogar sensationell? Aus eigenem Antrieb und von alleine haben sich gleich zwei meiner früheren Kunden bei mir gemeldet und beide wollen mich beschäftigen, was sagst du dazu? Jetzt habe ich zwei attraktive Aufträge zu erledigen, die gut bezahlt werden."

„Aber kannst du das denn aus dieser Entfernung überhaupt machen? Musst du die Leute nicht zuerst treffen und hören, was du für sie machen sollst?"

„Das war früher so, Kun und das kenne ich auch noch. Verabredungen, Meetings, Händeschütteln, Kaffee trinken, stundenlanges diskutieren, usw. Diese zeitraubenden Treffen sind in unserer neuen, digitalen Welt überflüssig geworden. Heute funktioniert die gesamte Kommunikation optimal und verlustfrei über die großartige Erfindung Internet. Weißt du, in München arbeitete ich für einen Kunden, der im selben Haus wie ich seinem Business nachging. Trotzdem haben wir uns nur selten persönlich getroffen, sondern alles per Internet abgestimmt."

„Da muss ich mich auf dich verlassen, Dieter, ich kann nicht mitreden, denn mit Computern kenne ich mich nicht aus."

Aufgedreht und in Hochstimmung griff ich nach ihrer Schulter und schwang sie zu einer imaginären Melodie bei einer Art Freudentanz hin und her:

„Ich aber, Kun! Ich kenne mich aus in der digitalen Welt, das kannst du mir glauben! Was über zwei Etagen funktioniert, das klappt, selbst wenn der Indische Ozean und fünf Tsunamis dazwischenliegen!"

Die eruptiv aufgetauchte Riesenchance führte bei mir zu einer alles erleichternden, hochwillkommenen Verwandlung. Ohne meine depressiven Untergangsgedanken kehrten meine Euphorie, meine Zuversicht und auch mein Optimismus zurück. Bei meinen alten und vertrauten Geschäftspartnern bedankte ich mich auf das Herzlichste. Es ging nur noch darum, die gestellten Aufgaben zu bestätigen, dann konnte ich sofort starten.

Von diesem Tag an saß ich wie vorher auch stundenlang am Computer, schrieb aber nicht mehr sinnlos Reisebüros an und trieb mich auch nicht erfolglos in Asien Communitys herum, sondern gestaltete und formulierte Prospekte, erfand und zeichnete Logos, entwickelte Slogans und Überschriften, dachte mir Verkaufsaktionen aus, schrieb Briefe und Einladungen und stampfte komplette Websites aus dem Boden.

Die neuen alten Beschäftigungen fielen mir nicht nur leicht, sie machten mir außerdem noch Spaß, möbelten mich auf und beflügelten mich. Es war eine willkommene Abwechslung zur dramatisch-miserablen Situation rund ums Hotel, zur langweiligen Warterei auf Gäste, die sowieso nicht kamen. Gleichzeitig verdiente ich Geld, um aus dem Schlamassel herauszukommen.

Was ich mir verkneifen musste, waren Gedankenspiele, die in eine eher visionäre Richtung zielten. Ich erlaubte mir nicht, mir vorzustellen, wie es mir ergangen wäre, ohne das Hotel als Ballast mit mir herumzuschleppen. Ich könnte stattdessen eine eigene Villa mit schönem Swimmingpool besitzen. Vor mir der aufgeklappte Laptop, an dem ich an zwei oder drei Stunden pro Tag meine Werbetexte formuliere. Denn das, genau das, wäre ohne Weiteres und erst recht ohne den belastenden, arbeitsintensiven und Geld-vernichtenden Hotelklotz möglich gewesen.

Doch jetzt galt die alles überragende Parole: Wir waren gerettet.

Es kam Geld rein und wir werden überleben.

Die Stimmung stieg, die Zukunft lachte uns entgegen.

Schluss mit den negativen Gedanken und hinein ins tropische freie Urlaubsgefühl!

Trotzdem blieb das Hotel eine ungeliebtes, überaus lästiges Anhängsel, das ich lieber heute als morgen loswerden wollte.

Holiday

Die neue Situation mit ihren willkommenen, erfreulichen Aufgaben erforderte noch mehr Zeit am Computer für mich als bisher. Zeit, die ich gerne investierte, denn sie befreite uns von den quälenden Geldsorgen der letzten Monate.

Mein Dasein hatte wieder einen Sinn, eine Zukunft, eine Berechtigung. Die Damoklesschwerter Vertragsbruch, Bestrafung, Ausweisung oder Gefängnis schwebten nicht mehr länger mehr über meinem ängstlich eingezogenen Kopf. Unverhofft machte mir das Aufstehen am Morgen und die Anfahrt ins Hotel wieder Spaß.

Doch Arbeiten, nur pures, reines Arbeiten, ohne den kleinsten Ausgleich zur Erholung oder Entspannung, dazu noch im Dämmerlicht der Hotellobby, das passte weder zur veränderten Situation, noch zum vorhandenen Standort. Diese Überlegung nahm ich zum Anlass, um Kun einen Vorschlag zu machen, den ich geschickt einzufädeln versuchte, weil ich wusste, dass sich Kun gegen jeden freiwilligen Aufenthalt am Strand und im hellen Licht der Sonne immens wehren würde.

„Du Kun, seit Tagen sitze ich von morgens bis abends am Computer und sorge dafür, dass wir die Miete fürs nächste Jahr zusammen bekommen. Meinst du nicht, dass ich mir auch mal etwas Abwechslung erlauben könnte?"

Sie reagierte beinahe erschrocken: „Aber Dieter, natürlich musst du auch mal weg vom Computer. Wieso fragst du mich denn überhaupt?"

„Weil ich mein Vorschlag dir nicht gefallen wird, das weiß ich jetzt schon!"

Kun reagierte empört: „Ach, so denkst du von mir? Dass ich dir nicht deine gewünschte Abwechslung von deiner Arbeit am Computer gönne? Du enttäuschst mich, Dieter, weißt du das?"

„Kun, bitte, hör dir erst an, was ich am liebsten machen würde!"

„Ja, da bin ich aber gespannt. Was ist es denn bitte, was würdest du am liebsten unternehmen?"

Noch einen Moment zögerte ich mit meiner Antwort, dann brach es aus mir heraus: „Ich würde mich gerne auch mal so verhalten, als wären wir Urlauber ohne lästige Verpflichtungen. Dann könnten wir ein Boot mieten und uns rüber zu einer der kleinen Inseln schippern lassen. Es würde mich freuen, wenn wir dort einen Tag ohne Hotel und Computer nur mit Baden und Nichtstun verbringen."

„Na dann machen wir das doch", Kun klang schnippisch.

„Natürlich musst du mal entspannen. Ich komme damit schon klar, denn ich lebe etwas länger als du in diesem Land, weißt du. Schatten gibt es überall und auf dem Boot werde ich mich dick einwickeln."

Am nächsten Morgen überreichte uns Kon einen opulent und appetitlich ausgestatteten Picknickkorb. Parallel dazu füllte ich eine Kühlbox mit Bier-, Wein- und Wasserflaschen. Mit dem Auto fuhren wir zum Chalong Pier, der 750 Meter lang ins Meer ragt. Gleich zu Anfang des Stegs lungerten einige ältere Männer herum und blickten uns gleichgültig abwartend entgegen.

„Wir wollen rüber nach Coral Island", sprach ich die Runde an.

Die Männer vollzogen ein paar undefinierbare Handzeichen, war das vielleicht die Sprache der Fischer? Dann stand einer von ihnen auf und antwortete: „Du kannst mein Boot und mich buchen, das kostet für den Tag1400 Baht."

„1400 Baht?"

Ich blickte zu Kun, die mir zunickte.

„Einverstanden, wir sind dabei!", erwiderte ich diesmal ohne zu handeln, weil ich den Preis für den kompletten Tag als angemessen empfand und keine Lust verspürte, per Diskussion ein paar zusätzliche Baht herauszuschinden.

Der lumpig, nachlässig und löchrig gekleidete Mann schlurfte auf eine abwärts führende Treppe zu und wir folgten ihm. Unten stießen wir auf ein schmales Stück Strand, vor dem eine Handvoll Longtailboote in schwacher Dünung und ständig leichter Bewegung im Wasser lagen.

Wir saßen noch nicht richtig im Boot, als Kun mit ihrer Vermummung begann, jeden Flecken Haut vor den Strahlen der Sonne absicherte, eine überdimensionierte Sonnenbrille aufsetzte und sich als Höhepunkt mit einem großen, weißen Strohhut schmückte.

Der alte Fischer stieg zu uns, kletterte über die Sitzbänke und begab sich ins Heck. Er warf seinen Motor an und das Boot setzte sich langsam in Bewegung. Als wir in tieferes Wasser kamen, drehte unser Kapitän auf. Es entstand ein höllischer Lärm und die kleine Schiffsschraube am Ende der langen Stange brachte eine beachtliche Heckwelle zustande, die uns aufs offene Meer hinaustrieb.

Der Pier mit seinen Spaziergängern, Joggern, Anglern, jungen Müttern, kleinen Kindern und weiteren alten Männern wurde kleiner. Rechts und links kamen wir an dicht und grün bewachsenen Miniatur-Inseln vorbei. Wir begegneten anderen Longtailbooten, größeren, mit Touristen vollgestopften Dampfern und Fähren, einer Gruppe von drei Windsurfern und einigen historisch wirkenden Fischerbooten, mit bunt bemalten, hohen Aufbauten, die für mich nicht so aussahen, als könnten sie den nächsten Hafen erreichen.

Die Fahrt über die spiegelglatte Fläche eines himmlisch blauen, grenzenlosen Ozeans war ein zwar kurzes, dennoch großartiges, echtes Urlaubs-Erlebnis, wie ich es wollte. Nicht zum ersten Mal warf ich mir vor, dass wir die Highlights und Attraktionen, die uns Tag für Tag unmittelbar vor der Haustüre geboten werden viel zu wenig nutzen. Der Rest der Welt legt tausende an Kilometern zurück, um die Insel-Verlockungen zu entdecken und zu genießen und was machen wir? Nix!

Man kann es auch so ausdrücken: Wir haben es zwar geschafft, uns durch den Hirseberg zu ackern und Einzug gehalten ins paradiesische Schlaraffenland, frönen dort aber weder dem Müßiggang und der Nichtstuerei und bedienen uns auch nicht an den frei zugänglichen Fressalien und Leckereien, obwohl sie überall zu haben sind, man bracht nur zuzugreifen!

Nach kurzen zwanzig Minuten Fahrtzeit war unser Ziel erreicht. Das Boot fuhr sehr dicht an einer dramatisch mit Buschwerk zugewachsenen Insel vorbei. Steuerbord ging es mit abgebremster Fahrt in eine weitläufige Bucht hinein. Vor uns lag ein beinahe reflektierender, schneeweißer Strand, besucht von vielleicht einem Dutzend Badegästen.

Unser Boot fuhr ein Stück auf den Strand, wir kletterten hinaus und sahen uns nach einem geeigneten Lagerplatz um. Am rechten Ende wuchs eine Gruppe mittelhoher Bäume, wie ich sie noch nie gesehen hatte. 20 Meter vom Meer entfernt, lieferten sie mit ihrem dichten Laubwerk den perfekten Schattenspender. Außer uns hielt sich niemand an diesem Teil des Strandes auf und so breiteten wir uns aus, nahmen bequeme Sitz- und Liegehaltungen ein und verbrachten einen phantastischen, vollkommen entspannten und ungewöhnlich ruhigen Tag auf dem weißen Sand des Banana Beach.

Ich las die meiste Zeit in meinem Buch, während Kun es fertigbrachte, trotz Sonne, Wärme, Wasser und Sand den größten Teil des Tages zu verschlafen. Im glasklaren Wasser tummelten sich unzählige, bunte Fische, die ich mir beim Schnorcheln näher anschaute.

Gegen Mittag knüpften wir uns den Picknickkorb vor und verzehrten professionell zubereitete Sandwichs, delikate Salate, kross gegrillte Hühnerkeulen und eine bereits klein geschnittene Auswahl exotischer Früchte. Die Getränke aus der Kühlbox waren kalt geblieben und begleiteten unser Mahl.

Zwischen den Blättern und auf den Ästen über uns kam Bewegung. Eine Horde Nashornvögel machte sich in unseren Schattenbäumen breit. Die Tiere waren 40 bis 50 Zentimeter groß und es war erstaunlich anzusehen, wie sie mit ihrem knallgelben, übergroßem Schnabel die Balance beim Fliegen hielten. Ein sehr ergötzlicher und dazu extrem exotischer Anblick.

Wie verabredet, wartete das Longtailboot auf uns und setzte uns gegen fünf Uhr am Chalong Pier ab.

Blutgeld

Meine beiden Angestellten für Rezeption und Service saßen in der Lobby und plauderten in den beginnenden Abend hinein. Ich schob mich an ihnen vorbei auf die Türe zu:

„Leute, für heute reicht es mir. Ich mache etwas früher Feierabend, es ist ja nicht viel los, okay? Außerdem verdurste ich gerade und brauche dringend ein Bier."

„Bier haben wir auch im Kühlschrank", meinte Kim und ich zwinkerte ihm zu.

Auf dem Weg zu meinem in der Nähe geparktem Auto wurde ich Zeuge eines schweren Verkehrsunfalls. Was sich dann daraus entwickelte, stimmte mich sehr nachdenklich. Das Unfallopfer war eine allein reisende, mittelgroße, blonde, europäische Frau, etwa um die 40 Jahre alt. Aufgeheizt und wahrscheinlich ermüdet von einem Badetag am Strand, verwöhnt von den Streicheleinheiten der prallen Sonne, befand sie sich in gelöster, lockerer Urlaubslaune. Sie beendete ihren Aufenthalt am Meer, hing sich ihre Strandtasche um die Schulter, verließ ihren Liegestuhl und ging zur Straße hoch, wo ihr gemietetes Moped im Schatten einer breiten Palme auf sie wartete. Sie stieg auf, startete den Motor, gab Gas und brauste los.

Weil die sorglose Urlauberin weder nach rechts noch nach links schaute und einfach losfuhr, übersah sie das Toyota-Taxi, dass in diesem Moment in ihrer Spur angefahren kam. Wahrscheinlich war die Lady mit ihren Gedanken bei der Zusammenstellung ihres abendlichen Programms. Sie hatte andere Dinge im Kopf und schlichtweg versäumt, auf den fließenden Verkehr zu achten. Das Taxi fuhr nicht einmal schnell, dennoch erwischte es das Moped mit Tempo 30 schräg von hinten.

Der Taxifahrer reagierte sofort und trat auf die Bremse, konnte aber nicht verhindern, dass der Aufprall das Moped nach vorne wegkippen ließ und seine Fahrerin mit voller Wucht gegen die Rückseite eines parkenden, großen, roten Ford Pick-ups geschleudert wurde. Einen Helm trug sie nicht – sie hatte vergessen oder nicht daran gedacht ihn aufzusetzen – ihr ungeschützter Kopf prallte auf Metall und sie holte sich eine schwere, heftig blutende Verletzung.

Gemeinsam mit vielen anderen Passanten auf der Beach-Road wurde ich zeuge des Crash. Es ging viel zu schnell, um einzugreifen und den Unfall zu verhindern. Ich zog mein Handy aus der Tasche, um einen Notruf zu starten und eilte währenddessen über die Straße.

Zum Glück des Unfallopfers – oder auch zu seinem Unglück – kam zufällig und ziemlich schnell ein Tuk-Tuk-Fahrer vorüber und erklärte sich spontan bereit, die verletzte und offensichtlich bewusstlos auf der Straße liegende Frau in ein Krankenhaus zu fahren. Zwei andere Tuk-Tuk-Fahrer hatten ebenfalls angehalten und halfen mit, die Frau in das Fahrzeug zu tragen.

Als sie halb sitzend, halb liegend im hinteren Passagierbereich untergebracht war, fiel dem Tuk-Tuk-Fahrer auf, dass das Blut der Frau auf seine Sitze tropfte. Also bat er seine Kollegen, noch mal anzufassen, um das Unfallopfer umzubetten. Die Verletzte wurde auf den Boden des Tuk-Tuks platziert, und zwar so, dass ihr Kopf an der offenen Rückseite nach hinten raus hing und das austretende Blut auf die Fahrbahn tropfte und keine Verunreinigung mehr im Inneren anrichten konnte.

Über den von mir abgegebenen Notruf alarmiert, sollte in Kürze ein Ambulanzfahrzeug den Unfallort erreichen. Das Signalhorn war bereits zu hören und eine Minute später erreichte der Krankenwagen den Schauplatz. Das Tuk-Tuk mit dem Unfallopfer wollte gerade losfahren. Zwei Sanitäter sprangen aus dem Fahrzeug und liefen auf das Tuk-Tuk zu. Der Fahrer dachte jedoch nicht daran anzuhalten, denn es bestand die Gefahr, seine kostbare Beute zu verlieren. Die Einlieferungsprämie der Klinik wollte er sich auf keinen Fall entgehen lassen. Vorsichtshalber vermied er deshalb lästige Diskussionen mit den Männern des Krankenwagens und fuhr unbekümmert weiter. Der Kopf mit den blonden Haaren hing hinten aus dem offenen Tuk-Tuk und wurde hin- und her geschleudert.

Das war menschenverachtendes Handeln! Aufgebracht und hilflos sahen die anderen Zuschauer und ich dem davonfahrenden Tuk-Tuk nach. Das Ambulanzfahrzeug inklusive seiner medizinischen Ausstattung war vergebens gekommen und hatte nichts mehr zu tun. Leer und unverrichteter Dinge musste es seine Rückfahrt antreten.

Dschungel

Zwar lebte ich schon monatelang auf Phuket, kam aber verhältnismäßig selten mit Einheimischen ins Gespräch. Ich meine damit in ein richtiges Gespräch und nicht nur den kurzen, unvermeidlichen Austausch an Kassen und Tresen. Wenn es doch mal dazu kam, dann erfuhr ich oft skurrile, bizarre oder höchst erstaunliche Absonderlichkeiten oder intime Geheimnisse der Insel.

In der Gun Bar in Karons Hauptstraße führten wir eine mehr oder weniger zusammen gestotterte Plauderei mit einem Landwirt. Ohne die Übersetzungsbemühungen von Kun, hätte ich mich keine zwei Minuten mit diesem kräftigen, derben und lederhäutigem Farmer unterhalten können.

„Der Mann heißt Tong und er besitzt mehrere umfangreiche Kautschukplantagen, doch er schwört Stein und Bein, dass er nicht zu den Reichen der Insel gehört", übersetzte Kun.

„Frag ihn doch, was er mit seinem ganzen Kautschuk anstellt", war meine Antwort. „Du kannst ihm sagen, dass ich mir an seiner Stelle eine eigene Gummizelle aus eigenem Anbau gestalten würde, damit ich, wenn mir danach zumute ist, mal richtig ausrasten kann."

Kun schüttelte den Kopf und sah mich mitleidig an, wie mir vorkam.

„Er hat mir gesagt, dass in den letzten zwanzig Jahren die größten Dummköpfe auf der Insel das meiste Geld besitzen."

„Ist das jetzt wieder solch ein Mentalitätenquatsch?", fragte ich nach.

„Mann, Dieter, das hat damit nichts zu tun. Aber warte mal kurz, ich lasse es mir erklären."

Kun wandte sich dem Kautschuk-Farmer zu, stellte ihm Fragen und erhielt Antworten. Ein paar Minuten später weihte sie mich ein:

„Verantwortlich für den Erfolg der Dummköpfe ist der wie verrückt wachsende Tourismusboom. Tong erzählte mir, dass in den früheren Jahren die Plantagen, Felder, Kautschuk-, Kokos- und Bananenpalmen sowie die Weideplätze im Inneren der Insel die begehrtesten Grundstücke mit dem höchsten Wert darstellten.

Die Ländereien direkt am Meer oder auch nur in der Nähe der Strände wurden als zweitrangig und minderwertig eingestuft. Niemand wollte diese nutzlosen Gelände besitzen, der Boden war vom Meerwasser verseucht und versalzen und man konnte nichts anpflanzen. Diese Parzellen hatten nur einen geringen Marktwert und waren so gut wie unverkäuflich."

„Okay, Kun, das war früher. Wir haben aber heute", unterbrach ich sie.

„Nicht so voreilig", wies sie mich zurecht. „Tong berichtete mir, dass er in der Schule viel besser war als sein älterer Bruder Bing, der nur Unsinn im Kopf hatte und kaum seinen Namen schreiben konnte. Als seine Eltern die Erbschaft zwischen ihren beiden Söhnen aufteilten, überschrieben sie dem klugen und fleißigen Tong die Kautschukplantage in den Bergen. Für den faulen und dummen Bruder Bing blieb nur ein Grundstück am Strand. Darüber hat sich Bing sehr geärgert und monatelang kein Wort mit seinem Bruder gesprochen.

Ein paar Jahre später sah alles vollkommen anders aus. Da war nämlich Bing auf einmal Millionär, weil die internationale Amari-Gruppe ihm sein Erbe, das nutzlose Stück Land am Strand abgekauft hatte."

„Das ist ja einen tolle Geschichte", warf ich ein. „Frag ihn doch mal, ob sein Bruder Grimm heißt."

„Was? Ich verstehe kein Wort. Grimm?"

„War nur ein Witz, Kun. A German joke."

„Ist das nicht eine verrückte Story", Kun war regelrecht begeistert von der Erzählung: „Der dumme Bruder Tong hat für den Rest seines Lebens ausgesorgt, während Bing jeden Tag schwer auf seiner Farm malochen muss."

Da die touristische Urbanisierung hauptsächlich in Meeresnähe erfolgte, ist das Landesinnere der Urlaubsinsel nach wie vor unglaublich grün, dicht bewachsen oder landwirtschaftlich bepflanzt und im Großen und Ganzen natürlich geblieben.

Etwa in der zentralen Mitte wurde vor einigen Jahren ein in seinen Ausmaßen überschaubarer Nationalpark errichtet. Hier ist tatsächlich alles ursprünglich und naturbelassen und die landschaftlichen Planungen sehen vor, dass es auch so bleiben soll. Es darf überhaupt nichts gebaut oder verändert werden und deshalb finden sich auch keinerlei befestigte Wege oder Straßen im Park. Nur zu Fuß lässt sich dieses wunderbare Stück reservierter und erhaltener Dschungelnatur erkunden.

Auf markierten Pfad und mit einer Wanderzeit von etwas mehr als einer Stunde erhält der interessierte Naturfreund oder naturverbundene Abenteurer einen absolut authentischen, unverfälschten Regenwald-Eindruck. Seltsamerweise ist der Nationalpark den meisten der Inselurlauber nicht bekannt und wird deshalb nur selten besucht. Die Menschen zieht es nun mal dahin, wo es die meisten anderen auch hinzieht: Zu Strand, Bar, Massage, Shopping und Restaurant.

Diese unterhaltsame Runde hatte ich schon öfter zurückgelegt. Größtenteils waren wir auf diesen Wanderungen ungestört, mitunter trafen wir auf zwei oder drei andere Gruppen.

Schon zum zweiten Mal innerhalb eines Jahres erhielt ich Besuch von meiner guten Freundin Marion aus Deutschland. Sie kam nicht alleine, sondern mit ihrer Freundin Lisa, die zum ersten Mal Thailand besuchte. Beide waren ungefähr Mitte 30 Jahre alt. Marion hatte Lisa von möglichen Unternehmungen auf Phuket erzählt und besonders von der Faszination und Schönheit dieser kleinen Dschungelrunde geschwärmt. Dieses tropische Highlight wollte Lisa auf keinen Fall verpassen! Sie war wie versessen auf ihren Urwaldtrip und sprach seit ihrer Ankunft jeden Tag davon.

Kun und ich übernahmen das Guiding für die Runde. Auf dem Parkplatz am Ausgangspunkt standen nur noch zwei andere Fahrzeuge und ein einsames, verrottetes Motorrad. Wir mussten uns auch diesmal auf kein großes Gedränge gefasst machen.

Wir machten uns klar für den Ausflug. Mückenspray, Socken und feste Sneakers bildeten die Ausrüstung. Wer mit mir in Sandalen durch den Dschungel wandern wollte, den nahm ich nicht mit. Ein T-Shirt zum Wechseln und möglichst viel Wasser wurde in kleine Rucksäcke gepackt. Erhaben, von oben herab und voller Würde und Gelassenheit beobachteten die Urwaldriesen um uns herum die Vorbereitungen. Eine rote Markierung und ein paar Stufen kennzeichneten den Beginn des Dschungelpfades. Sobald wir ins dichte Unterholz eintauchten, schlug die unverkennbare aber auch unwiderstehliche, satte, feuchte und atemberaubend intensive Atmosphäre tropischer Vegetation über uns zusammen.

Zum Auftakt ging es ein paar Schritte bergauf. Lisa bemühte sich, ihre Zustimmung und Begeisterung an der wild wuchernden Umgebung auszudrücken, was ihr ersichtlich schwerfiel, weil dieser kleine Aufstieg ihr gesamtes Lungenvolumen beanspruchte. Marions Freundin war alles andere als schlank, sie war keine erfahrene Wanderin und weder sportlich noch durchtrainiert. Der Pfad wurde kurz darauf flacher und wir passierten die ersten wirklich hohen Baumriesen, die mit ihren 40 oder 50 Metern alle anderen Gewächse überragten. Schon die monumentalen, kastenförmigen Wurzeln am Boden boten einen beeindruckenden Anblick. Exotik pur. Echt. Original. Wildnis live.

Der Weg wurde feuchter, matschiger und rutschiger. Er führte hinab zu einem rauschenden und schäumenden Urwald Bach. Sehr langsam, mal vorwärts, mal rückwärts gehend, bewältigte Lisa den rutschigen Teil des Pfades –

und stand dann zutiefst erschrocken vor dem Bach, den wir für das weitere Fortkommen überqueren mussten. Ein umgekippter, dicker Baumstamm verband die Ufer. Im Rückwärtsgang führte ich die unsichere Lisa mit beiden Händen. Schritt für Schritt balancierten wir über das Gewässer, das zum Glück nur ein paar Schritte breit war. Hinter Lisa passte Marion auf irgendwelche Fehltritte auf, obwohl mir nicht klar war, was wir bei einem Ausrutscher oder Sturz von Lisa groß ausrichten konnten. Der Bach war bewältigt und der Pfad verlief leicht ansteigend ein paar hundert Meter parallel zum lustig plätscherndem Flusslauf.

Die Vegetation war einfach überwältigend. Zwischen jeder Menge Wurzelwerk wuchsen Palmen, Farne, Sträucher und Bromelien. Oft mit scharfen Stacheln bewehrt, sollte das Gehölz möglichst nicht als Geländer benutzt werden. Von oben herab beherrschte eine Vielzahl an Luftwurzeln, Ranken, Triebe, Lianen und Schlingpflanzen den Luftraum.

Der Bach musste erneut überquert werden, diesmal auf feuchten und glitschigen Steinen. Wir hielten Lisa zu dritt in der Balance, mühten uns behutsam von Stein zu Stein. Trotzdem rutschte sie aus, holte sich dabei aber nicht mehr als einen nassen Fuß. Zum Glück. Eine Verstauchung oder Schlimmeres konnten wir fernab jeder Zivilisation nicht gebrauchen. Dann wurde es spannend: Während eines Unwetter waren gleich mehrere Urwaldriesen umgestürzt, zwei davon lagen quer und verkantet übereinander, bildeten ein vier Meter hohes Hindernis und versperrten unseren Weg. Eine Umgehung war nicht möglich, das Dickicht drumherum war undurchdringlich.

Ich kletterte als Erster nach oben. Es folgte Lisa, sie wurde von Marion und Kun mit sanftem Druck aufwärts geschoben. Sie ächzte und keuchte und hatte offensichtlich ein mulmiges Gefühl bei der kurzen Kletterpartie. Marion zeigte ihr, wie sie ihre Füße setzen sollte und passte auf, dass sie nicht abrutschte. Von oben zog ich an ihrer ausgestreckten Hand und nach einigen schweißtreibenden Minuten hatte sie es geschafft. Die Erleichterung stand ihr ins Gesicht geschrieben.

Der Pfad ging weiter, es wurde heller, und wir bestaunten eine kleine, traumhafte Lichtung mit Blick zum offenen, wolkenlosen, tropisch-blauen Himmel. Der Bach staute und verbreiterte sich zu einem Mini-See. Ein kleiner Wasserfall schoss hinein und wirbelte seine Oberfläche auf. Eine handtellergroße Schildkröte bewohnte diesen Naturpool und schaute uns neugierig zu.

Auf Steinen und Stämmen hockend, tranken wir vom mitgebrachten Wasser, das natürlich schon lange nicht mehr kalt war. Doch das war nicht wichtig. Der Wasserfall bildete einen prächtigen Hintergrund für ein Gruppenfoto mit Selbstauslöser.

Man hörte sie in der Tiefe des Waldes klettern, laufen, rascheln und raunen, doch spektakuläre Tierbeobachtungen konnten wir während unserer Runde nicht verzeichnen. Wir mussten uns mit kleinem Getier wie Echsen, Spinnen, Schmetterlingen und Ameisen zufriedengeben. Nicht mal ein vorwitziger Affe oder eine Gefahr signalisierende Schlange kreuzten unseren Weg. Noch im 18. Jahrhundert bevölkerten Tiger, Elefanten und Rhinozerosse den dichten Dschungel der Insel, doch das ist schon lange passé.

Nach der kurzen Rast lag mehr als die Hälfte der Wegstrecke hinter uns. Noch einmal ging es über schlüpfrige Steine auf die andere Bachseite, dann leitete der Pfad sehr steil nach oben. Der Weg war kein Weg, sondern zertrampeltes, stufiges Gefälle, das aus purem, schwarzen Dschungelhumus, durchsetzt mit zähem Wurzelwerk, bestand. Gutgemeint und vor einigen Jahren hilfreich und nützlich, begleitete ein spärliches Geländer aus Holz den Aufstieg. Es konnte seinen ursprünglichen Zweck nicht erfüllen – schon durch bloßes Anschauen fiel es in sich zusammen. Die arme Lisa. Sie wirkte nervös und gehetzt, blickte sich um, schaute nach vorne, guckte nach oben – sie war ausgelaugt und entkräftet.

Unaufgeregt, sanft und behutsam redete ich ihr zu: „Lisa, dieses Stück Weg hier ist noch einmal steil und leider auch nicht sehr bequem. Doch ich verspreche dir, wenn du das geschafft hast, geht es von da an nur noch gemütlich bergab. Es kommen keine gefährlichen oder kritischen Passagen mehr. Und das bis zum Auto. Das schaffst du doch, oder?"

„Mehr ist es nicht, weißt du das genau?"

„Ich weiß es sogar sehr genau, du kannst mir glauben. Ich war oft genug hier."

Mit einem kräftigen Schluck aus der Wasserflasche stärkte sich Lisa, dann folgte sie mir. Bei den hohen Stufen half ich und reichte ihr die Hand, wenn es zu rutschig wurde. Sie wollte jetzt keine Pause mehr und kämpfte sich entschlossen durch das Steilstück hoch. Oben angekommen und mit durchgeschwitzten Klamotten setzte sie sich auf einen umgekippten Baumstamm. Sie war fix und fertig, nicht ansprechbar und auch nicht aufnahmefähig.

Dabei war hier einer der Höhepunkte der Wanderung zu bewundern: Ein wahrer Wurzelkoloss, Reststumpf eines Dschungelriesen, der immer noch bestimmt zehn Meter in die Höhe ragte. Der Baum selbst war schon vor Jahren in sich zusammen gebrochen und verrottete seit dem.

Insgesamt hatten wir mehr als zwei Stunden unter dem üppig-dichten und sattgrünen Blätterdach verbracht, als wir wieder das Auto erreichten. In Zukunft würde ich mir die Kandidaten für unsere Dschungelrunde etwas genauer anschauen. Ein Unfall mit einem unserer Hotelgäste ohne Hilfe und ohne Transportmöglichkeiten würde mich vor erhebliche Probleme stellen.

Und das musste ja nicht sein.

Jahr zwei

Eine neue Hochsaison stand uns bevor. Die Monate der wenigen Besucher, schwachen Nachfragen, leeren Zimmer, unsinnigen Wartezeiten und geringen Einnahmen waren überstanden. Neue Erfolge winkten. Der Rubel würde wieder rollen. Höhere Ziele konnten anvisiert werden. Meine Erwartungen waren vielfältig vorhanden, nicht zu überzogen und meiner Einschätzung nach durchaus realistisch. Hatte ich nicht dazu gelernt, Lehrgeld gezahlt, Federn gelassen, mir die Hörner abgestoßen?

War ich präpariert, qualifiziert und bereit für die Aufnahme in die illustre Runde erfolgsverwöhnter Hotelbosse und Herbergsbesitzer? Oder war ich nach wie vor der unerfahrene Frischling, der ahnungslose, unwissende Farang, ein jungfräulich grüner Dilettant der Touristik- und Übernachtungsbranche?

Ein komplettes Jahr lang durfte ich meine Fähigkeiten und Talente als Hotelmanager erproben. Reichlich Zeit und Gelegenheit um zu sehen, zu staunen, zu erkennen, zu schlussfolgern und zu lernen. Meine Erfahrungen aus den gut besuchten ersten Monaten des letzten Jahres waren erfreulich. Das Hotelpersonal war loyal und zuverlässig und seit Monaten konstant. Die Villa del Mar hatte sich einen nachhaltig positiven Ruf aufgebaut und war zweifellos bekannter als in unserem Anfangsjahr. Wir hatten uns eingelebt und eingewöhnt, wussten inzwischen, worauf es ankam, kannten und beherrschten die Vorgänge, Regularien und Abläufe. Unter diesen Voraussetzungen startete ich mit meinem Hotelexperiment im November 2007 in unsere zweite Hochsaison.

Der Auftakt war motivierend und lag über unseren Erwartungen, deutlich höher sogar, denn schon Mitte November war die Hälfte der Zimmer belegt. Obwohl das Wetter in diesem Jahr nicht mitspielte, es regnete beinahe pausenlos. Einen derartig nassen November hatte man auf Phuket noch nicht erlebt. Doch das wussten und ahnten die weit angereisten Urlauber nicht, wenn sie am heimatlichen Wohnzimmertisch ihre Ferien planten, von ihren Reisezielen träumten und ihre Flüge buchten.

In sämtlichen frei erhältlichen Reiseführern und jedwedem Gratis-Internet-Hokuspokus stand klipp und klar und unwiderruflich, dass auf Thailands Westseite der Monsun im November beendet ist und die Zeit des schönen, regenfreien Wetters beginnt. Jahr für Jahr kippten diese Schreibtisch-Strategen genau für diese Zeit den virtuellen Klimaschalter um: Regen aus, Sonne an, konnte man lesen. Als hätten alle voneinander abgeschrieben, war es so und nicht anders wortwörtlich zu lesen. Überall. Tatsächlich überall!

Nach diesen fragwürdigen und mehr oder weniger frei erfundenen Informationen richteten sich die Besucher, darauf freuten sie sich und erwarteten ab November Sonne, Hitze, Wellen, Strand und Sonnenbrand. Niemand konnte zur Verantwortung gezogen werden, wenn die Angaben in den Guides derartig daneben lagen wie in diesem Jahr. Niemand.

In Patong war es üblich, die bevorstehende, neue Saison mit einem farbenprächtigen, kunterbunten Umzug am 1. November zu eröffnen, der den Namen Patong Carneval trug. Bei dieser phantasiereichen Parade wurden die gesamten 2,5 Kilometer Beach-Boulevard abmarschiert. Startplatz war das südliche Ende des Beachs und das bedeutete, dass der Zug sich unmittelbar vor unserem Hotel zusammen fand und aufbaute.

Es gab große und kleine Wagen, Fußgruppen, Einzelkämpfer, Musik und Elefanten. Alle, die mitgingen, mitfuhren oder mittanzten, waren kostümiert, verkleidet, maskiert oder sonst wie individuell, extravagant, exaltiert, glamourös und auffallend herausgeputzt.

Einen besonderen Blickfang bildeten wie immer die Kathoy-Gruppen, die ihre jeweiligen Varietés vertraten und für ihre Glitzer-Shows warben. Ihre sehenswerten Auftritte wurden bestimmt von viel sichtbarer Haut, umhüllt von imposanten, prachtvoll glänzenden und funkelnden Gewändern, mal verführerisch eng anliegend, mal weitläufig im Winde flatternd, zusätzlich dekoriert mit Federn und Tüchern im Farbspektrum des Regenbogens.

Am Tag des Umzugs hatte der Wettergott ein Einsehen: Es blieb trocken und die Kostümparade konnte ohne Einschränkung oder Behinderung starten. Mit meiner Kamera stand ich am Rand des Boulevards und erfreute mich an den vielen, interessanten Motiven, die an mir vorüberzogen.

Schon am nächsten Tag begann das Drama des vorher beschriebenen Dauerregens. In diesem November beherbergte die Villa bemitleidenswerte Gäste, die bei uns volle zwei Wochen ihres kostbaren Urlaubs verbrachten und in der gesamten Zeit nur einen einzigen Nachmittag am Strand in der Sonne erleben und genießen durfte..

Gepolter, Geschrei und Aufruhr aus den oberen Etagen. Der Lärm kam nicht nur aus einem Zimmer. Zweifellos war ein größerer Aufruhr im Gange, eine Art Aufstand der Gäste. Was um Himmels willen war nun schon wieder los? Nur noch wenige Sekunden, dann würde ich es erfahren, denn gleich mehrere unserer Urlauber polterten voller Empörung, zornig, aufgelöst und ungehalten die Treppe hinab:

„He, Rezeption, was ist das? Wir haben kein Wasser in unserem Zimmer!"

„Where is the water? The water is off, it's all dry!"

„Ich wollte duschen, doch es kam kein einziger Tropfen raus."

„Kannst du uns bitte informieren, wann das Wasser wieder fließen wird?"

„Bei uns stinkt's fürchterlich und das war natürlich mein Mann, doch wir können es nicht runterspülen!"

Ein neues Problem war aufgetaucht, eine unangenehme und lästige Störung, von der wir bisher verschont blieben, die jedoch einer dringenden Lösung bedurfte. Was konnte ich in meiner Eigenschaft als Hotelmanager bei einem totalen Ausfall der Wasserversorgung tun? So viel wie so oft in ähnlichen Situationen: Erst mal nichts. Der bewährte Handwerker Ram wurde angerufen, der schon nach wenigen Minuten in der gewohnten Begleitung seines durch permanente Untätigkeit auffallenden Lehrlings erschien.

Zuerst trieben sich die beiden eine Zeit lang oben, auf dem Flachdach des Hotels herum und inspizierten die großen, blauen Wasserbehälter, die dort unter ihrem Schattendach standen. Anschließend stiegen sie nach ganz unten, sie kletterten herab, begaben sich tief unter die Fundamente des Gebäudes und kamen nach relativ kurzer Zeit wieder hervorgekrabbelt.

Ram setzte sich zu mir, um mir das System der Wasserversorgung meiner Immobilie zu erklären. Das Gebäude verfügte über keinen eigenen Brunnen, sondern erhielt das flüssige Lebenselixier aus den öffentlichen Leitungen. Um für eventuelle Ausfälle oder Pannen im Versorgungsnetz gesichert zu sein, war es mit einem ungewöhnlich üppigen, eigenem Reservetank ausgestattet, der in das Fundament eingelassen war. Sämtliches ankommende Wasser floss dort hinein und wurde mit automatisch arbeitenden Pumpen nach oben, aufs Dach befördert. Von hier erfolgte, mit freundlicher Unterstützung der naturgegebenen Schwerkraft, die Verteilung auf die einzelnen Zimmer.

„Danke, Ram, für die Aufklärung. Es ist im Prinzip eine einfache Methode und alles, was du sagst, leuchtet mir ein. Über ein Jahr lang funktionierte die Wasserversorgung prima und zuverlässig, es gab immer ausreichend Wasser. In allen Zimmern wurde geduscht, gebadet und gespült, es wurden keinerlei Störungen gemeldet. Doch warum bleibt jetzt auf einmal das dringend benötigte Wasser weg? Hast du einen Verdacht oder konntest du den Grund dafür bei deinen Inspektionen ermitteln?"

Ram, ein unglaublich sachlicher Mann, mit neutralen, nicht zu interpretierendem Handwerker-Blick, der sich seine Emotionen vermutlich für sein Privatleben reservierte, nickte mir zu:

„Dein Reservetank unter dem Fundament ist leer und das darf eigentlich nicht sein. Normalerweise ist er immer voll, er sollte sogar zu jeder Zeit randvoll sein, weil er permanent mit dem Wasser aus den Leitungen aufgefüllt wird, doch diesmal ist er leer. Nicht mal eine kleine Pfütze ist übrig geblieben. Warum und wieso es dazu kommen konnte, habe ich leider so schnell nicht feststellen können."

„Was können wir denn dagegen tun? Was wir brauchen, ist eine Sofort-Lösung, sonst hauen uns die Gäste ab!"

Ich fühlte mich niedergeschlagen und deprimiert. Die Saison war erfolgreich gestartet mit einer genügenden Anzahl an Buchungen, doch praktisch noch beim Warmlaufen standen wir vor einem unerwarteten Problem, das dringend bewältigt werden musste.

„Hast du keine Idee, wie es weitergehen kann? Unsere Gäste wollen duschen und auch ihre Toiletten benutzen und das ist ihr gutes Recht."

„Da hilft auf die Schnelle nur eines: Du musst Wasser vom Wasserwagen kaufen. Hier ist die Telefonnummer", Ram reichte mir einen ausgerissenen Zettel, den ich sofort an Nid weiter gab, mit der Bitte um möglichst schnelle Lieferung.

Der Blick aus dem Fenster hinaus auf Straße und Strand bot mir das in der letzten Zeit gewohnte Bild: Es regnete, es regnete, es hörte nicht auf zu regnen. So ging es seit Tagen, ja seit Wochen, den gesamten November über regnete es ohne Unterlass. Draußen fand sich Wasser in Hülle und Fülle, doch in unserem Hotel fehlte die kostbare Flüssigkeit für Bäder, Duschen und Toiletten. Das war doch wohl zum Verrücktwerden!

Erstaunlich schnell kam der Wasserwagen mit zwei Mann Besatzung angerollt und parkte vor dem Gebäude. Eine dicke Leitung wurde gelegt, die Pumpe am Fahrzeug angeworfen und in weniger als fünf Minuten war der Tank gut gefüllt mit frischem Wasser. Meine Anspannung ließ nach, ich atmete auf und die Gäste gingen auf die Zimmer, um ihre Erfrischungs- und Reinigungsrituale nachzuholen.

Es dauerte nur 20 Minuten, dann setzte das Geschrei erneut ein:

„Das Wasser! Verdammt noch mal! Wo ist es denn jetzt geblieben?"

„Hier kommen nur ein paar Tropfen raus, das war schon alles, doch das reicht uns nicht!"

„Wir können schon wieder nicht duschen!"

„He Dieter, du musst was unternehmen, wir haben immer noch kein Wasser!"

Kein Wasser im Hotel? Schon wieder leere Leitungen? Trotz der gelungenen Nachfüllaktion? Was war diesmal zu tun? Ich war mit meinem Latein am Ende und trieb Nid an, sowohl den Wasserwagen als auch den Handwerker anzurufen. Beide trafen zur gleichen Zeit im Hotel ein. Zum Kontrollieren kroch Ram unters Fundament und bestätigte die traurige Wahrheit: Der Reservetank war auch diesmal vollkommen leer.

Er nahm das Bier an, dass ich ihm reichte und bedankte sich: „Du kannst den Tank noch mal füllen lassen, aber das wird dir längerfristig nicht viel nützen. Da muss ein Loch oder eine undichte Stelle sein, in der das Wasser in kurzer Zeit versickert."

„Versickert? Ist es wirklich so, das das Wasser langsam versickert und nicht mit einem Rutsch verschwunden ist?", mir kam ein Gedanke und ich wurde munter.

„Nein, ganz so schnell geht das nicht. Es läuft recht langsam aus, was bestimmt einige Minuten an Zeit beansprucht", meinte Ram.

„Was meinst du, wenn sie sich beeilen, können unsere Gäste dann wenigstens auf die Schnelle kurz unter die Dusche springen?"

„Oder kacken und pissen", fügte der freche Lehrling vorwitzig hinzu und fing sich sofort einen Klaps von seinem Meister ein.

„Ja klar, wenn sie sich beeilen, sollte das möglich sein", antwortete Ram.

Die meisten der Gäste hatten sich ungewaschen und mit vollen Blasen auf der Terrasse gruppiert und blickten mir entgegen, als ich näher kam.

„Tut mir leid, dass wir solch ein Theater mit dem Wasser durchstehen müssen", erklärte ich der aufmerksam lauschenden Gruppe.

„Ich kann euch zusichern, dass wir morgen den Schaden endgültig beheben werden, wie mir unser Handwerker Ram bestätigt. Danach wird das Wasser wieder so laufen wie ihr es gewohnt seid. Doch für heute bitte ich euch um Verständnis und möchte einen Vorschlag mit euch diskutieren."

Ich richtete mich auf und schaute, ob auch alle zuhören.

„Wir werden unseren Tank ein weiteres Mal füllen und ich bitte euch, dass ihr, sobald er voll ist, in Windeseile eure Zimmer aufsucht und unter die Dusche flitzt. Doch Achtung: Das Wasser wird nur für ein paar Minuten reichen, deshalb nehmt euch nicht zu viel Zeit!"

Die Gäste zeigten Verständnis, es kamen keine Proteste auf und sie erklärten sich mit einem schnellen und kurzen Duschvorgang einverstanden. Als Gegenleistung versprach ich ihnen, dass wir für diese Nacht nur den halben Zimmerpreis berechnen würden.

Am folgenden Morgen war Ram bereits vor der allgemeinen Frühstückszeit im Einsatz, nur der Lehrling nicht, der hatte verschlafen und würde nachkommen. Heute passte mir der Dauerregen ausgezeichnet in den Kram – ich hoffte, dass vielleicht nicht so früh aufgestanden wird. Der zuverlässige Ram machte sich erneut unter dem Fundament zu schaffen, er entdeckte mehrere undichte Stellen im nicht mehr taufrischen Tank und dichtete sie ein für alle Male ab. Sofort füllte sich das Reservoir mit dem kostbaren und unentbehrlichen Nass, die Pumpen verließen ihre Habachtstellung, sprangen an und transportierten das Wasser aufs Dach, von wo es auf die einzelnen Zimmer verteilt wurde. Die Gäste konnten duschen, die Versorgung war gesichert und mir fiel wieder mal ein Stein vom Herzen.

Die Story rund um unser Wassermalheur im strömenden Regen ist noch nicht zu Ende, es folgte ein Wurmfortsatz, ein kleiner, unscheinbarer, doch unangenehm-lästiger Blinddarm.

Herta und Bodi – ein gemeinsam reisendes, junges Paar unterschiedlicher Nationalitäten – verbrachte vier Nächte im Hotel. Beim Auschecken waren eine reduzierte und drei normale Übernachtungen fällig, insgesamt 7000 Baht. Mit dieser Abrechnung waren die beiden nicht einverstanden. Sie wollten für alle vier Tage die von mir angesprochene Ermäßigung für ihr Entgegenkommen und ihre Entbehrungen durch den Wassermangel bekommen.

Nid wusste nicht weiter und ich schaltete mich in die Diskussion ein. „Warum das denn? Da habt ihr keinen Anspruch drauf. Das Wasser fiel doch nur an eurem ersten Tag aus und auch das nur für ein paar Stunden."

„Wir hatten die ganze Nacht kein Wasser", ergänzte Bodi, ein langer dünner Bursche mit Pickelgesicht und Brille.

„Das ist richtig und darüber hatten wir auch gesprochen", bestätigte ich ihm. „Zum Ausgleich habt ihr eine Ermäßigung bekommen und es gab keine Einwände, als ich euch und allen anderen auf der Terrasse die Situation mitgeteilt habe."

„Ach deine niedliche Ermäßigung, na die war ja für jeden Tag in deinem Hotel gedacht", mischte sich seine Freundin Herta, ein kleiner, mickriger Zickentyp mit vorwitzigem Gesicht und kratziger Stimme ein.

„Tut mir leid, doch so war es nicht gemeint. Da habt ihr etwas falsch verstanden", versuchte ich es erneut.

„Ist mir Wurst, was du erzählst. Wir zahlen euch jetzt 4000 Baht und das war's dann."

Herta, die Zicke mit dem zu ihr passenden Zickennamen, knallte vier Tausend-Baht-Scheine auf den Tresen und wandte sich zum Ausgang.

„Ich schau mal nach einem Taxi", rief sie ihrem Freund zu. Der stand auf und wollte seiner Freundin hinterhergehen, doch das ließ ich nicht zu:

„Einen Augenblick mal, mein Lieber. Du kannst leider noch nicht gehen, sondern bleibst hier, bis ihr eure Rechnung bezahlt habt."

Der Bursche nahm meine laut und deutlich formulierte Aufforderung überhaupt nicht zur Kenntnis, er zeigte keine Reaktion und bewegte seine dürre Erscheinung weiter auf den Ausgang zu. Was sollte ich tun? Ich konnte ihn unmöglich gehen lassen. Mir blieb nichts weiter übrig, als den Flüchtenden an seinem Rucksack zu packen, um ihn aufzuhalten. Dieser Griff fiel heftiger aus, als von mir gewollt.

Bodi ruckte nach vorne, der Rucksack riss an einer Naht auf und der Typ landete unsanft auf dem Boden. Ich machte mich auf eine Gegenattacke des jungen Mannes bereit, die jedoch ausblieb. Stattdessen sah ich ein armseliges, verschüchtertes Würstchen auf dem Fliesenboden hocken, das sich nicht mal traute, mich anzuschauen und vor lauter Angst nur so schlotterte.

„Hier, die hast du verloren", ich reichte ihm seine Brille, half ihm auf die Beine und schob ihn auf einen der Sessel in der Lobby.

„Bodi, los komm, das Taxi ist da!", die Zicke kam hereingestürmt. „Los komm endlich, wir müssen aufbrechen, sonst erwischen wir unseren Flieger nicht mehr."

Sie würdigte sowohl mich als auch Nid keines Blickes.

„Wenn ihr eure Rechnung bezahlt, könnt ihr sofort abreisen", machte ich den beiden erneut die Situation klar. „Dann erreicht ihr locker und bequem euren Flieger."

„Und wenn wir nicht zahlen?", die sehr viel kleinere Zicke baute sich frech vor mir auf und starrte mich aufdringlich an. „Was willst du denn tun, wenn wir nicht daran denken, dein Scheiß Hotel zu bezahlen?"

„Dann haben wir keine große Wahl und rufen die Polizei an", machte ich ihr klar.

„Okay, dann ruf die Polizei, das wollen wir doch mal sehen."

Die beiden war nicht bereit, den vereinbarten Preis zu bezahlen und ich sah nicht ein, warum ausgerechnet wir immer die Arschkarte ziehen sollten.

Ein paar Minuten nach dem kurzen Telefonat tauchten zwei Braunhemden in der Lobby auf. Sie wimmelten die aufgeregt auf sie ein schnatternden Touristen ab und hörten sich an, was Nid in der Landessprache zu berichten hatte. Dann wandten sich die Uniformierten an das Pärchen und verlangten ihre Pässe, die sie anschauten und einsteckten.

„Äh, Entschuldigung. Können wir bitte unsere Pässe zurück haben?" die Blonde war auf einmal verstärkt um Freundlichkeit bemüht. Der Polizist sprach auch weiterhin nur mit Nid und die übersetzte: „Wenn ihr eure Rechnung vollständig bezahlt habt, dann gibt's auch die Pässe zurück."

Die Streifenbeamten gaben uns und unserer Forderung recht und nahmen die Position des Hotels ein. Unsere liebenswerten Gäste hatten sich verkalkuliert. Zwei Minuten später war die Rechnung beglichen und die beiden rauschten davon. Nid und auch ich bedankten uns höflich bei den beiden Beamten.

Die Zicke war aber noch nicht fertig mit mir. Zu Hause angekommen, schrieb sie einen bitterbösen Beitrag für ein bekanntes und oft benutztes Online-Reise-Portal. Ohne wegen Wahrheitsgehalt oder Rückbestätigung beim beschuldigten Hotel nachzufragen und ohne ein Zickenwort zu ändern, wurde ihr polemischer Beitrag eins zu eins ins Internet gestellt. Wenn ich das richtig sehe, steht er dort heute noch.

Mr. Hoki

Zuerst erkannte ich ihn nicht wieder und musste zweimal hinschauen. Doch als er die Hotelterrasse betrat und näher kam, stellte ich fest: Wahrhaftig, es war nicht zu leugnen, dass musste Mr. Hoki sein, der schräge Winkeladvokat, der eingebildete Fatzke, der blasierte Rechtsverdreher, der im Auftrag der Eigentümer angetanzt kam, sicherlich auch diesmal mit der Absicht, die fällige Jahresmiete fürs Hotel einzutreiben.

Wie im Vorjahr hatte er seinen Besuch per Telefonat angekündigt. Der Unterschied, der mich in ernsthaftes Erstaunen versetzte und mich dazu brachte, meine Augen ungläubig zu reiben, war die ungewohnte Aufmachung. Mr. Hoki erschien nicht im gewohnten, edlem Zwirn, er trug diesmal weder Anzug noch Krawatte, sondern verwaschene, Blue Jeans mit zerlöcherten Knien und darüber ein abgetragenes Manchester United-T-Shirt.

Außerdem war er nicht alleine und wurde von einer zierlichen, hübschen, doch sehr zurückhaltenden Thai-Lady begleitet. Noch ein Unterschied, der mir ins Auge sprang: Mr. Hoki hatte diesmal nicht die finstere, arrogante Miene aufgesetzt, die ich von unseren früheren Begegnungen kannte, sondern gab sich atypisch freundlich, er lachte ungezwungen und wirkte entspannt und gut gelaunt. Was das wohl zu bedeuten hatte? Wie immer, wenn es um unsere Vermieter ging, war mein Argwohn vorhanden. Ich war auf der Hut und mein Misstrauen war geweckt.

„Mr. Hoki, good morning. Ich nehme an, Sie sind gekommen, um die Jahresmiete zu kassieren?"

„Stimmt, Mr. Dieter. Sie kennen es vom letzten Jahr. Deshalb bin ich hier. Ist alles in Ordnung bei Ihnen und dem Hotel?"

„Bei uns ist alles im Lot und wie immer. Doch wie sieht es bei Ihnen aus?"

Er bemerkte, dass ich seinen Aufzug kritisch betrachtete und erklärte mir: „Auch ein Anwalt hat Anspruch auf ein Privatleben. Ich habe heute einen freien Tag und war rein zufällig in der Gegend."

Ich verstand und nickte ihm zu. Warum nicht?

„Bitteschön, hier ist der Scheck."

„Vielen Dank."

Mr. Hoki streckte seine Hand aus und nahm den Scheck entgegen. Er warf einen kurzen Blick darauf und steckte ihn ein. Im Gegenzug erhielt ich eine vorbereitete, unterschriebene Quittung, die sich nicht von der aus dem letzten Jahr unterschied.

„Wie laufen denn die Geschäfte, Mr. Dieter, kommen Sie zurecht oder haben Sie Probleme?"

Donnerwetter, jetzt raffte er sich sogar noch zum Small Talk mit mir auf.

„Haben Sie genügend Gäste? Sind Sie ausgebucht und mit dem Umsatz zufrieden?"

Vorsichtig ging ich auf sein Geplauder ein: „Na ja, jetzt haben wir mal wieder High Season, da sind die meisten Hotels voll und wir zum Glück auch. Leider wird sich das in vier-sechs Wochen schnell wieder ändern."

„Ich glaube, Sie haben ein gutes Gespür für das Geschäft mit den Touristen und deshalb werden Sie bestimmt auch in der Regenzeit Gäste haben."

Es war ein sehr erstaunlicher und gänzlich unerwarteter Auftritt für mich: Mr. Hoki zeigte sich von seiner menschlichen Seite, er bewies Interesse und Anteilnahme. Was für eine wundersame Wandlung! Auch diesmal blieb er nicht lange, stand ein paar Minuten, nachdem er den Scheck erhalten hatte, auf und verabschiedete sich:

„Alles Gute für Sie. Und viel Erfolg in Ihrem Business."

Ich bedankte mich und wir schüttelten uns die Hände.

„Bis zum nächsten Jahr."

Mr. Hoki grinste mich vielsagend an: „Jawohl, bis zum nächsten Jahr."

Ein Anlass zum Feiern stand uns bevor: Kun's Geburtstag. Schon Tage vorher zerbrach ich mir den Kopf, wie wir diesen Tag angemessen verbringen könnten. Es sollte natürlich ein Ehrentag für Kun sein, ein Tag nach ihrem Geschmack, der zugleich meine Liebe und Zuneigung zu meiner Freundin zum Ausdruck bringt.

Allerdings mussten sich die Aktivitäten auf die Abendstunden beschränken, tagsüber gab es in dieser hitzigen Zeit zu viel zu tun im Hotel.

Noch nie zuvor hatte Kun ein chinesisches Restaurant besucht. Das Beste, was Patong in dieser geschmacklichen Ausrichtung zu bieten hatte, war im 23. Stockwerk des Mandarin-Hotels untergebracht: Eine komplette Etage von vorne bis hinten im China-Stil! Drei Kellner erwarteten uns und geleiteten uns zu einem Tisch am Fenster, der einen rasanten Ausblick auf die tausendfachen Lichter des nächtlichen Patong bot.

Zur Vorspeise bestellten wir Krabbencocktail und als Hauptgericht eine Peking-Ente. Dazu genehmigten wir uns einen italienischen Weißwein aus dem Friaul.

Bevor das Essen serviert wurde, reichte ich meiner zierlichen Freundin ein kleines, schwarzes Kästchen, eingehüllt in leicht zerknittertes Papier. Ich ließ meinen Standardwitz für solche Gelegenheiten vom Stapel: „Es ist natürlich eine CD, wie du sehen kannst."

Kun lachte pflichtbewusst und widmete sich dem Kästchen, das einen goldenen Ring mit roten Steinen enthielt, ein sehr dekoratives Schmuckstück, dass nach meiner Meinung perfekt zu Kun passte. Kein Riesengeschenk, aber auch keine Kleinigkeit. Der Schmuck kam an, er gefiel ihr, sie war begeistert und gerührt, doch der Kuss zum Dank blieb wegen der uns umgebenden Öffentlichkeit natürlich aus.

Eine erste Enttäuschung des Geburtstagsessens wurde uns mit dem Krabben-Cocktail serviert: Die delikaten und auch eher herben Meeresbewohner waren in einer viel zu süßen Soße angerichtet. Na gut, mit dem berühmten Entengericht konnte es nur besser werden. Der gebratene Vogel wurde auf einem Servierwagen herangerollt und neben unserem Tisch platziert. Die Ente war rundherum appetitlich braun gebraten, duftete sehr aromatisch und sah umwerfend köstlich aus, wie auf dem Foto aus einem preisgekrönten Bildband. Ein chinesischer Koch mit gewaltiger Mütze und einem übergroßen Messer erschien, grüßte uns und ging neben dem Servierwagen in Stellung. Geschickt und gekonnt säbelte er der Ente rundherum die krosse Haut ab.

„Das ist eine besondere Spezialität und sie wird vorweg gegessen", erklärte er seinen Gästen und stellte den Teller mit den Hautstreifen auf den Tisch. Der Wagen mit der Ente wurde fortgerollt. Das Geburtstagskind und ich kosteten die Haut, die ausgezeichnet war und einen sehr speziellen Geschmack besaß.

„Das Beste an der Peking-Ente ist das zarte Fleisch. Es wird mit Teigfladen serviert, die wir dann mit Gemüse und Soße füllen. Ich weiß jetzt schon, dass es dir schmecken wird, Kun."

Weil ich aus Europa dieses Chinesische aller chinesischen Essen kannte, konnte ich Kun eröffneten, was ihr an lukullischen Freuden bevor stand.

Es dauerte einige Minuten, dann kam der Servierwagen zurück. Das von mir als zart beschriebene Entenfleisch entpuppte sich als riesengroße Enttäuschung, denn es erwies sich als hart und krustig. Der Koch hatte es klein geschnitten, zu meinem Entsetzen in die Fritteuse gesteckt und damit meinen Erwartungen einen gehörigen Dämpfer versetzt.

„Das kapiere ich einfach nicht", beschwerte ich mich bei Kun. „Wie sind diese Trottel denn auf so eine bescheuerte Idee gekommen?"

Uns stand nicht der Sinn nach frittierten chinesischen Sägespänen und der Spaß am Essen aus dem Reich der Mitte war uns komplett vermiest. Wir ließen uns die allzu harte Wirklichkeit einpacken und nahmen sie mit – unser Staff würde sich am nächsten Tag bestimmt darüber freuen.

„Es tut mir so leid", im Lift nach unten nahm ich Kun in den Arm. „Ich hatte mir dein Geburtstagsessen sehr viel anders vorgestellt. Es sollte etwas Besonderes sein und jetzt ist verdammt noch mal alles in die Hose gegangen!"

„Für mich ist das schon okay", antwortete Kun. „Du hast es nur gut gemeint. Die Entenhaut, die schmeckte doch auch einmalig gut, fandest du nicht? Und der Ring, ja der Ring, der ist sensationell."

Flott

Aus einem der Zimmer mit Meerblick im ersten Stock ertönte lautes Gebrüll. Ein heftiger Streit war im Gang, seine Schallwellen schwappten lauthals, störend und unüberhörbar durch das Treppenhaus. Drei Stimmen versuchten sich gegenseitig zu übertreffen. Drei männliche Stimmen, wie ich zu hören meinte. Was war los? Die Villa del Mar war zwar kein Sanatorium, doch einen derartigen Lärm konnte ich nicht akzeptieren.

Deshalb ging ich die Treppe hinauf und klopfte energisch und gestärkt durch die Autorität des Hotelmanagers versehen an die Türe. Der Streit selbst ging mich wahrscheinlich nichts an. Doch bei dieser enormen Lautstärke hatte ich keine Wahl und musste eingreifen. Als niemand auf mein Klopfen reagierte, öffnete ich die Türe.

Unser Gast aus Österreich stand in Nahkampfhaltung auf der einen Seite des breiten King-Size-Bettes. Alfons war ein sehr kultiviert und besonnen wirkender Mann von Mitte 60, der auf mich einen äußerst gepflegten Eindruck machte und stets sauber und akkurat gekleidet war. Ihm gegenüber, auf der anderen Seite der Lagerstätte agierten seine Kontrahenten, zwei stattliche und auch recht ansehnlich anzuschauende Ladyboys, einer von ihnen mit platinblond gefärbter Haarpracht.

Die beiden hatten ihre Kleidung noch nicht in Ordnung gebracht. Um es mit der gebotenen Rücksicht zu beschreiben war der eine halb an- und der andere halb ausgezogen. Als der platinblond Gefärbte sah, dass Publikum in Sichtweite kam, warf er sich in Positur und achtete darauf, dass aus seinem Träger-Shirt die sanfte Wölbung seiner niedlich anzusehenden Kunsttitte inklusive dunkelbrauner Miniaturwarze hervorlugte.

Die Auseinandersetzung tobte quer über das Ruhelager hinweg, auf dem in wilder Unordnung ein Haufen aufgewühlter Kissen, Laken und Bettbezügen lag. Ruhelager? Das war wahrscheinlich die am wenigsten zutreffende Bezeichnung. Welche amourösen Lustbarkeiten und handfeste Sauereien in der Nacht zuvor hier in Form eines überflotten Dreiers stattgefunden hatten, wollte ich mir nicht vorstellen. Wirklich nicht. Als ich das Zimmer betrat und die Türe hinter mir schloss, unterbrachen sich die Streithähne und schauten mir entgegen.

„Hallo und guten Morgen“, eröffnete ich in der Tonlage des freundlich-verständnisvollen Hoteliers meinen Schlichtungsversuch. „Tut mir leid, dass ich störe, aber ihr seid höllisch laut. Wir haben Gäste, die gerne länger schlafen, also geht es vielleicht auch etwas leiser?“

Die drei schauten mich an, hörten auch zu, nahmen mich als Eindringling aber weder ernst noch wahr und ignorierten meine Ansprache völlig, denn sie legten nach kurzer Unterbrechung sofort wieder auf dem Niveau des bisherigen Pegels los. Ohne lange zu warten, schaltete ich mich ein, mischte mit und brüllte dazwischen:

„Was ist denn los bei euch? Worum geht es hier? Könnt ihr nicht bitte leiser sein?“

Alle drei redeten gleichzeitig auf mich ein, um mir die Situation und ihren jeweiligen Standpunkt zu erklären.

„Moment, Ruhe, bitte aufhören, seid doch mal still! Alfons, können Sie mir vielleicht mitteilen, warum und weshalb hier die Fetzen fliegen?“

Es stellte sich heraus, dass Alfons, der Kultur-Österreicher, die beiden Kathoys am Vorabend auf der Bangla aufgegabelt und zu später Stunde mit ins Hotel genommen hatte. Es wurde ein Preis von 3000 Baht für die komplette Nacht vereinbart – wobei der Europäer davon ausging, dass dieses Honorar die Aktivitäten beider Ladyboys abdeckte. Diese aber behaupteten, 3000 Baht wäre ein absoluter, sensationeller und extrem niedriger Freundschaftspreis, ein echtes Sonderangebot für Österreicher, die ihnen angeblich die allerliebsten Kunden sind. Allerdings – und das war der springende Punkt – galten nach Ansicht der beiden Transen die 3000 Baht nur für einen von ihnen. Sie forderten von ihrem Freier für den geleisteten Service 6000 Baht. 6000 Baht plus das übliche Taxigeld und keinen Baht weniger. Sonst …

Dieses sonst … wollte ich mir auf jeden Fall ersparen, dann Kathoys haben den Ruf, schnell grob, rücksichtslos und gewalttätig zu werden. Ich bat die Schönen der Nacht um ein wenig Geduld und ging mit meinem Gast, der untenherum mit einer grauen Jogginghose, oben mit einem schneeweißen Smokinghemd bekleidet war, hinaus und die Treppe hinunter. Wir setzen uns auf das Sofa in der Lobby.

„Das ist eine Frechheit, eine Unverschämtheit, eine einzige Abzocke“, beschwerte er sich im breitesten Wiener Dialekt bei mir. „Das lasse ich nicht mit mir machen, das werden Sie doch sicher verstehen, oder?“

Beruhigend versuchte ich auf den aufgebrachten Mann einzuwirken, ich machte ihm klar, dass er selber mit Schuld trage an der unklaren Situation. Außerdem vermittelte Alfons auf mich nicht den Eindruck, als würde ihn das geforderte Liebeshonorar in Hungersnöte und wirtschaftlichen Ruin treiben.

„Ja, aber wie hätte ich mich denn absichern können? Etwa einen schriftlichen Vertrag aufsetzen?", beklagte er sich.

„Sie hätten in der Nacht, beim Eintreffen an der Hotelrezeption, noch mal die beiden nach ihrem Preis fragen können. Dann hätten sie jetzt unseren Rezeptionisten als Zeugen, der Ihre Darstellung bestätigen kann."

„Das habe ich nicht gewusst, da habe nicht daran gedacht und deshalb auch nichts in diesem Sinne unternommen", der Mann regte sich immer noch auf, dann sah ich ihm an, dass ihn ein offensichtlich erlösender Einfall erhellte: „Aber gut, kein Problem, das werden wir schon regeln. Wir sind schließlich nicht im Urwald. Rufen Sie doch bitte die Polizei, um die Sache zu klären."

Polizei? Hatte Alfons tatsächlich das Wort „Polizei" in den Mund genommen? Es war nicht zu glauben, was er da von sich gab.

„Das halte ich für falsch, für unmöglich sogar. Die Polizei zu rufen ist vollkommen zwecklos und kann unter Umständen schnell nach hinten losgehen", versuchte ich ihm beizubringen.

„Wieso das denn, ich bin im Recht und dafür ist die Polizei doch da! Die können nicht anders und werden mir beistehen!"

„Das ist Ihre eigene, persönliche Aussage, dass Sie im Recht sind! Die Kathoys auf Ihrem Zimmer sind erstens zu zweit und zweitens schildern sie die Vereinbarung anders als Sie! Sie müssen wissen, Alfons, die Polizei wird bei einem solchen Streit immer die Partei der Thailänder ergreifen. Das habe ich oft genug erlebt und da kann der Ausländer erzählen, was er will. Glauben Sie mir, da haben Sie null Komma null Chancen."

„Moment mal! Ich habe mich für Thailand als Ziel entschieden, bin als Gast in diesem Land eingereist und gebe hier zwei Wochen lang mein Geld aus. Ist das etwa nichts wert?"

„Oh, oh, Alfons, jetzt bitte vorsichtig! Denn das sollten Sie der Polizei lieber nicht aufbinden, sonst kann es sein, dass Sie schnell ein paar Tausend Baht mehr ausgeben als Ihnen lieb ist."

„Ach so sieht das aus, so geht man hierzulande mit ausländischen Besuchern um?"

Langsam aber sicher ging mir auf, dass dem Mann nicht zu helfen war.

„Ja, genau so sieht das aus, also schlagen Sie sich diese Idee schnell wieder aus dem Kopf und denken Sie nicht mal im Traum an Polizei, okay?"

„Sie leben doch hier und kennen die Gebräuche. Wie sieht es aus: Können Sie nichts für mich tun? Wollen Sie nicht mal mit den beiden reden und ein gutes Wort für mich einlegen?"

„Tut mir leid Alfons, aber aus solchen Vereinbarungen halte ich mich grundsätzlich raus. Ich vermiete Zimmer und versuche meinen Gästen den Aufenthalt so angenehm wie möglich zu gestalten. Alles, was Sie unabhängig vom Hotel veranstalten und verabreden, ist alleine Ihre Angelegenheit."

Noch eine Weile blieb Alfons auf dem Sofa sitzen und brummte und maulte vor sich hin. Sein Hinauszögern dauerte mir viel zu lange und ich sprach ihn noch mal an:

„Alfons, bitte raffen Sie sich auf. Ich würde mich freuen, wenn Sie das Thema aus der Welt schaffen."

„Aha. Sie meinen, ich soll freiwillig die 6000 Baht bezahlen?"

„Ja, ich bitte Sie höflich darum. Diese Typen können schnell mal ausrasten und rabiat werden und das sollten wir uns doch ersparen."

Grummelnd und brummend nach Art der Bergbewohner erhob sich der Österreicher und ging die Treppe hoch und zurück in sein Zimmer. Fünf Minuten später sprangen zwei gut gelaunte und laut lachende Ladyboys die Treppe herab. Sie zeigten mir das Victory-Zeichen, bewarfen mich mit Kusshänden und winkten mir lachend zu, als sie das Hotel verließen.

Seiten- und andere Sprünge

Phuket ist nicht nur der perfekte Urlaubsort für Familien, Gruppen und Paare, sondern auch bekannt und berüchtigt als begehrtes Ziel für den allein reisenden Lüstling. Alle kommen im berühmten asiatischen Ferienparadies auf ihre Kosten, finden den Zeitvertreib und die Vergnügungen, die ihren individuellen Urlaubserwartungen entsprechen.

Außer der gewählten Destination haben Familien und Sexsolisten nur wenig gemeinsam. Unerkannt kreuzen sich ihre Wege am Strand, auf der Straße, in den Shopping Malls und Restaurants, doch im Allgemeinen zeichnen sich beide Gruppen durch sehr unterschiedliche Abläufe in ihren Urlaubsfreuden und -aktivitäten aus.

Exemplarisch betrachtet kann es durchaus vorkommen, dass Mitglieder der einen, zu den Interessen bzw. Zielen und Wünschen der anderen Gruppe neigen. Damit keine Missverständnisse aufkommen: Es ist höchst unwahrscheinlich, dass der angereiste, triebhaft gesteuerte Lustmolch von einem plötzlichen Drang befallen wird, auf einem Pony den Strand entlangzureiten, das Vergnügen einer Hüpfburg auszukosten oder einen Luftballon zu kaufen.

Doch es ereignete sich immer wieder mal auf unserem exotischen Eiland, dass ein bis dato unbescholtener und mehr oder weniger langweilig dahin vegetierender Familienvater oder Ehemann von Neid und Missgunst erfüllt wird, wenn er auf den unbeaufsichtigten, herum streunenden Sextouristen traf. Mit großen, verbittert dreinschauenden Augen beäugte er das unbehelligte Tun und Treiben seines vergnügungssüchtigen Geschlechtskollegen und begann vielleicht im Stillen, seinen mitgeschleiften Anhang in die Wüste zu wünschen, weil dieser ihn daran hinderte, auch nur in das allerkleinste sexuell eingefärbte Abenteuer hineinzuschnuppern.

Die Vielzahl der Ehemänner und Familienväter lassen es beim Beäugen bewenden. Einige wenige fallen jedoch gelegentlich aus der ihnen angestammten Rolle. Diese Unzufriedenen fassen dann meistens eine der allerorts angebotenen Massagen ins Auge, in der Hoffnung, dass eine solche Institution ihnen zumindest einen Zipfel an Verruchtheit und Sünde zu bieten vermag.

Von außen und im flüchtigen Vorübergehen betrachtet sind Massagen nichts Unanständiges oder Anstößiges. In Deutschland übernehmen sie größtenteils medizinisch therapeutische Funktionen. Diese ehrenwert redliche Art der Massage wird man in Thailand auch finden, doch die Bandbreite ist im Hinblick auf die stets vorhandene Touristenmeute und ihre sehr viel breiter angelegten Wünsche erheblich weiter gefasst.

Wenn man genau und aufmerksam hinblickt, wird auch der Laie schon von außen erkennen, ob in diesem Salon seriös-medizinisch oder schweinisch-geil massiert wird. Es genügt meistens ein Blick auf Kleidung, Alter und Gebaren des angestellten Personals. Es existieren zudem genügend Anbieter, die beide Pole auf ihrer Palette präsentieren.

Unser Gast Phil stammte aus Australiens größter Stadt Sidney. Er war auf Urlaubsreise mit seiner Gattin Chloe, beide um die 60 Jahre alt und begann in seiner zweiten Woche seiner Lebensgefährtin lang anhaltende Rückenschmerzen vorzugaukeln. Nach einer an ihr Mitleid appellierenden Aussprache erhielt Phil von seiner Frau die Erlaubnis zu einer einmaligen, therapeutischen Thai-Massage.

Als Phil losstiefelte, rief ihm Chloe großzügig hinterher: „Viel Spaß und lass es dich ruhig etwas kosten, wir haben nur einmal im Jahr Urlaub!"

Diese Aufwertung hätte sie auf ihm keinen Fall mit auf den Weg geben dürfen. Halb ausgezogen und gedanklich vorbereitet auf die körperlichen Wohltaten, ausgeführt durch flinke und geübte Fingerspitzen, saß Phil im Massagesalon auf der Liege und war gerade dabei, auch noch seine Hose auszuziehen, da stellte ihm seine Masseuse die verhängnisvolle, alles entscheidende Frage: „Hi Honey. Willst du es richtig schön haben, ich meine so richtig schön mit allem Drum und Dran?"

Es bedurfte keiner besonderen Überredungskünste, denn genau das und nichts anderes wollte Phil, davon träumte er, deshalb war er gekommen und er nickte heftig zustimmend mit dem Kopf.

„Dann biete ich dir meine Massage mit happy end an. Das kostet aber 1000 Baht mehr."

Eine Offerte, die optimal mit Phils Phantasien aus den letzten Tagen übereinstimmte. Er überlegte nicht lange, sondern jubelte ihr hocherfreut zu: „Oh yes, darling, with happy end, come on, let's do it!"

Die Lady spürte ihre Chance auf unerwartete Aufstockung ihres Honorars und ging noch einen Schritt weiter: „Wenn du willst, Honey, dann kannst du auch zwei Mädchen haben, die dich massieren. Ich kann dir versprechen: Das ist der doppelte Genuss!"

Phil musste nicht lange nachdenken: Was hatte ihm seine Gattin zuletzt noch zugerufen?

„Lass es dich ruhig etwas kosten, wir haben nur einmal im Jahr Urlaub", erinnerte er sich und es brach förmlich aus ihm heraus: „Yes, yes, darling! I want two ladys, please!"

Eine halbe Stunde später wollte Chloe sich mit eigenen Augen überzeugen, wie es ihr Ehemann bei der Massage getroffen hatte, wie er sich fühlte und ob er auch fachmännisch durchgewalkt, seine Muskeln gelockert, seine Krämpfe vertrieben und sein Kreislauf in Bewegung gesetzt würde. Sie suchte den Massagesalon auf, ging schnurstracks hinein und steuerte im Gefühl an der Bezahlung beteiligt gewesen zu sein, auf den Teil des Raumes zu, der durch Vorhänge vom Rest abgetrennt war. Chloe zog den Vorhang eine Kleinigkeit zur Seite und steckte ihren Kopf durch den Spalt.

Sie sah den korpulenten Phil vollständig nackt auf der Liege hocken und zwar auf allen Vieren. Hinter ihm, ebenfalls unbekleidet, saß eine dünne und gertenschlanke Thai-Lady und leckte ihm mit langen, festen Zügen die Eier und das Arschloch. Vor ihrem Ehemann lag eine zweite splitternackte, leicht rundliche Thai-Lady mit weit offenen Beinen auf dem Rücken und streckte Phil ekstatisch ihren Unterleib entgegen. Mit nassem Gesicht und einer hin- und her schnellenden Zunge bearbeitete Phil das ihm dargebotene, weit offen klaffende Geschlecht.

Zutiefst erschrocken zog Chloe ihren Kopf wieder ein. Sie empfand das dringende Bedürfnis laut zu schreien, schrill zu kreischen oder einen leicht zerbrechlichen Gegenstand an die Wand zu werfen. Sie wollte protestieren, aufbegehren, sich aufregen und ihrem Mann Vorhaltungen machen, doch sie blieb still, sprach kein Wort, ihr Mund war wie zugenäht, ihre Kieferknochen wie zusammen geschweißt. Chloe drehte sich um, rannte in eine herbei geeilte Masseuse hinein, warf sie um, hielt aber nicht an und stürzte aus dem Salon hinaus.

Phil hatte von der Stippvisite seiner Angetrauten nichts mitbekommen und befand sich weiter im paradiesischen Garten der Lüste. Den aufmerksamen Thai-Ladys war die neugierige Farang-Frau mit ihrem entrüstet-empörtem Gesicht nicht entgangen, doch sie hüteten sich, auch nur das kleinste Wort darüber zu verlieren. Sie wollten an ihrem Kunden unbedingt die komplette Show abziehen, vermieden deshalb jedwede Unterbrechung, um auch nicht einen Baht vom vereinbarten Honorar in Gefahr zu bringen.

Gelöst, erleichtert, gut gelaunt und leicht aufgedreht erschien Phil auf der Terrasse, wo ihm seine Gattin entgegenblickte. Ihr Blick war entrückt, der näher kommende Phil erschien ihr wackelig und verschwommen, denn die gute Chloe hatte den erlittenen Schock tief und ausgiebig in Alkohol versenkt: Sie war bis Unterkante Kinn abgefüllt und sturzbesoffen.

Phil setzte sich zu ihr und bestellte ein Bier. Chloe wollte etwas Gekränktes oder Betroffenes von sich geben, der ihr zu Augen gekommenen Situation entsprechend, sie brachte aber nur einen muffeligen Rülpser zustande.

„Bist du okay, liebe Chloe?" erkundigte sich Phil, der immer noch damit beschäftigt war, seine sinnlichen Erlebnisse zu verarbeiten und den Zustand seiner Frau nicht bemerkte. Er erhielt ein mehrfaches, wackeliges Kopfnicken als Antwort.

Kurz danach verließ seine Gattin in Schlangenlinien die Terrasse und verschwand im Inneren der Villa. Als Nächstes konnten alle, die sich auf der Terrasse befanden, Chloe auf den Balkon im ersten Stock vor ihrem Zimmer sehen. Sie lehnte sich mit beiden Armen auf die nicht sehr hohe Brüstung und blickte mit leidensvoller Märtyrermiene zu ihrem Ehemann herab:

„Phil, oh Phil, what have you done!", jammerte sie laut. „Phil, I am your wife, Phil!"

„Darling, what happened? Are you okay?", Phil stand auf und versuchte mit seiner Frau ins Gespräch zu kommen. Chloe schob einen Stuhl an die Brüstung heran und stieg hinauf, wobei sie dramatisch hin und her wackelte. Dann machte sie einen weiteren Schritt nach vorne und stand mit ihren Schuhen, die einen leichten Absatz hatten, halb auf der Brüstung des Balkons.

Uns allen auf der Terrasse stockte der Atem und keiner wusste, was in dieser Situation zu tun war. Chloe wirkte unbeirrt und entschlossen, sie setzte auch den zweiten Fuß auf die Brüstung und stand, nein schwankte oder taumelte auf dem wenige Zentimeter breiten Geländer und bemühte sich, ihre Balance zu behalten.

„Phil, oh Phil, what have you done!", jammerte die sich hintergangen fühlende Ehefrau erneut, und bevor ich oder einer der anderen ins Haus flitzen konnte, durch die Lobby stürmte, die Treppe herauf raste, um einzugreifen und Schlimmeres zu verhindern, war es schon geschehen: Chloe ließ sich fallen, sie stürzte runter auf die Terrasse und landete auf ihrem Bauch. Es waren nur wenige Meter Fallhöhe, doch die reichten zur Erzeugung eines hässlichen

Geräuschs, eines schwer zu beschreibenden mehr Platsch- als Plumpstons, der uns alle aufschrecken ließ. Dann war es ruhig und Chloe lag verdreht und mit dem Gesicht nach unten auf dem Fliesenboden.

Bei ihrem theatralischen, Promille-bestimmten Absturz zog Chloe sich einen Beinbruch und zwei Rippenbrüche zu. Sie verbrachte die folgenden zehn Tage im Hospital. Phil besuchte sie jeden Tag. Die ersten drei Tage verweilte er in Trauer und Mitgefühl. Dann fiel ihm auf, dass er zwar immer noch ein verheirateter Ehemann im Urlaub war, doch durch unverschuldete Umstände ab sofort über dieselben Privilegien verfügte, wie die von ihm beneideten Alleinreisenden: Er stand nicht mehr unter Beobachtung und musste keiner Menschenseele für das, was er tat, Rechenschaft ablegen.

Sofern meine Informationen stimmten, besuchte Phil an jedem seiner verbleibenden Urlaubstage einen Massagesalon. Es war allerdings nicht bekannt, ob er jedes Mal zwei Ladys hatte, die sich um ihn kümmerten.

Genugtuung

Platz heischend und mit großkotziger Gestik kamen sie in einem aufgemotzten, schwarzem Toyota SUV mit übergroßen Weißwand-Geländereifen und stark verdunkelten Scheiben vorgefahren. Rücksichtslos parkten Sie ihre Angeberkiste dort, wo alle anderen nicht parken dürfen: Auf der falschen Seite der Straße, im deutlich sichtbar ausgeschilderten Parkverbot, direkt vor dem Hotel. Zuerst stieg Werry, die hübsche Larve aus, dann ihr unscheinbarer Freund, der dauerhaft desinteressierte Peripherist. Zuletzt wuchtete sich die alles beherrschende Patriarchin selbst in voller Größe aus dem Fahrzeug.

Unheil verkündend und mit finsteren, unbeirrbaren Gesichtern schritten die drei hochmütig, energisch und entschlossen über die Hotelterrasse. Ihr bedrohlich-aggressives Anrücken erinnerte mich an eine klassische Darstellung: Albrecht Dürers berühmter Holzschnitt „Die Apokalyptischen Reiter“, denn ihr Erscheinen und der martialische Auftritt machten auf mich einen irgendwie endgültigen Eindruck.

Der Besuch im Hotel war nicht angekündigt, es gab aus meiner Sicht keinen Anlass für ein Treffen. Nach der Vertragsunterzeichnung vor über einem Jahr sah ich die alte Despotin zum ersten Mal wieder. Doch warum kamen unsere Vermieter angerückt? Was hatte ich falsch gemacht oder versäumt? Welche unendlich wichtigen und gewichtigen Themen erforderten die Anwesenheit der Inhaberin? Was würden sie vor mir ausbreiten oder mir vorwerfen? Warum hatten sie solche verbitterten und vorwurfsvollen Visagen aufgesetzt?

Trotz des dramatischen Auftritts fühlte ich mich gelassen und nur wenig besorgt. Ich hatte mir nichts zuschulden kommen lassen, stand konstruierten Verfehlungen gelassen gegenüber, war neugierig und gespannt und sollte in Kürze den Grund für die unerwartete Visite erfahren.

In der Sitzgruppe der Lobby fanden die Gesprächsteilnehmer Platz. Auf mein Zeichen holte Kun sich einen Stuhl und gesellte sich zu uns in die Runde. Ohne Umschweife brachte die Patriarchin den Anlass ihres Besuchs zur Sprache. Mit kalten Augen schaute sie mich an und fauchte mir ins Gesicht: „Entweder Sie bezahlen die vereinbarte Jahresmiete oder Sie verlassen innerhalb von drei Tagen unsere Immobilie, verstehen wir uns richtig?"

Werry unterstützte ihre Großmutter mit erhobener, lauter und anklagender Stimme: „Wir haben einen Vertrag, den haben Sie unterschrieben und den werden Sie wohl oder übel einhalten müssen."

Was war das denn? Was ging hier vor? Wollten die mich bescheißen? Oder um jeden Preis loswerden? Hatte ich mich vielleicht verhört? Jetzt machte sogar der ausgemergelte Phlegmatiker Anstalten sich einzuschalten und öffnete seinen Mund. Das ging mir dann doch zu weit und ich ließ ihn nicht zu Wort kommen:

„Moment mal. Was soll denn dieser Blödsinn. Wie kommen Sie auf eine solche Schnapsidee? Was Sie mir vorwerfen, ist nicht richtig. Das stimmt so nicht. Ich habe die Jahresmiete schon vor drei Wochen bezahlt. Sie wurde pünktlich und in voller Höhe von mir beglichen und das kann ich auch beweisen."

„Nein, hören Sie doch auf und lügen Sie uns nicht länger an. Sie haben das Geld nicht zusammen bekommen und deshalb war es Ihnen nicht möglich die Miete zu bezahlen", entgegnete die Patriarchin barsch und unwirsch und in einem Ton, als wäre ich ihr Hund oder wenigstens ihr Ehemann.

„Nehmen Sie zur Kenntnis, dass Sie keinen einzigen Baht entrichtet haben. Auf unserem Konto ist keine Zahlung von Ihnen eingegangen. Nicht mal eine minimale Anzahlung wurde durch Sie geleistet."

„Ich muss Ihnen zustimmen, Sie haben recht. Es ist richtig, dass ich die Miete nicht auf Ihr Konto eingezahlt habe", bestätigte ich ihre Darstellung und fuhr fort:

„Ihrem Wunsch entsprechend hatten wir die Abmachung getroffen, dass ich die Jahresmiete nicht an Sie selbst, sondern an Ihren Anwalt, Mr. Hoki zahlen soll."

Alle drei stutzten, richteten sich gleichzeitig in ihren Sesseln auf und tauschten einige seltsame Blicke aus. Leichte Verwirrung wurde erkennbar, wie ich dem Runzeln ihre Stirnen erfreut feststellen konnte.

„Dummes Zeug, was Sie da sagen. Das haben Sie sich ausgedacht und zurechtgelegt. Doch da fallen wir nicht drauf rein, denn eine solche Vereinbarung wurde nirgendwo schriftlich fest gehalten", unbeirrt blieb der alte Drachen auf seiner rechthaberischen, erbarmungslosen Linie.

„Wie Ihnen hinlänglich bekannt ist, sind wir die Inhaber und nicht Mr. Hoki. Deshalb haben Sie Ihre Zahlungen an uns und nur an uns zu richten."

„Entschuldigung, aber das müssen Sie vor sich selbst verantworten. Ich bin Ihnen gefolgt und auf Ihre Wünsche eingegangen", verteidigte ich mich wobei meine Zuversicht stieg und meine Sicherheit zurückkehrte. „Glauben Sie mir, meine Idee war es nicht, Mr. Hoki einzuschalten."

Ich stand auf und ging hinüber zur Rezeption. Eine Kopie des Vertrages hatte ich stets griffbereit im Hotel, die Originale aber sicher aufbewahrt in unserem Bungalow in Karon.

„Darf ich Ihnen vorschlagen, dass Sie selbst mal einen Blick in den Vertrag werfen? Hier, bitte."

Ich schlug die entsprechende Seite im Vertrag auf und reichte das Dokument meiner Vermieterin. Die Patriarchin schaute sich den entsprechenden Passus ein paar Sekunden lang an, gab die Kopie dann mit einem langen Ausatmen an Werry weiter.

„Und wenn Sie sich bitte überzeugen wollen: Hier ist die Quittung, die unterschriebene Bestätigung, die ich von Mr. Hoki erhalten habe. Sie können sehen, dass die Jahresmiete pünktlich und komplett bezahlt wurde."

Betont locker und fröhlich wedelte ich mit dem entsprechenden Papier in der Luft herum. Diesen Beleg wollte die garstige und diesmal unterlegene Frau nicht mehr sehen und lehnte Annahme und Betrachten durch eindeutige Gesten brüsk ab. So leicht wollte ich sie nach diesem Auftritt nicht entkommen lassen. Nach diesen lächerlichen Vorhaltungen war ich es, der die Oberhand gewonnen hatte. Ich war noch nicht zu Ende und es gefiel mir außerordentlich, Öl ins Feuer zu gießen:

„Es ist doch ganz einfach", ich überspielte meine Siegesgefühle und gab mich cool: „Rufen Sie Mr. Hoki an und fragen Sie ihn. Er ist Ihr Anwalt und Sie kennen ihn sicher schon lange und vertrauen ihm. Mr. Hoki wird Ihnen bestätigen, dass ich die Miete bezahlt habe."

Diffuses, herablassendes Gemurmel in Thai aus verkniffenen Gesichtern war die vernebelte Antwort. Die drei Selbstherrlichen waren mit ihrem Latein am Ende. Mehr Argumente und weitere Vorwürfe hatten sie nicht vorzubringen. Der Kugelhagel war vorüber. Die Munition war ihnen ausgegangen. Sie hatten keine Patrone mehr im Lauf. Die Niederlage war ihnen anzusehen. Es gab nicht den kleinsten Kieselstein, den sie mir an den Kopf werfen konnten. Der Feldzug musste als misslungen betrachtet werden. Wortlos erhoben sich die verhinderten Eintreiber und Ankläger und ohne Kun oder mich weiter zu beachten, ohne sich zu verabschieden oder gar zu entschuldigen, stolzierten sie aus dem Hotel.

Während eines wieder mal atemberaubendem Sonnenuntergangs erschien Elvira auf der Terrasse. Es war Zeit fürs Abendessen und sie mochte die Art, wie unser Koch Kon seine Thai-Gerichte zubereitete und würzte. Sie nahm Platz, bestellte sich eine Suppe und ein Penang Moo Curry. Wir waren dabei, das Hotel zu verlassen, verschoben unseren Aufbruch und setzten uns zu der Maklerin, die auf ihr bestelltes Essen wartete, an den Tisch.

„Was ist denn mit euch?", fragte Elvira. „Wollt ihr heute nichts essen?"

„Das kommt noch", erwiderte ich. „Wir wollen aber heute mal in ein Thai-Restaurant in Karon."

„Dann will ich euch nicht aufhalten", Elvira lehnte sich entspannt zurück. „Doch bevor du abhaust, Dieter, hast du schon von diesem sensationellen Gerücht gehört?"

„Was meinst du, was soll ich gehört haben? Ist es etwas Wichtiges?" in meiner Ahnungslosigkeit wusste ich nicht, was Elvira andeutete.

„Na, die absolute Hammermeldung mit Mr. Hoki in der Hauptrolle."

„Mr. Hoki?", immer noch stand ich auf dem Schlauch.

„Mann, Dieter, Mr. Hoki, der Anwalt deiner Vermieter!"

„Ach so", antwortete ich. „Das weiß ich doch längst: Der elegante Mr. Hoki hat sich eine Jeans mit Löchern gekauft. Ich habe mich auch gewundert, dass er nicht im Anzug hier auftauchte."

„Quatsch, hör auf, das meine ich nicht. Nein, der Typ ist abgehauen, er ist nicht mehr aufzutreiben und hat sich mit unbekanntem Ziel davongemacht. Seit zwei Wochen sind sie hinter ihm her, doch er ist nicht zu finden. Deine Vermieter sind stinksauer, denn er war nicht nur ihr Anwalt, sondern auch ihr Vermögensverwalter. Vor seinem Abtauchen soll er tief in die Kasse gegriffen haben."

Ein paar verworrene Sekunden benötigte ich, um diese wunderbare, geradezu göttliche Nachricht in ihrer vollen Pracht aufzunehmen. Familie Großkotz hat es erwischt! Die unantastbaren, sich in völliger Sicherheit wähnende Angebertruppe wurde von den eignen Leuten eiskalt ausgetrickst. Für mich war es eine der erfreulichsten Meldungen seit Langem. Eine einzigartige, perfekt passende Anekdote, die ich mir auf der Zunge zergehen ließ: Mr. Hoki hat seine arroganten und autoritären Auftraggeber beklaut! Er hat ihr Vertrauen ausgenutzt, den Tresor geöffnet, mit beiden Händen hineingegriffen und sich davongemacht! Ich hoffte und betete, dass es ihm gelungen war, ganze Kofferladungen von Geld abzustauben!

In meinem Inneren entdeckte ich eine von mir bislang vernachlässigte Seite: Mir war nicht bewusst, dass Schadenfreude so viel Vergnügen bereiten konnte. Dem ungewohnten, aber auch befreiendem Gefühl ließ ich freien Lauf und kostete es voll aus. Meine Vorstellungen und meine Phantasien waren ein einziger Spaß: Ich sah sowohl Mr. Hoki, den Mr. Hoki, wie ich ihn zuletzt im Hotel gesehen hatte, wie er cool gestylt vor einer weißen Villa am Swimmingpool liegt, mit der kleinen Lady an seiner Seite.

Ich stellte mir auch Familie Ausgeraubt vor, wie sie sich alle um den großen Esstisch versammeln, mit finsteren Mienen wild durcheinander reden und Banken, Auftragskiller und Agenten anrufen, um den abtrünnigen Anwalt aufzuspüren.

Es war mir nicht möglich, ruhig sitzen zu bleiben. Vor lauter Begeisterung hüpfte ich auf der Terrasse herum, klopfte Elvira auf die Schulter, sprang hinüber zu Kun und machte bei ihr dasselbe. Ich schlug mir auf die Schenkel und lachte mir dabei die Lunge aus dem Leib. Was für eine einmalige, prächtige, und geradezu perfekt gelungene Story! Besser könnte es sich kein Kabarettist ausdenken. Die widerwärtigen, geldgierigen Griesgrame mit ihren lachhaften und unhaltbaren Anschuldigungen sah ich noch genau vor mir.

Wie sehr gönnte ich diesem überheblichen, kaltschnäuzigen und von sich selbst überzeugtem Pack diesen Coup, ausgeführt von ihrem eigenen Anwalt! Das war gut, wirklich gut, filmreif und Oscar-würdig, besser als jede Komödie im Fernsehen. Wie inspirierend und ermutigend, dass es solche Geldsäcke und Kotzbrocken auch mal erwischt. Unvermutet spürte ich, dass ich auf einmal Sympathien für Mr. Hoki empfand und sah keine Veranlassung, mich dagegen zu wehren.

„Elvira, du hast mir einen Riesenspaß bereitet, der mindestens 14 Tage vorhalten wird."

Ich kriegte mich einfach nicht mehr ein und konnte nicht aufhören zu lachen.

„Was werden diese Wachsfiguren sich ärgern, doch das geschieht ihnen nur recht! Es freut mich ohne Ende, dass es diese ach so tolle Familie auch mal erwischt hat. Sag mal, Elvira, wie viel hat er denn mitgehen lassen, der geniale Mr. Hoki?"

„Das weiß ich nicht so genau. Doch man munkelt, es sollen mehrere Millionen sein."

Ich kann leider nicht berichten, wie diese Geschichte ausging. Wurde Mr. Hoki eingefangen, vor Gericht gestellt und jahrelang eingesperrt? Waren die Kopfgeldjäger seiner reichen Mandantschaft erfolgreich, stöberten sie ihn auf und erledigten den betrügerischen Anwalt an Ort und Stelle? Hatte er zuvor genügend Zeit, um seinen Coup auszukosten und ein paar Millionen seiner Beute auf den Kopf zu hauen?

Vielleicht war er aber mit sehr viel Glück gesegnet und sitzt immer noch unentdeckt und unbehelligt mit seiner hübschen, kleinen Freundin auf einer Philippinen-Insel, genießt sein Leben und den geklauten Luxus und lacht sich jeden Tag, der ihm gegeben ist, ins Fäustchen.

Klimadebatte

Außer eingefleischten Rucksacktouristen, die wir nicht berücksichtigen, will wohl jeder Urlauber in seinen Ferien schön, bequem und angenehm Wohnen. Dafür schaut er sich nach schönen, angenehmen und bequemen Unterkünften um. Es spielt jedoch für viele Urlauber eine große Rolle, welcher Preis für die entsprechenden Räumlichkeiten gefordert wird. Die Schmerzgrenze ist bei den meisten Normaltouristen schnell erreicht. Oft wird dann versucht, durch Feilschen, Handeln oder Überreden den vom Hotelier vorgegebenen Übernachtungspreis zu drücken. Wobei die Erfolgsaussichten in der Hauptsaison gering, in der Nebensaison ausgesprochen vielversprechend sind. So jedenfalls die Erfahrungen, die ich am eigenen Leib erleiden durfte.

Das attraktivste, größte und teuerste Raumangebot der Villa del Mar war unsere Suite, die großzügigen Pracht- und Prunkräume, die die Hälfte des ersten Stockwerks einnahmen. Die Suite war mit schwerem Mobiliar, dekorativen Schnitzarbeiten und mehreren großen, geschliffenen Spiegeln an den Wänden eingerichtet. Sie bestand aus einem Wohnraum mit Esstisch und Sitzgruppe, einem Schlafzimmer inklusive Riesenbett und einem großräumigen, opulent mit hellgrauem, optische Kühle spendendem Marmor ausgestattetem Bad.

Diese Luxusräume gingen in der Saison für 6000 Baht pro Nacht über den Tresen. In der Nebensaison – wie schon angedeutet – deutlich günstiger, je nach Aufenthaltsdauer und Absprache. Klar, dass ich diese Räume am liebsten von allen vermietete. Dass ich mich freute, wenn sie gebucht und belegt waren – am besten für mehr als nur für ein paar Tage.

In den ersten Wochen nach der Eröffnung hatten wir viel Glück mit der Belegung der Suite. 6000 Baht. 6000 Baht und das pro Nacht! Für eine, zwei, drei oder auch vier Wochen! Buchungen, die das immer leere, nimmersatte, mit schnödem Mammon kompatible Herz des Hoteliers in Ekstase versetzten und zutiefst erfreuten.

Im zweiten Jahr belegten italienische Großeltern aus Modena mit ihrer Enkeltochter unsere Paradezimmer. Zwischen diesen Gästen auf der einen und dem Hotelmanagement auf der anderen Seite entwickelte sich vom ersten Tag an ein Kleinkrieg, eine Schattenfehde, ein Dauerduell, ein Mini-Scharmützel.

Es ging dabei um Einsatz und Betrieb der Klimaanlage, die in der geräumigen Suite zwangsläufig größer und leistungsfähiger ausfiel, als in den anderen Zimmern. Und dementsprechend auch mehr Strom verbrauchte.

Um die Klimaanlage zu starten, mussten die Gäste nach Betreten ihres Raums die Karte, die am Zimmerschlüssel befestigt war, in den entsprechenden Schacht an der Wand einführen. Verließen sie das Zimmer, zogen sie die Karte samt Schlüssel wieder heraus. Die drei Italiener, die die Suite bewohnten, verbrachten jeden Tag am Strand. Sie tricksten die Abschaltfunktion der Klimaanlage aus, indem sie ein Stück Karton, einen gefalteten Prospekt oder ähnliches in den Schacht steckten. Der Schacht, des Denkens und Unterscheidens unkundig, hielt diese Fälschung für die Zimmerkarte und gab der Klimaanlage grünes Licht – damit wurden die großflächigen Räumlichkeiten auch bei Abwesenheit der Gäste gekühlt.

Das war nicht im Sinn der sparsam wirtschaftenden, auf unnötige Energievergeudung sorgsam achtenden Hotelleitung. Das Verhalten dieser Gäste war unfair und deshalb setzten wir uns zur Wehr: Sobald die drei am Morgen außer Sicht waren, betrat ein Mitglied des Staff die Suite und entfernte das Corpus Delicti. Unser Eingreifen bemerkten die Gäste aus Italien irgendwann und schickten alsdann mehrmals am Tag ihre 12-jährige Enkeltochter vom nahen Strand zurück ins Hotel, um den Zustand der Dauerkühlung wieder zu ertricksen.

Am dritten Tag stellte ich unseren Gast, einen kleinen, etwas gedrungenen Großvater mit einem breiten Riechkolben im Gesicht, dem man seine mediterrane Abstammung auch aus größerer Entfernung ansehen konnte, zur Rede:

„Prego Signore, ich kann verstehen, dass sich Ihre Familie nach einem langen Tag am heißen Strand auf ein kühles Zimmer freut. Das gönnen wir Ihnen auch gerne. Doch bitte haben Sie Verständnis dafür, dass es für uns unmöglich ist, eine durchgängig laufende Aircondition in unbenutzten Räumen zu finanzieren."

„Kein Problem für uns! Das habe ich verstanden! Wir werden selbstverständlich Ihren Wunsch berücksichtigen", antwortete mir mein Gast. Er dachte aber nicht eine Sekunde lang daran, sich an seine Worte zu halten. Nach wie vor wurde die Klimaanlage von den Italienern manipuliert, die Abschaltfunktion hinterlistig umdribbelt, in der unbewohnten Suite die teure Kühlung eingeschaltet.

Was sollte/konnte ich unternehmen? Argumentieren hätte nichts gebracht. Brüllen und Toben kam nicht infrage und rauswerfen schon mal gar nicht. Also spielten wir das Spiel Einschalten/Abschalten eine Woche lang mit. Dann war für mich das Maß voll. Als die drei am Abend zum Essen ausgingen und die Terrasse überquerten, sprach ich die Familie an: „Bitte entschuldigen Sie! Uno momento, per favore!"

Meine drei Gäste blieben stehen und schauten mich an.

„Ist alles in Ordnung für Sie? Sind Sie mit der Suite, dem Frühstück und unserem Service zufrieden?"

„Gracias, gracias. Alles bestens. Wir genießen unsere Ferien sehr und fühlen uns wohl bei Ihnen."

„Darf ich Ihnen einen Vorschlag machen wegen der Klimaanlage?"

Jetzt hatte ich ihre geballte Aufmerksamkeit.

„Ich biete Ihnen an, dass wir jeden Tag um fünf Uhr am Nachmittag in Ihr Zimmer gehen und für Sie die Aircondition einschalten. Dann ist das Zimmer ausreichend kalt, wenn Sie eine Stunde später vom Strand kommen. Wir sparen uns den teuren Strom, denn dann muss die Anlage nicht mehr den ganzen Tag laufen."

Die drei schauten sich an, schauten mich an, waren einverstanden und das Thema aus der Welt. Die Italiener verließen die Terrasse, Kun kam heraus, stellte sich hinter mich und krabbelte an meinen Ohren: „He, das hast du gut hinbekommen. Ohne laut zu werden, ohne Streit, ohne Stress – Kompliment."

„Ach Kun, du weißt, doch dass ich die Kunst der Diplomatie beherrsche", war meine bescheidene Antwort.

Tsunami

Ein Tag in der Nebensaison in Patong, typisch wie so viele andere. Der leichte Nieselregen in der Nacht brachte Erfrischung für Fauna und Flora, doch sobald es hell wurde, war Schluss mit dem kühlen Nass. Die ersten warmen Strahlen, gebieterisch ausgesandt von Königin Sonne, brachten die millionenfach schillernden, funkelnden und glitzernden Tropfen auf Blättern und Halmen minutenschnell zum Verdampfen. Die Herrscherin entschied, befahl und bestimmte ein wunderbar freundliches, sonnendurchflutetes Urlaubswetter, das von morgens bis abends konstant blieb.

Das Wetter in meiner neuen Heimat lieferte mir sicher und zuverlässig den klimatischen Kontrast, den ich zu Deutschland suchte. Das ganze Jahr über erfreuten uns Temperaturen um die 30 Grad, selten mal deutlich darunter oder erheblich darüber. Die extremen Schwankungen, die ich von meiner alten Heimat gewohnt war, gab es nicht. Auf die sieben kalten und regnerischen Monate, wie sie in Mitteleuropa an der Jahresordnung sind, kann ich gerne verzichten. Zwölf Monate Sommer, Wärme, Sonnenschein betrachtete ich als eindeutige Verbesserung meiner Lebensqualität.

Am späten Nachmittag drängelte, schlängelte und wälzte sich ein nicht enden wollender, menschlicher Bandwurm, auf dem immer von der Sonne aufgeheizten Beach-Boulevard. Es ging ausschließlich im schleimigen Schneckentempo voran. Eine Reihe geschickt platzierter Hindernisse auf dem Gehweg gestatteten nur ein langsames, schleppendes, dahin kriechendes Fortkommen.

Um ein paar Meter Strecke zu gewinnen, waren bei den Passanten Basiskenntnisse in alpiner Slalomtechnik von Nutzen: Links vorbei an einem indischen Schneider. Rechtskurve um eine Gruppe hoffnungsvoll lächelnder Masseusen. Nochmal rechts und im Schuss eine längere Strecke mit gierigen Tuk-Tuks und Taxen überwinden. Im Linksschwung an dem Verkäufer mit den gekochten und gefüllten Eiern vorbei. Schnelles Ausweichen am Stand mit den geschnitzten Holzelefanten. In die Hocke, aufrichten und auch der T-Shirt-Shop mit seinem aufdringlichem Anmacher war überstanden. Abbremsen und mit neuem Schwung den geschwätzigen Losverkäufer umrunden. Sämtliche Seafood-Restaurants mit ihren schuppigen Auslagen im Sprung meistern. In leichter Rechtskurve die Rauchwolken des aromatischen Barbecue-Grills meistern.

Das alles und noch mehr musste bei einem harmlosen Bummel bewältigt werden. Ein schier endloses Arsenal an Verlockungen, Versuchungen, Verheißungen und Verführungen – alles in vielfachen Wiederholungen – verhinderte jedwedes schnellere Vorwärtskommen.

Besuchte man Patong als Tourist und Urlauber, dann war man begierig auf Neues und tauchte mit offenen Augen, dem Interesse des Nichtstuers und der

Begeisterung des Kultur-Reisenden in dieses exotische Tohuwabohu ein. Die Beschwerlichkeiten und Störungen, die der Slalom verursachte, wurden als selbstverständlich und dazugehörig wahrgenommen und akzeptiert. Ich war kein Urlauber, sondern umtriebiger Unternehmer und auf dem Rückweg zur Stätte meines Business. Den alltäglichen Zickzackkurs kannte ich zur Genüge, weil ich häufig zu Fuß unterwegs war. Dennoch musste ich das lästige Hindurch wuseln wie alle anderen in Kauf nehmen: mit drängeln, mit schieben, mit kriechen, mit schleichen.

Plötzlich erscholl ein überlautes, grelles Aufheulen mehrerer Sirenen. Abrupt, unvermittelt und erschreckend laut, sodass alles stehen blieb, erstarrte, verharrte und sich nach der Quelle umschaute. Der Verursacher des Lärms war schnell ausgemacht: Der Tsunami-Signalmast, seit einigen Monaten in der Mitte jedes Strandabschnittes aufgestellt war. Tsunami? Sirene? Alarm? Was hatte das zu bedeuten? Das Geheul klang ab und eine Lautsprecherstimme war zu vernehmen, für mich unverständlich, weil natürlich Thai gesprochen wurde. Die Ansage in Englisch folgte unmittelbar darauf. Wirklich und wahrhaftig, wurde Tsunami-Alarm ausgelöst. Handelte es sich um eine behördlich verordnete Übung oder um eine tatsächlich anrollende Gefahr in Form einer bedrohlichen Superwelle?

Die Polizei forderte die Gesamtheit der Flanierenden auf, bis 17 Uhr 30 die Beach-Road und sämtliche anliegenden Gebäude und Straßen komplett zu räumen. Ein Blick auf die Uhr zeigte, dass mir eine Stunde Zeit blieb, genügend Spielraum, um das Hotel zu erreichen, die Gäste zu informieren und sie samt ihren Fahrzeugen in Sicherheit zu bringen. Polizeifahrzeuge im Schritttempo mit Lautsprechern auf dem Dach waren unentwegt unterwegs, um diese Hinweise und Warnungen pausenlos zu wiederholen. Es ging nun schneller voran auf der Straße, weil die störenden Hindernisse das Feld räumten und bereits mit dem Abbau und Rückzug begonnen wurde.

Im Hotel herrschte Trubel und Aufruhr, die Gäste saßen, hockten oder standen in der Lobby oder auf der Terrasse. Sie redeten, spekulierten und gestikulierten wild durcheinander.

„Hast du es auch gehört, Dieter? Wir müssen alle raus hier“, rief mir Kun zu, kaum tauchte ich in ihrem Blickfeld auf.

„Ja, ich hab's gehört, es war laut genug“, antwortete ich ihr, stellte mich neben sie und legte einen Arm um ihre Schulter. Dabei streifte ich – natürlich unbeabsichtigt – ihre Brust, was mir einen vorwurfsvollen Blick einbrachte. Ich gab ihr einen Kuss auf den Scheitel: „Keine Panik, wir haben eine Stunde Zeit, da kann uns nicht viel passieren."

Kun schien ratlos, denn die Situation war für alle neu und ungewohnt: „Wo sollen wir denn hin, was meinst du? Hast du einen Plan? Wie weit weg vom Strand müssen wir denn wohl sein?"

Das konnte ich ihr spontan auch nicht sagen und dachte kurz nach. Hundertfünfzig Meter hinter der Villa del Mar endete der Strand, die Straße führte weiter, die nächsten paar hundert Meter stieg sie steil bergauf. Oben hatten sich einige kleinere Bars und Restaurants etabliert, man saß weit über dem Strandtreiben und hatte einen schönen Blick über die gesamte Bucht von Patong. Dort oben kommt keine Welle der Welt hin, da war ich mir sicher. Die Gäste drängelten sich um uns herum und ein Haufen an Fragen in Deutsch und Englisch prasselten auf mich ein:

„Schnell, wir müssen los, Dieter! Worauf warten wir noch!"

„Bloß weg vom Strand, das kann gefährlich werden!"

„Ein Tsunami, ein mörderischer Tsunami ist im Anmarsch!"

„Was sollen wir alles mitnehmen, kannst du uns das sagen, Dieter?"

„Sind wir zum Abendessen wieder zurück?"

„Was meinst du: Ist das ernst oder ist das so eine Übung?"

„Bitte Ruhe und alle mal kurz zuhören", forderte ich die aufgebrachte Meute auf, die langsam still wurde und lauschte, was ich ihr zu sagen hatte.

„Ich schlage vor, dass wir nicht kilometerweit ins Landesinnere begeben, sondern uns in der Nähe aufhalten. Wir werden unsere Straße aufwärts fahren und oben auf dem Berg bleiben. Das ist hoch genug und hat dazu den Vorteil, dass wir das Hotel im Auge behalten können."

Es wurde wieder laut durcheinander gesprochen, doch man stimmte mir ausnahmslos zu.

„Eure Fahrzeuge müssen natürlich fortgefahren werden", führte ich weiter aus. „Wer von euch hat denn ein Auto oder Moped?"

Es kamen drei Autos und vier Mopeds zusammen.

„Bitte nehmt Geld, Wertsachen und Pässe mit und schließt eure Zimmer ab", machte ich mich verständlich. „Lasst uns nicht bis auf den letzten Drücker warten, ich halte es für das Beste, wenn wir schon jetzt fahren, dann bekommen wir oben auch einen guten Platz."

Das Hotel war nicht mal zur Hälfte belegt, deshalb ging alles schnell und ohne großen Stress über die Bühne. Die Urlauber suchten ihre Zimmer auf und kamen mit Taschen und Rücksäcken beladen zurück. Gäste und Staff wurden auf die vorhandenen Fahrzeuge verteilt. Als Erster düste ich selbst los, lud vier Hotelgäste unten ein und oben am Berg aus, hielt mich nicht länger auf, sondern wendete und fuhr ein zweites Mal zum Hotel.

Kurz nach fünf war die Villa del Mar geräumt. Alle hatten den ausgewählten, sicheren Aussichtspunkt erreicht und hockten in gespannter Erwartung in der sinkenden, sich nach und nach abschwächenden Sonne. Gänzlich ungewohnt war der Blick auf den entvölkerten Strand, das Meer ohne Schwimmer und der nun vollkommen verkehrsfreie Beach-Boulevard. Keine Menschenseele war in Sicht, kein parkendes Auto, kein einziges Moped. Ein friedlicher und zweifellos schöner Anblick. Doch wie lange würde dieser Frieden halten? Würde das gefürchtete Inferno mit seiner unbeschreiblichen Wucht tatsächlich über uns hereinbrechen? Würde die Welle so gewaltig sein, dass sie das Hotel erwischt? Wie brutal würden die Zerstörungen diesmal ausfallen?

Ferngläser, Handys und Sonnenbrillen waren weit aufs Meer und die ferne Horizontlinie gerichtet. Um besser sehen zu können, bestiegen einige Tische und Stühle. Es gab auch Versuche, auf die Bäume der Umgebung zu klettern, doch von dort war die Sicht durch dichtes Blattwerk eingeschränkt. Würden wir die aus der Ferne heran rauschende Welle erkennen können? Oder wäre sie zuerst zu hören, bevor sie sich zeigt? Der sie begleitende Sound soll sich ähnlich anhören, wie ein mit Höchstgeschwindigkeit nahender Güterzug, hatte ich gelesen. Wie hoch würde sie sich wohl diesmal aufbäumen?

Auf dem Meer gab es außer kleinen, bescheidenen Wellen und viel Wasser nichts zu sehen. Also nur das, was man immer sieht. Der übliche, normale, leichte Wellengang plätscherte unbeirrt von allen menschlichen Präventionsvorkehrungen an den Strand, zog sich zurück, schwappte wieder auf den Strand, immer wieder, immer weiter, immer fort. Alles war so, wie jeden Tag, wie es seit ewigen Zeiten war, wie es heute ist und wie es auch in Zukunft sein wird. Anzeichen für eine bevorstehende Katastrophe waren nicht auszumachen.

Es wurde 17.30 und die Uhr dachte nicht daran, aus Respekt vor dem Tsunami kurz anzuhalten, sondern tickte unentwegt weiter. Hatte sich der Tsunami verspätet? Hatte er nicht. Er hielt die Verabredung nicht ein. Ließ sich nicht blicken. Blieb einfach weg. Unhöflich, rücksichtslos und unentschuldigt, wie es der launisch egoistischen Art großer Naturereignisse entsprach.

Eine Stunde mussten wir noch auf dem Berg ausharren. Ab 18 Uhr 30 fuhren erneut Polizeiwagen über die ab sofort nicht mehr leere Beach-Road. Per Durchsagen gaben sie bekannt, dass der Alarm aufgehoben sei. Die drohende Gefahr, das angekündigte Naturdesaster war ausgeblieben. Erleichterung, Beruhigung, Entspannung und auch Ernüchterung machten sich breit. Aber auch etwas Enttäuschung konnte ich feststellen. Schade, einen kleinen, harmlosen und ungefährlichen Tsunami hätten einige der Gäste gerne als Souvenir mit nach Hause genommen. Auch einen etwas größeren, einen Tsunami, der ein paar Palmen umhaute und den Strand ein wenig aufmischte, hätte man gerne konsumiert, um später ausgiebig damit prahlen zu können. Stattdessen mussten sie vor diesem blöden, blinden und vollkommen unberechtigtem Alarm flüchten.

Ist doch verständlich, oder?

Wann bekommt man schon vom Logenplatz mit einem kalten Bier in der Hand einen echten und wahrhaftigen Tsunami präsentiert?

Eine Ahnung von Tsunami, eine kleine, eine klitzekleine Welle hätte es doch wenigstens sein können!

Todesritt

Aus ihrem Gesicht leuchtete jede Menge Freude, Übermut und der blanke Triumph. Sie wedelte mit einer kleinen Plastikkarte in der Luft herum und begann vor lauter Ungeduld die letzten Schritte zu laufen. Schon von Weitem rief sie mir voller Stolz zu:

„Ich hab' sie! Endlich hab' ich sie auch!"

Kun war in die Stadt, nach Phuket Town gefahren, um sich eine Lizenz zum Fahren eines Motorrads zu besorgen. Stolz hielt sie mir das begehrte Plastikteil unter die Nase. Wenn Kun sich freute, wenn sie gut drauf war und es nach außen zeigte, ging für mich die Sonne ein zweites Mal auf. Ihr Lachen zauberte eine besondere Anmut in ihr sowieso schon fröhliches und liebenswertes Gesicht. An einer freudestrahlenden Kun und ihrer prächtigen Stimmung konnte ich mich nicht satt sehen.

„Komm her zu mir Darling und berichte, wie es war", die sich leicht widerstrebende Kun zog ich trotz öffentlicher Terrasse samt Publicity auf meinen Schoß und hielt sie dort fest mit meinen Armen umfangen. Der Führerschein war in Thailand schon seit Jahren Pflicht, doch die wenigsten Einheimischen besitzen ihn. Dennoch fahren sie alle, egal ob Alt oder Jung, im Auto oder Motorrad durch die Gegend. Daraus zog ich den Schluss, dass der Führerschein nicht dringend erforderlich war, ich war mir aber nicht sicher.

„Hat es lange gedauert bis du die Lizenz bekommen hast?", wollte ich von meiner Freundin wissen.

„Och, ich musste nicht lange warten, das ging ziemlich schnell. Dabei hatte ich doch den Fragebogen auszufüllen", antwortete sie immer noch außer Atem.

„Hast du denn alle Fragen richtig beantworten können?"

„Alle nicht. Aber die meisten und das hat genügt und war okay."

„Die Hauptsache ist doch, dass du die Prüfung bestanden hast", stimmte ich ihr zu.

„Das war keine Prüfung", korrigierte mich Kun. „Die Lizenz hätte ich so oder so bekommen. Doch wenn ich vorher den Fragebogen ausfülle, dann kostet sie nur 100 Baht."

„Was denn, du bekommst den Führerschein ohne jede Prüfung?"

„Ja klar. Den bekommt doch jeder, du brauchst ihn nur abzuholen. Aber ohne Fragebogen kostet er gleich doppelt so viel, nämlich 200 Baht und das wollte ich nicht ausgeben."

So ist das hierzulande. Man stieß immer wieder auf äußerst merkwürdige, um nicht zu sagen vollkommen sinnlose Verordnungen. Wenn jeder, der will, sich einen Führerschein holen kann, dann ist der ja wohl überflüssig.

Warum zum Beispiel darf Alkohol in Thailand nur zwischen 11 und 14 Uhr und dann wieder ab 17 Uhr verkauft werden? Das weiß kein Mensch und auch die wichtigen Persönlichkeiten in ihren leitenden Funktionen, die sich diesen Firlefanz ausgedacht haben, werden es nicht sinnvoll begründen können.

Ob Tag oder Nacht – wann immer man ein Krankenhaus auf Phuket besuchte, stets bot sich ein gewohnter und vertrauter Anblick: In den Unfallstationen wartete ein Häufchen traurig und unglücklich blickender, jammernder und stöhnender Touristen mit schmerzverzerrten und wehleidigen Gesichtern. Blutend, aufgeschürft, zerkratzt, geprellt und verziert mit Pflastern, Verbänden und Bandagen. Die Opfer großer und kleiner Motorradunfälle sind eine mit tagtäglicher Sicherheit anzutreffende Gruppe, die eine feste, berechenbare Summe in den Income-Statistiken aller Hospitäler darstellte.

Weltweit existiert nur ein Ort, der mehr Verkehrsunfälle pro Jahr verzeichnen kann, als das selbst ernannte Inselparadies Phuket. Motorbikes mieten kostet zwischen vier und zehn Euro pro Tag. Das Stimmungsbarometer ist auf Urlaub gestellt, die Sonne brennt, die Luft ist heiß, der Fahrtwind schafft Abkühlung, schnelles Fahren macht Spaß, viel Bier trinken auch. Alles zusammen steigert das Vergnügen und außerdem ist man mit einem Moped unabhängig und flexibel und braucht nicht für jede kleine Ortsveränderung mit dem Taxi- oder Tuk-Tuk Fahrer umständlich den Preis auszuhandeln.

Auf den größtenteils engen Straßen Phukets treffen Urlauber aus dem Westen, ausgestattet mit Führerschein und genauen, detailliert erlernten Kenntnissen der Verkehrsregeln auf die einheimischen Schleicher und Raser, die meistens ohne Fahrerlaubnis durch die Gegend gondeln. Die Verkehrsregeln sind ihnen schon deshalb wurscht, weil sie nur andeutungsweise davon gehört haben. Oder nicht wissen, dass sie überhaupt existieren.

Wer in Thailand mit dem Moped von einer Seitenstraße in die Hauptstraße einbiegt, der vergewissert sich nicht lang und breit, ob die Straße frei ist oder nicht: Er gibt Gas und fährt los. Ein Verhalten, das zu einer Art Volkssport ausgeufert war. Wer will, kann es auch kollektive Mutprobe nennen.

Kommt in dem Moment des Einbiegens ein Urlauber auf seinem Scooter angeschossen und meint, der andere würde ihn doch sicher vorschriftsmäßig beachten, weil er sich auf der Vorfahrtstraße befindet, der irrt sich gewaltig und es kracht unweigerlich. Es kracht unentwegt.

Ampeln gelten für viele der Einheimischen als freundliche Empfehlung, die man annehmen kann oder nicht. Muss man unbedingt bei Rot warten, wenn man es gerade eilig hat? Na also. Fahren auf der falschen Seite der Straße kann ein paar Sekunden Zeit sparen, was sich viele zunutze machen.

Und die Polizei? Die schaute zu und machte sich bevorzugt bei Touristen bemerkbar und unbeliebt, die ohne Helm mit dem Motorrad fahren. Das kostete 500 Baht, geht ohne viel Aufwand über die Bühne und muss Cash beglichen werden. Bei dem hohen Touristenaufkommen kommt schnell eine hübsche Summe zusammen. Straßensperren und die daraus resultierenden Strafen traten dann besonders häufig auf, wenn es in der Polizeistation etwas zu feiern gab. Es galt die Parole: Warm alles selbst bezahlen, wenn man an der Quelle saß!

Unsere Gäste Mika und Pieter aus Utrecht in den Niederlanden, waren beide Ende dreißig. Mika war holländisch-blond, mittelgroß und weder schlank, noch drall. Der Begriff kompakt beschreibt ihre Figur treffend. Sie war eine Frohnatur mit einem runden, stets gut gelaunten Gesicht. Pieter war ein stattlicher, dabei aber gemütlicher, dunkelhaariger Mathematik-Lehrer mit Schnauzbart. Sie erhielten Besuch von einem befreundeten Paar aus ihrer flachen Heimat, das ebenfalls Urlaub auf Phuket machte. Am frühen Abend saßen die vier auf der Terrasse und feierten sich, Thailand und ihren Urlaub mit mehreren Runden Chang-Bier.

„Komm, Dieter, setz dich zu uns, wir laden dich ein", rief mir ein leicht angetrunkener Pieter entgegen und ich nahm dankend und durstig an.

„Ich habe so viel von den Ping-Pong-Shows auf der Bangla-Road gehört", Mika war neugierig und machte ein pfiffiges Gesicht.

„Die will ich sehen und deshalb muss ich unbedingt dorthin in diesem Urlaub, das ist einer meiner Vorsätze. Wie sind diese Shows denn so?", fragte sie mich. „Lohnt es sich? Sind das richtig scharfe Nummern?"

„Es tut mir leid, Mika, da kann ich nichts zu sagen, denn ich habe noch keine dieser Shows gesehen. Aber ich habe gehört, dass es sie auch mit kleinen Vögeln gibt."

„Wie bitte, stecken sich die Ladys echt Vögel zwischen die Beine?"

„Ja, lebendige Vögel", bestätigte ich.

„Wenn die Damen die Beine auseinander nehmen, fliegen sie davon."

Mika kicherte. „Das muss doch kitzeln an der Stelle."

„Ich habe nur davon gehört, aber wie gesagt: Selbst habe ich nicht eine einzige Show besucht", bekräftigte ich. „Außerdem findest du die besagte Stelle nicht an meinem Körper."

Mika schüttelte sich vor Lachen.

„Komm, Mann, das nehme ich dir nicht ab", mischte sich Pieter ein. „Du lebst hier auf Phuket, kannst die Bangla- Road zu Fuß erreichen und hast dir noch keine geile Sexshow angesehen?"

„Also erstens bin ich nicht so dringend daran interessiert wie deine Freundin", worauf alle am Tisch laut lachten. „Und zweitens bin ich jeden Tag schwer mit dem Hotel beschäftigt."

„Für mich wäre das ein Pflichtprogramm, das ich absolvieren muss, das kannst du mir glauben", sagte Mika.

„Ja und vielleicht kannst du noch einiges lernen", frotzelte sie ihr Freund. Mika stieß ihm mit gespielter Empörung ihren Ellenbogen in die Seite.

„Du kannst ja deinen Pflichten gleich heute Abend nachkommen!", schlug ich ihr vor und hatte die Lacher erneut auf meiner Seite.

„Oh ja, gute Idee. Dann komm doch mit uns und wir gehen alle zusammen hin", erwiderte Mika und machte eine herausfordernde Bewegung mit ihrem Kopf.

„Ach weißt du, ich halte mich bei solchen Aktionen lieber zurück. Ich muss nicht alles mitmachen und ich hoffe, ihr nehmt es mir nicht übel und versteht mich. Ihr braucht mich auch gar nicht dabei, ihr seid doch zu viert und den Weg könnt ihr nicht verfehlen, okay?"

„Dann lasst uns am besten gleich von hier aus losgehen", Pieter stand bereits von seinem Stuhl auf.

Jorge, der Freund aus Holland, drehte sich zu seiner Begleiterin um:

„Sorry, Femke, aber mir ist etwas Wichtiges eingefallen. Es sieht so aus, als könnten wir nicht mitkommen."

Seine Freundin schaute enttäuscht: „Wieso denn das nicht? Wir haben doch nichts anderes vor!"

„Wir haben nichts vor, Schatz, aber wir haben deine Tabletten nicht dabei."

„Oh ja, das stimmt, die haben wir in unserem Hotel vergessen", erinnerte sich die Frau. Und zu den anderen gewandt:

„Tut mir leid, aber ich muss meine Medikamente unbedingt pünktlich und regelmäßig einnehmen."

„Och, das ist aber schade", sagte Mika. „Alleine gehen wir auch nicht, Pieter. Zu viert haben wir mehr Spaß. Dann verschieben wir unseren Sexausflug Sexausflug eben auf morgen."

„Wisst ihr was?", Jorge stand auf, denn ihm kam eine Idee: „Ich fahre schnell los und hole Femkes Medizin aus unserem Hotel. Das dauert keine zehn Minuten und solange könnt ihr doch noch warten, oder ist es dir so eilig Mika?"

Mika drohte ihm mit dem Finger:

„Quatsch. Die Medizin ist natürlich wichtiger. Das ist doch klar, dass wir ein paar Minuten auf euch warten können."

„Gut, dann fahre ich aber auch sofort los, bis gleich dann."

Er setzte seinen Helm auf, überwand die Stufen der Terrasse in einem Satz, stieg auf sein gemietetes Motorbike, startete, gab kurz und laut Gas, wendete in einer rasanten Kurve und fuhr in hohem Tempo davon.

„Ich finde, dass Jorge viel zu schnell fährt", offenbarte seine Freundin Femke den anderen. „Ich tippe ihm immer auf die Schulter, wenn ich mitfahre und hinter ihm sitze. Aber ich kann ihm die Raserei nicht abgewöhnen."

Ihr Freund kam nicht so schnell wie angekündigt zurück. Es wurde eine weitere Runde Chang bestellt und die Wartezeit verlängert. Eine Stunde später brachen die drei mit einem mulmigen Gefühl auf. Sie wollten nachforschen und erfahren, warum Jorge nicht zurückkam und ob ihm etwas zugestoßen war.

Erst am nächsten Tag erfuhren wir die schreckliche Wahrheit: Jorge, der sympathische Holländer, liebte das schnelle Fahren mit dem Motorrad. In seinem Urlaub benutzt er sein Miet-Bike oft und gerne, doch meistens raste er viel zu schnell und zu euphorisch durch die Stadt.

Auf dem Weg zu seinem Hotel war er offensichtlich auf sandigem Boden ausgerutscht, hatte die Kontrolle über das Moped verloren und rutschte von der befestigten Straße herunter. Dabei erwischte er einen Lichtmast aus Beton am Straßenrand und schlug mit dem Kopf auf. Dieser Aufprall führte zu einem doppelten Schädelbasisbruch.

Jorge war schon tot, als der Notarzt am Unfallort eintraf. Zeugen für den Unfall wurden vergebens gesucht, doch es stand für die Polizei fest, dass kein Fremdverschulden vorlag. Die Kollision war so heftig, dass auch der Helm, den er trug und den er korrekt unter seinem Kinn geschlossen hatte, keinen Schutz mehr leisten konnte.

Gestrandet

Die Nacht war ungewöhnlich stürmisch, laut, impulsiv und auch für Hörgeschädigte kaum zu ignorieren. Seit Mitternacht, pünktlich zum Beginn der Geisterstunde, klopfte, hämmerte, brauste und lärmte ein unsichtbarer, zorniger Windgott an die klapprigen, Fliegendraht-bewehrten Fenster unseres fragilen Bungalows in Karon. Ein kolossaler, gewalttätiger und streitsüchtiger Orkan forderte mit seiner geballten Macht und unbestrittenen Autorität Beachtung, Gehorsam und Respekt. Sollte er auf Ungehorsam oder Verweigerung stoßen, drohte massive, rigorose Vergeltung.

Es rüttelte, rumpelte, knarzte und polterte in den Wänden und Fenstern unserer Behausung. Von den stürmischen Geräuschen wach geschreckt, saß ich aufrecht im Bett. Fasziniert lauschte ich der entfesselten Außenwelt und war davon überzeugt, das Dach würde im nächsten Moment heruntergerissen, in Stücke zerfetzt und zum Spielball der Elemente durch die Lüfte gejagt. Neben mir schlief tief und fest Kun. Standhaft, beharrlich und unerschütterlich.

Um dem Begehren des Unwetters Folge zu leisten, ging ich hinaus auf die Terrasse. Ich wollte die heftigen Ausbrüche des Monsuns sehen, erleben, spüren und in mich aufnehmen. Vom offenen Ozean tobte ein Sturmungeheuer, ein Taifun, eine unaufhaltsame Elementarkraft heran, komprimierte Energie in einer Dimension, wie man sie im gemäßigten Mitteleuropa selten erlebt. Hier, auf der Hüfte des Erdballs, an der breitesten Stelle des Planeten, im unmittelbaren Einzugsbereich des Äquators, tritt die Natur in ihren Auswüchsen bedrohlicher und aggressiver auf als im fernen Deutschland.

Alles ist mächtiger, wuchtiger, drastischer und monumentaler. Baumriesen, gegen die eine deutsche Eiche wie ein Bonsai wirkt, ragen gebieterisch in ungeahnte Höhen. Exzessive Regenausbrüche verschütten verschwenderisch und bedenkenlos die Kapazitäten kompletter Talsperren. Eine mitleidlos-drakonische Sonne verbrennt und vernichtet, was immer ihr unter die unablässig sengenden Strahlen gerät.

Eng an die Hauswand gedrückt saß ich auf unserer kleinen Terrasse und klammerte mich an meinem Stuhl. Das schmale Dach bot kaum Schutz vor dem fast waagerecht heran peitschenden, strichartigen Regenschauern. Kein

Mensch war vor den anderen Häusern oder auf den Straßen zu sehen. Inmitten des ungezügelten Tumultes um mich herum kam ich mir klein, unbedeutend und unwichtig vor. Alles Eigenschaften, die zum größten Teil auch zutrafen, wie ich mir eingestehen musste.

Bäume, Palmen und andere hoch aufragende Gewächse ergaben sich ihrem Los und verneigten sich in endloser Folge bodentief vor ihrem autoritär-despotischem Herrscher. Der ließ es nicht dabei bewenden, durch die schlichten Ergebenheits- und Demutsbekundungen war er noch lange nicht zufriedengestellt. Erbarmungslos pochte er auf seinen Anteil, seine Tributzahlung, bestand auf Erfüllung der Maut, forderte gebieterisch seinen Wegzoll. Warten war nicht seine Natur, er musste zupacken, eingreifen und handeln. Was stand ihm zu? Was begehrte er? Was beanspruchte er für sich? Als Antwort entwurzelte und zerlegte er unzählige, eingeschüchterte und verschreckte Gehölze, riss millionenfach Blätter, Zweige und Äste mit sich fort.

Erst gegen morgen wurde es ruhiger, der Zorn der Elemente verflüchtigte sich, das Unwetter verzog oder verstreute sich. Noch ein paar Stunden Schlaf konnte ich mir im abebbenden Getöse genehmigen. Als ich später wach wurde, schlief Kun immer noch. Behutsam gab ich ihr einen Kuss auf die geschlossenen Augen. Sie wachte auf und setzte zu einer Beschwerde an, doch ich kam ihr zuvor:

„Unglaublich, wie tief und fest du schlafen kannst. Hast du von dem Unwetter überhaupt etwas mitbekommen?“

Die erstaunte Kun setzte sich aufrecht ins Bett: „Unwetter, was denn für ein Unwetter?“

„Stundenlang tobte heute Nacht ein Wahnsinnssturm und hat einen höllischen Lärm veranstaltet. Hast du nichts davon gehört?“

„Nein, habe ich nicht. Ich lege mich ins Bett um zu schlafen, na ja nicht immer, aber meistens“, sie kicherte. „War es denn so schlimm?“

„Das werden wir auf dem Weg ins Hotel sehen. Was ist, stehen wir auf?“, auch ich setzte mich mit angezogenen Knien neben sie ins Bett.

„Nein, ich will noch nicht aufstehen. Kannst du nicht ein bisschen Unwetter über mich kommen lassen?“

Aha, ein Wink mit dem ..., nein, das ist mir zu platt und ich erspare es meinen Lesern. Dafür zwinkerte und lachte ich meine exotische Freundin an:

„Ach so eine bist du, na warte, den Sturm draußen, den hast du letzte Nacht verpasst. Dafür kannst du gleich einen Hurrikan hier im Inneren des Hauses erleben, der dich von Kopf bis Fuß erbeben lässt!"

Ich legte mich wieder hin, zog Kun zu mir herab und schob die schwarze Haarpracht, die ihr Gesicht bedeckte beiseite. Es gab immer noch Momente, die jede Mühe und Aufwand wert sind, dachte ich mir und ließ mich bodenlos in die weibliche Unendlichkeit herabfallen. An diesem Morgen kamen wir deutlich später als üblich ins Hotel.

Auf der Fahrt nach Patong waren die Spuren des Monsun an allen Ecken und Enden zu sehen. An vielen Stellen verbarrikadierten und blockierten heruntergefallene Äste die Fahrbahnen. Die Leute von der Müllabfuhr, die Polizei und viele fleißige Helfer waren dabei, die Straßen frei zu räumen. Was haben die Unbilden der Natur wohl erst auf dem offenen, ungeschützten und hilflos ausgeliefertem Ozean angerichtet?

Sobald wir nach langsamen, vorsichtigem Zickzackkurs die Uferstraße erreichten, weckte ein spezielles Opfer des Monsuns unsere Aufmerksamkeit. Nur hundert Meter von der Villa del Mar entfernt hatte der nächtliche Sturm eine Segelyacht ans Ufer geworfen. Ein Dutzend Helfer war dabei, das Boot mit blanker Muskelkraft wieder flott zu machen. Sie drückten, schoben, schubsten und zerrten, schrieen und lamentierten. Eine andere Gruppe bemühte sich, vor dem Schiff einen Kanal in den Sand zu graben, um Wasser unter den Rumpf des Bootes zu fluten. Eine Sisyphusarbeit, denn der unaufhörlich anrollende Wellengang verschüttete alle kleinen und größeren Anstrengungen. Doch so schnell gab man sich nicht geschlagen.

Im Lauf des Morgens trafen mehr Menschen am Strand ein und viele von ihnen krempelten die Ärmel hoch und traten bereitwillig an, um das gestrandete Boot zurück ins Meer zu befördern. Zwecklos. Sinnlos. Vergeblich. Der Orkan hatte dem Schiff seinen Platz außerhalb des Meeres zugewiesen und dort hatte es seinem Willen gemäß auch zu bleiben. Basta. Später setzte Ebbe ein, der Ozean zog sich zurück, der Strand erhielt seine berühmte Breite und die Distanz zwischen Boot und Wasser wurde unüberwindlich.

Am späten Nachmittag ging ich hinüber zu dem gestrandeten Schiff. Es lag auf der Seite, wirkte mitgenommen, schutzlos und verletzt. Die Helfer waren verschwunden, eine kleine Schar Neugieriger posierte vor der Yacht und freute sich über das willkommene Foto- und Filmmotiv.

Beim Segler angekommen, schaute ich mich um und vermutete ihn schon im Inneren der Yacht, als ich ihn doch noch entdeckte: Er saß im Sand, hinter seinem Boot, mit dem Rücken an der Mauer zur Straße gelehnt: Der Skipper, ein kleiner, müder und hoffnungslos erschöpfter Mann.

„Hallo, ich bin Dieter und ich lebe hier auf Phuket. Haben Sie heute schon etwas gegessen?"

Der in der letzten Nacht von Wind und Wellen unsanft behandelte Fahrensmann schüttelte kraftlos und ausgepumpt seinen Kopf.

„Nein, ich habe heute nichts gegessen. Kein bisschen. Es war keine Zeit dafür."

„Was halten Sie denn von einem Steak, Pommes Frites und einem Bier? Ist das okay für Sie?" fragte ich weiter. Der Segler sah mich sprachlos, mit großen Augen an.

„Das spendiere ich Ihnen, ich habe gleich hier vorne ein Hotel mit Restaurant. Sie brauchen bloß ja zu sagen, dann kann ich Ihnen Ihr Essen eine Viertelstunde später servieren."

„Oh, yes, ich sage ja, ich sage sehr gerne ja, das ist sehr freundlich von Ihnen, vielen Dank, Ihr Angebot hört sich toll an. Ich habe einfach keinen Kopf fürs Essen gehabt."

„Einen Augenblick bitte, rühren Sie sich nicht vom Fleck, ich bin in 15 Minuten zurück."

Das war ich auch, beladen mit der angebotenen Mahlzeit und ein paar Flaschen gut gekühltem Tiger Bier. Larry Parker aß mit großem Appetit. Er war Engländer, stammte aus London und bereiste seit Monaten als Single-Handed-Sailor die Meere der Welt. Am späten Nachmittag des gestrigen Tages hatte er in der Bucht von Patong Anker geworfen. Abgeschlafft von einem anstrengenden Tag auf See verzichtete er auf den Landgang, er wollte nur noch schlafen und haute sich in seine Koje. Vom aufkommenden Unwetter hatte Larry nichts mitbekommen, er wurde erst wach, als der erzürnte Wind sein Schiff auf den Strand schleuderte.

In den kommenden Tagen wurden die Bemühungen, das Schiff zurück ins Meer zu befördern, fortgesetzt. Bei jeder Flut fanden sich Helfer, um Gräben auszuheben oder mit Muskelkraft und lauten Kommandos zu versuchen, das Schiff vom Trockenen ins Nasse zu bugsieren. Es sprach sich herum, dass in Patong eine Segelyacht auf dem Strand lag und sich gegen Belästigungen und

Zudringlichkeiten nicht wehren konnte. Zahllose Schaulustige erschienen zum Glotzen, Staunen, Filmen und Fotografieren.

In der zweiten Woche bezog Larry ein Zimmer in der Villa del Mar. Als Gegengewicht zu den vielen einsamen Nächten auf dem Meer suchte und fand er eine bereitwillige Lady, um seine Hotelnächte geselliger zu gestalten. Larry blieb ein paar Wochen unser Gast, solange, bis sein Boot wieder flott war.

Auf der Insel lebte ein Skandinavier, den ich auf einer Party kennengelernt hatte, ein Wikingertyp, groß, blond und kräftig. Sven war seit drei Jahren damit beschäftigt, seinen Lebenstraum zu verwirklichen: Einen hochseetüchtigen Katamaran in Eigenregie zu bauen. Er hatte Kontakte zu Werkstätten, Werften, anderen Skippern, auch zu einigen Phuket-Fischern. Das Fischen wird auf Phuket immer noch intensiv betrieben. Anders als in Deutschland kommt der Thunfisch in Thailand aus dem Meer und nicht aus der Dose. Wer sich die heimkehrenden Fischerboote anschauen will, sollte sich ab vier Uhr in den frühen Morgenstunden im Fischereihafen von Phuket Town einfinden. Dort wird der Fang nicht nur ausgeladen, sondern auch gleich verarbeitet oder für den Transport zusammen mit viel Eis verpackt.

Der Segler war immer noch Gesprächsthema Nummer eins, als Sven auf die Terrasse kam, um mich zu besuchen. Wir hatten jeder ein Bier in der Hand und schauten hinüber zum Strand, zu der Stelle, an der das Boot aufgelaufen war.

„Hast du gesehen, wie sie gestern versucht haben, mit einem Bulldozer die Yacht ins Meer zu schieben?", ich bekam alles aus erster Hand mit, was sich rund um das Schiff ereignete.

„Nein, aber ich habe davon gehört. Wie ist es denn ausgegangen, das Boot liegt immer noch da?"

„Der Versuch dauerte nur wenige Sekunden, er wurde sofort abgebrochen, weil der Bulldozer das Heck eindrückte."

Sven musste lachen. „Das war wieder typisch Thai." Er verhielt sich mit seiner Aussage wie so viele besserwisserische Europäer im Ausland. Ich hielt es nicht für meine Aufgabe, korrigierend einzugreifen und überging seine Bemerkung.

„Was können wir denn sonst noch für Larry tun, hast du eine Idee, Sven?"

„Ich weiß nicht, ob das eine Idee ist, aber ich würde es an Larrys Stelle mit ziehen anstatt mit schieben und drücken versuchen."

„Ziehen statt schieben? Ich verstehe nicht, wie du das meinst?"

„Ganz einfach: Wir treiben ein Fischerboot mit starkem Motor auf und schicken es vor die Küste. Dann verbinden wir es über ein langes Tau oder Abschleppseil mit Larrys Boot. Dadurch erhalten wir Zug von vorne und benötigen nicht mehr allzuviel Druck von hinten."

„Du Sven, das hört sich für mich gut und praktikabel an. Das Fischerboot zieht den Segler vom Strand und wenn gleichzeitig zehn Mann Richtung Meer drücken, dann könnte das klappen, oder?"

„Lass uns erst mal mit Larry reden, was der dazu sagt."

Larry war sofort Feuer und Flamme, obwohl es ihm an Land, unter der Fürsorge, den Zärtlichkeiten und Aufmerksamkeiten seiner Lady ausnehmend gut gefiel. Doch natürlich lockte ihn unvermindert der Ozean, die Weite, die Unabhängigkeit und das Abenteuer.

Im Dunstkreis des vollkommen unübersichtlichen Hafens kannte Sven sich aus. Er horchte sich in der Boots- und Fischerszene um und hatte Erfolg. Rund sechs Wochen nach der unglückseligen Strandung war alles vorbereitet, um einen endgültigen Rettungsversuch zu starten. Das gecharterte Fischerboot kreuzte vor der Küste, das Seil war befestigt und gespannt. Zur Vorbereitung wurde ein kleiner Panama-Kanal zwischen Segler und Meer ausgehoben. Die Helfer hatten gut gefrühstückt und standen bereit. Alles wartete, bis die Flut den höchsten Stand erreichte. Larry gab seinen Gefolgsmännern das Signal zum Start der Aktion.

Per Handy erhielt der Fischer draußen auf dem Meer ebenfalls das Kommando. Langsam wendete er seinen Kutter und nahm Kurs auf das offene Meer. Das Seil wurde sichtbar, es tauchte aus den Wellen auf und straffte sich. Durch den bis dato hilflosen Segler ging ein Ruck, er erwachte und begann sich aufzurichten. Der Fischer draußen zog kräftiger. Die Helfer spornten sich lautstark an, sie drückten und schoben. Die Urlauber und Passanten filmten und fotografierten. Das Fischerboot zog noch stärker. Das Seil war zum Zerreißen gespannt.

Larrys Segelyacht glitt in den wassergefüllten Kanal und bewegte sich erstmals seit sechs Wochen Richtung Meer. Die Helfer jubelten, schoben und drückten ohne Pause weiter. Auch der Fischer zog von außen. Meter um Meter bewegte sich das Boot den leicht abschüssigen Strand hinab. Dann war es so weit, unter dem Kiel war nur noch Wasser statt Sand, es war geschafft, Larrys Segelyacht schwamm im Meer und war wieder flott, bereit für neue Abenteuer.

Ein paar Tage später verabschiedete sich Larry von Phuket ebenso wie von der Villa del Mar. Noch jahrelang hielt er zu mir Kontakt per E-Mail, bis auch der eines Tages einschlief.

Verbrennung

Ein nimmer endender Dauerregen beeinträchtigte unsere vierstündige Autofahrt von Phuket nach Surat Thani. Diesmal waren es nicht diese tropischen, sintflutartigen Ergüsse, die die Straßen überschwemmten, in Flussbetten verwandelten und jeden Kilometer zur Gefahrenstrecke machten, sondern ein unablässiges, stetes, seichtes, zurückhaltendes Nieseln. Wir fuhren hinein in einen melancholischen, depressiven Tag, der am Morgen vergessen hatte, die Vorhänge vollständig aufzuziehen. Auch am Nachmittag bestimmte ein diffuses, unwirkliches, dunstiges Dämmerlicht die trostlos-traurige Stimmung.

Das Elegische und die Tristesse unserer Empfindungen wurden noch vertieft, als ich mit Kun die Verbrennungsstätte erreichte. Es regnete nach wie vor ohne Unterbrechung. Auf einer Wiese voller Obstbäume parkten ein Dutzend und mehr Autos. Das Gelände grenzte an einen breiten, randhoch gefüllten Fluss, der lehmfarben, träge und phlegmatisch seine Wassermassen über ein nur leichtes Gefälle ohne erkennbare Hast vor sich herschob.

Das Krematorium stand unscheinbar im Nieselregen: Von zwei Seiten führte eine Treppe hinauf zur Terrasse mit ihrer eisernen Klappe, hinter der sich die eigentliche Feuerstelle verbarg. Aus dem kleinen, schlichten Gebäude ragte ein hoher, schlanker Schornstein heraus.

Im nassen Gras waren eine Anzahl an Tischen aufgestellt, umringt von ein paar Dutzend Plastikstühlen in verschiedenen Farben. Breite Zeltplanen und großformatige Segel aus Kunststoff waren gespannt, um die Trauergäste einigermaßen vor dem Regen zu schützen.

Kun wurde erkannt und begrüßt und ich als ihr Begleiter akzeptiert – ernste Mienen nickten mir zur Begrüßung höflich zu. Unmittelbar nach unserer Ankunft wurden wir zu Essen und Trinken aufgefordert und eingeladen.

„Bleib du am besten hier, ich stelle uns ein Diner zusammen", schlug Kun vor. Sie begab sich zum Buffet, während ich unter der Folie am Tisch sitzen blieb und mich umschaute, aber meine Neugier verbarg. Es war die erste Einäscherung, der ich beiwohnen sollte.

Aufgebahrt war der Leichnam von Jeng, einem jungen Mann, der im Alter von 32 Jahren einem Mordanschlag zum Opfer fiel. Als Mitinhaber eines erfolgreichen Seafood-Restaurants in Patong galt Jeng als wohlhabend. Er saß im Auto und wollte zu seinem Restaurant, als ein Motorrad neben ihm auftauchte und der Beifahrer fünf Schüsse durch das geschlossene Fenster auf den überraschten und geschockten Jeng abgab. Sofort verlor er die Kontrolle über sein Fahrzeug, das Auto kam von der Straße ab und wurde erst von einem Leitungsmast aufgehalten. Als der Schwerverletzte ins Krankenhaus eingeliefert wurde, konnte man nur noch seinen Tod feststellen.

Jeng hinterließ eine Frau, eine Cousine von Kun, die aus demselben Dorf stammte und ein erst einjähriges Baby. Es wurde nicht offen über den Hintergrund dieser Hinrichtung gesprochen. Nach geflüsterten Gerüchten sollen nicht beglichene, erhebliche Spielschulden die Ursache gewesen sein. Ich hatte mehrfach davon gehört, dass die Spielsucht und -leidenschaft vielen Thais zum Verhängnis geworden sei.

Eine ungemein düstere Stimmung lag in der Luft, die noch durch das ungemütliche Wetter und die Trostlosigkeit des Ortes gesteigert wurde. Fürwahr, kein Platz für freiwillige, längere Aufenthalte. Als wir nach dem Essen wieder ins Auto stiegen, war die Dunkelheit angebrochen. Für eine Nacht hatten wir uns ein Hotelzimmer im Zentrum von Surat Thani gebucht.

Auf dem Weg dorthin bot sich uns ein faszinierendes, atemberaubendes Naturschauspiel: Im Licht der Scheinwerfer, auf der regennassen Straße, tummelten sich Millionen von winzig-kleinen, grün-weißen Fröschen, die mit flachen Sprüngen kreuz und quer durcheinander hüpften. Auf einer Länge von mehreren hundert Metern war die Fahrbahn über ihre gesamte Breite vollständig von ihnen belagert. Es gab keinerlei Möglichkeit zum Ausweichen, ich fuhr so langsam es ging und wir bestaunten dieses von mir nie zuvor gesehene, beeindruckende Phänomen.

Am nächsten Morgen hatten sich um die 150 Trauergäste versammelt, um der Verbrennung beizuwohnen. Jengs Witwe hielt ein großes, gerahmtes Porträt ihres ermordeten Gatten in den Händen und ging voraus. Ihr folgte der Sarg, getragen von den engsten Freunden und Verwandten des Toten. Dreimal wurde das Krematorium umrundet, dann ging es über die kleine Treppe nach oben, vor die Klappe der Feuerstelle, wo zwei alte Männer warteten. Der Sarg wurde auf ein fahrbares Gestell gesetzt. Die alten Männer begaben sich zum Sarg und öffneten den Deckel, worauf ein starkes Gedränge unter den Trauergästen einsetzte. Die Treppe hinauf zum aufgebahrten Sarg bildete sich eine Schlange.

Fassungslos und verwirrt beobachtete ich den plötzlichen Andrang und fragte Kun: „Schau mal Kun, sehe ich das richtig? Haben die alten Männer dort oben den Sarg geöffnet? Warum lassen sie den Toten nicht in Ruhe? Was hat das zu bedeuten?"

„Sie nehmen Abschied von Jeng, das ist alles. Die Freunde und Verwandten haben vor dem Verbrennen Gelegenheit, noch einen letzten Blick auf den Verstorbenen zu werfen, bevor es vorbei ist", erklärte sie mir.

„Wie bitte? Das meinst du doch nicht im Ernst? Die schauen sich einen Leichnam an? Das ist makaber und darf nicht wahr sein!", ich konnte diese schockierende Sitte nicht verstehen und war entsetzt.

„Da mache ich aber bestimmt nicht mit, da kannst du Gift drauf nehmen."

„Das Abschiednehmen ist bei jeder Verbrennung in Thailand üblich", versicherte sie mir, ersparte sich aber selbst diesen letzten Anblick und blieb brav an meiner Seite. Mit gebührender Distanz schauten wir der Schlange zu. Langsam und andächtig bewegten sich Frauen, Männer und Kinder die Treppe hinauf, um sich vom toten Jeng zu verabschieden. Als der letzte der Trauernden die Treppe verließ, wurde der Sarg verschlossen und die Klappe zum Ofen geöffnet. Die Männer schoben das fahrbare Gestell vor die Feuerstelle, mit einem kräftigen Ruck drückten sie den Sarg in die Flammen und die Verbrennung nahm ihren Lauf.

Es hatte aufgehört zu regnen und eine unglaubliche, merkwürdige Stille trat ein. Vor Nässe und Feuchtigkeit glänzte die uns umgebende Landschaft. Die Blätter der Obstbäume tropften. Das Gras auf dem Boden perlte. Die ersten Vögel machten sich bemerkbar. Der Himmel war bedeckt. Nebelfetzen stiegen auf. Gleichgültig, unbeteiligt und apathisch wälzte der Fluss nebenan seine Fluten vor sich her, als wäre nichts gewesen.

Wir Trauergäste standen in Gruppen verteilt um das Krematorium. Die Blicke waren nach oben gerichtet. Hellgrauer Rauch stieg aus dem Schornstein und wurde von einem leichten Wind zerteilt und verweht. Es wurde nicht viel gesprochen. Die Szenerie war unwirklich, bedrückend und beklemmend. Es war das Schicksal selbst, das sich bei jedem Einzelnen bemerkbar machte und uns alle daran erinnerte, dass niemand unsterblich ist.

Spiele, bei denen es um Geld geht, sind in Thailand grundsätzlich verboten. Bis auf eine Ausnahme, die ich mir nicht erklären kann: Bei Verbrennungen sind Glücksspiele erlaubt. Die ersten Kartenspieler hockten bereits auf Matten auf dem Boden – eine gesetzliche Regelung, die ich mit Unverständnis quittierte.

Durch die stehenden und inzwischen auch sitzenden Trauergäste führte Kun mich hindurch und stellte mir Lek vor. Jengs Witwe war eine kleine, untersetzte und kräftige Frau Ende der Zwanziger mit freundlichem Gesicht und auffallender Stupsnase. Sie saß zusammen mit anderen Frauen an einem Tisch. Alle blickten auf, als wir dazu traten, denn ich fiel an diesem Vormittag auf, unter den Trauernden war ich der einzige Farang. Mit dem Baby auf dem Arm versuchte Lek mit der freien Hand ihre Suppe zu löffeln. Kun streckte ihre Arme nach dem Kind aus, um ihr zu helfen und Lek überließ es ihr.

Das traurige Schicksal von Jeng berührte mich, ich wollte diesen Ort nicht verlassen, ohne mein Mitgefühl und meine Trauer zum Ausdruck zu bringen. Deshalb fragte ich Lek: „Wie ist denn der Stand bei den Ermittlungen? Was hat die Polizei erreicht? Sind die Täter inzwischen gefasst und im Gefängnis?"

Lek schaute mich mit ihren großen, vom Weinen roten Augen an. Ihr Blick war traurig und ernst, zugleich aber auch ein wenig belustigt:

„Nein, nein, die Mörder sind nicht im Gefängnis, die laufen frei herum und lassen es sich gut gehen."

„Die Täter laufen frei herum? Woher willst du das wissen? Ist denn bekannt, wer auf Jeng geschossen hat?"

„Ja, das haben sie schon am nächsten Tag herausbekommen. Ich war erst vor ein paar Tagen bei der Polizei und da wurde mir bestätigt, dass sie wissen, wer die Mörder sind."

„Ja, aber wieso sind diese Verbrecher noch nicht eingesperrt? Das gibts doch gar nicht!"

Jetzt musste Lek aufpassen, dass sie nicht richtig zu lachen anfing:

„Das kann ich dir schnell erklären: Ich habe nicht genug Geld", teilte sie mir mit „Ich kann nicht so viel bezahlen, wie sie verlangen. Das ist der Grund und ich kann nichts dagegen tun!"

„Nicht genug Geld? Wofür brauchst du denn Geld? Da komme ich nicht mit", antwortete ich ihr.

„Wir sind in Thailand und da läuft es immer so ab. Die Polizei hat mir klipp und klar mitgeteilt, dass die anderen mehr zahlen als ich und deshalb unternehmen sie nichts."

„Die Polizei kennt die Täter und unternimmt nichts?"

Lek schaute zu mir hoch, nickte mehrmals mit ihrem Kopf und es sah so aus, als würde sie zu weinen anfangen. Dann wandte sie sich wieder ihrer Suppe zu.

Ich war sprachlos. Wir befanden uns immerhin im 21. Jahrhundert, allerdings nicht in Mitteleuropa, sondern im exotisch-fernen Thailand. Trotzdem: Was ich soeben hörte, das konnte doch nicht wahr sein. Es handelte sich immerhin um kaltblütigen Mord! Um den Mord an einem jungen Menschen! Der sollte ungesühnt bleiben, obwohl die zuständige Polizei die Täter kennt? Was Lek mir erzählte, überforderte meine Vorstellungen, warf meine vorhandenen Ansichten von Recht und Gerechtigkeit über den Haufen und haute mich regelrecht um.

Mit unserer Anwesenheit und unserem Gedenken bei der Verbrennung erfüllten wir unsere traurige Freundespflicht. Es gab nichts weiter zu erledigen und ich konnte sowieso nur mit wenigen der anderen Trauergäste reden. Noch ein paar Minuten hielten wir uns inmitten dieser Trostlosigkeit auf, verabschiedeten uns aber bald von den Leuten, die wir kannten. Auf der Rückfahrt musste ich unentwegt an diese unglaubliche Geschichte denken.

Terror

Wir lagen nackt nebeneinander im Bett. Es überkam mich wie ein Zwang oder eine Art Besessenheit, doch sobald ich meine Geliebte unbekleidet mit ihrer wundersamen, hellbraunen, zarten Haut sah, musste ich sie berühren, musste sie spüren, streicheln und liebkosen. Die langen schwarzen Harre, ihr Gesicht, das auf mich wie eine überaus gelungene Allegorie für Unschuld wirkte, die zierliche, liebliche Gestalt – und schon glitten meine Hände behutsam über ihren Körper. Zuerst ging es mir wirklich, wirklich, einzig und allein um das phantastische Gefühl, das Haut auf Haut erzeugt. Haut die empfängt und Haut die gibt. Und umgekehrt. Ab und zu unternahm ich einen kurzen Abstecher und stupste ihre Nase an, ein Körperteil, dass ebenfalls zum Bestandteil meiner Bewunderung gehörte.

Dieses Empfinden, diese sanften Emotionsschübe hätten für mich bis in alle Zeiten andauern können. Meine Hand streichelte ihre Schulter, ging hinüber in die schmale Breite ihres wunderbar gewölbten Rückens, verweilte dort ein paar Momente, bewegte sich hin und her, rutschte dann aber weiter, es ging behutsam einen kleinen Anstieg hinauf und wieder herab – das war ihr wundervoller, makellos geschwungener Po.

Hier verharrte meine Hand in Ruhestellung, denn es galt, Entscheidungen zu treffen. Weiter runter, zu der göttlichen Stelle, die das Zusammentreffen ihrer Beine markierte, oder wieder zurück zum großen Hauterlebnis auf der phantastischen Rückseite meiner Freundin.

Kun nahm mir die Entscheidung ab, indem sie sich umdrehte, eine Veränderung, die auf der Stelle dramatische, körperliche Entwicklungsprozesse bei mir auslösten. Erwartungsvoll glitten ihre Beine auseinander und gehorsam beugte ich meinen Kopf und tauchte tief und hingebungsvoll ein in die Welt der durch nichts zu überbietenden Zweisamkeit, der beiderseitig gebenden und empfangenden Gefühle, in das unermessliche Universum der Erregung und Erlösung.

Anschließend lagen wir nebeneinander wie zuvor und als wäre nichts Besonderes passiert.

„Ich muss unbedingt für ein paar Tage raus hier, Kun! Ich bin süchtig nach einer Abwechslung!"

„Ich verstehe dich nicht. Raus aus dem Haus oder was meinst du damit?"

„Ich möchte eine andere Gegend um mich herum haben, andere Leute sehen, in einem anderen Bett schlafen, usw."

Seit bald zwei Jahren lebte und verweilte ich ununterbrochen auf der Insel. Nur einmal, nach den ersten drei Monaten, hatte ich Phuket verlassen, aus visumtechnischen Gründen. Ich brauchte dringend Abstand, Distanz, Luftveränderung, Ferien vom Hotel und seinen Belastungen und Belästigungen. Am liebsten würde ich mit Kun nach Kambodscha oder Myanmar reisen, um auf einem Kulturtrip alte Gemäuer zu bestaunen und von der Gegenwart abzuschalten. Dazu hätten wir fliegen müssen und fliegen kostete Geld. Das wollte ich in unserer Situation vorsichtshalber mal nicht ausgeben.

Doch wir hatten einen fahrbaren Untersatz, unser Auto, das uns brachte, wohin wir wollten. Also Urlaub in Thailand, dem Wunschziel von Millionen sonnenhungriger Europäer? Ein Trip am Meer entlang, um neue Strände zu entdecken? Nein, diesmal wollte ich raus aus Thailand. Das nächstliegende Ziel, das sich anbot, war das im Süden gelegene Malaysia.

Vor ein paar Jahren hatte ich auf eigene Faust eine Malaysia-Rundreise mit dem Auto unternommen. In Erinnerung geblieben ist mir das im Vergleich zu den chaotischen Fahrzeuglenkern in Thailand disziplinierte Verhalten der dortigen Autofahrer. Begeistert dachte ich auch an die malaysische Ostküste zurück, die lang, leer, wenig touristisch und wunderschön war und auf unternehmungslustige Entdecker wartete.

„Den Night-Market in Kohta Baru, Kun, den musst du einfach gesehen haben. Besonders toll sind die vielen Garküchen. Da ist auch für dich was dabei, du wirst schon sehen."

Kun blickte mich skeptisch an. Alles, was nicht eindeutig Thaifood war, wurde von ihr mit größerem Misstrauen begegnet.

„Ich glaube, die haben auch die gerösteten Käfer, die du so gerne isst", versuchte ich Boden gutzumachen und sie musste lachen:

„Na, wenn es so ist, dann auf nach Kohta Baru", sagte Kun und vermittelte mir ihre Zustimmung.

Die Reise war ausgedacht, geplant und sollte nun auch stattfinden. Ich atmetet durch und verspürte so etwas wie Vorfreude. Endlich mal weg vom Hotel, raus aus Phuket, fort von unseren üblichen, langweiligen Tätigkeiten.

Ich packte mir ein paar Bücher als Lesestoff ein und animierte Kun, es mir gleichzutun.

Zwei Tage später hatten wir unseren Staff instruiert und verabschiedet. Kurz darauf saßen wir mit leichtem Gepäck im Auto und fuhren los. Thailand ist größer als Deutschland und je nachdem wo man unterwegs ist, hat man beträchtliche Strecken zu bewältigen. Obwohl Phuket schon deutlich im Süden liegt, waren noch rund 500 Kilometer bis zur malaysischen Grenze zurückzulegen. Es war nicht viel los auf den Straßen und wir kamen gut voran – einer der Vorteile der Nebensaison. Uns begegneten nur ein paar Reisebusse, die unvermeidlichen Mini-Vans, eine Handvoll Lastwagen und viele private Pick-ups. Im Großen und Ganzen waren die Straßen frei und auch der Regen hielt sich zurück.

Schon aus der Ferne erkannten wir die grün bewachsenen, hohen Felsen rund um die Phang Nga-Bucht. Ohne Aufenthalt fuhren wir weiter, ließen anschließend Krabi rechts liegen und umrundeten hundert Kilometer später die Stadt Trang.

„Der nächste größere Ort ist Hat Yai," las Kun von der aufgeschlagenen Karte vor. „Sollen wir dort anhalten und etwas essen?"

„Klar, Hat Yai. Hört sich gut an." Da es gegen Mittag ging, stimmte ich ihrem Vorschlag zu.

Kurz vor Hat Yai ging es plötzlich nicht mehr weiter. Wir mussten anhalten, weil die Straße komplett gesperrt war. Die Ursache dieses Aufenthalts war nicht sofort erkennbar. Es sah nicht aus, wie eine normale und auf den Straßen Thailands allgemein übliche Verkehrskontrolle, denn hier wurde ein erheblicher Aufwand betrieben. Es musste etwas Größeres passiert sein. Eine Unmenge an Polizeiautos, Krankenwagen und Fahrzeugen der Feuerwehr standen über mehrere hundert Meter kreuz und quer auf der Straße. Weiter vorne, und wohl die Ursache für die massive Sperrung, lag ein umgekippter Kleinbus auf der Seite.

„Pass auf Kun, ich fahre ein Stück zurück, wende das Auto und parke. Wenn wir hier stehen bleiben, werden wir sonst zugeparkt und kommen am Ende nicht mehr weg."

„Und ich, was soll ich tun?", fragte sie und sah mich ratlos an.

„Du gehst nach vorne und siehst zu, dass du jemanden erwischt, der dir sagen kann, was sich hier ereignet hat und vielleicht bekommst du auch raus, wann es weiter gehen soll, okay?"

„Einverstanden, so machen wir das."

Kun stieg aus und ging in Fahrtrichtung hinüber zu der Straßensperre, ich wendete das Auto und musste dabei gut aufpassen, weil von hinten inzwischen neu dazu gekommene Autos und Motorräder die Sperrung erreicht hatten und mir nur wenig Platz boten. Nach ein paar Minuten kam Kun zurück. Sie war blass und machte einen erschrockenen Eindruck.

„Los, erzähl schon Kun!", forderte ich sie auf. „Was ist denn los? Ist es ein schlimmer Unfall, indem der Kleinbus verwickelt war?"

„Ja, es ist der Kleinbus", bestätigte sie. „Es war aber kein Unfall, sondern ein Überfall."

„Ein Überfall? Was soll das heißen – Überfall?"

„Sie vermuten, dass es Terroristen waren. Hier gibt es Leute, die seit Jahren die Unabhängigkeit für Südthailand fordern und um das durchzusetzen, ist ihnen jedes Mittel recht. Der Polizist, den ich gefragt habe, hat mir gesagt, in dem Bus hätten zehn Leute gesessen"

„Zehn Leute! Ja und was ist mit ihnen passiert?"

„Sie sind alle tot. Erschossen von den Terroristen. Da waren auch Frauen und Kinder im Bus."

Ich war ebenfalls schockiert. Ein Terrorakt, ein Überfall, davon liest man in der Zeitung oder schaut sich Berichte im Fernsehen an. Doch das hier, auf der Straße, die uns nach Malaysia bringen sollte, das war real und wirklich. Es existierte keine Distanz, keine Sicherheitszone. Wir befanden uns mittendrin und die ausgeübte Gewalttat versperrte uns den Weg zu unserem Urlaubsziel. Unsere Stimmung kippte, die Freude auf ein paar freie Tage, auf ein neues, fremdes Land war dahin, als hätte sie es nie gegeben. Durch den Terrorakt war auf einmal alles anders.

Wir haben uns nicht lange dort aufgehalten und auch nicht darauf gewartet, bis die Straße geräumt war. Wir haben uns auch nicht die Mühe gemacht, eine Alternativstrecke Richtung Malaysia zu suchen. Es waren immer noch rund 200 Kilometer bis zur Grenze. 200 Kilometer, die wir im thailändischen Süden zurücklegen mussten. Ein Süden, indem aggressive und mordende Terroristen ihr Unwesen trieben – wie wir soeben gesehen hatten.

Mir wurde bewusst, dass die Meldungen und Nachrichten, die ich tagtäglich den Medien entnahm, eine reale, greifbare Basis hatten. Damit wollte ich nichts zu tun haben. Gewalt und erst recht eine derartig brutal und unfassbar ausgeübte Gewalt lehnte ich ab. Würden die Verbrecher an diesem Tag ein zweites Mal zuschlagen? Das war unwesentlich und spielte keine Rolle. Kun und ich wollten nur noch fort von hier. Wir hatten nicht das Bedürfnis unsere Reise in Angst und Unsicherheit fortzusetzen. Die Lust auf ein paar freie Tage, auf Urlaub und heiteres Leben war uns gründlich genommen worden.

Am Nachmittag desselben Tages waren wir wieder zurück auf Phuket.

Schweden

Noch früh am Abend hatte sich die Dunkelheit bereits gegenüber Licht und Sonnenschein durchgesetzt. Die unverkennbaren Geräusche der Nacht lösten den Lärm des Tages ab. Im Moment übertönte ein alles beherrschendes Zikaden Konzert die gesamte Umgebung. Urplötzlich brach es ab, dann war die Stille beinahe unheimlich. Wenige Sekunden später legten die kleinen Krachmacher in ihren Bäumen makellos synchron wieder los und man verstand sein eigenes Wort nicht mehr.

Ich hatte meine Beine mit Mückenspray versorgt, um nicht total zerstochen zu werden. Wir saßen draußen, auf der kleinen Terrasse vor unserem Bungalow in Karon. Auf dem Tisch zwischen uns lag über einige Teller verteilt das Abendessen. Zusammen gestellt bei einem Bummel über den bekannten Karoner Tempelmarkt, der mit seinen zahllosen Grills und Garküchen eine breite Auswahl bot.

Eine durch und durch günstige Mahlzeit, die sich dennoch sehen lassen konnte: Gegrillter Fisch mit scharfer Soße, geröstete Entenbrust in Honig, frittierte Garnelen, ein mittelgroßes Sortiment an Sushi, Saté-Spieße mit Erdnusssoße, Spareribs vom Grill und dazu Klebreis aus einem Bastkorb. Gegessen wurde mit Händen und Füßen, alles begleitet von eiskaltem Tiger Bier aus beschlagenen Flaschen.

„Ich brauche dringend mehr Bewegung, Kun", beschwerte ich mich und eröffnete das Tischgespräch. „In Deutschland bin ich ziemlich oft gelaufen und war an jedem Wochenende in den Bergen unterwegs. Die kurzen Stücke, die wir zu Fuß zurücklegen, wenn wir ins Restaurant oder in eine Bar gehen, die reichen mir nicht an Bewegung."

„Och, ich bin noch nie gelaufen und wenn ich ehrlich bin: Mir fehlt das Laufen eigentlich nicht", war Kun's Antwort.

„Dann hast du noch nie erlebt, wie toll man sich danach fühlt?", wollte ich wissen.

„Wie angenehm und wohltuend es ist, Muskeln und Knochen und seinen eigenen Körper zu spüren?"

„Weißt, du Dieter, es geht mir wirklich gut. Ich bin zufrieden mit meinem Körper und fühle mich auch ohne Laufen wohl", erwiderte sie schelmisch.

„Willst du es nicht wenigstens mal ausprobieren? Wir können doch prima zusammen laufen."

„Ach nee, ich weiß nicht, wir sind nicht in Deutschland, sondern in Thailand. Ist das nicht viel zu ungesund und anstrengend bei der Hitze hier?", sie versuchte sich aus der Affäre zu ziehen, doch das ließ ich nicht zu:

„Wir haben hier in Karon die Lagune am Meer", versuchte ich meine kleine Freundin zu überzeugen. „Das ist keine besonders große Runde, doch sie hat den unschlagbaren Vorteil, dass die Strecke durchgängig erleuchtet ist. Da können wir am Abend laufen, wenn es nicht mehr so heiß ist."

Eine skeptisch dreinblickende Kun erklärte sich bereit, probeweise, meinetwegen und aus Spaß mit mir zu laufen. Am nächsten Tag kauften wir uns Joggingschuhe und für Kun auch die geeignete Sportkleidung. Nach den ersten Runden, die bei Kun aus Laufen, durchsetzt mit Geh-Passagen bestand, fand sie Geschmack an dieser Betätigung. Von nun an drehten wir zwei- oder dreimal pro Woche ein paar Runden um die Lagune, einen kleinen Süßwassertümpel, der unmittelbar neben dem Meer lag. Nach anfänglichen Protesten und einem heftigen, überstandenem Muskelkater fand Kun mehr und mehr Spaß am abendlichen Joggen.

Meistens war ich ein oder zwei Runden länger unterwegs, nicht aus Angeberei; ich war nun mal besser trainiert und ein über lange Jahre erfahrener Läufer. Wenn Kun ihr Pensum beendet hatte, wartete sie schwitzend und schnaufend auf mich. Zum Abdampfen und Atemholen setzten wir uns auf eine Bank, die überkront war von einigen eleganten, hohen Palmen mit Blick über den nächtlichen Ozean. Zu dieser Zeit war am Strand bis auf vereinzelte Spaziergänger nichts los.

Die Urlauber, die sich tagsüber am Wasser drängelten, hatten Hunger, sie schoben sich zu dieser Zeit durch die Straßen und Gassen von Karon und suchten die Restaurants und Bars auf. Es war nicht vollständig dunkel, der Halbmond brachte schwaches Licht in die Nacht und spiegelt sich in der endlosen Wasserfläche vor uns. Deutlich auszumachen waren die den Strand anrollenden Wellen mit ihren kleinen, weißen Schaumkronen.

„Puh, das tat wieder mal gut", rief ich ihr zu, als ich die Bank erreichte.

„Dir gefällt das Laufen doch auch inzwischen, du kannst es ruhig zugeben, oder?"

„Doch, stimmt, ich laufe gerne", stimmte sie mir zu. „Das hätte ich vorher nicht gedacht. Aber ich glaube, alleine hätte ich keine Lust dazu."

„Du bist ja nicht alleine", neckte ich sie. „Und fürs Laufen bin ich immer zu haben."

Eine kurze Zeit war es still zwischen uns, nur das Meer rauschte pausenlos und ungefragt dazwischen. Es hatte so viel zu sagen, dass wir gar nicht erst versuchten, sein Rauschen und Murmeln zu deuten.

„Du bist gar nicht mehr so gut drauf wie in unserer ersten Zeit", bemerkte Kun. „Früher warst du fröhlicher und hast auch mehr Witze gerissen."

„Merkt man mir das an? Aber es stimmt, trotz meiner neuen Beschäftigungen muss ich Tag und Nacht an unser Hotel denken. Es geht nicht anders, es belastet mich immer noch. Es stinkt mir gewaltig, dass wir ackern und ackern, unsere Tage mehr oder weniger sinnlos verbringen und dann verdienen wir mit dem Saftladen nicht mal genügend Geld, um die Scheißmiete zu bezahlen."

„Wir brauchen eben einfach mehr Gäste, das ist alles", stellte Kun fest.

„Die kommen aber nicht in der Nebensaison. Da können wir machen, was immer wir wollen. Die paar Figuren, die sich nach Phuket verlaufen, haben die große Auswahl. Die ganz große Auswahl, weil nicht nur wir, sondern alle Hotels vor demselben Problem stehen. Es ist reine Glückssache, wenn dann ab und zu Gäste bei uns landen. Da werden wir nichts dran ändern können. Niemals. Sieben lange Monate ist auf dieser wunderbaren Insel tote Hose.

Fünf Monate richtig gut verdienen, das reicht aber nicht. Für uns ist das alles andere als lustig, denn so kommen wir einfach nicht über die Runden."

„Ich habe gehört, dass viele Hotels in der Nebensaison ihren Staff entlassen", informierte mich Kun.

„Um die Leute dann, im Dezember, wenn die neue Saison beginnt, wieder einzustellen? Sorry, solche Chefs sind wir nicht Kun. Wenn wir uns so verhalten, würde das bedeuten, dass wir jedes Jahr wieder von vorne anfangen mit der leidigen Sucherei nach Personal. Hast du dazu Lust?"

„Aber was wollen wir sonst tun, um Geld einzusparen oder an Gäste zu kommen?"

„Vielleicht finden wir Interessenten, die auf der Suche nach einem Business oder einer Kapitalanlage sind und das Hotel übernehmen wollen", das war der Kerngedanke, der mir seit einigen Tagen durch den Kopf ging.

„Leute, so wie wir es auch vor zwei Jahren waren. Es gibt doch bestimmt immer wieder mal Typen, die die Schnauze voll haben, die Auswandern wollen und sich nach einer Beschäftigung umschauen. diesen Leuten können wir helfen! Und du darfst nicht vergessen: Wir haben immer noch eine absolute Spitzenlage zu bieten."

„Du hast recht, das wäre ein Versuch wert und es kostet uns nichts. Aber wie willst du an diese Kandidaten ran kommen? Mit Anzeigen, so wie Elvira es gemacht hat?", Kun schaute mich fragend an.

„Du meinst, wir sollten bei eBay in Deutschland inserieren? Nein, nein, davon halte ich nichts. Ehrlich gesagt, selbst wenn es klappen sollte, dauert es mir zu lange. Da muss ein Interessent erst wieder umständlich aus Deutschland angereist kommen. "

„Kann es nicht sein, dass Elvira noch ein paar gute Kontakte und andere Beziehungen für uns hat?"

„Klar, wir können sie fragen. Ich würde aber gerne noch Makler hinzuziehen, mit denen wir bisher nicht zusammen gearbeitet haben."

Ein paar Tage danach wurde ich mit Randy bekannt gemacht, einem Engländer, einem alten, erprobten Real-Estate-Hasen, der von sich behauptete, der erfolgreichste Makler der Insel zu sein. Randy war in den Fünfzigern, mit seinen vollen, grauen Haaren und einem ausdrucksstarken Gesicht wirkte er ungemein seriös. Seine Referenzliste hatte die Länge einer Stabhochsprungstange. Es war mir gleichgültig, ob seine Prahlereien stimmten oder nicht,

Hauptsache, er würde uns möglichst, schnell einen Nachmieter vermitteln. Schon am nächsten Tag besuchte Randy die Villa del Mar und schaute sich im Haus ausgiebig und gründlich um.

„Das gefällt mir hier bei euch, das sieht doch alles sehr gut aus", beurteilte er die Immobilie. „Wenn du jedoch in der Nebensaison Geld verdienen willst, dann musst du wahrscheinlich mehr anbieten als nur ein paar Zimmer."

„Meinst du, mein Staff soll nackt auf den Tischen tanzen?", was für ein bescheuerter Einwand, dachte ich, sprach es aber nicht aus.

Randy wehrte sogleich ab: „Nein, so etwas meine ich natürlich nicht. Aber über eine andere Art von Nebengeschäft nachzudenken, das lohnt sich vielleicht."

„Genau deshalb haben wir unser Restaurant, doch das wird auch nur schwach besucht, es steht kein Deut besser da als das Hotel", antwortete ich dem Makler.

„Hm, das verstehe ich auch nicht. Lass mich nachdenken und auch mal telefonieren", entgegnete Randy. „Ich sehe oder ahne Möglichkeiten. Vielleicht haben wir Glück und ich kann euch wirklich helfen."

„Das wäre zu schön Randy, wenn du Interessenten findest, würde es dir auch Business bringen. Vielen Dank schon mal."

Randy zog ab und ich hörte drei Tage lang nichts von ihm. An einem Vormittag, als ich dabei war, die Frontscheibe meines Autos zu reinigen, rief er an: „Hallo Dieter, es kann sein, dass ich einen Übernahme-Kandidaten für euch gefunden habe. Klappt es gleich heute Nachmittag bei dir?"

„Na klar, du findest mich im Hotel. Komm doch vorbei, wann immer es dir passt!"

„Okay, bis später und die Interessenten bringe ich mit!"

Hocherfreut schloss ich das Auto ab, verschob meine Fahrt und ging zurück zur Hotelterrasse. Lange brauchten wir auf den angekündigten Besuch nicht zu warten, Randy kreuzte am frühen Nachmittag auf und brachte nicht nur einen, sondern gleich vier Interessenten mit, die allerdings zusammen gehörten. Es waren jüngere Männer aus Schweden, die in verschiedenen Positionen in der Gastronomie der Insel beschäftigt waren.

Die Gruppe plante seit einiger Zeit die Eröffnung eines eigenen Restaurants, ein anspruchsvolles Steakhouse sollte es werden. Doch sie wollten nicht nur ausgezeichnetes Essen kochen und ihren Gästen professionell servieren, sondern zusätzlich auch noch ein paar nette Zimmer vermieten. Die Jungs schauten sich sehr ausführlich in der Küche der Villa um und gingen dann durch die Zimmer, was sich unproblematisch machen ließ, da an diesem Tag nur zwei Räume belegt waren.

Anschließend kamen sie zu Randy, Kun und mir auf die Terrasse. Wir blickten ihnen erwartungsvoll entgegen und sahen nur lachende und sich gegenseitig aufmunternde, zufriedene Gesichter.

„Ich kann nur sagen: Phantastisch, das würde prima passen!"

„Genau die Größe, die wir gesucht haben!"

„Mehr Zimmer brauchen wir nicht."

„Und das alles direkt am Strand – Wahnsinn!"

„Eure Terrasse ist der Hammer!"

„Das Sonnensegel hat ein cooles Design. Ist das etwa komplett aus Edelstahl?"

Kun und ich waren sehr angetan über die Euphorie und Zustimmung der Skandinavier. Auch Randy machte einen zufriedenen Eindruck. Würden wir wirklich so schnell zu einem Nachmieter kommen und den ungeliebten Klotz am Bein doch noch auf unkomplizierte Weise loswerden?

„Ich würde gerne mal einen Blick in deinen Pachtvertrag werfen", Randy, der Immobilienexperte, wandte sich zu mir, damit ich ihm den Vertrag heraussuchen konnte. Er vertiefte sich ein paar Minuten in das Dokument, dann meinte er:

„Hier steht nicht, dass es dir verboten ist, das Mietobjekt weiterzuvermieten. Es sollte also keine Probleme mit dem Inhaber geben, wenn ein Nachmieter das Hotel übernimmt und den laufenden Vertrag zu denselben Bedingungen erfüllt."

Ich gab den Schweden die URL der Hotel-Website, die sie jedoch schon kannten. Na klar, Randy hatte ihnen alles an Informationen gegeben, was ihm vorlag. Die vier verabredeten sich mit uns zu einem weiteren Treffen ein paar Tage später. Sie erhielten von mir die Versicherung, dass sie meine Nummer eins sind, falls noch andere Übernahmeinteressenten auftauchen sollten.

Das nächste Meeting verlief noch erfolgversprechender. Meine Hoffnung und meine Zuversicht rauschten in die Höhe: Die Schweden hatten sich vorausschauend um die Mittel zur Finanzierung gekümmert. Dazu wurden die Eltern in Europa aktiviert. Sie versicherten mir, dass sie den Betrag, um den es ging, zusammen hätten, um uns die Miete fürs laufende Jahr zu erstatten und mein Deposit zu übernehmen. Es lag sogar die komplette Miete für das folgende Jahr bereit. Einer kurzfristigen Übernahme stand nichts mehr im Wege!

Unsere Welt erstrahlte quasi über Nacht in den frischen Farben des Optimismus und den milden Tönen der Zuversicht! Innerlich brachen kleine Jubelstürme in mir aus: Ich würde das Hotel loswerden, brauchte keine halsbrecherischen Übungen mehr zu veranstalten, keine überflüssige Gehirnakrobatik einzusetzen, um an neue Gäste zu kommen. Wir würden eine halbe Jahresmiete zurückerhalten und mein geleistetes Deposit noch obendrein.

Eine Frage beschäftigte mich doch noch: „Sag mal Randy, können wir die Übergabe ohne den Vermieter durchziehen oder sollte ich die Leute lieber informieren?"

„Ich würde dir sehr empfehlen, den Vermieter einzubeziehen", war die Antwort des Maklers. „Es ist dir zwar nicht verboten, das Objekt weiterzuvermieten, ich bin aber sicher, dass der Inhaber wissen will, wer demnächst in seinem Gebäude wirtschaftet und von wem er seine Miete erhält."

Ich rief auf der Stelle beim Vermieter an, erwischte aber keinen mir bekannten Gesprächspartner und wurde durchgestellt zu einem Sohn, einem Mitglied der Inhaberfamilie, mit dem ich bisher noch nichts zu tun hatte. Kurz angebunden, in gewohnter Unfreundlichkeit, wie ich es im Umgang mit diesen Vertragspartnern nicht anders kannte, stellte er mir ein paar Fragen. Zuletzt wollte er einen Termin haben, bei dem alle Beteiligten an einem Tisch sitzen sollten.

Nach dem Telefonat war mein gutes Gefühl verschwunden. Stattdessen hing ich wieder meinen üblichen, finsteren Gedanken der letzten Monate nach. Die Wiederbelebung meiner Befürchtungen äußerte ich auch gegenüber Kun:

„Warum habe ich immer so ein mieses Gefühl, sobald ich mit diesen Leuten zu tun habe?", wollte ich von ihr wissen.

„Vergiss es und mach dir nichts draus", entgegnete Kun. „Die waren doch noch nie besonders freundlich zu uns. Denk einfach nach: Was sollen sie schon groß tun? Denen ist doch schnurzpiepe, wer das Hotel hat und was er damit anstellt. Die sind nur daran interessiert, dass die Miete reinkommt und die erhalten sie auf alle Fälle."

„Es stimmt alles, was du sagst, Kun", erwiderte ich. „Ich schätze unsere Vermieter auch so ein, dass es ihnen nur ums Geld geht. Es wäre die Erlösung für uns, wenn wir die Villa loswerden. Doch ich habe eine dumpfe Ahnung, sie lässt mich nicht los und ich kann mich nicht dagegen wehren. Es würde mich wundern, wenn diese Übergabe glatt über die Bühne geht."

Leider behielten meine negativen Gefühle in jeder Beziehung recht. Das Meeting mit allen Beteiligten fand schon in der folgenden Woche statt. Es war kurz, es war deutlich und es verlief unmissverständlich: Obwohl sich durch eine Übernahme für sie nichts änderte, sogar der Mietzeitraum sich verlängerte, erlaubten mir die Vermieter nicht, den mit ihnen abgeschlossenen Vertrag zu übertragen.

„Wir sind die Besitzer", erklärten sie rücksichtslos und unverblümt. „Sie können hier nicht als Inhaber auftreten, Herr Hollender. Nur wir vermieten unsere Immobilie und niemand sonst."

Der erfahrene und verhandlungserprobte Makler Randy konnte vorbringen, was er wollte und was ihm einfiel, die Gegenpartei war nicht mal bereit, sich diese Argumente auch nur anzuhören. Sie pochte auf Einhaltung des Vertrages und bestand darauf, dass ich ihn in voller Höhe zu erfüllen hätte. Doch warum, warum nur? Was war der wirkliche Grund für diese unbegreifliche Verweigerung? Welche Vorteile versprachen sie sich von ihrem Veto? Wieso konnten sie mir nicht entgegenkommen? Ging es ihnen um Rechthaberei? Sturheit? Willkür? Verstocktheit? Machtspielchen?

Der Traum von einer schnellen Übergabe war jedenfalls geplatzt wie eine Seifenblase. Diese Niederlage empfand ich als sehr tiefen Fall. Denn ich wollte und konnte mich nicht mehr mit dem Hotel und seinen enttäuschenden Geschäftsabläufen anfreunden. Die Schweden mit ihren Planungen und den bereit liegenden Geldern für die Übernahme hatten in mir mehr geweckt als nur ein Fünkchen Hoffnung. Tagelang schwebte ich über allem, fühlte mich befreit, musste mein Leben nicht mehr auf der Hotelterrasse mit aussichtslosem Warten verbringen, sondern konnte tun und lassen, was ich wollte. Dann kam das Meeting mit seiner totalen, erschreckenden Ernüchterung. Warum nur hatte ich solch ein Pech! Ich fand, dass ich eine solche Behandlung nicht verdient hatte. Und doch musste ich damit leben.

Die vier Schweden verstanden die Welt ebenfalls nicht mehr. Das Treffen mit den Vermietern und seinen knallharten Ergebnissen hatte auch ihre fortgeschrittenen Visionen und Zukunftspläne innerhalb von Sekunden zerstört.

Für Kun und mich hieß das: Zurück zu den wenigen Gästen und den leeren Zimmern in der Villa del Mar. Wiederaufnahme der nächtlichen Grübeleien und der endlosen Selbstvorwürfe. Weitermachen und dabei aufpassen, dass wir die drei vereinbarten Mietjahre ohne allzu großen Schaden an Leib und Seele zu nehmen, überstehen.

Am nächsten Tag kam Randy auf einen Kaffee vorbei und traf mich auf der Terrasse, mit einem kalten Bier in der Hand.

„Ich glaube, ich weiß, warum deine Vermieter die Übernahme nicht akzeptieren", begann er und schaute mich nachdenklich an.

„Du weißt es? Ich habe keine Ahnung. Was meinst du was dahinter steckt? Was könnte der eigentliche Grund für ihre Ablehnung sein?"

„Ich sehe es wie du und glaube, du liegst richtig, wenn du meinst, dass es diesen Leuten ausschließlich um ihre Einnahmen geht. Ich vermute, sie gehen davon aus, dass du mit dem Hotel Erfolg hast, das du jede Menge Geld verdienst und deshalb die Schweden auf den Geschmack gekommen sind. Da wollen sie als die wahren Besitzer nicht tatenlos daneben stehen, sondern mitmischen und ihren Teil vom Kuchen abbekommen."

„Ja, aber wie soll das denn funktionieren, wenn sie nicht selbst aktiv sind?"

Randy schaute mich mit einem schiefen Lächeln direkt an: „Eigentlich ganz einfach: Indem sie einen neuen Mietvertrag mit einer höheren Miete abschließen! Du wirst sehen, der nächste Pächter des Hotels wird einiges mehr bezahlen müssen als du."

„Noch mehr Miete als ich schon zahle! Meinst du wirklich? Aber ja, es stimmt, du hast recht, das wird es sein. Doch das ist der reinste Wahnsinn, da kommt nur einer der Vertragspartner auf seine Kosten!"

„Das sehe ich auch so. Aber ich kenne diese Leute und weiß, dass sie genau so denken."

Ausflug

Zur Frühstückszeit war auf der Hotelterrasse eine heftige, in deutscher Sprache ausgetragene Diskussion im Gange: „Das schönste und lohnendste Ausflugsziel ist und bleibt für mich die Inselgruppe Kho Phi Phi. Die Maja-Bucht muss man einfach gesehen haben, da wurde der Film The Beach mit Leonardo di Caprio gedreht. Aber ihr, ihr habt ja keinen Sinn für Romantik, ihr zwei Penner!"

Das junge, schlanke, blonde Mädchen aus Osnabrück, braungebrannt in Jeans und Bikini-Oberteil ereiferte sich und ihr Freund Tom, Halbglatze, Vollbart, sein Antlitz bewehrt mit dunkler, kluger Brille, nickte beifällig im Takt ihrer Äußerungen.

„Ich lach' mich kaputt! Allzu viel konntet ihr ja wohl nicht sehen auf Koh Phi Phi?" entgegnete der 30-jährige Werner, der ebenfalls mit seinem Freund im Hotel wohnte.

„Wie meinst du das denn?", hakte die Blonde nach. „Natürlich haben wir auf Kho Phi Phi alles gesehen, was wir sehen wollten."

„Ich bitte dich, das geht doch gar nicht! Auf diesen Ausflugsinseln gibts doch mehr Menschen als Fische. Da ist ein solches Wahnsinnsgewühle, ein Riesenauflauf, als gäbe es gratis und umsonst nackte Weiber zu sehen!"

„Das ist mal wieder typisch für euch Männer! Nackte Weiber! Hast du ab und zu auch mal etwas anderes im Kopf?"

„Aber sicher! Ich habe doch nicht nur nackte Weiber im Kopf!", war die schnelle Antwort von Werner.

„Dann bin ich gespannt, was das sein soll!"

„Zum Beispiel nackte Männer!" Die schwulen Freunde schütteten sich aus vor Lachen. Dann sagte Max, der andere der beiden, und versuchte ernsthaft und überzeugend zu klingen: „Mal ehrlich, es gibt wirklich tolle und attraktive Ausflugsziele hier auf Phuket!"

„Noch toller als Kho Phi Phi? Da bin ich aber sehr gespannt."

Viele meiner Gäste kamen auf mich zu, wollten wissen, was sie an ihrem Urlaubsort interessantes und attraktives unternehmen könnten. Nicht alle Touristen begnügten sich mit zwei Wochen Sonnenbrand.

Der große Tempel in Chalong war für meisten Phuket Besucher ein Muss. Die hohen Gebäude, die gesamte Anlage mit ihren Gärten zogen die Touristen an. Es war voll und es war höllisch laut, denn alle paar Minuten wurden zu Ehren Buddhas und zur Vertreibung böser Geister Batterien von Knallfröschen gezündet.

Ein vollkommen anderes Erlebnis bietet der Wat Kho Sirey, hinter Phuket Town, ein kleiner Tempel auf der Spitze eines Hügels. Sein Heiligtum und seine Attraktion ist ein großer, liegender Buddha im Inneren. Von oben öffnet sich eine wunderbare Aussicht, die man meistens für sich alleine hat, denn der Tempel wird kaum frequentiert. Man überblickt den Hafen und die Vororte von Phuket Town. Auf allen anderen Seiten eröffnen sich großartige Ausblicke über die vielen, benachbarten Inseln und die Gesamtfläche des Indischen Ozeans. Ab und zu beehren und verehren wir diesen wundersamen Ort. Diesmal waren wir unterwegs mit meinem Freund Ralf, der Urlaub und sein Treffen mit mir miteinander verband.

Nach der Fahrt durch das Straßenchaos von Phuket Town gelangten wir in einen Bereich, der unberührt schien vom übrigen, touristischen Getriebe: Phuket pur, Phuket unverfälscht, Phuket ohne Touris, Phuket original.

Auf dem Zufahrtsweg liegt ein kleines, dreckiges Gewässer am Rande eines kümmerlichen Mangroven Wäldchens. Es wird bewohnt von einer Horde kleiner Affen, sorglose, freche und unbekümmerte Zeitgenossen, die sich um die mitgebrachten Bananen und andere Früchte prügelten. Beim Beobachten der Tiere sollte man auf der Hut sein, die Affen sind völlig distanzlos und rannten ohne jede Scheu zwischen ihren menschlichen Besuchern herum.

Mit viel Schwung warf Ralf seine Bananen weit über das schmale Gewässer, hinein in die Mangroven, wo das Gros der Herde herumlungerte. Die Kopfhörer seines iPods hatte er herausgezogen und das Gerät kurz abgelegt. Das war ein Fehler, den er sofort bereute, denn kaum drehte er sich um, war der iPod weg. Triumphierend hielt ein kreischendes, dickes Affenmännchen die digitale Errungenschaft in die Höhe.

„Scheiße, das war mein iPod", jammerte Ralf. „Da ist meine gesamte Musikauswahl für den Urlaub aufgespielt."

„Ich hatte dich gewarnt", erinnerte ich ihn. „Das ist deine eigene schuld."

„Was will denn der blöde Affe damit?" Ralf war sauer und sah dem dreisten Dieb hinterher, der stehen blieb und misstrauisch in den iPod biss. Es schmeckte ihm nicht, doch er hielt seine Eroberung fest und kletterte ruckzuck auf einen der krummen Bäume.

Im Tempel angekommen, erwiesen wir der überdimensionierten, liegenden und vollständig vergoldeten Buddha-Figur unsere Reverenz. Wir genossen die phantastische Aussicht und wunderten uns, dass außer uns keine anderen Besucher diesen Ort der Stille und Meditation aufsuchten.

Anschließend fuhren wir hinab zum Meer. Neben einem langen und bis auf ein paar Motorboote leeren Strand liegt eine Siedlung der Sea Gypsies. Den Bummel durch die armselige Häusergruppe schenkten wir uns, denn das Dorf ist Slum pur und ein Museum für Dreck und Armut. Sehr viel ansehnlicher präsentiert sich das Restaurant zweihundert Meter zuvor, dessen Tische direkt auf dem Strand stehen. Wir saßen an einem einladend großen Tisch, über uns eine Kolonie Schatten spendender Palmen und zu unseren Füßen feiner, heller Sand.

Fisch vom Grill, süß-sauer angerichtet, einen Blechnapf voller Muscheln und Riesengarnelen vom Grill mit Knoblauchsoße lautete unsere Bestellung. Diese Köstlichkeiten aus dem Meer spülten wir mit kaltem Tiger Bier hinunter. Das Essen war ausgezeichnet, das Wetter ebenso, der Standort exotisch-entspannend. Wir drei Ausflügler waren gut drauf und genossen den Tag und unsere exzellente Mahlzeit. Am frühen Nachmittag waren nur vier Tische besetzt. Ralf und ich waren die einzigen Ausländer in dieser tropischen Bewirtungsanlage.

Auf einem Motorrad kamen zwei ziemlich verlottert und abgerissen aussehende junge Männer angefahren. Sie stellten ihre Mühle ab und bewegten sich so, wie sich Halbstarke überall auf der Welt geben: Trotzig, in nur halb zugeschnürten Sneakers, mit einem merkwürdig schlurfenden Gang und aufgesetztem Selbstbewusstsein.

„Hoffentlich lassen diese Figuren uns in Ruhe und rücken uns nicht auf die Pelle", dachte ich, doch ich wurde enttäuscht. Die beiden Ankömmlinge folgten ihren eigenen Plänen. Sie klapperten Tisch für Tisch ab und standen zuletzt vor Ralf, Kun und mir. Der größere von beiden, nach Piratenart mit einem roten Tuch um den Kopf verkleidet, zog einen kleinen, flachen Plastikbeutel hervor und warf ihn auf den Tisch. Der Beutel war halb gefüllt mit einem weißen Pulver. Abwehrend hob ich die Hände hoch:

„Sorry, wir kaufen nichts", machte ich den beiden auf Englisch klar. Die Burschen waren beide schlank, von schmächtiger Statur und jeweils einen Kopf kleiner als Ralf und ich, doch sie schenkten den Farangs am Tisch nicht die geringste Beachtung. Der Pirat hatte eine sehr hohe, fistelige Stimme und sprach mit abgehackten Worten und fordernder Körperhaltung auf Kun ein, die daraufhin heftig und deutlich ihren Kopf zur Verneinung und Absage schüttelte.

„Was wollen diese Kerle von uns?", fragte Ralf. „Ist das Stoff? Wollen Sie uns etwa Stoff andrehen?"

„Sie sagen, sie haben ein Sonderangebot für uns", übersetzte Kun. „Das gilt angeblich nur für heute und nur für uns. Sie verlangen 5000 Bath. Dafür überlassen sie uns die Tüte."

„Kun, du sagst ihnen bitte, dass sie sich verpissen und ihren Dreck mitnehmen sollen", erwiderte ich. Es war anzunehmen, dass Kun meine Antwort nicht wortwörtlich übersetzte und vielleicht auch nicht energisch genug zum Ausdruck brachte. Denn die Typen blieben eisern neben dem Tisch stehen wie Manuel Neuer vor seinem Tor und redeten weiter ausschließlich auf Kun ein, die mehrmals unmissverständlich ihren Kopf schüttelte.

„Was haben sie dir denn jetzt erzählt?", erkundigte ich mich. „Wir wollen das verdammte Zeug nicht und sie sollen uns verflucht noch mal endlich in Ruhe lassen."

Ich schaute mich um, die Leute an den Nachbartischen mieden den Blickkontakt und von der Besetzung des Restaurants ließ sich niemand blicken. Wir waren mit dieser Belästigung auf uns alleine gestellt.

„Dieter und Ralf, diese beiden bleiben dabei. Sie wollen 5000 Baht von uns, sonst gibt es Ärger, soll ich euch sagen." übersetzte Kun. „Wir sollen ihnen 5000 Baht geben, die wollen sie auf jeden Fall, also auch dann, wenn wir den Stoff nicht kaufen."

„5000 Baht? Die spinnen ja wohl", mischte sich Ralf ein und fuhr die beiden Figuren auf Deutsch an: „Los haut ab ihr Arschlöcher und lasst uns in Ruhe."

Die Kleinganoven ignorierten die Ausländer nach wie vor, behandelten uns wie Luft und kommunizierten nur mit ihrer Landesfrau Kun. Sie gaben sich unfreundlich und verächtlich, ohne das kleinste Lächeln zu zeigen. Der mit dem Kopftuch löste ein langes, dolchartiges Messer von seinem Gürtel und platzierte es demonstrativ zu dem Pulver auf den Tisch. Dann setzte er sich neben Kun und legte ihr seinen Arm um die Schulter.

Dieses Benehmen reichte mir, ich hatte die Schnauze endgültig voll von dieser aggressiven Annäherung. Vor Wut kochend spürte ich, wie mein Adrenalinspiegel anschwoll und in den unkontrollierbaren Bereich gelangte. Ich war alles andere als ein Schlägertyp und hatte mich seit den Zeiten auf dem Schulhof nie wieder geprügelt. Heute, im vorgerückten Alter, war ich mal wieder bereit dazu, oder besser ausgedrückt: Mir fiel nichts anderes ein, als rohe Kraft walten zu lassen. Ich stand auf und ging zu Kun, die dabei war, die Belästigungen des Piraten, der neben ihr saß, abzuwehren. Selbst als ich direkt hinter ihm stand, würdigte mich der Bursche keines Blickes. Das war ein Fehler, denn er hatte genau die richtige Höhe.

Mit meinem rechten Arm holte ich Schwung und hämmerte dem Nachwuchsschurken meinen Ellenbogen seitlich an den Kopf. Ohne einen Laut von sich zu geben, sackte der Typ auf der Bank zusammen. Der andere sprang auf und wollte abhauen, doch Ralf packte ihn am Kragen, zwang ihn sich auf die Bank zu setzen und drückte sein Gesicht mit aller Kraft auf die Tischplatte.

Jetzt, da der Ausgang dieses Treffens ermittelt war und die Gewinner feststanden, kam das Personal des Restaurants mit sorgenvollen Gesichtern gelaufen und auch die Gäste von den anderen Tischen näherten sich. In der Ferne erklang eine Polizeisirene.

„Wow, das war ja wie Old Shatterhand", meinte Ralf anerkennend. „Das hast du super gemacht, Dieter, dickes Kompliment."

Der Polizeiwagen hatte das Restaurant erreicht und parkte unmittelbar vor uns. Drei Mann in Uniform stiegen aus und kamen zu unserem Tisch. Ralf und ich hielten uns zurück und Kun beantwortete die Fragen der Beamten.

Der immer noch bewusstlose Kopftuchmann wurde ins Polizeiauto geschleift. Auch sein Kumpel wurde kassiert. Einer der Polizisten schnappte sich das Plastiktütchen, öffnete es und steckte seine Nase hinein. Dann schaute er sich verwundert um, benetzte seinen Zeigefinger mit Spucke und fischte ein paar Krümel des Pulvers hinaus. Er steckte die Tüte ein und sprach mit den anderen beiden Polizisten.

Einer von ihnen setzte das Gespräch mit Kun fort, die beiden anderen Polizisten gingen auf Ralf und mich zu und forderten uns auf mitzukommen.

„Kun, was ist das denn, müssen wir jetzt wirklich mit denen fahren?", fragte ich meine Freundin. „Wieso das denn auf einmal, wir haben doch nichts gemacht."

„Moment mal, Dieter, es gibt da offensichtlich ein Missverständnis, dass ich klarstellen muss."

Kun wurde ungewohnt laut und redete minutenlang auf die Polizisten ein. Die hörten ihr aufmerksam zu. Einer zog eine frische Plastiktüte hervor und steckte das Messer ein, das immer noch auf dem Tisch lag. Kun argumentierte eindringlich, sachlich und wohl auch überzeugend, denn die beiden Farangs durften letztendlich sitzen bleiben und wurden nicht abgeführt.

Das Polizeiauto entfernte sich. Erleichtert und froh über das Ende der unschönen Unterbrechung bestellten wir frisches Bier. Ich stieß mit Ralf an und trank einen langen Schluck.

„Was zum Teufel war denn da auf einmal los?", erkundigte sich Ralf. „Wieso wollten die uns denn verhaften?"

„Das kann ich euch erklären", erwiderte eine vor sich hin kichernde Kun. „Ihr werdet euch totlachen, das weiß ich schon jetzt."

„Na los, erzähl endlich, wir sind neugierig", forderte ich sie ungeduldig auf.

„In dem Beutel war kein Rauschgift, sondern vermutlich Backpulver, meinte der Polizist", Kun grinste uns an. „Das waren keine Dealer, die wollten uns bescheißen und beklauen, das steht fest."

„Ist doch egal, Rauschgift oder Backpulver, wir haben es nicht gekauft, oder?", entgegnete ich. „Das haben wir den Typen auch klipp und klar gesagt."

„Ja, ihr habt nichts von ihnen gekauft und deshalb war der Vorfall auf einmal auch kein Rauschgiftdelikt mehr. Backpulver zu verkaufen, ist nämlich auch in Thailand nicht verboten", führte sie fort und ihr Grinsen wurde breiter.

„Doch es ist Ausländern verboten, Einheimische ohne Anlass zu verprügeln, das war der Grund, warum sie euch mitnehmen wollten."

Jetzt musste sie laut lachen, wahrscheinlich auch über die verdatterten Gesichter, die ihr gegenüber saßen.

„Ich habe den Polizisten dann aufgeklärt und ihnen erzählt, dass die Typen Geld von uns haben wollten und uns mit einem Messer bedroht hätten.

Das war dann wieder in den Augen der Polizisten versuchter Raub und somit eine strafbare Handlung, gegen die sich auch Ausländer wehren dürfen", erklärte sie ihren Zuhörern.

„Die spinnen ja, die Thais", Ralf konnte sich nur noch wundern.

„Ich wusste gar nicht, dass du auch Boxen kannst", meinte Kun zu mir „Das war ja ein unglaublicher Schlag, der Kerl fiel um, wie vom Blitz getroffen."

Von der kolossalen Wirkung, die mein Schlag erzielt hatte, war ich selbst überrascht. Doch der Typ tat mir kein bisschen leid, wer andere mit Gewalt bedroht, der darf sich nicht wundern, wenn es selber etwas auf die Fresse bekommt.

Nass

Es war früh am Morgen, der Dämmerschein der letzten Nacht hing noch unentschlossen, zögernd und zwiespältig in der Luft. Sollte er oder sollte er nicht? Ein paar akrobatisch verzerrte Nebelfetzen verloren sich am fernen Horizont. Nach und nach belebten sich im ersten Licht und in der angenehm frischen Luft eines neuen Tages die Wege und Straßen: Überall im Land machten sich buddhistische Mönche in ihren orange farbigen Gewändern und meistens barfuß auf die Socken. Auf die Socken? Nee, das passt diesmal nicht, aber jeder weiß, wie es gemeint ist, oder?

Die Mönche klapperten die nähere Umgebung ab und wussten sehr genau, wo fromme, mitfühlende und großzügige Seelen etwas Essbares für sie bereithielten. Viele der Mahlzeiten wurden eigens liebevoll von frommen Seelen für die Ordensbrüder zubereitet. Die ersten Stunden des neuen Tages gehörten den hungrigen Bittstellern und ihren Wohltätern, die bereits wartend vor ihren Türen standen, um die mitgebrachten Fressnäpfe zu füllen.

Der Henkelmann bekannt als praktisches Transportgefäß und viel benutzt von der Arbeiterschaft in Deutschland hat seinen Weg nach Thailand bisher noch nicht gefunden. Er wäre zweifelsohne auch zu klein, um die Mengen an Reis und Soßen aufzunehmen, die Morgen für Morgen den Mönchen ausgehändigt wurden. Des oben genannten Henkelmanns unkundig verließen sich die frommen Brüder stattdessen auf kürbisgroße Holzgefäße mit breitem, metallenen Deckel, aufnahmefähig für ordentliche, den Klosterfreuden angepasste Portionen.

Vor den Türen und Toren standen Frauen mit Töpfen, Pfannen, Schüsseln, Krügen und anderen Gefäßen, gut gefüllt mit frisch zubereitetem Essen. Sie erwarteten die Mönche, die zuverlässig ihre Runden drehten, denn sie kamen immer, sie kamen pünktlich genau jeden Morgen. Sie wussten um ihr Ansehen, ihre Wertschätzung und ihre Würdigung beim Volk.

Mit einem leichten Nicken des Kopfes grüßten sie ihre warmherzigen Spender und öffneten das große Gefäß, das sie unter ihrem Arm trugen. Schwuppdiwupp – schon landeten die neuen Gaben im Inneren des Behältnis ses und vermengten sich mit den bereits vorhandenen Speisen.

Es ist zu vermuten, dass der Mönch als solcher keine gehobenen oder ausgefallenen Gourmet-Ansprüche stellt, sondern dass es ihm hauptsächlich darum ging, den Magen mit vielen gesunden, schmackhaften und reichhaltigen Speisen zu befriedigen. Anmerkung am Rande: Es fanden sich durchaus auch XXL-Mönche, korpulente Figuren, die von großen, orangenen Zelten umflattert wurden.

Die großzügigen Spenderinnen erhielten im Gegenzug den spirituellen, symbolischen Segen der Mönche, wobei sie dafür häufig vor den heiligen Männern niederknieten – weil sie fromm und gläubig waren? Um Ihre Hochachtung auszudrücken? Um die Wirksamkeit der Segenswünsche zu steigern?

Die buddhistischen Mönche in Thailand streben nicht nach Reichtum und persönlichem Besitz, doch sie legen Wert auf ein würdevolles und angemessenes Umfeld. Daher geben sie sich Mühe, das Kloster, den Tempel, oder eine andere Räumlichkeit, die sie bewohnten, zu verschönern oder wenn möglich auszubauen und zu auch zu vergrößern. Dafür brauchten sie Geld. Bei größeren Bauvorhaben sogar viel Geld. Ist es nicht erstaunlich, dass klerikale Einrichtungen überall auf der Welt und unbeeinflusst von ihrer religiösen Zugehörigkeit es immer wieder glänzend verstehen, diese Mittel zu organisieren?

Dem Einfallsreichtum sind dabei keinerlei Grenzen gesetzt, man denke nur an die legendären, in ihrer Unverschämtheit unschlagbaren Ablassbriefe der katholischen Kirche im 15. und 16. Jahrhundert, mit deren Erlös der Bau von St. Peter in Rom finanziert wurde.

Die Mönche in Thailand waren von diesem Beschaffungstalent nicht ausgenommen. Es handelte sich schließlich um eine rein wirtschaftliche Formel, eine Aufgabe, die gelöst, eine Summe, die erreicht werden musste: Auch ein Tempel benötigt Wasser und Strom, hat Küchen- und Reinigungspersonal zu bezahlen, hat Ausgaben und Verpflichtungen, denen er ohne Einnahmen nicht nachkommen kann.

Sehr beliebt und gut besucht sind die Tempelfeste, die mindestens einmal im Jahr von den größeren Tempeln durchgeführt wurden. Die Mönche sind dabei die Veranstalter, gegen Gebühr stellen sie weltlichen Anbietern Raum und Platz zur Verfügung. Zwischen vier und sieben Tage lang hat das gemeine Volk Gelegenheit, die Festlichkeiten zu besuchen, sich zu amüsieren, zu zerstreuen und den Tempel auf diese Weise zu unterstützen.

Kun kam mit einem Vorschlag auf mich zu: „Wir haben mal wieder Wat Chalong Party. Sollen wir nicht hingehen? Hast du Lust, mich zu begleiten?"

„Ist das dieser Riesen-Event mit den Unmengen an Buden und Ständen?"

„Ja, genau, ein größeres Tempelfest gibt es nicht auf Phuket."

„Da finden wir doch keinen Parkplatz oder müssen kilometerweit laufen!"

„Dann lass uns das Moped nehmen, dann haben wir das Problem nicht."

Das Tempelgelände war weitläufig, doch alles drängte sich in der Mitte, zwischen und um den Hauptgebäuden zusammen. Die Tempelfeste kamen dem Charakter eines deutschen Rummelplatzes ziemlich nahe. Allerdings befand sich der Großteil der angebotenen Vergnügungen auf einem deutlich niedrigem Niveau: Simple Losbuden, einfallslose Wurfhütten, schlichte Fressstände der unterschiedlichsten Varietäten, ziemlich kleine Riesenräder, altmodische anmutende Karussells, Mini-Eisenbahnen und knallbunte, prall aufgeblasene Hüpfburgen.

Vergeblich hielt der aus Europa stammende Rummelplatz-Veteran Ausschau nach den monumentalen Fahrgeschäften, wie er sie von zu Hause her kannte. Doch diese von viel Technik diktierten Monsteraufbauten wie Achterbahnen, fliegende Schiffe, rasende Teppiche, usw. sind auf den thailändischen Tempelfesten nicht zu finden. Ihr Fehlen hing mit der Kostensituation zusammen. Für eine Fahrt mit einer aktuellen High-Tech-Achterbahn müsste man in Thailand voraussichtlich den Lohn eines Arbeitstages hinblättern. So blöd sind die Leute hierzulande dann auch nicht.

Wir schlenderten durch die Gassen, alles war recht eng zusammengestellt, das Gedränge groß, der Andrang noch größer. An einem kleinen Stand holte Kun sich eine Tüte mit fetten, gerösteten Käfern oder waren das Kakerlaken? Wie auch immer! Freigiebig bot sie mir von dieser Delikatesse an, doch selbstlos überließ ich es ihr, die Tüte leer zu knabbern.

Auch der Tempel selbst fungierte als Anbieter. Er betrieb eine Lotterie, verkaufte Lose und nahm zusätzlich gerne und bereitwillig Spenden in jeder Höhe an. Als Veranstalter war ihm alleine erlaubt zum Anlocken ein Megaphon einzusetzen, ein auf Donnerlautstärke eingestelltes, elektronisches Sprachrohr, das pausenlos im Ensatz war, unentwegt überflüssige, aufdringliche Informationen lieferte und zwischendurch zum Kauf animierte: „Achte auf deinen Rucksack! Pass auf deine Kinder auf! Steck dein Geld gut weg! Unterstütze den Tempel! Spende Geld für dein Wohlergehen! Kaufe Lose! Kaufe viele Lose! Wir bieten sensationelle Gewinne: Flatscreen-TVs, Smartphones, Mopedhelme, Fahrräder, frische Fische und fette Hühner!"

Um mein Karma aufzuwerten und einen Beitrag zur Unterstützung des Tempels zu leisten, kaufte ich drei Lose für je 30 Baht und bezahlte mit einem 100-Baht-Schein. Die Verkäuferin griff zum Taschenrechner, um die Höhe des Wechselgeldes zu ermitteln, aber ich lehnte ab und spendierte ihr die Münze.

Die Dauerberieselung in dieser Lautstärke und mit solchen Inhalten war nicht lange auszuhalten. Schnell weg von hier. Weit weg. Wir suchten uns einen BBQ-Stand, kauften Saté, Chickenwings, Fisch und Klebreis und setzten uns auf winzige Hocker an einen Tisch, der in seinem früheren Leben ein Bierfass war. Ein komplettes, wohlschmeckendes Menü für zwei Personen und weniger als fünf Euro Einsatz. Noch eine weitere Stunde ließen wir uns bummeln, denn das Tempo wurde durch die träge Schiebegeschwindigkeit der dahin schlurfenden Massen bestimmt.

Eine meiner liebsten Attraktionen auf den Tempelfesten war eine sexistisch angehauchte Weiterentwicklung der klassischen Wurfbude. Es ging dabei nicht darum leere Blechdosen abzuräumen, sondern junge, lebendige Mädchen von kleinen Podesten zu befördern. Drei von ihnen saßen bei diesem heiteren Spiel auf jeweils einer eigenen, kleinen Plattform. Sie trugen eng anliegende T-Shirts und knappe, kurze Hosen. Die Mädchen versuchten die Meute der Zuschauer zu ignorieren und schauten teilnahmslos, mit ernster, unbewegter Miene in die Luft. Unter jeder der drei Girls wartete ein großes, breites und weit offenes Fass, randvoll gefüllt mit Wasser.

Neben jeder Dame war gut sichtbar eine Zielscheibe von rund dreißig Zentimeter Durchmesser angebracht. Wer sein Wurfgeschick erproben wollte, erstand drei Bälle zum Preis von 20 Baht, das sind umgerechnet 50 Cent. Den Werfern oblag die Aufgabe, die Zielscheibe genau ins Schwarze zu treffen. Bei einem geglücktem Wurf kippte die Plattform nach vorne und das Mädchen landete im Wasserfass.

Diese volkstümlich-populäre Vergnügung zog nicht nur Werfer, sondern auch viele Schaulustige an. Schadenfrohe, spöttische und hämische Zuschauer. Wenn die Werfer gut und oft trafen, was lautstark bejubelt wurde, landete alle Augenblicke eine der Ladys im Fass. Patschnass und unter dem Gegröle der Zuschauer krabbelte sie sofort zurück auf ihre Plattform.

In mich hinein schmunzelnd fragte ich mich, was die deutsche Vorzeige-Emanze Alice Schwarzer zu dieser Art der Volksbelustigung sagen würde. Klar, Frau Schwarzer, Sie haben recht Frau Schwarzer, es können genauso gut auch kleine Jungs oder fette Männer zum Abschießen und Nassmachen auf den Plattformen sitzen. Aber mal ehrlich: Das wäre doch nur der halbe Spaß, oder?

Abgesang

Es nahte das Ende der Nebensaison. Und es drohte der Beginn einer neuen Hauptsaison. Etwas später dann der Start eines neuen Jahres. Ein für uns nicht unbedeutender Termin, weil im Januar eine weitere Jahresmiete für das Hotel fällig wurde, eine Summe, die ich noch nicht vollständig zusammen gekratzt hatte. Ich war aber zuversichtlich: Die zu erwartenden Einnahmen aus den ersten Tagen der High Season würden das erforderliche Geld einbringen und dann ist die Miete für mein drittes und mit absoluter Sicherheit letztes Jahr als Hotelpächter komplett.

Doch es kam anders. Es kam sogar sehr viel anders. Unerwartet. Urplötzlich. Und für mich vollkommen verblüffend. Die Überraschung ereilte uns aus heiterem Himmel in Person von Werry, die als Spitzel, Spion oder Horch-Kommando vorgeschickt wurde. Werry, die Enkeltochter, die hübsche, laut Elvira jedoch strohdumme Larve erschien Anfang November unvermittelt und unangekündigt im Hotel. Auch diesmal hatte sie ihren schlaksigen Phlegmatiker im Schlepp, der unwesentlich motivierter wirkte als bei ihren früheren Besuchen.

„Hello, wie geht es dir?" wollte Werry von mir wissen. Hatte sie mich wirklich angesprochen und mir eine Frage gestellt? Zum ersten Mal in unserer mehr als zweijährigen Bekanntschaft nahm mich diese Lady als Person wahr. Kaum zu glauben, aber sie lächelte mich sogar an. Auch ihr Gespons versuchte sein Gesicht zu einem Grinsen zu verziehen, was danebenging und misslang. Mein höchst sensibles Misstrauen erwachte und hob den Kopf: Beim letzten Treffen mit meinen Vermietern wurde mir die Übergabe an die Jungs aus Schweden und damit mein Ausstieg vermasselt. Was führte die schwer durchschaubare Familie in Person von Werry im Schilde? Was wollte sie heute von mir? Ihre Freundlichkeit kam mir im höchsten Maße verdächtig vor.

„Danke der Nachfrage, ich kann mich nicht beklagen, mir geht es gut."

„Und wie laufen die Geschäfte?", bohrte Werry zu meinem Erstaunen hartnäckig nach.

„Na ja, du kennst dich doch aus im Tourismus-Business. Wir haben immer noch Nebensaison. Erst in ein paar Wochen geht es wieder richtig los."

„Ja, ja, es ist überall dasselbe. Glaube nicht, dass nur du diese Probleme hast."

Sie räkelte sich auf ihrem Sessel und streckte beide Arme in die Höhe, bevor sie mich fixierte und auf den Punkt kam:

„Im Sommer wolltest du das Hotel übergeben, weißt du noch?", begann sie mit einer kleinen, unangenehmen Erinnerung. Und ob ich das noch wusste! Doch was sollte diese Anspielung, diese Erinnerung? Ich hielt mich erst mal zurück, nickte stumm und wartete auf das, was noch kommen würde.

„Meine Großmutter will wissen, ob du immer noch das Hotel abgeben willst oder ob sich deine Pläne geändert haben. Du hast immerhin einen Dreijahres-Vertrag."

Hallo! Das waren allerdings gänzlich neue, bisher nicht vernommene Töne. Schlagartig wurde ich hellhörig und hoch konzentriert: Was hatte diese

Frage zu bedeuten? War das eine weitere Gemeinheit? Eine hinterfotzige Finte? Ein Manöver, das ihnen nutzen, mir aber nur Schaden bringen würde? Worauf lief dieser Besuch hinaus?

„Entschuldige bitte, dass ich nachfrage: Deine Großmutter hat dich geschickt, weil sie wissen möchte, ob ich immer noch das Hotel abgeben will?"

Ich hatte eine Ahnung, witterte eine Chance, vielleicht sogar eine große Chance und durfte jetzt keine falsche Antwort geben.

„Es ist so, dass meine Großmutter nicht wissen kann, ob du noch so denkst, wie vor einem halben Jahr oder ob du es dir zwischenzeitlich anders überlegt hast."

„Ihr seid die Besitzer und wir können gerne über meinen Ausstieg aus dem Hotel reden", erwiderte ich etwas lahm und schob schnell noch hinterher: „Natürlich müssen die Rahmenbedingungen stimmen", eine andere Antwort fiel mir in dieser neuen Situation auf die Schnelle nicht ein.

„Ich kann dir erzählen, warum mich meine Großmutter geschickt hat. Es ist kein Geheimnis und deshalb soll ich dich informieren, dass wir einen Interessenten für das Hotel haben", jetzt war es heraus und Werry blickte mich offen und voller Erwartung an. „Es ist nicht irgendein Interessent, es sind Leute, die wir kennen, weil sie aus unserer Familie stammen."

„Diese Leute wollen das Hotel übernehmen?"

„Ja, es ist ein Ehepaar, ein junger Mann und seine Frau. Sie stammen aus unserer entfernten Verwandtschaft in Italien und sind erst ein paar Monate verheiratet. Sie sind eigentlich nach Thailand gekommen, um Urlaub zu machen, doch es gefällt ihnen so gut, dass sie gerne bleiben wollen."

„Aha, ich verstehe. Deine Großmutter will sie unterstützen, auf Phuket Fuß zu fassen, ist das richtig?"

„Unsere Familie will ihnen helfen, das ist bei uns so üblich. Die beiden wollen am liebsten etwas in der Touristik machen und da ist meiner Großmutter eingefallen, dass du vielleicht immer noch das Hotel abgeben willst."

Aha. Die Italiener und ihr Familiendenken. Das hörte sich nicht nach Hinterhalt und Fallgrube an, sondern nach einer echten Chance, doch noch vorzeitig aus dem leidigen Vertrag herauszukommen. Aber welche Vorteile könnten sich für mich daraus ergeben? Es war bereits November, von der von mir gezahlten Jahresmiete war nicht mehr viel zu holen.

„Wie würde die Übergabe denn aussehen? Und wann soll sie stattfinden? Wie stellt sich deine Großmutter das vor?"

Werry sollte die Hose vollständig herunterlassen, ich wollte alles, was sie vorhaben wissen, um nicht blind zuzusagen.

„Pass bitte auf und höre zu. Meine Großmutter lässt dir Folgendes ausrichten: Wenn du dich bereit erklärst, zum ersten Dezember das Hotel zu verlassen, dann zahlen wir dir dein Deposit komplett zurück."

Kurz und scharf musste ich überlegen. Das Deposit geben sie mir zurück, aha, okay, das war besser als gar nichts. Doch ich wollte einfach mal austesten, ob bei diesem Geschäft für uns nicht mehr drin ist:

„Mein Deposit, nun gut, das ist in Ordnung. Es ist aber nur ein Bruchteil meiner Investition. Ich habe sehr viel Geld und jede Menge Zeit in die Renovierung des Hotels gesteckt", erklärte ich ihr.

„Du weißt doch selbst, wie es nach dem Tsunami hier aussah. Das haben wir in über drei Monaten alles renoviert und neu gemacht."

Ich deutete mit meinen Armen in die Lobby-Umgebung, in der wir uns befanden.

Werry hob bedauernd ihre Schultern und versuchte unwissend zu schauen, was ihr mühelos gelang.

„Tut mir leid, damit kenne ich mich nicht aus. Ääh oder doch, ja, stimmt, ich weiß von Elvira, dass ihr sehr viel gemacht habt. Das war zusammen mit dem Handwerker Gamon, oder? Nun ja, dazu musst du wissen, das war absolut deine Angelegenheit. Diese Ausgaben will meine Großmutter nicht bezahlen. Das kannst du sofort wieder vergessen. Sie hat mir aufgetragen, dir zu sagen, dass wir dir das Deposit erstatten, und zwar in bar auf die Hand und darüber hinaus gibt es nichts zu holen."

„Und meine Marketingarbeit? Meine Aussendungen, die vielen Foren, die ich alle besucht habe und die Website? Das Hotel hat eine gut besuchte Website und ist viel bekannter als vor zwei Jahren!"

„Sorry, aber ich bin nur hier, um dir dieses Angebot im Namen meiner Großmutter zu machen. Du kannst ein paar Tage darüber nachdenken, ich soll dir auch sagen, dass du dir nicht zu viel Zeit nehmen sollst, unserer Familie gehören viele Immobilien und sonst finden wir eben ein anderes Hotel für unsere Verwandten!"

Werry stand auf, den von Nid servierten Kaffee hatte sie nicht angerührt. Sie winkte unserem Personal lässig zu und verschwand mit ihrem schattenhaften Begleiter.

Ich wandte mich an Kun: „Was sagst du dazu? Hast du alles mitbekommen? Sollen wir das Angebot annehmen?"

„Du wolltest doch immer raus und jetzt hast du die Chance dazu. Aber sie wollen uns nur das Deposit zurückzahlen und sonst nichts und das ist ein wenig dürftig."

„Wirklich schade, dass es mit den Schweden nicht geklappt hat. Denn zu diesem Zeitpunkt hätten wir die Mieter für ein halbes Jahr rausbekommen", sprach ich mehr zu mir selbst als zu Kun.

„Wie sieht's aus, was meinst du, willst du dieses neue Angebot denn annehmen?", fragte Kun.

Bereits unmittelbar nach Werrys Abgang stand mein Entschluss fest, sogar felsenfest:

„Unbedingt werden wir dieses Angebot annehmen, Kun. Wir wollen doch raus hier und den Mist endgültig hinter uns lassen. Ich habe keine Lust, noch mal die Miete für ein Jahr zu investieren. Das würde bedeuten, dass uns erneut zwölf langweilige Monate bevor stehen, die sich nicht bezahlt machen. Nein, das ist eine unerwartete Chance, das betrachte ich sogar als Glücksfall und den lassen wir uns nicht entgehen."

Gestern noch hätte ich freudig eingewilligt, auf alles zu verzichten, bloß um die Miete für das bevorstehende Jahr nicht aufbringen zu müssen. Bei dem Angebot von heute gab's das Deposit noch obendrauf. Ich musste damit leben, das mehr nicht zu erwarten war. Demnach hatte ich nicht viel zu überlegen.

Obwohl ich es kaum aushalten konnte, verhielt ich mich so, wie ich es für diplomatisch hielt. Konkret: Nichts überstürzen, lieber noch einen Tag und dann noch einen halben Tag warten. Als ich mich nicht länger zurückhalten konnte, bat ich Kun, Werry anzurufen, um ihr mitzuteilen, dass wir mit den Vorschlägen ihrer Großmutter einverstanden waren.

Ein paar Tage später erfolgte der Rückruf und vermittelte mir einen Termin bei einer Anwaltskanzlei in Phuket Town. Gemeinsam mit Kun fuhr ich dorthin, zuerst fanden wir keinen Parkplatz und kamen dadurch fünf Minuten zu spät. Das machte aber nichts. Eine ältere Sekretärin führte uns in einen vergilbten, nikotinverseuchten Konferenzraum. Diesmal vertrat ein älterer Thai die Inhaberfamilie, er war offensichtlich der Chef der Sippe, der Großvater oder auch oberste Patriarch. Dem gewohnten Begrüßungsritual folgend, ließ auch er keinerlei Freundlichkeit erkennen und gab weder Kun noch mir die Hand.

Kurz darauf verschaffte er mir einen höchst erfreulichen Moment, als er ein breites Geldbündel über den Tisch schob, gefolgt von einer Quittung, die ich zu unterschreiben hatte. Ich unterschrieb. Ich unterschrieb gerne. Mit Begeisterung, Inbrunst und vielen, vielen wieder entdeckten Glücksgefühlen. Endlich war es so weit: Wir waren draußen. Wir waren wieder frei. Ab sofort konnten wir tun und machen, was immer wir wollten. Denn den lästigen, hinderlichen Klotz am Bein waren wir los. Endgültig. Ein für alle Male. Definitiv. Unwiderruflich.

Es war der letzte Tag im November. Rein äußerlich unterschied er sich gewaltig von den Tagen zuvor: Der Regen hatte nicht nur nachgelassen, sondern sich für dieses Jahr endgültig verabschiedet. Überall auf der Insel war Aufbruchstimmung zu spüren, die Lethargie, Müdigkeit und Teilnahmslosigkeit der verflossenen Nebensaison wurde allenthalben abgeschüttelt. Die Wunden und Verletzungen waren verheilt, unversehrt und jugendlich frisch wurde die demnächst eintreffende Kundschaft erwartet. Dass es bald wieder losging, das stand für alle, die mit dem Tourismus ihren Unterhalt verdienten, so fest wie der tägliche Sonnenaufgang.

Wie würde die Villa del Mar sich in der neuen Saison behaupten? Eine Frage, die mich auch nicht mal andeutungsweise interessierte. Der Schlussstrich war endgültig gezogen, für heute war Abschied angesagt und es kam zu bewegenden Szenen. Unser Staff stand vollzählig auf der Terrasse und fast alle heulten. Sie weinten erst recht richtig los, als ich jedem einzelnen 5000 Baht in die Hand drückte.

Unser Nachfolger in der Hotelpacht – der junge Italiener – war ebenfalls anwesend. Er hatte meinen Platz in der Rezeption eingenommen und machte einen auf Chef. Mehr aber auch nicht. Ich hatte ihm in den letzten Tagen mehrmals angeboten, unsere Kundenakquise und die Website zu erklären, damit er selbstständig Änderungen ausführen konnte, doch er nahm meine Angebote nicht an. Na dann.

An unserem letzten Tag blieben wir nicht lange und verließen kurz darauf die Terrasse. Doch wir kamen nicht weit. Unser Ausstieg hatte sich herumgesprochen. Taxifahrer, Mopedverleiher, Sonnenschirmvermieter, Eisverkäufer, der Nudelsuppenmann und ein paar Hotelmanager aus der Nachbarschaft, alle standen auf der Straße, um uns zu verabschieden. Nette, normale und größtenteils umgängliche Leute, die wir in den letzten zwei Jahren in ihrem Business unterstützt hatten, wenn sich die Gelegenheit ergab. Umgekehrt natürlich auch. Sie wünschten uns Glück und wollten wissen, was wir planen, wie es für uns weiter geht und ob wir mal wieder vorbeikommen. Kun und ich erwiderten die guten Wünsche, wurden gedrückt, umarmt, Schulter beklopft und schüttelten Hände. Mehr als zwei Jahre Nachbarschaft in Freud und Leid – das verbindet.

Schließlich war es so weit. Der Staff stand immer noch auf der Terrasse und schaute seinen abfahrenden Chefs hinterher. Unbeweglich. Traurig. Bekümmert. Etwas ratlos. Sie wussten nicht, was sie vom neuen Pächter halten sollten und was er von ihnen erwartete. Klar taten sie mir leid, doch ich musste einfach an mich denken. Ein letztes Mal winkten wir unseren Leuten zu, stiegen ins Auto und fuhren davon.

Wie oft hatte ich in den verflossenen zwei Jahren das Hotel kurz verlassen, um etwas zu erledigen, um einzukaufen, Gäste abzuholen, Leute zu treffen usw. Diesmal würde es garantiert keine Rückkehr geben, wir würden andere Ziele ansteuern, worüber ich mehr als froh war. Wir fühlten uns befreit von einer schweren Last, einer dauerhaften Bedrückung und Bedrohung. Das war jetzt vorbei. Vergangenheit. Historie. Schnee von gestern.

Epilog

Meinen Traum vom Beach-Hotel in Thailand hatte ich mir erfüllt, entgegen vielen negativen Prognosen aus meinem Bekanntenkreis vollzog ich meine abenteuerliche Vision vom Leben in tropischen Gefilden. Leider entwickelten sich meine Schwärmereien und Hoffnungen nicht so, wie in meinen Vorstellungen. Aus dem Traum wurde in kurzer Zeit ein Alptraum und war nun zum Glück ausgeträumt.

Die Euphorie, die Aufbruchstimmung, die Vorfreude auf eine Zukunft in exotischen Reisezielen mit neuen Erlebnissen und interessanten Begegnungen waren zuletzt in das totale Gegenteil umgeschlagen. Sowohl die Einschätzung meiner Situation als auch die sich daraus ergebenden Emotionen, hatten sich in zweieinhalb Jahren komplett gedreht. Ich musste die unerwartete Kehrtwendung einer ursprünglich sehnlichst herbei gewünschten Veränderung durchstehen. Nichts hatte sich so abgespielt, wie es mir meine Spekulationen vorgegaukelt hatten. Keines meiner Ziele wurde erreicht.

Es war nicht möglich, mit dem Hotel Geld zu verdienen – im Gegenteil, es ist mir gelungen alles, was ich hatte zu verspielen. Meine Wünsche und Illusionen zum geschäftlichen Teil zersplitterten wie ein zerbrochener Spiegel. Wobei ich noch Glück im Unglück hatte. Doch Niederlagen und Rückschläge gehören auch zum Leben.

Wenn ich mir etwas vorwerfen müsste, dann dass ich zu viel auf Sieg gesetzt hatte und mir eine andere Möglichkeit als den großen Erfolg gar nicht erst in den Sinn kam. Im Nachhinein kein Wunder, dass meine Enttäuschungen besonders drastisch ausfielen. Jetzt, wo es zu spät war, wo ein Nachbessern, Ausgleichen oder Korrigieren nicht mehr durchführbar war, bin ich klüger geworden.

Ich könnte jetzt die Meinung vertreten, dass Veränderungen unserer Lebenssituation riskant sind, weil sie häufig zu Verschlechterungen führen. Trotz meiner schlechten Erfahrungen denke ich ganz und gar nicht so. Denn jede Veränderung bietet neue Chancen, neue Möglichkeiten, neue Aussichten, neue Bekanntschaften, andere Perspektiven, frische Hoffnungen und motivierende Impulse. Okay, man sollte nicht zu sehr an seinen eingespielten Gewohnheiten festhalten, wenn man die Qualitäten, die Veränderungen mit sich bringen, für sich nutzen möchte. Zweifellos beinhaltet ein fremdartiges Umfeld mit neuen Situationen auch ein gewisses Risiko, so wie ich es mit meinem Hotel schmerzlich erfahren durfte.

Doch wie langweilig, uninteressant und belanglos wäre mein Dasein verlaufen, wenn ich es in meiner Geburtsstadt Wuppertal lebenslänglich verplempert hätte. Wenn ich nicht über die Stationen Düsseldorf und München in Phuket gelandet wäre.

Wenn du dein Leben leben will und nicht Tag für Tag mit gleichen, altgewohnten und bestens vertrauten Ritualen dahindämmern möchtest, dann solltest du bereit sein, loszulassen. Das ist nach wie vor mein persönliches Credo, mein selbst erlebtes Fazit. Etwas Flexibilität, eine Prise Tatendrang, ein Hauch Abenteuerlust und sehr viel Neugierde auf das Unerforschte sind jedoch erforderlich.

Hier kommt ein scheiß-kluger Satz, auch Binsenweisheit genannt: Wir alle haben nur ein Leben. Nur ein einziges Leben! Es existiert keine Reset-Taste, keine Wiederholung, keine Neuaufführung. Auch keine Reinkarnation, sorry, aber daran kann ich nicht glauben. Es sind unsere Erlebnisse und Erfahrungen, die unser Leben aufwerten, die es interessant und attraktiv gestalten. Zu Erlebnissen kommt man zwar auch von alleine, doch durch gezielt herbeigeführte Veränderungen ist es möglich, das Dasein nach den eigenen Vorstellungen, Wünschen, Träumen und Visionen zu steuern und zu lenken.

Dass in jedem Menschen individuelle Erwartungen und Ziele stecken, geheime Wünsche und unerfüllte Träume vorhanden sind, davon bin ich überzeugt. Den meisten ist allerdings nicht bewusst, dass diese Phantasien in ihrem tiefen Inneren schlummern und oft lebenslänglich vergeblich darauf warten, endlich aufgeweckt zu werden, um am eigentlichen Leben teilzuhaben.

Ob zu einem erfüllten Leben gehört, dass der Mensch den Forderungen seines Unterbewusstseins Folge leistet, weiß ich nicht. Doch ich habe erfahren, dass es sich gut und richtig anfühlte, als ich meine verborgenen Sehnsüchte aktivierte und auslebte.

Es stimmt, mit meinem Hotelprojekt bin ich gescheitert. Mein wunderbarer, einzigartiger tropischer Traum entpuppte sich als Schuss in den Ofen. Alles ging den Bach runter und das Geld, das ich besaß, wurde gleich mit fortgespült. Dennoch hat alles in allem dieser Abschnitt, der gesamte irrwitzige Schwachsinn und das über zwei Jahre anhaltende hochdramatische Theater rund um das Hotel mein Leben bereichert. Ohne Hotel hätte ich die geschilderten Ereignisse und verrückten Situationen nicht erlebt. Und ein paar hundert Menschen weniger getroffen.

Natürlich kann ich hier ausschließlich über mich, meine persönliche Einschätzung und mein eigenes Gefühlsleben philosophieren. Was für mich gilt, hat für viele andere wahrscheinlich keinerlei Bedeutung. Mein Buch hat bei Weitem nicht den Anspruch, als Wegweiser für ein lustigeres Leben zu dienen. Es regt vielleicht zum Nachdenken an, zum Innehalten während des Alltagstrotts und zum Vergleichen. Das würde mir schon genügen.

Es müssen nicht immer die großen und drastischen Veränderungen sein, um das eigene Leben mit neuen Qualitäten auszustatten. Es muss nicht immer gleich der Erdteil gewechselt werden! Oft genügen geringfügige Korrekturen, um auf einem neuen Kurs neue Ziele anzusteuern, neue Eindrücke zu gewinnen und von spannenden Überraschungen zu profitieren. Und dann, wenn man will und Lust dazu hat, ein Buch darüber zu schreiben.

Dieter Hollender, Phuket, im Juli 2020
www.dieterhollender.com

Hier kommen ein paar klassische Rezepte aus Thailand, die bei den Einheimischen besonders beliebt sind.

Kun und ich wünschen euch viel Spaß beim Kochen und Genießen!

Som Tam Thai – Papayasalat

Zutaten für 4 Personen
Zubereitungszeit ca. 30 Minuten
Alle Zutaten sind im Asiashop erhältlich

1 mittelgroße unreife, grüne Papaya (unreif ist wichtig!)
50 Gramm grüne Bohnen
2 mittelgroße Tomaten
3 Esslöffel Erdnüsse, ungesalzen
3 Knoblauchzehen
1 Limette
2 Teelöffel Chilipaste, rot oder grün
1 Esslöffel Palmzucker
1 Esslöffel Fischsoße
6 Garnelen, idealerweise getrocknete

Papayahaut abziehen, Frucht halbieren, die Kerne mit einem Löffel ausschaben. Papaya in lange, feine Streifen hobeln oder schneiden. Bohnen in 1 cm lange Stücke schneiden, Tomaten achteln, Erdnüsse hacken, Knoblauchzehen klein hacken oder pressen. Den Limettensaft auspressen. Chilipaste, Palmzucker, Fischsoße und Garnelen zusammen mit 1 Esslöffel der Papayastreifen und 1 Esslöffel Bohnen in einem Mörser klein hacken oder in einer Küchenmaschine mixen. Diese Paste mit den Papayastreifen, den Bohnen, den Tomaten und den Erdnüssen vermischen. Mit Limettensaft und etwas Pfeffer abschmecken.

Tom Yam Gung – Garnelen-Suppe

Diese Suppe stellt so etwas wie das thailändische Nationalgericht dar. In den besseren Thai-Restaurants in Deutschland zahlst du ab 10 Euro pro Portion. In den Garküchen Thailands kostet die Suppe nur 1–1,50 Euro.

Zutaten für 4 Personen
Zubereitungszeit ca. 20 Minuten
Alle Zutaten sind im Asiashop erhältlich

750 ml Wasser oder Hühnerbrühe
250 g geschälte Garnelen
2 gewürfelte Knoblauchzehen
5 Blätter der Kaffir-Limette
3 dünne Galantwurzeln
60 ml Fischsoße
2 Stangen Zitronengras
2 grüne Zwiebeln
5 kleine, scharfe Chilischoten
125 g Strohpilze
60 ml Limonensaft
1 Teelöffel geröstete Chili-Paste
1 Teelöffel Korianderblätter

Galantwurzeln, Zwiebeln und Strohpilze in Scheiben schneiden. Zitronengras in 2,5 cm lange Stücke schneiden. Brühe bei mittlerer Hitze zum Kochen bringen. Knoblauch, Blätter der Kaffir-Limette, Galgant, Fischsoße, Zitronengras und Schalotten zufügen, dann nach Belieben die Pilze und Chilischoten hinzugeben. Für 2 Minuten köcheln lassen. Garnelen hinzufügen und nochmals aufkochen lassen. Kochen, bis die Garnelen pink, undurchsichtig und fest sind, aber nicht länger als 1 Minute. Wenn die Shrimps gar sind, Limonensaft und Chili-Paste in eine Servierschüssel geben. Die Suppe darüber gießen, vermengen und mit Korianderblättern garnieren.

Pad Thai – Gebratene Nudeln

Zutaten für 4 Personen
Zubereitungszeit ca. 40 Minuten
Alle Zutaten sind im Asiashop erhältlich

3 Knoblauchzehen
1 Bund Frühlingszwiebeln
200 g schnittfestes Tofu
300 g Sojabohnensprossen
100 g Garnelen geschält
300 g Reisnudeln
6 Esslöffel Öl
2 Eier
2 Esslöffel Reisessig, ersatzweise Weinessig
2 Esslöffel Zucker, möglichst brauner
2 Esslöffel Sojasoße
2 Esslöffel Fischsoße

Tofu in 1/2 cm große Würfel schneiden. Die Sprossen waschen und die Frühlingszwiebeln in 2 cm lange Stücke schneiden, Knoblauch pressen oder kleinhacken. Wasser zum Kochen bringen und die Nudeln fünf Minuten sprudelnd kochen lassen. In ein Sieb gießen und abtropfen lassen.

Öl im Wok erhitzen. Knoblauch, Frühlingszwiebeln, Garnelen und Tofu bei starker Hitze 1–2 Minuten anbraten. Aus dem Wok nehmen.
Neues Öl in den Wok gießen. Die Eier vermengen und drei Minuten braten. Die anderen Zutaten wieder zugeben und vermischen.

Nudeln, Sojasprossen, Essig, Zucker, Sojasoße und Fischsoße dazugeben und alles mit wenigen Handbewegungen vermischen.

Typische Dekoration: Bestreuen Sie das Phat Thai vor dem Servieren mit gehackten Erdnüssen. In kleinen Schälchen gehackte Erdnüsse, gehackte getrocknete Chilis, Zucker und Limettenspalten bilden die originellen Beilagen.

Gai Phat Med Mamuang – Huhn mit Cashewnüssen

Zutaten für 4 Personen
Zubereitungszeit ca. 30 Minuten
Alle Zutaten sind im Asiashop erhältlich

500 g Hühnerbrust
4 Knoblauchzehen
100 g ungesalzene Cashewnüsse
3 Kleiner Bund Frühlingszwiebeln
2 Tomaten
200 g Champignons
2 Esslöffel Sojasoße
5 Esslöffel Ö l
2 Esslöffel Fischsoße
2 Esslöffel Austernsoße
1 Esslöffel Zucker

Huhn in mundgerechte Streifen schneiden. Im Wok oder einer Pfanne ohne Öl die Nüsse unter ständigem Rühren goldgelb rösten. Herausnehmen und auf Küchenkrepp abtropfen lassen.
Jetzt das Öl im Wok erhitzen. Frühlingszwiebeln in 2 cm lange Stücke schneiden. Tomaten in Würfel schneiden. Champignons waschen und in große Würfel schneiden. Knoblauch kacken oder pressen.
Hühnerstreifen und Knoblauch im Wok anbraten. Tomaten, Zwiebeln, Champignons und Cashewnüsse dazugeben und alles vermischen und 1–2 Minuten braten.

Hitze runter schalten und das Gericht mit Fisch-, Austernsoße und Zucker abschmecken.
Empfohlene Beilage: Gekochter Jasmin-Reis

Die besten Eltern der Welt

Der Ratgeber-Bestseller für eine liebevolle und stressfreie Beziehung zwischen Eltern und ihren Kindern

"Die besten Eltern der Welt" unterstützt engagierte Eltern, die das Zusammenleben mit ihren Kindern harmonischer und stressfreier gestalten wollen. Die Zeit, in der die Kinder klein und niedlich sind, vergeht wie im Flug. Gestalten Sie diese Zeit so schön und unvergesslich wie nur möglich, indem Sie eine enge, emotionale und einzigartige Beziehung zu Ihrem Kind aufbauen.

Meistens genügt ein klein wenig Umdenken, ein etwas anderes Verhalten, um das familiäre Zusammenleben deutlich zu verbessern.

Das Neue an diesem Buch sind die vielen praktischen Tipps und Anregungen für die verschiedensten Probleme, Konflikte und Reibereien. In den meisten der beschriebenen Situationen werden Sie sich wieder erkennen und erfahren, wie Sie Schwierigkeiten verblüffend einfach in den Griff bekommen können. Diese überraschend überzeugenden Ideen können sofort in der eigenen Familie eingesetzt werden.

Schimpfen, Schreien und Erpressen war gestern. Die Zeit der Zweifel und Selbstvorwürfe sind ebenfalls vorbei. Setzen Sie ab jetzt auf eine spielerische und unterhaltsame Kommunikation, um ihre Kinder zu überzeugen. Die neue, kreative 1:1-Methode basiert auf gegenseitigem Respekt, auf Akzeptanz und Vertrauen.

„Die besten Eltern der Welt" ist leicht verständlich und ausgesprochen unterhaltsam geschrieben. Sie erhalten es bei Amazon als Taschenbuch und eBook. Damit möglichst viele Leser erreicht werden, ist der Preis bewusst günstig gehalten.

Für Familien mit Kindern ist das Buch ein ungewöhnliches und attraktives Geschenk oder Mitbringsel, das garantiert gut ankommt.

Printed in Germany
by Amazon Distribution
GmbH, Leipzig

18926671R00209